山东师范大学中国语言文学山东省一流学科
资助出版

张廉新 著

未晚斋存稿

中华书局

图书在版编目(CIP)数据

未晚斋存稿/张廉新著. —北京:中华书局,2021.1
ISBN 978-7-101-14958-6

Ⅰ.未… Ⅱ.张… Ⅲ.中国文学-古典文学研究 Ⅳ.I206.2

中国版本图书馆 CIP 数据核字(2020)第 253011 号

书　　名	未晚斋存稿
著　　者	张廉新
责任编辑	罗华彤　白爱虎
出版发行	中华书局
	(北京市丰台区太平桥西里38号　100073)
	http://www.zhbc.com.cn
	E-mail:zhbc@zhbc.com.cn
印　　刷	北京瑞古冠中印刷厂
版　　次	2021年1月北京第1版
	2021年1月北京第1次印刷
规　　格	开本/920×1250 毫米　1/32
	印张 19¾　插页 2　字数 456 千字
国际书号	ISBN 978-7-101-14958-6
定　　价	128.00元

目 录

序　言 …………………………………………… 李宗刚 1

第一编　古代写作学概论

第一章　绪论 ……………………………………………… 3
　　第一节　中国古代写作学研究的对象 ………………… 3
　　第二节　研究中国古代写作理论的任务 ……………… 15
第二章　主体修养论 ……………………………………… 23
　　第一节　功夫在诗外 …………………………………… 23
　　第二节　积学储宝 ……………………………………… 27
　　第三节　澡雪精神 ……………………………………… 47
　　第四节　"有德者必有言"辨 …………………………… 55
第三章　构思论 …………………………………………… 59
　　第一节　意与主旨 ……………………………………… 60
　　第二节　象与构象 ……………………………………… 76
　　第三节　境与造境 ……………………………………… 93
　　第四节　神与物游 ……………………………………… 108
　　第五节　贵在创新 ……………………………………… 123
　　第六节　《文心雕龙·神思》述要 ……………………… 135

第四章　传达论 …… 143
　第一节　传贵"达" …… 143
　第二节　传达与章法 …… 146
　第三节　传达与词采 …… 161
　第四节　传达与用典 …… 176
　第五节　迟与速 …… 183
　第六节　繁与简 …… 192
　第七节　雅与俗 …… 198

第五章　文体论 …… 205
　第一节　文体发展理论述略 …… 205
　第二节　刘勰《文心雕龙》对文体论的贡献 …… 219
　第三节　诗性文体写作特点述要 …… 222
　第四节　非诗性文体写作特点述要 …… 240

第六章　风格论 …… 265
　第一节　风格学的产生与形成 …… 265
　第二节　"文如其人"：作家风格 …… 268
　第三节　"文变染乎世情"：时代风格 …… 275
　第四节　"文善醒，诗善醉"：文体风格 …… 279

第二编　古代名篇赏析

贾谊《吊屈原文》简析 …… 293
颜延之《陶征士诔》简析 …… 295
韩愈《祭十二郎文》简析 …… 297
欧阳修《祭石曼卿文》简析 …… 301
王守仁《瘗旅文》简析 …… 303

袁枚《祭妹文》简析	307
蔡邕《郭有道林宗碑》简析	311
韩愈《柳子厚墓志铭》简析	315
陆龟蒙《野庙碑》简析	319
欧阳修《泷冈阡表》简析	323
苏轼《潮州韩文公庙碑》简析	327
归有光《寒花葬志》简析	331
张溥《五人墓碑记》简析	333
扬雄《酒箴》简析	337
韩愈《五箴》简析	339
张载《剑阁铭》简析	343
刘禹锡《陋室铭》简析	345
苏轼《三槐堂铭》简析	347
刘伶《酒德颂》简析	349
韩愈《子产不毁乡校颂》简析	353
司马迁《屈原贾生列传赞》简析	357
苏轼《韩干画马赞》简析	359
汉武帝《下州郡求贤诏》简析	361
曹操《让县自明本志令》简析	363
李斯《谏逐客书》简析	367
诸葛亮《出师表》简析	369
李密《陈情表》简析	373
魏征《谏太宗十思疏》简析	375
苏轼《教战守策》简析	377
隗嚣《移檄告郡国》简析	381
骆宾王《为徐敬业讨武曌檄》简析	383

第三编　朝花与夕秀

青出于蓝 …………………………………………… 389
不可阻挡的历史车轮
　　——影片《红日》观后 …………………………… 391
花儿红似火（外一章） ……………………………… 395
夜静思 ……………………………………………… 399
谈捧场 ……………………………………………… 401
我国古代文学的一枝奇葩 ………………………… 403
灵感的实质及培养 ………………………………… 415
与诗友谈诗 ………………………………………… 423
与诗友谈诗文鉴赏（之一） ………………………… 425
与诗友谈诗文鉴赏（之二） ………………………… 429
与诗友谈诗文鉴赏（之三） ………………………… 433
他画出了济南的神韵
　　——读解维础《大明湖胜境》等以济南为题材的作品 …… 439
我与诗 ……………………………………………… 443
读爱敏先生的诗 …………………………………… 459
几件难以忘怀的事 ………………………………… 465

第四编　鸿爪留踪续集

写在前面的几句话 ………………………………… 473
鸿爪留踪续集 ……………………………………… 475

附 录

"为写心志"成佳篇
　　——读张廉新的诗词 ……………………… 吕家乡 595

诗友评赏录 …………………………………………… 599

后　记 ………………………………………………… 611

序　言

　　张廉新老师尽管没有给我上过课，但在我的心目中，他却一直是令我肃然起敬的老师——他是我研究生毕业留校任教时所在的写作教研室的第一任主任。他对我犹如自己的学生一样，我对他也如自己的老师一样。如此算来，我与张老师在一起度过了五年多的时光，直至张老师退休。从张老师那里，我学到了很多为学做人的道理。因此，当张老师不久前谈起要整理自己的书稿而缺少助手时，我便义不容辞地担当起来，由此开启了一段愉快的助手之旅。

　　没有想到的是，就在书稿即将编成时，我这个助手竟被张老师又委以重任——为其书稿撰写序言。这即便对我这个从不轻言困难的人来说，深感压力甚至惶恐。通常，学术著作的序言，大都是邀请那些有名望的学者撰写，意在引领后学走上学术殿堂，为后学加油鼓劲。而张老师却并不顾及此成规，执意要我这个后学为他撰写序言。面对张老师的执着，我也只好勉为其难——恭敬不如从命。况且，对张老师，我深潜在心底的情思犹如涌动的喷泉，也有着倾诉的强烈意愿。借助张老师这部书稿的出版，谈谈我心目中的张老师其人其文，或许正是一个难得的机缘。

　　作为"30后学者"，张老师无疑是同龄人中的佼佼者。他在中学毕业后，便以优异的成绩考入华东师范大学中文系，开始专攻汉语言文学专业。1960年前后的华东师范大学中文系正是群贤毕至、群星璀璨的时期,一大批民国时期享有盛誉的学者和作家汇聚在这里:从学者的构成来看,既有从事中国现代文学研究的知名学者,也有从事中国古典文学研究的名宿,还有从事中国现代文学创作的作家型学者。大学时期,张老师便沐浴在这一历史阶段少有的学术小阳春中。在阳光雨露的滋润下,他对中国古代文学,尤其是中国古代文学理论产生了浓厚的兴趣,从此一发而不可收,再也没有更改自己的学术追求。无论发生什么情况,他都义无反顾,一往无前地沉潜到古代文学理论的学习和研究中。他的这种执着的精神,在我的脑海中经常幻化为这样一个形象:一副现代的老花镜架在鼻梁偏下方,低头时便透过老花镜阅读,抬头时便透过老花镜的上方捕捉谈话对象的象外之韵。他的这一形象,经常让我联想到承续传统文化的现代学者。

大学毕业之后,张老师便被分配到郑州大学从事写作课教学。然而,也许缘于张老师深受传统文化的影响,他梦牵魂绕的依然是齐鲁故土,似乎只有回到这块曾经涵养了孔子、孟子等彪炳史册的人物、曾经孕育了刘勰等辉映着文学星光的文人的故土,他才能够找到自己的文学研究赖以展开的根基。凑巧的是,1980年代初期的山东师范大学中文系写作课进入了鼎盛时期,求贤若渴。当时,在新诗评论界享誉遐迩的诗评家冯中一先生、在写作心理学上颇有建树的张蕾先生、在古代文体写作理论方面颇有心得体验的张绍骞先生、在唐宋散文选本方面有一定建树的徐惠元先生、在中国现代杂文理论研究方面有所拓展的李继增先生、在传记文学理论与实践上颇有成果的王兆彤先生……他们都是在写作理论研究以及教学实践方面有造诣的学者。也许,正是基于这种恢宏的气象,已经在写作理论尤其是在古代写作理论方面颇显功力的张廉新老师加盟了这个团队,既为他在古代写作理论研究上继续拓展奠定了坚实的基础,又为山东师范大学中文系的写作课教学注入了新的活力。

张老师一方面埋头于现代的写作课教学实践,另一方面又潜心于古代的写作理论研究。这潜心研究的成果便是他与张绍骞老师联合编选的《古代应用文名篇鉴赏》(吉林文史出版社1991年版)。这部合作出版的著作,显示了张老师在古代文体理论方面的深厚功力。他不仅从浩瀚的历史典籍中精选了古代诸多应用文名篇,而且还对这些名篇进行了深入浅出的解读。以往的鉴赏家,其赏析重点多在诗词歌赋方面的名家名篇,很少关注应用文名篇,这应该说是一种不足。其实,中国古代的应用文名篇很多,影响很大,既具有很高的实用价值,又具有不可低估的文学价值。尽管已经过去二十多年,今天重读张老师的这些鉴赏文字,我们依然可以感受到其中闪烁着的智慧火花与审美风采。正是基于此,张老师的这部分成果纳入文集的第二编古代名篇赏析,便在情理之中了。

如果说1980年代的古代名篇鉴赏还仅仅是显露张老师深厚的古代文学理论功底的冰山一角,那么,本书的第一编古代写作学概论可以说是系统展示其理论研究成果的代表之作。1994年,山东师范大学中文系应教学急需,启动汉语言文学专业"专升本"系列教材的编写工程,朱本轩先生担任这套教材的主编,冯中一先生为这套教材撰序。张老师承担了这套教材中的《古代写作学概论》(青岛海洋大学出版社1995年版)的编写任务。这本教材原可以由张老师独立编写,但因为中文系在编写系列教材时突出了"我系教师经过思想的、理论的、实践的准备,发挥群体智慧,深入开展的教改实验"(冯中一先生语)的主旨,所以组织教研室相关人员集体编写,我和教研室的其他老师也参与了教材编写工作。张老师负责教材章节体例的总体设计,承担了全书十章中的八章,我和另一老师各自撰写了其中的一章。可以说,张老师承担了这本教材的主体任务。然而,在署名时,张老师并未突出自己,而是与我们两位参与者并列署名,这使我体会到了张老师非同一般的品行。

《古代写作学概论》联合署名的缺憾是显而易见的,这就是张老师的古代写作理论成果未能凸显出来。张老师把《古代写作学概论》中的个人撰写部分拿来编入这本文集,算是较为完整地还原了他在写作理论研究方面的学术成果。

张老师对古代写作理论的思考,集中体现在他对"古代写作学"理论体系框架的总体设计中。具体来说,其特色就是突出了写作主体的修养在写作中的作用,至于古代写作理论中的构思、传达、修改、灵感、文体、风格等,则是附丽于写作主体之修养这一根本之上的。这无疑是切中肯綮之论。古人讲究"修身齐家治国平天下",这不但是儒家"内圣外王"的人生理想的真实写照,也是文章写作内在规律的重要路径。实际上,文人如果没有社会担当、没有人文情怀、没有社会理想,而仅仅沉湎于一己之世界,那么其作品无论如何是不能长久流传的。只有把写文章视为"经国之大业,不朽之盛事",文人才会真正找寻到实现自我之路。

阅读这些关于古代写作理论方面的文字,使我禁不住想起当年张老师沉潜在古代写作理论长河时的场景。张老师是一个清心寡欲的学者,他虽没有传统文人那种对于烟酒的特殊嗜好,却有着传统文人那种爱书成痴的雅好。20世纪的八九十年代,张老师的经济状况并不富裕,相反,倒是经常有囊中羞涩之虞。尽管如此,他依然对书情有独钟,尤其是搜寻和购买那些古代文学理论方面的书籍,甚至到了嗜书如命的程度。他曾经不止一次地对我说过:"我没有其他个人嗜好,只剩下买书读书这个嗜好了,如果连这个嗜好也没有了,人生还有什么滋味!"今天想来,这恰是张老师把人生的滋味与古代写作理论有机地衔接到一起的真实写照。也许,这正是张老师会在古代写作理论方面取得显著成绩的根源所在。

作为一个学者,沉潜于理论之中固然值得赞许,而张老师值得钦佩的,还有在古典诗词创作实践中的收获,这便是本书第四编的诗词创作。诚如张老师在自我陈述中所叙及的那样,他走上古典诗词的创作实践之路,并不是刻意为之的人生抉择,而是淤积于内心深处的情感的一种纾解形式。创作这些诗词,既不是刻意追慕古人的皮毛之作,也不是无病呻吟的肤浅之作,而是深蕴着个人人生体验与情感的肺腑之作。对此,张老师曾经这样描述过自己的创作情景:"以往,从外面回来,老伴总是做着家务。现在再回来,只有门口的一双拖鞋,卧室里空空的床铺和满桌子上厚厚的灰尘。我终日陷入一种迷茫和痛苦之中,感情脆弱得就要崩溃了。我唯一的排解方式就是写诗,白天写晚上写,晚上开灯又关灯,躺下又起来,这么折腾着。孩子们都劝我,老这样不行,会把身体搞坏的。可是没有用,无时不痛苦,无事不是诗。在马路上听到雷响,就想到天要下雨了,山上老伴的坟头要被淋了,回家就写了《闻雷》(雷声阵阵夜深沉,疑是老妻叩家门。应是东山松盖小,不得为渠蔽雨淋)。"张老师在把自己的人生体验与情感外化的过程中,伴随他的是辗转反侧的不眠长夜,满含泪水的绵绵思绪——尤其令我深感震惊的是,这样的一种创作状态竟然一度成为张老师的一种生活常态。这部分诗作,已经收录于他出版的诗集《鸿爪留踪》中。本来,张老师曾经想把自己的古典诗词全部收录于文集中,但虑及工程浩大,只好作罢。就此,张老师说:"本书所选的这一组诗,我名之曰'鸿爪留踪续集'。所谓'鸿爪留踪续集'是相对于'鸿爪留踪'而言的。2008年7月,我出版了自己的第一本诗集《鸿爪留踪》。时间已经过去十多年了,我在闲暇之际,依然把生活中的感悟诗絮记录下来,这便是我'鸿爪留踪续集'的这一组诗。"读者朋友阅读这本自选集的古体诗时,不妨可以找到《鸿爪留踪》来对照欣赏,这样也许会对张老师创作的古典诗词有一个更清晰的把握。

从张老师的古典诗词创作历程来看,他的古体诗有一个清晰的变化发展轨迹,那就是从起初的注重个人情感抒怀到注重社会情感的抒发。注重个人情感抒怀的古体诗,大都是悼念亡妻的,这些古体诗情感细腻而真切,具有打动人心的艺术魅力;注重社会情感抒发的古体诗,有些是谈治国方略的,有些是书写道德力量的,有些是凸显情感力量的,其中不少古典诗词对艺术表达技巧是很讲究的。在我看来,这两种类型的情感书写各有千秋,难分伯仲。从个人情感的抒发来看,其古体诗具有打动人心的情感力量,有望穿越时空的阻遏,抵达未来;从社会情感的抒发来看,其诗词作品则记录了古典诗词在现代的转换,有望成为居于文化转型时期文人的精神历程的真实记录。

最后需要补充的是,张老师不仅是一位沉潜于古代写作理论研究的学者与古典诗词创作实践的诗人,而且还是一位情系山水的旅行者、摄影者和书法家。张老师寄情于山水之间,通过镜头观照物象,并借助物象表达自我的人生体验与万千思绪;张老师沉潜于书法世界,通过书法修身养性,并借助书法修炼自我的人生性情与飘逸情愫。如果将来张老师的摄影作品与其书法作品结集出版了,那么,我们将会看到一个全新的张廉新老师——那是一个沉潜于古代写作理论研究,辗转于诗词创作实践、寄情于山水、隐逸于书法世界的文化人,那是一个将古典与现代熔铸在一起的、既有古典韵味又有现代精神的文化人!

李宗刚

2018 年 12 月 7 日

第一编　古代写作学概论

第一章　绪论

第一节　中国古代写作学研究的对象

中国古代写作理论研究,是一门古老而年轻的学科。这样说,我们有三重考虑。其一,我们面对的对象是古人留给我们的,全是古人、古事,古人的观点和智慧,属于我们传统文化的一部分,需要我们去借鉴。其二,是说我们的工作不能也不可能以古释古,我们必须以辩证唯物主义和历史唯物主义的观点沿波讨源,去辨析、总结、发展,用来丰富我们的现代文化建设。其三,对先贤留给我们的这一方面的宝贵遗产,从美学和文艺学的角度去探索、研究的,队伍庞大,成果丰硕。而从写作学的角度探索研究的,不成队伍,成果自然寥若晨星。需要有更多的人去耕耘这片荒漠之地。

中国古代写作学研究的对象,可以从两个层面上去看,其深层内容是中国古代写作理论的模式及其发展变化的逻辑。这个层面的内容是根本性的,然而却是潜在的。它必须依赖一定的具体形态表现出来。所谓具体形态就是古代写作理论家们留下的各种理论著作和资料。这是中国古代写作学研究的入手处,亦可称之为直接研究对象,或直接内容层面。

通观三千年的中国文化史,可以看出中国古代写作理论具有两大特点:丰富性和独特性。

一、丰富性

中国古代写作理论,大体可分为五个时期:

一是从上古到先秦时期,是我国古代写作理论的奠基期。先秦贤圣们关于写作方面的言论,往往散见于一些哲学和历史著作中。他们不是专门研究文章写作,而是在探讨自然和社会问题时,涉及语言文字表达的某些方面;或者是他们的某些见解在后人看来对写作问题有所启发。这些资料,尽管是片言只语,但是由于它们是伴随着对自然本体和社会问题的探讨而产生的,因此有些是相当深刻的。孔、孟、老、庄等一些大儒哲人的有关文章与写作言论,奠定了中国古代写作理论的基础,为中国古代写作理论勾画出了基点。

二是两汉时期,可以称之为茁壮发育期。这一时期对写作理论研究的卓著建树者首推王充。《论衡》八十五篇,其中《自纪篇》、《超奇篇》、《艺增篇》、《对作篇》、《佚文篇》等很多篇章都论及写作问题,并有不少见解是相当精辟的,对齐梁之际刘勰撰的写作理论巨著《文心雕龙》有很大影响。西汉扬雄的《法言》,东汉班彪的《史记论》,班固的《汉书·艺文志》等,也都有许多关于文章写作的有价值的看法。汉代的诗论著作,要首推《毛诗序》。《毛诗序》是西汉人毛苌所撰《诗毛氏传》首篇《国风·关雎》题下的一篇序言。它提出了比较系统的儒家诗学观的若干原则,成为经典性的诗论著作。

三是魏晋六朝时期,为我国古代写作理论的繁荣期。魏晋时期,中国文学发展到自觉阶段,文学从哲学、历史学中脱离出来。

总结写作经验的写作理论也随之以独立的面貌出现。这一时期,最为引人瞩目的是四大写作学著作:曹丕的《典论·论文》、陆机的《文赋》、刘勰的《文心雕龙》和钟嵘的《诗品》。《典论·论文》是中国文化史上第一篇论文专著,探讨作家与作品的关系,是一篇作家风格论的开山之作,开以"气"论文的先河。《文赋》是第一篇真正的文学创作论。《文赋》以前的许多写作言论或篇章,重在阐发文学的社会作用、教化功能,强调写作主体的道德情操修养,只有《文赋》才开始对写作过程进行研究。《文心雕龙》是中国文化史上最全面、最系统、最丰富的写作理论著作,是中国古代写作理论的第一高峰。《文心雕龙》共五十篇,当今学者们将其划分为总纲、文体论、创作论、批评论和序言五个部分。《文心雕龙》问世之后,一直受到历代文人诸如沈约、刘知几、孙光宪、胡应麟、章学诚、鲁迅等的高度重视。章学诚称"《文心》体大而虑周"(《文史通义·诗话》)。鲁迅更认为:"东则有刘彦和之《文心》,西则有亚里士多德之《诗学》,解析神质,包举洪纤,开源发流,为世楷式。"(《论诗题记》)这是我们中华文化的光荣。钟嵘的《诗品》是六朝时期影响最大的一部诗论著作,被章学诚誉为"诗话之源"(《文史通义·诗话》)。"诗品"即品诗,钟嵘在品评各家诗作时对诗歌创作提出了一些极有见地的主张。比如力主"自然"反对雕饰;提倡"直寻",反对用事;认为诗歌艺术要有"滋味",要"文已尽而意有余"。除上述四部著作之外,如挚虞的《文章流别论》、任昉的《文章缘起》、李充的《翰林论》、颜之推的《颜氏家训·文章篇》等,也都是具有一定写作理论价值的著作。

四是唐宋时期为我国写作理论的发展期。唐朝是个锐意进取,奋发向上的时代,伴随着各项事业的发达,诗歌和散文创作出现了高度繁荣的局面。以韩愈、柳宗元为领袖和主将的古文运动,不仅从写作实践上,而且从写作理论上一扫六朝形式主义文风的影响,对写作理论深入而健康的发展产生了深远影响。当时,影响较大的文论著作有韩愈的《答李翊书》、《送孟东野序》、《调张籍》等,柳宗元有《答韦中立论师道书》、《答吴武陵论非〈国语〉书》、《报崔黯秀才论为文书》等。史学家刘知几的《史通》中的《叙事》、《言语》、《浮词》、《模拟》等也是阐发写作理论的精彩篇章。后人有唐人善作诗不善言诗的说法。唐代的诗论著作前与六朝、后与宋代相比,的确有些薄弱,但也不可忽视其独到的价值。日本僧人遍照金刚在《文镜秘府论》中保存了已经散失的中国诗论著作中的资料。王昌龄的《诗格》、皎然的《诗式》为意境理论奠定基础。陈子昂的论诗论文的篇章,白居易的《与元九书》也是古代现实主义创作理论的重要篇章。

宋代,文人重视理论思考,儒学和写作学都发展到一个新阶段。尤其是诗话,自欧阳修的《六一诗话》问世后,如雨后春笋,很快蔚为大观。据郭绍虞《宋诗话考》,宋代的诗话著作"现尚流传者"有42种,"部分流传"或本无其书而由他人纂辑成者有46种,"有其名而无其书,或知其目而佚其文,又或有佚文而未及载者"有51种,再加上其中附及的数种,共约140余种(刘德重、张寅彭《诗话概说》)。王大鹏等编选的《中国历代诗话选》入选两宋诗话207种。

欧阳修《六一诗话》,共一卷28条,可视为北宋诗话的代表,是以"诗话"命名的诗学著作的第一部,开闲谈式、点悟式评诗的先河。《六一诗话》注重诗的立意、创新、自然、含蓄,主张写作须精心构思,反对创作上的粗率、浅露。对宋初诗歌创作中的一些不良倾向,例如僧诗创作上的熟滥,后进学者仿效西昆而产生的弊病等作了批评。《六一诗话》对诗话的发展影响巨大。北宋后期的诗坛是苏、黄主盟。苏轼有《东坡诗话》、《东坡诗话补遗》。前者是"好事者"辑成,后者是日人近藤元粹从《东坡志林》中辑出。黄庭坚有《黄山谷诗话》,并非自著。苏、黄对写作理论的贡献主要不在他们的诗话著作。一是在他们诗歌创作的影响;二是体现在其诗文、序跋、书简、杂记之中。苏轼在中国古代文学艺术史上的影响几乎是无与伦比的。

南宋理论价值比较高的诗话,有葛立方的《韵语阳秋》、张戒的《岁寒堂诗话》、黄彻的《䂬溪诗话》、姜白石的《白石道人诗说》、严羽的《沧浪诗话》、刘克庄的《后村诗话》、范晞文的《对床夜语》等。其中对后世诗学理论影响最大的要数《沧浪诗话》。这部诗话共一卷,120余则,分《诗辨》、《诗体》、《诗法》、《诗评》、《考证》五个部分。《诗辨》阐发诗学理论;《诗体》论述诗歌体制;《诗法》阐说作诗法则;《诗评》品评诗人诗作;《考证》辨订作品的文字和作者。严羽的诗学理论,可以归纳为三个环节:创作上主张以识为主,入门须正,立志须高,以汉魏盛唐为师;经由妙悟,掌握艺术规律;追求兴趣,达到审美佳境。其方法论特点是以禅喻诗。严羽的诗学理论,启发了明代的前后"七子"、清代王士禛的"神韵"说和袁枚的"性灵"说。

宋代由于诗话的繁荣,文论著作影响不是太大,除了欧阳修、苏洵、苏轼、苏辙、王安石等名家一大批关于论述写作的文章外,还有不少写作学专著出现,如陈骙的《文则》、李淦的《文章精义》、吕祖谦的《古文关键》等。

五是明清,为中国古代写作理论的集大成期。明清两朝的文学创作都是近不如宋,远不如唐。但在写作理论方面,出现了六朝以来的第二个高峰。数量和质量都是空前的。论文的著作主要有:明代方以智的《文章薪火》、高琦的《文章一贯》、朱荃宰的

《文通》；清代黄宗羲的《论文管见》、魏际瑞的《伯子论文》、魏禧的《日录论文》、刘大櫆的《论文偶记》、吴德旋的《初月楼古文绪论》、唐彪的《读书作文谱》、刘熙载的《艺概》、林纾的《春觉斋论文》等。文体学著作如明代吴讷的《文章辨体》、徐师曾的《文体明辨》。上述著作，以《艺概》的理论价值为最高。《艺概》分《文概》、《诗概》、《赋概》、《词曲概》、《书概》、《经义概》六个部分，被人誉为中国最早的一部艺术概论。本书内容丰富，涉猎广泛，对作家作品的评论、对写作规律的探讨时有灼见。评论言简意赅、观点颇为辩证。明代的诗话，数量不算太多，能代表这一代诗话水平的有：李东阳的《怀麓堂诗话》、徐祯卿的《谈艺录》、杨慎的《升庵诗话》、谢榛的《四溟诗话》、王世贞的《艺苑卮言》、胡应麟的《诗薮》。清代是我国封建社会终结的时期，也是我国封建意识形态的总结和集大成时期。这种总结在很大程度上是由诗话来完成的。据初步统计，清人诗话有四百余种（刘德重、张寅彭《诗话概说》），数量既多，质量也高。王夫之的《姜斋诗话》、叶燮的《原诗》、王士禛的《带经堂诗话》、袁枚的《随园诗话》、沈德潜的《说诗晬语》、翁方纲的《石洲诗话》、吴乔的《围炉诗话》、冯班的《钝吟杂录》、陈衍的《石遗室诗话》，都可为历代诗话之冠。其中的《原诗》尤为后人所瞩目，美籍华裔著名学者刘若愚曾指出，《原诗》"虽算不上是离经叛道，但却对诗发表了一些独特的见解"，"是中文诗论中少数有系统的作品之一"（《中国的文学理论》）。叶朗先生也认为，《原诗》"不是局限在对作家、作品枝枝节节的评论，而是始终把艺术问题提到哲学高度来进行研究和讨论的"（《中国美学史大纲》）。

  明清写作理论还有令人瞩目的一面，就是戏剧和小说创作理论的繁荣。中国文学同西方文学一个明显的不同，就是抒情诗一直占据主导地位，叙事文学迟迟得不到充分发展，直到明清才得以繁荣,叙事文学的创作理论达到空前的高度。就小说理论而言,明代有李贽评《水浒》;叶昼评《三国》、《水浒》、《西游记》;清代有金圣叹评《水浒》;张竹坡评《金瓶梅》;毛宗岗评《三国》;脂砚斋评《红楼梦》。他们对小说的叙事技巧、语言的运用,人物形象的塑造等都有相当深入、系统、细致的阐发。就戏剧理论而言,明代徐渭的《南词叙录》、何良俊的《四友斋丛说》、魏良辅的《曲律》、王骥德的《曲律》等都是颇有影响的戏论著作。其中王骥德的《曲律》是一部系统的戏剧理论著作,是对此前中国古典戏剧创作经验和理论研究的总结。

中国古代写作理论著作,资料如此丰富,为古代写作理论体系的探讨提供丰富的基础,同时也为我们的爬梳、分析、整理工作增加了难度。

二、独特性

这是同西方的文学创作理论形态相比较而言的。常识告诉我们,文学创作理论根源于美学理论,美学理论根源于哲学观。而哲学观又最终产生于每个民族所处的生活环境和生产方式。西方社会由于地理环境和其他因素的关系,在很早的时候就形成了一种商业社会。人们追求发展,不怕冒险,但商业活动毕竟很不稳定,福祸无常。由于在商业活动的初期,人们只感到破产或灾难的威胁,不懂商业的规律,在这种难以把握自己命运的情况下,人们就会将灾难归罪于自然,认为自然中存在着一种可怕的、神秘的力量,故意同人类作对。这样,西方人在早期的社会活动中,就埋下了对自然怀有敌意的种子。不管是西方人早期的对自然的不信任,或中世纪时的对上帝的膜拜、畏惧,都是一种对立。这就是西方人的宇宙观中天人对立的根源。商业活动,个体活动突出,具有很强的竞争性甚至欺诈性,人与人之间的关系相对疏远,情感相对淡薄,这又形成了人与人之间一定程度上的对立。这种天与人、人与人之间的关系,经过千百年的实践和积淀,就逐渐形成了西方人的重矛盾、重对立、重差异的宇宙观和方法论。宇宙观包容对一切事物的认识,当然也就包容了对文学艺术的认识。中华祖先同早期西方人的情况很不相同。中华祖先在中原的沃土上相当安定地生存和发展。东临大海,西阻群山,环境是相对封闭的。农业活动相对稳定,只要人们不怕流汗,土地对人们的赐予也是足以使人们知足的。民众是土地的主人,土地是民众的命根子。春秋时期,晋公子重耳出亡向农民讨饭吃,农民奉上一捧土的故事就很典型。中华先人的这种生产方式和生活境遇,就必然形成同大自然的亲和关系。中华民族"天人合一"的宇宙观就根源于此。自足性的农业生产又形成了同西方人有所不同的社会结构。中国社会,自古以来就是以家庭为基础,以血缘亲情为纽带,人与人之间的关系很重感情。这种天与人、人与人的关系,逐渐形成了中华民族重"整体"、重"统一"、重"综合"的宇宙观和方法论。李约瑟在他的科学巨著《中国科学技术史》等著作中充分强调了中国古代"有机整体"的认识方法对中国思想史、科学史、文化史的巨大影响。欧洲人却是自古以来,就不断地从一个极端走向另一极端,从来没有能够综合起来。总而言之,欧洲人的宇宙观和方法论是偏重于科学的,中华民族的宇宙观和方法论是偏重于艺术的。

但也不能由此产生一种误会,认为中华民族的宇宙观和方法论是封闭、僵化、落后的。我们应看到,人对客观对象的把握由综合到分析是一种进步,由分析到综合又是一种进步。耗散结构理论的创始人普利高津在中国留美学生与访问学者国庆35周年大会上指出："中国传统思维特点在实现现代化计划中具有一种优势。西方的科学家与艺术家习惯于从分析角度来观察现实,中国的哲学则表现出一种整体观念。而当代演化发展的一个难题,恰恰是如何从整体的演化上来理解世界多样化的发展。"同样也不能因此就认为中国人的宇宙观和方法论就绝对优胜于西方人。正确的看法应该是各有短长。否则,中国人和外国人各自创造的灿烂文化也就成为不可理解的现象。

宇宙观和方法论的不同,决定了中国人和西方人一切理论形态的差异,当然也包括我们所研究的文学写作理论形态的差异。

(一)中国古代写作理论重领悟,重直观。

前面曾提到,魏晋以前中国古代文化处于文史哲混一存在的状态。最早站出来阐释文学问题的是一些哲学家们。当西方的柏拉图、亚里士多德们在《理想国》和《诗学》中对史诗进行长篇大论的逻辑分析的时候,我们的孔夫子、孟夫子等先贤们,却提出了警句般的关于文学的纲领性的见解,例如"诗言志"(《尚书》)、"兴、观、群、怨"、"思无邪"、"以意逆志"、"知人论世"等。道家的创始人老庄也在大讲"涤除玄鉴"、"道之为物,惟恍惟惚"(《老子》),"心斋"、"坐忘"(《庄子》)。我们认为这些言论都可以视为中国古代诗学之源,也是中国古代诗学理论形态之源。孔孟老庄的这些名言,似乎经过了高度压缩,其中蕴含着极为丰富的理论内涵。从传达的方式看它是一种"点",从接受方式看,它是一种"悟"。这种一"点"一"悟"的传释过程一直延续至今而无终止。孔孟老庄们的思维模式和理论形态,预示并决定了此后历代诗论、文论家们的思维模式及理论形态。刘勰的《文心雕龙》和叶燮的《原诗》可以视为具有逻辑分析的特点,但毕竟是凤毛麟角。绝大多数都属于点悟方式。中国古典诗学中的一些著名范畴,例如钟嵘的"滋味"、司空图的"象外之象"、严羽的"兴趣"、王士祯的"神韵"、翁方纲的"肌理"、袁枚的"性灵"等都是意蕴丰富,重在意会,很难加以明晰、准确的阐释。再看一些作家作品评论,例如苏轼评孟郊、贾岛、元稹、白居易为"郊寒岛瘦,元轻白俗"(见方回《跋方君至庚辰诗》);刘熙载评"昌黎之文如水,柳州之文如山",评半山"文瘦硬通神",评庄子文"怒而飞"(《艺概·文概》)。魏庆之在《诗人玉屑》中用二百五十多个字一口气评了十九位诗人:

> 魏武帝如幽燕老将,气韵沉雄;曹子建如三河少年,风流自赏;鲍明远如饥鹰独出,奇矫无前;谢康乐如东海扬帆,风日流丽;陶彭泽如绛云在霄,舒卷自如;王右丞如秋水芙蓉,倚风自笑;韦苏州如园客独茧,暗合音徽;孟浩然如洞庭始波,木叶微脱……

"幽燕老将"、"三河少年"、"饥鹰独出"等形象的概括后面,虽然各有阐释,但极为简要,同前面的形象概括一样,同样需要体悟。魏庆之的阐释,不能给读者准确、明晰的概念,只能给读者一种导引。司空图等人的风格理论似乎更加典型。西方人的风格论,是用准确的语言、严密的逻辑加以表述,而司空图则是用二十四首短诗表述了二十四种风格,每一种风格的内涵是通过每一首诗的意境去把握。杜牧在《李长吉诗歌叙》中评李贺诗艺术特色:

> 云烟绵联,不足为其态也;水之迢迢,不足为其情也;春之盎盎,不足为其和也;秋之明洁,不足为其格也;风樯阵马,不足为其勇也;瓦棺篆鼎,不足为其古也;时花美女,不足为其色也;荒国陊殿,梗莽邱垄,不足为其怨恨悲愁也;鲸呿鳌掷,牛鬼蛇神,不足为其虚荒诞幻也。

人们常说,有一千个读者就有一千个哈姆雷特,前苏联美学家鲍列夫又创新说,其公式为:哈姆雷特=演员×观众。司空图、杜牧给读者留下的想象的空间会更加广阔。古人云:诗无达诂。严格说来中国古典诗论亦无达诂,中国古人写作理论的独特形态,可以为古代诗学的现代阐释提供难以穷尽的理论信息。

(二)中国古代写作理论资料呈现散在状态。

这与上一点有密切关系。重在悟,必然就是只言片语,长篇大论必然同逻辑分析一体。中国古代写作理论较为零散的现象,可以从两个方面理解:一是它的整个存在态势比较分散,除了比较完整的诗论、文论、戏论著作之外,有相当一部分,存在于作家、理论家的交谈、书信、序跋、眉批、文学作品甚至史学作品中。明清以来关于小说创作的理论非常丰富,不少看法也非常精辟,至今不失其意,但绝大多数都是评点。由于它是评论家在阅读过程中的即兴评论,虽像繁星璀璨,但缺乏表面的系统性。二是即使是一些完整的文论、诗论著作也缺乏必要的严谨性和逻辑性。就以中国古代诗话而言,从其内容的性质来分,大体上可以分为"论事"和"论辞"两大类。"论事"类,多讲一些关于诗歌创作和鉴赏的轶闻逸事,自然比较零散,即使是"论辞"也并非是所论问题的逻辑的展开。比如刘熙载的《艺概》是一部"出言平实,见地颇高"(夏敬观《刘融斋诗概诠说》)的古代艺术概论,但其结构形式缺乏系统。

科学研究应该实事求是,同时也应该透过现象看清本质。我们不能为爱我中华文化,而否认中国古代写作理论比较零散的事实;但也绝不能认为中国古代写作理论从表到里都无系统可言。中国古代写作理论虽然缺乏形式上的系统性、严密性,却具有血脉上的贯通性。清代林纾在《春觉斋论文》一书中谈到伏笔的运用时,曾指出:"武林九溪十八涧之水,何尝一派现出溪光,偶经一处,骇为明漪绝底,然实不知泉脉所自来;及见细草纤绵中,根下伏流,静细无声,方觉前溪实与此溪相续。"用这段话来形容中国古代写作理论的存在形态也颇为恰当。西方的理论发展,总是采取否定的立场,一种理论的产生发展,同时就是对另一种理论的批判与否定。因此,西方人重在建立个人体系,我们可以称之为显体系。中国古代的理论家,重在吸收、融合和异中求同。中国古代的理论发展像滚雪球一样,许多时代的许多人围绕一个核心而增益。中国古人的理论体系是一种跨越时代的宏观体系,我们可以称之为"潜体系"。我们所研究的古代写作理论就十分典型。例如"诗言志"的主张,"气"与写作的关系,千百年来有无数理论家围绕着它们做了种种阐释,但万变不离其宗,都没有远离儒家诗教的基本观念。中国古代写作理论体系具有突出的深度、厚度,具有各个侧面、各种因素相互渗透、纠结的复杂性,这就为后人的研究增加了难度。

(三)中国古代写作理论具有较大的模糊性。

这一点仍然同前面讲到的中国古代写作理论重整体、重经验、重直观的特点有关。西方人使用的概念,是完全抽掉了某种经验性、直观性的,中国古人使用的概念往往带有明显的经验性和直观性。他们总是乐于用某种具体的东西表达自己的思考成果。孟子用"气"来表达人的情感状态;韩愈用"气"来表达人格内容;曹丕用"气"来表达作家的性格特点,仅刘勰一人就对"气"有几种用法。《文心雕龙·养气篇》中的"气"指作家的精力、生命力;《文心雕龙·熔裁篇》中的"气"指文气。常识告诉我们,概念的外延越大其内涵越小。孟子、曹丕、韩愈、刘勰等人所使用的"气"的概念,只包含了情感、个性、生命力、人格、文气等诸种对象的相似点,即"力"的性质和流动的状态。中国古代的理论家们,普遍具有一种厚古薄今、过分崇尚古人的倾向,在表达形式上乐于借用古人的旧说。还拿"气"来说,春秋时,哲学家、思想家们讲"气",直到晚清尽管人们的思想、观念发生了很大的变化,尽管理论家们要表述的对象与古人所表述的对象有很大差别,人们还在用这个"气"。

弄清我国古代写作理论的特点,对我们自觉地、清醒地去进行艰难的梳理和分析工作是大有帮助的。这样,有助于避免对待民族文化的虚无主义和教条主义。

第二节　研究中国古代写作理论的任务

研究古代写作理论的任务是什么?对问题的回答是既简单也轻松:探索中国古代写作学的体系。但我们的实际历程却极为艰难。首先碰到的是两大认识问题。

一、历史遗产的价值问题

关于继承历史遗产的问题,马克思主义经典作家们早有科学的、精辟的论述,似乎早已不成问题。但在改革开放的今天有些人又感到迷茫起来:传统文化、历史遗产能否适应现代化、现代生活的需要。有些年轻人总感到中国的传统文化是保守、僵化、落后的,只有西方的东西才有价值、有生命。个别极端分子,奔走呼号,似乎要一锹埋掉中国的传统文化。对此,我们不想再次重复经典作家们的论述,而想介绍几位美籍华裔学者的看法。他们学贯中西,又不乏民族良心,看法可能更加公允一些。美籍华裔历史学家、耶鲁大学教授余英时在《从价值系统看中国文化的现代意义》一文中指出：各民族的文化并非出于一源，尤其不能以欧洲文化作为衡量其他文化的普遍准则。这种文化多元论，有助于打破近代西方人的偏见。一些深受西方论著影响的知识分子往往容易接受西方人的偏见，认为西方现代的价值是普遍性的，中国传统价值是特殊性的，这是根本站不住脚的。

余英时还指出：中国文化与现代生活不是互不相干的实体，尤其不是相互排斥对立的。所谓现代生活也就是中国文化的现阶段的具体表现。现代化并不等于西化，即使西化也各有不同的层面。科技层面的西化并不必然涉及一个文化的价值系统的核心部分，一个民族在传统方面绝不能尽弃故我。一部分西化派，他们在不自觉的思想层面上仍然无法完全摆脱传统价值的幽灵。余英时对建设中国新文化充满信心。他认为：中国传统文化的价值系统是经得起现代化以至"现代以后"的挑战而不致失去它的存在的根据。中国人必须继续发掘自己已有的精神资源，更新自己既成的价值系统。只有这样，中国人才能期望在未来世界文化的创生过程中做出自己独特的贡献。

另一位美籍华裔学者成中英在《中国文化的现代化与世界化》一文中也指出：现在我们要避免的不是外力的压迫，而是在内在文化创造或接触外来文化时所挟带的自卑崇洋心理。这种心理认为，中国文化毫无价值，只有西方才有最好的文化。这种对自己文化的否认，使我们没有办法站稳脚跟，没有办法接受好的外来文化。这种自卑崇洋心理能使社会涣散以致瓦解，使中国人变得不是中国人。这是中国文化很大的危机。

听听这些学者们的意见，整理研究中国古代写作理论的必要性，也就不言自明了。

二、写作学科的独立性问题

目前,现代写作学虽也被列为高等学校的一门基础课,随着经济的发展,社会对写作知识,写作人才的需求日益迫切,但是现代写作学的学术地位一直得不到确认。古代写作学的命运,就更加不幸。古代文论、诗论、戏论、小说论著作和资料浩如烟海,文学理论工作者们说这是古代文学理论研究的对象;美学工作者们说,这是古代美学的研究对象。写作学的研究者们为什么不也理直气壮地站出来说,这是古代写作理论研究的对象呢!大声疾呼的不多,真正着手去研究的更少。20世纪80年代以前,似乎还没有古代写作学的提法。80年代以后,少数人开始研究,我们见到的正式出版的这方面的著作,也不过是北京、天津的几位学者写的几部。语言学是研究字、词、句的,可以是一门大学问,通过极其复杂、艰苦的思想劳动,将字词句组成了完整的篇章,成为艺术品,反倒不是学问了;古典文学研究,对创作成果的、静态研究是学问,对创作过程的、动态的研究,反倒不是学问了,实在令人百思不得其解。

就拿《文心雕龙》而论,这到底是本什么书?或曰古代美学巨著,或曰古代文学理论巨著,对《文心雕龙》的研究甚至已经成为一门显学,谓之"龙学"。当然,文学理论工作者,美学工作者,都可以把它作为自己的研究对象,我们认为,《文心雕龙》首先是一部古代写作理论著作。持这种看法的,除了从事写作学研究的同仁外,古人今人不乏其人。梁代沈约是第一个肯定和推荐《文心雕龙》的人。《梁书·刘勰传》曰:"约便命取读,大重之,谓为深得文理,常陈诸几案。"所谓"深得文理",就是深得创作或写作的道理。清代章学诚在《文史通义·文德篇》中指出:"古人论文,惟论文辞而已矣。刘勰氏出,本陆机氏说而昌论文心。"所谓"文心",也就是作文之心,也就是我们要研究的写作道理。当代著名学者王运熙在他与杨明合著的《魏晋南北朝文学批评史》中指出:"但从刘勰写作此书的宗旨看,从全书的结构安排和重点所在看,它原来却是一部写作指导或文章作法。"青年学者、文学博士蒋寅,撰长文《关于中国古代文章学理论体系》充分论述了《文心雕龙》文章学的性质和特点。刘勰在《文心雕龙·序志篇》,也开宗明义地指出:"夫文心者,言为文之用心也。"更有说服力的是《文心雕龙》本身的内容。当今的文学理论和美学工作者,将《文心雕龙》划分为五个部分,即总纲、文体论、创作论、批评论、总序,他们认为在五个部分当中,创作论最富理论价值,最重要。从多年来"龙学"研究状况来看,人们的研究也多集中在"创作论",对"文体论"的研究,几乎无人问津。这种状况的出现是很必然的,因为文学理论和美学工作者对文体研究是不感兴趣的。从《文心雕龙》全书内容的安排看,上篇20篇即所谓"文体论"部分是全书的骨干,下篇有关创作和批评的理论是附丽上篇的,也就是说全书的核心是在上篇,上篇决定了下篇。这并非我们的强拉硬扯,而是刘勰自己的看法。他在《序志篇》中指出,"上篇以上纲领明矣","下篇以下毛目显矣"。再就刘勰所研究的33种文体来看,从第6篇《明诗》到第15篇《谐隐》称之有韵之文,富有较强的文学意味;自第16篇《史传》到第25篇《书记》称为无韵之笔,全是古代的实用性文体,很少文学意味。由此看来,文体论部分纯是古代写作学或文章学内容,同文学理论、美学理论的关系是间接的。统观《文心雕龙》全书不管是文体论还是创作论,都应该首先是古代写作学研究的对象。

我们还可以思考一下《文心雕龙》以外的其他文论、诗论、戏论、小说论的情况。尽管这些著作论述的方法和内容多种多样，但归结到一点就是怎样写的问题。诗学理论工作者将诗话分为"论事"和"论辞"两类，并认为"论辞"一类最富有理论价值。所谓"论辞"就是讨论如何写作的问题。我们认为，对文学作品的研究主要是文章学的任务，对生产作品的创作过程的研究主要是写作学的任务，对作品和创作过程的综合研究主要是文学理论和美学理论研究的任务。我们不能说，诗论、文论等著作是古代写作学的一统天下，但也不能反过来说，它们就是文学理论和美学理论的一统天下。正确的说法，它们应该是古代写作学研究的对象。

或许我们的学科还比较年轻，队伍还不太壮大，成果还不算卓著。有宝山在前，我们应拉起浩浩荡荡的大军，理直气壮地向宝山进军。不听别人的说法，不看别人的眼神，走自己的路。

三、探索古代写作理论体系

中国文化史上，对古代写作理论的研究，一直是偏重两个方面：资料整理和单篇著作的研究。

（一）资料整理。

中国古代写作理论内容丰富，但其存在状态较为零散。即使是完整的著作由于历史的种种原因，也多有散佚、增损、篡改。这就为后人准备了一项相当艰巨的整理爬梳的工作。这种研究工作宋人已经开始。单就诗话而论，如《唐宋名贤诗话》、《古今诗话》、《诗总》、《苕溪渔隐丛话》、《诗人玉屑》、《集诸家老杜诗评》、《草堂诗话》、《唐诗纪事》、《全唐诗话》等。宋代以后，在这方面做出突出贡献的是清代学者何文焕、近人丁福保和现代著名学者郭绍虞、罗根泽等。何文焕编辑了《历代诗话》，丁福保编辑了《历代诗话续编》、《清诗话》,郭绍虞编选了《清诗话续编》,郭绍虞、罗根泽主编了《中国古典文学理论批评专著选辑》。当今学者也在着手进行更加深入、具体的整理工作。如贾文昭等主编的《中国古代文论类编》、《中国近代文论类编》,徐中玉主编的《中国古代文艺理论专题资料丛刊》等。这是一种功在千秋的工作,为后人的研究奠定了丰厚的基础。然而这毕竟是一种研究的准备,还不是研究的开始。

（二）单篇著作的研究。

这是对一些具有较大的代表性、理论价值较高的著作具体研究,从创作背景、理论模式、审美趣味、理论得失、学术价值、历史影响等方面进行评骘。这是在第一种研究的基础上进行的。是当今研究的主战场。最近十几年来蔚为大观的"龙学",就是其中的异军突起。这种研究,还是一种具体、局部、诠释性的研究,还有待于开展中国古代写作理论的宏观研究。

当今更需要宏观研究。这就是我们这部教材要尝试的研究。所谓"尝试",既说明我们没有借鉴,也说明我们有些担心。几十年来,众多学者们都是从文学理论和美学理论的角度进行研究的,对于这些可以说相当丰硕的成果,我们只能从写作学的角度上借鉴。当今有限的几部属于宏观研究的古代写作学的著作,也同我们的思路距离甚大,因此我们的工作有点像是探险。

所谓宏观研究,必须有两种超越。一是要超越每一本具体著作或资料,超越文论、诗论、戏论、小说论。在此基础上审视千百年来古代理论家们共同构架的古代写作理论的框架。二是在理论和水平上的超越。在我们的研究中,当然首先对古人已经初步总结出来的规律和一些重要范畴进行比较准确的理解和阐释,更重要的是在此基础上从现代写作学的理论高度来审视古人的成果;将古人的智慧同现代理论框架对接、融合。我们不仅要争取接近古人,更要争取超越古人。探索写作理论体系的工作,实际上刘勰已经开始。《文心雕龙》就是他对齐梁以前文学家们的创作实践和诗论、文论著作的研究和概括,并且建立了颇有价值的体系。总纲部分阐发哲学基础;文体论部分,不仅研究了33种文体而且建立了文体研究模式;创作论部分,则是打破文体界限概括出将近20个重要的理论范畴加以探讨;批评论部分是探讨批评鉴赏问题。刘勰的理论体系,放到齐梁时代的历史背景和理论背景中看,是一座不可逾越的高峰;以今天的理论高度来衡量,就体现出许多明显的不足。第一,关于写作主体的研究,只在《体性》、《养气》中有所涉及,显得非常不足;第二,偏重于实用文体的研究,对文学体裁的研究重视不够;第三,由于《文心雕龙》产生的时代较早,后来文学创作中出现的许多重要问题,诸如诗歌中的意境问题、叙事文学创作中的虚实和人物塑造等问题都未能包容。基于上述认识,我们今天的研究,应该突出这样一种思路。人类的写作活动,应该包括两大块:一是写作主体,二是写作过程。写作主体是产生写作活动的根据,写作过程是生产作品的实践活动。作品是作家人格的产物,作家修养的高低决定着作品思想和艺术质量的高低。写作学不研究写作主体,是一条腿走路。其实我们的古人是最重视主体修养的,比如孔子讲"有德者必有言";陆游讲"工夫在诗外";清代邵长蘅讲"学文者必先浚文之源,而后究文之法"。在许多文论、诗论著作中,这方面的看法,可以说比比皆是。只可惜,从来写作理论研究没有把这些吉光片羽纳入鲜明的体系当中。现代写作学和古代写作学,在这方面的工作都显得十分不足。写作过程这一大块,主要包括构思、传达、修改三小块。古人谈到的所有的关于如何写的问题全都可以包容到三个环节当中。围绕这三个核心环节还有灵感问题、文体问题、风格问题,这也需要深入研究。我们认为,探索或建立古代写作学的理论体系,不应是以古人之心释古人之意,去描绘古人心目中的体系,必须以现代人的理论眼光去提炼古人给我们留下的资料,构架一座往来古今的理论的桥梁。

第二章 主体修养论

第一节 功夫在诗外

作家怎样才能写出优秀作品？初学写作者如何提高写作能力？大家会立即想起一个常识，勤于练习，在写作实践中提高。多写多做，的确能在一定程度上提高写作水平。同时，不管一个作者的修养高低，才华如何，要想在写作上获得成功，勤于实践是必由之路。没有艰苦的实践，任何天才都是不可能成功的。

但是，多写多做是不是关键？古代的文学家们讲过许多非常精辟的看法。南宋大诗人陆游晚年谆谆告诫他的儿子"汝果欲学诗，工夫在诗外"(《示子遹》)。他说的"诗外"功夫，就是指作家的全面修养。陆游的《九月一日夜读诗稿有感走笔作歌》说得更具体。他说，他四十岁以前学写诗没有成就，都是拾别人的残余。四十从军驻南郑，开始过着军旅生活，思想发生了根本性的转变，创作也随之上了新台阶，"诗家三昧忽见前，屈贾在眼元历历。天机云锦用在我，剪裁妙处非刀尺"。明代文学家宋濂提出"攻内不攻外"的主张。所谓"攻内"就是加强自身修养，"不攻外"即不必在多做上下过多功夫。清代的邵长蘅则明确将学习写作区分为两个侧面，一是"究文之法"，一是"浚文之源"。他认为：学文者必先浚文之源,而后究文之法。浚文之源者何？在读书,在养气。从邵长蘅指的读书养气看,就是解决主体修养。晚清学者刘熙载也曾多次谈到主体修养问题。他说:"东坡论少陵'诗外尚有事'。盖诗外无事者,诗匠也。诗而匠,则诗亦焉能为有哉？"(《游艺约言》)。刘氏所指的"诗外"事,实际上就是陆游所讲的"诗外"功夫。与陆游相比,刘熙载对诗的本质的认识更深刻。他认为诗外无事就是诗匠。一个诗人如果不注重主体修养,诗的创作必然沦为制作,沦为技艺,这样的诗毫无价值。刘熙载在《艺概·文概》中评论柳宗元诗文时指出:"文以练神练气为上半截事,以练字练句为下半截事。""练字练句"是诗内功夫,"练神练气"是主体修养。因为神和气也是由修养而来。或者说就是由邵长蘅强调的"读书"、"养气"而来。在整个学诗过程中有两种功夫,即诗内功夫和诗外功夫。两相比较,古代文学家们更重视诗外功夫。为什么会是这样？

这可从下面三个方面来分析。

一、儒家哲学观的影响

在中国古代文学家中,尽管有一部分受道家或释家思想影响。但大多数是儒学信奉者或儒家思想家。即使是一些笃信道释的人,骨子里也仍有儒家思想的深刻影响。因此,儒家思想是中国古代知识界的统治思想。儒家思想的核心或儒家的理想人格是"内圣外王"。所谓"内圣"是指人的主体的心性修养,就是要修养得像古代圣人那样。所谓"外王"是指修养好之后,去齐家、治国、平天下。"内圣外王"密不可分,但关键是"内圣",是修养好,否则就不可能去有效的齐家、治国、平天下。

内圣之学的基本思想,即"修身为本"的思想,应该是在儒学创始人孔子那里就确定下来。《论语·颜渊》云:"子曰:克己复礼为仁。一日克己复礼,天下归仁焉。"这就是说,首先要做到"克己复礼",然后才会有"天下归仁"。《论语·子路》云:"苟正其身矣,于从政乎何有?不能正其身,如正人何?""其身正,不令而行;其身不正,虽令不从。"这两句也都是阐述"内圣外王"的道理。到《礼记》中的《大学》和《中庸》把"内圣外王"的道理讲得更为完整系统。这种"内圣外王"思想通过孟子以及后来的一些儒学大师,不断地充实、发展、变异,并一直主宰着几千年来古代文学家们的心灵。屈原的投江以及他的伟大的诗篇;司马迁的宫刑以及他的文学巨著《史记》;杜甫、白居易的诗篇,韩愈、柳宗元的散文等,无不同"内圣外王"之学有着十分紧密的关联。

二、儒家文章观的影响

儒家文章观主要体现在两个方面:一是强调文章的实用性,二是强调文章的教化功能。关于中国古代文章的实用性,可以从两个层面上认识。首先,是中国古代文章本身的实用性。先秦以前的散体文,都是文史哲三位一体。诗歌除了其抒发性情的一面外,也经常成为外交、祭祀、礼仪活动的工具。《文心雕龙》研究了三十三种文体,其中只有骚、诗、乐府和赋属于文学体裁,二十九种都是实用文体。即使到了诗歌高度繁荣的唐代,它仍然没有摆脱知识分子进身工具的命运。其次,是思想家、文学家们对文学实用性的张扬。孔子告诫他的儿子:"不学诗,无以言。"不学诗,在外交和礼仪场合连话都讲不好。《论语·子路》云:"诵诗三百,授之以政,不达;使于四方,不能专对;虽多,亦奚以为?"诵诗是为了"授之以政"、"使于四方",诗歌成了官员们经邦治国的工具。有名的"兴、观、群、怨"说,也主要是从实用的角度看文学。曹丕认为写文章是"经国之大业,不朽之盛事"(《典论·论文》)。唐宋思想家、文学家们的"文以明道"、"文以载道"、"文以贯道"的理论,也都是强调文学的实用性。宋代的理学家们是重道轻文的,他们发表过不少指责文学的言论。程颐认为张旭不该那么苦练草书:"然可惜张旭留心于书,若移此心于道,何所不至?"批评杜诗无实用价值,说:"且如今言能诗无如杜甫,如云'穿花蛱蝶深深见,点水蜻蜓款款飞'如此闲言语,道出做甚?"(均见《河南程氏遗书》卷一八)朱熹也批评韩愈、柳宗元:"然皆只是作好文章,令人称赏而已。究竟何预己事,却用了许多岁月,费了许多精神,甚可惜也。"(《朱文公集》卷三七)细细体味这些说法,程、朱并非一般的反对文学,而是从他们的哲学观点出发,认为文学是"闲言语",没有实际用途,骨子里是张扬文学的实用性。所谓教化作用,就是按儒家的要求,文学所起的教育作用,这一点当然是起始于儒家的先师孔子。此后,经过历代思想家、文学家的不断完善,逐渐成为中国古代文学理论的灵魂。这方面代表性著作有西汉的《毛诗序》和唐代白居易的《与元九书》等。《毛诗序》认为文学的社会作用是"经夫妇,成孝敬,厚人伦,美教化,移风俗"。对风、雅、颂的解释是:所谓风,"风也,教也;风以动之,教训化之","上以风化下,下以风刺上,主文而谲谏,言之者无罪,闻之者足戒,故曰风","风发乎情,止乎礼义"。所谓雅,"正也,言王政之所由兴废也"。所谓颂,是"美盛德之形容"。可以看出,整篇《毛诗序》所有的阐释,完全以风教为核心。《与元九书》是一篇诗歌创作理论的通信,它除了从理论上阐释儒家诗教外,还以教化理论评论作品。他认为《诗经》中的"北风其凉"假风以刺威虐;"雨雪霏霏"因雪以愍征役;"棠棣之华",感华以讽兄弟。"采采芣苢"美草以乐有子。"皆兴发于此,义归于彼"。他批评谢朓的"余霞散成绮,澄江静如练","丽则丽矣,吾不知其所讽焉"。他还认为"杜、李之作,才矣奇矣,人不逮矣,其风雅比兴,十无一焉"。总之,对文学的实用功能和教化功能的要求,都是对文学内容的品位和倾向性的要求,进而是对作家照儒家标准进行修养程度的要求。

三、是对创作规律的把握

汉代以前,真正算得上是对写作规律把握的只有两个方面:一是《礼记·乐记》中揭示的"感物起兴"的理论,这是讲诗本体产生的,是写作中最基本的问题。二是写作主体的心灵状态与作品品位的一致性。首先,涉及这一问题的是《周易·系辞下》中的一段话,其云:"将叛者其辞惭,中心疑者其辞枝,吉人之辞寡,躁人之辞多,诬善之人其辞游,失其守者其辞屈。"这里当然还不是讲写作,"辞"是言辞,是语言表达,是一种宽泛意义上的写作理论。汉代以后,在这方面进行探索和发表的言论就越来越多了,东汉王充在其《论衡·超奇篇》中说:

有根株于下,有荣叶于上;有实核于内,有皮壳于外。文墨辞说,士之荣叶皮壳也。实诚在胸臆,文墨着竹帛,外内表里,自相副称,意奋而笔纵,故文见而实露也。

文墨辞说,是士的荣叶皮壳;文章是士的思想感情的表达,表里具有一致性。唐代的韩愈,宋代的欧阳修都在这方面发表过很多言论。

第二节 积学储宝

"积学以储宝,酌理以富才,研阅以穷照,驯致以怿辞",是刘勰《文心雕龙·神思篇》中的名言,其基本含义是强调学与行对写作的重要作用。这是刘勰以古代儒家圣贤学与力行的理论,指导写作实践的具体表现。

学与力行是中国古代儒学思想家和文学家进行自我修养的重要途径。孔子、孟子、荀子、韩愈、朱熹等儒学家和文学大师,都有许多苦学和力行的言论。综观上述诸大师的言论,所谓学,主要是指读书;所谓力行,就是将自己的哲学或伦理主张付诸行动。下面就从读书和阅历两个方面做些分析。

一、读书

以今天的观点来看,作家的修养应是多方面的,包括学习政治、社会、书本和培养情操等方面。我国古代的作家、理论家,他们的视野还不可能这么开阔,他们明显地意识到的,认为最重要的是读书。他们把读书作为加强自我修养的主要途径。孔子的时代,写作还没有成为个人的工作,没有专业作家,更没有明确的写作理论,但他明确地意识到了"不学诗,无以言"。意思是不认真学习当时的"诗",话就不能讲得很漂亮。孔子讲的读诗和说话的关系,虽不是确切地指写作,不过,漂亮的、精彩的讲话也就是诗文的初稿了。东汉王充是个在理论上很有卓见的学者,他在《论衡·量知篇》中说:"学士有文章之学,犹丝帛有之五色之巧也。本质不能相过,学业积聚,超逾多矣。"意思是文士有文章的学问,就像丝帛有五彩斑斓的刺绣之巧一样。学士的本质并不超过一般人,但是一待学业积厚了,就大大超过了一般人。王充清楚地看到了学业对文士的重要作用。王充所讲的学业也只能是指读书。众所周知,魏晋以后中国文学进入自觉阶段。人们的文学观念发展和更新了,对写作规律的研究包括对写作主体修养的研究也随之正式展开了。关于读书与写作的关系问题自然也就更明显地提了出来。晋代葛洪在《西京杂记》中告诉人们,扬雄这位辞赋大家"读千首赋乃能为之"。晋代陆机的《文赋》在分析创作构思过程时,一开始就提出"伫中区以玄览,颐情志于典坟"。前一句是说立身宇宙之中,深刻地观察万物的变化;后一句是说在古籍中陶冶性情志趣,做好写作准备。南朝刘义庆在《世说新语·文学篇》中,也从正反两个方面说明了读书对写作的重要性。他说:"殷仲文天才宏赡,而读书不甚广博。亮叹曰:'若使殷仲文读书半袁豹,才不减班固。'"齐梁之际的刘勰,从他《文心雕龙》看,他的创作理论的视野应该说比他的前辈开阔多了。但就作家的修养而论,他仍然强调读书。在《文心雕龙·神思篇》中,刘勰在阐明构思想象活动的基础时,提出"积学以储宝,酌理以富才,研阅以穷照,驯致以怿辞"的著名论断。尽管学术界对这段话的理解不尽一致,但都认为前两句是指读书。刘勰在分析写作过程中容易出现的"理郁者苦贫,辞溺者伤乱"两种毛病时,其解决办法是"博见为馈贫之粮,贯一为拯乱之药"。这里的博见同样是指读书。《事类篇》就讲得更明确:"夫经典沉深,载籍浩瀚,实群言之奥区,而才思之神皋也。"其他如《体性》等篇都不同程度地提到读书的重要。唐宋以后,随着儒家文学观的巩固和发展,作家主体修养的问题被推到写作理论诸问题中的首要地位。作家、批评家们都在讲,他们讲"道",讲"气",讲"诗穷而后工",讲"工夫在诗外",读书仍然是他们讲得最多的内容之一。唐代韩愈的《答李翊书》、柳宗元的《答韦中立论师道书》,宋代苏洵的《上欧阳内翰书》,清代魏禧的《宗子发文集序》、袁守定的《占毕丛谈》等都有精辟论述。即使像宋代严羽一派理论家也并非一般的否定读书。他一方面说:"夫诗有别材,非关书也;诗有别趣,非关理也。"另一方面却又紧接着说:"而古人未尝不读书、不穷理,所谓不涉理路,不落言筌者,上也。"(《沧浪诗话》)关键是他反对以理为诗,以书本知识为诗。明代戏曲理论家王骥德曾说过:"作诗原是读书人,不用书中一个字。"(《曲律》)这两句话似乎能作严羽理论的注脚。

究竟如何体认读书与写作的关系呢?清代诗论家吴乔在《围炉诗话》中转引冯定远的话说:"多读书则胸次自高,出语皆与古人相应,一也;博识多知,文章有根据,二也;所见既多,自知得失,下笔知取舍,三也。"胸次、胸襟、襟抱,这是明清之际的许多作家、批评家,诸如杨慎、叶燮、薛雪、沈德潜等反复强调的一个问题。统观诸家的说法,胸次大体上包括两个方面:其一是识见。所谓"胸次高",也就是识见卓越。识见是一种洞察力和判断力,是一个作家艺术创造力的最重要的因素,它在很大程度上决定着一个作家所创作的作品的思想和艺术品位的高低。宋代苏洵在《上欧阳内翰书》中叙述的情况就相当典型。他二十五岁才知道读书,既不刻苦,又觉得别人都不如自己,可是一到写文章就感到非常困窘。于是他就取古人书认真读,越读越感到古人出言、用意与自己大不一样,他就下决心烧掉以前所写的诗文。他特别认真地阅读了《论语》、《孟子》和韩愈等人的书,"兀然端坐,终日以读之者,七八年矣",终于"胸中豁然以明"。他的眼界开阔了,洞察力、识别力提高了,成为宋代著名的史论散文家。作为北宋文坛领袖的欧阳修就很推崇苏洵的《权书》、《衡论》、《几策》等作品,认为苏氏可与西汉的贾谊、刘向相媲美。曾巩在《苏明允哀词》中也认为苏洵的文章"其雄壮俊伟,若决江河而下也。其辉光明白,若引星辰而上也"。就连中学生们所熟悉的《六国论》之所以流传千古,也主要是由于文章体现了作者对历史事变的深刻的洞察力和判断力。这正如明代袁宗道讲的:"有一派学问,则酿出一种意见,有一种意见,则创出一派言语。"(《白苏斋类集》)当代著名作家王蒙在评论一批青年作家的创作倾向时曾精辟地指出:"光凭经验只能写出直接反映自己的切身经验的东西。只有有了学问,用学问来熔冶、提炼、生发自己的经验,才能触类旁通、举一反三,融会贯通生活与艺术、现实与历史、经验与想象、思想与形体……从而不断开拓扩展,不断与时代同步前进,从而获得一个较长久、较旺盛、较开扩的艺术生命。"(《一个值得探讨的问题》)其二,"胸次高",指心地的高洁澄澈。宋代诗人黄庭坚评论苏轼黄州时期的作品时指出:"非胸中有万卷书,笔下无一点尘俗气,孰能至此。"(《豫州黄先生文集》)其他如明代的杨慎等也有同样或类似的说法。这里的"尘",当指尘俗、势利之气。许多作家、批评家都把它视为做人和作文的大敌。一个作家如果不彻底澡洗尘俗、势利之气,不但影响其作品的质量,同时也会阻碍其创造力的发挥。清代艺术批评家沈宗骞主张,要创作必须"先于平日平其争竞躁戾之气,息其机巧便利之风"(《芥舟学画编》)。明代方孝孺在《逊志斋集》中讲过他自己的一段经历:幼年时,一次同一位老者同去逛闹市。回家之后,自己"凡触乎目者,漫不能记",那位老者却把闹市中的情形,讲得清清楚楚。方孝孺问其所以,老人说:"子观乎车马,得无愿乘之乎?子见悦目而娱耳者,得无愿有之乎?人惟无欲,视宝货犹瓦砾也,则心何往而不静?"方孝孺"退而养吾心三年,果与老人无异"。这说明,"嗜欲"是心灵的障碍。

所谓"博识多知,文章有根据",是指多读书可以为写作积累丰富的素材,奠定坚实的基础。写议论文字,要提炼主旨,选择论据,丰富的材料是其基础。诗歌创作,诗兴的感发,意象的组合,产生于体验和感受,体验感受的直接对象是各种各样的材料。这一点古人讲得很多,认识也很明确。《文心雕龙·事类篇》就是最早研究写作材料的专论。刘勰认为"才为盟主,学为辅佐","是以将赡才力,务在博见,狐腋非一皮能温,鸡蹠必数千而饱矣"。唐代史学家刘知几在《史通·采撰篇》中重申了刘勰的看法:"珍裘以众腋成温,广厦以群材合构。"明清以后,随着社会、经济和文学观念的发展,一些戏剧家成为新文学观念的代表,他们写的作品是当时的新文学,他们阅读的范围也广泛得多了。明代戏剧家王骥德在《曲律》中主张不仅要读《诗》、《骚》、乐府、汉魏六朝、三唐诗,连《花间》、《草堂》诸词,金元杂剧诸曲及古今诸部类书都要"博搜精采,蓄于胸中",使自己脑满肠肥,写作时自然纵横捭阖、汩汩外流。就连清代很正统的文学家魏禧也认为积累写作素材"辟之富人积财,金玉、布帛、竹头、木屑、粪土之属,无不预贮,初不必有所用之,而当其必需,则粪土之用,有时与金玉同功"(《宗子发文集序》)。

在一些具体的作家、作品评论中,同样可以看出许多评论家对博学多知的重视。宋代魏庆之认为"僧祖可作诗多佳句……然读书不多,故变态少。观其体格,亦不过烟云、草树、山川、鸥鸟而已"(《诗人玉屑》)。元代揭曼硕也说:"东坡谓:'孟浩然如造内法酒手,而乏材料。'"(《学诗指南》)

作为构成文学作品的"根据"或基础的,除了作家显意识层储存的各种知识和素材外,还有不可忽视的更深层的内容。首先,是与写作的"神"紧密联系的灵感现象。这是不少优秀作品得以产生的重要契机。中国古代作家、评论家从陆机开始,刘勰、李德裕、苏轼、王夫之、叶燮等都用不同说法表述过灵感现象,分析过灵感现象对文学创作的重要性。他们多数还不能清醒地解释灵感产生的原因,但有的朦胧意识到了读书与灵感的关系。例如前面提到的王骥德的"脑满肠肥"说,魏禧的"粪土与金玉同功"说。清代的袁守定在《占毕丛谈》中就把灵感与读书的关系讲得十分清楚了。他说:"文章之道,遭际兴会,抒发性灵,生于临文之顷者也。然平日餐经馈史,霍然有怀,对景感物,旷然有会,尝有欲吐之言,难遏之意,然后拈题泚笔,忽忽相遭,得之在俄顷,积之在平日。"得之在俄顷的灵感的迸发,必须有平日的餐经馈史作基础。

其次,是写作欲望和冲动问题。中国古代作家一贯强调情动而辞发。刘勰主张要为情造文,反对为文造情(《文心雕龙·情采》);苏轼认为"非能为之为工,乃不能不为之为工"(《江行唱和集序》)。这种创作的内驱力,不是来源于作家先天的禀赋,而是来源于作家长期的对事理的洞达和情感的积累。宋代楼钥说:"文章,精神之发也。学问既充,精神有养,故老而日进。"(《跋旧答李希岳启》)清代的方东树也认为"胸中蓄理至多,及临事临文举而书之,若泉之达,火之然,江河之决,沛然无所不注"(《仪卫轩文集》)。

所谓"所见既多,自知得失,下笔知取舍",是指书读得多了,就容易看出自己和别人作品的长短,在写作时以便避己之短,学人之长。苏洵就是在认真研读了《论语》、《孟子》和韩愈的文章之后,才一把火把自己数百篇作品烧光。明代徐祯卿的《谈艺录》记载:"昔桓谭学赋于扬雄,雄令其读千首赋。盖所以广其资,亦得以参其变也。"广其资,就是扩大自己的借鉴。得以参其变,是说不但学习,还得创新。多学习别人的作品是打基础,最终还是要创新。变化、创新都是一种高层次的取舍。柳宗元在《与杨京兆凭书》中说,他从小学习写文章,中第做官之后,也是专管百官奏章,然而并未弄通为文之道。待到贬官之后,有了空闲,读了百家书,"乃少得知文章利病"。柳宗元《答韦中立论师道书》更全面、深刻地总结了读书写作的经验。他说:

本之《书》以求其质,本之《诗》以求其恒,本之《礼》以求其宜,本之《春秋》以求其断,本之《易》以求其动。吾所以取道之原也。参之穀梁氏以厉其气,参之孟、荀以畅其支,参之庄、老以肆其端,参之《国语》以博其趣,参之《离骚》以致其幽,参之太史公以著其洁。此吾所以旁推交通而以为之文也。

这段文字中,前面"本之"的都是经书,"质"、"恒"、"宜"、"断"、"动"都是属于道的范畴,也即是世界观、艺术观上的事,是写作的根本。《孟》、《荀》以下都是参考书。对这些书,重点是学其风格、技巧、文字,有的学其畅,有的学其肆,有的学其趣,有的学其幽,有的学其洁,博采众家之长,形成自己的风格。这种总结实乃大家眼光。

读书多,是否肯定能写好诗文,当然事情没有那么简单,宋代陈辅之指出,万卷书谁人不读,下笔未必有神。诗论家严羽认为韩愈其学力远远超过王(维)、孟(浩然),但其诗却较王、孟逊色。我们且不评论这种说法是否公允,但他提出了一个重要的问题:创作上的成就同读书多少并不绝对成正比。

就一般情况而言,要想写出好的作品,除读书多,还应具备其他某些必要条件。首先,是读书要能化,能把学到的书本知识或读过的优秀作品消化、吸收、转化为自己的思想或诗情。清代诗论家袁枚曾以吃东西作比,说"善吃者长精神,不善吃者长痰瘤"(《随园诗话》)。袁枚的女弟子席佩兰《论诗绝句》四首之一云:"枵腹何曾会吐珠,詅痴又恐作书橱。游蜂酿蜜衔花去,到得成时一朵无。"(《长真阁集》)高扬"读书破万卷,下笔如有神"这面大旗的杜甫,就是能学善化的典型。他写诗学汉魏乐府,学六朝,推崇阴(铿)、何(逊)等。他学前人又远远超前人,成为中国古典诗歌的集大成者。清代叶燮曾把那些读书多却不能消化的人叫做"两脚书橱"。说这些人"记颂日多、多益为累,及伸纸落笔时,胸如乱丝,头绪既纷,无从割择",又说"如三日之新妇,动恐失体,又如跛者登山,举恐失足"(《原诗·内篇下》)。

其次,不应忽视写作主体的天赋条件。北齐的颜之推在《颜氏家训·文章篇》中就指出:"钝学累功,不妨精熟,拙文研思,终归蚩鄙。但成学业,自足为人,必乏天才,勿强操笔。"他认为做学问只要功夫到家,可以成为学问家;缺乏写作天才,不要勉强操笔写作。即使强写,也只能写出低劣的作品。颜之推的看法,当然有严重的片面性,对初学写作者有害无益。但他的确看到作家天赋条件的独特性。清代著名诗人王士禛认为:诗根柢源于学问,兴会发于性情。清代张笃庆在答郎廷槐问时指出:

> 严沧浪有云:"诗有别才,非关学也;诗有别趣,非关理也。"此得于先天者,才性也。"读书破万卷,下笔如有神","贯穿百万众,出入由咫尺",此得后天者,学力也。非才无以广学,非学无以运才,两者均不可废。有才而无学,是绝代佳人唱《莲花落》也;有学而无才,是长安乞儿著宫锦袍也。

一个长于逻辑思辨的人,可以在学问的基础上探索社会的规律,人生的真谛,宇宙的奥秘,写出历史的、社会的、自然科学的巨著。一个长于艺术思维的人,则可以在学问的基础上熔铸出具有永恒价值和魅力的艺术形象。总之,学习写作,"学"和"才"应该是必须同时具备的两种素质,过分强调哪一点,都会失之偏颇。

清代潘德舆说得很好:"尚性情者无实腹,崇学问者乏灵心。论甘忌辛,诗教弥以不振,必当和为一味,乃非离之两伤。"(《养一斋诗话》)

二、阅历

在中国古代写作理论史上,司马迁第一个明确提出写作主体的遭际、阅历同写作关系的问题。他在《史记·太史公自序》中颇为详细具体地叙述了西伯拘羑里演《周易》、孔子厄陈蔡作《春秋》、屈原放逐乃赋《离骚》的情况。刘勰在《文心雕龙》中也有所涉及。钟嵘在其《诗品·总论》中讲得更加痛快淋漓:"至于楚臣去境,汉妾辞宫,或骨横朔野,魂逐飞蓬;或负戈外戍,杀气雄边,塞客衣单,孀闺泪尽;或士有解佩出朝,一去忘返;女有扬蛾入宠,再盼倾国。凡斯种种,感荡心灵,非陈诗何以展其义,非长歌何以骋其情?"司马迁、刘勰、钟嵘所叙述的,都是作家在生活遭际和对命运抗争中的心灵震颤。这种心灵震颤的轨迹发展到唐宋,逐渐形成了不少创作理论命题,诸如"发愤著书"、"不平则鸣"、"诗穷而后工"和"壮游长才"等。这里仅就"壮游长才"、"诗穷而后工"作些分析。

(一)壮游长才。

产生伟大的艺术家和艺术品的土壤,无非是两个方面:一是人情事理的顺逆;二是锦绣山河的陶冶。所谓壮游长才,就是指祖国的壮丽山河对作家、艺术家人格形成的重大作用。

司马迁在《史记·太史公自序》中讲到他二十岁"南游江淮,上会稽,探禹穴,窥九疑,浮沅湘;北涉汶、泗,讲业齐鲁之都,观孔子之遗风,乡射邹、峄;厄困鄱、薛、彭城,过梁楚以归"。后来又"奉使西征巴蜀以南,南略邛、筰、昆明"。这对司马迁写作《史记》无疑具有重要作用。宋代周煇说:"古人观名山大川,以广其志意而成其德,方谓善游。太史公之文,百氏所宗,亦其所历山川有以增发之也。"(《清波杂志》卷八)清代的徐作肃也说:"昔司马迁历

四海,周天下名山大川,广而遇之,故其文奇伟,振耀古今。夫文非徒以辞也。"(《壮悔堂文集》卷首)

诗仙李白,"一生好入名山游"(《庐山遥寄卢侍御虚舟》)。约二十四五岁出川东游,遍游天下名山大川,"偶乘扁舟一日千里;或遇胜景终年不移"(《蛩溪诗话》)。"凡江、汉、荆、襄、吴、楚、巴、蜀,与夫秦、晋、齐、鲁山水名胜之区,无不登眺"(刘楚《登太白楼记》)。诗圣杜甫足迹遍于吴越、齐赵、长安、川、甘、湘鄂,其《壮游诗》云"东下姑苏台,已具浮海航。到今有遗恨,不得穷扶桑",以未能出国为恨;"放荡齐赵间,裘马颇清狂",也画出了这位风华正茂的青年诗人的豪情逸韵。清代诗人诗论家沈德潜认为杜甫"自秦州至成都诸诗,奥险清削,雄奇荒幻,无所不备。山川诗人,两相触发,所以独冠古今也"(《唐诗别裁》卷二杜甫《剑门》评语)。南宋黄彻在其《碧溪诗话》中指出:"使二公稳坐中书,何以垂不朽如此哉!"唐代青年诗人李贺,大概由于短命的缘故,没能遍游祖国的名山大川,然而据记载他却每天骑驴出游,早出晚归,可以想见他是到大自然中去寻找诗的题材和灵感。也正由于他观览的范围有限,他的诗固然有其独特风格,但诗的内容与李、杜等大诗人相比,就显得太贫乏、太狭窄。他的诗像是一个患有贫血症的美人。

宋代苏辙十九岁时写的《上枢密韩太尉书》既是一篇著名的干谒文字,又是一篇阐发写作主体修养的精彩的文学论文。文章说,孟子由于"善养浩然之气","观其文章,宽厚宏博,充乎天地之间,称其气之大小。太史公行天下,周览四海名山大川,与燕赵间豪俊交游,故其文疏荡,颇有奇气"。随后又颇详尽地叙述自己出川以后的见闻:

过秦汉之故都,恣观终南、嵩、华之高,北顾黄河之奔流,慨然想见古之豪杰。至京师，仰观天子宫阙之壮，与仓廪、府库、城池、苑囿之富且大也，而后知天下之巨丽。见翰林欧阳公，听其议论之宏辩，观其容貌之秀伟，与其门人贤士大夫游，而后知天下之文章聚乎此也。

刘勰《文心雕龙·物色篇》说："然屈平所以能洞见风骚之情者，抑亦江山之助乎。"所谓"江山之助"，就是指文学创作得助于山川景物的帮助。宋代之后"江山之助"便逐渐成为一个很普通的创作理论命题，成为文人们谈诗论文的口头禅。

"壮游长才"，应如何从创作理论上理解？

1. 广博的见闻可以增强作家心灵的敏感度。当代艺术评论家余秋雨在其《艺术创造工程》中对此有精彩论述。他说：因包藏深厚而变得极其敏感的心灵，接触各种自然物都会产生感应；心灵所包藏的丰富内容中总会找到与自然物合拍的部位，而心灵中的各种包藏又会相互连结，使一种片断性的合拍延绵成想象的长链、意象的云锦。中国古代作家主张"读万卷书，行万里路"，实则就是在锤炼着巧遇的敏感度。读万卷书而使主体心灵深厚博大，行万里路既增益了这种深厚博大，又疏通了这种深厚博大的心灵与苍茫自然之间的连结渠道。于是，万里路上的种种景象便与万卷书中的种种蕴藏时时往还，灵感便时时勃发。时间一长，万里路和万卷书都沉于心间，成了心灵的自然结构，因此，今后的巧遇，也就不再是历史知识和地理背景上的联想式的灵感，而成了一种天籁式的把握。

2. 美的境界利于促成美的创造。每一个人，包括文学家、艺术家们都必然同时具有功利意识和审美意识。一个作家如果在名利场中得手，他的名利欲就有可能无限膨胀；如果命运把他挤出了名利场，他就有可能终生为人们创造美的艺术品。如杜子美到巴蜀,柳宗元到湘西,苏东坡到南海,范石湖到粤、蜀,他们终年生活在秀丽的山水之中,自然就会时时产生审美的冲动,进行美的创造。南宋黄彻在其《碧溪诗话》中评论李杜时说得很好:"书史蓄胸中,而气味入于冠裾;山川历目前,而英灵助于文字。"

3. 广博的积累,可以为作家拓宽想象的天地。文学艺术品是想象的产物;想象能力是一个艺术家必须具备的最基本的能力。我国古代不少文学、艺术理论家在他的作品中直接或间接地涉及想象与经验的关系问题。《文心雕龙·神思》是篇著名的想象专论,它在阐述想象时提出了著名的"积学储宝"、"酌理富才"、"研阅穷照"的理论,强调想象必须以此为基础。明清的一些文学和艺术理论家认识更明确,谈得更鲜明。金圣叹在《水浒》第二十八回点评中认为"《史记》是以文运事,《水浒》是因文生事"。他还在《水浒》第二十八回回首总评中说:"吾见其有事之巨者,而隐括焉;又见其有事之细者,而张皇焉;或见其有事之缺者,而附会焉;又见其有事之全者,而轶去焉;无非为文计,不为事计。"这里的"隐括"、"张皇"、"附会"、"轶去",都是通过想象进行的艺术加工,加工的对象必然是经验材料。袁宏道讲"善为诗者,师森罗万象"(《序竹林集》)。许多艺术理论家也讲"搜尽奇峰打草稿","手师心,心师目,目师华山"。这都可以很好地说明想象必须以经验为基础,想象的征帆必须行驶在知识海洋里。

(二)诗穷而后工。

这个著名的创作理论命题,是宋代欧阳修正式提出来的。他在《梅圣俞诗集序》中提出:"非诗能穷人,殆穷而后工也。"意思是并不是写诗会造成诗人的贫穷,而是"穷"才能使诗人写出好诗。这里首先需要弄清"穷"指什么?是否就是指物质生活的贫穷。先看欧阳修自己的解释。他在同一篇文章中这样说:诗人从来都是"少达而多穷"。这里"穷"、"达"对待,而不是"穷"、"富"对待,很明显,穷是指仕途坎坷,社会理想得不到实现。明代方孝孺解释得更加明白,他认为所谓穷是"在心志之屈伸,不在富贵贫贱","夫困折屈郁之谓穷,志遂意适之谓达"(《逊志斋集》)。由此可以看出,"诗穷而后工"这个诗学命题的确切含义应该是:一个诗人仕途不通达,社会理想受到压抑,诗才能写得好。

"诗穷而后工"是中国古代文学史上儒家文化心态的典型表现。它始终同中国古代文学并行不悖。

《诗经·魏风·园有桃》有云:"心之忧矣,我歌且谣。"

司马迁认为:圣贤写作是"皆意有郁积",是"发愤之所作为"(《史记·太史公自序》)。

韩愈认为:"物不平则鸣。""凡出乎口而为声者,其皆有弗平者乎。"(《送孟东野序》)

陆游说:"悲愤积于中而无言,始发为诗,不然无诗矣。"(《澹斋居士诗序》)

宋代诗人黄庭坚认为:杜甫夔州以后诗,韩愈潮州以后文,都是作者最高水平的作品。金代元好问也认为,杜甫夔州以后,乐天香山以后和苏轼南海以后的作品都是最高水平的。

杜甫可算是"诗穷而后工"的典型。杜甫青年时代生活惬意而性情豪爽。他游历过吴越,有过穷扶桑的打算,后又两次游齐赵,"放荡齐赵间,裘马颇清狂"是当时的写照。天宝五年杜甫到长安求官觅职,生活状况发生了根本变化。正如他自己在诗中写的"骑驴十三载,旅食京华春。朝扣富儿门,暮随肥马尘"(《奉赠韦左丞丈二十二韵》),长期过着乞食生活。安史乱起,先是流亡,后又做乱军俘虏。乾元二年,杜甫开始了他更加艰难的流亡生活,由陕西经由甘肃,最后到达四川成都。著名的"同谷七歌"和

《秦州杂诗》就是这期间写的。杜甫四十八岁入川,在这里生活了将近十年,五十七岁时,便从四川顺江东下,先到湖北公安,后到岳阳,得知中原仍战乱不休,便向南到了湖南潭州(即今长沙)五十九岁,病死在湘江的一条破船上。黄庭坚、元好问都认为杜甫夔州以后的诗最好。如果这种评价大体准确的话,这就说明,杜甫对人生酸甜苦辣尝足之后,痛定思痛,才写出了最好的诗篇。明代谢榛在《四溟诗话》中评杜甫诗说:"子美不遭天宝之乱,何以发忠愤之气,成百代之宗。"王世贞也说:"夫贫老愁病,流窜滞泊,人所不谓佳者也,然而入诗则佳。富贵显荣,人所谓佳者也,然而入诗则不佳。"(《艺苑卮言》)

这里还可以介绍一个很有意义的统计。从先秦到宋金,在226名作家中,遭到各种不幸的有199名,占总人数的88%。在这199人中,他们的遭遇和创作的关系是:直接相关的132人,占66%;间接相关的19人,占10%;相关总人数151人,占76%。

西方文学艺术史上,没有"诗穷而后工"的概念。他们讲"愤怒出诗人"。同"诗穷而后工"有极相似之处。雪莱说:"最甜美的诗歌,就是那些诉说最忧伤的思想的。"歌德说:"在我遇到幸运、心情愉快的时候,我的诗才的火焰非常微弱。相反的,当我被灾难胁迫时,诗的火焰炎炎燃烧——优美的诗文像彩虹一样,只在雨后阴暗的地方出现。唯其如此,文学天才都喜欢忧郁的因素。"(以上转引自钱钟书《诗可以怨》)尼采说得很幽默:"痛苦使得诗人和母鸡咯咯。"(《悲剧的诞生》)史达尔夫人也说过:"和诗人的其他任何气质相比,忧伤对于人的性格和命运的影响要深刻得多。""忧郁的诗歌是和哲学最为调和的诗歌。"(《论文学》)上述名言,同中国古人的"诗穷而后工"的说法,本质上是相通的。

我们应该如何理解"诗穷而后工"的合理性呢?

1. "穷"会强化创作的内驱力。现代心理学告诉我们,人有痛苦必然寻找各种渠道排遣。一般人宣泄痛苦的方式是直接的,或长吁短叹,或悲痛唏嘘,或呼天抢地。还有两种人其宣泄方式是不同的,一种是精神病患者,一种是文学艺术家。德国心理学家瑞安克说:神经病要消受痛苦,艺术家则将其吐出来。当然艺术家的"吐"是用艺术的形式。

美国人本主义心理学家马斯洛将人的需求分为七个层次,即生理需要;安全需要;归属和爱的需要;尊重需要;认知需要;审美需要;自我实现的需要。这七个层次,由低到高,每一个较低层次的需要的实现,总是要有一个较高层次的需要提出来。人在奋斗中,其欲望不断满足,不断产生。从社会学的角度看,每个人都有自己的理想、抱负,都想使自己的理想、抱负得到实现。特别是中国古代作家,他们大多是儒学的信奉者,都主张积极入世,都想干一番事业。然而,由于当时的社会制度和其他方面的原因,往往使他们多数人的理想落空。正如明代的游潜讲的:"试从李杜编排起,几个吟人做大官。"(《梦蕉诗话》)这就造成了许多文人墨客用诗文来发泄不平的社会的和政治的原因。柳宗元认为,一个人(他指的是所谓君子)活在世上,都是"呻呼踊跃以求知于世",但结果是"有济世之具而未得行其道",这就必然要"形诸文章,伸于歌咏"(《娄二十四秀才花下对酒唱和诗序》)。宋代黄彻在《䂬溪诗话·自序》中说:"士之有志于为善,而数奇不偶,终不能略展素蕴者,其胸中愤怨不平之气,无所舒吐,未尝不形于篇咏而见于著述者也。"叶燮在《原诗》中也指出:"忧则人必愤,愤则思发,不能发于作为,则必发于言语。"

这一部分用了"内驱力"这个概念。所谓内驱力,就是发自内心的、无法抑制的、不能不表现出来的一种情感力量。宋代诗论家葛立方在《韵语阳秋》中指出,有些人即使在性命难保的情况下仍要写诗作文,"虽鼎镬在前不恤也"。葛氏举的例子是:南唐后主李煜在危城中作《临江仙》(樱桃落后春归去),东坡在狱中作《赠子由》,李白在狱中作《狱中上崔相涣》等等。葛立方认为这是"性之所嗜",即出自本性的爱好。这种解释,不能说毫无道理,但未能抓住实质的东西。我们可以从两方面来理解:或者是抒愤,像叶燮等人阐述的;或者是通过一种虚幻的形式满足精神的需求。清代杨恩寿在其《续词余丛话》中阐述得淋漓尽致:

> 大凡功名富贵中人,大而致君泽民,小而趋炎附势,惟日不足,何暇作此不急之需?必也漂泊江湖、沉沦泉石之辈,稍负才学而又不遇于时,既苦宋学之拘,又觉汉学之凿,始于诗、古文辞之外,别成此一派文章,非但郁为之舒,愠为之解,而且风霆在手,造化随心。我欲作官,则倾刻之间便臻荣贵;我欲致仕,则转盼之际又入山林;我欲作人间才子,即为杜甫、李白之后身;我欲娶绝代佳人,即谐西子、王嫱之佳偶;我欲成仙作佛,则西天、蓬岛即在笔床砚匣之旁;我欲尽忠致孝,则君治、亲年,可驾尧、舜、彭篯之上。

2."穷"则情真、情真必感人。司马迁说过:"人穷则返本。"(《屈原贾生列传》)什么叫"返本"?他自己解释说:人悲痛至极,或呼父母或告苍天。按我们今天的观点理解,人在危难时刻最易流露深层次的、本能之情。清代黄震在《黄氏日钞》中说:"诗本情,情本性,性本天。"司马迁的"本",黄震的"天",都是指天性。这是一种纯真之情。我国古人所说的工与不工,主要不是指艺术技巧,而是侧重指艺术情感的是否纯真深挚。清代王珦认为:"无情之人未有能工于文也。"(《文情》)袁枚认为:"有必不可解之情,而后有必不可朽之诗。"(《答蕺园论诗书》)费锡璜评论汉诗时说得更明确:"如《垓下歌》、《春歌》、《幽歌》、《悲愁歌》、《白头吟》,皆到发愤处为诗,所以成绝调;亦不论其词之工拙,自足感人。"(《汉诗总说》)宋代方逢辰认为:"诗不必工,工于诗者泥也,诗所以吟咏情性,足以达我之情性之妙可矣。"方氏说的"不必工",指不必在诗的形式上刻意求工,重在吟咏性情。

一篇诗文或一件艺术品,其内容无非是情感和形象。与形象相比较,情感性重于形象性,这是古今中外的文学家、美学家们的共识。明代诗论家陆时雍在其《诗镜总论》中指出的"而巧者绘情,拙者索相",真正抓住了文学艺术的基本特征。我国当代美学家李泽厚也指出,对文学艺术来说情感性比形象性更重要。就具体作品看,诸葛亮的《前出师表》、李密的《陈情表》,其内容和语言表达形式,都可以划归议论散文。其实际不然,读者们都把它们当作很好的抒情散文来读,其原因是作品中蕴含着很深很浓的情感因素。其他如韩愈的《祭十二郎文》、《柳子厚墓志铭》,归有光的《项脊轩志》,袁枚的《祭妹文》都是情感因素重于形象因素。再如读杜甫的"三吏"、"三别"、《赴奉先咏怀》、《茅屋为秋风所破歌》,只感受到一种沉郁顿挫之情,而无暇考虑作者运用了什么技巧。正如法国罗丹说的"真正的艺术是忽视艺术的","要点是感动,是爱、是希望、战栗、生活。在做艺术家之前先要做一个人"(《罗丹艺术论》)。

从另一方面看,历史上达官贵人兼文人墨客者不少,何以他们没有留下多少不朽之作?大体有三个方面的原因:一是他们无暇制作。清代尤侗认为:"若夫名公巨卿,以至郎官有司之属,上则高步岩廊,骄语经济;次则早衙晏罢,支吾于簿书筐箧之间,何暇含毫吮墨,为文辞以自见哉?"(《孝思堂集序》)。明代桂彦良也曾有同样的看法:"以文名世者,士之不幸也。有可用之材,当可为之时，大之推德泽于天下，小之亦足以惠一邑，施一州，尽其心力于职业之中，固不暇为文。然其名亦不待文而后传也。"(《九灵山房集序》)。二是缺乏真情实感。正如《文心雕龙·情采篇》所批评的那样："志深轩冕，而泛咏皋壤；心缠几务，而虚述人外……言与志反，文岂足征？"三是有的文学天才也会被世人的吹捧扼杀。明代许学夷说："富贵之人，经营应接，无暇刻之暇，其于诗不能工，人皆知之。至若富贵者，篇章始成，谄谀之人交口称誉。有显誉者，一言偶出，信耳之人，同声应合。苟非虚已受益，不为所惑，此人未易知也。"(《诗源辩体》)

3."穷"则寄托深远，更易感动人心。上面用较多的篇幅谈到情的重要性。然而情也有不同层次。有卑琐之情，有儿女之情，有豪壮之性，有崇高之情。情感的层次越高，就越带有普遍性，越能感动更多的读者。作家的遭遇越坎坷，他就离民众越近，离个人越远，越能形成宽广的胸襟，酿成崇高之情。伟大的文学艺术家是多数人的代言人。

屈原是我国第一位伟大诗人。汉代王逸称他是"膺忠贞之质，体清洁之性，直若砥矢，言若丹青，进不隐其谋，退不顾其命，此诚绝世之行，俊彦之英也"。他的作品是"百世无匹，名垂罔极，永不刊灭者矣"。千百年来，"凡百君子，莫不慕其洁高，嘉其文采，哀其不遇，而愍其志焉"(《楚辞章句序》)。屈原作品之所以感人至深，就是因为作品中表现出了伟大的人格。清代归庄对杜甫和建安七子的评论是颇为深刻的。他说："吾以为一身之遭逢其小者也，盖亦视国家之运焉。诗家前称七子，后称杜陵，后世无其伦比，使七子不当建安之多难，杜陵不遭天宝以后之乱，盗贼群起，攘窃割据，宗社齼尬，民生涂炭，既有慨于中，未必其能寄托深远，感动人心。"(《吴余常诗稿序》)归庄认为文学作品只反映作家个人的苦乐,其价值是不大的,只有反映国家兴衰,生民涂炭的作品才是"寄托深远,感动人心"的优秀作品。杜甫作品的可贵之处,并不在于写愁苦多,写欢乐少。而在于他往往从个人的愁苦写起,进而深刻反映时代的、民众的苦难。读者可以从作品中感受到作者个人的苦难,时代和民众的苦难,看到作者崇高的人格。我们称这三者为感染的合力,不会有什么大的偏颇。诗家认为《闻官军收河南河北》是杜甫平生第一快诗,同样是心系中原,心系国运的反映。我们还应该提及一下陆游的情况。明代黄漳在《书陆放翁先生诗卷后》中指出:陆游"非向之所谓飘洒出尘者所能尽也。盖翁为南渡诗人,遭时之艰,其忠君爱国之心,郁郁不平之气,恢复宇宙之念,往往发之于声诗"。陆游一生共留下了9300余首诗,尽管诗的题材广泛,风格多样,然而其主调毫无疑问的是慷慨悲歌终生为恢复中原而奋斗的爱国主义精神。一首《示儿》诗照彻了诗人的伟大人格,一首《示儿》诗震撼了千千万万后来人。陆游死后二十四年宋和蒙古会师灭金,刘克庄作《端嘉杂诗》,其第四首说:"不及生前见房亡,放翁易箦愤堂堂。遥知小陆羞时荐,定告王师入洛阳。"陆游去世六十六年后元师灭宋,林景熙写诗道:"青山一发愁濛濛,干戈况满天南东。来孙却见九州同,家祭如何告乃翁。"(《书陆放翁诗卷后》)

总之,"诗穷而后工"这个著名的诗学命题,是古人创作经验的总结,但也不是绝对的,而是有条件的。多数诗人、诗论家赞同这种说法,也有些人从不同角度提出不同看法。元代黄溍认为:"非诗之所能穷达。其诗也不俟穷而后工也。"(《蕙山愁吟后序》)清代赵翼指出:"观(杜甫)集中《重经昭陵》、《高都护骢马》、《刘少府山水障》、《天育骠骑》、《玉华宫》、《九成宫》、《曹霸丹青》、《韦偃双松》诸杰作,皆不在甚饥窘时。气壮力厚,有此巨观,则又未必真以穷而后工也。"(《瓯北诗话》卷二)袁枚则认为,"诗穷而后工"之说"原为衰世之言。古人若唐虞之皋、夔,成周之周、召,何尝不以高华篇什传播千秋"(《答云坡大司寇》)。这种看法,论据不足。唐虞、成周时代,是中国文学的发轫期,多数篇章都难说是文学,哪有什么"高华篇什"。明代吴应箕的看法比较有道理,他认为"诗穷而后工"不能成为定论。陶渊明、杜子美这些人,"有忠君爱国之心,而时位不称,率多寄意于篇什,于是而谓诗以穷工亦宜。若本非其具,即老死沟壑,方求一言之几于道不可得,其诗又安问工拙哉?"(《卷园诗集序》)他认为关键是修养,不具备诗人的修养,即使困顿致死,也写不出好诗。清代的刘熙载认为作家"其过人处在说得出,不但见得到也"(《艺概·诗概》)。德国大诗人歌德说:"对情境的生动感受,加上把它表现出来的本领,这就形成诗人了。"刘熙载的"说得出"和歌德的"把它表现出来的本领"都是讲艺术家对形式的把握和运用问题。前面我们较多的强调了情在诗文创作中的重要性。情只是诗或其他某些艺术作品的本体,它要成为诗或艺术品,必须依赖一定的形式。黑格尔曾讲过,只是把满肚子感情直接倾诉出来,那不能叫艺术。对艺术形式的把握,这就是诗人、艺术家的重要修养。

第三节　澡雪精神

本节将重点分析两点,即养气和虚静。这两点主要是通过反省自身来提升作者的精神气质。

一、养气

"气"在中国古代文化史上是一个非常重要、非常复杂的概念。最早它是一个哲学概念,后来又逐渐发展形成为一个美学、创作学概念。作为具有哲学意义的"气"的概念,至迟在西周时已初步形成。春秋战国时,开始把"气"看作构成万物的原始材料。《老子》提出:"万物负阴而抱阳,冲气以为和。"《管子·内业》认为,"精也者,气之精者也","凡物之精,此则为生,下生五谷,上为列星"。《庄子》提出"通天下一气耳"(《知北游》)。《荀子》也认为"气"是宇宙万物的本体,水火草木禽兽人等都由"气"贯串之(《荀子·王制》)。汉代哲学家王充、刘安都是元气自然论者;明代的王廷相,清代的王夫之、戴震都不断充实、完善着这种元气自然论的哲学。

将"气"的概念引入美学、创作学,是在魏晋。曹丕《典论·论文》以"气"论文,艺术理论家以"气韵生动"论绘画。刘勰《文心雕龙》专设《养气篇》。元朝以后许多作家、诗人、理论家都直接间接地把"气"纳入自己的创作理论中。

"气"同文学艺术创作的关系,大体上可以从以下几个方面去看。

(一)把"气"作为概括作家不同的气质、个性的一个概念。

这始于曹丕的《典论·论文》。曹丕在这篇文章中提出,"气之清浊有体,不可力强而致","虽在父兄不能以移子弟"。钟嵘的《诗品》也认为"刘越石仗清刚之气"。直到宋代的苏辙也认为"文者气之所形"(《上枢密韩太尉书》)。

(二)把"气"作为概括作家进行创作时的心理状态和精神力量的一个概念。

这一点始于孟子的养气说。孟子说"我善养吾浩然之气"(《孟子·公孙丑上》)。这种"浩然之气"并不像管子等其他哲学派别讲的物质性的精气,而是一种主观精神力量,是一种需要经过长期认真修养的无所畏惧的主观心理状态。尽管孟子是讲哲学或伦理学,不是讲文学创作,然而却因为他讲的是一种主观的精神力量,以及这种精神力量的培养,却与作家们重视的主体修养相契合。刘勰《文心雕龙·养气》是一篇古代创作心理专论,突出强调创作过程中必须保持一种良好的旺盛的状态。"昌黎接孟子'知善养气'之传"(刘熙载《艺概·文概》)。韩愈是孟子养气说在文学创作领域中直接继承者和运用者。他说:"气,水也;言,浮物也;水大而物之浮者大小毕浮。气之与言犹是也,气盛则言之长短与声之高下皆宜。"(《答李翊书》)韩愈讲的气,同孟子讲的一样,也是一种极其饱满,至大至刚的精神力量。这种力量,既是一种创作动力又是儒家文学家们强调的文学作品主旨的基本素质。

(三)把"气"作为概括作家的生命力和创造力的一个概念。

曹丕的《典论·论文》中的"气",论者多认为是讲作家风格,这当然不错。不过还应该进一步地认识到,体现为作家风格的气,其实质是作家的生命力和创造力。因为按照古代哲学元气自然论的观点,人是由元气产生的,"气凝为人"(王充《论衡·无形》)。人的身体、精神、智慧都是"气"(王充《论衡·论死》),作家的生命力、创造力和创作活动,自然都统统根源于"气"。刘勰《文心雕龙·养气篇》既研究了作家的创作心理,也牵涉到了作家的生理功能。在创作过程中,作家的生理活动和心理活动是密不可分的;生命力和创造力是密不可分的。日僧遍照金刚的《文镜秘府论》也涉及了作家创作心理和生理活动问题,只是没有用"气"的概念表示。

苏辙认为"文不可以学而能,气可以养而致"。属于作家、艺术家主体精神的"气",是通过"养"而获得的。如前所述,养气说始于孟子,他养气的方法是"配义与道"。孟子所说的"道"不同于老子或庄子的"道",是指仁义之道。所谓"义",是指符合仁义之道的行为,即符合人的善性的行为。"配义与道",就是一方面要明白仁义之道,具有正确的世界观,一方面又要不断地去做人所应该做的事。时间长了,自然生出"浩然之气"。孟子的养气说,在中国文化史上影响很大。这种影响,主要是道德修养方面的影响。文论家第一个提出养气论的是刘勰,他强调平时的调养。《文心雕龙·养气篇》指出:"钻砺过分,则神疲而气衰……志盛者思锐以胜劳,气衰者虑密以伤神","是以吐纳文艺,务在节宣,清和其心,调畅其气。……玄神宜宝,素气资养。"清代何绍基在《与汪菊士论诗》一文中论养气最为深刻、全面:

> 凡学诗者,无不知要有真性情,却不知真性情者,非到做诗时方去打算也。平日明理养气,于孝弟忠信大节,从日用起居及外间应务,平平实实,自家体贴得真性情;时时培护,字字持守,不为外物摇夺。久之,则真性情方才固结到身心上,即一言语一文字,这个真性情时刻流露出来。然虽时刻流露,以之作诗作文,尚不能就算成家者,以此真性情虽偶然流露,而不能处处发现,因作诗文自有多少法度,多少工夫,方能将真性情搬运到笔墨上。又性情是浑然之物,若到诗与文上头,便要有声情气韵,波澜推荡,方得真性情发见充满,使天下后世见其所作,如见其人,如见其性情。若平日不知持养临提笔时要它有真性情,何尝没得几句惊心动魄的,可知道这性情不是暂时支撑门面的,就是从人借来的,算不得自己真性情也。

这是一段关于养气的总结性文字。它的可贵之处,至少有三点:其一,它把养气的内容理解成是作家的真性情,与孟子、韩愈、刘勰的看法相比更加贴近文学,突出了文学的本质特征;其二,它不仅强调平时的培护和持守,而且特别主张在日常生活的起居、应务中养气;其三,它看到了创作的复杂性。养气是根本,表达上的法度、功夫也不可忽视。

二、虚静

我们所讲的虚静,不是指舒适、安静的创作环境,也不是指良好的创作心境,而是指需要经过长期修养才能达到的一种空静澄明的精神境界,是最高层次的修养。我国古代的"虚静"说,始于老子。《老子》第十章云:"涤除玄鉴,能无疵乎?"多数论者都认为这就是"虚静"说的最早的表述。"玄"是形容人心的深邃灵妙。"鉴"本来是镜子,这里是观照的意思。涤除,是清洗。合而观之,"涤除玄鉴"意思是人们必须清除一切外物和欲念的干扰,才能保证对至高无上的道的观照。托名春秋时代齐相管仲所作的《管子》也有类似的说法。其《心术篇》有云:"去欲则寡,寡则静,静则精,精则独,独则明,明则神矣。"这段话的核心意思也是去欲,只要去欲就可一步步达到神的境界。荀子是儒学大师,其哲学观当然不同于老子和管子的道家学派,但他也主张"虚壹而静"、"闲居静思则通"。可见,通过虚静去观照世界,是古代不同派别哲学家们的共识。

老子、管子、荀子,他们都还是从一般认识论的角度讲虚静,并未涉及对世界作审美的把握。道家学派到了庄子,发展到完全成熟的阶段。庄子哲学的最高概念是"道"。这个"道"是无形体,无界限、无差别、浑然一体的,是万物产生的本源,很像黑格尔的绝对理念。那么人们怎样才能去把握这个"道"呢?可以说庄子的全部言论都是围绕这一核心展开的。庄子为了更有效地阐发他的哲学思想,虚构了许多出神入化的关于技艺操作的小故事,这里引述《达生篇》中的一段稍加解说。《达生篇》有云：

> 梓庆削木为鐻，鐻成，见者惊犹鬼神。鲁侯见而问焉，曰："子何术以为焉？"对曰："臣工人，何术之有！虽然，有一焉。臣将为鐻，未尝敢以耗气也，必齐（斋）以静心。齐三日，而不敢怀庆赏爵禄；齐五日，不敢怀非誉巧拙；齐七日，辄然忘吾有四枝形体也。当是时也，无公朝，其巧专而外骨消，然后入山林，观天性；形躯至矣，然后成见鐻，然后加手焉；不然则已。则以天合天，器之所以疑神者，其是与！"

这就是有名的"斋心"说。这个叫庆的木工，做的鐻达到了鬼斧神工的程度。别人向他请教，他否认自己有什么高超的技术，根本的功夫是"斋以静心"。斋戒三天，不敢再有庆赏爵禄的意念；斋五天，不敢再怀非誉巧拙的心境；斋戒七天，不敢再想到自己有四肢形体。在这个时候，忘记了朝廷，技巧专一而纷扰消失。这才开始入山林选材，开始制作。这个故事，并非讲艺术创造，削木为鐻，充其量是一种技艺。它同《庄子》中的其他故事诸如"庖丁解牛"、"轮扁斫轮"、"佝偻承蜩"、"郢人运斤"一样，是用寓言阐发他的哲学思想。值得我们重视的是它们都体现了一种艺术创造的精神。徐复观认为："庄子所追求的道，与一个艺术家所呈现的最高艺术精神，在本质上是完全相同的，所不同的是：艺术家由此而成就艺术作品；而庄子由此而成就艺术的人生。"（《中国艺术精神》）庄子的艺术的人生同艺术家们的艺术精神的契合点，就是精神的自由和解放。正因为如此，庄子思想对后世文学艺术家的思想和创作产生了深远的影响。

对"虚静"说，特别是庄子以后许多文学艺术家讲的"虚静"，我们首先应该明确，它并非指脑子里空洞无物，而是指精神境界的空静。例如刘勰在《文心雕龙·神思篇》中一方面强调"是以陶钧文思,贵在虚静,疏瀹五藏,澡雪精神",同时又强调"积学以储宝,酌理以富才,研阅以穷照,驯致以怿辞"。前者讲洗涤精神,后者讲积累知识。清代诗论家吴乔似乎说得更明白:"凡人胸中恶知恶见,如臭糟瓶,若不倾去,清水洗净,万物入中,皆成秽恶。"(《围炉诗话》)苏轼在《送参寥师》一诗中说:"欲令诗语妙,无厌空且静。静故了群动,空故纳万境。"这首诗,是苏轼写给他的朋友参寥法师的,其中的"空"、"静",自然是指涤除掉尘俗之念以后的"空"、"静"。在同一首诗中苏轼紧接着又写道:"退之论草书,万事未尝屏。忧愁不平气,一寓笔所骋。"可见"空"、"静"之中仍然包含着万事万物和忧愁不平之气的。苏轼本人就是一个兼融儒道释三家思想、学识非常渊博的人。明代袁宗道讲得最简洁,他说:"豁之以致知,养之以无欲。"(《士先器识而后文艺》)这两个侧面是缺一不可的。

为了更具体地把握"虚静"说的内涵,下面将从三个方面作进一步的解说。

(一)要去物欲之念。

人要靠一定的物质维持生命,绝对的去物欲是不可能的,但物欲又往往形成精神上的枷锁,滞塞艺术创造能力。苏轼认为作家、艺术家要"寓意于物,不可留意于物"(《宝绘堂记》)。寓意于物,是普遍的创作规律。无物所以寓意,不可能形成文学艺术作品。留意于物,即物欲太强,就会增加尘俗、势利之气,玷污了自己的思想和艺术境界。苏轼在散文《超然台记》中有一段话也说得很透彻,他说:"彼游于物之内,而不游于物之外。物非有大小也,自其内观之,未有不高且大者也。彼挟其高大以临我,则我常眩乱反复,如隙中之观斗,又乌知胜负之所在?是以美恶横生而忧乐生焉。可不大哀乎?"这里的所谓"游于物内",是指以物欲观物;所谓"游于物外"是指无欲之观照。以物欲观物必然美恶横生引发哀乐,就会干扰以追求自由为核心的艺术精神。近代学者王国维也说过:"必吾之人胸中洞然无物,而后其观物也深而其体物也彻。"

(二)要绝名利之想。

在封建社会,许多有成就的文学艺术家,往往都表现出一种矛盾的现象,他们一方面努力于仕途经济,另一方面却又在真诚地张扬超凡脱俗,把屏弃荣利、息机忘巧,作为自己做人和进行艺术创造的准则。他们清醒地意识到功名利禄,会成为涵养性情进而进行艺术创造的心灵障碍。明代李日华认为,若是营营是念,澡雪未尽,即日对丘壑,日摹妙迹也不会创作出好作品。清代沈宗骞强调,要创作必须先于平日平其争竞躁戾之气,息其机巧便利之风。揣摹古人之能恬淡冲和,潇洒流利者,实由摆脱一切纷更驰逐、希荣慕势,弃时世之共好,穷理趣之独腴。

(三)要离巧拙之思。

这当然不是说写诗作文可以草率为之。而是指像庄子讲的不要津津于"非誉巧拙",要屏弃名利,进行自由创造。清代张问陶论诗绝句云:"名心退尽道心生,如梦如仙句偶成。"明代都穆也在其《论诗》诗中写道:"学诗浑似学参禅,语要惊人不在联。但写真情并实境,任他埋没与流传。"只有这种不牵名不挂利但写率真性情的创作态度,才能"胸明眼高,每觉前无古人,后无来者,则笔端自然磊落而雄放;虚心下气,每觉街谈巷议助我见闻,牧竖耕夫益我神智"(清代吴雷发语)。

综以上所言,虚静说的核心是精神上的自由解放。这用《管子》的两句话作结,就是"虚其欲,神将入舍;扫除不洁,神乃留处"(《心术上》)。

第四节 "有德者必有言"辨

立德,即加强道德情操的修养,是我国古代思想家进行自身修养的核心。《左传》云:"太上有立德,其次有立功,其次有立言。"人生建树的三大层次,最高是立德。"有德者必有言",是孔子的话,是孔子在思想表达这个范围内提出的最高原则。"有德者必有言"的意思是,德行高尚的人必然有纯正的,符合儒家之道的言论。因为孔子是圣人,因此后来的许多作家、理论家都围绕着这句纲领性的话,从不同角度,用不同的说法作了种种阐发。孟子在儒学之域讲养气;韩愈在写作之区讲养气,其实质无大差别。明清之际的一些诗论家,如叶燮、沈德潜等人提出"胸襟"说、"襟抱"说。认为胸襟是"诗之基",是写诗的根本。总之,以立德为核心的思想修养理论,成为多数诗人、作家,治心、修身、写作的重要理论范型。

"有德者必有言",在哪些方面具有合理性?

一、弸中必然彪外

孔子提出"有德者必有言",没有作具体阐发。西汉大儒扬雄认为:"君子言则成文,动则成德。何以也?曰:'以其弸中而彪外。'"(《法言·君子》)"弸"是充满,"彪"是有文彩。就是说,德操充实于内,必然文彩焕发于外。唐宋时期的一些文学大家,如韩愈、欧阳修等也发表过一些颇有启发的看法。韩愈认为"根之茂者其实遂,膏之沃者其光烨。仁义之人,其言蔼如也"(《答李翊书》)。通过两个比喻,说明仁义之人,说出话来也和蔼可亲。欧阳修认为"其充于中者实,而后发乎外者大以光"(《与乐秀才第一书》)。北宋的二程、南宋的朱熹,他们是哲学家兼文学家,是重道轻文派。从他们轻视文学的言论中也可以窥见一些道理。程颐认为,古之学者唯务养性情,其他则不学,圣人全体皆道,其见之文者,亦描绘、发挥其胸中所蕴之性,而性情流露,自然有条理次第而成文章耳。

二、德也是一种创造力

从孔子的"德"到叶燮的"胸襟",提法不断发展变化,内涵也不断丰富,由伦理学概念发展到文艺心理学的概念。叶燮在《原诗·内篇下》指出:

> 诗之基,其人之胸襟是也。有胸襟然后能载其性情、智慧、聪明、才辨以出。随遇发生,随生即盛。千古诗人推杜甫,其诗随所遇之人、之景、之事、之物,无处不发其思君王、忧祸乱、悲时日、念友朋、吊古人、怀远道。凡欢愉、幽愁、离合、今昔之感,一一触类而起;因遇得题,因题达情,因情敷句,皆因甫有其胸襟以为基,如星宿之海,万源从出,如钻燧之火,无处不发,如肥土沃壤,时雨一过,夭乔百物,随类而兴,生意各别,而无不俱足。

像这样的评价,真是沉着痛快、淋漓尽致、无所不备。像叶燮表述的这种至高无上的评价,我认为可以概括为一个字——力。即,想象力、感发力、熔铸力,合三为一"创造力"。在杜甫诗中,且不说那鹰、马等,就连那昆虫之属的萤火虫,都写得很有深意。清代刘熙载在《艺概·诗概》中指出:"无一意一事不可入诗者,唐则子美,宋则苏黄。要其胸中具有炉锤,不是金银铜铁强令混合也。"炉可以熔化,锤可以打造,合二为一,是一种强大的打造能力,创造能力。英国诗人柯勒律治说过:"有一个特点是所有真正的诗人所共有的,就是他们写诗是出于内在的本质,不是有任何外界的东西所引起的。"西方表现说的代表人物约翰·斯图尔特·米尔说:"诗歌并不是对象本身,而在心灵状态之中。"(转引自童庆炳《文学活动的美学阐释》)伟大的诗人,其心灵是深邃、辽阔、强大的。

青年学者王一川,在他的《中国"诗言志"论与西方"诗言回忆"论》一文中,从文字学的的角度对"德"字作文艺学的阐释。他把"德"字解析为几个部分,然后又逐一揭示每一个部分的含义。之后,加以整合归纳其整体含义。他认为:

> 德的意义也就进展到小心翼翼去实行,用真诚开放的心灵去待人接物。这样,以诚为核心之"德"就成为中国古人成圣成贤的人格范型。所以,孔子说"有德者必有言"。修身如果合于"德",成为德行主体,就可以生成并创造出诗的语言——"言"。在孔子的概念里,诗是人对"德"这一人格范型的回忆。内心有德,就自然外现为诗。德为诗之根,诗乃德之体。

王一川的分析,方法新颖,角度独特,聊备一说,对我们应有所启发。

第三章　构思论

　　所谓构思,顾名思义就是作家谋划构想作品的思维活动。我们的祖先,最早是用符号即象形文字表情达意的。他们一方面注视着自然景象,一方面运用想象能力琢磨一种与现实景象基本对应的符号。应该认为,这就是人类最简单的构思活动。后来用甲骨文、钟鼎文记事,都离不开构思活动。因此,构思活动同人类表情达意的活动同时产生。从直接经验的角度认识,人类用文字符号表情达意的过程,就可称为写作活动。从思维活动的角度认识,就是构思活动。

　　对构思活动进行表述和研究,是战国以后的事。《楚辞·招魂》中有"结撰至思"的话。学者们认为,这是最早涉及构思的言论。清代学者刘熙载认为:"赋欲不朽,全在意胜。《楚辞·招魂》言赋,先之以'结撰至思',真乃千古笃论。""结撰"即写作;"至思"即极力的思虑、谋划。因此,把"结撰至思",看作早期谈构思的言论,是有道理的。到汉代,谈论构思者就更多了。如司马相如说的"赋家之心,包括宇宙,总览人物";蔡邕在《笔论》中讲"夫书,先默坐静思,随意所适,言不出口,气不盈息,沉密神采,如对至尊",都是对构思情景的具体描绘述。但是,这些言论都还是对一些具体现象的表述,谈不上是构思理论。第一个全面、深入有理论价值的研究,是晋代陆机的《文赋》。陆机是中国文艺史上第一个开始研究文学创作内部规律的人。《文赋》探索的核心就是艺术构思问题。齐梁之际的刘勰,吸收了前辈如陆机以及一些书法家、绘画理论家的理论成果,在其《文心雕龙》中写成了"神思"专论。"神思"这个概念,最早见于南朝刘宋时期宗炳的《画山水序》。宗炳提出画家应当"万趣融其神思"。宗炳用来概括绘画中的构思活动;刘勰用来概括文学写作中的构思活动。唐代日僧遍照金刚是第一个在准确意义上使用构思这一概念的。他在其《文镜秘府论》中,较详细地讲述了构思的必要性、构思的内容、构思的原则,以及构思同灵感的关系等。此后,神思、构思两个概念并用。构思所涵盖的内容深透整个写作过程。因此,本书将用较多的篇幅,从多个侧面分析认识这一核心问题。

第一节　意与主旨

什么是文章的意?这个问题可以从广义和狭义两种意义上去理解。广义的意,就是泛指诗文的内容,是相对形式而言的。《尚书》中"诗言志"的"志";《文赋》中"诗缘情而绮靡"的"情","理扶质以立干"的"理";《文心雕龙》"情采"等篇突出强调的"情"和"质";唐宋时代散文家们弘扬的"道";清代桐城派散文家们提倡的"义法"中的"义"等,都是广义的"意"。

本章要着重研究的是狭义的意,是指每一篇诗文作品中情理或情感因素的基点或核心,即后来所谓的主旨,当今所谓的主题或论点。中国早期的写作学理论,对文章、文学只是一种宏观把握,或者也可以叫作整体性研究,多讨论阐发其社会地位、社会功用。还没有发展到对诗文作具体的、微观的、解剖式的研究,因而也就不可能涉及创作过程和构思活动。陆机的《文赋》开始研究创作构思，刘勰《文心雕龙》开始对艺术想象、谋篇布局、语言形式、批评鉴赏进行研究，研究的深度、广度比之《文赋》都有所拓展，但仍未明显涉及诗文的主旨。《附会篇》有"是以附辞会义，务总纲领"的说法，"纲领"是什么？是否就是诗文主旨，很难定论。直到晚唐著名诗人杜牧才给予比较鲜明的表述。杜牧《答庄充书》有云：

> 凡为文以意为主，以气为辅，以辞采章句为之兵卫。未有主强盛而辅不飘逸者，兵卫不华赫而庄整者。四者高下圆折，步骤随主所指，……苟意不先立，止以文采辞句绕前捧后，是言愈多而理愈乱，如入阛阓，纷纷然莫知其谁，暮散而已。是以意全胜者，辞愈朴而文愈高；意不胜者，辞愈华而文愈鄙。是意能遣辞，辞不能成意。大抵为文之旨如此。

宋人接受了"意"的概念，大加宣扬"文以意为主"的重要性。苏、黄、陆、杨等大诗人都在这方面有所议论。明清的许多作家、理论家围绕这一点做的文章更多，并且创造了一些新的概念。清代陈澧把意看作诗文的"脊"。他在《复黄芑香书》中说："脊者，所谓主意也。夫人必其心有意，而后其口有言，有言而其手书之于纸上则为文，……有意矣，而或不止有一意，则必有其所主，犹人身不止有一骨，而脊骨为之主，此所谓有脊也。"清代戏剧理论家李渔在《闲情偶寄》中提出了"主脑"这个概念。主脑是什么？是不是我们讲的"意"，学者们看法纷纭。我认为不是。请推敲一下李渔自己的解释："一本戏中，有无数人名，究竟俱属陪宾，原其初心，止为一人而设，即此一人之身，自始至终，离合悲欢，中具无限情由，无穷关目，究竟俱属衍文；原其初心，止为一事而设。此一人一事，即作传奇之主脑也。"很明显，他讲的主脑是戏中故事的基本情节，是故事生发的基点，它是具体的人和事，而不是整个故事所体现出来的思想感情的核心。前者是具体的,后者是观念的。晚清的刘熙载在《艺概·文概》中借用了"主脑"的说法,赋予它完全不同的含义,他说:"凡作一篇文,其用意俱可以一言蔽之。扩之则为千万言,约之则为一言,所谓主脑者是也。"刘氏讲的"主脑"无疑是指诗文的主旨。刘熙载从写作和阅读两个创作过程中阐释诗文的"意"或主旨,无疑是很精辟的。刘熙载在《艺概·赋概》中分析《诗经·卷耳》时指出:"《周南·卷耳》四章,只'嗟我怀人'一句是点明主意,余者无非做足此句。"这种分析,无疑是"扩之则为千万言,约之则为一言"的绝好注释。对"意"的理解,到刘熙载的"主脑"说,才算同现代写作学的主题完全接轨了。

"意"在诗文中的地位和作用如下。

一、寓意则灵

清代学者王夫之在《姜斋诗话》中指出:"无论诗歌与长行文字,俱以意为主。意犹帅也。无帅之兵,谓之乌合。李杜所以称大家者,无意之诗十不得一二也。烟云泉石,花鸟苔林,金铺锦帐,寓意则灵。"王夫之认为,诗文的题材极为广泛,"烟云泉石,花鸟苔林,金铺锦帐"无不可以入诗文,但关键是要有所寓意,有寓意,诗文才有生命和灵魂。所谓寓意,就是指蕴含在诗文作品中的作家的思想感情的核心。王夫之极力称赞的杜甫的作品,且不说那些具有深远影响的、号称"诗史"的名篇佳作,都有深厚高远的寓意,就连那些咏物诗也并非率意而作。杜甫写过很多咏物诗,如鹰、马、病马、病柏、病橘、枯棕、鹦鹉、孤雁、鸥、猿乃至萤火。《画鹰》是杜甫青年时期的作品,作品由画鹰想见真鹰,并击杀凡鸟,充分体现了青年杜甫意气风发,疾恶如仇的气概。注杜学者赵汸认为"末联兼有疾恶意"(何当击凡鸟,毛血洒平芜)。清代文学家金圣叹认为:"击凡鸟妙。不击恶鸟而击凡鸟,甚矣。凡鸟之为祸,有百倍于恶鸟也。有家国者可不日诵斯言乎。"杜甫入川以后,生活比较安定,很少直接目睹像"三吏"、"三别"那样悲惨的社会事件,诗人之心经常借自然景观来抒发了。上面提到了《病橘》、《病柏》都是这个时期的作品。清代注杜专家仇兆鳌认为《病柏》是"伤直节之见摧者";《病橘》是"伤贡献之劳民也";《枯棕》是"伤民困于重敛也";《枯楠》是"言其憔悴失所。枝根虽具,生意久亡,故造物日浸,而虫鸟见伤",这又是诗人之自况。这正如仇兆鳌所指出的,杜甫"每咏一物,必以全副精神入之,故老笔苍劲中,时见灵气飞舞"。所谓全副精神,就是指作者浓烈而饱满的思想感情。它是文学艺术品的血液和生命。王夫之还批评六朝人诗"若齐梁绮语,宋人抟合成语之出处,役心向彼掇索,而不恤己情之所自发,此之谓小家数,总在圜缋中求活计"。所谓"不恤己情之能自发",与"无意之诗"是同义语。例如六朝何逊的诗,在语言形式上给杜甫的影响是很大的。杜甫自己说"颇学阴何苦用心",但何诗的弱点是内容较苍白,寓意不深。何逊的《咏春风》是个极端的例子,诗云:"可闻不可见,能重复能轻。镜前飘落粉,琴上有余声。"这与其说是诗,倒不如说是谜语。正如清代袁枚所说:"咏物诗无寄托,便是儿童猜谜。"再看苏轼的《题金山寺回文体》:"潮随暗浪雪山倾,远浦渔舟钓月明。桥对寺门松径小,槛当泉眼石波清。迢迢绿树江天晓,蔼蔼红霞晚日晴。遥望四边云接水,碧峰千点数鸥轻。"这首诗从"轻鸥"倒读过去,仍然读得通。这首诗,是首写景诗,也体现苏轼驾驭文字的才能,但致命的缺陷是没有作家独特的感受和深挚的感情,是文字游戏,称不上是文学作品。明代谢榛在《四溟诗话》中将诗文作品比作刚产下的婴儿,认为"形体虽具,不可无啼声也"。他还说:"全篇工致而不流动,则神气索然。"所谓"啼哭"、"流动",就是指作品的生命力,亦即作品的寓意。

二、以意摄事

宋代诗论家葛立方在《韵语阳秋》中记载苏轼教人作文之法的故事:

> 东坡在儋耳时,余三从兄讳延之,自江阴担簦万里,绝海往见,留一月。坡尝诲以作文法曰:儋州虽数百家聚,州人之所须,取之市而后足。然不可徒得也,必有一物以摄之,然后为已用。所谓一物者,钱是也。作文亦然,天下之事散在经子史中,不可徒使,必得一物以摄之,然后为已用。所谓一物者,意是也。不得钱不可以取物,不得意不可以用事,此作文之要也。

这是讲"意"对题材的统摄作用。"意"在一篇诗文中真正"灵"起来,必须有许多具体条件保证,其中最重要的一点,就是"意"必须对作品中所有的意象或材料形成一种统摄之势,使整个作品形成一个具有向心力和凝聚力的艺术结构。否则,只是一堆散乱的材料。尽管"意"是高品位的,材料是新颖而典型的。正如清代诗人袁枚所指出的:"主弱奴强,呼之不至。穿贯无绳,散钱委地。"(《续诗品·崇意》)唐代诗人白居易在其《新乐府序》中提出"首句标其目,卒章显其志"的创作方法。所谓"首句标其目",就是诗的第一句就点明题目;所谓"卒章显其志",就是篇末点明诗的主旨,即当今常讲的篇末点题。这种写作方法,应该说是有利有弊的。所谓弊,它形成了一种写作上的程式或框框。这与文学创作求新、求变的原则相违背。所谓利,它便于作者在写作过程中以此来选择、统摄材料,展开叙述或描写,便于读者把握作品的主旨，理清作品的脉络。例如白居易的《红线毯》，先叙述毯的精细制作，毯的高贵。诗的结尾写道："地不知寒人要暖，少夺人衣作地衣！"这就是整首诗的归宿。有了这两句，再回过头去看，所有的叙述和描写都是不可少的。汉代贾谊的《过秦论》是古代散文的名篇。文章从秦胜写到秦衰写到秦亡，涉及秦国的自然优势、政治形势、经济形势、军事形势、内外政策，头绪纷繁，材料丰富，但读来层次清晰、义脉条畅、大气磅礴，关键是文章有一个集中而鲜明的主旨。这就是文章的结尾："一夫作难而七庙毁，身死人手为天下笑者，何也？仁义不施，而攻守之势异也。"有了这样的结尾，前面所有的都成了贯线珍珠。前面条分缕析，后面凝炼而准确地收束，前面是众多思想溪流，而后面是众流汇聚的思想的湖海。刘熙载在《艺概·赋概》中分析屈赋的一段议论也很能给人以启发。他说："赋家主意定，则群意生。试观屈子辞中，忌己者如党人，悯己者如女媭、灵氛、巫咸，以及渔父别有崇尚，詹尹不置是非。皆由屈子先有主意，是以相形相对者，皆若沓然偕来，拱向注射之耳。"意思是只要主意确定，各种各样的材料"相形相对者"，都纷纷涌现，意对材料具有一种选择和吸附作用。同时还形成一种拱向注射的艺术结构。所谓拱向注射，就是全部材料都围绕注射于主旨。这就像众星拱北斗，也像照相之聚焦。刘熙载在《艺概·文概》中讲过一段深刻而辩证的话，他说："《国语》言'物一无文'，后人更当知物无一则无文。盖一乃文章之真宰，必有一在其中，斯能用夫不一者也。""文"的本义《说文》训为"错画（文）"，《周易·系辞下》谓"物相杂曰文"，即宇宙万物交错、变化才成文。所谓"物一无文"，是说事物无变化，不具备多样性，便无文采。这里的"一"指无变化。更重要的是"物无一则无文"，这是刘熙载的高人一着的地方。他认为如果一篇文章只具有材料的多样性、变化性,没有"意"即"一"来统摄,就不能形成文章。世间任何实体,不管物质的、精神的,都必须有"一"在其中。作为文学艺术品的诗文更是如此。一篇文学作品必然是"一"与"不一"的辩证统一。刘熙载的这段概括比苏轼教给葛延之的"作文法"更简洁、辩证,更具理论色彩。

三、以意役法

所谓"法",就是诗文中思想、情感、意绪生发、流动的方式。宋代胡仲儒曾以溪水喻诗,他说:"诗者,性情之溪也。有所感发则轶入之不可遏也。"印度大诗人泰戈尔也说过:"诗像一条小河,被两岸夹住……流得曲折,流得美。……散文就像涨大水时的沼泽,两岸被淹没了,一片散漫。"宋代大文豪苏轼也有一些相类的、很有启发的论述。他在《文说》中指出:"吾文如万斛泉源,不择地皆可出。在平地滔滔汩汩,虽一日千里无难。及其与山石曲折,随物赋形,而不可知也。"这段话首先讲他的文思之盛,不管在什么情况下都可以文思泉涌,有时滚滚滔滔一泻千里,有时则变化万端,不可预料。所谓"随物赋形",其基本意思是说水没有一定的形状,与方形物相接则呈方形,与圆形物相接则呈圆形。苏轼用水的随物赋形,比喻诗文之法的随意而定,变化莫测。苏轼的这种说法影响颇大,自宋至清不少人都有类似的议论。苏轼的好友、学生张耒在《答李推官书》也以水喻文"因其所遇而变生焉"。陈师道在《后山诗话》中批评扬雄为文刻意求奇而终不能奇时指出:"善为文者,因事以出奇。江河之行,顺下而已,至其触山赴谷,风搏物激,然后尽天下之变。"明代宋濂在其《文原》中说:"吾文之随物赋形得之。"清代著名诗人、诗论家袁枚在《续诗品·即景》中说:"诗如化工,即景成趣。逝者如斯,有新无故。因物赋形,随景换步。"总之,苏轼以后的许多人讲的"随物赋形",都是以水的形状变化无端随物而定,来比喻诗文之法无定但随意而定。有的诗论、文论家用另外一些说法阐述同样的道理。宋代李淦在《文章精义》中把韩愈写作碑铭文字的创作经验概括为"相题设施",是说文章的选材、谋篇、遣辞,都应根据对象的题意的不同而不同。明代袁中道在《中郎先生全集序》中提出要"以意役法,不以法役意"。这种概括,其意更加明晰、准确。一些优秀作品在创作时都是"以意役法"的。据记载唐代诗人祖咏到长安赴试,在终南山遇雪,考试时主考官要求以五言六韵就终南山的雪赋诗一首。祖咏挥笔而就,诗曰:"终南阴岭秀,积雪浮云端。林表明霁色,城中增暮寒。"题名《终南积雪》。主考官阅后说:这是五言两韵,还差四韵。祖咏说:"意尽而止,何须赘言。"唐代的另一位文学家李德裕也说:"古人辞高者,盖以言妙而适情,不取于音韵。意尽而止,成篇不拘于只耦。故篇无定曲,词寡累句。"据北宋惠洪《冷斋夜话》记载:宋代诗人潘大临有一次诗兴勃发,刚刚写了一句"满城风雨近重阳",催租者至,打断了诗思,后来再也续写不成,只好将这一句寄给向他索诗的朋友。无独有偶。18世纪,英国大诗人柯勒律治一次在梦中构思成了一首二三百行的长诗,醒来奋笔疾书,刚刚写到第五十四行时讨债者至,打断了他的写作,后来也没有续上,这就是他五十四行的名作《忽必烈汗》。试问两位诗人能否凭技巧功夫凑合成篇呢?特别是潘大临,再凑上几句并不难,不过那就是"以法役意"、为文造情了。对一个严肃的作家来说,没了意兴,也就谈不上法以及法的作用了。

　　这样讲,也并非否定法的作用,清代著名诗人、诗论家沈德潜在《说诗晬语》中指出:"诗贵性情,亦须论法。乱杂无章,非诗也。然所谓法者,行所不得不行,止所不得不止,而起伏照应,承接转换,自神明变化于其中;若泥定此处应如何,彼处应如何,不以意运法,转以意从法,则死法矣。"唐代王昌龄的《诗格》,皎然的《诗式》,在研究造境取境即构思过程中的思维活动、心物关系方面有独到之处,但他们提出的作诗法,例如王昌龄的"十七势",皎然的"十四例"都琐碎不堪,毫无规律可言。对此清代王夫之有尖锐批评:"诗之有皎然……皆画地成牢以陷人者,有死法也。"又说:"有皎然《诗式》而后无诗。"

四、意在笔先

这是许多作家、艺术家反复强调的重要命题。王维认为,"凡画山水,意在笔先"(《山水论》);黄庭坚认为,"诗文不可凿空强作,待境而生,便自工耳。每作一篇,先立大意,长篇须曲折三致意乃可成章"(胡仔《苕溪渔隐丛话》前集卷四七);南宋韩驹云,"作诗必先命意,意正则思生,然后择韵而用,如驱奴隶,此乃以韵承意,故首尾有序"(魏庆之《诗人玉屑》卷六);元代周德清云,"未造其语,先立其意"(《作文十法》);明代王文禄云,"杜诗意在前,诗在后,故能感人。今人诗在前意在后,不能感人"(《诗的》);清代刘熙载云,"古人意在笔先,故得举止闲暇。后人意在笔后,故至于手脚忙乱"(《艺概·文概》)。所谓"意在笔先",也就是先有"意"然后动笔。这种看法是符合创作规律的。先从一些创作基本理论纲领看。《尚书》讲"诗言志"。"关于'志',《诗大序》以来历代注家蜂起,众说纷纭。比较一致的倾向是视'志'为'志意'、'情'、'情性'、'怀抱'等的同义语。唐代孔颖达首先规定了这一基调:'在己为情,情动为志,情志一也。'"(王一川《中国'诗言志'论与西方'诗言回忆'论》)。先有"志"或"情"然后才有诗。陆机《文赋》讲"诗缘情而绮靡",也是先有情而后有诗。《文心雕龙·

情采篇》提出要"为情而造文"不能"为文而造情"。这些提法之所以被人们承认并视为纲领性的意见,就是因为它们正确的概括了写作的基本规律。再从创作实践看,不管是写诗还是作文,都必须先有所感。这个"感"是一种心理活动,从形式上看它是一种写作冲动,其内涵就是一篇诗文的"意",一篇作品内容和形式生成的基点。明代诗论家谢榛认为"情乃诗之胚,景乃诗之媒"(《四溟诗话》)。有了这个富有生命力的"胚"在孕育、生发、鼓荡,作者就会禁不住的、千方百计的去寻找感情的对应物,去形式化、具像化。正如苏轼所讲:"非能为之为工,乃不能不为之为工。"清人吴发雷说得更简洁:"故有意作诗,不若诗来寻我,方觉下笔有神。"(《说诗管蒯》)如果"意在笔先"论者讲的"意",是指作者在某种客观对象的刺激下的一种自然的感发,是指理智对这些感发内容的审视、鉴别和确立,这完全符合创作规律。如果是先有一番大道理,没有情的驱动而去作诗,为了适应某种需要而去作文,那无疑是一种错误的创作主张。

我们也应看到有些诗论家是反对"意在笔先"的创作主张的。宋代李淦就批评"今人作文,动辄先立主意"(《文章精义》)。明代谢榛也指责"宋人必先命意,涉于理路,殊无思致"(《四溟诗话》)。他的论据之一是:李白斗酒百篇,难道是先立许多意思,而后再去措词吗?他主张"意随笔生,不暇布置","诗以兴为主,漫然成篇"。王世贞是明代"后七子"的领袖,他的批评标准很苛刻,甚至到了很极端的地步。他推崇唐诗,但同样不能容忍唐诗中的理性色彩。众所周知,陈陶的《陇西行》是首好诗。可王世贞只称赞后两句(可怜无定河边骨,犹是春闺梦里人)。认为这两句"用意工妙,可为绝唱"。他认为前两句(誓扫匈奴不顾身,五千貂锦丧胡尘)写的"筋骨毕露,令人厌憎"。王世贞并没有完全错,这首诗的确是后两句比前两句精妙,但暴露了他理论上的偏颇。任何一首诗,都不可能句句分量相等,每篇作品都是一个艺术结构,都有核心部分和非核心部分。晚唐杜牧的《阿房宫赋》是千古名篇。王世贞却认为"惜哉,乱曰数语,议论益工,面目益远"。这同样是一个错误的判断。他对宋人就更不客气。他认为"子瞻虽复堕落,就彼趣中,一时一自雄快","陆务观颇近苏而粗"。王世贞、谢臻等由于理论上的偏见,就必然偏离艺术创作的根本规律。

李淦属于另一种情况。他是理学家,是朱熹的弟子,他不会反对理性对诗歌创作的渗透。他是从另一个立场反对"先立意"或"意在笔先"。一是他主张先养气,即通过对理学家们的"道"的把握和自省的方式加强自身修养。他认为"做大文字,须放胸襟如太虚始得"。如果不先养气,只提倡"意在笔先"其"意"必然是与理学家的大道相违背的"私意偏见"。二是他反对诗文中的"私意偏见",亦即反对作品中表现个人主观的东西。这显然也是错误的,优秀的文学作品不是因为它讲了人人都讲得出的道理,而在于其内容和表达方式的独特性。从某种程度上说,"私意偏见"正是文学艺术作品的价值所在。先秦诸子的散文,之所以有价值就是因为他们各讲各的道理,各有各的风格。正如清代刘熙载讲的:"周秦间诸子之文,虽纯驳不同,皆有个自家在内。"(《艺概·文概》)李淦反对先立意,实质是反对属于"私意偏见"的"意"。

五、意贵熔炼

关于炼意,包括两个方面的问题:一是如何提高"意"的品位,二是如何使"意"在作品中得到鲜明、突出的表现。前者需要通过加强修养解决,因此,可以称之为养炼;后者依赖于写作过程中的一些技巧和方法,可以称之为提炼。

(一)关于养炼。

前面分析了"意"在诗文创作中的重要性。但不是任何性质的"意",都具有重要价值。这就涉及"意"的品位。它关系到一篇作品的生命力。宋代刘攽在《中山诗话》中指出:"诗以意为主,文词次之。或意义高,虽文辞平易,自是奇作。世效古人平易句,而不得其意义,翻成野鄙可笑。"这段话的核心是"意深义高",即意的品位高,文词平易也可以成为优秀之作。清代刘熙载在《艺概·文概》中也指出:"文固要字字句句,受命于主脑,而主脑有纯驳、平陂、高下之不同,若非慎辨而去取之,则差之毫厘,谬以千里矣。"意的品位,极大地影响着一篇诗文作品的思想质量。按清代诗论家徐增的话,见识到哪里,词句也就到哪里的观点,意的品位也必然影响到作品的艺术质量。

就"意"的性质或品位,可概括为两点:识高或情真。首先看识。从认识论角度讲,识是作家的认知能力。它在创作过程中和具体作品内的作用和表现形式是不同的。在创作过程中,识表现为一种重要的创造力,对题材的鉴别、选择;对主旨的审视和提炼;对方法的驾驭与控制,识都起着决定性作用。清代诗论家叶燮在《原诗》中,将作家的创造才能解析为四个方面:即才、胆、识、力。叶燮认为其中识最重要,是统帅一切的:

> 使无识,则三者俱无所托。无识而有胆,则为妄,为鲁莽,为无知,其言背理叛道,蔑如也。无识而有才,虽议论纵横,思致挥霍,而是非淆乱,黑白颠倒,才反为累矣。无识而有力,则坚辟妄诞之辞,足以误人而惑世,为害甚烈。……惟有识则能知所从,知所奋,知所决,而后才与胆力皆确然有以自信。

从叶燮的议论中至少可以看出两点:四者当中识为统帅,才、胆、力,只有在识的统帅下才能成为积极的创造力量。再者,识渗透于创作过程中的一切环节。清代另一位著名学者章学诚在《文史通义·说林》中,也以相当多的篇幅阐述了识的作用。叶燮、章学诚讲的识,可以看作创作动力学的内容。它是创造作品的动力而不是作品体现出的结果。

我们这里想要强调的是:凝缩在一篇作品中的"识"是指作品主旨或"意"的品位。这是对识的静态的观察。清代文学家魏禧认为"识不高于庸众",文章即使好得如司马迁的《史记》也不足取。在浩如烟海的古代诗文作品中,凡有生命力的作品有相当一部分是由于表现了作家对宇宙、人生、社会、事变的深刻的思索、痛切的感受和体验。从一些作家或思想家的整体创作看,如孔孟对社会理性的阐发,老庄对作为宇宙本体的道的辩证的思考,荀子、屈原对天的发问,王充对一些浮词滥说的批评揭露,无不体现出一种高识。

如何提高作家的识,并不属于写作中的技巧或方法问题,而是修养问题。作家必须"学之深,养之醇",才能提高自己的洞察力和判断力。清代廖燕曾以极为夸张的笔墨描绘过此种境界,他在《五十层居士说》中提出:

> 须高居三十三天之上,下视渺渺尘寰,然后人品始高;又须游遍十八重地狱,苦尽甘来,然后胆识始定。作文亦然。须从三十三天上发想,得题中第一义,然后下笔,压倒天下才人;又须下极十八重地狱,惨淡经营一番,然后成文,为千秋不朽文章。

由此可以看出,要有极高的修养进而写出高水平的作品,作家必须经过长期的、艰苦的磨炼和全面的修养。关于修养的内容、方法已在第二章"修养论"中做了较充分的分析论述,此处不再赘述。

（二）关于提炼。

这里是讲在写作过程中如何使"意"得到鲜明、突出表现的方法、技巧。

1. 熔意裁辞。刘勰《文心雕龙·熔裁篇》，是第一个研究炼意问题的。刘勰开篇就指出：诗文写作非常微妙、复杂，有时"意或偏长"，有时"辞或繁杂"。前者是说内容不集中，后者是说文辞冗杂。解决的办法就是"熔裁"。什么是熔裁？"规范本体谓之熔，剪裁浮辞谓之裁"。所谓熔，就是使诗文的主旨表达得更合乎规范；所谓裁，就是删掉一切浮词。只有"裁"才能使作品语言简洁；只有"熔"主旨才能鲜明。据此原则，刘勰又提出了著名的"三准"，即"履端于始，则设情以位体；举正于中，则酌事以取类；归余于终，则措辞以举要"。其意思是，要写好文章，先定出三个准则：第一步，根据情理来确定体制；第二步，根据内容来选择事例；第三步，选择文辞来显示要义。其核心是显示要义。"三准既定"之后，又研究了一系列问题：其一，删和敷的问题。所谓删，指删削字句，所谓敷，指铺陈题意。刘勰提出"善删者字去而意留，善敷者辞殊而意显"，删或敷都以表情达意为目的。其二，是繁简问题。刘勰以东晋文人谢艾、王济为例，引用东晋张骏的说法，以为"艾繁而不可删，济略而不可益"。原因就是这两个作家"练熔裁而晓繁略"。其三，是要懂得割爱，刘勰比喻说，"夫美锦制衣，修短有度，虽玩其采，不倍领袖"。即使非常精美的素材，也要舍得剪裁。刘勰之后也有不少诗论、文论家从此种角度上谈论炼意问题。清代文学家魏禧在《日录论文》中说得也很精辟，他称："善作文者，能于将作时删意。"这就是说，写作之初，各种意念纷至沓来。这时作者要善于审视、鉴别，抓住最主要之点。这也正如古人常讲的"事多而寡用之,意多而约出之"。

2.片言举要。晋代陆机在《文赋》中有一段名言:"立片言而居要,乃一篇之警策。虽众辞之有条,必待兹而效绩。"陆机是一位极高明的文学艺术理论家。他看到了一篇优秀的文学作品是一个有机的艺术结构。它既然是一个有机的结构就应该有核心。居要之片言,就是揭示作品核心的眼点。它是作品的生命之所在,它统帅作品中的一切。一篇作品即使写得条理清晰,有条不紊,也必须依赖片言而发挥作用。宋代以后,顺此思路,逐渐形成文眼、诗眼、词眼的概念。元代陆辅之在《词旨》中首次提出"词眼"这个概念。他对"词眼"的认识,正如清代刘熙载所批评的那样"不过某字工,某句警耳"。刘熙载认为"眼乃神光所聚,故有通体之眼,有数句之眼,前前后后无不待眼光照映。若舍章法而专求字句,纵争奇竞巧,岂能开合变化。一动万随"(《艺概·词曲概》)。刘熙载的高明之处在于,他不是仅着眼于个别字句,而是从总体上,从整个作品的艺术结构上来认识眼点、衡量眼点的价值。刘熙载在《文概》中,也再三强调这种见解。他认为,"题有题眼,文有文眼","字句能与篇章映照,始为文中藏眼,不然,乃修养家所谓瞎炼也","揭全文之指,或在篇首,或在篇中,或在篇末。在篇首则后必顾之,在篇末则前必注之,在篇中则前注之,后顾之。顾注,抑所谓文眼者也",全篇作品的每一处都必须向眼点发力。议论极为精到。

3.凿璞取玉。围绕炼意,古人发表过很多看法。从消极方面防范,意忌庸、忌陋、忌袭;从积极方面着眼,意贵新、清、远。质而言之,就是贵新。清代学者章学诚在《文史通义·说林》中讲得很好:

冯谖问孟尝君:"收责返命,何市而归?"则曰:"视吾家所

第三章 构思论

寡有者。"文章垂训,如医师之药石偏枯,亦视世之寡有者而已矣。以学问文章,徇世之所尚,是犹既饱而进粱肉,既暖而增狐貉也。非其所长,而强以徇焉,是犹方饱粱肉而进以糠粃,方拥狐貉而进以短褐也。

在构思过程中,作者的思维,寂然凝虑,思接千载;悄焉动容,视通万里,各种意念纷至沓来。但这一齐涌来的东西,并非全是有价值、富有新意的,这就需要有一个审视、鉴别、选择的过程。有时甚至需要经过长期的、反复的体验、思索。元代陈绎曾在《文说》中引戴师初的话说:"凡作文发意,第一番来者,陈言也,扫去不用。第二番来者,正语也,停之不可用。第三番来者,精意也,方可用之。"所谓"陈言",即陈旧浮泛之意;所谓"正言",即平庸之人的见解;所谓"精意",即新颖、深刻的见解。这里讲的"三番",就是反复思考、审视、鉴别的过程。清代著名学者黄宗羲在《论文管见》中指出:"每一题,必有庸人思路共集之处,缠绕笔端,剥去一层方有至理可言,犹如玉在璞中,凿开顽璞,方始见玉,不可认璞为玉也。"所谓"庸人思路"也就是陈绎曾讲的"陈言"、"正言";所谓"凿去顽璞",就是陈绎曾讲的"扫去不用"或"停之不用"。经过反复提炼,概括出一种如宝玉一般的可贵的认识、意念乃至情绪作为诗文的主旨。

我们这里还可以讲一点具体的作家作品的论析。刘熙载认为"介甫之文长于扫,东坡之文长于生。扫故高,生故赡","半山文善于揭过法。只下一二语,便可扫却他人数大段"(《艺概·文概》)。介甫、半山,都是指王安石。由于王安石有政治家的气魄、眼界、胆量,他敢于、善于扫却别人的见解,独出心裁,翻出新意。他的《读孟尝君传》就是很典型的作品。

刘熙载对王安石也有批评,认为王安石的长处在善扫,他的短处也在此,"愚及中人之所见,皆剥去不用,……至于上智之见,亦剥去不用,则病痛非小"。王安石有善作翻案文章的本领,也有刻意求新的毛病。这就提出了一个值得注意的问题。写诗作文贵炼意,贵写出自己的独特感受,但也切忌走向反面。刘熙载在评论韩愈时讲的很辩证,他在《艺概·文概》指出:

> 昌黎以"是"、"异"二字论文,然二字仍须合一。若不异之是,则庸而已;不是之异,则妄而已。

这是讲,诗文的主旨没有独到之处,就陷于平庸;如果为异而异,刻意求新,就容易造成谬误。

第二节 象与构象

以象达意,是人类认识世界的基本途径。距今约四千多年前,属于大汶口文化晚期的山东莒县陵阳河遗址出土的陶器上的四个象形符号,专家们认为是最早的文字符号。从简单的文字符号到《周易》中的易象符号,到真正属于文学艺术的意象,经历了一个漫长的发展、演变并向情感靠拢的过程。

一、易象与意象

前者是哲学概念,后者是文学艺术创作概念。但作为都是人类把握客观世界的手段,它们又有相通之处。或者可以说意象是从易象发展而来的。

(一)易象。

简单的摹拟物象的象形文字毕竟是有限的,即使加上后来的指事、会意字也只有 1564 个字。我们的先民为了更有效地认识世界、表达思想创造了"八卦"。八卦的基本符号叫爻,爻分阴爻

(--)和阳爻(—),每爻由三爻组成,形成八卦。八卦又两两相配形成六十四卦。古人称八卦及其两两相配而成的六十四卦,及其每卦的六爻,叫作易象。易象是一种符号形象,其作用是比喻和象征客观事物。易象的八卦代表了天、地、水、火、风、雷、山、泽等八种最基本的自然现象。它们两两相配,也才只能构成六十四卦,三百八十四爻,其总数与宇宙间的万事万物相比极为有限。怎样以少总多,以有限表达无限呢?关键是易象具有同类相归、一卦多义的特点。例如《说卦》中说"乾为天、为圜、为君、为父、为玉、为金、为寒、为冰、为大赤、为艮马、为老马、为瘠马、为驳马、为木果",每一卦都可以代表如此多事物,而且还可以"引而伸之,触类而长之",于是"天下之能事毕矣"。

当然,易象还远远不是审美形象,但同审美形象有相通之处。它在一定程度上是把形象同概念区别开来了,把形象同人们的主观意识联系起来了。《周易·系辞下》还指出,"立象以尽意"的特点是"其称名也小,其取类也大,其旨远,其辞文,其言曲而中,其事肆而隐"。意思是"立象以尽意"所指物名,多似细小,但探取其中的旨意,却很广大。它的旨意非常深远,它的文辞又非常文雅,它的言辞委曲婉转,旁推侧引,无不中理,它所叙述的事物,却非常直接了当,放肆而毫无隐藏,但它的道理却深藏其中(见胡怀瑾、徐芹庭《白话易经》译文)。刘勰在《文心雕龙·比兴篇》也指出:"观夫兴之托喻,婉而成章,称名也小,取类也大。"刘勰的说法,无疑受到易象的影响,他把握到比兴同易象的共同点。后来南宋的朱熹对此也有较明晰地揭示,他在讲《诗经·大雅·棫朴》兴的特点时指出:

周王既是寿考,岂不作成人材,此事已自分明,更著个"倬彼云汉,为章于天"唤起来,便愈见活泼泼地,此"六义"所谓"兴"也,兴乃"兴起"之义,凡言"兴"者,皆当以此例观之。《易》以言不尽意,而立象以尽意,盖亦如此。

朱熹认为周王既然长寿万岁,必然造就许多人材,意思已经说得非常明白,再以银河广阔、辉光满天烘托,意境更加鲜明。凡类似这种情况的,都是"兴"。兴同《周易》中讲的"立象以尽意"相同。清代学者章学诚在《文史通义·易教下》中分析得更透彻。他认为"易之象也,诗之兴也",易之象不仅与诗之兴同,而且"六艺莫不兼之";"歌协阴阳,舞分文武,以至磬念封疆,鼓思将帅,象之通于乐也"。易象与音乐、歌舞都是相通的。它们在形象地摹拟客观事物这一点上是完全一致的。不过,我们也应该看到,易象与文学艺术中的比兴,毕竟有本质区别。首先,易象是一种抽象的符号,不象比兴中的形象具有具体性、可感性。易象中的阴爻或阳爻不管如何变化也不能给人以美感。其次,易象是一种象征性单纯摹拟,它是人们逻辑思维的反映,并不反映人们的情感状态。由此可见这些是区别哲学和艺术最基本的标志。

(二)意象。

魏晋南北朝是艺术和美学理论第一次繁荣。很多思想家对"立象以尽意"的命题作了更加深入的探讨。青年玄学家王弼等人的言意之辩,不仅推动了哲学理论的发展,也推动了艺术创作理论的发展,言、意、象的关系从哲学讲坛,进入到了文学写作理论领域。齐梁之际的刘勰在《文心雕龙·神思篇》中提出了"玄解之宰,寻声律而定墨;独照之匠,窥意象而运斤"的名论,这是作为创作理论范畴的"意象"的首次出现。所谓"意象",就是意中之象,是经过作家思想感情改造了的物象。刘勰在《神思篇》中还提出"神用象通,情变所孕"的说法,意思是说,精神靠物象来贯通,意象乃情感变化所孕育。象同理论思辨相结合,就是易象,同作者的情感相结合,就是诗文创作中的意象。

刘勰对"意象"这个概念未作充分阐释,自梁至唐,意象这个概念影响也并不很大。宋代以后随着创作理论的发展与丰富,人们才开始重视并深入探讨意象的含义。多数诗论家都是围绕情和景来讨论意象的内涵。自宋代诗论家们开始热烈讨论的情与景的关系,实际上就是意与象的问题。明代哲学家、诗论家王廷相在其《与郭价夫学士论诗书》中,认为"言征实则寡余味也,情直致而难动物也,故示以意象"。他认为诗文作品一方面不能"事实粘著"、"以实求是";另一方面也不能简单的、赤裸裸的表达感情,必须示人以"意象",即有情有景,情景交融的艺术形象。清代王夫之继承发展了王廷相的美学思想,对审美意象作了更加深入的阐释。首先,他把"诗言志"的"志"和"意"同审美意象区别开来。他认为"意"在诗文中占有非常重要的地位,"无论诗歌与长行文字,皆以意为主",诗文作品"寓意则灵"(《姜斋诗话》)。王夫之还在《明诗评选》中指出:

> 诗之深远广大,与夫舍旧趋新也,俱不在意。唐人以意为古诗,宋人以意为律诗、绝句,而诗遂亡。如以意,则直须赞《易》、陈《书》,无待诗也。"关关雎鸠,在河之洲,窈窕淑女,君子好逑。"岂有入微翻新、人所不到之意哉?

可以看出,王夫之既强调"以意为主",又认为只是"意"不能形成诗,否则,直陈《易》、《书》就行了。他以《关雎》说明诗的本体必须是"意"、"象"相融的具有审美特征的"意象"。其次,王夫之认为创造意象,就是"即事生情,即语绘状",不应是"从实着笔"。总之,王夫之的意象理论可以概括为:诗中意象,必须是意寓象中,意象相融,诗人的思想情感必须寓于具有鲜明的审美特征的感情世界中。

二、比兴构象

比兴是中国古代诗歌最基本的构象方式,是"立象以尽意"在诗歌创作领域的发挥和运用。"立象以尽意"中"意"与"象"的联系是属于认识论范畴的一般联系,比兴中情意与物象的联系则是一种属于审美范畴的、特殊的联系。

比兴的概念,最早见之于《周礼·春官》:"大师教六诗:曰风,曰赋,曰比,曰兴,曰雅,曰颂。"西汉的《诗大序》又重申了这组概念:"故诗有六义焉:一曰风,二曰赋,三曰比,四曰兴,五曰雅,六曰颂。"这六个概念的具体内涵,在这两种典籍中均未作明确阐述,自汉代经学家开始,学者们便重点对赋、比、兴展开了探讨。现将最有代表性的看法作一介绍。

东汉郑众认为:"比者,比方于物也;兴者,托事于物。"(《周礼·春官》注)

东汉郑玄认为:"赋之言铺,直铺陈今之政教善恶。比,见今之失,不敢斥言,取比类以言之。兴,见今之美,嫌于媚谀,取善事以喻劝之。"(《周礼·春官》注)

刘勰在《文心雕龙·比兴篇》中指出:"比者,附也;兴者,起也。附理者切类以指事;起情者依微以拟议。"

钟嵘《诗品》曰:"故诗有三义焉:一曰兴,二曰比,三曰赋。文已尽而意有余,兴也;因物喻志,比也;直书其事,寓言写事,赋也。"

唐代孔颖达则认为:"兴者,托事于物,则兴者,起也,取譬引类,起发己心,诗文诸举草木鸟兽以见意者,皆兴辞也。"(《毛诗正义》卷一)

宋代李仲蒙认为:"叙物以言情,谓之赋,情物尽者也;索物以

托情,谓之比,情附物者也;触物以起情,谓之兴,物动情者也。"(胡寅《致李叔易书》引)

南宋朱熹在《诗集传》中指出,"赋者,铺陈其事而直言之者也";"比者,以彼物比此物也";"兴者,先言他物以引起所咏之词也"。

从上面勾画的这个简单轮廓可以看出,诸家对赋的认识比较一致,认为"赋"就是铺陈直言,类似现代写作学中的叙述。对"比"的认识也无大分歧,就是以彼物比此物,使被表达的事物更具体、生动、浅近。对"兴"的解释,分歧较大。在这种种不同的看法中舍其末而求其本,大体上有三种类型:其一,钟嵘的说法,认为"兴"是"文已尽而意有余",这是从艺术效果上讲的,有一定的道理,有的兴体诗的确是有一定余味的。问题是"兴"到底是什么,并未作明确解释。其二,郑玄的解释,是牵强附会的典型。中国古代诗学中有一种"比德"说,即以自然物象比人的伦理道德,如"智者乐水,仁者乐山"、"岁寒,然后知松柏而后彫"等等。这种理论有一定道理,它反映了自然物与人的心理的某种同构现象,但也容易滑向牵强附会的歧途。其三,李仲蒙的解释最好。他抓住了两个基本点,一是诗本体的产生,是感物起兴,是物在心先的自然感发。《诗经》中的作品多是民歌,它们的产生应该多是触景生情,自然产生,不是有意做出来的。从传达的角度看,是即景即物抒情,以具体、生动的物象,引导读者去感受、体验作者之情。人情之感发,无非两端:一是自然物(主要是景)的感发,二是人事(主要是境)的感发。人们表达这种感发,大体有三:一为直接抒发,即物即景铺陈;二是借物为喻,情意在先,借喻在后;三是因物起兴,触物在前,起情在后。三者都重形象勾画,都注意将形象放在诗的开端。其共同的目标是"立象以尽意"。

比兴构象在古诗创作中的作用,大体有以下四个方面:

(一)调节音律,唤起所咏之词。

兴句与所咏之词并无内容上的联系,主要是音律情调方面的一致,并且多放在诗的开端。如《诗经·伐檀》开头"坎坎伐檀兮,寘之河之干兮"。"坎坎"是劳作之声,"寘之河之干"是劳作之事,两者之间并没有比附、象征的意义,只有音律上的一致和情调上的微妙联系。"坎坎伐檀"流露出一种艰难劳苦之情,与诗的主旨一致。这种诗的开头方法,在现在一些民间文艺和少数民族诗歌中仍然相当普遍。如"月儿弯弯照九州,几家欢乐几家愁"两句之间毫无必然联系。现代儿歌"大雨哗哗下,北京来电话",同样如此。

(二)烘托渲染,突出中心。

兴句以描述某种事物或景物造成一定的环境、气氛,使内心情致得到更加充分的表现,如《诗经·周南·关雎》。

(三)比附象征,暗示主旨。

兴句与所咏之词之间具有某种委婉、隐约的联系,如《诗经·周南·螽斯》:

螽斯羽,(振翅而鸣的蝗虫)

诜诜兮!(集聚成群啊)

宜尔子孙(应该你的子孙)

振振兮(繁衍众多啊)

以蝗虫之多象征子孙兴旺,两者在繁盛这一点上有一定联系。

(四)情景交融,创造意境。

诗人的内心情怀完全渗入外物(即兴句)中,情与物达到有机的统一,共同组成真切动人富于感情特征的形象画面。如《诗经·郑风·风雨》中的"风雨凄凄,鸡鸣喈喈。既见君子,云胡不夷";《诗经·秦风·蒹葭》中的"蒹葭苍苍,白露为霜。所谓伊人,在水一方"。

《诗经》以前的原始诗歌,其表达方式基本上有两种:一是"直言其情",即将情致用陈述性的语言直接说出,如《蜡辞》(土反其宅,水归其壑。昆虫勿作,草木归其泽)。再一种就是"直言其事"如葛天氏八阕乐等。原始诗歌是诗、歌、舞三者结合的。简单的歌词配上歌咏和舞蹈,的确是具备了某种审美因素,对人能起到一定的感染和鼓舞作用。然而单就其歌词来看,这种"直言其情"和"直言其事"的表达方式,只能说是达意的,而不是审美的。"最低级文明的抒情诗,是以音乐的性质为主,而诗的意义不过是次要的东西而已"(格罗塞《艺术之起源》)。黑格尔讲艺术是"把心灵的东西借感性化而显现出来"。艺术无非是两大块,一是心灵的东西,二是传达这种心灵内容的物质媒介,二者缺一不能成为艺术。作为艺术的诗歌,作者必须把自己的情致物化为生动可感的形象,特别是作为缺乏直观性的语言艺术,这就只能通过以外物写情致,以"景语"写情语的方式塑造诗歌艺术形象,表达作者的思想感情。作者写诗的时候,把自己眼前的,引起自己情感波澜的物象,加以生动勾画放在诗的开头,引导读者去把握其思想感情的脉搏,这是十分自然的。明代诗论家李东阳也讲过:盖正言直述则易于穷尽,而难于感发;惟有所寓托,形容摹写,反复讽咏,以俟人之自得,言有尽而意无穷。

《诗经》、《古诗十九首》中的比兴手法,毕竟是一种比较简单的艺术手法。随着创造实践和创作理论的发展,比兴的内涵也在不断丰富。批评家们对它的理解也越来越宽泛。清代学者黄宗羲认为:"凡景物相感,以彼言此,皆谓之兴。后世咏怀、游览、咏物之类是也。"黄宗羲对比兴的简单界说,沿袭前人,没有新的解释,但所举作品却非常宽泛,几乎包罗了所有的古典诗歌。清代施补华认为唐戴叔伦《三闾庙》(沅湘流不尽,屈子怨何深?日暮秋风起,萧萧枫树林)和李义山的《乐游原》(向晚意不适,驱车登古原。夕阳无限好,只是近黄昏)也都是兴体诗。他解释说:"《三闾庙》并不用意,而言外自有一种悲凉感慨之气;义山诗叹老之意极矣,然只说夕阳,并不说自己,所以为妙。五绝、七绝,均须知此,此亦比兴也。"(《岘佣说诗》)清代词学家陈廷焯也认为:"托喻不深,树义不厚,不足以言比兴。深矣厚矣,而喻可专指、义可强附,亦不足以言兴,所谓兴者,意在笔先,神余言外,极虚极活,极沉极郁,若远若近,可喻不可喻,反复缠绵,都归忠厚。"(《白雨斋词话》)他所理解的"兴"几乎涵盖了整个艺术创作规律。陈廷焯认为在两宋词人中只有东坡的《水调歌头》(明月几时有)、《卜算子》(雁)和姜白石的《暗香》、《疏影》等"亦庶乎近之矣"。可以清楚地看出,明清时期的一些诗论家所理解的比兴有这样一些特点:其一,兴词不只是写眼前物,而是经验中之物;其二,达情之物、之景不仅是放在诗的开端,而是指整首诗中传情之景了;其三,兴的作用,不仅是引起所咏之词,而是形成整个艺术境界了;其四,就其作用看已不只是引起所咏之词,而成为主要艺术魅力之所在了。施补华、陈廷焯的"比兴"说与王国维的境界说接轨了。

三、按实肖象与凭虚构象

清代文学评论家金圣叹认为《史记》是"以文运事",《水浒》则是"因文生事"。所谓"以文运事"是实有其事,作者在写作过程中,只能对材料进行艺术处理,巧妙地把它表达出来,这就是指我们通常讲的写实。所谓"因文生事",就是先有写作欲望,有强烈的思想感情要表达,然后要寻找传达的媒介,编出故事来。所写的人和事并非客观存在,至少不完全是客观存在。这就是我们通常讲的虚构。清末刘熙载在《艺概·赋概》中概括得更明确,提出了文学艺术创作的两种创造形象的方法:一是"按实肖象";二是"凭虚构象"。按实肖象相当于金圣叹的"以文运事";"凭虚构象"相当于"因文生事"。下面分别加以阐释:

(一)按实肖象。

这主要是指纪实文学的创造形象的方法。中国古代的纪实文学或偏重纪实的文学种类繁多,主要的有如下几种:

1. 正史中具有文学色彩的作品,如《左传》中的某些写人、写战争的篇章;《史记》中的"本纪"、"世家"、"列传"中的许多优秀篇章,如《项羽本纪》、《陈涉世家》、《淮阴侯列传》等。《史记》之后的有些正史也有不少文学性较强的作品。

2. 哀祭类作品。如碑诔、哀祭、事略、传状等。如韩愈的《祭十二郎文》、《柳子厚墓志铭》,欧阳修的《泷冈阡表》,归有光的《先妣事略》、《寒花葬志》等,都是一般读者很熟悉的优秀之作。

3. 游记。影响最大的游记作品如明代《徐霞客游记》,宋代陆游的《入蜀记》,唐代柳宗元的《永州八记》。北魏郦道元的《水经注》,东魏杨衒之的《洛阳伽蓝记》也应包括其中。

4. 一部分历史小说和历史剧,也有一定的真实性品格,如罗贯中的《三国演义》、孔尚任的《桃花扇》等。

这些作品都具有很强的真实性品格,是作家按史料或见闻来创造的艺术形象。主体事件不容虚构。所谓"按实肖象"或"按实而书",是就其主导方而言的,不是绝对的。其主要原因是:

1. 由于写作素材本身的原因。《文心雕龙·史传篇》云:"代远多伪,传闻异辞。"意思是年代久远,必然就会有许多不真实的材料,传闻材料,必然就会说法不一,在一定程度上丧失其真实性品格。还可以从《史记》说起。《史记》的绝大多数内容都是距司马迁几百,甚至几千年的人物或事件。当时保存材料的手段又极其原始,要求素材完全真实,是绝对不可能的,这是其一。其二,司马迁写《史记》除了官方材料,他还采用了不少民间传说。司马迁自述云:"二十而南游江、淮,上会稽,探禹穴,窥九疑,浮沅、湘;北涉汶、泗,讲业齐、鲁之都,观孔子之遗风,乡射邹峄;厄困鄱、薛、彭城、过梁楚以归。"这种周游,恐怕主要是为写作《史记》而调查、收集材料。历史材料一旦沦为传说,便是向艺术的靠拢,却是对客观真实性的背离。读者们非常熟悉的《鸿门宴》一段,作为文学作品,写得极为生动传神,其具体材料绝不可能是完全真实的。越是生动、细腻、传神之笔,可能越是司马迁的虚构。因为这些材料,在当时的社会条件下是无法保存的。

2. 社会心理对作家创作的影响。东汉王充在《论衡·艺增篇》中指出:"世俗所患,患言事增其实:著文垂辞,辞出溢其真,称美过其善,进恶没其罪。何则？俗人好奇,不奇,言不用也。"《文心雕龙·史传》也认为:"俗皆爱奇,莫顾实理。"世皆爱奇,这是一种相当普遍也是不可能彻底消除的社会心理。社会心理对作家的创作影响很大,现代文艺学也认为,社会心理对于文艺创作具有很大的、潜在的制导作用。例如:北宋商业经济的繁荣,市民阶层的壮大,使宋词发生了明显的变化,柳永的长调词就是典型代表。明代文坛从雅到俗,除了艺术形式之审美规律的复杂原因外,时代追求,世俗爱好也是一个主要原因。原来诗文独霸,现在小说戏曲则第一次堂而皇之的总领了文坛的一代风骚。顾炎武在《日知录》中指出:"钱氏曰:'古有儒释道之教,自明以来,又多一教曰小说,小说演义之书,士大夫农工商贾无不习阅之,以至儿童妇女不识字者亦皆闻而如见之,是其较之儒释道而更广也。'"社会心理同文学创作的关系是相辅相成的。任何时代的文学艺术家都必须在一定程度上唱着群众的歌声。文学艺术家应该,甚至必须有条件地满足群众的好奇心理。如果不分清历史和文学的界限,强调创作的绝对真实,无视社会心理的趋向,必然是对文学的扼杀,对文学天才的扼杀。

最后想提及的是有的文学家或史学家,从个人私利出发,在创作中歪曲事实,滥施褒贬。刘勰在《文心雕龙·史传篇》就指出过:"勋荣之家,虽庸夫而尽饰;迍败之士,虽令德而常嗤。"这就不属于创作问题,而属于品德问题了。

3. 由于文学创作规律的影响。文学是一种创造,历史材料一旦进入文学领域,就必然在某种程度上削弱其客观性。

请看《史记》中的一些细节描写。

《项羽本纪》:"秦始皇帝游会稽,渡浙江,梁与籍俱观,籍曰:'彼可取而代也!'梁掩其口曰:'毋妄言,族矣。'"

《张仪列传》:张仪游楚,因被怀疑窃楚相璧,被打,回家后,妻子埋怨他说:"嘻!子毋读书游说,安得此辱乎?"张仪谓其妻曰:"视吾舌尚在不?"其妻笑曰:"舌在也。"仪曰:"足矣。"

这些描写很难说是取诸任何官方材料,完全是根据文学创作的规律和人物性格特点虚构出来的。正如近人唐兰所说:"司马迁天生是个文学家,他做一篇列传,只是做一篇文章而没有想做信史。他喜欢网罗旧闻而不擅于考订,所以《史记》里的记事十之二三是不可尽信的。"

(二)凭虚构象。

所谓凭虚构象,是指与按实肖象相对而言的心营意造活动,也就是当今所说的虚构。凭虚构象是在按实肖象基础上的长足进步,是写作理论成熟的标志。凭虚构象是文学的本质特征,可以说没有凭虚构象,就没有文学艺术,清代刘熙载曾深刻指出:"能构象,象乃能生生不穷矣。"(《艺概·文概》)

1. 从创作实践看,凭虚构象同文学创作同时产生,同时存在。就诗而言,《诗经》凭虚构象的特点就很突出。其中夸张手法的运用就是一例,"言峻则嵩高极天,论狭则河不容舠,说多则子孙千亿,称少则民靡孑遗,襄陵举滔天之目,倒戈立漂杵之论"(《文心雕龙·夸饰》)。这是就事实的量和度所作的夸张。虽然不是无中生有,也并非是按实肖象,虚构的成分显而易见。我们所熟悉的《关雎》、《硕鼠》,也并非一定有大老鼠和鸠鸟出现在作者面前,实际上是一种想象之辞。就赋而言,司马相如、扬雄等辞赋大家的作品中,那种上天入地、驱遣星宿、役使鬼神近乎怪诞的想象,那种对帝王宫殿苑囿壮丽繁富的极为夸张的描写,完全是一种凭虚结撰。晋代的左思曾批评汉代赋家的作品,认为"考之果木,则生非其土,校之神物,则出非其所。于辞则易为藻为饰,于义则虚而无征",这恰恰指出了汉代大赋虚构的特点。唐代历史学家刘知几曾这样评论屈宋的辞赋:"自战国以下,词人属文,皆伪立客主,假相酬答。至于屈原《离骚》辞,称遇渔父于江渚,宋玉《高唐赋》云梦神女于阳台……以兹叙事,足验凭虚。"(《史通》)。汉赋中客主酬答的人物,如《子虚赋》中的子虚、乌有、亡是公,都是无有的意思。就散文而言,凭虚结撰莫过于《庄子》。刘熙载认为庄子的散文是"寓真于诞,寓实于玄",其风格是"怒而飞"。文章中庖丁解牛、轮扁斫轮、佝偻承蜩、郢人运斤、吕梁跳水等生动故事,都属子虚乌有。《周易》是属于哲学范畴的经典著作,其中也不乏虚构的成分。清代著名学者章学诚在《文史通义·易教下》中指出,象"有天地自然之象,有人心营构之象。天地自然之象,《说卦》为天,为圜诸条,约略是以尽之;人心营构之象,《睽》车之载鬼,翰音之登天,意之所至,无不可也"。所谓"睽车载鬼"和"翰音登天"分别是《易经》之《睽卦》和《中孚卦》中虚构的颇为荒诞的小故事。两汉之后,六朝小说,唐宋传奇,元明清的小说、杂剧等叙事文学作品,多数都纯属凭虚构象了。

2. 从理论阐释的角度看,中国古代虚构理论这株幼芽一直被压在厚重的磐石之下。中国古代文学一直是以抒情诗为正宗为主流。这种体裁本身的性质就决定了虚构手法不可能在其中得到充分发展。前面提到过的《诗经》中的夸饰也限于修辞范围。汉代的大赋虚构的成分较明显,东汉、魏晋嬗变为抒情小赋,同抒情散文逐渐融为一体。唐宋的文赋就纯属抒情散文了。同时,汉代大赋,一直受到汉代以后的历代文论、诗论家的指责,很少有人再去发现其中的价值。同虚构关系最为密切的是叙事文学,可称之为叙事为体,虚构为用。可是中国古代的叙事文学一直得不到发展,鲜明的虚构理论也就很难成形。最重要的恐怕还是儒家实用文学观的束缚。

在这种文化传统的影响下,一些思想家,包括很多文学家一直对文学创作中有悖于真实的现象进行抨击。东汉王充是个很有创新精神的思想家,他的有些见解对后来的刘勰影响相当大。但他对文学的本质特征认识模糊,他反对创作中夸张、虚构。这在前面已有所提及。晋代的左思虽然自己是当时著名的诗赋作家,其文学创作观念却是写实主义的。他批评汉代赋家们的作品不真实,声称自己的《三都赋》"其山川城邑,则稽之地图;鸟兽草木,则验之方志;风谣歌舞,各附其俗;魁梧长者,莫非其旧"。文学观本源于美学观,左思认为:"美物者,贵依其本;赞事者,宜本其实。匪本匪实,览者奚信!"(《三都赋序》)。他对文学作用的看法,仍是局限在"信"字上。

文学首先使人感,由感而至"信"。处在文学已经自觉阶段的左思,在文学取材的虚实问题上与王充相比,并未前进一步。从魏晋到宋代有不少违背文学规律的理论和说法出现,有强调写实的,有强调实用的,有"以史代诗"的,拿这些观点衡量一些实用性文章或史传作品还不至于有大偏差,拿这些观点衡量一些优秀的文学作品,就会闹出笑话。如杜甫《古柏行》中有"霜皮溜雨四十围,黛色参天二千尺"的诗句,宋代大科学家沈括在其《梦溪笔谈》中就批评说:"四十围乃是径七尺,无奈太细长乎?"晚唐杜牧《赤壁》诗云:"折戟沉沙铁未销,自将磨洗认前朝。东风不与周郎便,铜雀春深锁二乔。"宋代诗论家许𫖮在其《彦周诗话》中提出批评:"孙氏霸业,系此一战,社稷存亡、生灵涂炭都不问,只恐捉了二乔,可见措大不识好恶。"杜牧的《江南春》写得很美,明代诗人、诗论家杨慎却认为其中的"千里莺啼绿映红",应改成"十里",因为千里已听不着看不见矣,何所云"莺啼绿映红"耶?连一些著名诗人也如此一时清楚,一时糊涂,可见其理论界限上的模糊。我国文学史上"以史代诗"的现象相当严重,直到明清才有人出来指责,王夫之在《诗绎》中尖锐地指出:"夫诗之不可以史为,若口与目之不相为代也,久矣。"并在《夕堂永日绪论内编》中嘲笑宋人诗话中根据杜甫的《偪侧行赠毕四曜》一诗来考证唐时酒价的荒谬。清代学者何文焕在《历代诗话考索》中针对许𫖮对杜牧的批评,提出"诗人之词微以婉,不同论言直遂也"。诗同议论不同,它是以具体生动的物象传情达意。

这里想就虚实问题介绍明清戏剧家、小说家们的几种说法。中国文学创作虚构理论的发展与成熟,是在明中叶以后。随着资本主义的萌芽,儒家文艺观的衰微,市民文学意识的产生,叙事文学开始繁荣。许多优秀的小说、戏剧作品问世。关于创作中的虚构问题,自然就成了文论家们探讨的中心问题之一。它标志着文学观念和创作理论的长足进步。虚构和真正的艺术创作是紧密相连的,虚构是创作的基础。明清以后的一些文论家对虚构有种种不同的说法。这里加以概括,介绍以下三点。

其一是,"虚则虚到底"。这是清代戏剧家李渔在《闲情偶寄》中的提法。他在发表了对历史剧的看法之后,指出:"若纪目前之事,无所考究,则非特事迹可以幻生,并其人之姓名,亦可以凭空捏造,是虚则虚到底也。"他还说:"虚者,空中楼阁,随意构成,无影无形之谓也。"他举例说,《西厢记》《琵琶记》是曲中之祖。"莺莺果嫁君瑞乎?蔡邕之饿莩其亲,五娘之干蛊其夫,见于何书,果有实据乎?"李渔在这种虚构理论的基础上,则进一步认为:要写孝子就可以把孝子所应有的行为都加在这个孝子身上;要写反面人物,也可以"天下之恶皆归焉"。这真有点像当今讲的艺术典型化了。小说创作的虚构问题与戏剧相似。明代叶昼在评论《水浒传》时说:"《水浒传》文字原是假的,只为他写的真情出,所以便可以与天地相始终"。明代袁于令在《西游记题辞》中指出:"是知天下极幻之事,乃极真之事;极幻之理,乃极真之理。故言真不如言幻,言佛不如言魔。"所谓幻与真,就是虚与实。不过这里的真,不是真人真事,应该是指情感的真挚。作家只有大胆虚构才能最充分地表达自己的真情实感。清康熙时的黄越在《第九才子书平鬼传·序》中指出,戏剧小说创作都不必"规规于或有或无而始措笔摘词",作家完全可以"涵天地于掌中,舒造化于指下,无者造之而使有,有者化之而使无"。金圣叹在《水浒》七十回总批中,认为有些《水浒》研究者考究"石碣天文"的真假,是"痴人说梦之智",他认为所谓"石碣天文"完全是作者根据叙事的需要虚构出来的。

其二是,虚者实之,实者虚之。乾隆年间,金丰为钱采的《说岳全传》作序,明确提出,历史小说"不宜尽出于虚,而且也不必尽出于实"。如果事事皆虚,必然陷于荒诞;反之,如果事事皆实,就与正史无异,艺术的魅力和艺术家的才能,就会在某种程度上被"史实"所窒息。因此,金丰提出的创作原则是:"虚者实之,实者虚之。"我以为,这八个字的创作原则非常好。首先,他将小说与历史区别开来;其次,他强调了作品的艺术特征;再次,他将"虚"与"实"看成是一种辩证的关系。也就是说,素材为我所用,根据结构作品和表达主旨的需要,薄弱的素材,可以增补之,强化之;可以将人物、故事、情节,写得更充分,更真实。充分的素材,也可以淡化、弱化、删削。这种对于戏剧、小说的艺术创作规律的认识和把握,同现代写作学的理念似乎没有什么区别了。

其三,传奇皆是寓言。这是明代徐复祚首先提出来的看法。他说:"要之传奇皆是寓言,未有无所为者,正不必求其人与事以实之也。"(《三家村老委谈》)此后,李渔、尤侗都沿用此说。李渔说:"传奇无实,大半皆寓言耳。"(《闲情偶寄》)尤侗称自己的《钧天乐》传奇是"莫须有,想当然,子虚子墨同列传,游戏成文聊寓言"。何为寓言?按李渔、尤侗们的理解,寓言是一种表达思想感情不受真实性制约的艺术表现形式。科学的界定,应该从三个层面上去理解:一是一种表达技巧,这在先秦诸子散文中最多;二是一种文体,这就是我们常说的寓言故事;三是属于最高层次的寓言精神。它是可以多种文体的由此及彼的一种创作原则,是一种较高层次的象征寄托。

第三节　境与造境

一、意境的产生和发展

"意境"说的思想源头完全可以回溯到道家哲学。老庄哲学中关于宇宙本体的阐发，基本上规定了中国艺术精神的主要特征。意境理论的基本内核，是与老庄哲学息息相通的。魏晋玄学是老庄哲学在新的历史条件下的发展，是当时的一种新思想、新方法，人们用它来解经典，证玄理，甚至把它作为生活的准则，当然也同时适用于文学艺术。玄学家们关于言、意、象关系的探索，给当时和此后的文学艺术创作输送了新的营养和血液。从南朝的宗炳、谢赫到唐代的司空图和宋代的严羽都受到玄学理论的深刻影响。隋唐时期佛教盛行，佛学理论中所强调的因心生境、意境、境界说为诗论家们提供了很好的借鉴，特别是那些既精通佛理又精通诗学的诗人、诗论家，利用佛学概念阐发诗学理论是顺理成章的事。借用佛学阐发诗学这也算是当时可能相当时髦的边缘学科。总之，从先秦到隋唐，各种哲学的、艺术的、宗教的思想溪流，在诗歌艺术审美上交汇，随着古代抒情诗的高度繁荣，意境说的产生就是必然的了。

"意境"这个概念，最先由唐代著名诗人王昌龄在其《诗格》中提出的。《诗格》云：

> 诗有三境：一曰物境。欲为山水诗，则张泉石、云峰之境极丽绝秀者，神之于心，处身于境，视境于心，莹然掌中，然后用思，了然境象，故得形似；二曰情境。娱乐愁怨，皆张于意而处于身，然后用思，深得其情。三曰意境。亦张之于意而

思之于心,则得其真矣。

这三境之中的所谓物境,毫无疑问是指作为诗歌描写对象的客观景象,亦即王昌龄自己强调的"泉石云峰"之类。所谓情境,指观察写作过程中的情感体验,以及由此而诱发出来的景象。所谓意境还不是我们所讨论的作为重要创作美学范畴的意境。而是相对"物境"、"情境"而言的写意之"境"。三境的关系是并列的,没有显示出意境包容"物境"、"情境"或对立统一的关系。三境中的"境"还只是一种景象。日僧遍照金刚在《文镜秘府论》中,关于"心"与"境","意"与"境"的议论,有所深入。他说,"置意作诗,即须凝心,目击其物,便以心击之,深穿其境";"诗一向言意,则不清及无味;一向言景亦无味。事须景与意相兼始好"。很显然,第一句话指出了心与物的关系,也就是心对景的能动作用。第二句讲意与境相融合才好。遍照金刚已清醒地意识到,在创作构思中意与境是相互对待的;两个方面又必须相兼相融,才能创造出高品位的艺术形象。这就初步确定了意境的基本内涵。在意境形成过程中,应该特别提到中晚唐诗人、诗论家刘禹锡、司空图。刘禹锡在《董氏武陵集记》中,有一段有关意境的精彩议论:

> 片言可以明百意,坐驰可以役万景,工于诗者能之。……诗者其文章之蕴邪?义得而言丧,故微而难能;境生于象外,故精而寡和。

这一段话的前一半,讲构思的特点和艺术想象活动的无比神力,后一半则揭示出了意境的核心,即"境生于象外"和"意得而言丧"。这与后来司空图的见解是一脉相通的。司空图的《与极浦论诗书》中提出了"象外之象"、"景外之景"的命题;在《与李生论诗书》中提出了"韵外之致"、"味外之旨"的命题。刘禹锡、司空图理论的共同点,就在于心在构思过程中自觉的、能动的作用,强调

第三章 构思论

超越有限,追求和展示无限。"象外之象,景外之景"中第一个"象"和"景"是指作品中描写具体的象和景。第二个"象"和"景"则是读者想象再创造出来的艺术境界。这些议论才算真正逼近了诗歌艺术审美的本质特征。

唐代为意境(境界)说的出现做了理论上的准备,至宋代,作为创作美学范畴的意境说才正式出现。例如:蔡梦弼《杜工部草堂诗话》引张子韶《心传录》曰:"子美此诗,非特为山光野色,凡悟一道理透彻处,往往境界皆如此也。"李淦在其《文章精义》中指出:"作世外文字,须换过境界。庄子《寓言》之类,是空境界。"有些画论家也以境界论画。郭熙在《林泉高致·画意》中也说:"境界已熟,心手已应,方始纵横中度,左右逢源。"在一些理论家以境界论诗、论文、论画的同时,另一些理论家也在以不同的说法对境界说进行探讨。南宋的严羽在其《沧浪诗话》中虽然并未使用"意境"或"境界"的概念,但他对诗歌艺术形象和艺术形象创造的理论阐释,都给意境理论提供了丰富的滋养。其他如梅尧臣、范晞文、姜白石等对情、景关系的讨论,也可以说就是对意与境的讨论。梅尧臣说,"状难写之景如在目前,含不尽之意见于言外"(见欧阳修《六一诗话》);姜白石说,"意中有景,景中有意"(《白石道人诗说》);范晞文说,"景无情不发,情无景不生","不以虚为虚,而以实为虚,化景物为情思"(《对床夜语》)。这些说法的基本内涵,同唐人强调的"意与境相兼"、"象外之象"、"景外之景"的精神是基本一致的。

意境理论成熟于明清,定型于王国维。关于意境或境界的理论,唐以后王国维之前,论述最为精辟、透彻的要数清初的王夫之。王夫之说,"情景虽有在心在物之分,而景生情,情生景,哀乐之触,荣悴之迎,互藏其宅","情景名为二,而实不可离。神于诗者,妙合无限,巧者则有情中景,景中情","景中生情,情中含景,故曰,景者情之景,情者景之情也"(《中国美学史资料选编》下)。这些分析是辩证的、审美的,抓住了文学形象或意境构成的基本要素,突出了情与景,主观与客观相互依存和渗透的关系。王夫之虽然没有突出"意境"这个概念,然而他对情景关系透彻而深微的阐释,同意境说的实质完全一致,都是讲心物关系的和谐、化一。晚清的王国维是意境理论的集大成者。他于1908年发表的《人间词话》,在继承发展别人理论的基础上,借鉴西方美学的有关观点,更加丰富、理论化了意境理论。他提出"有我之境","无我之境","客观之诗人","主观之诗人","诗人之境界","常人之境界","入乎其内","出乎其外","政治家之眼","诗人之眼"等著名范畴,其意境说几乎涵盖了文学创作中情与理、情与景、内容与形式的所有的基本问题,"为中国诗词评赏拟具了一套简单的理论雏形"(叶嘉莹语)。

二、意境的美学特征

意境的基本美学特征主要有三点。

(一)意与境浑。

王国维在其《人间词话》中指出:"文学之事,其内足以摅己,而外足以感人者,意与境而已。上焉者意与境浑,其次或以境胜,或以意胜。苟缺其一,不足以言文学。"王国维把有意境的作品分成三类:意与境浑的,这是最上乘的;其次是以境胜的;再次是以意胜的。后两类是达不到意与境浑,是境或意有所偏重的。王国维认为秦观的某些词作,以境胜。秦观的词向来以情韵胜而著称,被认为婉约派的正宗。王国维认为他的词是以境胜,可能是因为秦观有些词写景状物刻划细腻的缘故。如《满庭芳》中的"山抹微云，天粘衰草"历来倍受称道，甚至秦观因此而被称作"山抹微云君"。其实，王国维所说的以境胜的作品也并非只是写境，毫无意蕴，只不过是"有所偏重"，情寓境中罢了。王国维认为欧阳修的词是以意胜的。刘熙载在《艺概·词概》中指出："冯延巳词，晏同叔得其俊，欧阳修得其深。"所谓"深"，大概是指情感深挚。王国维认为欧词以意胜大概就在这个"深"字上。杜甫的许多近体诗如《登岳阳楼》、《春望》等，都可算是意胜之作。

王国维认为有意境的作品最上乘的是意与境浑。所谓意与境浑，就是意与境浑然一体，二者相互渗透、相互交融。也就是情、景论者的情景交融。王国维认为："至意境两浑，则惟太白、后主、正中数人足以当之。"李煜的《虞美人》（春花秋月何时了）就是这样的作品。这首词既有较精细的境的描绘，例如小楼、东风、明月、雕栏、玉砌等，又情景浑然一体。春花秋月本来是娱人的景象，李煜却感到没完没了，不知何时了结。小楼、东风，曾经是歌舞升平，"昨夜又东风"，一个又字便反映出了后主的无限心事。明月当空，故国不堪回望，雕栏玉砌，应该是还存在着，只是改变了颜色。这样描写，让读者感到一片是景，又一片是情。特别是结尾两句既新颖，又深沉，一句反诘紧接着是一句浑然天成的比兴，正如晚清词学家陈廷焯所云："一声恸歌，如闻哀猿，鸣咽缠绵，满纸血泪。"（《云韶集》卷一）李白词最受称道的是《菩萨蛮》（平林漠漠烟如织）和《忆秦娥》（箫声咽，秦娥梦断秦楼月）。黄昇认为"二词为百代词曲之祖"（《唐宋诸贤绝妙词选》卷一）。王国维所说的正中，乃南唐冯延巳。毛先舒评其《鹊踏枝》（庭院深深深几许）云："词家意欲层深，语欲浑成。作词者，大抵意层深者，语便刻画；语浑成者，意便肤浅，两难兼也。或欲举其似……'泪眼向花花不语。乱红飞过秋千去。'此可谓层深而浑成，何也？因花而有泪,此一层意也;因泪而问花,此一层意也;花竟不语,此一层意也;不但不语,且又乱落,飞过秋千,此一层意也。人愈伤心,花愈恼人,语愈浅而意愈入,又绝无刻画费力之迹,谓非层深而浑成耶?"(《古今词论》)毛先舒的这段分析对深入理解意境的含义是极为有益的。

(二)虚实相生。

每一篇一般水平的文学作品,都可以说有"境"或"象",即艺术形象。但不能说都有意境。有些作品,读者读过之后,只是了解了作品中写了哪些景或象,是鸟语或者是花香,不能进一步激起读者的联想和想象。高层次的、有意境的作品则不然,它能使读者感到在具体形象之外,还存在着一个通过想象而获得的更深邃的境界。这就是前面提到的"象外有象"。"象外有象"中的第一个"象",是作品中描绘的具体、切实的形象,这是作者的创造。第二个"象"是读者由第一个"象"激发、导引,通过想象而创造出来的幻象。象外之象,景外之景,是作者、读者的共同创造。这是艺术创造的终极目的,是对客观对象的真正的审美把握。由此看来,刘禹锡的"境生于象外"的看法,司空图"象外之象"的说法,严羽对诗歌艺术形象的理解和阐释,都体现了对审美创造的准确把握。

(三)超绝言象。

意境是意味无穷的艺术境界。深刻的意蕴是意境的生命内核。有意境的作品,往往蕴含着一种人生感、历史感、宇宙感。童庆炳在《文学活动的美学阐释》一书中,将文学作品分为四个层次,即语言结构层;艺术形象层;历史内容层;哲学意味层。他把前两个层次归结为形式美,后两个层次归结为内容美,历史内容层,哲学意味层,应该就是我们所讨论的意境的内涵。古代的诗论家主张写诗"不涉理路,不落言筌",现代诗论家也都反对以议论为诗,然而最好的诗,从其深层内蕴来看,都是和哲学相通的。从这个意义上讲,闻一多认为唐代最好的一首诗是张若虚的《春江花月夜》是很有道理的。这首诗表层的象,的确描绘得绚丽多采,优美之极,但更宝贵的是读者通过这种美的形象,激发起的对宇宙和生命的思索。

三、造境法举隅

王国维曾说:"有造境,有写境,此理想与写实二派之所由分。"很明显,王国维说的"造境"是属于创作方法的范畴,我们这里说的"造境",是指创造意境的具体方法,大体上属于技法范畴。

(一)精于意象组合。

每首诗都是由若干意象组成,例如温庭筠《商山早行》中的"鸡声茅店月,人迹板桥霜",只是这两句就由"鸡声"、"茅店"、"月"、"人迹"、"板桥"、"霜"六种意象组成。六种意象被作者特定的情感粘连在一起,它们就不再单独发挥作用,而是共同形成了一种"道路辛苦,羁愁旅思"的意境。有的学者将这种诗歌创作规律,简化为一个数学公式,即 $1+1=1$。根据这个公式,我们可以认定不管有多少1相加,其和都是1。相加的若干1代表意象,作为和的1代表意境。前面曾经讲到意境的重要审美特征是强调"象外之象",我们认为相加的若干意象,就是第一个"象",就是诗人所精心选择和组合的若干物象。作为相加之和的1,就是第二个"象",就是在读者心目中所形成的象。读者所得到的是第二个象,作者所精心创造的是第一个象。因此,可以认定,诗歌意象的有无、深浅,首先取决于作者是否精于意象的组合。

古体诗篇幅较长,抒写自由可以运用多种表达方式,诗律局限较小,诗中意象的密度较小,意象组合的方式也较少变化。例如曹植《杂诗六首》其三（西北有织妇），诗中只有一个中心意象"织妇"，全诗都围绕这个中心意象展开。古诗中常用的意象组合的方式以点缀手法为主。请看曹植的《七哀诗》：

　　明月照高楼，流光正徘徊。
　　上有愁思妇，悲叹有余哀。
　　借问叹者谁？言是宕子妻。
　　君行逾十年，孤妾常独栖。
　　君若清路尘，妾若浊水泥。
　　浮沉各异势，会合何时谐？
　　愿为西南风，长逝入君怀。
　　君怀良不开，贱妾当何依？

　　诗中五种意象，呈散点分布，似乎无主次之分，它们的作用是点染、点缀、烘托。这首思妇诗之所以如此缠绵悱恻，催人泪下，五个意象的点缀、烘托的作用极大。一首诗中必须有足够的意象才能达到"立象以尽意"的目的。与古体相比近体诗篇幅很短，多则八句，少则四句，意象的密度必然大大增加。在很短的篇幅中组合较多的意象，就得更加重视意象组合的变化和技巧，诗歌创作中意象组合的具体方法应该是千变万化，不可计数、最基本、最常见的大体上有如下几种：

　　1. 意象并置式。所谓并置，就是几个意象平行排列，没有明显的主次和包容关系。如温庭筠《商山早行》中的"鸡声茅店月，人迹板桥霜"。两句诗完全是六种意象的组合。六种意象的关系是平行并列，其间的语法因素完全消解，制约意象排列的只有音律关系。再如杜甫的《春望》中的"国破山河在，城春草木深"。每句当中都有一个主要意象，前句是"山河"，后句是"草木"。如果温庭筠的两句诗可以称之为本句自组，杜甫的两句诗就可以称之为对句相组。

2. 意象叠加式。就是几个色调相近的意象在一首诗中并列，就像影视中的画面的叠印。其目的是共同渲染诗中的主旨。如唐代王昌龄的《送张四》，诗云："枫林已愁暮，楚水复堪悲。别后冷山月，清猿无断时。"其中的"枫林"、"楚水"、"山月"、"清猿"犹如四个画面的叠印。四个画面强化一个主调，其味更深更浓。

3. 意象错综式。这是指通过诗的句子成分的倒置，造成错落有致的意象的组合。如唐代司空曙《鲜于秋林园》中的"远山芳草外，流水落花中"，第二句实际上是"落花流水中"的倒置。这样组合是为了"远山"同"流水"两个意象相对，"芳草"与"落花"两个意象相对。杜甫《秋兴八首》之八中的"香稻啄余鹦鹉粒，碧梧栖老凤凰枝"更加典型。按正常语法两句诗应该是"鹦鹉啄余香稻粒，凤凰栖老碧梧枝"，经过错置以后成为现在见到的这个样子。这种错置的作用，是削弱了语法因素的作用，使得四种意象"香稻"、"鹦鹉"、"碧梧"、"凤凰"孤立化，从而更加突出了它们在诗中的作用。在中国古典诗歌的创作中想既要增加意象密度，又不破坏一般语法规律几乎是不可能的。例如陆游《剑门道中遇微雨》中的"细雨骑驴入剑门"，七个字中有三个意象"细雨"、"剑门"以及骑驴的诗人。这三种意象无论怎样排列，都与正常语法不符。

4. 辐射式。就是全诗有一个中心意象，其他意象都是为生发、加强中心意象而设置。杜甫的《春夜喜雨》、《登高》都属这种意象组合方式。《登高》的中心意象是"万里悲秋常作客，百年多病独登台"的诗人形象，其他六句中的意象如"长江"、"落木"、"风"、"猿"等都是为了丰富、补充中心意象。

(二)巧于时空调度。

这主要是造成时空多种形式的复叠，从而构成一个亦虚亦实、虚实结合的艺术结构。陆游《楚城》云,"一千五百年前事,唯有涛声似旧时",清人董以宁《闺怨》云,"留得当时临别泪,经年不忍浣衣裳",这都可谓时间的复叠。柳宗元《别舍弟宗一》云,"一身去国三千里,万死投荒十二年";张祜《宫词》云,"故国三千里,深宫二十年。一声何满子,双泪落君前",这是一种时空复叠。王勃《送杜少府之任蜀州》云,"城阙辅三秦,风烟望五津",杜甫《春日忆李白》云,"渭北春天树,江东日暮云",这都是同一时间不同空间的复叠。陈子昂的《登幽州台歌》这又是同空间不同时间的复叠等等,不一而足。

一般地说,时间为虚,空间为实;昔为虚,今为实。虚是偏于写意,实是偏于写境。虚与实是中国艺术的重要创造原则,也是意境理论的重要原则。前面讲到的"景外之景"、"象外之象"、"韵外之致"、"言外之意",都是前实后虚,虚实结合。清代画论家笪重光说得好:"空本难图,实景清而空景现;神无可绘,真境逼而神境生。"(《画筌》)真景和实景是基础,是艺术创造的基本出发点,艺术创造的目的都在于空景和神境。宋代诗论家范晞文说:"不以虚为虚,而以实为虚,化景物为情思,从首至尾,如行云流水,此其难矣。"(《对床夜语》)清代诗论家方东树说:"凡诗写事境宜近,写意境宜远,近则亲切不泛,远则想味不尽。"(《昭昧詹言》)意思是诗人具体描绘的人事景,力求具体生动,贴近人们的生活和经验,这样才能使读者感到贴切。由这种事境透出的意味要深长,要余味无尽。中国古代诗人以实为虚,手段是多种多样的,但目标却指向一点:创造由实入虚或高远或空灵的意境。

(三)关键是要为情造文。

前面讲到的组合意象,调动时空,都是从法的角度讲的。凡是法都是从属于主体的,都是受到主体的智慧、思想、情感支配的。因此，在意境的创造中，最关键的不是法，而是运用法、支配法的情。情既是意境的命脉，是文学艺术的魅力之源，同时又是一种创造力。不包涵情感的文学艺术品，充其量是各种各样的像纸扎的花朵一样的媒体，像明代谢榛讲的没有啼声的婴儿。这样的所谓的文学艺术品，也多数是由缺少真情实感的人所制造出来的。不被情感所熬煎、催迫、激励的作者，也就无法进入创作。

1. 作者面对大千世界进行创作，首先必须以情选境。作者选什么样的境，对什么样的境感兴趣，决定于他的情感基调。唐代诗人杜甫、高适、岑参、储光羲、薛据同登长安慈恩寺塔，同时就此赋诗，面对的对象相同，看到的、想到的，却很不一样。高适看到的是"千里何苍苍，五陵郁相望"，感慨的是"输效独无因，斯焉可游放"。岑参看到的是"突兀压神州，峥嵘如鬼工"，所想到的是"誓将挂冠去，觉道资无穷"。储光羲则是由宝刹的高迥引起他"谁道天地高，逍遥方在兹。虚形实太极，携手行翠微"，想要羽化而登仙。伟大诗人杜甫看到的却是"秦山忽破碎，泾渭不可求。……回首叫虞舜，苍梧云正愁"，表现出一个伟大诗人积极入世，为苍生、社稷而忧愁的高尚情怀。应该说杜甫等几位诗人面对慈恩寺塔都产生了激情，不然则无诗，但情感的内质不同，就形成了不同性质情景交融，形成了不同的意境。明代王守仁，于明武宗正德四年贬官贵州龙场驿时，写过一篇著名散文《瘗旅文》。文章开头叙述正德四年秋月三日，有一吏目（一种官职）携一子一仆从京师到了贵州龙场驿，不知什么原因，半天之内三人先后死去。《瘗旅文》就是王守仁为此而写的。按常理讲，王守仁对三位素昧平生的人的相继死去，顶多是打听过问一下。然而不然，王守仁不仅为此写了文章，且文章写得感人至深，就是因为这件事触动了他。他从客死者的情形联想到了自己的前景。正如他向仆人说的"吾与尔犹彼也"。

2. 以情选境的同时,还须伴之以情观境。文学观察同科学观察的主要区别,是它具有很强的主观性、情感性,使物皆着我之色彩。唐代柳宗元是个政治理想受到沉重打击,文学创作却卓有成就的作家。他的《永州八记》很能说明这一点。请看《钴鉧潭记》写冉水:

> 其始盖冉水自西南奔注,抵山石,屈折东流,其颠委势峻,荡击益暴,啮其涯,故旁广而中深,毕至石乃止。

林纾在其《春觉斋论文》中分析说:"状冉水奔迅功夫全在一'抵'字。以下水势皆从一'抵'字生出。水势南来,山石当水之去路,水不能直泻,自转而东流,故成为屈折,即抵不过山石,因折而他逝耳。"林纾依稀看出了柳宗元赋予溪水的人格力量。同是这条冉水,有的人可能一般的写其水流湍急,有的人可能写其活泼跳荡。柳宗元则看到了冉水的不屈和奋争。"抵山石","荡击益暴,啮甚涯","毕至石乃止",都涂上浓浓的情感色彩。

《袁家渴记》,作者在叙述、描绘了溪水、山石以及各种花木之后,忽然拈出一个"风"字:

> 每风自四山而下,振动大木,掩苒众草,纷红骇绿,蓊葧香气,冲涛旋濑,退贮谿谷,摇飏葳蕤,与时推移。

作者拈出这个"风"字,并非纯技巧因素,而是作者在各种景象中恰恰选中了大风震恐下的景象,只有这种"纷红骇绿"的景象才与作者的心境合拍。

柳宗元的诗歌,比他的散文更典型。《南涧中题》是柳宗元的名作。写得有喜有忧,忧喜交集;能流露一点愉悦心情的诗句如"始至若有得,稍深遂忘疲",其他诗句不管抒情的还是写景的都是极写忧愤、凄寒之情。"回风一萧瑟,林景久参差","羁禽响幽谷,寒藻舞沦漪"是诗中写景的名句,本来是优美的自然景观,在作者眼里却成了阴冷、凄寒的景象。唐汝询《唐诗解》云:"言此地风景冷落,而我爱之,故始至恍若有得,久则忘倦矣。但悲怀触物而生,即羁禽寒藻动我去国之思,正以孤客易伤,失路鲜所宜耳。"优秀诗人写诗,必然是以独特的情感选境,以独特的情感去观照感受境,然后以这经过情感的浆液浸泡加工过的意象去结撰诗篇,才能写出有意境或境中有人的诗篇。温庭筠的"鸡声茅店月,人迹板桥霜"(《商山早行》),同欧阳修的"鸡声梅店雨,野色柳桥春"诗句的结构相同,意象大同小异,就是因为意象的着色不同其意境就很不相同,温诗是写羁旅辛苦,欧诗是写离情别绪。

3. 注重直寻和摄取当下美。写自然之景的"隔"与"不隔"是王国维意境理论的重要组成部分。他认为不隔才会产生意境,隔就很难产生意境。什么是隔与不隔?王国维在其《人间词话》中指出:

> 陶谢之诗不隔,延年则稍隔矣。东坡之诗不隔,山谷则稍隔矣。"池塘生春草","空梁落燕泥"等二句,妙处唯在不隔。词亦如是。

"池塘生春草",是晋代诗人谢灵运《登池上楼》中的名句。"池塘生春草,园柳变鸣禽",历来倍受诗论家们的赞赏。"空梁落燕泥"是隋代诗人薛道衡《昔昔盐》中的名句,这两句的好处就是写景状物自然真切,不使事、不用典,读者一看就懂。陶渊明诗不事雕琢,写自然之景,抒恬淡之情,内容深厚,韵味悠长。宋代黄庭坚在《题意可诗后》说:"至于渊明,则所谓不烦绳削而自合者。"杨时在《龟山语录》里也说:"陶渊明所不可及者,冲淡深粹,出于自然。若曾用力学,然后知渊明诗非着力之所能成。"朱熹在《答谢成之》中说:"以诗言之,则渊明所以为高,正在其超然自得,不费安排处。"此后，陶诗之平淡、自然、深厚已成定论。南朝刘宋诗人颜延之（延年）与陶不同，写诗好雕词炼句，多用古事，笔墨往往不能流畅，钟嵘在《诗品》中批评他"喜用古事，弥见拘束"。汤惠休认为"谢诗如芙蓉出水，颜如错采缕金"。《南史·颜延之传》云："延之尝问鲍照，己与灵运优劣，照曰：'谢五言如初发芙蓉，自然可爱；君诗若铺锦列绣，亦雕绘满眼。'"苏轼诗才气横溢，大气包举，滚滚滔滔，不假用事，自然畅达。黄庭坚诗好用典，注重语言形式雕琢，有脱胎换骨、点铁成金之理论，认为韩文、杜诗无一字无来处。中国古代文学批评多数诗论、文论家都以朴素、自然、深厚为高标准。王国维的意境理论继承综合了这一传统观点。他的理论阐释和他赞赏的作家、作品都可说明这一点。看来，根据王国维的理论，要做到"不隔"，创作出有意境的作品，至少应该做到两点。

  首先，是直寻。"直寻"说，出自钟嵘《诗品》。钟嵘认为"至乎吟咏情性，亦何贵于用事？'思君如流水'，既是即目；'高台多悲风'亦唯所见；'清晨登陇首'，羌无故实？'明月照积雪'讵出经史？观古今胜语，多非补假，皆由直寻"，意思是几句名句都未使事用典，都是一种"直寻"的写法。所谓"直寻"，就是直书眼前所见，即用朴素生动的文字状难写之景如在目前。王国维也不赞成用典和替代。他认为："欧阳公《少年游》咏春草上半阕云：'阑干十二独凭春，晴碧远连云。千里万里，二月三日，行色苦愁人。'"语语都在目前，便是不隔。至云"'谢家池上，江淹浦畔'则隔矣"（《人间词话》）。《少年游》的下半阕开头两句是"谢家池上，江淹浦畔"。两句都是指春草，前一句是隐括谢灵运的"池塘生春草"，后一句是隐括江淹《别赋》中的"春草碧色，春水绿波，送君南浦，伤之如何！"王国维认为这种写法就隔。沈义父主张作词用替代字,"说桃不可直说破桃,须用'红雨'、'刘郎'等字,说柳不可直说破柳,须用'章台'、'灞岸'等字"。王国维对此极不赞成,批评说:"果以是为工,则古今类书具在,又安用词为耶?"《古诗十九首》云:"生年不满百,常怀千岁忧。昼短苦夜长,何不秉烛游?"王国维说:"写情如此,方为不隔。"陶诗《饮酒》(采菊东篱下)、《敕勒歌》(天似穹庐),王国维对此评论说"写景如此,方为不隔"。从王国维所称赞的这些作品也可以看出"语语都在目前,便是不隔"。

其次,摄取当下美。"当下美"是著名学者周策纵使用的概念。他认为写作中的"自然"观,就写作过程而论便可以说是"直寻"、"直致"等,于读者而论,就可以说是"如在目前"或不隔。若合而言之,也许就可说是"猝然与情景相遇"。而这种诗的美,就叫"当下美"。所谓摄取当下美,就是要即刻捕捉住特定时间、地点、条件和情感状态下的诗兴的感发。"感物起兴"这是阐发诗本体产生的基本理论。《乐记》云:"乐者,音之所由生也,其本在心感于物也。"《文心雕龙·明诗篇》云:"人禀七情,应物斯感。"《诗品·序》云:"气之动物,物之感人,故摇荡性情,形诸舞咏。"宋代诗人杨万里说得更好:"触先焉,感随焉,而是诗出焉。"(《诚斋诗话》)由上述观点可以看出,真正的诗,都是生成于这个"感"字。真正的诗人不能说我要做诗,而是不能不做诗。正如杨万里讲的:"不是老夫寻诗句,诗句自来寻老夫。"(《论诗绝句》)诚然,中国古代诗人有"吟安一个字,捻断数茎须"的说法,我们认为这只能是诗的形式的反复斟酌、推敲,而绝不是讲诗本体的生成。像"池塘生春草,园柳变鸣禽"、"采菊东篱下,悠然见南山"这些名句,杜甫的《闻官军收河南河北》,李白的《早发白帝城》等名篇,都是在特定的背景、心态下瞬间生成的,不期然而产生的。文学艺术品的生命即它的思想和审美价值,就产生在这种猝然相遇的感发。清代诗论家许印芳说得好:"诗人构思必按切实景,始能扫除陈言,独抒妙义。初学不明此理,题目到手,辄以浮泛之词应酬了事,此题之诗可移之彼题,而彼题之诗可移之此题,受病日深,终身不可救药矣。"(《与王驾评诗书跋》)此题彼题可以互相移易的,只能是普泛的概念,绝不是独特的诗意。清代王晦讲得也很好:"虽同属喜怒哀乐之情,而此时之所为文,易一时而复为之,则不能肖。"诗思、诗情、诗意极为恍惚、飘荡,必须用快镜头摄取。正如清代徐增所言:"好诗须在一刹那上揽取,迟则失之。"(《而庵诗话》)苏轼也曾强调:"作诗火急追亡逋,清景一失后难摹。"(《腊日游孤山访惠勤惠思二僧》)

第四节　神与物游

这一节主要研究构思过程中的思维活动。构思过程中的思维活动其中不能排除理性的分析、判断,但主要是想象活动。艺术想象所包括的内容非常丰富,涉及面极为广泛,本节主要研究以下几个方面的问题。

一、情为动力

中国古代诗论探讨诗歌创作规律时,所关注的首要问题是"感物起兴"。这个兴,不是认知的结果,而是诗人在"物"的刺激下所产生的一种情感因素。这种情感因素魏晋以前被称作"志",魏晋特别是陆机以后明确为"情"。情在文学艺术创作中占有极为重要的地位。

作为创作冲动的情感活动,古人早有论述。《礼记·乐记》

云,"乐者,音之所由生也,其本在人心之感于物也","……六者非性也,感于物而后动,是故先王慎所以感之者","说之故言之,言之不足,故长言之;长言之不足,故嗟叹之;嗟叹之不足,故不知手之舞之足之蹈之也"。汉代的《毛诗序》大体上重述了《乐记》的意思,其云:"在心为志,发言为诗。情动于中而形于言,言之不足,故嗟叹之,嗟叹之不足,故永歌之;永歌之不足,不知手之舞之,足之蹈之也。"随后,刘勰《文心雕龙·物色》、钟嵘《诗品》以及其他一些有关诗论著作,也都有所表述。这种作为创作冲动的情感因素,对于文学创作具有极为重要的作用。它是艺术想象展开的第一推动力,刘勰讲的"情动而辞发"、"为情而造文";韩愈的"物不平则鸣";李贽的"夺他人之酒杯,浇自己之垒块,诉心中之不平,感数奇于千载",都表达了这一思想。它又是诗本体的基本内涵。明代谢榛认为"景乃诗之媒,情乃诗之胚",情乃是一篇作品生成的胚芽。

创作冲动一旦推动艺术想象飞动之后,它便同想象一起形成为一种艺术创造力,促动着构思过程中各个环节的展开,激励着作者克服创作中的一切困难。这种情感力量大体可分为三种类型。

(一)动态情感。

在前面"诗穷而后工"部分,我们曾经提到或分析过一些著名的诗学命题,例如司马迁的"发愤著书"说,韩愈的"物不平则鸣"说,欧阳修的"诗穷而后工"说。这些命题的基本内涵,就是一个"情"字,就是作家的怨愤之情。这种情感线索,自《诗经》至近代一直贯串中国文学史的始终。再就作品来看,也的确有相当多数量的优秀作品,都是产生于怨愤之情。屈原的《离骚》,司马迁的《史记》,杜甫堪称"诗史"的许多作品,柳宗元、苏轼等人的作品,都是这方面的典范之作。柳宗元几乎所有的优秀的散文作品都是被贬谪后写的,柳诗共138题164首,除《省试观庆云图诗》、《韦道安》、《浑鸿胪宅闻歌效白纻》三首,其他161首全部是被贬官以后写的。儒学思想培育出来的诗文作家,为何会写出这么多似乎与儒家之道格格不入的怨愤之作,是应该做一些简要分析的。首先,看他们为何怨愤。儒家最重要的人格特征,就是积极入世,要扶社稷,济苍生,救黎民,要"呻呼踊跃以求知于世"(柳宗元语)。但理想、抱负又往往不得实现。明代王慎中认为诗人"不得志于时,而寄于诗,以宣怨忿而道其不平之思"(《碧梧轩诗集序》)。清代尤侗也说:"古人不得志时,往往发为诗歌,以鸣其不平。"(《叶九来乐府序》)他们概括得很准确,古代诗文家都是因为不得志,才写诗作文,鸣其不平之思。他们的"志"应该说就是济世之愿望,仍然是儒学所认可的内容。其次,看其怨愤的性质。王逸在《楚辞章句序》中认为,屈原之所以写《离骚》是因为"履忠被谮",是为了"上以讽君,下以自慰","依道经,以讽谏君也",其实质仍在劝君王。明代黄漳评论陆游时说:"盖放翁为南渡诗人,遭时之艰,其忠君爱国之心愤郁不平之气,恢复宇宙之念,往往发于声诗。"(《书陆放翁先生诗卷后》)陆游的创作思想和作品核心内容,同样是忠君爱民。再次,其怨愤之情是放而有节的。儒家诗教的基本理论主张是"主文而谲谏","发乎情,止乎礼义"。东汉郑玄解释说:主文,主于乐之宫商相应也;谲谏,咏歌依违,不直谏也。朱熹认为,主于文辞而托训谏。郑玄、朱熹的看法,都是认为诗歌创作应用含蓄委婉的言辞和比兴的手法,寄托作者对统治者的批评和不满。文学作品可以对统治阶级进行讽刺,但要以曲折的方法表达,不应直言过失,不宜切露,不能触犯统治阶级的根本利益。"发乎情,止乎礼义"同"主文谲谏"的意思大体一致。

《毛诗序》认为《诗经》中的变风、变雅是西周中衰以后的作品,是乱世之音,对社会现实颇多怨刺、揭露。但这种诗歌所抒发的感情,对社会的怨刺,又不失其正,不违背封建统治阶级的礼义道德。这种理论规范,对后世的文学艺术创作影响极大,诗人作家们尽管不可能完全按照这种规范去进行创作,却往往是"终入环内"的。有些作家的作品情感稍有过激之处,就往往遭到理论家们的抨击。例如班固对屈原既高度赞扬其文才,又批评他是"露才扬己","非明智之器"。至于明清之际的李贽、徐渭之流,就是儒家诗教的大敌了。东汉班固在《汉书·礼乐志》中指出:"人函天地阴阳之气,有喜怒哀乐之情。天禀其性而不能节也,圣人能为之节而不能绝也,故象天地而制礼乐,所以通神明,立人伦,正情性,节万事者也。"班固这段话,充分揭示了儒学诗教的精髓,就是要节情。托名白居易的《金针诗格》也认为:"失之大喜其辞放:'春风得意马蹄疾,一日看尽长安花。'失之大怒其辞躁:'解通银汉终须曲,才出昆仑便不清。'失之大哀其辞伤:'主客夜呻吟,痛入妻子心。'失之大乐其辞荡:'骤然始散东城外,倏忽还逢南陌头。'"这也是在批评"过",而主张"节"。在这种儒学理论规范的制约下,中国文人的苦闷之情和不平之气,很少能像大海波涛,滚滚滔滔地流荡于作品之中,想象瑰丽奇特、揭露毫无顾及的作品也必定是凤毛麟角。清代诗论家吴雷发对此曾提出尖锐批评:"诗本性情,固不可强,亦不必强。近见论诗者,或以悲愁过甚为非,且谓喜怒哀乐,俱宜中节。不知此乃讲道学,不是论诗。诗人万种苦心,不得已而寓之于诗。诗中所谓悲愁,尚不敌其胸中所有也。"(《说诗管蒯》)

(二)静态情感。

中国古代思想史是儒道释三家并立以儒为主,但三家之间又相互渗透,相互补充,它们共同构成了中国传统文化的特色。道家、禅宗、儒家各自追求的终极目标不同,但手段或途径却有相近或相通之处。以庄子为代表的道家其终极目标是理想人格,这个理想人格是通过对"道"的论证来展开和达到的。因此庄子的哲学不是探讨自然本体的哲学,而是探讨理想人格的哲学。禅宗的终极目标是佛性。何谓佛性?禅学认为本心即佛,佛即本心,也就是说"心"是世界的本源,认为"一切法皆从心生"。儒学与庄、禅又有不同,它是一种富有实践理性的社会哲学。儒家的终极目标也称作"道",但它不是自然本体,也不是人本体,而是人的群体应该遵循的最高层次的道德规范。儒学也是一种人学,但它与庄禅不同,其所关注的是人的群体而非人的个体。由于三家学说追求的终极目标不同,如果过细地研究各自达到终极目标的手段或途径,应该是各不相同。然而由于它们是处于一种互渗互补的状态中,因此在手段或途径方面,就必然存在着不少相通之处。又由于我们是从哲学入手去探讨文学艺术创作规律,所关注的是三家思想对文学艺术的影响,我们就会清楚地看到,三家思想一旦同文学艺术结合,在通向文学艺术的途中,在形而上的层次上,它们靠拢了,甚至交汇了。三家特别是庄禅至少在三个方面显示出其相通之点。

1. 价值取向的非功利性。庄禅都主张涤除物质欲和名利欲。庄子有影响很大的"心斋"说。什么是"心斋"呢?《庄子·人间世》说:"若一志,无听之以耳,而听之以心,无听之以心,而听之以气……气也者,虚而待物者也。唯道集虚,虚者,心斋也。"意思是说,对客观事物的把握不是依靠具体的感官,而是要依靠空灵的直觉。《庄子·达生篇》梓庆削木为鐻的故事,讲得更具体。前面"澡雪精神"一节,曾较详细地介绍过,这里不再赘述。禅宗似乎更强调无知无欲。柏岩明哲说得极为简明:"法师只知欲界无禅,不知禅界无欲。"(《景德传灯录》卷七)柏岩明哲的师兄华亭船子德诚禅师有首诗偈,更形象说明了"禅界无欲"的哲理:"千尺丝纶直下垂,一波才动万波随。夜静水寒鱼不食,满船空钓月明归。"(《五灯会元》卷五)意不在鱼,而在钓。这四句偈诗既有诗情又有禅意。德国哲学家叔本华在谈及月光美时指出:

为什么满月的景色具有这样一种仁慈的、宁静的和崇高的印象?因为月亮是一个观照的对象,即从来不是欲求的对象。(《意志和表象的世界》)

叔本华是谈审美,我们完全可以借用来说禅。禅理同审美都是超功利的。同一个对象,你从超功利的观点去观照它,它会使你产生美感,你从占有欲出发去审视它,它立即就会显出赤裸的物质形态。宋代大文豪苏轼说得很好:"君子可以寓意于物,而不可以留意于物。"(《宝绘堂记》)儒家以"修身为本",注重人格修养。修炼的重要内容也是涤除物欲。孟子提出"养心莫善于寡欲",荀子讲"虚壹而静",就连法家的韩非也主张"思虑静则德不去,孔窍虚则和气日入"。可见虚静、去欲是古代多数思想派别之主张。

2.思维方式的非分析性。庄子哲学的最高境界是"道","夫道有情有信,无为无形。可传而不可受,可得而不可见。自本自根,未有天地,自古以固存。神鬼神帝,生天生地。在太极之先而不为高,长于上古而不为老"(《庄子·大宗师》)。正因为庄子的道是无形无为,可传而不受,可得而不可见的,因此庄子在阐释其"道"时,其方法不重在理论思辩,直言其说,而是运用形象、直观讲故事的方法。这就从根本上说明他的"道"是不可以理性分析和认识的。例如《庄子·秋水篇》中"濠上之乐"和《应帝王篇》中

"凿七日而浑沌死"等故事,都说明庄子哲学的直观性和不可分析性。在主张以心传心的禅宗看来,禅的本体也是"不可以智慧识,不可以言语取",没有任何概念和言语能传达和穷尽它。例如:

(怀让)乃白祖(慧能)曰:"某甲有个会处。"

祖曰:"作么生?"师曰:"说似一物即不中。"(《五灯会元》卷三)

不管使用什么比喻或概念,都不能传达禅的本体,"说似一物即不中",这样就必然形成这种模式"问有将无对,问无将有对,问凡以圣对,问圣以凡对,二道相因,生中道义"(《坛经·附嘱品第十》)。问道者靠直觉体悟,一个拈花,一个微笑,两者沟通了,这就是悟。"悟"的具体内容是什么,只有他们自己知道。庄和禅的传达和体悟方式,恰与文学艺术的某些本质特征相通。庄禅排斥理性,主张直觉体悟的观念,对古代文学艺术家以及他们的创作影响极深。在艺术精神和对艺术创作规律理解方面的影响,绝对超过儒学思想的影响。清代王士禛指出:"世谓王右丞有雪中芭蕉,其诗亦然。如'九江枫树几回青,一片扬州五湖白',下连用兰陵镇、富春郭、石头城诸地名,皆廖远不相属。大抵古人诗画,只取兴会神到,若刻舟缘木求之,失其指矣。"(《带经堂诗话》)王维的画是指《袁安卧雪图》,曾画过雪中的芭蕉;诗是指《同崔傅答贤书》,诗中连用多个地名"皆廖远不相属"。这样的诗、画,用理性的尺子衡量,可以冠之莫名其妙,用艺术的眼光来衡量,的确又是上乘作品。这种不合理性,而体现艺术规律的作品,又与庄禅相通。这正如黄子云在《野鸿诗的》中指出的:"诗有禅理,不可道破,个中消息,学者当自领悟。一经笔舌,不触则背。诗可注而不可解者,以此也。"

3.语言表达的非逻辑性。刘勰在《文心雕龙·神思篇》曾指出:"意翻空而意奇,言征实而难巧。"语言是实在的、概念的、逻辑的,而庄、禅、诗是人的体验,微妙深邃、变化不定,它们与语言的本质特征相悖,而又不得不借助语言传达。庄、禅、诗的现实存在就在这种背反状态之中。《老子》说:"道可道,非常道;名可名,非常名。"《周易·系辞上》说:"书不尽言,言不尽意。"庄子认为:"道不可闻,闻而非也;道不可见,见而非也;道不可言,言而非也。……道无问,问无应。"(《庄子·知北游》)不问、不言、不见等,这是一种理想状态,庄子的办法就是不能不使用语言,也不能意在语言。要"得意忘言"。禅宗则更彻底,其表达方式完全是反逻辑的。请看几段禅宗公案:

问:"如何是佛?"师曰:"干屎橛。"(《五灯会元》)卷一五)

问:"如何是佛法大意:"师曰:"十年卖炭汉,不知秤畔星。"(同上卷三)。

这种对答,是反逻辑的,是一种逃脱逻辑限制后的随意对答。拳打、棒喝,连语言都不用了。中国古代诗论中的"神韵"说、"性灵"说,以及"意境"、"象外之象"、"言外之意"、"韵外之致"等重要的诗学范畴,都与庄禅理论的反逻辑性相通。就诗歌创作实践看,也是如此。首先,意象组合、诗语的措置往往是反逻辑的。典型莫如杜甫《秋兴八首》之八中的"香稻啄余鹦鹉粒,碧梧栖老凤凰枝"。其次,是诗意传达的朦胧性。叶燮在《原诗》中对杜甫诗句"碧瓦初塞外"、"夜傍九霄多"、"晨钟云外湿"的分析很能说明问题。

4.情感的潜在性。庄学、禅学并非一般的排除情感。老子有点寡恩薄情。庄子厌世并非厌生。庄子哲学目的在于塑造一种理想人格,创造一种与现实相反的、理想的人生境界。庄子重视个体生命的价值,不赞成"以身殉利"、"以身殉名"、"以身殉家"、

"以身殉天下"的人(《庄子·骈拇》)。他认为:"今世俗之君子,多危身弃生以殉物,岂不悲哉?"(《庄子·让王》)庄子的理想人格就起始于他的深层的情感。他的许多超脱、冷酷的话是针对现实的;他深层的情感跃动在他的理想人格中。禅僧的情感状态似乎更为复杂、隐蔽,它是潜在状态。在大千世界上生活,却又在内心平衡中解脱,特别厌恶尘世自然纷乱,却又能在尘世中求得静宁,这正是禅宗人生哲学与生活情趣的玄妙之处。受禅宗影响极深的中国士大夫们则是通过对外界事物的观照体验,又在这种观照体验中达到物我统一,使内心世界与外在物象融合。总之,以上几点的总体效果就是精神和想象力的解放。物欲与审美是不相容的。据说有一幅画,画面上是三粒豆子,标价格60元。有一位观者惊叹道:这是什么豆子,一粒就值20元。这种观者与审美无缘。再如,猎人、采药者、艺术家一起进入西双版纳森林,猎人眼中只有山鸡、麋鹿等猎物,采药者眼中只有仙草、灵芝等药材。他们从来不觉得森林是美的,而艺术家的眼中既无猎物也无药材。他所感受到的是幽美无比的自然景观。《淮南子·说林训》说得好:"逐兽者,目不见泰山,嗜欲在外,则明所蔽矣。"理性同概念相通,具有鲜明的确定性;逻辑是人类实践活动中的产物,它在一定程度上反映着人们的思维定式。生动性、具体性在它之中消失。它也不再体现创造性。物欲、理性(部分的)、逻辑,是艺术创造艺术的想象的枷锁。诗人、艺术家带着枷锁创作出来的作品,只能是平庸的、重复别人或重复自己的东西。只有当物欲涤除,理性削弱,逻辑消解之时,艺术家才能进入充分自由的精神境界。词论家况周颐所描绘的那种构思情景:"人静帘垂,灯昏香直,窗外芙蓉,残叶飒飒作秋声,与砌虫相和答。据梧瞑坐,湛怀息机,每一念起,辄设理想排遣之,乃至万缘俱寂,吾心忽莹然开朗如明月。"(《蕙风词话》)这与美国人本主义心理学家马斯洛所讲的"高峰体验"极为相似。马斯洛认为,人处于高峰体验时,可以超越自我,忘却自己,没有自我的。它可以不受任何动机驱动,不受任何情感影响,不夹杂任何欲念,一无所需和超脱自我的。它能以对象为中心,不以自我为中心。这是富有创造力的时刻,只有在这种状态中想象力才能大跨度驰骋,潜意识内容才易于活跃起来。只要兴致所到,雪中可以生芭蕉,富春、石城可以不再"廖远不相属"。前苏联美学家鲍列夫也认为"在创作的心理机制中,内心解放这一因素起着关键性作用"(《美学》)。

(三)狂态情感。

我国封建社会的经济形态,到明代中期出现了资本主义因素的萌芽,这是封建经济行将解体的表现。随着经济形态的变化,哲学、美学、文学艺术呈现出新的面貌。在哲学方面是"心学异端"的形成,它标举自然人性论,抨击程朱理学的伦理人性论。在美学方面重个性、独创、重主体情感的自由抒发。在文学艺术方面出现了一批具有独特个性、狂放不羁的如徐渭、李贽、汤显祖、公安三袁等名家、大家。徐渭具有多方面的艺术天才,诗、书、画都有极高的成就。他又是一个典型的狂态艺术家。他狂放不羁、蔑视礼法,愤世疾俗而得狂疾。徐渭十分重视审美的情感体验,认为情感纯粹是人的自然本性。他认为:"人生堕地,便为情使。聚沙作戏,拈叶止啼,情防此也。迨终生涉境触事,夷拂悲愉,发为诗文骚赋,璀灿伟丽。"(《徐渭集·补编·选古今南北剧序》)他作画是"醉抹醒涂"(《题画兰》),作文是"如嗔如笑,如水鸣峡,如种出土,如寡妇之夜哭、羁人之寒起也"(袁宏道《徐文长传》)。李贽是杰出的思想家和文学评论家,"童心"说是他文学思想的核心。他认为"童心"就是真心,童心绝假纯真,最初一念之本心也。

"天下之至文,未有不出于童心焉者也"(《焚书·童心说》)。"童心说"必然蕴含着对审美情感的高度重视。他在《焚书·杂说》中讲得最为痛快淋漓:

> 且夫世之真能文者,比其初,皆非有意于为文也。其胸中有如许无状可怪之事,其喉间有如许欲吐而不敢吐之物,其口头又时时有许多欲语而莫可所以告语之处,蓄极积久,势不能遏。一旦见景生情,触目兴叹,夺他人之酒杯,浇自己之垒块;诉心中之不平,感数奇于千载。既已喷玉唾珠,昭回云汉,为章于天矣,遂亦自负,发狂大叫,流涕恸哭,不能自止。宁使见者闻者切齿咬牙,欲杀欲割,而终不忍藏于名山,投之水火。

司马迁的发愤著书和韩愈的"不平则鸣",其性质和强度都不能同李贽的这种情感相比。司马迁、韩愈的情没有超出"发乎情,止乎礼义"的规范。李贽的情是不可遏止的,要发狂大叫,痛哭流涕,任杀任剐无所顾及。这显然是对儒家伦理规范的冲决和叛逆。戏剧家汤显祖是泰州学派的传人,并受到李贽思想的深刻影响。"情"是其创作理论的核心。他认为"世总为情,情生诗歌"(《玉茗堂文》之四《耳伯麻姑游诗序》)。"情"是艺术创作的原动力和艺术的本质。他认为"情有者,理必无;理有者,情必无,真是一切两断语"(《玉茗堂尺牍》之二《寄达观》)。如此看待情与理的关系,与儒家文学思想是不相容的。《牡丹亭》是汤显祖的代表作,非常突出地体现了他的情理观。他在《〈牡丹亭〉题辞》中说:

> 天下女子有情,宁有如杜丽娘者乎!梦其人即病,病即弥连,至乎画形容传于世而后死。死三年矣,复能溟莫中求得其所梦者而生。如丽娘者,乃可谓之有情人耳。情不知所

起，一往而深，生者可以死，死可以生。生而不可与死，死而不可复生者，皆非情之至也。

在中国古代文学创作理论中，情感的作用一直占有非常重要的地位，汤显祖的这段表述可以认为达到了重"情"的极致。情之所致，死三年可以复生，有悖于常理，甚至可以说荒谬之极，但在汤显祖看来，合情必然不合理。同时，我们也可以看出情感的弥漫，情感对常理和经验的超越，也就是想象力的驰骋。从某种程度上可以说，情感力量有多大，想象力就有多强。总之，明清时代出了这一些"怪人"、"狂人"、"杰人"，说明中国的封建文化正经历着一场重大的嬗变。除了上面提到的几个典型人物之外，其他如"三袁"、"钟谭"、郑燮及一大批小说家，都在不同程度上表现出对儒家文艺观的冲决，对人性、情感以及艺术想象力的重视。

以上三种情感形态，三者的实际存在，并非截然分开、毫无关系，特别是在一些大家如李白、苏轼等人身上，往往是相互渗透，在作家的创作过程中共同发挥作用。从艺术创作规律来看，三种情感状态各有长处和不足。儒家有节制的情感状态，其情感力和想象力都要受到一定的限制，但儒家重修养、重实践，它可以为创作提供较丰厚的人格和经验的内容，这又是情感力和想象力驰骋的基础。庄禅的静态情感，便于进入自由创造的境界，便于激发潜意识内容，但属于经验的内容毕竟贫乏。狂态情感对儒家违背艺术创作规律的东西进行了积极冲决，有助于想象力的驰骋，又往往缺乏反复涵泳，导致艺术上的粗糙。因此，我们认为，三者融合才会形成真正的艺术创造力。

二、心物交融

正如前面有关章节曾经提到过的，感物起兴是文学艺术创作特别是诗歌创作最为关键的一步。它是诗本体产生的唯一条件。凡是真正的文学艺术品，都是应物斯感的产物。然而应物斯感的产物，一般说并不是一篇完整的作品，它只是一种感兴，一种创作冲动，一种情绪，一缕情丝，一个细节，一个人物的面影等。它只是一颗受精卵，是一片未成形的精血。由诗之本体到一篇作品的雏形还要经过一个相当复杂的思维过程。正如清代袁守定在其《占毕丛谈·谈文》中讲的：

  凡拈题之始，心与理冥，略无所睹，思之则出，深思则愈出，陆平原所谓"课虚无以责有，扣寂寞而求音也"。凡构思之始，众妙纷呈，茫无统纪，必择其意贯气属，应节而不杂者，属而为文，陆平原所谓"选义按部，考辞就班也"。

这就是古人所谓的创作构思过程，亦即一篇作品由混沌朦胧到规模初具的过程。创作构思所包括的内容非常丰富，从对意的斟酌直到细节的选择，无不包容其中。如果从宏观的角度审视它，只体现为一种心物关系。也就是说，创作构思就是一种神与物游，心与物回环往复最后达到心物交融。

晋代陆机在《文赋》中以多种比喻描述了种种创作心态，对构思中的心物关系有所涉及，但比较含混。陆机之后，对心物关系表述得最鲜明、突出的是刘勰。《文心雕龙·神思篇》指出："文之思也，其神远矣。故寂然凝虑，思接千载；悄焉动容，视通万里；吟咏之间，吐纳珠玉之声；眉睫之前，卷舒风云之色；其思理之致乎！故思理为妙，神与物游。"在这段表述中，前面的大部分文字是描述想象飞腾的情状。其落脚点则是"神与物游"。黄侃《〈文心雕龙〉札记》对此有较准确的阐释：

  此言内心与外境相接也。内心与外境，非能一往相符会，当其窒塞，则耳目之近，神有不周；及其怡怿，则八极之外，理无不浃。然则以心求境，境足以役心；取境赴心，心难于照境。必令心境相得，见相交融，斯则成连所以移情，庖丁所以满志也。

黄侃的基本看法："神与物游"就是"心境相得，见相交融"。詹锳在《〈文心雕龙〉义证》中，也认为"神与物游"即"物我交融"，也就是人的精神和外物相互渗透。正如前面曾讲到过的"应物斯感"或"心物相接"，只能产生写作冲动或诗之本体，创作构思和构思中的想象，必须心与物"游"起来。心与物必须形成一个反复撞击、相互渗透的动态系统。《文心雕龙·物色篇》对构思中的心物关系也有精彩论述，其云：

是以诗人感物，联类不穷；流连万象之际，沉吟视听之区。写气图貌，既随物以宛转；属采附声，亦与心而徘徊。

前四句是描绘感物和想象的情状，后四句阐释心物关系。清代学者纪昀对此评论说："随物宛转，与心徘徊八字，极尽流连之趣。""流连"也就是"游"。刘永济《〈文心雕龙〉校释》也指出，"物来动情者，情随物迁，彼物象之惨舒，即吾心之忧虞也，故曰'随物宛转'；情往感物者，物因情变，以内心之悲乐，为外境之懽戚也，故曰'与心徘徊''。"是以纯境固不足以谓文，纯情亦不足以称美，善为文者，必在情境交融，物我双会之际矣"。

从上面诸家的阐释可以看出，在构思过程中作家并非消极被动地适应客观对象，他要根据构思的要求和艺术加工的原则，溶解、改造客观对象，并以此为基础提炼主旨、创造形象。在主体的思想、情感从抽象向具体形象沿进的过程中，对客观对象的选择和改造，都必须以我为主，着我之色。对象必须是表现主体特定思想感情的对应物。同时，客观对象也必须保留一定的独立性。它以自己的某些特征、规律，制约作家的主观随意性，制导作家的想象。柳宗元有诗云:"海畔千山如剑芒,秋来处处割愁肠。"(《与浩初上人同看山寄京华亲故》)海畔山峰并非就是剑芒,但在作者心目中就像剑芒,"如"字就体现主观对客观的改造。但这种改造又不是绝对随意的,毕竟山与剑有相似之处。正如德国大诗人歌德所讲:"艺术家对于自然有着双重关系:他既是自然的主宰,又是自然的奴隶。他是自然的奴隶,因为他必须用人世间的材料进行工作,才能使人理解;同时,他又是自然的主宰,因为他使这种人间的材料服从他较高的意旨,并为这种较高的意旨服务。"(《自然与艺术》)艺术家与自然是一对矛盾,矛盾的两个方面在艺术构思心物交融的动态过程中达到统一。它以物我峙对为起点,以物我交融为过程,以文学作品初具规模为终结。

刘熙载在《艺概·赋概》中指出:"在外者物色,在我者生意,二者相摩荡而赋出焉。若与自家生意无相入处,则物色只等闲事。"这是一段非常精辟的论述。它至少指出了这样几点:其一,物我摩荡。创作过程中的心物关系,不只是感物起兴或应物斯感,这只能算是创作开端构思开始。之后,心与物才进入回环往复的冲击和选择。艺术形象或意境就是在这种反复选择的过程中从混沌朦胧到清晰明朗的。感物起兴是诗本体产生的瞬间过程。物我摩荡才是艺术形象或意境生成的动态系统。通常所谓的艺术思维,就是这个动态系统。其二,强调写作主体的生意。生意,就是指作者进行创作时的精神状态。前面,我们曾经提到叶燮的"胸襟"说,他认为"胸襟"是"诗之基",即创作的基础。叶燮所说的"胸襟",也就是我们今天所说的作家的人格。刘熙载所谓的生意也就是作家人格在特定条件下进入创作时的具体体现。不同作家面对相同的刺激,有的"感",有的"不感",即使都"感",感的内容也不相同,就是由于作家的人格和当时的精神状态不同。同一个作家其精神状态不同，其创作也会有明显的不同。据说欧阳修有两首《啼鸟》诗，第一首写于被贬滁州时，诗中写他非常爱听鸟啼声，听鸟啼声而醉，醉而与鸟为朋，充分体现出他当时忧郁的心情。第二首写在他还朝复官之际，诗描写了他对鸟啼的疏离之感，这又是另一种心态。同时，还应看到生意不只是一般的精神状态，它是一种鼓躁于作家胸中的亟待要求表达的一种情感、情绪，只有这样的精神状态才能积极对待刺激，积极捕捉表达媒介。公孙大娘舞剑器，担夫争道、白鹅划水，对一般人是等闲事，大书法家王羲之、张旭却从中悟出书法技巧。宋代诗论家张戒曾说"世间一切皆诗"（《岁寒堂诗话》），这只能对诗人而言。其三，强调物色同诗人要有相入处。这是强调物色的特殊性。即物色属性必须与作家情感性质相契合。否则物色、生意都不可能以对方为对象。公孙大娘舞剑器，担夫争道、白鹅划水其舒展翻飞的动作同书写的笔势、气韵有相似之处，才能被书家所吸收。比如春风摆柳的自然景色，与轻柔明快的舞蹈动作，与欢悦舒畅的心绪具有同一性。格式塔心理学认为，这些显然异质的东西，之所以会出现这种奇妙的效应，是因为心、身、物三者之间在力的结构图式上具有一致的倾向，即一种整合完形的倾向，一种共同的格式塔倾向。这种看法可以把我们所讨论的问题引向更加深入的思考。

第五节　贵在创新

文学是常新之物。历代的创作家，诗论、文论家都十分重视文学艺术的创新。司马迁主张"成一家之言"（《史记·太史公自序》）。王充在《论衡》中指出，孔子作《春秋》"及其立义创意，褒贬赏诛,不复因史记者,眇思自出于胸中也"。第一个明确提出文学创作必须创新的是陆机。他在《文赋》中指出:"虽杼轴于予怀,怵他人之我先"。意思是虽然自己感到是独出心裁,可是总怕别人有作品在先。他的创新原则是:"谢朝华于已披,启夕秀于未振。""朝华"虽好,但已"披",即已经开过;"夕秀"虽不一定比朝华好,但尚未开放,就应启而开之。总之,自己的某种构思尽管精美,但已有别人的作品在前,就必须另辟蹊径。刘勰《文心雕龙·通变篇》,可视为文学创新专论,既涉及文体的流变也谈到具体写作构思中的创新。《通变篇》指出:"设文之体有常,变文之数无方。"即文章体裁一般都有某些特定的要求和体式,但每篇文章的写作构思方法、技巧却应该是变化无穷的。只有"变则其久,通则不乏",才能"骋无穷之路,饮不竭之源"(《文心雕龙·通变》)。唐代韩愈是诗文革新大家,是被苏轼誉为"文起八代之衰,道济天下之溺"的人物。韩愈的创新名言是"惟陈言之务去"(《答李翊书》)。他认为在写作上"能者非他,能自树立不因循者是也","不自树立,虽不为当时所怪,亦必无后世之传也"(《答刘正夫书》)。在创作实践上韩愈领导了唐代的古文运动,其作品"起八代之衰",实集八代之成。刘熙载借姜白石之说评韩文曰:"一波未平,一波已作,出入变化,不可纪极,而法度不可乱。"(《艺概·文概》)略晚于韩愈的唐代文学家李德裕在其《文章论》中,也精辟地指出:"文章譬诸日月,虽终古常见,而光景常新。"清代诗人、学者赵翼的说法更为生动:"满眼生机转化钧,天工人巧日争新。预支五百年新意,到了千年又觉陈。"(《论诗》)

现将历代文学创作家和诗论、文论家们关于文贵创新的主要看法,概括为以下五点并作简要阐释。

第三章 构思论

一、意新为上

构思作品以意为主,构思中的创新,也必然应以意为主。当然不同的作家、理论家,具体说法有所不同。有的讲意,有的讲境,有的讲胸次。胸次说可以包罗形式或技巧问题,但主要还是指意或境。清代诗论家方东树在《昭昧詹言》中指出:"去陈言,非止字句,先在去熟意,凡前人已道过之意与词,力禁不得袭用;于用意戒之,于取境戒之。"方东树把去"陈言"分为两个层次,首先是去别人用得极熟烂的字句,更重要的是力戒别人已道过的"意"或"境"。

这种看法是深得"去陈言"之内涵的。刘熙载对此阐释得更加精辟,他在《艺概·文概》中指出:"昌黎尚陈言务去。所谓'陈言'者,非必抄袭古人之说为己有也。只识见议论落于凡近,未能高出一头,深入一境。"在刘熙载看来,意如果"未能高出一头,深入一境"同样应该视之为陈言。明代李贽则主张构思中的脱俗创新,首先应该"胸中无俗气",他认为"苏长公片言只字与金玉同声,虽千古未见其比,则以其胸中无俗气,下笔不作寻常语,不步入脚跟故尔"(《焚书·又与从吾》)。胸中无俗气,下笔自然就无俗意。其实,只要意新,即使是寻常词语,仍然可以成优秀作品。清代周济《介存斋论词杂著》云:"毛嫱、西施,天下美妇人也,严妆亦佳,粗服乱头,不掩国色。飞卿严妆也,端已淡妆也,后主则粗服乱头矣。"

(一)意新不等于猎奇。

对此清代李渔在《窥词管见》中有精彩议论:

所谓意新者,非于寻常闻见之外,别有所闻所见,而后谓之新也。即在饮食居处之内,布帛菽粟之间,尽有事之极奇,情之极艳,询诸耳目,则为习见习闻,考诸诗词,实为罕听罕睹,以此为新,方是词内之新。非《齐谐》志怪、《南华》志诞之所谓新也。

这种见解是深刻的,他为作家指出了一个广阔的取材领域。它至少在三个方面给人们以启发:其一,诗文创作如果写人们不能理解或不愿意亲近的题材,就不易引起共鸣,不易实现情感交流。没有情感交流,可以是介绍知识,解说事物的实用文体,绝不是审美的文学。人世间毕竟奇特、怪诞之事极少,平平凡凡的生活居多。只想猎奇的作家,其创作源泉很快就会枯竭。其二,诗文作品是表现思想之美,人情之美的,虽然不能说寻常见闻之外、奇特怪诞之事就不包含美,然而美的最深厚、最广阔的泉源却正是平平凡凡的生活。作家全凭自己的智慧和眼力去发现美。李渔能够引导作家在寻常生活之中挖掘新意,这是非常有意义的。其三,诗文内容和客观存在的人和事,其性质是不同的。李渔所谓的"词内之新"是指内容之新,是指客观对象心灵化的独特性。这样的新和奇完全来自作者的胸襟和作者在特定的时间、地点、心态等条件下的独特的感受和体验。同一件事情,在不同人的心灵上可以引起不同性质、强度的震颤,文学创作所表现的正是对象的独特性,而非共同性。

(二)意之极新,不妨词语稍旧。

李渔在《窥词管见》中讲得极详切:

意新语新又字句皆新,是谓之诸美皆备,由《武》进于《韶》矣。然具八斗才者,亦不能在在如是。以鄙见论之,意之极新、反不妨词语稍旧。尤物衣敝衣,愈觉美好。且新奇未睹之语,务使一目了然,不烦思绎。若复追琢字句而后出之,恐稍稍不近自然,反使玉宇琼楼堕入云雾,非胜算也。

李渔认为意新字句新最好，是高标准。然而其中有两个方面的问题：一是非"具八斗才者，亦不能在在如是"，一般作者很难做到。且"新奇未睹之语"，很可能使读者感到费解，形式"稍稍不近自然"，就会像"玉宇琼楼堕入云雾"，美好的意思得不到有效的表达。鉴于这种情况，李渔提出了"意之极新，反不妨词语稍旧"的原则。意思是只要意新，词语稍旧也无妨。这种提法，应该说没有什么大的毛病。因为文学作品"寓意则灵"，新的、高品位的"意"会使得看似平常的艺术形式得以生气灌注。刘勰的《文心雕龙·情采篇》就指出："铅黛所以饰容，盼倩生于淑姿。"清代诗人沈德潜也曾说过："古人不废炼字法，然以意胜故能平字见奇，常字见险，陈字见新，朴字见色。"（《说诗晬语》）李渔自己也讲过这样的话："昔人点铁成金之说，我能悟之，不必铁果成金，但有惟铁是用之时，人以金试而不效，我投以铁即金矣。"（《窥词管见》）李渔所说的"尤物衣敝衣，愈觉美好"，是稍有偏颇的。"尤物衣敝衣，愈觉美好"，"尤物"衣新衣，应该如何呢？总不能说漂亮人穿上新衣服反而不美了吧？在这一点上，相比之下还是袁枚讲得周密、圆通。《续诗品·振采》云："美人当前，烂如朝阳。虽抱仙质，亦由严妆。匪沐何洁，匪熏何香。西施蓬发，终竟不臧。若非华羽，曷别凤凰。"

二、力避险怪

文学艺术的创新，是每个优秀的文学艺术家必然涉足的康庄大道。然而事实证明却也有部分作者抱着良好的愿望误入形式主义的歧途。他们或者受时尚的左右，或者不懂得创新的原则和规律，片面地追求险怪、生新，致使其作品如叶燮所批评的那样"句似秦碑，字如汉赋"（《原诗》）。江淹是六朝刘宋时的名作家，

《恨赋》、《别赋》是他的名篇,在这些名篇中就生造了一些很险怪的句子。《恨赋》中的"孤臣危泪,孽子坠心",《别赋》中的"意夺神骸,心折骨惊",按着通常的语言习惯,写作"孤臣坠泪,孽子危心";"意夺神骸,骨折心惊"更顺当些。但作者为了追求语言形式上的新变,才写成了这种样子。《唐诗纪事》记载:徐彦伯提笔时,一定要把"凤阁"改为"鹓间","龙门"写作"虬户","金谷"写作"铣谿","玉山"写作"琼狱","竹马"写作"篠骖","月兔"写作"魄兔",以求华巧浑奥。《文心雕龙·练字篇》指出:"今一字诡异,则群句震惊,三人弗识,则将成字妖矣。后世所同晓者,虽难斯易;时所共废,虽易斯难:趣舍之间,不可不察。"

宋代以后,许多作家、诗论、文论家对艺术形式的"生熟",发表过很多意见,提出了很多有价值的看法。宋代魏庆之在其《诗人玉屑》中转引陈永康《吟窗杂录序》云:写诗作文必须一戒生硬,二戒烂熟。所谓生硬,大体上就是前面讲过的"生新"、"险怪",简而言之,就是读者很陌生、不易接受的形式。所谓"烂熟",就是读者太熟悉,作家们已经用滥的形式。这里的问题是在这两者之间,应遵从的是什么?清代叶燮认为:"陈熟生新,不同一偏,必二者相济,于陈中见新,生中得熟,方全其美。"(《原诗·外篇上》)"熟而不新则腐烂,新而不熟则生涩"(方回《恢大山西山小稿序》)。例如李白诗句"白发三千丈,缘愁似个长"(《秋浦歌》其十五),"燕山雪花大如席,片片吹落轩辕台"(《北风行》),李煜词句"问君能有几多愁,恰似一江春水向东流"(《虞美人》)。我们以为像这样的诗句就可谓"陈中见新,生中得熟"的典型。说它新,它是李白、李煜自己的创造,没有因袭任何人;说它熟,读者一读就懂,无须索解,可以立即在读者心目中形成生动、鲜明的形象或意境。关于险和熟的问题王夫之的认识似乎更深刻些。他在《夕堂永日绪论外篇》中指出："非此字不足以尽此意，则不避其险；用此字以足尽此意，则不厌其熟。"看来，险或熟是相对的。关键是运用恰到好处。运用得当，险就会生出易的特征，熟就会生出生的因素。如果就形式论形式或者运用不当，"避险用熟，而意不宣，如扣朽木；厌熟用险，而语成棘，如学鸟吟"。以上关于艺术形式的种种看法，与现代文艺学中语言形式的陌生化理论有相近之处。

三、由仿到创

为文之道，不可能没有通变因革、相承相学。刘勰《文心雕龙·通变篇》就指出：枚乘的《七发》、司马相如的《上林赋》、马融的《广成赋》、扬雄的《羽猎赋》、张衡的《西京赋》都有描写日月升沉的景象，这些描写既有相承，也有独创。人之学为诗文，开始阶段不能没有对前人的学习继承，甚至模仿也在所难免。明代焦竑在《与友人论文》中指出："至于马、班、韩、柳，乃不能无祖本，顾如花在蜜，蘖在酒，始也不能不借二物以胎之。"但是不能死在前人笔下，要想自立、名家，必须由学习模仿进入创造，做到"脱弃陈骸，自标灵采，实者虚之，死者活之，臭腐者神奇之"。清代吴乔在《答万秀野诗句》中也曾指出："人于诗文，宁无乳母？脱得携抱，便成一人。"综观古代诗人在学习前人的问题上，大概有三种情况：其一，机械模拟，照搬别人的模式，只是改换字面。正如明代许学夷所云："拟古如摹贴临画，正欲笔笔相类。朱子谓意思语脉皆要似他的。只换却字，盖本以为入门之阶，初未可为专业也。"（《诗源辩体》）例如元代散曲家乔吉的《天净沙》模拟李清照《声声慢》，写成"莺莺燕燕春春，花花柳柳真真。争争风风韵韵，娇娇嫩嫩，停停当当人人"，被陈廷焯讥为"丑态百出"（《白雨斋诗话》）。

唐代李义府有云:"镂月成歌扇,裁云作舞衣。自怜回雪影,好取洛阳归。"枣强尉张怀庆将李诗每句前头加两字,改成"生情镂月成歌扇,出意裁云作舞衣。照镜自怜回雪影,时来好取洛川归"。唐代刘肃认为张怀庆"好偷名士文章"(《大唐新语》卷一三)。其二,是稍加点化,意境翻新。如隋炀帝有"寒鸦飞数点,流水绕孤村"句。宋代词人秦少游在其《满庭芳》中点化成"斜阳外,寒鸦万点,流水绕孤村"。清代贺贻孙在《诗筏》中对此有颇为精辟地阐释:

> 余谓此语在炀帝诗中,只属平常,入少游词,特为妙绝,盖少游之妙,在"斜阳外"三字,见闻空幻。又"寒鸦"、"流水",炀帝五言划为两景,少游词用长短句错落,与"斜阳外"三景合为一景,遂如一幅佳图。此乃点化之神,必如此乃可用古语耳。

贺贻孙能以诗词的意境为核心进行评述,确是中肯之言。可见点化之优劣,不在改换前人之作字数多少,而在意境能否生色。乔吉的《天净沙》字面完全是自己的,莫说与李清照比优劣,甚至连自己的意境都没有。张怀庆对李义府的诗添了八个字,诗的意境并无变化,自己落得个偷诗的名声。秦少游的点化,只是三个字,就使得"见闻空幻"。所谓"见闻空幻"也就是意境开阔。因为炀帝诗句只写近景,少游词加"斜阳外"就将远景近景连成一片。近景清晰活脱,远景邈远、迷蒙。其三,是集前人之大成。清叶燮认为:"杜甫之诗,包源流,综正变,自甫以前,如汉魏之浑朴古雅,六朝之藻丽浓纤、淡远韶秀,甫诗无一不备。然出于甫,皆甫之诗,无一字句为前人之诗也。"(《原诗·内篇上》)叶燮这里谈的是一个伟大诗人宏观上的创新,这是很大的问题,此处只好存而不论了。

四、契机和锐气

创新的成果一般是落实在字句或意境。然而这种成果的取得，并非主要来自苦心孤诣的追索。单靠意志上的努力，很容易滑向形式主义。真正的创新，它可能涉及很多方面。我们这里只谈两点：一是创新来自感物和构思中的自得，二是要有目空一切的英雄气。所谓自得，就是创作家在特定的时间、地点、心态下，由外界刺激所产生的独特的体验和感受。这是诗本体产生之源。也是构思创新的最主要、最深层的根据。清代庞垲在《诗义固说》中讲得很精辟：

> 今人刻意求新于字句间，字句间安得有新哉？所谓新，在人心发动处及时中内，人心起灭不停，时景迁流不住，言当前之心，写当前之景，则前后际自己不同，况人得而同之耶？不同于人则新也。若在字句上求新，一人出之以为创，众人用之则成套，何新之有？《三百篇》能言当下之心，写当前之景，于无字中生字，无句中生句，所以千古长新也。韩退之云："惟陈言之务去，戛戛乎其难哉！"退之之文，不过一洗六朝习句，直陈胸中耳，何字是古人不曾用过的？流传至今，只觉其新，不觉其故，可以悟也。

这段文字讲创新既全面又深刻，几乎包罗了文学创新的全部重要问题。其一，创新主要不在语言形式。因为"一人出之以为创，众人用之则成套"。从法的角度讲，文成法立，文成法灭。再新的表达形式也只能"新"一次。其二，所谓新，"在人心发动处及时中内"。人心发动处，即感物起兴的感发之际。如前所述文学创新首先是感受、体验新亦即意新，其次是形式新，并且真正的形式的创新植根于意的创新。其三，更重要的是人的思想、情感、情绪不断变化,时间、景致迁流不住,人的感发就会千变万化。只要写当下景、切实情,就永远不会重复。自己可以不重复自己,就可以不重复别人,"不同于人则新也"。其四,一个作家只要能切实抓住"当下之心,当前之景",表达形式有时会顺笔流出,"于无字中生字,无句中生句"。谢榛强调的"以兴为主,漫然成篇"大概就属这类情况。

所谓目空一切的英雄气,就是在古人、大家面前敢于自立。清代徐增认为:"诗家能以一笔扫尽从来窠臼,方是个诗家大作者。"(《而庵诗话》)袁枚在《随园诗话》中也指出:"人闲居时,不可一刻无古人;落笔时,不可一刻有古人。平居有人,而学力方深;落笔无古人,而精神始出。"自古以来,一切卓越有建树的大作家,都必须具备才情、学养、胆识等重要素质。其中胆识又为其主导。李白是豪侠之士,生活中敢于蔑视权贵,创作中也不知有何成法。韩愈在理论上敢于提出"惟陈言之务去",在实践上敢于黜骈文为古文,成为文起八代之衰的人物,的确有文坛领袖的风范。

王安石既是政治家又是文学家,他才高,识也高。写诗作文好出人头地。清代文学家吴德旋说:"古人博洽而不为积书所累者,莫如王介甫。渠作文直不用前人一字,此所以高。其削尽肤庸,一气转折处,最当玩。"(《初月楼古文绪论》)刘熙载在《艺概·文概》指出:"半山文善用揭过法。只下一二语,便可扫却他人数大段,是何简贵。"善扫,看起来是法,实际是识见和气魄在写作中的表现。

五、"夺胎换骨,点铁成金"析

这是宋代诗人黄庭坚提出的文学创作创新的概念。关于"夺胎换骨",宋代惠洪在《冷斋夜话》中曾作过这样的解释:"不易其意而造其语，谓之换骨法；窥入其意而形容之，谓之夺胎法。"李白有诗"鸟飞不尽暮天碧"、"青天尽处没孤鸿"；黄庭坚《登达观台诗》"不知眼界阔多少，白鸟去尽青天回"。黄诗是从李白诗句化出，这就是所谓的换骨法。白居易有诗云："临风杪秋树，对酒长年身。醉貌如霜叶，虽红不是春。"苏轼诗"儿童误喜朱颜在，一笑那知是酒红"，苏诗看来是受到白诗的启发，在构思上有借鉴之处，这叫作夺胎法。根据上面的两组例诗看，夺胎法与换骨法并无实质性的差别，都是袭其意换其辞，借用别人诗中的意象或意境，只是在语言形式上稍加翻新。黄庭坚在《答洪驹父书》中说："古之能为文章者，真能陶冶万物，虽取古人之陈言入于翰墨，如灵丹一粒，点铁成金也。"这就是"点铁成金"说的出处。宋代魏庆之在《诗人玉屑》中，对"点铁成金"的解释是"用古人意而点化之，使加工也"。例如李白诗"白发三千丈，缘愁似个长"；王安石点化为"缲成白发三千丈"。刘禹锡诗"遥望洞庭湖面水，白银盘里一青螺"；王安石点化为："可惜不当湖面水，银山堆里看青山。"所谓"点铁成金"也就是后人所说的"点化"；所谓"使加工"，就是要使点化之作比原作更加生色。当然，这只能是点化者的愿望或自我感觉。就上面的例子来看，我们认为点化之作并不比原作生色。

对"夺胎换骨"和"点铁成金"，这两种文学创作的创新方法，应该作一些具体分析。"夺胎换骨"法，不见于黄庭坚本人的著作。不过就诗论家所做的解释看，同"点铁成金"的精神基本一致，不防看作黄庭坚的主张。两种方法可以看作学习、借鉴前人艺术形式的一种方法，是文学艺术家进行艺术创造的十八般武艺中的一种，运用得好，的确可以收到创造性的效果。例如"水田漠漠飞白鹭，夏木阴阴啭黄鹂"，的确要比"水田飞白鹭，夏木啭黄鹂"精彩数倍。但是，它毕竟是一种小技巧，不应过分张扬。否则,就会滑向形式主义的歧途。

宋之后,又有点金成铁的说法。明代王世贞在《艺苑卮言》中指出的:"又有点金成铁者,少陵有句云'昨夜月同行',陈无己则云'勤勤有月与同归'。少陵云'暗飞萤自照',陈则曰'飞萤元失照'。少陵云'文章千古事',陈则云'文章平日事'。少陵云'乾坤一腐儒',陈则云'乾坤着腐儒'。少陵云'寒花只暂香',陈则云'寒花只自香',一览可见。"王世贞批评的这位陈无己即陈师道,是江西诗派的第二号人物。王世贞举出的这些例子,正好暴露了江西诗派创作论上的形式主义弱点。

凡是专门在形式上讨生活的作家,都是技穷的表现。金代王若虚对黄庭坚批评得很尖锐:"鲁直论诗有'夺胎换骨,点铁成金'之喻,世以为名言。以予观之,特剽窃之黠者耳。"(《滹南诗话》)黄庭坚是个在艺术形式上倾注心血的诗人,也的确在语言形式上树起了个性的旗帜。如"桃李春风一杯酒,江湖夜雨十年灯"(《寄黄几复》);"心犹未死杯中物,春不能朱镜里颜"(《次韵柳通叟寄王文通》)等,都是下字警奇的名句。是否可以说,他的诗的弱点也是由此产生的呢?王若虚认为:"山谷之诗有奇而无妙,有斩绝而无横放,铺张学问以为富,点化陈腐以为新,而浑然天成、如肺肝中流出者不足也。此所以力追东坡而不及欤!"(《滹南诗话》)当然,还有一点不能忽略,就是黄庭坚毕竟还不是一个形式主义者。他的基本的诗学理主张还是经得起推敲的。例如他主张"凡作文,皆须有宗有趣","古之能为文章者,真能陶冶万物","规摹远大,必有为而后作"(《王定国文集序》);"好作奇语,自是文章病","无斧凿痕,乃为佳耳"(《与王观复书》)。总之,"夺胎换骨""点铁成金"包含着创作构思中力求创新的因素,也包含着滑向形式主义的可能。

第六节 《文心雕龙·神思》述要

《文心雕龙·神思篇》,是一篇以构思为中心的艺术想象论。它是《文心雕龙》中最重要的篇章。正如李泽厚、刘纲纪所指出的:"在中国美学史的文献中,《神思》可以说是最为系统的艺术想象论,并且相当集中地表现了中国美学对艺术想象看法的特点。"(《中国美学史》第二卷)

中国古代最早涉及想象活动的,不自刘勰始,也不自陆机始。但真正从艺术构思的角度论述神思活动的是陆机的《文赋》。《文赋》所涉及的具体问题很多,例如:想象与作品的创造;创作的愉快;艺术创作中的变化无定;不同文体的美;论作文利害得失;论艺术创造的规律和特点;论作文之难和文思通塞等。其中不少问题是陆机首次涉及的,具有椎轮之功。刘勰曾说:"昔陆氏《文赋》号为曲尽,然泛论纤悉而实体未该。"(《文心雕龙·总术》)对此我们应一分为二地看待;"号为曲尽"、"泛论纤悉",与前人的许多有关言论相比,他不再发表那些堂而皇之大而化之的言论,由前人只谈论文学的道德教化作用,开始进入对具体的、艺术创作过程中的问题的研究,这正是其贡献之所在。在这一点上,《文赋》具有里程碑的作用。从另一方面看,《文赋》涉及虽广,但探讨不深,多是构思过程中的各种情状的描述,缺乏理论深度和理论概括。有些关键问题讲得不充分,有的问题提出来了,表示自己弄不清楚。

《文心雕龙·神思》吸收了《文赋》的成果,在此基础上向前跨了一大步。《神思》虽然篇幅不及《文赋》,但理论内涵比较充实,有理论深度。有些关键问题在当时的文学创作理论发展的背景上，可以算是相当精辟的了。《神思篇》至少在以下几个方面有独到贡献。

一、刘勰抓住了艺术想象之纲

刘勰说：

> 故思理为妙，神与物游。神居胸臆，而志气统其关键；物沿耳目，而辞令管其枢机。枢机方通，则物隐貌；关键将塞，则神有遁心。

在这段文字中，刘勰强调了两个重要概念，一是"志气"，二是"辞令"。两者的作用极为重要，"志气"是"关键"，"辞令"是"枢机"。关键是门闩，闩不开，门就开不了。枢机与关键含义大致相似，"志气"和"辞令"都是制约艺术想象能否展开的关键。何为"志气"？我们知道，《尚书》中有"诗言志"的提法，根据历来诠释家们的看法，"志"的含义虽有一定理性色彩，但主要是情感因素。关于"气"，在我国古代是一个内涵非常复杂的概念。有的是指宇宙本体，有的指自然元气，有的指道德情感，孟子的"浩然之气"就是种道德情感。刘勰将"志"和"气"凝缩为一个概念。就是指作者的精神活动和情感力量。重视情感在文学创作中的作用，这是刘勰创作思想的一个鲜明特点。《明诗篇》云"人禀七情，应物斯感"；《情采篇》强调要"为情造文"不能"为文造情"；《知音篇》云"缀文者，情动而辞发"等等。《神思》更明确地指出："夫神思方运，万途竞萌，规矩虚位，刻镂无形；登山则情满于山，观海则意溢于海，我才之多少，将与风云而并驱矣。"这就更进一步说明刘勰的"志气"并非属于形而上的范畴，而是实实在在的精神的和情感的力量。陆机《文赋》只是描述想象活动中的各种情感状态，刘勰能进一步看到情感是制约艺术想象的关键，这是他的深刻之处。

刘勰所强调的与艺术想象相连的还有另一个关键，就是"辞令"。刘勰认为，在艺术想象活动中一方面是在情感催动下的精神活动，另一方面是通过耳目感知客观对象，获得感性形象。"辞令"就成了描绘由耳目所得的感性形象的关键。如果优美、贴切的文辞不断涌现，感性形象就会鲜明而突出地描绘出来。否则，就会文思滞塞，构思和传达都会停顿下来。抓住"志气"和"辞令"这两端，并由此生发开去，这是刘勰艺术想象论的纲。但有几个问题还须进一步辨明。

（一）按照某种机械的看法，运用辞令描绘形象，是传达阶段的事。

艺术想象或构思阶段只是"规矩虚位，刻镂无形"，辞令的作用何以如此之大？这是一种不懂艺术创作规律的浅见。因为文学艺术创作过程中的思维活动，其轨迹并非泾渭分明的、线形的，而是一种极为微妙、复杂的思维网络。构思和传达两大块，是大体上的划分，或者说是在研究过程中不能不加以划分时所做的一种相对的、十分勉强的划分。实际创作过程是构思中有传达，传达中有构思。构思中每前进一步，都包含着无数的预成、传达与修改。只能认为构思侧重于意象的预成，传达侧重于语言的运用。例如人们熟知的"春风又绿江南岸"和"僧敲月下门"的佳话，人们往往只看到王安石、贾岛对字句的反复斟酌，却忽略了字句同意象的密切关系。实际上，只有当王安石脑子里出现春风绿遍江南的意象时，他的脑子里才能出现和最后敲定这个"绿"字。"僧敲月下门"句同样如此。由此可以看出，刘勰认识的可贵之处在于他的分析是从艺术想象和构思的实际情况出发，而不是从概念出发。

（二）虽然思维和语言并非完全是一回事，但思维不能脱离语言,艺术想象和构思也不能完全超越语言。

目前,比较有影响的语言学理论认为,语言分内部语言和外部语言,思维用内部语言,传达或表达用外部语言。美国心理学家克雷奇认为:语言在使用语言的人自己思考和通过讲述或书写来正式表达自己的思想时,都起重要作用。但仔细分析,发现语言在这两个阶段所起的确切作用不同。在无声思维阶段,语言中明确的语法和词汇在决定思想的性质和内容上似乎作用较小。回到我们研究的问题上来,构思过程中,意象的产生、组合等一切思维活动都不能摆脱语言,语言是工具,同时也是一种困扰。

(三)按照刘勰的表述,艺术想象和构思的关键"志气"、"辞令",似乎其间界限清楚,并无紧密联系。

这种表述是很不确切的。实际上在艺术想象和构思展开的时候,情感活动、意象反复涌现和消失,内部语言的参与,其关系的紧密程度难以剥离。否则,就不是艺术创造而是机械制图了。刘勰表述的不准确,可能是认识上的不清,更可能是骈体文表达上的限制。

二、明确了艺术想象和构思活动的一些重要前提

在刘勰看来,艺术想象和构思活动的开塞,与这样几个方面紧密相关。

(一)陶钧文思,贵在虚静。

《神思篇》指出:"陶钧文思,贵在虚静;疏瀹五脏,澡雪精神。"意思是进行构思时,必须做到沉寂宁静,思考专一,使内心通畅,精神净化。这就是在第二章中已经讲过的"虚静"说。这种思想始于老庄道家哲学。东汉以后有些书家、绘画理论家将其纳入艺术创作理论。齐梁之际的刘勰开始将这种理论引进到文学创作

理论中。"虚静"说的核心就消除物质欲、名利欲,涤除外物对心灵的搅扰。"虚静"理论在中国古代文学艺术领域影响很大,不管是文学家、艺术家,不管是儒家、道家、释家,都不同程度地信奉这种理论。在第二章,我们曾经作为作家主体修养对虚静说作过一些讲解。其实,它既然是修养,同时也就是一种力量。对于文学艺术家来说,它就是一种创造力。其具体表现,大体上有三个方面:首先,是一种包容能力。唐代诗人刘禹锡在《秋日过鸿举法师寺院便送归江陵并引》中指出:"能离欲,则方寸地虚,虚而万景入。"僧慧远也说,"故令入斯定者,昧然忘知,即所缘以成鉴,鉴明则内照交映,而万象生焉",而后"天地卷而入怀"。空则能容,能容诸万物,才能包诸万物。其次,是艺术概括力。文学艺术家进入虚静状态后,就能把全部智慧集中于艺术创造上,以彻底自由的精神状态去把握、描绘创作对象。这正如苏轼讲的:"其神与万物交,其智与百工通。"(《书李伯时山庄图后》)再次,可以促进灵感迸发。这一方面古人论述很多,此处不再论列。总之,虚静状态是对精神的解放,进而是对潜意识内容的激活。

(二)积学储宝,酌理富才。

《文心雕龙·神思篇》指出:"积学以储宝,酌理以富才,研阅以穷照,驯致以怿辞。"意思是为了做好构思工作,首先要认真学习,积累知识。其次,要明辩事理来丰富自己的才华。再次,要参考自己的生活经验来获得对事物的彻底理解。最后,要训练自己的情致来恰切地运用文辞。这四句话,前三句都是讲知识经验的积累,第四句是讲情辞问题。这是刘勰提出的关于构思的又一个重要前提。泛论积累知识,加强自身修养,从孔子就开始了。结合艺术想象和构思来谈作家修养,恐怕刘勰是第一个。结合刘勰的一些论述来看,积累知识对创作构思的作用大体有二:首先,可以提高作家的才能,有利于创作构思。刘勰很重视作家才能在构思中的表现。他将十二名作家分为两类:一类是才思敏捷的,即所谓"骏发之士";另一类是才思较为迟缓的,即所谓"覃思之人"。他认为这两种人"难易虽殊,并资博练",即构思迟速、难易不同,都必须具备广博的知识。"若学浅而空迟,才疏而徒速,以斯成器,未之前闻"。这种看法,应该说是科学的。其次,是作家的馈贫乏粮。刘勰认为作家构思经常出现两种困难:"理郁者苦贫,辞溺者伤乱。"前者是指由于知识贫乏,思路不畅;后者是由辞采过滥,使文章杂乱。解决第一个困难的办法就是"博见",亦即丰富自己的知识。这一点,刘勰在《事类》、《知音》等篇,都有所强调。这些看法,对以后的作家、理论家影响很大。唐代史学家刘知几在其《史通》中几乎用同样的词句重复强调了刘勰的某些说法。

三、初步分析了构思活动中某些复杂现象

艺术构思过程中,作家的思维活动极其复杂,微妙。《文心雕龙·神思篇》对几个主要问题,都作了初步揭示和分析。

(一)语言表达的局限性。

这是个老问题。《周易·系辞》中讲过,魏晋玄学家们作为哲学问题讨论过。文学家们被它困扰着。刘勰之前的陆机在其《文赋》中一开头就慨叹道:"恒患意不称物,文不逮意,盖非知之难,能之难也。"刘勰在《文心雕龙·神思篇》更加鲜明地提出这个问题。他说:

> 方其搦翰,气倍辞前;暨乎篇成,半折心始。何则?意翻空而易奇,言征实而难巧也。

刘勰超越前人的地方,在于他不仅提出了问题,而且有较好的分析。《周易·系辞》因为是着重阐释"象"的作用,没有涉及言不尽意的更加深层的问题。魏晋玄学家们如王弼等人,是探讨哲学问题,也没有为我们理解何以会言不尽意提供一定的启示。刘勰在这方面的贡献是突出的。首先,他对问题的表述更加具体、真切,更贴近我们当代人的感受。我们每个从事写作的人似乎都有过"方其搦翰,气倍辞前,暨乎篇成,半折心始"的体验。这也可以说明刘勰对此问题思考的深入。其次,更重要的是他对问题作了比较准确的解释。所谓"意翻空而易奇",就是想象中的内容是虚幻的,变化不定的,很容易使作者感到奇妙。所谓"言征实而难巧",就是语言文字是实实在在的物质化了的符号,很难表现得生动巧妙。我们认为刘勰的这些看法,已经很接近现代语言学、心理学的认识。现代语言学认为语言可分为内部语言和外部语言。运用语言的困难,就存在于使内部语言转化为外部语言的过程中。美国心理学家克雷奇在其《心理学纲要》中讲得很详细。他引用俄国心理学家维果斯基的看法说,无声思维中发生的内部语言的特点是:第一,这种语言是不连续、不完整的;第二,关于任何思路中的事实和关系大都假定为"自明"的;第三,它较少语法限制。在传讯思维阶段,语言起着可以叫作控制或编辑作用。此时语言的明确结构可能起较为重要的作用。我们觉得自己的话不能仍然那样不连贯,那样简略;而应该清楚地说明步骤,用词应该准确,应该注意语法结构。

将刘勰的看法同现代心理学、语言学的最新看法比较,作为一千五百年前的刘勰的见解的可贵之处,就不言自明了。当然作为作家运用语言还有一层困难,就是使思维活动越过普通语言,转化成艺术语言。这一点到"传达论"再详细讨论。

(二)构思活动的微妙性。

在这个范围内《神思》涉及两个问题。首先,是文学创作的非自觉性问题。刘勰认为"秉心养术,无务苦虑;含章司契,不必劳情"。就是在构思或传达出现滞塞时,一味的苦思冥索并不能解决问题。这时要"秉心养术","含章司契",为文思的自然涌现创造条件。所谓"秉心养术",是指对为文之术的涵养体会。也就是通过阅读,学习前人的作品,提高自己的修养。这在《总术篇》中阐发得很充分。所谓"含章司契",指的优美文辞的产生,有时须等待时机。这在《养气篇》中阐发得很精辟。如云"故从容率情,优柔适会","意得则舒怀以命笔,理伏则投笔以卷怀,逍遥以针劳,谈笑以药倦"。这些看法符合文学创作的实际,抓住了艺术想象和构思的特点。因此,它又是深刻的。其次,艺术想象和构思的难以预料性。《神思篇》指出:

  若情数诡杂,体变迁贸,拙辞或孕于巧义,庸事或萌于新意。视布于麻,虽云未贵(费),杼轴献功,焕然乃珍。至于思表纤旨,文外曲致,言所不追,笔固知止。至精而后阐其妙,至变而后通其数,伊挚不能言鼎,轮扁不能语斤,其微矣乎!

从"若情数诡杂"到"焕然乃珍",强调了两层意思。第一层,是强调艺术加工的必要性。看似拙劣的言辞或一般的事情,经过艺术加工,可以传达出巧妙的意思,产生出新颖的意会,这就像麻和布的关系一样。第二层,是强调艺术想象和构思活动中的不可预料性。创作活动既在作家的控制下进行,又不能完全在作家的控制下进行。构思活动中的许多意念、意象的闪现,变化莫测,有时只可意会,不可言传。对这样一些问题,刘勰虽然没有也不可能做出恰当解释,但是他看到了,并把它们作为创作中的重要问题提了出来,这就说明他对创作理论认识的深入。

第四章　传达论

传达与构思之间不存在一个绝对鲜明的界限，两者之间往往是你中有我，我中有你。因为任何事物从其生成过程看，既具有连续性又具有阶段性，文学作品的生成同样如此。从作家情感上的"受孕"，到意象的产生、组合到构型的选择，这是"规矩虚位，刻镂无形"使用内部语言进行谋划的阶段。在此基础上将谋划成果物质化、具体化，将内部语言转化为外部语言的过程，可以称之为传达阶段。传达阶段的内容很丰富也很复杂，既有构思阶段某些内容和形式因素的继续生成、发展，又有更多新的特质产生。例如章法、用事、辞采问题，传达的明晰性、模糊性问题，传达过程中的殚精竭虑与率真自然问题等，都是传达阶段的重要内容。

第一节　传贵"达"

中国最早涉及传达概念的是孔子。《论语·卫灵公》云："子曰：'辞达而已矣。'"究竟"达"的具体含义是什么，孔子未作具体阐发，从字面上看，似乎孔子主张运用语言只要能达意，即把话说明白就可以了。是不是这样，下面作些简要分析。

一、对孔子本意的臆测

孔子本人是十分重视语言表达技巧的。他曾教训儿子说"不学诗,无以言"(《论语·季氏》),意思是不学诗连话都讲不好。虽然说话还不是写文章,但就其表达功能来说是一致的。孔子还说过:"为命,裨谌草创之,世叔讨论之,行人子羽修饰之,东里子产润色之。"(《论语·宪问》)这是说郑国的外交辞令的创制,裨谌拟稿,世叔提出意见,外交官子羽又加以修改,最后子产还要在文词上加工。《左传》转引孔子的话说:"言以足志,文以足言,不言谁知其志,言之无文,行而不远。"《礼记·表记》引孔子的话说:"情欲信,辞欲巧。"从这些引文可以充分证明孔子的"辞达而已矣",不是只提倡简单的达意,而是对语言表达有极高的要求。"情欲信,辞欲巧",可以看作是孔子关于语言表达的纲领,他要求思想感情要真实,语言表达要巧妙。当然,孔子也讲过"巧言令色,鲜矣仁"(《学而》)、"绘事后素"(《八佾》)等一些话。"巧言令色"是对花言巧语、面貌伪善的人的揭露。这主要说明孔子对某种人格的态度,侧重点不在表达。所谓"绘事后素"是说先有白色的底子,然后画花,这是一种比喻,落实到语言表达上,需要朴素中透出技巧。

从时代风尚看,孔子的时代也是极为重视语言表达的。人际交往,特别是外交场合,引《诗》达意,成为一种时尚。以诗达意的目的,一方面可以表示一种修养,同时也可以提高自己的表达技巧。"据近人夏冰泰统计,《左传》记载的用《诗》条计有一百三十余处,其中赋《诗》三十一处,两者相减,引《诗》有一百余处"(陆晓光《中国政教文学之起源——先秦诗说论考》)。清代学者赵翼统计《左传》引《诗》数字更大。文学博士陆晓光还指出,《诗》在周初是各国贵族子弟受教育的必修课目。《周官·大司乐》云:"以乐语教国子；兴、道、讽、诵、言、语。"所谓"乐语"就是用于配乐的诗歌，它所统摄包括的这六个训练细目，培养的都是运用诗章的能力。运用诗章的能力，无非是两个方面：把握其政教内容；学习其运用语言的技巧。

二、孔子以后文论、诗论家们的阐释

唐宋以来，首先对孔子"辞达"说作出新解的是苏轼。他在《答谢民师推官书》中指出：

> 孔子曰："言之不文，行而不远。"又曰："辞达而已矣。"夫言止于达意，即疑若不文，是大不然。求物之妙，如系风捕影。能使是物了然于心者，盖千万人而不一遇也，而况能使了然于口与手者乎？是之谓辞达。辞至于能达，则文不可胜用矣。

苏轼在《答虔倅俞括奉议书》和《与王庠书》中都分析过"辞达"的问题。以上面所摘引的这段文字，讲得最充分。他首先指出，认为辞达就是不讲文采，是不对的。其理由是，用语言文字充分贴切地表达事物是非常不容易的，人对外物能了然于心的，只是极少数，"千万人而不一遇"；更进一步能做到了然于口与手，即能用语言文字很好地表情达意，就更加不易，能做到的人就更少。只有做到这三个层次的"了然"，才能叫"辞达"。能做到"辞达"，文章就会胜用无穷。苏轼在《答王庠书》中也指出："辞至于达，止矣。不可以有加矣。"苏轼这样的大文豪，认为只要做到辞达，就达到了文之至境，不能再有所超越，这实在是一种极高的标准。苏轼对"辞达"说的阐释，是与他对整个文艺创作规律的理解相通的。苏轼的"文理自然，姿态横生"说、"随物赋形"说，都可以与"辞达"说相贯通。

清代文学评论家金圣叹又从章法的角度释"达"。他在《古诗解》中指出：

> 孔子曰：辞达而已矣。此句为作诗文总诀。夫达者，非明白晓畅之谓。如衢之诸路悉通者曰达，水道之彼此引注者亦曰达。故古人用笔，一笔必作数十笔用。如一篇之势，前引后牵；一句之力，下推上挽；后首之发龙处，即是前首结穴处；上文之纳流处，即是下文之兴波处。东穿西透，左顾右盼，究竟枝分派别，而不离乎宗。非但逐首分析不开，亦且逐语移置不得。惟达故极神变，亦惟达故极严整也。

金圣叹用"达"这个概念，涵盖了艺术结构的全部内容：严整性、条贯性、有机性、变化性。正因为如此，金圣叹才视此为"作诗文总诀"。这充分体现出一个小说评论家对"辞达"的理解。

总之，"辞达"这个概念自孔子提出之后，经过历代作家、理论家们不断地丰富和创造性的阐释，已经成为一个很高层次的属于传达范畴内的要求。当然，苏轼、金圣叹等人的阐释可能不一定符合孔子的原意，他们各自抓住"辞达"这个圣人留下的字面，从不同的角度进行拓展，无疑是极大地丰富了传达的内容。

第二节　传达与章法

在一篇文学作品的构成过程中，严格地说篇有篇法，章有章法，句有句法，字有字法。不过自古以来谈艺论文的人往往以章法代替谋篇布局之法。因此，此处的章法，同样指谋篇布局之法或即结构之法。

我国古代文论家对文学作品章法的认识与阐释，经历了一个漫长的过程。最早涉及章法问题的是东汉王充，他在《论衡·正说篇》中指出:"文字有意以立句,句有数以连章,章有体以成篇,篇则章句之大者也。谓篇有所法,是谓章句复有所法也。"这里只是讲到篇章的形成过程,还没有涉及篇章理论中诸如完整、有机、变化等核心要素。晋代陆机对章法理论的看法有明显深入。《文赋》不仅多处涉及章法问题,尤为重要的是提出了"立片言而居要"的精辟见解。后世的"文眼"、"诗眼"、"词眼"之说,都是由此而演化出来的。文学作品的章法理论,可以包含诸多方面。"立片言而居要"的思想,应该视为章法理论的核心。章法理论的展开、完备与成熟,是刘勰的《文心雕龙》。《文心雕龙》之后有的文论家也偶尔有对章法问题的独到见解,可惜多是吉光片羽,形不成体系,在此种意义上与《文心雕龙》相比,都远为逊色。《文心雕龙·附会篇》是谋篇专论,《熔裁篇》、《章句篇》也主要是研究谋篇布局问题,三篇构成了一个完整、系统、深刻的章法理论体系。简要归纳起来,大体上有四个重要方面:其一,重视命意在谋篇中的决定作用;其二,主张弃偏善之巧,学具美之绩;其三,强调章法的完整和条贯;其四,具有明显的辩证思考。明清以来的一些小说和戏剧理论家如金圣叹、毛宗岗、王骥德、李渔对叙事文学的章法都有很精辟的见解。综观历代文论家对章法理论的阐发,主要强调了以下四点:

一、完整性

完整是艺术结构中的第一原则。

我国古代的文论、诗论家对诗文的头尾、中段留下了大量的精辟的见解。下面拟从三个方面加以论析。

(一)从"凤头"说起。

元代戏剧家乔梦符在《作今乐府法》中指出:"作乐府亦有法,

曰凤头、猪肚、豹尾六字是也。"明代陶宗仪对此有颇为鲜明的注释，他认为："大概起要美丽，中要浩荡，结要响亮。"（《辍耕录》）把文学作品开头的美学要求，坐实在"美丽"上，未免有些含混。清代戏剧理论家李渔在《闲情偶寄》中也曾指出："场中作文，有倒骗主司入彀之法。开卷之初，当以奇句夺目，使之一见而惊，不敢弃去。"统观李渔的戏剧理论，应该说是有创见有深度的，唯独这里主张以奇句夺目，却并不十分高明。因为奇在文学艺术中并不是一种高层次的美学要求，提倡句奇则又等而下之。清代王士禛也有与乔梦符极为相似的说法，他认为"入手当如虎首，中如豕腹，终如虿尾。首取其猛，腹取其楦穰，尾取其螫而毒也"。王士禛变乔梦符的"凤头"为"虎首"，变"美丽"为"猛"，其理论认识有所深入，由主张静态的美，发展到一种动态的势。对诗文的开头，更多的文论家主张以取势为贵。宋代吴沆主张"首句要如鲸鲵拔浪，一击之间，便知其有千里之势"（《环溪诗话》）。明代王世贞在谈到乐府诗的开头时指出："其发也如千钧之弩，一举透革。"（《艺苑卮言》）清代沈德潜也主张"彩行起步，宜高唱而入，有'黄河落天走东海'之势"（《说诗晬语》）。以势论艺真正抓住了中国传统诗文结构艺术的真谛。一篇文学作品，从"势"的角度观察，有展开之势和凝聚之势。两种势的辩证统一构成一篇完整的、有生命的作品。一篇诗文的开头，往往就具备一种将要展开或已经展开的飞动之势。例如，"明月照高楼，流光正徘徊"（曹植《七哀》）；"花近高楼伤客心，万方多难此登临"（杜甫《登楼》）；"风急天高猿啸哀，渚清沙白鸟飞回"（杜甫《登高》）；"风劲角弓鸣，将军猎渭城"（王维《观猎》）等，都是开头取势的典型例句。

（二）从"豹尾"说起。

诗文的开头和结尾，历来为文论、诗论家所关注。而两者相比,似乎人们对结尾的作用看得更重。正如李渔所指出的:"如不能字字皆工,语语尽善,须择其菁华所萃处,留备后半幅之用。宁为处女于前,勿作强弩之末。"(《窥词管见》)前面已提到陶宗仪释"豹尾"为"响亮";王士禛解释"蚕尾"为"螫而毒"。所谓"响亮",可以解释为音节响亮,不过从章法的美学意义上来看,它同"螫而毒"一样,应该看作一种力度和厚度。讲究力度、厚度并不意味着提倡作家在诗文的结尾或捶胸顿足,或呼天抢地,或吐豪壮之言。历代优秀作家在诗文的结尾上殚精竭虑,往往正是为了避免这种坦露、直白的表达方式,努力措置一个具有丰厚美学意味的结尾。至于结尾的具体形态,那就千姿百态、变化万千了。例如清代沈德潜在《说诗晬语》中从篇章开阖的角度提出:

收束或放开一步,或宕出远神,或本位收住。张燕公:"不作边城将,谁知恩遇深?"就夜饮收住也。王右丞:"君问穷通理,渔歌入浦深。"从解带弹琴宕出远神也。杜工部:"何当击凡鸟,毛血洒平芜。"就画鹰说到真鹰,放开一步也,就上文体势行之。

所谓"本位收住",就其所举唐代张说的诗句来看,就是在感情饱满,神完气足之时,戛然而止。但语止,意止,而势不止,就像姜白石所说的"如截奔马",不然就会是强弩之末。所谓"宕出远神",也就是拓出新的境界,沈德潜所举的王维的诗句,是《酬张少府》的结尾。诗的前六句自然引出一个关于穷通之理的发问,有问就得有答,奥妙就在如何答法。结句若正面作答,便觉直白乏味,甚会葬送全诗。本诗以不答作答,把读者的想象引向深深的渔浦,断续的渔歌,使人从渔歌中领悟答案。"何当"两句,是由杜甫的"画鹰"说到真鹰,使诗精神贯注,于"老笔苍劲中时见灵气飞舞"(仇兆鳌语)。所谓"放开一步",也就是顺势延伸,使诗的主旨升华。

宋代沈义父,从写景抒情的角度论诗词的结语。他在《乐府指迷·结句》中指出:

> 以景结情最好。如清真之"断肠院落,一帘风絮";又"掩重关,遍城钟鼓"之类是也。或以情结尾亦好。往往轻而露,如清真之"天便教人,霎时厮见何妨"。

清真即北宋著名词人周邦彦。沈义父所举前两句,是《瑞龙吟》的结尾;三四句是《扫地花》的结尾。这样的结尾在清真词中还有许多,在其他词人的作品中也屡见不鲜。如人们非常熟悉的"问君能有几多愁,恰似一江春水向东流"(李煜《虞美人》),"泪眼问花花不语,乱红飞过秋千去"(欧阳修《蝶恋花》)。诗中同样多有这样的结尾,如"曲终人不见,江上数峰青"(钱起《省试湘灵鼓瑟》);"天寒翠袖薄,日暮倚修竹"(杜甫《佳人》)。作家们之所以如此重视这种收束方法,就是因为它具有很强的直观性和不确定性,它可以包容更多的艺术信息,有利于激发读者的再创造。沈义父认为以情结尾也好,但往往流于浅露,艺术似乎命中注定就是一笔糊涂帐,作家写作越说得明白,离艺术越远。沈义父批评的"天便教人"两句,是周邦彦《风流子》的结尾,其病在于直白。

李渔在《闲情偶寄》中分析戏剧的"大收煞"时指出:

> 如一部之内,要紧角色共有五人,其先东西南北,各自分开,到此必须会合。此理谁不知之?但其会合之故,须要自然而然,水到渠成,非由车戽。最忌无因而至,突如其来与勉强生情,拉成一处。

"自然而然,水到渠成",这又是作家为作品措置结尾时所应遵循的重要原则。这个原则不仅适用于戏剧小说等叙事文学,同样适用于诗词曲以抒情为主、体制短小的作品。例如前面已经讲过的或以景结,或以情结,或放开一步,或宕出远神,或本位收住,都应是水到渠成,自然而然。诗文结尾的形式应该具有自然生成之势,不应是作者主观意愿的产物。勉强牵合,人为造作,是构架艺术结构的大忌。

(三)再从"常山蛇阵"说起。

南宋陈善在《扪虱新话》中指出:

> 作文章贵首尾相应。桓温见八阵图曰:"此常山蛇阵也。击其首则尾应,击其尾则首应,击其中则首尾俱应。"予谓此非特兵法,亦文章法也。文章亦要宛转回复,首尾俱应,乃为尽善。

这段话尽管比较概括,但结合文论、诗论家及小说评论家对具体作品分析来看,它至少涉及三个重要方面:首尾呼应,埋伏照应,一动万随。首尾呼应,是结构完整的最基本的表征。从叙事文学中的长篇小说、戏剧到抒情短诗,大多都要求首尾呼应。施耐庵的《水浒传》从"石碣天文"始,以"石碣天文"结。金圣叹在《水浒》七十四。总批中,认为有些学者热心考究"石碣天文"的真假,是"痴人说梦之智",其实这是追求结构完整的需要。毛宗岗在《读三国志法》中指出:《三国》一书,有首尾大照应,中间大关锁处。如首卷以十常侍为起,而末卷有刘禅之宠中贵以结之,又有孙皓之宠中贵以双结之,此一大照应也。就短诗而言,唐代王维的《观猎》诗只有八句,也采用了首尾呼应的手法。首联是"风动角弓鸣,将军猎渭城",十分简洁地推出打猎的场面,尾联是"回看射雕处,千里暮云平",既照应了首联,又稍事景色点染,使意境混茫辽远。埋伏照应多见叙事文学,特别是长篇小说。与首尾呼应相比,埋伏照应是叙事过程中局部上的呼应。在这方面,以毛宗岗的"隔年下种"说为最妙。他认为:"《三国》一书,有隔年下种先时伏著之妙。善圃者投种于地,待时而发;善奕者下一闲著于数十著之前,而其应在数十著之后。文章叙事之法,亦犹是已。"例如"姜维九伐中原,在一百五回之后,而武侯之收姜维,早于初出祁山时伏下一笔。姜维与邓艾相遇,在三伐中原之后,姜维与钟会相遇,在九伐中原之后,而夏侯霸述两人姓名,早于未伐中原时伏下一笔。"由于这种手法是一种局部上的照应,因此在一部头绪纷繁的长篇巨制中,"凡伏笔之处,指不胜屈"。埋伏照应手法运用得好,可使叙事疏密有致、关合自然、变化生姿。当然也同其他方法一样,要自然而妙,不能生硬牵合。毛宗岗认为,凡埋伏处应是"闲闲冷冷,极没要紧处,却是极要紧处"。所谓"闲闲冷冷",就是作者有意埋伏,而读者于此并未觉察,直到照应处读者才恍然大悟,始觉前面闲闲之笔实在是重要得很。如果作者在埋伏,读者也一眼就看清是在埋伏,也就没有埋伏的必要了。清代林纾也曾在《春觉斋论文·筋脉》中指出过:"一篇之文,使人知扼要吃紧在于何处。当于起手时,在有意无意中,闲闲着他一笔,使人不觉。故大家之文,扼要吃紧处,人人知之;而闲闲伏笔处,或不之知,即应处不必紧随伏处,续处不必紧随断处也。"林纾此说可为毛宗岗的"隔年下种"作注,如果应紧随伏,续紧随断,那埋伏照应,明断暗续也就不复存在,"隔年下种"就变成当年下种。毛宗岗批评某些小说家"一到扭捏不来之时,便平空一人,无端造出一事,觉后文与前文隔断,更不相涉"(前面毛宗岗语均见《读三国志法》),这就更等而下之,与真正的艺术创造更加无缘了。所谓一动万随,也就是常言说的牵一发而动全身,这是指结构的有机性。一篇优秀的文学作品应该是一个有生命的、有机的结构,增加任何一部分都多余,缺少任何一部分都是残缺。一篇作品可以较容易的做到首尾呼应,埋伏照应,要做到一动万随那才是大本领。

我们认为古人热衷谈论的所谓诗眼、文眼、词眼，就是对文学作品结构有机性的颇为简洁的概括。清代刘熙载在《艺概·词曲概》指出："词眼二字，见陆辅之《词旨》。其实辅之所谓眼者，仍不过某字工，某句警耳。余谓眼乃神光所聚，故有通体之眼，有数字之眼，前前后后，无不待眼光照映。若舍章法而专求字句，纵争奇竟巧，岂能开阖变化，一动万随耶？"这种阐释是相当精辟的。诗文词曲的眼点，并非枝节上的某字工，某句警，而是神光所聚。所谓神光所聚，应是全篇作品思想感情的聚焦点。这种聚焦点必然是一切结构因素的拱向点。

二、秩序性

世间万物大至宇宙星系小至分子原子，从其结构而言都必须体现有序的原则。有序是存在和生命的基本条件。作为精神实体的文学艺术作品同样如此。清代桐城派散文家们曾以"序"来概括文学作品的艺术形式，见解是相当准确、深刻的。序或秩序是艺术结构的最本质的特征。前面讲到的结构的"完整性"和后面将要讲到的结构的"变化性"，都应体现"秩序性"。"秩序性"既包括抒情诗中材料安排的简单的次第和层次，也包括长篇作品特别是叙事作品中材料安排的"多样的统一性"。前者如宋代魏庆之在《诗人玉屑》中举的两个例子。他说："大概作诗，要从首至尾，语脉联属，如有理词状，古诗云：'唤婢打鸦儿，莫教枝上啼。啼时惊妾梦，不得到辽西。'可为标准。"四句诗的次第是不可更动的，变动任何一句，都会造成语脉不畅。魏庆之在另一处还指出："凡作诗，使人读第一句知有第二句，读第二句知有第三句，次第终篇，方为至妙。如老杜'莽莽天涯雨，江村独立时。不愁巴道路，恐湿汉旌旗'是也。"杜甫的诗同金昌绪的诗属于同一类型，都是材料单纯,次第清晰且一脉贯注。北宋范温在《潜溪诗眼》中,对杜甫的名作《闻官军收河南河北》曾作过如下分析:"《闻官军收河南河北》诗云:'剑外忽传收蓟北,初闻涕泪满衣裳。'夫人感极则悲,悲定而后喜,忽闻大盗之平,喜唐室复见太平。顾视妻子,知免流离,故曰:'却看妻子愁何在?'其喜之至也,不知手之舞之,足之蹈之,故曰:'漫卷诗书喜欲狂。'从此有乐生之心,故曰:'白日放歌须纵酒。'于是率中原流寓之人同归,以青春和暖之时即路,故曰:'青春作伴好还乡。'言其道路则曰:'欲从巴峡穿巫峡。'言其归途则曰:'便下襄阳到洛阳。'此盖曲尽一时之意,一当众人之情,通畅而有条理,如辩士之语言也。"此诗尽管篇幅稍长,意象稍多,但从范温的分析可以看出,本诗义脉条畅、次第井然,仍属于一种简单次第。

　　文学艺术贵变化创新,上面举的一些例诗,毕竟不占多数,还有相当多的作品在结构上体现出一种"多样的统一"。最典型的莫过于长篇叙事作品。这样的作品头绪繁多,但又必须是一个纲举目张的、有序的网络。有一处悖谬就破坏整个结构的有机性和整体性。建筑同文学都属于艺术范畴,其结构的基本规律是相通的,因此有不少文论、诗论家如王骥德、李渔等都以工师之建宅来比喻文学作品结构。曹雪芹在《红楼梦》第四十二回,通过宝钗之口来谈园子的艺术结构说:

　　　　如今画这园子,非离了肚子里头有些丘壑的,如何成画?这园子却是象画儿一般,山石树木,楼阁房屋,远近疏密,也不多,也不少,恰恰是这样。你若照样往纸上一画,是必不能讨好的,这要看纸的地步远近,该多该少,分主分宾,该添的要添,该藏该减的要藏要减,该露的要露,这一起了稿子,再端详斟酌,方成一幅图样。第二件:这些楼台房舍,是必要界划的。一点儿不留神,栏杆也歪了,柱子也塌了,门窗也倒竖过来,阶砌也离了缝,甚至桌子挤到墙里头,花盆放在帘儿上来。岂不倒成一张笑话了?第三,要安插人物,也要有疏密,有高低。衣褶裙带,指手足步,最是要紧。一笔不细,不是肿了手,就是肿了脚,染脸撕发,倒是小事。依我看来,竟难得很。

这段文字非常细腻、准确地揭示了艺术结构的整体性、有机性的原则。第一件,谈谋划园子须要胸中有丘壑,有全局。第二、第三件是说任何一个细部都必须与全局谐调,都要有自己特定的位置与形态,否则,不是肿了手,就是瘸了脚。诗词作品,尽管一般篇幅较短,但也不能忽视扣合的紧密、照应的自然、点染的妥贴。头绪繁多的叙事作品,斟酌艺术结构,就更加重要和困难。现代作家柳青曾说过,作家创作最困难的事是措置艺术结构。

文学结构的秩序性既与语言形式有关,又与作品内容的义脉有关。两者相比,后者是关键。只是语言形式上的次第,并不一定是一个有机的艺术结构,只有内容上的义脉贯注才能是一个有机的、富有艺术生命的结构。在这方面,刘勰的许多看法很有价值。刘勰好以人体喻文,《文心雕龙·章句篇》指出,文学作品的结构应该是"外文绮交,内义脉注"。外文绮交,是指文学作品语言形式的优美谐调;内义脉注,是指文学作品义脉的条畅、贯注。人体的脉络必须贯注全身,是人体生命构成的重要因素,一旦有些许梗阻,生命就会停止。文章的脉络同样如此。《文心雕龙·熔裁篇》也认为"夫百节成体,共资荣卫;万趣会文,不离情辞"。资是凭借,荣卫是指人的气血。这句话的意思就是,成百的骨节组成整个身体,都靠气血流畅;万千种意思写成一篇文章,离不开文辞与内容的配合。《文心雕龙·附会篇》也指出:"若统绪失宗,辞味必乱；义脉不流，则偏枯文体。"血脉不畅，就会造成人体偏枯；义脉不流，就会造成文体偏枯。所谓偏枯，就是失去生命力和正常机能。以义脉论文，刘勰当为首倡。刘勰之后，义脉就成了中国古代写作理论中几乎每一个文论、诗论家都认同和使用的一个重要概念。清代学者王夫之对义脉的阐释尤为精细，他在《夕堂永日绪论外编》中说：

> 谓之脉者，如人身之有十二脉，发于趾端，达于颠顶，藏于肌肉之中，督、任、衡、带互相为宅，萦绕周回，微动而流转不穷，合为一人之生理。若一呼一诺，一挑一缴，前后相钩，拽之使合，是傀儡之丝，无生气但凭牵纵，讵可谓之脉耶？

王夫之认为血脉的萦绕周回，流转不穷，形成生气，构成人的生命，没有生气贯注，但凭牵纵使之动作，那是傀儡。由此我们可以想到，艺术结构必有次第秩序，有秩序次第不一定就是艺术结构。只有义脉贯注的秩序、次第，才是真正的艺术结构。清代方东树说得好："脉绾章法而隐者也，章法形骸也，脉所以细束形骸者也。章法在外可见，脉不可见。气脉之精妙，是为神至矣。"（《昭昧詹言》）

三、变化性

文贵变，这是文学艺术与生俱来的特点。《国语》云："声一无听，物一无文。"《周易·系辞下》也说："物相杂故曰文。"清代刘大櫆更是极言文章贵变，他在《论文偶记》中指出："故文者，变之谓也。一集之中篇篇变；一篇之中段段变；一段之中句句变；神变，气变，境变，音节变。"韩愈的散文《送孟东野序》，一篇文章中用了三十八个鸣字，"句法变换，凡二十九样。如龙之变化，屈伸于天"（吴楚材、吴调侯语）。文章生气多从变化生出。李白的《早发白帝城》开头两句"朝辞白帝彩云间,千里江陵一日还",如此迅急,则轻舟之过万山自不待言。中间却用"两岸猿声啼不住"铺垫,"无此句,则直而无味,有此句,走处仍留,急语仍缓。可悟用笔之妙"(施补华《岘佣说诗》),只四句诗,便体现出章法上的开阖变化之势。可见在诗文写作过程中,立意变,章法变,词采变,直至神气变,音节变,是所有文学艺术家刻意追求的重要目标之一。通观清人的章法理论,论及开合变化者很多。特别是明清以来的一些小说、戏剧理论家,对叙事理论有颇为深细的研究,其中对叙事的章法也提出了许多生动、新颖的见解,现择其要者简要分析介绍如下。

(一)峰回路转法。

所谓峰回路转,是指章法或叙事的曲折多变。这种提法是笔者从毛宗岗对《三国演义》的评赏中拈出的。毛宗岗在《三国演义》第四十三回回评中指出:"此回文字曲处,妙在孔明一至东吴,鲁肃不即引见孙权,且歇馆驿,此一曲也。又妙在孙权不即请见,必待明日,此再曲也。及至明日,又不即见孙权,先见众谋士,此三曲也。及见众谋士,又彼此角辩,议论龃龉,此四曲也。孔明言语既触众谋士,又忤孙权,此五曲也。迨孙权作色而起,拂衣而入,读者至此,几疑玄德之与孙权终不相合,孔明之至东吴终成虚往也者。然后下文峰回路转,词洽情投。将欲通之,忽若阻之,将欲近之,忽若远之,令人惊疑不定,真是文章妙境。"此类分析,在毛宗岗对《三国演义》的评论,金圣叹对《水浒传》的评论中最为多见。这种方法,在叙事文学作品中作者使用最多,艺术效果最明显,因而也最为评论家们所重视。其实,毛宗岗以外的一些评论家们所使用的"随手波折"、"随步换形"、"怒蛇出穴"等说法,同样是表述叙事之曲折的。例如脂砚斋在评论《红楼梦》第七十三回时指出:"贾母一席话隐隐照起全文,便可一直叙去,接笔却置贼不论,转出赌钱,接笔又置赌钱不论,转出奸证,接笔又置奸证不论,转出讨情,一波未平,一波又起,势如怒蛇出穴,蜿蜒不就捕。"所谓怒蛇出穴,蜿蜒不就捕,也就是指叙事的曲折多变。作者叙事都有一定旨归,但不一句点明、说透,偏要生出许多差错,事件在波折中展开,就像被激怒的蛇蜿蜒跌宕,难于抓捕一样。诗文作家同样非常重视章法的开合变化。写议论文,往往靠曲折变化深化主旨;写抒情诗,往往靠曲折变化生出情韵。就诗歌而论,除前面刚刚提到的李白的《早发白帝城》外,杜甫的《月夜》、《野人送朱樱》都是诗短而章法富于变化的名篇。就议论文字而论,韩愈的《送董邵南序》"文仅百十余字,而有无限开合、无限变化";《获麟解》"文仅一百八十余字,凡五转,如游龙,如辘轳,变化不穷"(吴楚材、吴调侯语)王安石的短论名篇《读孟尝君传》只有八十九个字,却写的"语语紧,笔笔转"(沈德潜语)。

(二)雨覆风翻法。

毛宗岗在《读三国志法》中指出:"《三国》一书,有星移斗转,雨覆风翻之妙。杜少陵诗曰:'天上浮云如白衣,斯须改变成苍狗。'此言世事之不可测也。《三国》之文,亦犹是尔。本是何进谋诛宦官,却弄出宦官杀丁原,则一变。本是吕布助丁原,却弄出吕布杀何进,则一变。本是董卓结吕布却弄出吕布杀董卓,则一变……论其呼应有法,则读前卷定知其有后卷;论其变化无方,则读前文更不料其有后文。于其可知,见《三国》之文之精;于其不可料,更见《三国》之文之幻矣。"毛宗岗的这段议论,除包括转的含义之外,侧重在变,变在不可预料。毛宗岗认为:"惟猜测不及,所以为妙。若观前事便知其有后事,则必非妙事;观前文便知有后文,则必非妙文。"(《三国演义回评》)李渔也认为:"戏法无真假,戏文无工拙,只是使人想不到猜不着,便是好戏法、好戏文。"(《闲情偶寄》)毛宗岗在分析读者审美感受时指出:"读书之乐,不大惊则不大喜,不大疑则不大快,不大急则不大慰。"(《三国演义回评》)这种大惊大喜、大疑大快、大急大慰,正是产生在"想不到、猜不着之中"。

(三)虚实相间法。

虚实,有时亦可称作疏密,详略,隐显,是结构艺术的一条重要原则。中国的传统艺术如诗、词、曲、赋、绘画、书法等都极重艺术结构的虚实。明代艺术家董其昌曾指出:"虚实者,各段中用笔之详略也。有详处,必有略,虚实互用。疏则不深邃,密则不风韵,但审虚实,以意取之,画自奇矣。"(《画禅室随笔》)诗论家李梦阳也认为:"古人之作,古法虽多端,大抵前疏者后必密,半阔者半必细,一实者一必虚,叠景者意必二。"(《艺苑卮言》)诗中的写景是实,抒情是虚。唐代司空曙《云阳馆与韩绅宿别》云:"故人江海别,几度隔山川。乍见翻疑梦,相悲各问年。孤灯寒照雨,深竹暗浮烟。更有明朝恨,离杯惜共传。"因为前四句偏重抒情,后四句偏重写实,因此被认为是"前虚后实之格"(范晞文语)。诗词中的明写是实,暗含是虚。晚唐温庭筠的小词《梦江南》就是典型。词云:"梳洗罢,独倚望江楼。过尽千帆皆不是,斜晖脉脉水悠悠,肠断白蘋洲"。从登楼相望到斜晖脉脉,几乎一整天的时间,全部的思念和企盼之情全都凝缩到"过尽千帆皆不是"一句当中。

金圣叹还从诗文的艺术效果入手议论章法的虚实。他曾指出:"须知文到入妙处,纯是虚中有实,实中有虚,联绾激射,正复不定,断非一语所得尽赞耳。"(《贯华堂第五才子书水浒》第五十五回总批)苏轼的《喜雨亭记》就是一篇虚实相济开合自如的名篇。以雨名亭是题中应有之意,一般作手十之八九是直接点出

"喜雨亭"作结。苏轼却是在名亭前翻出层层波澜,以歌作结:"既以名亭,又从而歌之曰:'使天而雨珠,寒者不得以为襦;使天而雨玉,饥者不得以为粟。一雨三日,伊谁之力?民曰太守,太守不有。归之天子,天子曰不然。归之造物,造物不以为功。归之太空,太空冥冥。不可得而名,吾以名吾亭。"这种写法,从内容上看不出什么深化,但通过章法上的这种开合变化,却生出无限情趣。

(四)草蛇灰线法。

这是明清以来很多诗论、文论家乐于使用的一种说法。先看金圣叹对草蛇灰线法的理解:"有草蛇灰线法。如景阳岗连叙许多'哨棒'字,紫石街连写若干'帘子'字等是也。骤看之,有如无物。及细寻,其中便有一条线索,拽之通体俱动。"所谓"草蛇",指蛇行草上所留下的痕迹;所谓"灰线",指断续泄漏于地上的灰土。二者皆指若断若续,时隐时现,断续中有一条贯串其中的若有若无、时隐时现的线索。实际上毛宗岗的"横桥锁溪"、"横云断岭"、"隔年下种"法;刘熙载等人讲的明断暗续法,都与"草蛇灰线"法大体相同。断者,是文章最表层次的叙述,不断的是文章深层的贯串始终的义脉。刘勰曾有"外文绮文,内义脉注"的说法。语言形式可以穿插、错综、断续,但义脉必须贯串始终,像血脉那样流贯全体。诗文作家、小说戏剧作家追求章法上的开合变化,其目的是由变到曲,增强其艺术表达效果。近人来裕恂在其《汉文典》中说得很好:

> 直木无文,曲木有文;平水无文,曲水有文。曲之理至矣。是以文家有故意夭娇其笔以为诙诡者,庄子之文是也;有故意跌宕其词以作波澜者,卿云之文是也;有故意澹逸其句以成渊懿者,刘匡之文是也;有故意盘旋其气以致倔强者,

昌黎之文是也。此皆得力于曲者也。

整个章法问题，我们认为有两点应该注意：其一是重变化、开阖、断续者，应该做到：泯形迹，无断续痕。使读者感到自然天成，不感到是人为的矫揉造作。其二是作家措置篇章，必须胸中有全局。正如李渔在《闲情偶寄》中所指出的：

> 至于结构二字，则在引商刻羽之先，拈韵抽毫之始，如造物之赋形，当其精血初凝，胞胎未就，先为制定全形，使点血而具五官百骸之势。倘先无成局，而由顶及踵，逐段滋生，则人之一身，当有无数断续之痕，而血气为之中阻矣。

第三节　传达与词采

章法研究文学作品的篇章，词采则是研究作品的遣词造句。刘勰曾在《文心雕龙·章句篇》中说，文章的形成是"因字而生句，积句而成章，积章而成篇"。刘勰是在讲文章生成的顺序或过程，这并不意味着文章写作就是一种机械的词句的积累。构思是作家在思想上谋划作品的过程，传达是将思想谋划的成果转化成语言文字的过程，也就是通常讲的从内部语言转化成外部语言的过程。中国古代文学以抒情短诗为主，词采的作用显得尤为突出，因此中国古代作家们对诗文的词采的重视远远超过现代作家和西方作家。在他们有关写作的论述中有相当多数是有关遣词造句问题的。古代诗人们的许多苦吟成诗的佳话，都是讲作家们对语言形式的发现与选择。在古代作家们留下的有关诗文词采的大量言论中包括着非常丰富的美学内容，有些直到今天仍然放射光彩。至少有以下三点值得我们重视和研究。

一、语贵天然

这是中国古代作家对文学作品语言形式的最高层次的美学追求,也是中国文学的宝贵传统。

语贵天然的美学要求,有儒家思想的影响,但主要是根源于道家哲学。老子哲学的核心问题是"道",也就是自然之"道"。在老子看来,"道"作为宇宙万物的本原,是自然无为的。"道"本身的存在就是自然的,即所谓"道法自然"。庄子同老子一样同样是强调"道"的自然本质。在《庄子》一书中,"自然"这个概念是反复强调的。例如"因自然"、"顺乎自然"、"应之以自然"等等,都是任其自然的意思。

在文学创作领域内,第一个提倡自然美的是刘勰。《文心雕龙·原道》之"道"是刘勰写作理论体系的基石。刘勰的这个所谓"道"就是自然之道。他从天之文,地之文,讲到人之文。他认为人文同天地之文一样,都是自然天成,无待人工雕饰,即所谓"夫岂外饰,盖自然耳"。人文则出于人心之自然,即所谓"心生而言立,言立而文明,自然之道也"。《文心雕龙·定势篇》也指出:

> 势者,乘利而为制也。如机发矢直,涧曲湍回,自然之趣也。圆者规体,其势也自转;方者矩形,其势也自安:文章体势,如斯而已。

这段话的意思是,弩机发出的矢必然是直的,曲折的山涧中的急流必然是迂回的,这都是自然的趋势。圆的物体因是圆的,所以能转动;方的物体因其方所以能平放。作品的体也是这样。这也充分体现了刘勰崇尚自然美的观点。《文心雕龙·情采篇》中"水性虚而沦漪结,木体实而花萼振","铅黛所以饰容,而盼倩生于淑姿","采滥辞诡,则心理愈翳。固知翠纶桂饵反所以失鱼"

等论述,同样体现了刘勰崇尚自然的美学倾向。

稍晚于刘勰的钟嵘也崇尚自然美。在《诗品》中他强调诗歌表现"自然英旨"。所谓"自然英旨",指的真实感情的自然抒发。钟嵘另一个重要概念就是"直寻",他在《诗品·总论》中指出:"至于吟咏情性,亦何贵于用事?'思君如流水',即是即目,'高台多悲风',亦惟所见;'清晨登陇首',羌无故实;'明月照积雪',讵出经史。观古今胜语,多非补假,皆由直寻。""补假"就是假借;"直寻"就是写眼前之景,当下之事,写诗不必使事用典,贵在自然抒发真挚感情。钟嵘在品评颜延之作品时指出:"汤惠休曰:'谢诗如芙蓉出水,颜如错采镂金。'颜终身病之。"尽管钟嵘是利用别人的批评来表达自己的观点,但此种抑扬中的美学倾向是非常鲜明的。

苏轼是宋代文学艺术家的代表人物,他的文学创作和创作理论都深受道家思想影响。苏轼文学创作的基本风格是豪放,但他非常崇尚陶渊明的恬淡自然。他从元祐七年开始和陶,先后共得和陶诗一百多首。这种现象在中国文学史上是绝无仅有的。苏轼关于写作的一系列名论所集中阐发的也是文贵自然这个基本点。我们不妨多引述一些苏轼的有关看法:

夫昔之为文者,非能为之为工,乃不能不为之为工也。山川之有云,草木之有华实,充满勃郁而见于外,夫虽欲无有,其可得耶?(《南行前集序》)

苏、李之天成,曹、刘之自得,陶、谢之超然,盖亦至矣。……李、杜之后,诗人继作,虽间有远韵,而才不逮意。独韦应物、柳宗元发纤秾于简古,寄至味于淡泊,非余子所及也。(《书黄子思诗集后》)

所示书教及诗赋杂文,观之熟矣。大略如行云流水,初

无定质,但常行于所当行,常止于不可不止,文理自然,姿态横生。(《答谢民师书》)

吾文如万斛泉源,不择地皆可出。在平地,滔滔汩汩,虽一日千里无难。及其与山石曲折,随物赋形,而不可知也(《文说》)。

对苏轼的上述言论,我们可以从不同角度作种种不同的解释。但其最本质的含义只能是:文贵自然。当然我们也应该清醒的看到,苏轼的这些看法已远远超出了词采问题。不过,的的确确包含着词采问题。

同苏轼关系非常密切的一些著名作家,也以种种不同的说法阐发文贵自然的观点。苏洵在《仲兄字文甫说》中那一大段关于"风行水上涣"的议论,人们非常熟悉。苏门四学士之一的张耒在《贺方回乐府序》中指出:"文章之于人,有满心而发,肆口而成,不待思虑而工,不待雕琢而丽者,皆天理之自然,而情性之道也。"同苏轼并称的著名诗人黄庭坚以刻意追求语言形式美而著称。就连他也认为:"所寄诗多佳句,犹恨雕琢功多耳。但熟观杜子美到夔州后古律诗,便得句法简易,而大巧出焉。平淡而山高水深,似欲不可企及,文章成就,更无斧凿痕,乃为佳作耳。"(《与王观复书》)可见文贵自然,不假雕饰的美学标准是绝大多数文学艺术家孜孜以求的。

明末清初的美学和文学创作思想经历着一场重大变化。变化的基本倾向是对儒学的冲决,对禅宗和道家思想的吸收。因此,在创作上去伪存真,崇尚自然的思想非常活沃。李贽是当时很有代表性的一位思想家、文学家。"童心说"是他的哲学和美学思想的核心。他认为童心就是"真心",就是"绝假纯真,最初一念之本心也。若失却童心,便失却真心;失却真心,便失却真人"。

童心说的实质就是反对宋明理学对人性的束缚和戕害,文学要表现人的自然本性。对此李贽在《读律肤说》一文中讲得非常明确,他说:

> 盖声色之来,发于情理,由乎自然,是可以牵合矫强而致乎?故自然发于情性,则自然上乎礼义,非情性之外复有礼义可止也。唯矫强乃失之。故以自然之为美耳,又非于情性之外复有所谓自然而然也。

二、不废雕琢

浑然天成的作品是如何产生的,需要作些具体分析。其中一部分是出自天才作家之手。多数作家的优秀作品是从人巧到天籁,通过反复推敲、字雕句琢,达到大巧若朴的高度的艺术水平的。

文学是语言的艺术。文学家的伟大之处,不仅表现在对客观对象的观察,感受,理解上,同样也表现在对艺术形式的发现,选择和运用上。清代刘熙载在《艺概·文概》中指出,作家的"过人处在能说得出,不但见得到也"。相比较而言,对客观对象的发现较易,把它表达出来较难,用最佳的艺术形式表达出来就更难。这就是文学艺术家的任务了。

文学史上无数事实也雄辩地证明,中国古代作家非常重视艺术形式的选炼。贾岛、卢延让、王维、孟浩然等苦吟的事例无需重提,在古代诗论、文论中类似的事例和议论比比皆是。中国古代诗论、文论的一个显著特点是关于艺术形式的议论特别多,对字词句的评点似乎是多中之多。刘勰是第一个从艺术传达的角度研究艺术形式问题的,《文心雕龙》还特立了《章句》、《炼字》篇,提出了"富于万篇,贫于一字"的名论。当然刘勰的研究还有很大的局限性，还未能突出对章句和"字"的艺术效果的探讨。杜甫提出"语不惊人死不休"，所谓"惊人"就是指艺术效果。晚唐诗人皮日休在《刘枣强碑》中提出"百锤为字，千炼成句，虽不追躅太白，亦后来之佳作也"。宋代的诗人、诗论文论家们对字词句的研究就更深入更加突出其艺术效果了。北宋陶岳在《五代史补》讲的唐代诗人郑谷"一字师"的故事很能说明问题，一字之易足以为师，充分说明炼字、炼句的重要。

我们可以大略分析一下杜甫诗遣词造句的艺术。

（一）造句艺术。

按写诗的一般规律，七言诗是上四下三的句法为多；五言诗是上二下三的句法为多。杜诗多数遵守这条基本规律，但是为了增强表达效果，杜甫又特别重视句式的变化。

1."秀罗衣裳照暮春，蹙金孔雀银麒麟"（《丽人行》）。后一句是上一下六的句法。以"蹙"字说明秀罗衣裳上的装饰，非这一个字不能形容得贴切。

2."盘飧市远无兼味，樽酒家贫只旧醅"（《客至》）。这是上二下五的句法。对每一句话，如果从内容上断开的话，首先可以分为两部分，第一句中是"盘飧"和"市远无兼味"；第二句是"樽酒"和"家贫只旧醅"。前者是句中的主体，后者是关于主体的具体情状的描述。

3."渔人网集澄潭下，估客船随返照来"（《野老》）。这是上三下四的句法。这两句的主体是"渔人网"、"估客船"。造句的用意与上例相同。

4."露从今夜白，月是故乡明"（《月夜忆舍弟》）。这是上一下四的句法。"露"和"月"是每句中的主体概念。

5."把君诗过日，念此别惊神"（《赠别郑炼赴襄阳》）。这是上三下二的句法。

6."星临万户动,月傍九霄多"(《春宿左省》)。这是上四下一的句法。

这种变化,都是根据具体内容为了突出某方面的意义或渲染某气氛而生出的变化,不是纯形式的为变化而变化。真正的艺术和形式主义的根本区别就在这里。杜诗中句与句之间的关系也多有翻新变化。请看下面的诗句:

7."瞿塘峡口曲江头,万里风烟接素秋"(《秋兴八首》之六)。这是两句串一的句法,两句必须直贯下来,才能讲通。第一句只是点出相隔千里的两个地名;第二句才点明了两地的关系和情状。

8."花萼夹城通御气,芙蓉小苑入边愁"(《秋兴八首》之六)。这是一种交互句法。言玄宗盛时花萼楼、芙蓉苑皆通御气,衰时则两处又皆入边愁。

9."珠帘绣柱围黄鹄,锦缆牙樯起白鸥"(《秋兴八首》之六)。这又是两截法。上四字纪盛时之曲江行宫、舟船之繁华,而乱后则冷落为鸥鹄所围绕。

10."香稻啄余鹦鹉粒,碧梧栖老凤凰枝"(《秋兴八首》之八)。这与上面数例不同,是一种错综倒装句法。按正常语序应是:鹦鹉啄余香稻粒,凤凰栖老碧梧枝。倒装之后,不仅音节更加响亮,也更加强调了香稻和鹦鹉这两件长安之物,加深了对京都的怀恋。明代诗人李东阳在《麓堂诗话》中指出:"诗用倒字倒句法,乃觉劲健。如杜诗'风帘自上钩'、'风窗展书卷'、'风鸳藏近渚',风字皆倒用,至'风江飒飒乱帆秋',尤为警策"。

(二)炼字艺术。

1.炼字眼。元代杨载在《诗法家数》中指出:

诗要炼字。字者,眼也。如老杜诗"飞星过白水,落月动檐虚",炼中间一字。"地坼江帆稳,天清木叶闻",炼末后一字。"红入桃花嫩,青归柳叶新",炼第二字。

所谓字眼,就是句中最关键的字。如上面数句中的"过"、"动"、"稳"、"闻"、"入"、"归"一字选炼得精,都会极大地增强诗句的艺术效果。常识告诉我们,极远的帆影在视觉当中,感觉不到船在移动,只一个"稳"字,将其情态极微妙地表达出来。

2. 炼虚字。如施补华在《岘佣说诗》讲的:

"古墙犹竹色,虚阁自松声","蚁浮仍腊味,鸥泛已春声","江山有巴蜀,栋宇自齐梁","入天犹石色,穿水忽云根",此炼虚字。炼实字有力易,炼虚字有力难。

炼实字,往往是为了突现事物的状貌情态或意义,炼虚字可以增强诗句的概括力,具体表现在这六句诗中,是对时空的概括。南宋叶梦得在《石林诗话》中讲得更明白,他认为"江山"两句,"远近数千里,上下数百年,只'有'与'自'两字间,而吞纳山川之气,俯仰古今之怀,皆见于言外"。"古墙"两句,若不用"犹"与"自"字,即余八字凡亭子皆可用,不必滕王也。

3. 在拗句中炼字。律诗的诗句是严格按照平仄声调规则安排的。声调不符合平仄要求则称为"拗"。出现拗字的句子,则称为拗句。南宋范晞文在《对床夜语》中指出:

五言律诗,固要贴妥,然贴妥太过,必流于衰。苟时能出奇,于第三字中下一拗字,则贴妥中隐然有峻直之风。老杜有全篇如此者。试举其一云:"带甲满天地,胡为君远行?亲朋尽一哭,鞍马去孤城。草木岁月晚,关河霜雪清。别离已昨日,因见古人情。"

五言律,每句的第三个字是关键字,关键处用拗字,可以给读者听觉上一种遒劲感。太贴妥则顺,顺则滑,滑则衰。

4. 篇中炼字。炼字,多数是为句而炼,杜甫有的诗是篇中炼字。《秋兴八首》之三云:

千家山郭静朝晖,日日江楼坐翠微。信宿渔人还泛泛,清秋燕子故飞飞。匡衡抗疏功名薄,刘向传经心事违。同学少年多不贱,五陵衣马自轻肥。

这首诗,是炼一"坐"字。是作者在江楼日日独"坐",引起所见所思所感,因而写成此诗。刘熙载在《艺概·词曲概》中指出:"余谓眼乃神光所聚,故有通体之眼,有数句之眼,前前后后,无不待眼光照映。"本诗中的"坐"字,就可谓通体之眼。

5. 炼双字。即选炼富有表现力的叠字。例如"穿花蛱蝶深深见,点水蜻蜓款款飞"(《曲江》二首之二),"野日荒荒白,春流泯泯清"(《漫成》二首),"无边落木萧萧下,不尽长江滚滚来"(《登高》)。从这些诗句可以看出,运用叠字至少可以增强两方面的艺术效果:一是使描绘对象的情态更加活脱;二是使诗句的音节更加响亮。

从上面对杜甫炼句、炼字艺术的简要分析来看,这单靠诗人的伫兴而就是不行的。要使诗歌语言达到如此高的艺术水平,除天赋条件之外,还得靠学识,靠殚精竭虑锻炼。文学博士阎采平在《齐梁诗歌研究》一书中讲得颇为中的:"伫兴而就乃是才子的诗论。钟嵘讥抄书诗风为'虽谢天才',注重的也是一个'才'字。才自何来?得自先天者,固然也很重要,取于后天者,也不可忽视。因此,情性论者在重视诗才的同时,亦不废读书以补天才,琢句以助圆润,要之主张人巧与天籁相济。"

三、人工与天籁相济

这里想对三个方面的问题作些较具体的分析研究。一是我们高度评价了语贵天然,又肯定了不废雕琢,究竟如何处理这种关系;二是选择语言形式应该掌握一些什么基本原则;三是语言形式的选炼与作家的性情和情感的关系如何。

(一)人籁悉归天籁。

对艺术形式的刻意追求,不同的作家往往走上两种截然相反的道路:或者是正道,使自己的作品在艺术上臻于完美;或者是用工太过,使艺术形式由巧转弱、转衰。齐梁诗歌,历来受到多数诗论家的批评,如果这种批评毫无分析,对齐梁诗一锅煮则是错误的,因为齐梁诗人中也有像谢朓等人诗写得颇为清新、流转的。谢朓曾以"好诗圆美流转如弹丸"赞语评价王筠的作品。清代贺贻孙在《诗筏》中指出:"谢玄晖与沈休文论诗云:'好诗圆美流转如弹丸。'此实玄晖自评也。"齐梁诗人的确也有相当一批诗人由尚巧变得孱弱不堪。清代沈德潜在《说诗晬语》中指出:

> 梁陈隋间,专尚琢句。庾肩吾云"雁与云俱阵,沙将蓬共惊","残虹收宿雨,缺岸上新流","水光悬荡壁,山翠下添流"。阴铿云"莺随入户树,花逐下山风"。江总云"露洗山扉月,云开石路烟"。隋炀帝云"鸟惊初移树,鱼寒欲隐苔",皆成名句。然比之小谢"天际识归舟,云中辨江树"痕迹宛然矣。

这些批评都很中肯。人为地造成对偶,过于追求奇巧,把艺术的视野局限在某些细小对象,形不成阔大的意境,就会由巧转弱。即使如杜甫这样的伟大诗人也会出现这种毛病。例如前面曾经提到过的"香稻啄余鹦鹉粒,碧梧栖老凤凰枝"、"绿垂风折笋,红绽雨肥梅"一类诗句,也有诗论家对此提出批评。在散文家中也有一些为创新求奇而走上极端的作家。唐代和韩愈同时的樊宗师就是一个。他为力去陈言,自创奇径,写了许多艰涩难懂的诗文。李肇《国史补》说:"元和以后,为文笔,则学奇诡于韩愈,学苦涩于樊宗师。"韩愈在《南阳樊绍述墓志铭》中说他一生写有专著75卷,文、赋521篇,诗719首。今传作品只有两篇。清代周亮工在《书影》中解释说:"樊宗师文诘屈聱牙,志今所骇,今世仅传其《越王楼序》、《绛守居园池记》一二篇而已。韩退之为其墓志,称其有文三百余卷。生平之著述亦多矣,乃卒不传。……诗文必平畅典则,始可传远,如樊之作,其不传也宜哉!"这种解释不能说毫无道理。北宋同欧阳修共同修撰《新唐书》的宋祁也是为文有怪癖的典型。

从人籁到天籁,这既是文学史上多数作家的经验总结,也是多数文论、诗论家们认同的一条基本规律。陶诗是中国古典诗歌中的瑰宝,后来的批评家常以质朴、平淡、自然来评陶诗。苏轼说:"渊明诗初视若散缓,熟视有奇趣。如曰:'暧暧远人村,依依墟里烟。犬吠深巷中,鸡鸣桑树巅。'又曰:'采菊东篱下,悠然见南山。'大率才高意远,则所寓得其妙,遂能如此,如大匠运斤,无斧凿痕,不知者则疲精力至死不悟。"(见《冷斋夜话》)陶诗是怎样写出来的,是伫兴而就,容易得就像他的诗那样平易,还是雕琢出来的?陶渊明自己没有讲,也没有其他方面的材料说明。苏轼在上面这段话中也未能说得很清楚。李白的诗是天才的产物,杜甫称赞"白也诗无敌,飘然思不群"(《春日忆李白》),"李白一斗诗百篇"(《饮中八仙歌》)。李白的时代、性格、天赋都不允许他字斟句酌的。然而这毕竟不是一般作家可企及的。多数作家的道路必然是从人工开始,或者达到天籁,或者达不到天籁。宋代葛立方说:"作诗贵雕琢,又畏有斧凿痕。"(《韵语阳秋》)戴复清也认为:"良玉假雕琢,好诗费吟哦。……雕琢复雕琢,片玉万黄金。"(《题郑宁夫玉轩诗卷》)清代冒春荣讲得更深入些,他认为:"诗以自然为上,工巧次之。工巧之至,始入自然。"(《葚原诗说》)在他看来,"自然"和"工巧"其美学层次是有高低之分的,但人工可以达到自然。清代大诗论家袁枚也持这种看法。他在《续诗品》中指出:"人工不竭,天巧不传。""竭"就是"极"或"尽"。这句话的意思就是人工不到用极用尽,作品就达不到天巧的程度。袁枚在《随园诗话》中引用别人的话说:"子言固然。然人工未极,则天籁亦无因而至,虽云天籁,亦须从人工求之。"清代方东树在《昭昧詹言》中比较了陶、谢、鲍三家诗说:"读陶公诗,专取其真;事真景真,情真理真,不烦绳削而自合。谢、鲍则专事绳削,而其佳处,则在以绳削而造其真。"这就是说陶诗的艺术成就,不是由人工取得的,而是来自陶渊明的人格美和人格力量。谢灵运和鲍照诗的成就恰恰人工用到极处才取得的。清代刘熙载在《艺概·诗概》中也一语中的指出:"学太白者,常曰'天然去雕饰'足矣。余曰:此得手处,非下手处也。"所谓"下手处"是指写作开始;所谓"得手处",是指作品的完成或者所达到的艺术水平。刘熙载同样讲的是"人工不竭,天巧不传"的道理。

(二)诗语以中的为工。

诗语有隐显、奇正、繁简、巧拙、生熟、雅俗、人工、天巧之分。究竟如何判定这些美学风格的优劣,只能就具体作品评判。南宋张戒在其《岁寒堂诗话》中讲得很精辟:

"萧萧马鸣,悠悠旆旌",以"萧萧"、"悠悠"字,而出师整暇之情状,宛在目前。此语非惟创始之为难,乃中之为工也,荆轲云:"风萧萧兮易水寒,壮士一去兮不复还。"自常人观之,语既不多,又无新巧,然而此二语遂能写出天地愁惨之状,极壮士赴死如归之情,此亦所谓中的也。古诗"白杨多悲风,萧萧愁杀人","萧萧"两字,处处可用,然惟坟墓之间,白杨悲风,尤为至切,所以为奇。……诗人之工,特在一时情味,固不可预设法式也。

从张戒的解释看,所谓"中的"就是能最恰当、贴切地表达一种特定的情状。"萧萧"这个词到处都可以用,只有用在描绘坟墓间的情状才最至切。用词是否妥当,不能孤立地衡量词采本身,关键是看用在什么地方。用语中的,常语甚至粗语、俗语会即刻生辉,"意与境会,言中其节凡字皆可用也"(叶梦得语),否则,拾得珠玉,化为灰尘。

南宋叶梦得"缘情体物"与"中的为工"的提法大体相同。他在《石林诗话》中指出:

> 诗语固忌用巧太过,然缘情体物,自有天然工妙,虽巧而不见刻削之痕。老杜"细雨鱼儿出,微风燕子斜",此十字殆无一字虚设。雨细著水面为沤,鱼常上浮而淰,若大雨则伏而不出矣。燕体轻弱,风猛则不能胜,唯微风乃受以为势,故又有"轻燕受风斜"之语。

这是从观察细致,体物逼真的角度讲的。所谓"十字殆无一字虚设",就是每一个字都与具体情状扣得紧紧的。记得有一位西方的大作家说过:描写一个动作,只有一个动词;描写一种情状只有一个形容词,必须从词汇的海洋里寻找这一个动词、形容词,绝不能用别的词代替。这同我们讲的"中的为工"的精神是一致的。

用语是否中的还与作品的体裁有关。中国古代诗是一种高度精炼的艺术形式,它主要是供读者案头阅读之用,其读者又多为文化修养较高的人,因此语言形式以典雅为主,即使白居易的诗歌也并非大量运用常语、俗语、俚语。中国古代的白话小说主要是从传奇平话发展而来,读者对象多为市民阶层,因此它的语言形式以通俗、生动、流畅为主,多用俗语,俚语。戏剧是中国古代文学中最典型的通俗文学、大众大学,它的语言形式更强调通俗化。清代戏剧家李渔在《闲情偶寄》中指出:

> 总而言之,传奇不比文章,文章做与读书人看,故不怪其深;戏文做与读书人与不读书人同看,又与不读书之妇人小儿同看,故贵浅不贵深。使文章之设,亦为与读书人、不读书人及妇人小儿同看,则古来圣贤所作之经传,亦只浅而不深,如今世之为小说矣。

李渔所说的文章,包括散文和诗词,不只是指散文,这是古人的习惯说法。传奇也并非指唐宋传奇或当时的白话小说,而是指元代以后的戏剧。李渔在这里讲的主要是戏剧和诗词的区别。因为戏剧的语言贵浅不贵深,因此语则本之街谈巷议,事则取直说明言。李渔认为戏剧语言不能令人费解,初阅不见其佳,深思而后得其意之所在者,便非绝妙好辞。

戏剧、小说等叙事文学以人物为中心,语言的是否"中的"还同人物的身份、地位、性格、角色有关。李渔认为戏剧固然词贵浅显,但也不能"一味显浅而不知分别"。他认为:

> 极粗极俗之语,未尝不入填词,但宜从脚色起见。如在花面口中,则惟恐不粗不俗;一涉生旦之曲,便斟酌其词。无论生为衣冠仕宦,旦为小姐夫人,出言吐词,当有隽雅舂容之度,即使生为仆从,旦为梅香,亦须择言而发,不与净丑同声,以生旦有生旦之体,净丑有净丑之腔故也。(《闲情偶寄》)

李渔这里谈的角色不同,语言表现就不同。净丑的语言可粗可俗,生旦的语言宜雅宜细。如果雅俗,粗细颠倒,读者、听众就会感到不真实,不自然,就是不"中的"。其实角色是对人物年龄、性别、身份、地位、性格各种特点的概括。这与中国传统戏剧的抽象化特点有关。从人物创造的角度看,也有类型化的局限。小说中的人物的创造更加自由、灵活,人物的语言更加丰富多采,富有变化。金圣叹认为,"《水浒传》并无之乎者也等字,一样人,便还他一样说话,直是绝奇本事","《水浒传》只是写人粗卤处,便有许多写法,如鲁达粗卤是性急,史进粗卤是少年任气,李逵粗卤是蛮,武松粗卤是豪杰不受羁靮,阮小七粗卤是悲愤无说处,焦挺粗卤是气质不好"(《读第五才子书法》)。像施耐庵的写人物就是极为"中的"的。

(三)要自胸中流出。

在文学艺术创作中,对形式的驾驭不是纯形式问题。对形式的驾驭最重要的有两个方面,即艺术修养和真挚的情感。在两者之中似乎又以真挚情感为最重要。袁枚在《随园诗话》中曾讲过:"唤船船不应,水应两三声?人称为天籁。吾乡有贩鬻者,不甚识字,而强学词曲,《哭母》云:'叫一声,哭一声,儿的声音娘惯听,如何娘不应?'语虽俚,闻者动色。"例子虽然有点极端,但也不无道理。所谓"闻者动色",就说明《哭母》诗的确产生了一定的艺术效果。这种艺术效果是来自深挚的情感与朴素的语言形式的颇为完美的结合。张戒在《岁寒堂诗话》中也指出过:王安石只知巧语之为诗,而不知拙语也可为诗;黄庭坚只知奇语之为诗,而不知常语也可为诗。"惟杜子美则不然,在山林则山林,在廊庙则廊庙,遇巧则巧,遇拙则拙,遇奇则奇,遇俗则俗,或放或收,或新或旧,一切事,一切物,一切意无非诗者。故曰:'吟多意有余。'又曰:'诗尽人间兴。'"意思是杜甫的诗不管写什么题材,不管运用什么手法都可以写出好诗,就是取决于"意"和"兴",也就是作者的真挚的感情。明代唐顺之对此也有颇精辟的议论,他认为:"盖文章稍不自胸中流出,虽若不用别人一字一句,只是别人字句,差处只是别人差,是处只是别人的是也。若皆自胸中流出,则炉锤在我,金铁尽熔,虽用他人字句,亦是自己字句。"(《与洪方洲书》)可以这样说:任何人的口头用语和文学作品中的用语都是别人重复过无数次的。这是语言使用的共同性,非如此不能交流。作家的高明之处,就在于他用看似普通的语言形式最贴切地表达了他特定的情感、情绪。词采和内容的契合是不可移易的。只有这样,作家的语言形式看似别人的而实际是自己独有的。否则,即使表面上看是新鲜的,实际上也是大家共有的。

文学是语言的艺术,然而只在语言上求艺术,绝不会是真正的艺术。

第四节　传达与用典

古人所说的使事、用事、用典,说法不同,其实是同一个概念,也就是我们当今所说的使用典故。使事用典同作者写诗作文时一般地征引古人古事不同,它是东汉以后的一些作家,尤其是诗人们所创造的一种独具特色的艺术表现手法。经过杜甫、苏轼、黄庭坚等大诗人的实践和创造,使事、用典成为中国古典诗歌创作的重要传统,以至"古今诗人未有不用事"者(吴沆语)。使事用典作为一种艺术表现方法,在一定程度上丰富了中国古典诗歌艺术技巧,同时也产生了不少弊端。正是由于用典问题的重要性、独特性,也由于一般人对用典的方方面面比较生疏,因此这里有必要作较详细的评述。

一、用典的含义及其由来

用典即在诗文创作中征引神话传说、历史故事以及经史子书、民谣俗谚,把它压缩在一句中或四六两句中,借用古人古事表达思想感情的一种艺术手法。这与汉代以前文中引述古事不同,它必须是把故事改造为一种代言体,借古事来代我说话,不是引述古事来证明我的话。《韦氏大学词典》给"典故"下的定义是"一种含蓄的或间接的指称"。所谓"含蓄"的、"间接"的,应该包含两层意思:其一,不是像散体文特别是议论文中那样的直接引述,而必须把古人古事压缩在一句话中;其二,就其作用来讲它是一种代言体,不是直接阐明诗句的意义。正如美籍华裔学者高友工、梅祖麟在《唐诗的魅力》中指出的:"如果一首诗中的主要事件涉及另外一件事,这首诗就运用了典故。"

用典始于何时、何人,诗论家们的说法不完全一致。刘勰《文心雕龙·事类篇》指出:"夫经典沉深,载籍浩瀚,实群言之奥区,而才思之神皋也。扬班以下,莫不取资:任力耕耨,纵意渔猎,操刀能割,必列膏腴。"这是讲汉代扬雄、班固对儒家经典的吸收和采用。我们以为这不能看作是用典,只能看作是对古书、古人、古事的引用。《事类篇》又指出:"刘劭《赵都赋》云:公子之客,叱劲楚令歃盟;管库隶臣,呵强秦使鼓缶。用事如斯,可称理得而义要矣。"刘勰意在讲用事之妙,并非讲用典的产生。不过他举的刘劭《赵都赋》的例子已是典型的用典。因为他是把两个历史故事加以凝缩形成两个四六句,这是典型的骈体文的用典。刘劭是三国时人,这就说明使事用典最晚产生在东汉。明代王鏊认为:"为文好用事,自邹阳始;诗好用事,自庾信始。其后流为昆体,又为江西派,至宋末极矣。"(《震泽长语》)邹阳是西汉散文家,《中国大百科全书·中国文学卷》认为邹阳的散文"文多隐语,常于言外见意","文好征引史实,词采华丽,多用排偶"。明代唐顺之评论其著作《狱中上梁王书》时认为:"此书词多偶丽,其六朝之滥觞欤?"

《狱中上梁王书》虽多用排偶,但还不是后来的四六骈体,征引事实也不像后来的使事用典那么规整,只能看作西汉散文发生变化的苗头或者说是六朝文的滥觞吧。"诗好用事,自庾信始"也有不同看法。南宋朱弁《风月堂诗话》认为篇章以故实相夸"自江左颜、谢以来,乃始有之";南宋张戒《岁寒堂诗话》认为"诗以用事为博,始于颜光禄而极于杜子美"。这两家的看法是一致的。朱弁说的颜就是张戒说的光禄。南朝宋文学家颜延之,字延年,官至金紫光禄大夫,后世也称他为颜光禄。"他的诗凝炼规整,喜欢搬弄典故,堆积词藻"(《中国大百科全书·中国文学卷》)。庾信是梁代文学家,他在颜光禄之后,用典不始于他是无须多说的。可见诗中典型的用典应该是始于颜延之。明代王世懋在《艺圃撷余》极为简洁地叙述使事用典的发展变化情况:

> 古诗,两汉以来,曹子建出而始为宏肆,多生情态,此一变也。自此作者多入史语,然不能入经语。谢灵运出,而易辞、庄语,无所不为用矣,剪裁之妙,千古为宗,又一变也。中间何、庾加工,沈宋增丽,而变态未极,七言犹以闲雅为致。杜子美出,而百家稗官,都作雅音;马浡牛溲,咸成郁致,于是诗之变极矣。子美之后,而欲令人毁靓妆、张空拳,以当市肆万人之观,必不能也。其援引不得不日加而繁。

王世懋在侧重叙述中国古代诗歌诗风变化时,涉及使事用典的变化。我们可以从中看到,用事始于六朝,极于杜子美,滥于宋代。用典日益泛滥的原因是,杜甫之后诗人们要创新求发展,不得不在形式上下功夫,"其援引不得不日加而繁"。这里道出了一条规律:任何一种艺术形式当其完全成熟之后,艺术家们再图发展往往在形式上作文章,也就很容易由形式主义走向衰弱。

二、使事用典的原则

使事用典作为诗文创作的一种表现手法，运用得好就会增强诗文艺术表现力；运用不好，就会造成"事障"、"理障"，或者称之谓"点鬼簿"、"堆垛死尸"。由此可以看出，在千百年来众多诗人的成功的使事用典的艺术实践中应该有一些诗人们必须共同遵循的原则。

（一）如水中著盐，饮食乃知。

这是宋代诗论家李颀的提法，它非常集中地体现了诗歌艺术的特点。诗歌艺术尽管可以有很多方面的风格特点，但最重要的是应该具有一种朴素、自然、灵透的特色。因此，诗歌创作中的使事用典应该强化并为这种基本特征服务。否则，就会造成一种知识堆垛，使灵气飞舞的艺术变成令人厌憎的"点鬼簿"。宋代诗论家周紫芝在《竹坡诗话》中指出"凡诗人作语，要令事在语中而人不知"。他并且举例说："余读太史公《天官书》：'天一、枪、棓、矛、盾动摇，角大，兵起。'杜少陵诗云：'五更鼓角声悲壮，三峡星河影动摇。'盖暗用迁语，而语中仍有用兵之意。诗至于此，可以为工也。"周紫芝所引两句杜诗，是七律《阁夜》中的三、四两句。除周紫芝认为这两句诗是暗用《史记·天官书》的内容外，北宋蔡絛还认为："'五更鼓角声悲壮'乃用祢衡挝《渔阳操》，其声悲壮事；'三峡星河影动摇'乃用汉武时星辰动摇，东方朔谓民劳之应事。"这里无须辩明两位诗论家孰是孰非，他们的共同点是，都认为两句诗是用事，并且用得非常巧妙。蔡絛认为："然少陵当日正是古今贯串于胸中，触手逢源，譬如秫和曲蘖而成醴，尝者更辩其孰为黍味，孰为麦味耳。"清代王士禛在回答"诗中典故，何以活用"时，说："昔董侍御玉虬（文骥）外迁陇右道，龚端毅公（礼部尚书）及予赋诗送之。董亦有诗留别,起句云:'逐臣西北去,河水东南流。'初以为常语,徐乃悟其用魏主'此水东流而朕西上'之语。叹其用事之妙。此所谓活用也。"(《师友诗传续录》)可以看出,两句诗的用事之妙,在于既贴切又能一读就懂,无须索解,诗人用事而读者不觉其用事。

(二)要使事,而不为事所使。

南宋吴沆在《环溪诗话》中指出:"诗人岂可以不用事?然善用之,即是使事;不善用之,则反为事所使。事只是众人家事,但要人会使。"所谓使事,就是作家要以自己的兴致、才情驱遣古人古事,要融事入诗。南宋张炎在谈到词的用事的时候,提出"要体认着题,融化不涩"。体认着题,就是要切题,不能风马牛不相及;融化不涩,就是融事入诗,诗中既有古人古事在,又不乏作者的性情和灵气。王安石曾指出:"诗家病使事太多,盖皆取其与题合者类之,如此乃是编事,虽工何益;若能自出己意,借事以相发明,情态毕出,则用事虽多,亦何所妨。"(《苕溪渔隐丛话后集》)。看来用事切题并不难,但只是切题很容易成为"编事"。只有以兴致和才情驱遣故实,"若能自出己意,借事以相发明",才是真正的使事。明代胡应麟甚至认为:"则一篇之中八句皆用,一句之中二事串用,亦何不可?婉转清空,了无痕迹,纵横变幻,莫测端倪,此全在神韵笔触。"(《诗薮》)在胡应麟看来,诗的好坏不在于是否用事,用多用少,全在神韵笔触。说到底还是作家的兴致、才情。所谓为事所使,就是写诗在表达性情的同时还要兼顾卖弄学问,弄到后来往往是诗中只见故实,不见性情。正如北宋魏泰所言:"端求古人遗,琢挟手不停。方其拾玑羽,往往失鹏鲸。"(《临汉隐居诗话》)

(三)不得不用而后用之。

唐代李德裕认为"文之为物，自然灵气"。这种看法自然不无挑剔之处，但是它的确突出了文学特别是诗的本质特征。从作者写作的角度看，诗贵即兴写就，典型莫过于"采菊东篱下，悠然见南山"(陶渊明《饮酒二十首》之五)，"池塘生春草，园柳变鸣禽"(谢灵运《登池上楼》)。诗情诗兴，有的可以长时间地控制作者，有的则是稍纵即逝。作家如果要想调遣知识表达性情，一般说来思虑的时间越长，诗兴丢掉得越多，离诗的本质越远。从读者接受的角度看，不能靠艰难的索解使读者产生美感。读者读不懂当然不能产生美感，如果靠知识的力量才能读懂，满脑子全是古人古事，必定兴味索然。袁枚讲得很好："用僻典如请生客入坐，必须问名探姓，令人生厌。宋乔子旷好用僻书，人称'孤穴诗人'，当以为戒。或称予诗云：'专写性情，不得已而适逢典故；不分门户，乃无心而合唐音。'虽有不及，不敢不勉。"(《随园诗话》)袁枚把"专写性情，不得已而适逢典故"，视为宝贵经验，并以此勉励自己。平心而论杜甫、苏黄他们写诗的成功经验之一在善于用典，他们诗的明显弱点在于用典太多。他们的作品，读者最喜欢的，并非是那用典最好的。明代戏剧家王骥德在论及戏剧唱词的用事时，看法相当精辟。他在《曲律》中指出：

> 好用事，失之堆积，无事可用，失之枯寂。要在多读书，多识故实，引得的确，用得恰好，明事暗使，隐事显使，务使唱去人人都晓，不须解说。又有一等事，用在句中，令人不觉，如禅家所谓撮盐水中，饮水乃知咸味，方是妙手。

王骥德的这些看法，用作对用事原则的概括是颇为恰当的。

三、用事方法述要

在介绍一些具体用事方法之前，有必要对典故的构成及作用有个大体了解。一个典故有两个极点：一极与现实问题关联，另一极是与历史事件关联。例如杜甫《秋兴八首》之三的五六两句："匡衡抗疏功名薄，刘向传经心事违。"匡衡、刘向都是西汉的名士和文学家，杜甫用两个历史人物的得意升迁与自己的有心扶社稷济苍生而不遇相对比，加深了感慨，深化了诗的主题。

用典的作用，从宏观上讲恰当的用典可以增强诗的婉转性和含蓄性，加深诗的主题。具体到对每首诗的作用，大体上有两种类型：整体作用和局部作用。前面刚刚引述的杜甫的用典与其他诗句关系不太紧密，作用不十分直接，只能算是对诗的局部起作用。杜甫的《禹庙》则是另一种类型，诗云："禹庙空山里，秋风落日斜。荒庭垂橘柚，古屋画龙蛇。云气生虚壁，江声走白沙。早知乘四载，疏凿控三巴。"这首诗，头两句写禹庙的位置和情景。据《尚书》记载，橘柚是由外族部落献给大禹的贡品；而《孟子》又有大禹把龙蛇逐入沼泽的说法，因此，三、四两句既是生动形象的写景，又隐括了大禹的功绩。五、六两句实写云气、江声，虚写大禹，读者可以眼前的情景联想大禹当年治洪水驱龙蛇的恢宏气度、不朽的业绩。第七句写禹的四种发明：水中之舟、陆上之车、泥中之车盾、山中之木樏；第八句正面颂扬大禹治水的伟业。总之，这首诗题目是《禹庙》，内容方面实写虚写、写景叙事都是禹事，用典的作用是整体性的。上述两种类型，从写作的角度看，也可以称之为整体用典和局部用典。

关于用事方法，元代陈绎曾在《文说》中曾概括为用事九法。现介绍如下：

正用：故实与作品的内容一致。如杜甫的《禹庙》。

反用：故实与作品的内容相反。如杜甫《秋兴八首》之三。

借用：故实与作品内容绝不相类，就一点相近处而借用之。

暗用：只用故实之意，而不点明其名迹。

对用：经题用经书中的内容；子题用子书中的内容；汉题用汉代事；三国题用三国的内容。

扳用：子史百家题用经书中的事；三国题用汉代的事。这也称做扳前证后法。

比用：庄子题用列子事；柳文题用韩文事。这也可以叫做类比用事。

倒用：经题用子史；汉题用三国事。这与扳前证后相反，是以后证前。

泛用：于正题中用稗官、小说、俗说、戏谈、异端、鄙事。此种用事法最灵活，用得巧妙贴切也最难。

其实还可以概括几种，例如僻事实用、熟事虚用、死事活用等。这种概括只能是就大体而言，作家用事的本领不在循规蹈矩，而在变化之中，否则就会使诗文作品失却性灵。

第五节　迟与速

刘勰在《文心雕龙·神思篇》中，从写作迟速的角度将作家分成两大类：骏发之士和覃思之人。所谓覃思之人，指文思迟缓的作家，例如司马相如含笔谋划，直到笔毛腐烂，文章始成；扬雄作赋太苦，一放下笔就做了恶梦；桓谭因作文苦思而生病；王充因著述用心过度而气力衰竭；张衡作《二京赋》费了十年的时光；左思推敲写《三都赋》达十年以上。所谓骏发之士，指文思敏捷可以挥笔而就的作家，例如淮南王刘安在一个早上就写成《离骚赋》；枚皋刚接到诏令就把赋写成了；曹植伸开纸来就像背诵旧作似的迅速写成；王粲拿起笔来，就像早已做好了一般；阮瑀在马鞍上就能写成书信；祢衡在宴会上就草拟成奏章。

由于创作现象的存在，在理论阐释上也就大体上形成了三种倾向。第一种是为苦吟派辩护的。唐代释皎然认为："又云不在苦思，苦思则丧自然之质。此亦不然。夫不入虎穴，焉得虎子？取境之时，须至难至险，始见奇句。"（《诗式》）南宋姜白石认为："诗之不工，只在不精思耳，不思而作，虽多亦奚为。"（《白石道人诗话》）明代贝琼认为："天下之善诗者非一，而工者甚寡。务速者不暇工，惰而不进者不能工。心思之精，如弓人之弓；发之不苟，如弈之射，然后可言其工。"（《郑本初诗集序》）明代谢榛也指出："或曰：'诗，适情之具，染翰成章，自然高妙，何必苦思，以凿其真？'予曰：'新诗改罢自长吟，此少陵苦思处。使不深入溟渤，焉得骊颔之珠哉？'"（《四溟诗话》）还可以举出很多人的说法。第二种是反对苦思的。北宋蔡启认为："天下事有意为之，辄不能尽妙，而文章尤然。文章之间，诗尤然。世乃有日锻月炼之说，此所以用功者虽多，而名家者终少也。"（《蔡宽夫诗话》）金代王若虚认为："雕琢太甚，则伤其全。经营过深，则失其本。"（《滹南诗话》）明代袁中道的看法，也很有代表性，他认为："若绣虎七步，倚马万言，故率然挥洒，口能如心，笔能如口，随其大言小言，而一段精光不可磨灭，又何必练都、研京，然后不朽耶？"（《西清集序》）第三算是折中派。刘勰可为代表。他看到了创作的艰苦，但不主张钻砺过分。刘勰在《文心雕龙·养气篇》中评论了两种创作心态：一种是率志委和，另一种是钻砺过分。所谓率志委和就是顺着性情的发展自由抒写；所谓钻砺过分，也就是苦思过分。刘勰认为"率志委和，则理融而情畅"，"钻砺过分，则神疲而气衰"。刘勰主张写不出时不要硬写，要通过放松自己来恢复精力，即所谓"逍遥以针劳，谈笑以药倦"。唐时日僧遍照金刚的主张同刘勰相类似。他主张"意欲作文,乘兴便作,若似烦即止,无令心倦"(《文镜秘府论》)。下面我仅就这几种看法,作些简要评论。

一、恃才徒速,非艺之恒论

三种主张当中,前两种都有一定道理,但各执一端,失之片面。刘勰较折中,比较接近创作的实际情况。精神劳动极为复杂艰苦,而其中的文学艺术创作尤其如此。作家的性格、才情、修养、生活道路等不同,创作时面临的时间、地址、情景、心境的不同,就必然使创作过程中呈现出非常纷纭复杂的情况。单就传达的迟速而论,或者对客挥毫,或者苦吟成诗,都是很自然的。在文学艺术创作这个非常微妙而复杂的系统工程当中并非毫无规律可言,但是过分执着于某一方面,就会使认识偏离规律。主张乘兴而作,挥笔而就的这派理论家们,的确触及文学创作的重要特征之一。前苏联美学家鲍列夫说得很精辟,他说:"在创作的心理机制中,内心解放这一因素起着关键作用。"(《美学》)这派理论家们似乎特别钟爱灵感。艺术家处于灵感状态时,思路明晰,联想丰富,思维流畅,极易获得创造成果。因此,他们的看法,在一定程度上是符合实际的。同时,作家创作因思虑太过或雕琢过分而造成失败的也屡有所见。明代王世贞曾对宋代苏黄两大家诗作过比较,他认为:"黄意不满苏,直欲凌其上,然故不如苏也。何者?愈巧愈拙,愈新愈陈,愈近愈远。"(《艺苑卮言》)王世贞对苏黄两家的轩轾不无道理。应该说,黄诗不如苏诗原因是多方面的,学识、天赋高低是主要的,黄庭坚对诗歌艺术形式的过分追求也是原因之一。有些作家人格不高,才情短缺,专门在语言形式上翻新,例如"鱼跃练波抛玉尺,莺穿丝柳织金梭",就更是等而下之了。这就又给这派的理论家提供了立论的根据。

然而，他们的看法并不反映创作规律的主导方面，有明显的片面性。这派理论家们最有力的论据，就是"李白一斗诗百篇"。就诗才而论，李白是中国古代文学史上绝无仅有的。这种个别现象不能视为普遍规律。明代徐祯卿在《谈艺录》中指出："至于'垓下'之歌，出自流离；'煮豆'之诗，成于草率。命词慷慨，并自奇工。此则深情素气，激而成言，诗之权例也。传曰'疾行无善迹'，乃艺家之恒论也。"徐祯卿的观点很鲜明，他认为文学史上少数挥笔而就的例子是"权例"，即极个别的例子，草率必然写不好，乃是普遍规律。清代黄子云则认为："太白以天资，下笔敏速，时有神来之句，而粗劣浅率处亦在此。"(《野鸿诗的》)明代王世贞也发表与此类似的看法。他认为："十首以前，少陵较难入；百首以后，青莲较易厌。"(《艺苑卮言》)从王世贞的分析看，原因就在于杜甫艺术技巧上的丰富，所以他表示"吾不能不伏膺少陵"。王世贞并不主张殚精竭虑，过分追求诗的形式美，同时他也看到李杜两家诗功夫上和艺术效果上的不同。清代诗论家薛雪认为："大凡人具敏捷之才，断不可有敏捷之作。"(《一瓢诗话》)薛雪的话是说得绝对一点，但很有道理，至少是作家们不能恃才徒速。

二、不入溟渤，焉得骊颔之珠

通过前面的分析可以看出，天才作家的创作情况，不能视为普遍规律。一般作家，如果恃才徒速，绝对写不出好的作品。灵感现象，是很受作家们待见的，但是他的"光临"，必须以大量的、长期的、艰苦的思想劳动为基础。古今中外的理论家对此有很多论述。我们不多引述，只看一下宋代吕本中的看法。他说：悟入之理，正在功夫勤懒间耳。如张长史见公孙大娘舞剑，顿悟笔法。如张者专意此事，未尝少忘胸中，故能遇事有得，遂造神妙。使他人见观剑,有何干涉。所以我们的基本看法是:文学创作必须以艰苦的思想劳动为基础。具体谈以下两点看法。

(一)内部语言变为外部语言是一个艰难的转化。

如果能把构思和传达分开的话,构思大体上用的是内部语言,传达则是内部语言转化并定型为外部语言。

瑞士著名语言学家索绪尔把人类的语言现象划分为"语言"和"言语"两个部分。在他看来,所谓言语是个体的行为,也就是每个人在生活中使用的个性语言;所谓语言,就是剔除个性色彩之后的一套语言规则和惯例。这就出现了两种不同的语言学,即"言语的语言学"和"语言的语言学"。言语现象比语言现象要复杂得多。"言语活动是多方面的、性质复杂的,同时跨着物理、生理和心理几个领域"(《普通语言学教程》)。语言学家们研究的是"语言的语言学",美学家、文艺学家们研究的是"言语的语言学"。著名美学家苏珊·朗格在《艺术问题》中指出:

> 当诗人们称诗为艺术时,很明显是把诗的语言同普通的会话语言区别开来。通过这种尝试,人们就会愈来愈深入到语义学、心理学和美学组成的网络之中。

看来使用语言并非像我国古代有的诗论家讲的就是"我手写我口"那么简单。语言现象植根于心理现象,人的心理现象具有复杂性、隐蔽性、变化性。这就导致了使用语言特别是运用言语进行文学创作的艰难性。

"内部语言"和"外部语言"的概念,是20世纪初美国的乔姆斯基、前苏联的维果茨基和鲁利亚等人提出来的。英美的一些语言学家倾向于"内部语言"是一种不出声的自言自语,一种默读。这种看法,未能接触到"内部语言"的实质,鲁利亚则将语言问题向心理学领域推进了一步,他认为"内部语言"是主观心理意识和外部语言表现之间一个十分重要的中间环节。"内部语言"没有完整的语法形态,然而却具有强大的活力,它是把人的心理内部的主观意思转化生长为外部扩展性语言的一种机制。或者说,"内部语言"是个体的生长状态的语言。根据鲁利亚的看法,由意识到外部语言的基本过程是:

1. 起始于某种表达或交流的动机、欲望或总的意向。它的起点是意识,基质也是意识。

2. 出现一种词汇稀少、句法关系松散,结构残缺但却黏附着丰富的心理表象的,充满生殖活力的内部语言。

3. 形成深层语言结构。

4. 扩展为以表层句法结构为基础的外部语言。

从传达的内容着眼这种扩展或转化可分为两大类:一般经验的传达和审美经验的传达。前者是对人类经验中那些明晰简单的、意识层次上经验的传达。这种传达比较容易,较少"言不尽意"的语言痛苦。因为内容的概括性和相对稳定性同语言的抽象性相一致。而审美经验则非常接近于无意识、隐梦、深层的经验,也就是那些复杂的、瞬时的、直觉性印象的经验。与前者相比,这种传达要复杂、艰难得多。

我国先秦的一些思想家如庄子等已经看到了使用语言的复杂性。魏晋的玄学家们又以言意关系为中心展开了大辩论。尽管他们讨论的是哲学问题,但其起始点是语言,是语言的复杂性。刘勰是我国最早从文学创作角度相当全面地研究语言的专家。他虽然还没有也不可能提出内部语言和外部语言的概念,但他的许多看法已经逼近了语言复杂性的实质问题。他在《文心雕龙·神思篇》指出:"方其搦翰,气倍辞前;暨乎篇成,半折心始。何则?意翻空而易奇,言征实而难巧也。"我们似乎可以大胆地认为:刘勰所说的翻空而易奇的"意"大体上就是当今所说的"内部语言",征实而难巧的"言"大体上就是所谓的"外部语言"。刘勰看到了由"意"到"言"其间存在着很大的距离。作家的心血往往就是损耗在打通这段距离的过程中。《文心雕龙·隐秀篇》中提出的"文外重旨"、"义主文外"的概念,此后诸如"言外之意"、"象外之象"、"言有尽而意无穷"等等即是艺术形象创造的理论,也是一种更为细致、深刻的语言理论。因为,本来这就是一个问题的两个方面。

(二)寻觅最佳形式之苦。

宋代以后,以禅喻诗成为中国古代诗学的重要传统。诗论家们认为学诗和参禅极为相似,即都讲究"参悟"。但两者毕竟不同。明代胡应麟在其《诗薮》中,谈到两者的区别时指出:"禅则一悟之后,万法皆空;诗虽悟后,仍须深造。"元代方回在《清渭上人诗集序》中指出:"偈不在工,取其顿悟而已。诗则一字不可不工。悟而工,以渐不以顿。"当代著名学者钱钟书也认为:"了悟以后,禅可以不著言说,诗必须托诸文字。"(《谈艺录》)作家、诗人的痛苦,大体表现在两个方面:一在构造形象和升华、提炼主旨;一在运用语言选炼最佳的艺术形式。正如黑格尔讲的:"没有深思熟虑,人就不能把在他身心以内的东西搬到意识领域上来。"(《美学》)

美学理论家朱立元,将语言表达的艺术化归纳成五个方面:第一,创造具体的语境,使一般的、普通性的语词获得具体、特殊的意义。因为按照维特根斯坦的理论,语言的意义就是在他的使用中,在使用语言的特定的时空语境中。朱立元以鲁迅的小说《狂人日记》为例,来说明文学一旦创造出具体的语境,就能把语言的意义具体化、特殊化,也就具备了表现具体、独特的意象的功能了。还可以举一个更简单的例子,鲁迅杂文《我们不再受骗了》

中有一句话:"长此以往国将不国了。""国将不国"以一般的语言规则衡量是不通的。放在鲁迅这篇文章的具体语境中,不仅通而且具有极强的表现力。第二,通过文学化的组合,复苏语符与感觉功能之间的潜在联系。作为第二信号系统的语言,是对感性经验的抽象化和逻辑化,是在第一信号系统的基础上发展起来的,语感则是联系感性经验和语言符号的中介。例如中国古代文学史上备受称道的"春风又绿江南岸"的"绿"字,"红杏枝头春意闹"的"闹"字,一个字就可激活读者脑海中的那片春意盎然的意境。这些具有很强的语感的字眼(语符)似乎凝缩着巨大的能力,一旦镶嵌在适当的语境中,就可以产生很强的艺术魅力。第三,从主体特定的情感、心境出发,赋予一般化的以独特具体的情感色彩。美国著名美学家苏珊·朗格在其《艺术问题》中指出:

> 在艺术评论中广泛应用的一种暗喻便是将艺术品比作"生命的形式"。每一个艺术家都能在一个优秀的艺术品中看到"生命"、"活力"或生机。

艺术是人的"生命形式",语言植根于人类的心灵,语言符号通过情感色彩的浸渍,就可强化其直感性。文学语言符号的基本功能,就是能逗起读者的情感,激发出读者的审美意识。语符同意象是难以分解的关系。马致远《天净沙》中"枯藤老树昏鸦,小桥流水人家,古道西风瘦马,夕阳西下,断肠人在天涯"之所以感人,既可以说意象组合精巧,也可以说语言符号选炼得好。起关键作用的又是作家的情感。没有断肠之情,作家就不可能关注现实中此类景象,也就不可能产生这样的语符。第四,对一般的、普遍的词语在时间流中作独特的排列组合,使之获得个别、具体意象的整合效果。美籍华裔学者高友工、梅祖麟在《唐诗的魅力》一书中指出:"西方诗人创造意象,靠繁多的细节描写,中国古代诗人写诗,靠名词、动词、形容词等各种的新鲜而巧妙的运用。"美国加州大学教授叶维廉在《中国古典诗中的传释活动》一文中,以周策纵先生的回文诗,来说明中国古典诗歌的语言特点。周先生的回文诗是由二十个字组成一个圆圈的五言体。不管从那个字读起都能读通。这二十个字是:舟、绕、乱、沙、白、岸、晴、芳、树、椰、幽、岛、艳、华、月、淡、星、荒、渡、斜。大家不妨读读看。叶先生说,这首诗"可以有四十种解读的可能性。也就是说,这首诗的二十个字仿佛一个领域里的二十件事物,可以进出二十次,向不同的方向,而得四十种印象"。这在英语当中不可想象,在汉语的白话文中也不可能办到。这虽然属于非常极端的例子,却可以充分说明中国古典诗歌语法关系的松散、字词组合自由的特点。王一川先生曾将语言视为"空地",每个人都要进入,但进入的道路各有不同,因而所见情景自然不同。周策纵先生这首回文诗,凭字的变化就为读者提供了四十种进法。第五,使一般语词能表达独特意象、意境、意义的最重要的途径,也是最文化学的途径,就是有意识地创造语符的能指与所指之间的"偏离效应"。朱立元把词语的意义分为"词典意义"和"超常态意义"。所谓"词典意义"就是能指与所指之间较固定的、相对应的意义,也就是词语的常态意义。所谓"超常态意义",就是通过独特的语言编排而造成的对常态意义的偏离。文艺心理学家鲁枢元从维果茨基的语言学理论出发,把语词看作是一个"活的细胞"。这个"细胞"有它相对稳定的、确切的"核",把它叫作语词的"客观意义"。同时,在一个语词中还包含有许多流动变化的、难以分解的、异常丰富的东西,像是围绕在核之外的一个"晕圈",把它叫作语词的"主观涵义"。朱立元讲的偏离,就是向"主观涵义"上的偏离。

偏离的目的,就在于制造语言的陌生化,增强语言的可感性。

即通过适当地制造语言障碍，使读者延长感受时间，强化审美感受。偏离的方法，就是独特的语言装配，或者如钱钟书先生所讲的"以不文为文，以文为诗而已"(《谈艺录》)。中国古典诗歌中诸如"香稻啄余鹦鹉粒，碧梧栖老凤凰枝"(杜甫《秋兴八首》之八)，"昆山玉碎凤凰叫，芙蓉泣露香兰笑"(李贺《李凭箜篌引》)等，都是这方面的典型。中国古代诗论、文论家们最为推崇的是平淡自然的语言风格，像上面提到的这些诗句往往遭到非议。我们认为处理任何关系，都要讲究一个"度"字。文学创作中的问题更是如此。在纷纭复杂的关系中过度执着哪一方面，都可能造成谬误。语言的"偏离效应"或"陌生化"，不失为文学形式创新一种颇为有效的手段，处理不当很容易滑向形式主义。

仅就以上五个方面所带来的痛苦，也就足够作家消受的了。

第六节　繁与简

尚简，是中国古代文学艺术的重要传统。一个"简"字可以标举出很高的艺术品位；一个"繁"字，几乎可以说明整个作品的失败。最早对诗文繁简问题认识比较全面、准确的当属刘勰。

《文心雕龙·议对篇》云："文以辨洁为能，不以繁缛为巧。"

《文心雕龙·书记篇》云："随事立体，贵乎精要，意少一字则义缺，句长一字则辞妨，并有司之实务，而浮躁之所忽也。"

刘勰虽然也在《文心雕龙·征圣篇》中同时肯定了"简言以达旨"、"博文以该情"，并对两者的辩证关系作了分析，并不影响其尚简的思想。

第四章 传达论

王若虚在《滹南遗老集》中有两段记载颇能给人启发。先看第一段。

> 《穀梁》曰：季孙行父秃，晋郤克眇，卫孙良夫跛，曹公子手偻，同时聘于齐。齐使秃者御秃者，眇者御眇者，跛者御跛者，偻者御偻者。

这段文字作为文学来读，非常生动、妙趣横生，是段极妙的叙事文。唐代史学家刘知几在他的《史通》中认为应概括为"各以其类逆之"。他的观点是"然则文约而义丰，此述作之尤美者也"。王若虚亦表示赞同："此亦可矣。"

第二段是记载宋代欧阳修等人作文比赛的情况。《湘山野录》云：

> 谢希深、尹师鲁、欧阳永叔各为钱思公作河南驿记，希深仅七百字，欧公五百字，师鲁只三百八十余字。欧公不伏在师鲁之下，别撰一记，更减十二字，尤完粹有法。

对上面的两段记载，我们可以从多方面评论，它至少可以说明文章的简约，是许多文人所追求的高层次的美学标准。

我们还可以从一些诗论家对某些诗的批评和修改中窥见一点信息。先看明代谢榛的"缩银法"。《四溟诗话》云：

> 成皋王传易及其子玄易问作诗有"缩银法"何如？予因举李建勋诗"未有一夜梦，不归千里家"，此联字繁词拙，能为一句，即"缩银法"也。限以炷香。香及半，玄易曰：'梦归无虚夜。'香几尽，传易曰："夜夜乡山梦寝中。"予曰："一速而简切，一迟而流畅。"

宋代曾慥在《高斋诗话》中用对话的方式，对苏轼、秦观词加以比较：

> 坡又问："别作何词"？少游举"小楼连苑横空，下窥绣毂

雕鞍骤"。东坡曰:"十三个字,只说得一个人骑马楼前过。"少游问公近作。乃举"燕子楼空,佳人何在?空锁楼中燕"。晁无咎曰:"只三句,便说尽张建封事。"

谢臻讲的例子,是把两句合为一句,减少了文字,增加了诗中意象的密度。曾慥讲的例子,两家词的字数仿佛,但词的意象和意蕴差别很大。从这些例子可以看出中国古代诗词作家所追求的,不仅仅是把字句压缩短,更重要的是在有限的字句中增加意象的密度、意蕴的深度和内容的广度。

把尚简作为诗文创作的美学追求推到极致的,要算是清代的刘大櫆,他在《论文偶记》中指出:

文贵简。凡文,笔老则简,意真则简,辞切则简,理当则简,味淡则简,气蕴则简,品贵则简,神远而含藏不尽则简。故简为文章尽境。

尚简是中国古代作家们的基本美学追求。简的另一端还连着繁,在具体的写作实践中也并不是只要简,不要繁。繁与简处在一种辩证的、动态的、密不可分的状态中。古代作家们在认识和处理繁与简的过程中,也发表了一些相当深刻的见解。

一、繁简唯其当

繁与简是传达过程中两种并存的现象。或繁或简,不可预设法式,只能根据文章内容、被写对象和体裁等方面的不同而定,如果说文学作品只有简短才好,《史记》、《汉书》都是长篇名著。杜甫的名篇《北征》、《自京赴奉先县咏怀五百字》都是古诗中少有的长篇。清代方苞认为:"《史记》、《汉书》长篇,乃事之本体大,非按节而分寸不遗也。"(《与程若韩书》)南宋叶梦得认为:"至老杜《述怀》、《北征》诸篇,穷极笔力,如太史公纪、传,此固古今绝唱。"

(《石林诗话》)清代焦循讲得切中肯綮,他说:"行千里者以千里为至,行一里者以一里为至。《左氏春秋》,一人之笔也,或一二言而止,或连篇累牍,千百言而不止。一二言未尝不足,千百言未尝有余。"(《文说三》)传人的作品其叙事繁简还应同传主的身份和事迹相称。方苞在《与孙以宁书》中指出:太史公传陆贾等不显赫的人物,只能"琐琐者皆载焉";传萧、曹等汉代的开国元勋,就必须条举其主要治绩,否则"文字虽增十倍,不可得而备矣"。文体不同,同样影响到繁简的不同。清代潘德舆在《养一斋诗话》曾相当精辟地评论过散文同诗歌的繁简的不同,他说:

> 李华《吊古战场文》云:"其存其殁,家莫闻知。人或有言,将信将疑。悁悁心目,寤寐见之。"六语委曲深痛,文家真境,万不可移减一字者,魏泰则云:"'可怜无定河边骨,犹是春闺梦里人',愈工于前。"此以繁简为工拙者也。陈诗诚紧悚。然岂能谓李文之不逮哉!文章各有境界,宜繁而繁,宜简而简,乃各得之。

同是诗歌,古体歌行同近体,又有很大差别。唐代的元、白同时而并称。白居易的《长恨歌》同元稹的《行宫》主旨非常相近,《长恨歌》凡一百二句,《行宫》只有四句,对前者读者不厌其长,对后者读者不觉其短。不厌其长,就因为《长恨歌》文笔优美,题材重大,主旨深刻;不觉其短,就因为《行宫》具有很强的艺术概括力,极少的文句凝缩了非常深邃的历史内容。

繁简适当,还同作者的笔性有关。正如李渔在《闲情偶寄》所指出的:"文字短长,视其人之笔性。笔性遒劲者,不能强之使长;笔性纵肆者,不能缩之使短。"所谓笔性,可以视为风格或才性。如李白、苏轼这类天才横溢的作家有意限制使其写短,贾岛等苦吟派作家有意使其写长,都会有碍作品贴切而充分的传达。

早在李渔之前一千多年的钟嵘已有相当准确的认识:"嵘谓若人兴多才高,寓目辄书,内无乏思,外无遗物,其繁富,宜哉。"(《诗品》)这同韩愈所说的"气盛则言之长短和声之高下皆宜"十分相近。

二、繁简唯其达

"达"是圣人的古训,也是对写作传达的最好概括。"达",并非一般的表情达意,而是最充分、最贴切的表达。明代苏伯衡认为:"不在繁,不在简。状情写物在辞达。辞达,则二三言非不足;辞未达,则万言而非有余。"(《空同子瞽说二十八首》)《大风歌》只三句,《易水歌》只两句,《弹铗歌》才一句,都短得恰到好处,可谓增减一字不得。在当时的情况下,刘邦、荆轲、冯谖们只有一种或昂扬、或悲壮、或怨愤的感情,没有多余的话可说,即使有,条件也不允许他们作长篇大论的抒情或议论。只能用最精炼的语言,抒发自己的情感,这就叫"达"。明代刑部主事茹太素上万言书,到一万六千多字才触及正题,这是繁而不达。宋代朱熹写的《张魏公浚行状》四万字,犹以为少,流传至今,盖无人览能一过者,繁冗之故。以现代的文艺观来看,即使文章本身写得不错,很少有人读完,也不能叫"达"。只能叫作繁而不"达"。唐代樊宗师作文追求简古,非注释不能懂,"是求简而得繁","《新唐书》之简也,不简于事,而简于文,其所以病也"(顾炎武《日知录·文章繁简》),这又是简而不"达"。总之,或繁或简,必主于"达"。

三、繁简唯其美

这是明代诗人、诗论家杨慎的提法。他在《论文》中指出:

论文或尚繁,或尚简。予曰:繁非也,简非也,不繁不简亦非也。或尚难，或尚易。予曰：难非也，易非也，不难不易亦非也。繁有美恶，简有美恶，难有美恶，易有美恶，惟求其美而已。

杨慎所强调的"美"，很难说就是美学意义上的"美"，其内涵大概总比好坏的"好"要深刻、广泛。前面讲过的"当"和"达"都可以包含在"美"的范畴之内。繁简问题，除了词采的繁简，还应包括章法的疏密。非如此，不能全面地认识文学创作中的繁简。清代张谦宜在《絸斋诗谈》中谈道："《观公孙大娘弟子舞剑器行》只'传芬芳'、'神扬扬'六字，已将前叙舞态勾起，不用再说，此繁简相生之妙。"《观公孙大娘弟子舞剑器行》是杜甫的一首古体歌行。前八句写公孙大娘舞姿。"传芬芳"、"神扬扬"，既是对前八句的总括，又是向下过渡的桥梁，这样就体现了艺术章法的繁简相生。戏剧家们似乎更加注重章法的疏密。清代许之衡在《论传奇之结构》中强调在一部戏中"长剧"（场）与短剧的相间，"若出出长套，则唱仍不外生旦数人，连续演唱，势必有力竭声嘶之患，故宜有短出间之也。"这样才浓淡相间，愈见精采。

四、繁简唯其自然

文学创作中的自然，可以从两个方面来认识：一是讲作品的审美效果，如"清水出芙蓉，天然去雕饰"；一是讲创作态度，如苏洵讲的"风行水上，自然成文"；苏轼讲的"随物赋形"。这里讲的繁简唯其自然，是指的一种创作态度，即不是有意求繁求简，而是根据内容的不同、体裁的差别，作家才性的差异而顺其自然。正如元代王若虚在《新唐书辨》中所指出的："《唐书·进表》曰：'其事则增于前，其文则省于旧。'《新唐》所以不及两汉文章者，正在此两句。"王若虚认为，《新唐书》失之简奥的原因，就在于欧阳修、宋祁等人有意事增于前、文省于后。像王若虚所指责的宋祁将成语"疾雷不及掩耳"、"蓬生麻中,不扶自直"改为"震霆不及塞耳"、"蓬在麻,不扶而挺"的许多类似例子就不仅是繁简失当,完全是一种矫揉造作。

最后,我们想用明代胡应麟《史书占毕》中的一段话为繁简问题作结:

> 简之胜繁,以简之得者论也;繁之逊简,以繁之失者论也。要各有攸当焉。繁之得者,遇简之得者,则简胜;简之失者,遇繁之得者,则繁胜。执是以论繁简,庶几乎?

第七节　雅与俗

雅与俗是中国古代文学中两条重要的批评标准。何谓雅?"雅者,正也。言其雅言典切,为之雅也"(遍照金刚《文镜秘府论·地卷》)。正就是雅,符合封建统治阶级教化标准的就是正,偏离这种标准的就是俗、淫、邪。创作中的熟滥、造作、模仿、因袭现象,或遣词造句方面的涉纤、涉巧、涉浅、涉俚、涉佻、涉诡、涉淫、涉靡者,都可以谓之俗。一个"雅"字,几乎是对一篇作品的最高褒奖;一个"俗"字,可以把一篇作品全部否定。中国古代作家,有相当多的人对"俗"字戒之如"避鸩毒"。元代方回认为"予谓诗不厌寒,不厌瘦,惟轻与俗则决不可","俗"字被视为古代文学创作中的大敌。"俗"字,这批评之网又过于宽泛,唐代元稹、白居易的诗作就因为具有通俗的特点,便被苏轼一个"元轻白俗"网罗其中。

宋代严羽将俗字具体化五个方面,即俗体、俗意、俗句、俗字、俗韵。后三俗,可概括为语言形式俗。我们这里所要讲的,就是侧重形式方面的雅和俗。

中国古代文学的传统，大体上是诗文主雅，小说、戏剧不避俗；文人作品主雅，民间作品主俗。从时代上看，大概宋以前主雅，明清主俗或不避俗。

一、诗文主雅

主雅者可以王士禛、叶燮等为代表。王士禛认为："凡粗字、纤字、俗字，皆不可用。词曲字面尤忌。即如杜子美诗'红绽雨肥梅'一句中，便有二字纤俗，不可以其大家而概法之。"（《师友传诗录》）杜甫因为其名气大，历来颂扬者多，指责者少，其缺点被视为优点的情况也并非没有。从王士禛的认真的批评中可见其主张的坚决。清代诗论家吴乔在《围炉诗话》中指出：

> 又曰："写景诗虽不嫌雕刻，亦须以雅致者为佳。如郑巢之'茶烟开瓦雪，鹤迹上潭水'，刘得仁之'劲风吹雪聚，渴鸟啄冰开'，乃可。如许裳之'晓嶂猿窥户，寒湫鹿舐冰'，'舐'字不雅。"

从吴乔首肯的四句诗可以看出，他赞许的是字面流露出的文人的闲情雅致。而"舐"字遭指责，就因为它太口语化，太生活化，尤其是"舐"又是不雅的动作。在民间文学作品中这样的用词是非常多见的，一到文人作品当中就倍受挑剔。吴乔等人的雅俗观，由此可见一斑。清代大诗论家叶燮在《汪秋原浪斋二集诗序》中作了更详尽、更富理论色彩的分析。他说：

> 诗道不能不变于古今而日趋于异也。日趋于异，而变之中有不变者存。请得一言以蔽之曰：雅。雅也者，作诗之原，而可以尽乎诗之流者也。自三百篇以温厚和平之旨肇其端，其流递变而递降，温厚流而为激亢，和平流而为刻削；过刚则

有桀傲诘聱之音,过柔则有靡曼浮艳之响,乃至为寒为瘦,为袭为貌,其流之变,厥有百千,然皆各得诗人之一体。一体者,不失其命意措辞之雅而已。所以平奇浓淡巧拙清浊,无不可以为诗,而无不可以为雅。诗无一格,而雅亦无一格。惟不可涉于俗。俗则与雅为对,其病沦于髓,而不可救;去此病,乃可以言诗。

叶燮认为诗从三百篇之后,不断地发生着变化,但万变不离其"雅"。自"三百篇"的温厚和平开始,诗的风格特点不管发生什么样的变化,都有"雅"在其中。在叶燮看来,不但是高品位的风格是"雅"的;连低品位的风格,诸如"寒"、"瘦"、"袭"、"貌"、"靡艳"、"浮曼"也都必须是雅的。似乎诗有任何毛病都不要紧,就是万万不可俗。一旦涉于俗,就是病入骨髓,不可救药。可以说,关于雅俗的问题把话讲绝了。叶燮对中国古典诗歌研究,造诣极深,其诗学观点也有很多独到之处。是中国古代诗论家中少数有独到见解者,他的雅俗观竟是如此的保守。

在一些散文家中,也多数是主雅忌俗的。清代散文家姚鼐认为"俗气不除尽,则无由入门"(《与陈硕士书》)。明代归有光认为:"尽有一篇好者,却安排几句俗在前,便能忤人,如好眉目,又有些疮疥,可恶。"(《与沈敬甫书》)

明清以来,也有不少诗论家对雅俗问题持较开放的看法。明代诗人、诗论家杨慎可为代表,他认为杜诗"江平不肯流",是"意求工而语反拙,所谓凿混沌而画蛇足,必灭性命而失卮酒也",不如李群玉乐府云"人老自多愁,水深难急流",也不如《巴渝竹枝词》云"大河水长漫悠悠,小河水长似箭流"。杨慎认为这就是"词愈俗愈工,意愈浅愈深"(《升庵诗话》)。以传统的诗学观来衡量,杜甫的这句诗不一定算好,李群玉(当为李端)的诗可以视为好的民歌,但不能视为好诗,关键是浅和俗。杨慎不但认为好,而且上升到理论,认为"词愈俗愈工,意愈浅愈深"。杨慎在《升庵诗话》中,还对孙光宪的《采莲》诗,李群玉的《钓鱼》、《赠琵琶妓》诗,卢仝的新年诗给予肯定,认为这是"用近俗字而不俗者"。

二、小说、戏剧主俗

这里讲的"俗",包括主雅的诗论、文论家们批评的"俗",并非"庸俗",而是指通俗,亦即语言中的常语、口头语,包括俚语。明清文学向通俗化发展其重要原因有两点:一是哲学思想和时代精神的嬗变,由阳明心学向心学异端的发展,哲学思想世俗化,由主理到主情。由文学自身发展的规律看,明清的小说戏剧受唐宋以来讲唱文学的影响极大,由于它们是侧重于听觉的艺术,由于它们的接受者多是文化层次不高的市民阶层,就势必向通俗的方向发展。作家就得千方百计地使读者或观众看懂、听懂。明代戏剧家徐复祚认为:"文章且不可涩,况乐府出于优伶之口,入于当筵之耳,不遑使反,何暇思维,而可涩乎哉!"(《曲论》)戏剧艺术有时间艺术的特点,必须使观者一听就懂,不允许停下来反复索解。李渔在《闲情偶寄》中也指出:

> 其事不取于幽深,其人不搜隐僻,其句则采街谈巷议。即有时偶涉诗书,亦系耳根听熟之语,舌端调惯之文,虽出诗书,实与街谈巷议无别者。总而言之,传奇不比文章,文章做与读书人看,故不怪其深;戏文做与读书人与不读书人同看,又与不读书之妇人小儿同看,故贵浅不贵深。

从某种意义上来讲,通俗是小说、戏剧赖以生存的重要条件。法国大戏剧家莫里哀讲过:文学的最大原则是叫人喜欢。首先是看懂听懂,然后才能谈得上喜欢与否。

中国古代戏剧,从语言形式上看,一个剧本由两部分构成,一是唱词;二是宾白,因为剧本中以唱为主,以白为辅,道白处于宾的地位,所以叫宾白。戏剧的通俗性,首先表现在"宾白"上。明代戏剧家王骥德在《曲律》中谈道:

> 宾白,亦曰"说白"。有"定场白",初出场时,以四六饰句是也。有"对口白",各人散语是也。定场白稍露才华,然不可深晦。《紫箫》诸白,皆绝好四六,惜人不能识;《琵琶》黄门诸白,只是寻常话头,略加贯串,人人晓得,所以至今不废。对口白须明白简质,用不得太文字,凡之、乎、者、也,俱非当家。

王骥德认为:"定场白"用四六句,可以稍文一点,但不能不明白。原因大概是"定场白"多是自我介绍的内容,可以用书面语言。"对口白"因为是生活中的对话,只能是寻常话头,不能用书面性太强的四六,不能用之、乎、者、也一类字眼。王骥德认为《紫箫》、《浣纱》两个戏全是绝好四六,但作为戏剧,"宁不厌人"。王骥德很赞成唐代白居易作诗必能使老妪听懂的做法。他认为"作戏剧,亦须令老妪解得,方入众耳,此即本色之说也"(《曲律》)。

三、雅俗辩证观

就中国文学史来看,几乎所有的文学文体,其产生在民间,其发展靠文人。文人一旦染指,便必然向雅偏离。因此,中国古代诗文的基调主雅是必然的。雅,不仅不是坏倾向,而且是一种高层次的审美标准。文学之所以为文学,为艺术,为美,在一定程度上是因为它雅。李白、杜甫的作品也都体现出雅。完全摒弃了雅,也就消灭了艺术。但是,其中有一条重要原则,就是不能"雅"得过分,不能排斥俗。雅的发展过程大体上是这样:内容上从百姓、世俗走向庙堂、山林,语言形式上是从生活化、通俗化走向雕章琢句。这种趋向,一旦过头,就陷入歧途。文学作品之所以具有艺术魅力,唯一的原因是它表现了人的感情和灵气,不在于文字符号排列得巧妙。"雕琢太甚,则伤其全;经营过深,则失其本"(王若虚《滹南诗话》)。伤全、失本的文学作品,自然也就失掉了艺术生命。古代的文学大师如杜甫、苏轼等其成功处,就在于无事无物不可入诗,或雅或俗都可为诗,能化俗为雅,雅俗结合。杜甫的代表作"三吏"、"三别"、《茅屋为秋风所破歌》都极通俗化、口语化。明代谢榛讲得好:"诗忌粗俗字,然用之在人,饰以颜色不失为佳句,譬诸富家厨中,或得野蔬,以五味调和,而味自别,大异贫家矣。"(《四溟诗话》)并非粗俗字不可入诗,关键在于:一是会用。像厨师一样,有调和五味的高水平。谢榛认为:"凡作诗要知变俗为雅,易浅为深,则不失正宗矣。"(《四溟诗话》)宋代魏庆之也认为:"数物以'个',谓食为'吃',甚近鄙俗,独子美用之。云'峡口惊猿闻一个','两个黄鹂鸣翠柳','却绕井桐添个个','临岐意颇切,对酒不能吃','楼头吃酒楼下卧','梅熟许同朱老吃',盖篇中大概奇物可以映带之也。"(《诗人玉屑》)谢榛、魏庆之所讲,都是属于技巧范畴。更重要的是二,要有真情无矫情。情感是运用技巧的基础。

戏剧、小说主俗,但也应有具体的分析。首先是俗而有"度"。汤显祖认为"老、贴且口中,虽不必文,亦不该太俗"(《玉茗堂批评〈红梅记〉》)。王骥德认为戏剧语言"要极新,又要极熟;要极奇,又要极稳"。"熟"和"稳"是其通俗化、口语化的特点;"新"和"奇"是经过巧妙的运用,产生的很强的艺术效果。小说、戏剧艺术家之所以重视俗,就因为它极易被听众、观众接受。在听懂、看懂的同时,还必须产生很强的艺术效果。否则,同非文学有何区别。

雅俗的程度还要视角色不同而有所区别。李渔在《闲情偶寄》中指出：

> 极粗极俗之语，未尝不入填词，但宜从脚色起见。如在花面口中，则惟恐不粗不俗；一涉生、旦之曲，便宜斟酌其词。

戏剧中的角色与小说中的人物相比，具有一定的抽象性、概括性，在类型化中体现人物的个性、年龄、地位、身份的不同。个性、年龄、地位、身份的不同，其语言也就会有雅俗不同。在戏剧中唱词与宾白相比，唱词要雅一些。王骥德认为这种现象是由文人积习所致，他说："然文人学士，积习未忘，不胜其靡，此体遂不能废。""大抵纯用本色，易觉寂寥；纯用文调，易伤琱镂。"（《曲律》）同是唱曲，大曲、小曲又有不同。大曲偏于藻饰；小曲偏于本色。

第五章 文体论

第一节 文体发展理论述略

古人所说的"文"或"文章",不仅是指一般的散文,同时包括诗、词、歌、赋、戏剧,甚至包括所有的文字材料,其概念几乎同"文化"的概念一样大。我们这里所讲的文体理论是函盖所有文体在内的。

一、释名章义

今人程千帆先生在为"文章"释名时,设计了一个分甲乙丙丁四个层次的系统表。下面将依次加以说明。

第一层,是最广义的"文"。什么是最广义的文?程先生未予解释,我们先看一下古人的解释。《说文》云:"文,错画也,象交文。"《易传·系辞下》云:"物相杂故曰文。"

据上可以看出,"文"是指事物的交错与变化。物象也就是物的文。《文心雕龙·原道篇》中就说,"日月叠璧以垂丽天之象;山川焕绮以铺理地之形:此盖道之文也。"日月是天之文,山川是地之文。这些是从文字训诂、哲学思辨角度对"文"的解释,总之都是道之文。

第二层，又分两个方面，即施之竹帛的和施之政事的。

所谓施之政事的，包括奴隶社会和封建社会的礼乐，学者章炳麟在其《文学总略》中指出：

> 古之言文章者，不专在竹帛讽诵之间。孔子称尧舜"焕乎其有文章"，盖君臣、朝廷、尊卑、贵贱之序，车舆、衣服、宫室、饮食、嫁娶、丧祭之分，谓之文。八风从律，百度得数，谓之章。文章者，礼乐之殊称矣。

可以看出孔子时代说的文章，实际上就是包括了当时的相当大一部分封建文化。从界定概念的角度看，"文"的概念还同文化的概念处于一种浑一状态。

所谓施之竹帛的，专指用文字和图形记载于简册和布帛的。这恐怕指所有的文献资料。

第三层，分有句读之文和无句读之文。无句读文包括图书、表谱等；有句读文就包括所有的文学作品和非文学作品。程先生把它分为三类：叙事之文、抒情之文、说理之文。对文章的这种理解恐怕在战国时代就已经开始了。

最后一个层次是"彣彰"。前面都说的文，这里还得讲讲文章。《说文》云："乐竟为一章，从音从十。十，数之终也。"是说音乐奏完一段就叫章。用我们今天的话来说，所谓文章就是一段完整的语言文字。所谓彣彰，就是程先生所指的纯文学。章炳麟说："夫命其形质曰文，状其华美曰彣；指其起止曰章，道其素绚曰彰。""文"和"章"各加"彡"，以此表明强调了文采的因素。那么为什么自古以来都写作"文章"，没有写成"彣"、"彰"的呢？章炳麟认为古时或无其字，本以文章引申。今天再改为"彣彰"也恐怕强调了辞采，而违背书契记事之本。

尽管做了如上解说，但在实践中，历来对文章的理解是很混乱的。有些作家、诗人往往以文章作为诗文甚至更多种文学体裁的代称。杜甫说,"文章千古事","文章憎命达",这明显是指诗而言的。韩愈有诗云:"孟郊死葬北邙山,日月星辰顿觉闲。天恐文章中断绝,更生贾岛在人间。"这里的文章也是指诗。宋朝真德秀编选的《文章正宗》,实际上也不止是散体文章,而是一部诗文选集。汤显祖、李渔也把戏剧包括在文章里面。直到现在文章的概念以及范围的界定仍是个问题。

二、原始表末

这是指文章的产生和沿变。关于这个问题古代留下来的资料不是很多。挚虞的《文章流别论》已散佚,可资研究的是《文心雕龙》的《原道篇》和《宗经篇》、《颜氏家训·文章篇》,清代章学诚《文史通义·诗教篇》,其中以《诗教篇》的分析最为充分。

(一)先说文章的产生。

这一点我又想分两方面来谈:形而上的发生论和形而下的发生论。

1. 形而下的发生论。传统的文学观认为各种文体都源于六经。刘勰《文心雕龙·宗经》云:"故论、说、辞、序,则《易》统其首;诏、策、章、奏,则《书》发其源;赋、颂、歌、赞,则《诗》立其本;铭、诔、箴、祝,则《礼》总其端;记、传、檄,则《春秋》为其根。并穷高以树表,极远以启疆,所以百家腾跃,终入环内者也"。《颜氏家训·文章篇》也说:文章原出五经,"诏、命、策、檄,生于《书》者也;序、述、论、议,生于《易》者也;歌咏、赋诵,生于《诗》者也;祭祀、哀诔,生于《礼》者也;书、奏、箴、铭,生于《春秋》者也"。清代姚鼐、曾国藩分别在其编选的《古文辞类纂》、《骈体文钞》序言中持同样的观点。章学诚在《文史通义·诗教篇》对此观点从不同角度作了更深入的分析。他说：

> 战国之文，其源皆出于六艺，何谓也？曰：道体无所不该，六艺足以尽之。诸子之为书，其持之有故，而言之成理者，必有得于道体之一端，而后乃能恣肆其说，以成一家之言也。所谓一端者，无非六艺之所该，故推之而皆得其所本。非谓诸子果能服六艺之教，而出辞必衷于是也。老子说本阴阳，庄列寓言假象，《易》教也。邹衍侈言天地，关尹推衍五行，《书》教也。管、商法制，义存政典，《礼》教也。申、韩刑名，旨归赏罚，《春秋》教也。其他扬、墨、尹文之言，苏、张、孙、吴之术，辨其源委，挹其旨趣，九流之所分部，《七录》之所以序论，皆于物曲人官得其一致，而不自知为六典之遗也。

简单概括一下就是：他认为道是无所不在的，六艺（即六经）是道的体现，既然诸子的文章，"能恣肆其说，以成一家之言"，必然是得道之一端，不管是否服膺六艺，它就必然符合于经。因而从根本意义上来讲诸子的文章是源于六艺的。只有清代学者纪昀不同意上述观点。他批评《文心雕龙·宗经篇》关于文章源出六经的说法时，指出："此亦强为分析，似钟嵘论诗，动曰源出某某。"对各家之说，暂且不加评论，还有一个问题等待回答，这就是"六经"源出哪里？这就是下面要讲的形而上的发生论。

2. 形而上的发生论。美籍华裔学者刘若愚在《中国的文学理论》中说："各种理论，只要它以文学史宇宙原理的显现这一观念为基础，便都可以纳入形而上的范畴之内。"比较早的运用形而上的理论观察文学现象，有晋代挚虞的《文章流别论》和陆机的《文赋》，论述最充分的则是刘勰的《文心雕龙·原道篇》。《原道》的主旨是"文源于道"或"溯文之源于道"。《原道》一文开头就指出：

> 文之为德也大矣。与天地并生者，何哉？夫玄黄色杂，

方圆体分。日月叠壁,以垂丽天之象;山川焕绮,以铺理地之形。此盖道之文也。

刘勰认为天有天文,地有地文,天地皆有文。这是道的表现。作为"三才"之一的与天地并列的人,有没有文呢?《原道篇》曰:

> 惟人参之,性灵所钟,是谓三才。为五行之秀,实天地之心。心生而言立,言立而文明,自然之道也,旁及万品,动植皆文……夫以无识之物,郁然有采;有心之器,其无文欤?

刘勰由天地皆有文,推至人亦必有文。同时又进一步推导出了宇宙秩序和人类心灵之间,语言和文章之间多重对应的理论。那么文是如何产生的呢?刘勰认为"人文之元,肇自太极",即人文始于太极。李泽厚、刘纲纪主编的《中国美学史》根据诸多资料判定"太极"即产生天地人的元气。实际上还是那个道。那么道在人文上是如何表现出来的呢?《原道篇》云:

> 故知道沿圣以垂文,圣因文而明道,旁通而无滞,日用而不匮。《易》曰"鼓天下之动者存乎辞",辞之所以能鼓天下者,乃道之文也。

由上所述可以得出结论:经书是圣人明道之文,经书产生于道。

《文心雕龙·原道篇》涉及的内容非常丰富也非常深刻。我这里只能仅就文章的产生谈点看法。

其一,如果刘勰的道是指万物变化的规律,说文源于道,这种探本求源的哲学思考是有一定道理的。因为文的确是产生于万物发展变化的规律,这种看法能从本体论的角度来思考,是具有一定深度的。清代纪昀说:"自汉代以来,论文者罕能及此。彦和以此发端,所见在六朝文士之上。文以载道,明其当然;文源于道明其本然,识其本乃不逐其末。"

其二，要具体研究文章的起源，我以为必须由形而上回到形而下。从哲学概念回到具体文章上来。用今天的观点看，文章不产生于道，也不产生于经，产生于社会所提出的需要和提供的可能。人们开始集体生产了，就自然产生了"杭唷、杭唷"，以此来协调动作、表达情绪。人们开始狩猎，就产生了"断竹，续竹，飞土，逐肉"，以此来总结生产经验。其实刘勰在文体论部分，具体研究文体时也是这样做的，并没有再研究什么道的问题。这里仅举一例，如在《诔碑篇》讨论"碑"这种文体产生时说："碑者，埤也，上古帝皇，纪号封禅，树石埤岳，故曰碑也。周穆王纪迹舁山之石，亦古碑之意也。又宗庙有碑，树之两楹，事止丽牲，未勒勋绩，而庸器渐缺，故后代有碑，以石代金，同乎不朽，自庙徂坟，犹封墓也。"这种解释是实实在在的。

其三，其实经书也不是最古的书，经书前面在文字产生以前，还有口耳相传的歌谣一类的东西。刘师培在其《论文杂记》中指出："上古之时，先有语言，后有文字。有声音然后有点画；有谣谚然后有诗歌。"经书也不是包容后世一切文章，那么至高无上，它只不过是几部古代的典籍。说它是"恒久之至道，不刊之鸿教"，那是汉武帝以后儒家捧上去的。几千年的封建文化几乎是围着几部经书转。明代李贽在《童心说》中有很尖锐的批评：

> 夫六经、《语》、《孟》，非其史官过为褒崇之词，则其臣子极为赞美之语。又不然，则其迂阔门徒，懵懂弟子，记忆师说，有头无尾，得后遗前，随其所见，笔之于书。后学不察，便谓出自圣人之口也，决定目之为经矣，孰知其大半非圣人之言乎？纵出自圣人，要亦有为而发，不过因病发药，随时处方，以救此一等懵懂弟子，迂阔门徒云耳。药医假病，方难定执，是岂可遽以为万世之至论乎？

这种见解甚至远远超出了现当代的许多学者。当然六经作为我国现存的最古的几部典籍，对其后的文体的发展是会有很大启发作用的，甚至有着很亲密的血缘关系，既不能简单化，也不能神秘化。

（二）再说文章的流变。

详细系统地勾画各文体的沿变情况，那是中国散文史、诗歌史、辞赋史、小说史、戏剧史的任务。我们这里只能将一些最典型、最有价值的关于文章沿变理论列举出来，加以梳理、分析。在我国古代写作理论资料中谈到文章发展变化的不算很多，我们以为最有价值的是晋朝葛洪的《抱朴子·钧世篇》、刘勰的《文心雕龙·时序篇》、章学诚的《文史通义·诗教篇》、叶燮《原诗》等著作。现仅就以上著作提供的材料讲以下几点：

1. 文章之变，自然之势。清初顾炎武在其《日知录》中说："三百篇不能不降而为《楚辞》，《楚辞》不能不降而为汉魏，汉魏不能不降而为六朝，六朝不能不降而为唐，势也。"叶燮在其《原诗·内篇》中讲得更具体、透彻：

> 盖自有天地以来，古今世运气数，递变迁以相禅。古云："天道十年而一变。"此理也，亦势也，无事无物不然，宁独诗之一道，胶固而不变乎？今就《三百篇》言之：风有正风，有变风；雅有正雅，有变雅。风雅已不能不由正而变，吾夫子亦不能存正而删变也。则后此为风雅之流者，其不能伸正而诎变也明矣。

叶燮的看法有两点是深刻的：世间万物都在发展变化，诗文也必然要变。叶燮能把诗文放到大化流行的宇宙规律之中来认识，这种看法是超乎一般文人之上的。关于正与变的关系，他能充分肯定变，不能"伸正而诎变"。他在《原诗·内篇》另一处谈到:"夫惟前者启之,而后者承之而益之;前者创之,而后者因之而广大之。"对前者他强调其"启之"、"创之";对后者又能强调其"益之"、"广大之"。这与那些"文章日衰"论者不可同日而语。

2. 至战国而后世之文体备。章学诚《文史通义·诗教篇》开篇就指出:"盖至战国而文章之变尽,至战国而著述之事专,至战国而后世之文体备。"所谓"至战国而著述之事专",是说战国以前官师守其典章,史臣录其职载,没有私人著书立说发表文章的事,发表意见也只是用言辞表达,口耳相传。到战国王纲解纽,政治形势发生了很大变化,官守师传之道废。原来许多先辈的思想学说乃至"末数小技"都是口耳相传,现在既然官守师传之道废,一些有学问的人就开始整理、记录"述旧闻而著于竹帛"了。既然个人记录整理,不免掺杂上个人的得失,在文辞方面也就不能不有个人的好尚。这种由官守师传而变为私人著述,就叫作"著述之事专"。这对后世文章的发展起到了很大的作用。

所谓"至战国而文章之变尽"。到战国,极端的文化垄断被打破了,为文章发展提供了重要的前提。意识形态领域出现了新形势:诸子讲学之风盛行;处士横议百家驰说。战国时代似乎是纵横家们的时代。刘勰在《文心雕龙·论说篇》中曾说:"一人之辨胜于九鼎之宝,三寸之舌强于百万之师。"这时的学说和文辞都是呈现自己的特点,形成中国历史上空前的百家争鸣、百花齐放、文章繁荣的时代。刘熙载《艺概·文概》中指出:"周秦间诸子之文,虽纯驳不同,皆有个自家在内。后世为文者,于彼于此,左顾右盼,以求当众人之意,宜亦诸子所深耻与!"这样的文章当然与官守的典章之文大不相同了。

所谓"至战国而后世之文体备",这是指随着战国文章的繁荣,除产生了大量的阐发个人学说的论辩之文,还萌生了一些辞章之文（多出于纵横家）。章学诚在《文史通义·诗教篇》中有一段颇详尽的解说："而辞章始备于战国，承其流而代变其体制焉。学者不知，而溯挚虞所衷之《流别》。甚且以萧梁《文选》举为辞章之祖也，其亦不知古今流别之义矣。"章氏接着举实例证明自己的观点："今即《文选》诸体，以征战国之赅备。京都诸赋，苏、张纵横六国，侈陈形势之遗也。《上林》、《羽猎》，安陵之从田，龙阳之同钓也。《客难》、《解嘲》，屈原之《渔夫》、《卜居》，庄周之惠施问难也。韩非《储说》比事征偶，《连珠》之所肇也。而或以为始于傅毅之徒，非其质矣。孟子问齐王之大欲，历举轻暖、肥甘、声音、采色，《七林》之所启也；而或以为创之枚乘，忘其祖矣。邹阳辨谤于梁王，江淹陈辞于建平，苏秦之自解忠信而获罪也。"章学诚认为，上述种种文体，都已赅备于战国。

3.辨源流，应不拘形貌，注重实质。辨析文章的流变，不能弃其形貌，但也不能拘其形貌。章学诚认为言情达志，敷陈讽谕，抑扬涵咏之文，皆本于诗教。章氏以大量实例来阐明自己的观点，他说：

> 演畴皇极，训、诰之韵者也；所以便讽颂，志不忘也。六象赞言，爻、系之韵者也，所以通卜筮，阐幽元也。六艺非可皆通于《诗》也。而韵言不废，则谐音协律，不得专为《诗》教也。传记如《左》、《国》，著说如《老》、《庄》，文逐声而遂谐，语应节而遽协，岂必合《诗》教之比兴哉？焦贡之《易林》、史游之《急就》，经部韵言之不涉于《诗》也。《黄庭经》之七言，《参同契》之断字，子术韵言之不涉于《诗》也。后世杂艺百家，诵拾名数，率用五言七字，演为歌诀，咸以取便记诵，皆无当与诗人之义也。而文指存乎咏叹，取义近于比兴，多或滔滔万言，少或寥寥片语，不必谐韵合声，而识者雅赏其为《风》、

《骚》遗范也。故善论文者,贵求作者之意指,而不可拘于形貌也。

章学诚的看法是深刻的。他认为诗押韵,但押韵的不一定就是诗。诗的本质是言情达志,或诗或文只要指存乎咏叹,义近于比兴,不管滔滔万言还是寥寥数语,都是诗。南宋刘克庄曾提出"貌似","意似"的说法,他认为貌似不如意似。貌似者若《法言》之似《论语》,《两京》、《三都》之似《上林》、《子虚》。意似者,如杜诗之似《史记》,《贞符》之似《王命论》也。两相比较,章氏所论更为具体深入。

4. 破贵古贱今的观点。中国古代作家多数受儒家哲学思想的影响。儒家哲学思想的核心是"中庸"、"折衷"。在对待古代文化态度上,我国古代作家偏于守,而不善于创,具体到文体流变的问题,有相当一部分人持文体日衰,一代不如一代的看法。大儒扬雄以为"圣人之文,其隩有五:曰元,曰妙,曰包,曰要,曰文"。五个字把圣人的文章推到极致,不允许任何人再向前跨出一步。

明代杨慎在《丹铅杂录》中所论就更为典型,他认为:

> 予谓古今文章,宋之欧、苏、曾、王皆有此病,视韩柳远不及矣;韩柳视班马又不及;班马比三传又不及;三传比《春秋》又不及。

这段话是杨慎比较文章繁简时讲的。表面看后世之文,在简的方面的确比不上《春秋》。但是,由简到繁这是事物发展的规律,或繁或简都会各有长短,杨慎之论的偏颇,关键在于脑子里的贵古贱今思想。杨慎又认为:"予尝谓汉以上其文盛,三教之文皆盛;唐宋以下其文衰,三教之文皆衰。"他的看法,在中国古代文人中具有普遍性。

清代的沈闿在《韩文论述序》中也说:"义莫精于六经、四子,法莫备于《左传》、《史记》,而辞职似佚如择如者,不可胜计也。沿至有宋,及乎元明,号称成家者,亦代不乏人。文率杂乱而无序,甚者上下不相属,虽最著如庐陵,犹不获免,奚论其他。斯似辞义之为文累,而实与法有失以累其辞义焉尔。噫!文之弊至此,其道不几绝矣乎?"沈闇比杨慎更极端,他简直有点大声疾呼,不能容忍了。

当然,我国古代作家深刻而清醒者也不乏人。除清代叶燮等见解颇为高明的文论诗论家外,晋代葛洪的观点就具代表性,他在《抱朴子·钧世篇》云:

《尚书》者,政事之集也。然未若近代之优文、诏策、军书、奏议之清富赡丽也。《毛诗》者,华彩之辞也。然不及《上林》、《羽猎》、《二京》、《三都》之汪秽博富也。……若夫俱论宫室,而奚斯路寝之颂,何如王生之赋灵光乎?同说游猎,而《叔畋》、《卢铃》之诗,何如相如之言《上林》乎?

辞赋,特别是汉代大赋,在文学史上一直被许多人所贬。就连汉赋大家扬雄自己也有忏悔之言。葛洪竟能认为汉赋在某些方面超过了《诗经》,这种见解在古人中实属罕见。葛洪还认为,古代事事醇素,今则莫不雕饰,时移世改,自然之理。这种认识境界,即使今天也不失其意义。当然,也应该看到,不是所有的新变,都是一种进步。文体的流变也同其他事物的发展一样,呈波浪式。叶燮在《原诗》中就指出:"其间或有因变而得盛者,然也不能无因变而宜衰者。""则盛而必自至于衰,又必自衰而复盛。非在前者之必居于盛,后者之必居于衰也。"由唐宋古文到明清八股,由宋诗到明代的"瞎唐诗",这都是变而衰。

三、文体的实际划分

对文体的实际划分大体经历了一个由简到繁,再由繁到简的过程。经历这样一个过程与文体本身发展有关,也与人们对文体认识的深入有关。

应该说,自人们开始编辑诗集、文集,就开始了对文体的辨识与思考。《诗经》分风、雅、颂,《尚书》分典、谟、训、诰、誓、命。这是中国古代最早的文体划分。西汉刘歆在他的《七略》之一《诗赋略》中,将赋分为屈原赋、陆贾赋、荀卿赋、杂赋、歌诗。这种划分只限于一种文体,其理论价值不大。东汉文学家蔡邕对文体有了较全面、清醒的认识。他把文章分为两大类:第一类是天子言群臣之文,其中包括策书、制书、诏书、戒书。第二类是群臣上天子之文,其中包括章(谢恩)、奏(弹劾)、表(陈情)、驳议(辩驳)。

蔡邕的研究,只涉及这八种朝廷上的公牍文书,未曾顾及诗、赋、骚等非公牍文种。魏曹丕在《典论·论文》中将当时的文体分为奏议、书论、铭诔、诗赋四种。晋代陆机在其《文赋》中将作品分为诗、赋、碑、诔、铭、箴、颂、论、奏、说等十类。曹丕的八种、陆机的十种远不是当时的全部文体,只能算是举例。这种简,体现出文体研究尚不成熟的特点,不是经过概括后的由博返约的简。西晋挚虞《文章流别论》将文体分为:颂、赋、诗、七、箴、铭、诔、哀辞、解嘲、碑、图谶等十一类。挚虞对文体的涉及有所拓展,与陆机相比,没有特别明显的进步。

萧统、刘勰的文体研究有了明显的进步。萧统所编选的《文选》共分:赋类、诗类、骚类、七类、诏类、册类、令类、教类、策类、表类、上书类、启类、弹事类、笺类、奏记类、书类、移书类、檄类、难类、对问类、设论类、辞类、序类、颂类、赞类、符命类、史论类、史述赞类、论类、连珠类、箴类、铭类、诔类、哀文类、碑文类、墓志类、行状类、吊文类、祭文类，共三十九类。萧统的长处在于搜罗详备，视野较前人开阔。其短处是缺乏概括。在某种程度上说，缺乏概括就是缺乏科学性。刘勰《文心雕龙》在二十篇当中，分析了三十三种文体，即：骚、诗、乐府、赋、颂、赞、祝、盟、铭、箴、诔、碑、哀、吊、杂文、谐、隐、史传、诸子、论、说、诏、诔、檄、移、封禅、章、表、奏、启、议、对、书记。这还不包括大类下面的小类。刘勰对文体论的贡献表现在对文体研究模式的创立，而不表现在对文体的划分上。刘勰文体划分的科学性大体与萧统相当。

真正将文体划分上升到一定的科学高度的，是宋代的真德秀。他在《文章正宗》中把文章分为辞命、议论、叙事、诗赋四大门，门下系类。真德秀划法的特点，是以简驭繁和分门系类。以四门概括众多类，体现出高度的概括性。这种由繁到简表明研究的深入。以门系类，较有新意。对古代的文体研究有重要影响。吴讷的《文章辨体序说》、徐师曾的《文体明辨序说》，是明代两部较重要的文体学著作。前者将文章和文学作品分为五十九类，后者分为一百二十七类，分类之繁之细空前绝后。这两种著作从资料的角度看，有一定价值，从科学概括和归纳的角度看，是一种明显的退步。

清代对文体的划分，以姚鼐和曾国藩最值得重视。姚氏编《古文辞类纂》分文章、文学为十三类：论辨类、序跋类、奏议类、书说类、赠序类、诏令类、传状类、碑志类、杂记类、箴铭类、颂赞类、辞赋类、哀祭类。曾国藩编《经史百家杂钞》分三门十一类：著述门，包括论著、辞赋、序跋；告语门，包括诏令、奏议、书牍、哀祭；记载门，包括传志、叙记、典志、杂志。姚、曾二家的划分具有明显的科学性，体现了文体划分臻于成熟的特点。但由于他们是旨在编选古文集子,包括诗在内的一系列文学作品未能涉及。这又是他们的片面性。近代梁启超在《中学以上作文教学法》中提出,文章的种类可以从思想的路径区分:其一,以客观的吸收进来的事物为思想内容者,这是从五官所见所闻吸收进来的;其二,以主观的发出来之意见为思想内容者,这是从心理而发出来的。这种分类独标异帜,有新的思考,新的角度。一些具体解说颇为琐细,不再引述。从总体上看,梁启超的文体分类,是从古代文体分类向现代文体分类的过渡,已具有了某些现代文体论的特点,其不足是过于注重内容,忽略了文体形式在分类中的作用。

从上述轮廓可以看出,魏晋以前文体划分较粗略。究其原因,一是由于当时政治、经济、文化发展程度所致,现实存在的文体较少。有些文体还未发生分化。二是很少有人涉足文体研究。三是人们对文体的认识较为朦胧。就总体而言,呈现出事物发展早期阶段的单纯性。从陆机到徐师曾,文体划分越来越细。这既说明对文体的研究在深入和发展,同时也说明文体研究还没有达到比较科学的阶段,不懂得概括,科学性较差。古代文体划分的由繁到简,并非古代实际文体的减少,而是研究者们懂得了研究就得归类、概括。要归类和概括,就得不仅着眼于文章的功用,更要着眼于文章的功能;不仅要着眼于外部形态,更要着眼于内在本质。研究工作的科学性就在于透过现象抓出本质的,带有普遍性的东西。日本文艺理论家浜田正秀在其《文艺学概论》中说得好:"分类本来是一种为了整理和把握庞杂现象的手段,它既不是万能,也不会区分得十全十美。为了使分类严密,必须把类分得极细小,这样分类便显得繁杂,反而取消了分类。分类的简便性和周密性本来就是矛盾的,我们只能适可而止。"近代黄侃也曾指出过:"详夫文体多名,难可拘滞,有沿古以为号,有随宜以之称,有因旧名而质与古异,有创新号而实与古同,此为推迹其本原,诊求其旨趣,然后不为名实玄纽所惑,而收以简驭繁之功。"(《文心雕龙札记·颂赞》)

第二节 刘勰《文心雕龙》对文体论的贡献

在中国古代文化史上,真正对文体展开广泛、深入研究并作出独到贡献的是刘勰的《文心雕龙》。其贡献主要有三点。

一、可贵的模式

在研究工作中,模式的产生,标志着研究工作的成功,也标志着研究工作的成绩。在文体研究方面,《文心雕龙》优于其他写作理论著作的地方,就在于它提出了一个很有学术和实际价值的文体研究的模式。这个所谓模式,就是《文心雕龙·序志》中的四句话,即:

原始以表末,释名以章义,选文以定篇,敷理以举统。

所谓"原始以表末",就是追溯每种文体的起源,叙述它们的演变。例如《明诗篇》在溯源流时重点分析了诗的三变。在对诗的远源论证的同时,指出"古诗佳丽","结体散文,直而不野,宛转附物,惆怅切情。实五言之冠冕也"。由诗的源头到古诗这是一变。建安时代,"五言腾跃,文帝陈思,纵辔以骋节;王徐应刘,望路而争驱","慷慨以任气,磊落以使才,造怀指事,不求纤密之巧;驱辞逐貌,唯取明晰之能"。这是二变。最后讲到正始诗歌,是"正始明道,诗杂仙心,何晏之徒,率多浮浅,唯嵇康清峻,阮旨遥深"。这是三变。由此,可以见出刘勰所谓"原始表末"的大致面貌。

所谓"释名以章义",就是解释文体名称,彰示其含义。《文心雕龙·明诗篇》指出,"在心为志,发言为诗","诗者,持也。持人性情"。这是从文字训诂的角度讲诗的本义。《文心雕龙·论说篇》开篇说:"圣哲彝训曰经,述经叙理曰论。论者,伦也;伦理无爽,则圣意不坠。昔仲尼微言,门人追记,故抑其经目,称为《论语》;盖群论立名,始于兹矣。"这同样是释名章义。

所谓"选文以定篇",就是选评每种文体的重要作家的典范作品,表明自己的文学观念或美学理想,为人们提供学习、研究的样板。每种文体中都以相当多的篇幅对作家作品进行褒贬。

所谓"敷理以举统",就是简要概括每种文体的写作特点。这是写作指要部分,也是文体论中的精华部分。例如《文心雕龙·论说篇》所指出的:"论也者,弥纶群言,而研精一理者也。"这是揭示论的性质。"原夫论之为体,所以辩证然否",这是讲论的功用。"故其义贵园通,辞忌枝碎;必使心与理合,弥缝莫见其隙;辞共心密,敌人不知所乘",这是讲一篇好的议论应该达到的要求。这些概括都是相当精辟的。

在古代写作理论家中,有的人可能在某个问题上见解精深,但像刘勰这样全面、系统的分析,科学而又准确地概括是绝无仅有的。

二、精心的排列

这是指刘勰对三十多种文体按性质、轻重不同,所作的系统排列。魏晋时期文笔之说盛行,有韵的称文如诗赋等;无韵的叫笔,如史传文等。文大概是文艺性比较强的;笔大约是文艺性较为弱的。刘勰的安排是先论文,例如《辨骚》、《明诗》、《乐府》、《铨赋》、《颂赞》……《谐隐》。后论笔,例如《史传》、《诸子》、《论说》、

《诏策》、《檄移》……《书记》。

从这个安排顺序可以看出,文与笔刘勰更重视文。从传统的观点和实用观点看《诏策》、《檄移》、《封禅》、《章表》、《奏启》、《议对》、《书记》的重要性,都远远超过《谐隐》、《杂文》,但刘勰并没有把官样文章放在前面,把"文章之枝派,暇豫之末造"的小文放在后边。这说明刘勰对文章的审美特性有相当认识。

三、精当的评析

刘勰对各种文体源流、特征的分析,对作家作品的分析,对写作甘苦的分析都有些精辟的见解。张少康在其《〈文心雕龙〉新探》中概括为:全面、深刻、精到。所谓全面,指的是在探讨源流上对各种历史资料的把握,对众多作家作品的透彻了解。文体论的评价上,如前引《明诗》对建安、魏晋作家的评价已成不刊之论。刘勰对《离骚》的评价流露出儒家文学观的明显局限。但他毕竟还是充分肯定了《离骚》的思想和艺术价值。刘勰认为《离骚》是"辞赋之英杰","虽取熔经意,亦自铸伟辞"。这都是对《离骚》艺术创造方面充分肯定。刘勰在评价《离骚》对后世文学创作的影响指出:

> 是以枚、贾追风以入丽,马、扬沿波而得奇;其衣被词人,非一代也。故才高者菀其鸿裁,中巧者猎其艳辞,吟讽者衔其山川,童蒙者拾其香草。若能凭轼以倚《雅》、《颂》,悬辔以驭楚篇,酌奇而不失其真,玩华而不坠其实;则顾盼可以驱辞力,欬唾可以穷文致,亦不复乞灵于长卿,假宠于子渊矣。

这段评论,成了刘勰之后历代诗文作家、诗论家们虔诚尊奉的至理名论。所谓精到,主要指对各种文体写作特点的概括。这一点,下面还要详细分析,此处不再多说。

刘勰以后全面研究各种文体的著作还有两部，一是明代吴讷的《文章辨体序说》；二是明代徐师曾的《文体明辨序说》。这两部著作的特点是：对文体收罗很广；从中可以看到刘勰以后各种文体发展变化的情况。但概括性和理论深度都远不如《文心雕龙》。

第三节 诗性文体写作特点述要

所谓诗性文体，除诗外还包括赋和骚。按古人的看法赋和骚源于诗，是诗的变体。东汉班固认为"赋者，古诗之流也"（《两都赋序》）。刘勰认为"然赋也者，受命于诗人，拓宇于楚辞也"，"赋自诗出，分歧异派"（《文心雕龙·诠赋》）。骚实际上就是赋，西汉刘歆就将赋分为屈原赋、陆贾赋、荀卿赋、杂赋等。屈原的作品《离骚》等，是古赋吸收了楚文学的特点再加上屈原的创造而发展起来的。唐五代以后的词，元代以后的散曲，也应属于诗性文体的范畴，只因为词和散曲的创作问题自成领域，且内容非常丰富、复杂，放在这里用少量篇幅很难说得清楚。这里只好提而不论了。

一、诗

鲁迅曾认为中华先人"吭唷"、"吭唷"的劳动号子，是中国最早的诗歌。黑格尔曾指出人类一旦从事于表现自己，诗便开始产生。从黑格尔的意义上讲，鲁迅的看法无疑是正确的。但由于劳动号子尚未行诸语言，也没有实际内容，它毕竟不是严格意义上的诗歌。刘勰认为《葛天氏之乐》等尧舜时代的乐歌为中国最古老的诗歌。当今学者们认为这都是后人的假托。清代沈德潜编的《古诗源》选录了《击壤歌》等部分歌谣，这些作品以四言为主，间有七言、八言,也很难说是中国最古老的诗歌。倒是中国古代典籍中所收录的少数古朴的歌谣,比较可信。如汉人赵晔所著《吴越春秋》记载的《弹歌》即"断竹,续竹,飞土,逐肉";《周易》记载的"屯如,邅如;乘马,班如;匪寇,婚媾"等。前者叙述先民制造狩猎工具和狩猎过程。后者反映当时抢婚行为的民风民俗。这两首古代歌谣,内容最贴近先民的生活实际,一是生产,二是婚姻。形式上全是二言,且有明显的节奏。刘勰认为这类诗歌"辞达而已",即很难谈得上写作技巧,仅足以表情达意而已。

(一)四言诗。

真正能够进入文学殿堂的中国最早的诗歌,还是《诗经》中的作品。《诗经》是我国古代最早的一部诗歌总集,它收录的是西周初年到春秋中叶这个时期的作品。其中作品分三大类,一部分是当时的民歌,即所谓十五国风;第二部分是"雅"(大雅、小雅),除部分民间歌谣和统治阶级下层人士的作品之外,多数为贵族作品。第三部分是颂,主要是宗庙祭祀的乐歌。《诗经》中的很多篇章,都以作者真切而深刻的感受为基础,通过对现实生活的具体描写和真实感情的抒发,反映社会现实的本质。其写作上的特点,主要有以下四点。

1.在篇章结构上多是"分章复句"的形式。章是音乐上的名称,一章即一个乐段。所谓"分章复句",即章与章之间的字句基本相同,或只改换几个词语,反复吟咏,形成一种联章复沓的形式。如《周南·芣苢》:

采采芣苢,薄言采之。
采采芣苢,薄言有之。
采采芣苢,薄言掇之。
采采芣苢,薄言捋之。

> 采采芣苢,薄言袺之。
> 采采芣苢,薄言襭之。

　　这是《诗经》中极典型的一首。全诗三章,每章四句,每句四字,联章复沓而又形式整饬。每一章中,一、三两句文字完全相同;二、四两句,只有两个字不同。从总体上比较,三章当中每章只有两个字不同(采、有、掇、捋、襭、袺)。这充分体现了《诗经》作品配乐和民歌的特点。这种咏唱形式,不仅起着便于记忆和传诵的作用,而且还在艺术上起着充分抒情达意的作用,并有一种回环跌宕的艺术效果。配乐作品从某种程度上看是重声不重词,比较重视其音乐效果,歌词的具体内容处于次要地位。

　　2. 由原始歌谣的二言发展到成熟的四言。二言歌谣表现出初民语言和艺术上的素朴和幼稚,限制了形象和意境的创造,语言的硬壳限制人们情感的充分表达。四言与二言相比,延长了句式扩充了语句的容量,运用了大量双音词、联绵词,增强了诗句的表现力。双音词,如:"关关"、"雎鸠"、"窈窕"、"君子"、"参差"、"荇菜"、"寤寐"等。重言词如:"喈喈"、"潇潇"、"依依"、"霏霏"、"泛泛"、"坎坎"等。双声词如:"参差"、"踟蹰"、"奋飞"、"玄黄"等。叠韵词如:"绸缪"、"辗转"、"沃若"、"窈窕"、"泣涕"、"崔嵬"等。这些词,既保持了诗的音乐美,又增强了语言的直感性。《文心雕龙·物色篇》对此曾有所评论:"故灼灼状桃花之鲜,依依尽杨柳之貌。杲杲为出日之容,瀌瀌拟雨雪之状。喈喈逐黄鸟之声,喓喓学草虫之韵。皎日彗星,一言穷理;参差沃若,两字连形"。

　　3. 少人籁,重天籁。所谓天籁一般指艺术上的素朴自然未著人工。《诗经》中的多数作品是民歌,即使雅、颂中的作品也深受民歌影响,具有民歌的特点。它们大都出于天籁,成于自然。就诗的音韵而言,因为它是诗,而且是配乐的诗,必然用韵。但用韵方法不像唐代以后的近体诗那样严格,而是非常多样灵活,或者说是一种天然之韵。有的句句用韵;有的偶句用韵;有的第一、二、四句用韵,第三句不用韵;有的起句即入韵,第三句以下才双句用韵;有的单句和单句押韵,双句和双句押韵等。此外,除尾韵外,还有句中韵;全诗一韵到底外,还有中途换韵等。艺术风格的素朴,表现手法的灵活宽泛,同艺术发展的初级阶段紧密相连,所谓天籁也即指此。《诗经》的艺术规范,对中国古代文学特别是诗歌影响极深。素朴自然的艺术特色,一直是中国古代创作美学的最高标准。

4.赋比兴的表现手法。关于比和兴我们在第三章已经讲过很多。简而言之,正如南宋朱熹所概括的:"赋者,铺陈其事而直言之也","比者,以彼物比此物也","兴者,先言他物以引起所咏之词也"(《诗集传》)。所谓赋,就是当今所说的"叙述";比,即当今所说的"比喻"。兴的情况较复杂,既有比的意思,还有"引起"的作用。这个"引起"主要包括这样一些方面:或触景生情;或连类而想;或渲染气氛。赋、比、兴是中国古代诗歌最早被概括出来,也是最基本的表现手法。它对中国古代诗歌乃至现当代诗歌的艺术表现影响极大。从《周礼》提出之后,几千年来一直成为中国诗学讨论的重要内容。因为赋、比、兴,特别是比、兴充分体现着诗的表现特征。《诗经》之后,诗体屡屡发生重大变化,但比兴一直被历代诗人们所重视所运用。应该说,赋、比、兴在中国古代诗歌的艺术表现方面,具有椎轮之功。

(二)乐府诗。

乐府诗的名称,是由汉代掌管音乐的一个官署名称乐府而来的。汉代人把由乐府机关所编录和演奏的诗篇称为"歌诗"。魏晋以后，人们才开始称这些歌诗为乐府或乐府诗。齐梁之际刘勰的《文心雕龙》第七篇《乐府》就是一篇乐府诗专论。同刘勰大体同时的梁代萧统的《文选》也立乐府一门。直到明代吴讷的《文章辨体序说》、徐师曾的《文体明辨序说》都有专门论列。

所谓"乐府"诗，一般是指两汉乐府和魏晋南北朝乐府。隋唐以后，也有不少仿制品。我们这里研究乐府诗的写作特点，主要是针对两汉和魏晋南北朝的乐府诗而论，就不再顾及其余绪了。

1．两汉乐府的写作特点。首先，两汉乐府以五言为主，兼有七言及杂言。形式比较灵活、自由，语言自然流畅，通俗易懂，琅琅上口，具有较浓厚的生活气息。《诗经》的联章复沓以及比较整饬的语言形式，与以两言为主的古体歌谣相比，增强了艺术表现的灵活性，提高了艺术表现的能力。乐府诗是以五言为主的杂言体，又在四言诗的基础向前跨进了一步，成为四言诗以后更富有生命力和表现力的新诗体。两汉乐府诗的第二个艺术特点，是叙事手法更加突出。明代徐祯卿在《谈艺录》中指出："乐府往往叙事，故与诗殊。"徐祯卿所说的诗，指重在抒情而很少叙事的近体诗或古体诗。即使如杜甫的《自京赴奉先县咏怀五百字》也不是典型的叙事诗。乐府诗则恰恰相反，即使在抒情之作中也每每带有叙事成分。从长篇《孔雀东南飞》到只有四句的《公无渡河》，或故事完整，情节曲折；或生活片断，截取一例，大都以叙事为主。

请看《公无渡河》：

公无渡河，公竟渡河。

堕河而死，当奈公何。

从这首再简单不过的小诗可以看出三层意思：其一，四句诗的表达方式是叙事的；其二，从其题材看，它隐含着一个至少是传说中的故事。清代沈德潜《古诗源》引古今注云：朝鲜津卒霍里子高,晨起刺船,有一白首狂夫,披发提壶,乱流而渡。其妻随而止之,不及,遂堕河而死。妻援箜篌而鼓之,作公无渡河之曲,声甚凄怆,曲终,亦投河而死。其三,诗的作者们开始有意识的用诗来讲故事。如《白头吟》、《怨歌行》、《饮马长城窟行》、《青青河畔草》、《青青陵上柏》之类,多采用第一人称自述的表达方式,大都"若秀才对朋友说家常话"(谢榛《四溟诗话》),亲切动人。

开始注重写人物,写人物的命运,写矛盾冲突,是乐府诗写作的第三个特点。例如长篇叙事诗《孔雀东南飞》故事性强,矛盾冲突尖锐,人物性格鲜明,诗中多用对话。其他如《东门行》、《上山采蘼芜》、《董娇娆》、《羽林郎》等也都运用人物对话来表现情节发展,完成人物性格刻画。

2. 六朝乐府的写作特点。从题材上说,六朝乐府诗多写男女恋情。写作上也有自己的特点。其一,是以五言短篇为主。形式整齐,情味隽永,如《子夜歌》等,对后世绝句的产生有重要影响。其二,在相当一部分爱情诗中,都采用一问一答的对唱形式,具有鲜明的民歌特色。其三,歌词中经常运用双关语。如用"丝""莲""藕""碑""梧子"等,代替"思"、"怜"、"偶"、"悲"、"吾子"等。这在唐以后的一些富有民歌特色的诗作中也屡见不鲜。

(三)近体诗。

在介绍近体诗之前,先简单介绍一下与此相对的古体诗。古体诗,每首的句数没有限定;一般不对仗,偶尔出现对句,也任其自然,并非按严格要求制作;不讲平仄;虽押韵,但很宽泛,可押平声韵,也可押仄声韵,可一韵到底,也可中途换韵。古体诗继承着从《诗经》到乐府诗比较自然、灵活的特点。

所谓近体诗,就是指初唐以后成熟的律诗和绝句。也叫"今体诗"。其中又分为五言律诗、七言律诗;五言绝句和七言绝句。

这是一类在创作上具有严格规范的诗体。

1. 句数之定则。律诗,不管是五言、七言都必须是八句。五绝、七绝都必须是四句。有不少诗论家认为绝句是从律诗中截取四句而成的,说绝句既"截句"。明代吴讷在《文章辨体序说》中引《诗法源流》说:"绝句者,截句也。后两句对者,是截律诗前四句;前两句对者,是截律诗后四句;皆对者,是截中四句;皆不对者,是截前后各两句。"清代诗施补华《岘傭说诗》也持此说。当然也有不同意这种看法的。

2. 固定的用韵。古体诗和齐梁诗都讲究押韵,但押韵的规矩不多,不严。近体诗同古体诗的一个显著不同,即押韵非常严格。大体可以归纳为四点:

其一,近体诗押韵的位置是固定的。有的是首句押韵,其余押韵的位置均在对句的句尾,也就是第二、四、六、八句的最后一个字。

其二,近体诗只用平声字做韵脚。汉语的所谓四声即平、上、去、入。平声又分阴平、阳平,即现代汉语四声中的第一、第二声。

其三,古体诗可以一韵到底,但不多,多数是中途换韵。近体诗必须一韵到底。

其四,近体诗要求押本韵,不能出韵。所谓押本韵,就是指只能按照古代韵书中所规定的同一韵部的字用韵,即使邻近的韵也不得通融。如李白的《塞下曲》:

　　五月天山雪,无花只有寒。
　　笛中闻折柳,春色未曾看。
　　晓战随金鼓,宵眠抱玉鞍。
　　愿将腰下剑,直为斩楼兰。

诗的韵脚是寒、看、鞍、兰,都是"十四寒"韵目下的韵字。这一目中，共六十个韵字，如果这四个韵字超出这六十个韵字即属"违"。一直到了中、晚唐，特别是到了宋代出现了"借韵"情况，首句入韵的诗，可以借用邻韵。

3.严格的平仄。魏晋时期，通过对汉字声调的研究，创立了"四声"说，并运用于诗歌创作。后来又将"四声"归为两大类，即平和仄。平即平声，仄即上、去、入三声。仄，又称"侧"，即倾侧不平之意。在近体诗创作中，交替使用平仄，可使声调灵活多变，增强诗的音乐美。

五言律诗共有四种平仄格式。

其一，仄起第一式（仄起仄收，首句不入韵）：

仄仄平平仄，平平仄仄平。
平平平仄仄，仄仄仄平平。
仄仄平平仄，平平仄仄平。
平平平仄仄，仄仄仄平平。

杜甫的《春望》就属这种平仄格式。诗云：

国破山河在，城春草木深。
感时花溅泪，恨别鸟惊心。
烽火连三月，家书抵万金。
白首搔更短，浑欲不胜簪。

其二，仄起第二式（仄起平收，首句入韵）：

仄仄仄平平，平平仄仄平。
平平平仄仄，仄仄仄平平。
仄仄平平仄，平平仄仄平。
平平平仄仄，仄仄仄平平。

王维的《终南山》就用这种平仄格式。其诗云：

太乙近天都，连山到海隅。

白云回望合,青霭入看无。
分野中峰变,阴阳众壑殊。
欲投人处宿,隔水问樵夫。

其三,平起第一式(平起仄收,首句不入韵):

平平平仄仄,仄仄仄平平。
仄仄平平仄,平平仄仄平。
平平平仄仄,仄仄仄平平。
仄仄平平仄,平平仄仄平。

李白的《送友人》即用此种平仄格式,其诗云:

青山横北郭,白水绕东城。
此地一为别,孤蓬万里征。
浮云游子意,落日故人情。
挥手自兹去,萧萧班马鸣。

其四,平起第二式(平起平收,首句入韵):

平平仄仄平,仄仄仄平平。
仄仄平平仄,平平仄仄平。
平平平仄仄,仄仄仄平平。
仄仄平平仄。平平仄仄平。

李商隐《晚晴》即用此种平仄格式,其诗云:

深居俯夹城,春去夏犹清。
天意怜幽草,人间重晚晴。
并添高阁迥,微注小窗明。
越鸟巢干后,归飞体更轻。

以上四式,都有平仄通融的情况,此处不再详述。

4. 在固定位置上使用对仗。王力先生认为,律诗一般情况是半骈半散;首尾两联是散行的,中间两联则规定要用对仗。如苏轼的《有美堂暴雨》：
　　首联　　游人脚底一声雷，
　　　　　　满座顽云拨不开。
　　颔联　　天外黑风吹海立，
　　　　　　浙东飞雨过江来。
　　（三四两句为对仗句）
　　颈联　　十分潋滟金樽凸，
　　　　　　千杖敲铿羯鼓催
　　（五六两句为对仗句）
　　尾联　　唤起谪仙泉洒面，
　　　　　　倒倾鲛室泻琼瑰。

一般诗文都有对仗，而近体诗对仗则特别严格，大体表现在三个方面：

其一，对仗的上下两句不得出现重复的字，不仅两句相对应的同一位置上的字不得重复，不同位置上的字也不能重复。

其二，上下两句必须各有独立的内容，如果虽字面不同，但两句意思一样，没有内容上的拓展，也不符合要求。

其三，对仗讲究严密工整，不仅要做到名词对名词、动词对动词、形容词对形容词、副词对副词，而且还要分得更细微，事物、现象、数量、颜色等都要对。如杜甫的诗句"两个黄鹂鸣翠柳，一行白鹭上青天"两句诗很浅显、易懂，但对仗复杂。首先，是一句当中自身相对。第一句中"黄鹂"对"翠柳"，第二句中"白鹭"对"青天"，有颜色的对和事物的对。其次，两句的每一个词都相对仗：

"两个"对"一行"

"黄鹂"对"白鹭"

"鸣"对"上"

"翠柳"对"青天"

当然,这种对仗并非必须照办的规范,而是诗人驾驭语言本领的表演。

近体诗的对仗,除上面举例外,也有三联对仗,以至全诗首尾都对仗的。如杜甫的《闻官军收河南河北》尾联也对仗。其诗云:

剑外忽传收蓟北,初闻涕泪满衣裳。
却看妻子愁何在?漫卷诗书喜欲狂。
白日放歌须纵酒,青春作伴好还乡。
即从巴峡穿巫峡,便下襄阳向洛阳。

绝句因是截律诗而成,其基本规律和写作特点与律诗相通,恕不详述。

二、赋

赋这个词在古代至少有三种含义。一种含义是赋颂,如《诗·鄘风·定之方中》毛传云:"升高能赋……可以为大夫。"是说登高能够赋诗的人能够做大夫。二是《诗经》中"赋"、"比"、"兴"的赋,这是一种侧重于铺叙的表现手法。三是指一种文体,即先秦古赋、两汉大赋之赋。我们这里研究的是作为文体的赋。

(一)先秦赋。

中国最早的赋作什么样?刘勰在《文心雕龙·诠赋》中指出:

如郑庄之赋"大隧",士蒍之赋"狐裘";结言短韵,词自己作,虽合赋体,明而未融。及灵均唱《骚》,始广声貌。然"赋"也者,受命于诗人,拓宇于《楚辞》也。于是荀况《礼》、《智》,宋玉《风》、《钓》;爰锡名号,与"诗"画境;六义附庸,蔚为大国。

从刘勰的这段分析可以看出,春秋时郑庄公赋的"大隧",晋国大夫士蔿赋的"狐裘"一类作品,可以看成是赋的雏形,但并未成熟。最早以赋名篇与诗有别,成为一种独立文体的是战国时荀况的《赋》篇。刘勰认为《离骚》也是赋的一种成熟的形态。我们认为《离骚》虽有赋的特点,但它更多的具有自己独特的面貌,因此在赋这一部分我们不讨论《离骚》,待到下面专门论列。

荀况的《赋》篇分《礼》、《智》、《云》、《蚕》、《箴》五部分。请读《箴》篇:

> 有物于此,生于山阜,处于室堂;无知无巧,善治衣裳;不盗不窃,穿窬而行;日夜合离,以成文章;以能合从,又善连衡;下覆百姓,上饰帝王;功业甚博,不见贤良;时用则存,不用则亡;臣愚不识,敢请之王。
> 王曰:此夫始生巨,其成功小者耶?长其尾而锐其剽者耶?头铦达而尾赵缭者耶?一往一来,结尾以为事;无羽无翼,反复甚极;尾生而事起,尾遭而事已;簪以为父,管以为母;既以缝表,又以连里;夫是之谓箴理。

由引可以看出,荀赋的基本特点是:字句大体整齐,有韵,四言体,带有半诗半文的性质;表现手法善用"隐喻",即用种种巧妙的比喻来代替直说。语言形式上,体现出明显的先秦文学的特点,与汉代大赋四六为主的语言形式大不相同。每篇当中的"敢请之王"和"王曰"都开了汉赋主客问答式的先河。

(二)汉赋。

两汉大赋是赋体文学的代表,其写作特点主要有三点:

1.结构上的程式化。《文心雕龙·诠赋篇》对汉赋的结构特点作了很好的概括:"既履端于倡序,亦归余于总乱。序以建言,首引情本;乱以理篇,迭致文契。"所谓"履端倡序"指汉赋开头多有序。如班固的《两都赋》、扬雄的《甘泉赋》、《羽猎赋》、《长杨赋》

等。序言的作用旨在揭示全篇作品的主要意旨,即刘勰所谓的"首引情本"。"乱"即指赋的结尾,屈原的作品几乎都以"乱曰"结尾。汉赋也有以'乱曰"结尾的,如西汉王褒的《洞箫赋》。"乱"原是古代乐曲的最后一章,自屈原开始把作品的结尾称"乱"。其作用在于总结全篇,进一步发挥文章的气势。

汉代大赋几乎每一篇都采用主客问答的方式。西汉枚乘的《七发》是"楚太子"和"吴客"的问答;司马相如的《子虚赋》是"子虚"与"乌有先生"的问答;东方朔的《答客难》是"客"与"东方先生"的问答;扬雄的《长杨赋》是"子墨客卿"与"翰林主人"的问答。直到宋代欧阳修的《秋声赋》、苏轼的《前赤壁赋》和《黠鼠赋》仍存留有主客问答的"基因"。

2. 表达上的铺陈化。前面讲到过,赋不管是作为文体,还是表达手法,还是赋颂,其基本点是铺陈。祝尧在《古赋辨体》中指出:"汉兴,赋家转取诗中赋之一义以为赋。"祝尧的看法当然有不够科学的一面,但抓住了两种"赋"的共同点。汉代大赋同中国古代文学中的其他文体的不同,最突出的一点就是写景状物上铺张扬厉。请看《子虚赋》中的一段:

> 臣闻楚有七泽,尝见其一,未睹其余也。臣之所见,盖特其小小者耳,名曰云梦。云梦者,方九百里,其中有山焉。其山则盘纡弗郁,隆崇嵂崒,岑崟参差,日月蔽亏,交错纠纷,上干青云,罢池陂陀,下属江河。其土则丹青赭垩,雌黄白附,锡碧金银,众色炫耀,照烂龙鳞。其石则赤玉玫瑰,琳珉昆吾,瑊玏玄厉,硬石碔砆。其东则有蕙圃:蘅兰芷若,芎䓖菖蒲,江离麋芜,诸柘巴苴。其南则有平原广泽:登降陀靡,案衍坛曼,缘以大江,限以巫山。其高燥则生葳菥苞荔,薛沙青薠。其埤湿则生藏莨蒹葭,东蘠雕胡,莲藕觚卢。菴闾轩于:

众物居之，不可胜图。其西则有涌泉清池：激水推移，外发芙蓉菱华，内隐巨石白沙。其中则有神龟蛟鼍，毒瑁鳖鼋。其北则有阴林：其树楩楠豫章，桂椒木兰，檗离朱杨，櫨梨梬栗，橘柚芬芳。其上则有鹓雏孔鸾，腾远射干。其下则有白虎玄豹，蟃蜒貙犴。

这种描述是全方位的、浓墨重彩的。从大范围的景观的角度着笔："其山"、"其土"；从方位的角度着笔："其东"、"其南"、"其高"、"其卑"、"其西"、"其中"、"其北"。每一笔又都是那么浓重。与绘画相比较，它不仅不是"写意"也不是"工笔"，而是西方的油画。这种描摹文字除了汉赋之外，是在任何文体中都不可能见到的。

3.内容上的虚构和手法上的夸张。刘勰在《文心雕龙·夸饰篇》指出：

> 故上林之馆，奔星与宛虹入轩；从禽之盛，飞廉与鹪明俱获。及扬雄《甘泉》，酌其余波，语瑰奇，则假珍于玉树；言峻极，则颠坠于鬼神。至《东都》之比目，《西京》之海若……至如气貌山海，体势宫殿……莫不因夸以成状，沿饰而得奇也。

刘勰是从夸张的角度对汉代大赋的肯定。我们再看晋代左思在《三都赋·序》中对司马相如等人的批评：

> 然相如赋《上林》而引"卢橘夏熟"，扬雄赋《甘泉》而陈"玉树青葱"，班固赋《西都》而叹以出比目，张衡赋《西京》而述以游海若。假称珍怪，以为润色，若斯之类，匪啻于兹。考之果木，则生非其壤；校之神物，则出非其所。

这是左思从真实性角度对汉代大赋的批评。虚构与夸张紧密相连，完全真实，就决无夸张。恰当的夸张，也决不可能完全真实。刘勰的肯定和左思的批评，恰恰突出了汉代大赋虚构和夸张的特点。这也是中国古代文学除神怪小说,其他文体不可比拟的。

(三)魏晋抒情小赋。

两汉以大赋为主,也有部分抒情小赋。如贾谊的《鵩鸟赋》,司马相如的《长门赋》,司马迁的《悲士不遇赋》等,魏晋以后大赋衰萎,抒情小赋繁荣,出现了很多像曹植的《洛神赋》,向秀的《思旧赋》,潘岳的《秋兴赋》、《闲情赋》等。这些小赋的基本特点是:

1.篇幅短小。东汉张衡的《两京赋》九千多字。南齐谢朓的《临楚江赋》只有一百多字。其赋如下:

爰自山南,薄暮江潭。滔滔积水,袅袅霜岚。忧与江兮竟无际,客之行兮岁已严。尔乃云沉西岫,风荡中川。驰波郁素,骇浪浮天。明沙宿莽,石路相悬。于是雾隐行雁,霜渺虚林;迢迢落景,万里生阴。列攒筇兮极浦,弭兰鷁兮江浔。奉玉樽之未暮,餐胜赏之芳音。愿希光兮秋月,庶永照兮遗簪。

2.注重抒情。汉代大赋在表达上是夸大其词的,在情感方面是较为淡薄的。明代徐师曾在《文体明辨序说》中指出:"他如相如长于叙事,而或昧于情;扬雄长于说理,而或略于辞。至于班固,辞理俱失。若是者何?凡以不发乎情耳。"抒情小赋则完全是另一种面貌。魏晋时期,内乱外患,民不聊生,是中国历史上政治极端混乱,社会极端动荡的时期。在这种大动乱中,哲学、文学都在冲决传统观念的束缚。自汉以来在意识形态领域内占统治地位的经学、谶纬神学,开始崩溃,人们开始重新认识社会、人生、自我;开始注重人生的价值,人情的价值和自我的价值。这种崭新的思潮,必然要反映到文学领域中来。建安诗人虽然其创作风格各异,但多慷慨悲凉之气则是他们的一个重要的共同特色。就连曹操这样的英雄人物也唱着"对酒当歌。人生几何？比如朝露，去日苦多"的歌声。抒情小赋同当时的诗歌一样，同样担当起诗人、作家们抒情的任务。如前面提到的谢朓的《临楚江赋》就是很精彩的抒情诗。

3.语言清新。抒情小赋虽然还有明显的铺采摛文的特点，但语言清新、活脱、自然得多了。请读曹丕的《寡妇赋》：

惟生民兮艰危，于孤寡兮常悲。人皆处兮欢乐，我独怨兮无依。抚遗孤兮太息，俛哀伤兮告谁？三辰周兮递照，寒暑运兮代臻。历夏日兮苦长，涉秋夜兮漫漫。微霜陨兮集庭，燕雀飞兮吾前。去秋兮就冬，改节兮时寒。水凝兮成冰，落雪兮翻翻。伤薄命兮寡独，内惆怅兮自怜。

这篇赋完全是朴素、自然、明快的诗的语言。除了"六言"和用"兮"字，看不出任何赋的痕迹。

4.结构灵活。前面我们介绍过汉代大赋的结构模式。这里，我们不妨看几篇抒情小赋具体作品的样式。

曹丕《寡妇赋》有序，无"乱"，无主客问答，作品主体部分无东、西、南、北、上、下的铺叙。

王粲的《登楼赋》"序"、"乱"、主客问答，东、西、南、北、中的铺叙都没有。

曹植的《洛神赋》，有序，有对话。

嵇康的《琴赋》，有序，有"乱"。

谢惠连的《雪赋》，无序，有对话，有"乱"。

鲍照的《芜城赋》，有序，无对话，结尾有"歌曰"。

由此可以看出魏晋以后的抒情小赋的结构，灵活、自由得多了。

六朝的排赋、唐代的律赋、宋代的文赋不再论列。

三、骚

即指以《离骚》为代表的楚辞。

楚辞是战国时期兴起于楚国的一种诗歌形式。楚辞的名称，最早见于西汉前期。汉人有时称它为"辞"，或"辞赋"。又由于楚辞中最有代表性的作品是屈原的《离骚》，所以后人也有以"骚"来指称楚辞的。如梁萧统《文选》设"骚"类，刘勰《文心雕龙》设《辨骚篇》。从汉代开始，楚辞又成为屈原等人作品的总集名。

楚辞是渊源于中国江淮流域楚地的歌谣。它受着《诗经》的某些影响，但同它有直接血缘关系的，还是楚歌、楚声。因此楚辞在写作和体式上有不同于诗和赋的特点。

（一）内容充满神话色彩。

不仅直接仿效当时民间流行的祭歌写成的《九歌》、《招魂》具有浓厚的幻想性，就是屈原自述经历、自抒情怀的作品，也是驰骋想象、四方神游，具有极丰富的想象力和极浓的神话色彩。在《离骚》中，诗人用"上下求索"来表现自己的苦闷和追求，以至"叩帝阍"、"济白水"、"游春宫"、"求宓妃"、"登九嶷"、"巫咸降神"、"灵氛问卜"、"临睨旧乡"等。描绘了一个极为绚丽、奇异的神话世界。刘勰在《文心雕龙·辨骚篇》中，肯定了《离骚》在四个方面"同于风雅"之后又指摘说：

> 至于托云龙，说迂怪，丰隆求宓妃，鸩鸟媒娀女，诡异之辞也；康回倾地，夷羿彃日，木夫九首，土伯三目，谲怪之谈也；依彭咸之遗则，从子胥以自适，狷狭之志也；士女杂坐，乱而不分，指以为乐，娱酒不废，沉缅日夜，举以为欢，荒淫之意也：摘此四事，异乎经典者也。

刘勰这些话无疑是以儒家传统文学观来批评的。其实《离骚》异乎经典的这"四事",正是其文学性,其卓然不群之处所在。

(二)通过叙事抒情。

这一点既不同于《诗经》也不同于汉赋。《诗经》是四言短篇抒情诗,有些作品具有叙事成分,但未能充分展开。汉赋铺张扬厉,洋洋洒洒,但主体性不强,情感淡薄。《离骚》共三百七十三句,二千四百九十个字,是中国古代文学史上少有的长篇抒情作品。它一开始就用传记体来叙述自己的世系、祖考、生辰和名字,接着就叙述自己性格、才能、志愿和遭遇。此后的叙述更富有戏剧性。汉赋的叙述是为读者指点绚丽的景观;《离骚》的叙述是向读者倾诉感情。《离骚》的事是为情而设。清代刘熙载在《艺概·赋概》中谈到楚辞汉赋区别时指出,"楚辞按之而逾深,汉赋恢之而弥广","楚辞尚神理,汉赋尚事实"。所谓"神理",就是指情感。

(三)语言具有创造性。

《文心雕龙·辨骚篇》在评论楚辞的语言形式时指出:

> 故《骚经》、《九章》,朗丽以哀志;《九歌》、《九辩》,绮靡以伤情;《远游》、《天问》,瑰诡而惠巧;《招魂》、《大招》,耀艳而深华;《卜居》标放言之致,《渔父》寄独往之才。故能气往轹古,辞来切今,惊彩绝艳,难与并能矣。

刘勰的评论,无疑包含着对屈原作品想象奇特、词采华美的肯定。我们认为屈原作品的"自铸伟辞"的创造性,除刘勰的肯定之外,更重要的还表现在:诗句的散文化和吸收楚地方言入诗。所谓散文化,一是与四言相比较,句子加长;二是多用虚词。如《离骚》中反复使用的虚词就有之、曰、而、也、以、于、其、虽、夫、惟、乎、焉、哉等。这两点结合在一起,就可以使屈原作品的语言更有弹性,更富有变化,更容易表达作者不断变化的感情。楚辞中的方言,如宋代学者黄伯思所指出的:若些、只、羌、谇、蹇、纷、侘、傺者,楚语也(《校定楚辞序》)。今人褚斌杰又有所补充,增加了二十几个。方言的运用,更增强了作品的口语化和地方色彩。好的文学语言不在华美,而在于表现力,在于特色。屈原作品语言的魅力就在这里。

(四)比兴、寄托。

屈原写作《离骚》继承并发展了《诗经》的比兴手法。《诗经》中的比兴,还比较简单,主要侧重在诗的修辞方法。《离骚》的比兴寄托手法,不仅运用在遣辞造句上,且能开拓到篇章构思方面。屈原写他的内美、服饰、环境,都有象征、寄托的作用。在这一点上,屈原的《离骚》可以说在中国古典文学作品中达到登峰造极的程度。后世的许多咏物诗,如张九龄《感遇诗》;杜甫写马、鹰、病柏、病橘、枯木、枯棕等,都有屈原的影响。中国古代许多诗论、词论家高度重视比兴、寄托,也与屈原影响有关。正如刘勰所说:"其衣被词人,非一代也。"(《文心雕龙·辨骚》)

第四节 非诗性文体写作特点述要

上一节简要介绍的诗、赋、骚,我们把它们称之为诗性文体,就是因为它们本身是诗或者接近于诗。从其总体功能上看,偏重于抒情、审美,除开诗在先秦有一段服务于社会政治的经历之外,它们基本上无实用价值。我国古代的文体分类,每一个朝代,每一个文论家的分法都有所不同。《文心雕龙》文体论部分将文体划分为三十几种。也就是说,除了我们已经介绍的所谓诗性文体的诗、赋、骚之外还有三十种左右的文体。这一部分,我们把它们归为一大类,也就是我们这一节的题目所揭示的,非诗性文体。这一大类文体的总体功能,即具有很强的实用性。或者是朝廷上、官衙内用的，或者是读书人用的，或者是普通百姓用的。换句话说，这类文体是为公务或私务服务的。当然，在这一大类中，也有相当一部分作品具有很强的感染力，例如人们非常熟悉的《出师表》和《陈情表》等。这说明了作为精神产品的文章的复杂性和文体划分的复杂性。其实，这一类颇具感染力的作品，其第一位的功用仍在实用。

由于本书的性质和篇幅的关系，对这三十种左右的文体不能一一介绍，只能摘其要者介绍以下四个类型。

一、析理文体

所谓析理文体，也就是议事论理的文体，用现代写作学的说法就是议论性文体。现代写作学中的议论文体是二个大类的总称，其中包括多种具体文体。古代的析理类文体也是如此，也包括多种具体文体。刘勰《文心雕龙·论说篇》中的"论说"就包括"论"和"说"。仅就"论"而言，又可以从内容的角度分为陈政、释经、辨史、诠文；从形式的角度分为议、说、传、注、赞、评、叙、引。萧统《文选》将"论"三分为设问、史论和论三类。明代徐师曾《文体明辨序说》将"论"分为八品，即理论、政论、经论、史论、文论、讽论、寓论、设论。吴讷的《文章辨体序说》划分比较简单，将"论"分为两体，即：史论和论。

我们这里将以《文心雕龙·论说篇》为依据，对"论"和"说"作些较为具体详细的分析。

（一）论。

我国议论性文体源远流长。先秦诸子散文就是我国早期的议论文。刘勰认为《论语》是我国最早的议论文。他在《论说》中指出：

>昔仲尼微言，门人追记，故抑其经目，称为《论语》；盖群论立名，始于兹矣。自《论语》已前，经无论字；六韬二论，后人追题乎？

刘勰认为古代文章以论名篇始于《论语》，认为太公《六韬》篇中的《霸典文论》、《文师武论》都是后人的追记。《论语》是孔子的语录，其实质是议事论理的。但作为文章，《论语》还不具备完整的形态。因此，《论语》还不是典型的议论文。《墨子》中的所谓"十论"，也以论名篇，也是墨子讲学语录，但每论各有主题，已比《论语》较为成熟。《孟子》将要冲破语录体的硬壳，有些篇章，如《鱼我所欲也》已是相当完整的议论文的篇章。到《庄子》、《荀子》、《韩非子》等已更加成熟。以现存的文献看，西汉初年贾谊的《过秦论》才能算是最早的、单篇的、比较贴近我们习惯看法的议论文。

战国是辩士蜂起的时代，一切文化现象都不可避免地受到说辩之风的影响，议论文的写作受到的影响更加直接。汉代的文章仍承其余绪，例如西汉武帝时期的东方朔写过一篇《非有先生论》。先就这个题目看，就具有两种文体的特点，"论"字可以说明这是一篇议论文；"非有先生"又体现汉代大赋的特色。这篇文章在结构形式上采用的是设为问答的形式，这又体现了汉赋的特点。即使是《过秦论》这样议论文的名篇，也仍然没有脱尽战国说士之文的影响。总之，西汉时代的议论文，上承战国文的遗风，又和同时代的大赋互相渗透。东汉以后，议论文的风格发生了明显的变化。一是论证更加严密，论点更集中、突出；二是战国遗风消退尽净；三是哲学论文的繁荣。这些文章重在见解精深，如刘勰讲的"并师心独见，锋颖精密"(《论说》)。唐宋的古文运动更促进了议论文的繁荣，宋代的史论著作尤其引人注目，以"三苏"的作品影响最大。明眼人可以看出,我们的叙述是紧扣住以论名篇这一点展开的,其实这条线索之外还有许多优秀的议论性的作品未能涉及,即刘勰所提到"论"字下面所包括的若干具体文体,这里也不好一一论列了。

综观古代的文体论著作对议论文的理论阐释,还是以《文心雕龙·论说篇》最充分、透彻。

什么是论?刘勰说:"论也者,弥纶群言,而研精一理者也。"意思是,概括各家的说法来精密研究一个道理。包举群言要广博;精研一理,要专精。

论的功能、功用是什么?刘勰说:"原夫论之为体,所以辨正然否;穷于有数,究于无形,钻坚求通,钩深取极;乃百虑之筌蹄,万事之权衡也。"刘勰对"论"的基本任务的规定是"辨正然否",即辨明是非。要完成这样的任务,就得攻破各种难题,求得认识上的贯通,就得要深入探讨,以求得到正确、深刻的结论,正因为如此,"论"是表达各种思考的工具,用以对万事万物进行衡量。

"论"的写作要求是什么?刘勰说:"故其义贵圆通,辞忌枝碎;必使心与理合,弥缝莫见其隙;辞共心密,敌人不知所乘。斯其要也。""论"的道理要讲得圆满通达,语言形式忌讳枝离破碎。必须做到思想和道理统一,把论点组织严密,没有漏洞。文辞和思想密切结合,使论敌无懈可击。这种分析是非常精辟、前无古人,后启来者的。直到今天,对议论文写作的基本认识,并没有超过刘勰多少。

在"论"的写作中最容易出现的不良倾向是什么?刘勰说:"斤利者,越理而横断;辞辨者,反义而取通;览文虽巧,而检迹知妄。"刘勰首先以用斧子劈柴作比喻。他认为,如果斧子太锐利了,就会超出木材的纹理,把木柴砍断。巧于文辞的人,往往违反正理勉强把道理说通。文辞看起来似巧妙,认真检查,就会发现其虚妄。总之,不讲道理的强词夺理是不行的。

明代吴讷的《文章辨体序说》、徐师曾的《文体明辨序说》是两部颇有影响的文体论著作,但对"论"的阐释却极为简略,多是转述《文心雕龙·论说》的话。

(二)说。

"说"是"论"的八种具体文体中的一种。战国时代纷争之势,造就了一批能言善辩的知识分子,如张仪、苏秦之流的游说之士。刘勰叙述当时的情形说:

> 暨战国争雄,辨士云踊;纵横参谋,长短角势;《转丸》骋其巧辞,《飞钳》伏其精术;一人之辨,重于九鼎之宝,三寸之舌,强于百万之师;六印磊落以佩,五都隐赈而封。

"说"这种议论文,就始于这些游说之士的口头的、书面的文辞。我国著名的先秦古籍《国语》和《战国策》就收录了大量的游说之士的文辞。

《文心雕龙·论说篇》上半篇讲"论",下半篇讲"说"。

什么是"说"?刘勰说:"说者,悦也;兑为口舌,故言咨悦怿。"刘勰从文字学的角度解释,认为"说"与"悦"相通。"说"字从"兑",《周易》中的《兑卦》象征口舌,所以说话应该令人喜悦。也就是说,"说"是一种议论,它的特点在于,必须叫人喜欢听。

"说"的写作的基本要求是什么?刘勰说:"凡说之枢要,必使时利而义贞,进有契于成务,退无阻于荣身。自非谲敌,则唯忠与信。披肝胆以献主,飞文敏以济辞,此说之本也。而陆氏直称'说炜晔以谲诳',何哉?"刘勰首先强调的是"说"之写作的忠和信的基本原则。这是讲作者的人格,是写文章的关键。刘勰认为只要坚持这种基本原则,如果意见被采纳就会有补于政务;如果不被采纳,也不妨害自己的显荣。其次,是对表达的要求,要披肝沥胆,要有情;文辞要漂亮。接受者的喜悦,就从这里产生。再次,批评了陆机看法的片面性。因为刘勰主要强调"说"的忠与信,自然就不赞成陆机片面强调"说炜晔以谲诳"观点。刘勰认为"自非谲敌,则唯忠与信"。对敌人可以欺骗,除此之外,只能是忠与信。其实陆机的看法并不完全错,他的看法是针对战国说士之文讲的。战国说士之言欺骗成分的确不少,忠信似乎更谈不上,朝秦暮楚,有何忠信可言。刘勰的视点从战国说士拓宽了一步,因此他的看法就更全面一些。

明代吴讷、徐师曾对"说"的阐释,很值得我们重视。吴讷说:"说者,释也,述也,解释义理而以己意述之也"(《文章辨体序说》)。徐师曾也认为:"按字书:'说,解也,述也,解释义理而以己意述之也。"(《文体明辨序说》)两个人的解释完全一样,他们两人的看法比较准确地抓住汉代以后,特别是唐宋以后"说"的本质特征。吴讷在阐释"说"的流变发展时,特别提到了唐代的韩、柳和宋代的"诸大老"。韩愈写过有名的《师说》、《杂说》。《师说》旨在说明为人师和从师学习的重要性;《杂说》中的《马说》是以千里马为喻,说明知遇之难的。都具有明显的解释和说明的性质。柳宗元的《捕蛇者说》、苏轼的《日喻说》都像是我们现在所说的杂文。周敦颐的《爱莲说》像是小品。明、清两朝的有些以"说"名篇的短文,又有不少是论学随笔。总之唐宋以后的"说"在其议论性、解释和说明性没多大变化的情况下,早期"说"体的特征,被历史的长河冲洗得几乎净尽了。

二、状物文体

古代的文体论专家们,似乎都没有作这样的划分。《文心雕龙》文体论部分的二十篇，没有一篇是专讲状物文的。只有《书记篇》稍有相契之处。《书记篇》有云：

> 夫书记广大，衣被事体，笔札杂名，古今多品。是以总领黎庶，则有谱籍簿录；医历星筮，则有方术占式；申宪述兵，则有律令法制；朝市征信，则有符契券疏；百官询事，则有关刺解牒；万民达志，则有状列辞谚：并述理于心，著言于翰，虽艺文之末品，而政事之先务也。

《书记》是文体论部分的最后一篇，它像个"不管部"，凡在前面找不到归属的文体，都归到这一类来。这二十四种文体涉及面很广，却只有"状"与我们讲的"状物体"有点相似。《书记》云："状者，貌也。体貌本原，取其事实，先贤表谥，并有行状，状之大者也。"细加推敲刘勰的"状"基本上是传人文体。这就是说，《文心雕龙》所研究的大小五十多种文体中，没有一种是典型的"状物"体。这种现象，是否可以这样认识：一是刘勰之前"状物"的作品除赋之外，非常少。赋基本上属于诗的范畴，它已经独立门户。二是刘勰对这类文章不抱十分肯定的态度。东汉以后，特别是魏晋以后模山范水的诗或文开始繁荣，正如《明诗》所云："宋初文咏，体有因革，庄老告退，而山水方滋；俪采百字之偶，争价一句之奇，情必极貌以写物，辞必穷力而追新，此近世所竞也。"刘勰虽然是对诗而言的，从创作实践看，文同样如此。中国古代的游记文学就是从这个时期，从谢灵运等人那里发展起来的。刘勰对"状物"文的轻视，与其文学观念有关。萧统《文选》为赋分类时，其中有"畋猎"、"纪行"、"游览"、"江海"、"宫殿"、"物色"、"鸟兽"等小类。诗中也有"游仙"、"游览"、"行旅"、"军戎"等小类。同样没有写景状物文。

吴讷《文章辨体序说》、徐师曾《文体明辨序说》才各为"记"设体。吴讷指出:"记之名,始于《戴记·学记》等篇。记之文,《文选》弗载。后之作者,固以韩退之《画记》、柳子厚游山诸记为体之正。然观韩之《燕喜亭记》,亦微载议论于中。至柳之《新堂》、《铁炉步》,则议论之词多矣。迨至欧苏而后,始有专以议论为记者,宜乎后山诸老以是为言也。"徐师曾与吴讷的看法大同而小异。清末林纾在《春觉斋论文》也指出:"然勘灾、浚渠、筑塘、修祠宇、纪亭台,当为一类;记书画,记古器物,又别为一类;记山水又别为一类;记琐细奇骇之事,不能入正传者,其名为'书某事'又别为一类;学记则为说理文,不当归入厅壁;至游宴觞咏之事,又别为一类:综名为记,而体例实非一。"林说着重在给"记"分类。我们将根据林纾的分类,简要介绍以下三种。

(一)亭台祠宇记。

这类作品,从写法上看,应该说是灵活多样,多彩多姿。其主要共同点有以下两个方面。

1.与碑文相似。清代姚鼐在《古文辞类纂·序》中指出"杂记类者,亦碑文之属"。吴讷在《文章辨体序说》中指出:"大抵记者,盖所以备不忘。如记营建,当记日月之久近,工费之多少,主佐之姓名。"姚鼐的说法很明确,无须解释;吴讷讲的"备不忘","记日月之久近",载"主佐之姓名",这都有碑文的性质。徐师曾也讲到这一点,他说:"又有托物以寓意者(如王绩《醉乡记》是也),有首之以序而以韵语为记者(如韩愈《汴州东西水门记》是也),有篇末系以诗歌者(如范仲淹《桐庐严先生祠堂记》是也)。"前面是序文,序文后面是韵文或歌,这是碑文最常见的体例。范仲淹《严先生祠堂记》的结尾:"又从而歌曰:'云山苍苍,江水泱泱。先生之风,山高水长。'"苏轼《喜雨亭记》的结尾是:"既已名亭,又从而歌之曰:使天而雨珠,寒者不得以为襦;使天而雨玉,饥者不得以为粟。

一雨三日,伊谁之力?民曰太守,太守不有,归之天子。天子曰不然,归之造物。造物不以为功,归之太空。太空冥冥,不可得而名,吾以名吾亭。"

亭台祠宇记,又毕竟不同于碑文。最主要的不同是:碑文以传人为主,亭台祠宇记以记物为主。此外,亭台祠宇记抒发感情更为自由,表达手法更为多样,因此,其文学性也更强。

2.重在写景状物。这类作品都是以各种建筑物和自然景观为反映对象。作者可以在文章中发议论、抒感慨。但都必须以写景状物为基础,作者的议论或感慨都必须在这个基础上生发出来。写法,也可以称之为虚实结合。具体描摹是实,议论感慨是虚。虚是实的升华,实是虚的基础。范仲淹的《岳阳楼记》和王禹偁的《黄冈竹楼记》都是这方面的代表作。

《岳阳楼记》首先交代写这篇"记"的缘由,说宋仁宗庆历四年春,他的被贬官任巴陵太守的朋友滕子京,要重修岳阳楼,他接受朋友的嘱托来写这篇记文。下面是以绝大篇幅描绘巴陵胜状,写得既充分又精彩。最后就是那段凌铄千古的卓论。全文不到420个字,第一部分介绍写作缘由51个字;描写巴陵胜状的文章主体部分用275个字;最后议论部分用92个字。

王禹偁《黄州新建小竹楼记》,开头写用竹建小楼的原因。下面就是描摹小竹楼。其文曰:

> 子城西北隅,雉堞圮毁,蓁莽荒秽。因作小楼二间,与月波楼通。远吞山光,平挹江濑。幽阒辽敻,不可具状。夏宜急雨,有瀑布声;冬宜密雪,有碎玉声。宜鼓琴,琴调虚畅;宜咏诗,诗韵清绝;宜围棋,子声丁丁然;宜投壶,矢声铮铮然:皆竹楼之所助也。公退之暇,被鹤氅,戴华阳巾,手执《周易》一卷,焚香默坐,消遣世虑。江山之外,第见风帆沙鸟、烟云

竹树而已。待其酒力醒,茶烟歇,送夕阳,迎素月,亦谪居之胜概也。

最后一部分写感慨。全文不到330字。第一部分34个字,第二部分用154个字。第三部分的议论用152个字。总之,亭台祠宇记类文章,对人文景观或自然景观的描摹,不管其描写手法或虚或实,或正或侧,都应该是文章重点。当然,也有特例,如唐、宋以后的"厅壁记"或"厅壁题名记"。封演《封氏闻见记》卷五云:"朝廷百司诸厅,皆有壁记,叙官秩创置及迁授始末,原其作意,盖欲著前政履历,而发将来健羡焉。故为记之体,贵其事详雅,不为苟饰。"这种记,一般是以叙事为主,有纪念碑的性质,但有些名家的"厅壁记"却也写得极有声色。如唐代韩愈的《蓝田县丞厅壁记》就写得极有戏剧性,有生动的人物形象刻划。看来,不少优秀作品是产生在破格之中。

(二)山水游记。

这是一类以模山范水为主的文体。它肇始于魏晋,成熟于唐宋,至明清成为文学散文中重要的一体。山水游记与亭台祠宇记和其它以记叙为主的散体文相比,其主要特点有三。

1. 内容必须是亲身游历。亭台祠宇记多数是记写亲见亲闻。但也不完全如此,即使是名篇也有例外。唐代韩愈写的《新修滕王阁》就是。韩愈写这篇文章是受观察使王仲舒所托,他当时并未到过滕王阁。宋代欧阳修的名作《真州东园记》,也是受人所托,是根据江淮发运副使许子春,带给他的真州东园的图而写成的。由此可以看出,这类"记"可以根据亲见亲闻记,也可以根据资料记。山水游记却不能这样。游记必须先有游,然后才有记。不游可以写记,但不能叫游记。一些优秀的山水游记,文笔优美、情感真挚、发论确当、感慨遥深,在很大程度上都产生于这个"游"

字。在"游"的过程中激起了真感情、真感想,才能写出真正的文学精品。柳宗元的《永州八记》,是柳宗元自己最好的散文作品,也是中国古代山水游记中最好的作品。这些作品之所以写得这么好,一是柳宗元有很高的文学修养和高超的写作技巧,二是柳宗元当时具有一种因受压抑而愤愤不平的特定心态,三是有真切实在、优美的自然景观作为产生写作激情的刺激物。

2.以议论加深意蕴。唐代文学重意兴,宋代文学重议论,诗如此,山水游记亦如此。这是一种总体评价。其实,就连可以作为中国古代游记最优秀代表的柳宗元的游记作品,也不是绝无议论色彩。如《永州八记》之三的《钴鉧潭西小丘记》的结尾:

噫!以兹丘之胜,致之沣、镐、鄠、杜,则贵游之士争买者,日增千金而愈不可得。今弃是州也,农夫渔父过而陋之,贾四百,连岁不能售。而我与深源,克己独喜得之,是其果有遭乎!书于石,所以贺兹丘之遭也。

清代林纾对此评曰:"其下复冀及贵游者之争买,则名心到底不忘。似与愚溪诗序同一口吻。"

沈德潜云:"结处忽发感喟,反复曲折,此神来之笔也。记中又开一体。"

刘海峰曰:"前写小丘之胜,后写弃掷之感,转折独见幽冷。"

只见对自然景观的精细刻划,不见作家的心灵,不能算是很好的作品,有了这自然而生发出来的议论,作品方觉意蕴有深度,情味有浓度。好的作品应该能洞见作家的心灵,林纾所说的"则名心到底不忘",刘海峰说的"转折独见幽冷",就是指的这一点。

宋代的游记其议论色彩更浓。例如苏轼的《石钟山记》、王安石的《游褒禅山记》,几乎可以这样认为:既可以视为游记,又可以视为议论文。说它是游记,是因为这类作品有生动的叙述和精细的描绘。说它是议论文,因为作品的落脚点是阐发一种事理或哲理。苏轼、王安石同柳宗元的游记中都有议论,但又各不相同。柳宗元的议论主情,苏轼、王安石的议论主理;柳宗元的议论是在描写自然景观同时的自然抒发;苏轼、王安石的作品中的叙述、描写是为阐发一种道理而设。如果认为柳宗元的游记是正体,苏轼、王安石的作品为变体,并因为主理而大加指责,亦大可不必。苏、王这类游记千百年来不朽的独特价值,可能也正在这里。属于亭台祠宇记的《岳阳楼记》,很少有人能背诵其精彩的自然景观的描写,其中的"先天下之忧而忧,后天下之乐而乐"却是"士人"皆知。写景状物,一旦脱离了社会、人生、哲理,就变得非常浅薄,甚至毫无价值。

3. 描写中透出情韵。明清是山水游记文大量产生的时期,多数文人集子中都有游记作品。明代,对后世影响最大的要数《徐霞客游记》。这部作品是地理科学与文学游记的结合,文章重在记实,文笔朴素无华,有不少篇章却也写得情景交融,是游记文学中的杰作。但是更加生动、活脱,更富有文学意味的是明代张岱、"三袁"等人的山水小品。这一部分作品同唐代、宋代的山水游记有明显的不同。不像柳宗元作品的深沉,不像苏轼、王安石作品富有哲理,其总体风格是精致、清新、活脱中透出情韵。请看张岱的《湖心亭看雪》:

> 崇祯五年十二月,余往西湖。大雪三日,湖中人鸟声俱绝,是日更定矣,余拏一小舟,拥毳衣、炉火,独往湖心亭看雪。雾淞沆砀,天与云与山与水,上下一白,湖上影子,惟长堤一痕,湖心亭一点,与余舟一芥,舟中人两三粒而已。
>
> 到亭上,有两人铺毡对坐,一童子烧酒,炉正沸。见余大喜曰:"湖中焉得更有此人!"拉余同饮。余强饮三大白而别。

问其姓氏,是金陵人,客此。及下船,舟子喃喃曰:"莫说相公痴,更有痴似相公者。"

这篇山水小品,写景状物不用精工细描,而是采用白描的手法,画出了一幅非常精妙的写意图,特别是"痕"、"点"、"芥"、"粒"简洁而传神地刻画出大雪覆盖,天地浑莽,景物朦胧的情状;再加上湖上的巧遇以及舟子的"喃喃"评说,更加生出一种风韵。清代桐城派散文家们以文章简洁著称,姚鼐的《登泰山记》是久负盛名的代表作。作品中渲染雪趣,也极富韵味。总之,明清的游记作品又以自己独特的面貌,列于中国古代文学的画廊。

(三)书画杂物记。

这是一类记事记物的小文。这类文章多是记书画、器物和其他杂物。由于多是作家的自由题写,文章内容和写法较自由灵活,可以以体物为主,可以因物怀人,可以抒发慨叹,还可以借以阐发某种文学或艺术理论见解。

记画的作品影响最大的是韩愈的《画记》。文章前半篇记述画的内容。后半篇叙述画的得失与转赠的经过。记述画的内容旨在说明画上马匹、禽兽以及各种杂物的"皆曲极其妙",说明画的技巧绝伦、极为珍贵。写画的得失及转赠经过,带有传奇性,借以说明画的失主以及韩愈自己对画的珍惜之情。《画记》历来最受人们称道的是对画面内容的描述、刻画。其文曰:

  马大者九匹。于马之中,又有上者,下者,行者,牵者,涉者,陆者,翘者,顾者,鸣者,寝者,讹者,立者,人立者,龁者,饮者,溲者,陟者,降者,痒磨树者,嘘者,嗅者,喜相戏者,怒相踢啮者,秣者,骑者,骤者,走者,载服物者,载狐兔者。凡马之事,二十有七,为马大小八十有三,而莫有同者焉。

由这段文字可以看出,作为文学大师的韩愈卓越之处至少有三：其一是有大家的文胆，一段文字当中连用三十多个"者'，且绝大多数是二字句，这是见所未见的。这同他在《送孟东野序》中连用几十个"鸣"字，同是一种魄力。其二，是高超的驾驭文字的技巧。文笔重天籁，少人工，严整中透出疏散、错落。其三，善于选择最恰当的语言形式。刻画具体，具有很强的直观性，便于激起读者的再创造。韩愈的这篇短文对后世影响很大，清代方苞称之为"周人以后，无此种格力"。宋代苏轼的《韩幹画马赞》明显有韩愈《画记》的影子。首先是布局相似，前半篇写四匹马的姿态，后半篇抒发自已的感叹；其次，对马的姿态刻划的手法相似，其文曰：

韩幹之马四：其一在陆，骧首奋鬣，若有所望，顿足而长鸣；其一欲涉，屃高首下，择所由济，踟蹰而未成；其二在水，前者反顾，若以鼻语，后者不应，欲饮而留行。

两段文字虽然有繁简和用韵不同的区别，笔法却颇为相似。苏轼的《书蒲永升画后》、《文与可画筼筜谷偃竹记》也都是非常有名的记画作品。

古代记器物以铭文为多。清代沈德潜编的《古诗源》就收有《盥盘铭》、《带铭》、《杖铭》、《衣铭》、《笔铭》、《矛铭》，具有铭的性质的《书车》、《书户》、《书履》、《书砚》、《书锋》、《书杖》。按传统，铭要题器物之上。因此，作为文章写作的器物记，数量不太多。唐代刘禹锡的《机汲记》就是这类文章。宋代刘敞的《先秦古器记》，明代魏学洢的《核舟记》这类文章，在表现手法上大都是刻画和说明相结合。描摹、刻画器物形态，用抽象的文学符号来传达具体、实在的物象，文笔必须简洁、明快而又层次清晰。人们都很熟悉的《核舟记》就是一篇相当典型的文字。

三、传人文体

中国古代传人的作品，大体上包括史传、哀祭、碑诔、墓铭、传状等。多数是写死人，有的如史传、传状也可以写活人，但都是以写人为主。

（一）史传。

《文心雕龙》设《史传》篇。《文选》收"史论"、"史述赞"，未收"史传"作品。明代吴讷《文章辨体序说》和徐师曾《文体明辨序说》都设"传"，未称"史传"。刘勰所谓的"史传"即指《史记》等正史中的"本纪"、"世家"、"列传"，如《史记》中的《项羽本纪》、《陈涉世家》、《淮阴侯列传》等。可见萧统以后都将史传作品划归历史，没有将其作为文学作品看待。

关于史传文的写作，刘勰有颇为详细的阐述。首先，谈到史传文的真实性原则，主张"文非泛论，按实而书"，特别提到坚持真实原则的不易。他在《文心雕龙·史传》篇中指出：

> 若夫追述远代，代远多伪，公羊高云："传闻异辞"；荀况称："录远略近。"盖文疑则阙，贵信史也。然俗皆爱奇，莫顾实理。传闻而欲伟其事，录远而欲详其迹，于是弃同即异，穿凿傍说，旧史所无，我书则传，此讹滥之本原，而述远之巨蠹也。至于记编同时，时同多诡，虽定哀微辞，而世情利害。勋荣之家，虽庸夫而尽饰；迍败之士，虽令德而常嗤。理欲吹霜煦露，寒暑笔端，此又同时之枉，可为叹息者也。

针对史传作品内容失实的问题，刘勰提出了三个方面的问题。一是时代久远，影响材料的真实，所谓"代远多伪"、"传闻异辞"。这是人们都理解的。二是社会心理影响，即所谓"俗皆爱奇，莫顾实理"。似乎这也是个很难解决的问题，这里很容易从两个方面产生问题。作家有意迎合读者口味和作品中使用传闻材料都容易出现问题。三是作家出于利害考虑,对"勋荣之家"和"违败之士"采取不同态度,也会造成作品的失实。

对史传作品的结构问题,刘勰也有精辟论述。他指出:

> 岁远则同异难密,事积则起讫易疏,斯固总会之为难也。或有同归一事,而数人分功,两记则失于重复,偏举则病于不周,此又铨配之未易也。

刘勰的意思是说,年代太远的事就很难写得准确;要写的事太多,对每件事的始末就容易忽略。这的确是作综合记叙所存在的困难。有的同属一件事,但和几个人有关,如果在两人的本传里都写,就会造成重复;如果只记在一个人头上,又会出现不周全的情况。这又是在权衡轻重、相互配合上存在的困难。这的确是写作长篇叙事作品最艰巨的任务之一。古今中外的许多文学大师都讲到措置文学艺术结构之艰难。

刘勰种种分析的局限在于侧重谈史,没有很好地突出文学写作的特点,即如何创造人物。《左传》很善于写人,《史记》写人物更是内容丰满、栩栩如生。《文心雕龙·史传》对此未能揭示,吴讷、徐师曾也未能很好地揭示。吴讷指出:"《步里客谈》云:范史《黄宪传》,盖无事迹,直以语言模写其形容体段,此为最妙。由是观之,传之行迹,固系其人;至于辞之善否,则又系之于作者也。"(《文章辨体序说》)吴讷涉及了语言辞章和表现手法的问题,但未能作充分阐释。

(二)传状。

传,即传记体文章。关于我国传记体文章,明代徐师曾在他的《文体明辨序说》中说:"按字书云:'传者,传也,纪载事迹以传于后世也。'自汉司马迁作《史记》,创为'列传',以纪一人之始终,而后世史家卒莫能易。嗣是山林里巷，或有隐德而弗彰，或有细人而可法，则皆为之作传以传其事，寓其意；而驰骋文墨者，间以滑稽之术杂焉，皆传体也。故今辨而列之，其品有四：一曰史传（有正变二体），二曰家传，三曰托传，四曰假传，使作者有考焉。"在这里，徐氏清楚地解释了"传"的意思，明确地指出传记体文章创自司马迁的《史记》，这些都是不错的。但是他把传记体文章分为"四品"，似乎不太科学，因为分类的标准不一致。如果一定要将传记体文章加以分类的话，不妨分为两类。比如，以文章的作者来分类，可分为史传和一般传记。前者由史官执笔，并且是史书的一部分，在内容上要"纪一人之始终"，要写出人物的世系、生卒年、主要事迹，以至于子孙后代，总之要力求全面。后者由一般文人学者所撰写，与史书无关，只要写出立传人的特异部分就可以了。又比如，以文章的内容来分类，可分为人物传记和寓言故事。前者不管作者是修史的史官还是一般的文人学者，只要写作对象是现实生活中的真人，都属于这一类。例如唐代韩愈写的《圬者王承福传》，柳宗元的《种树郭橐驼传》、《童区寄传》等。这类传记文章要求内容绝对真实，不能有半点虚假。后者则不然，它是以物为写作对象，目的在于讽世警俗，如韩愈的《毛颖传》、柳宗元的《蝜蝂传》等。至于一些传奇小说、笔记小说，虽然也有采用传记体形式的，但由于人物、情节全是虚构的，当然也就不属于这里所说的传记文章，而只能归到文学创作里去了。

状，就是行状，也属于传记文章，由于它的用途有别于"传"所以不叫"传"，而叫"行状"。所谓"行状"，原是指一个人的品行、状貌、事迹等。作为一种文体，又称"状"、"行述"，是记述死者世系、籍贯、生平年月和生平概略的文章，常由死者门生故吏或亲友撰述，提供给朝廷议谥时参考，或撰写墓志、史传者采择。清代姚华在《论文后编》中说:"凡传必先征事,备书于篇,以待作家,故有行状。谓具其行义,陈之于朝,而备史裁。其初称状,本是公牍……后称行状,当起汉末。"

由于行状有自己的特殊用途,因此与一般传记文相比较,在内容上就有几个特点。这些特点大致为:一是它所叙述的人物的生平事迹,比较详尽,篇幅较长;二是传记文可以有褒有贬,而行状文则有褒无贬;三是行状的文末往往要写上撰写送交的目的。

此外,还有"逸事状"、"事略"等,它们不同于正式的行状,即不必全面详尽地记写死者的生平事迹,而仅描述死者的某些逸事轶闻,可以视为行状的变体。

写得好的行状文,实际上也就是一篇既有史料价值又有文学价值的人物传记。

我国是一个具有丰富的传记性文章的大国。自从司马迁开创了史传体,后世史家卒莫能易,一部二十四史,史传文占有其最大篇幅;唐代的古文运动,又为文人学者开创了写作传记体文章的广阔道路,进一步繁荣了传体文章的写作;其中有许多篇什,早已成为脍炙人口的散文名篇。

(三)哀祭。

哀祭类文章,在古代主要包括诔、哀辞、祭文、吊文等。它们的用途、性质、特点,虽不尽相同,但都是对死者称颂、忆念、伤悼的。

1.诔。这是我国哀悼文最古老的形式,产生于西周初年。西周有读诔定谥的制度。《周礼》记载"太祝作六辞,以通上下亲疏远近"。郑玄注云:"诔者,累也,累列生时行迹,读之以谥。"按照《周礼》的说法,就是王公贵族死后,须在祖庙举行大奠。由史官宣读诔辞,以表彰死者的功绩,并确定死者的谥号。

现在能见到的最早的诔辞,是鲁哀公的《孔子诔》,只有短短几句:"昊天不吊,不愁遗一老,俾屏余一人以在位,茕茕余在疚。呜呼,哀哉!尼父,毋自律。"是说孔子死了,使自己失掉法式、榜样。诔辞的成熟是在两汉魏晋时期,扬雄、杜笃、苏顺、潘岳,都是写诔辞的名手。刘勰认为诔辞中写得最好的是傅毅的《诔北海》。关于诔辞的特点,《文心雕龙·诔碑篇》是这样概括的:"详夫诔之为制,盖选言录行,传体而颂文,荣始而哀终,论其人也,暧乎若可觌;道其哀也,悽焉如可伤。此其旨也。"

唐宋之后,诔辞发生了明显的变化。出现了不再墨守成法的私诔。许多名臣学士死后,得不到官方的公诔,他们的生前友好,就为之私诔。这种私诔打破了"贱不诔贵,幼不诔长"的传统。明代徐师曾在其《文体明辨序说》中说:"盖古之诔体,本为定谥,而今之诔惟以寓哀,则不必问其谥之有无,而皆可为之。至于贵贱长幼之节,亦不复论矣。"这就同今天的悼词差不多了。

2.哀辞。原来只使用于对夭亡者的哀悼。《逸周书·谥法》说:"短折曰哀。"挚虞《文章流别论》说:"哀辞者诔之流也。率以施于童弱夭折,不以寿终者。"《文心雕龙·哀吊篇》也说:"以辞遣哀,盖不泪之悼,故不在黄发(老人),必施夭昏(夭折)。"到了东汉,就开始改变这种规矩,汝阳王死,崔瑗就为他作了哀辞。由于哀辞的对象不同,因此它的写作特点和要求也就有了不同。《文心雕龙·哀吊篇》是这样概括的:"原夫哀辞大体,情主于痛伤,而辞穷夫爱惜。幼未成德,故誉止于察惠;弱不胜务,故悼加乎肤色。"

到唐宋,哀辞就不再只是施于童弱夭折了。宋代曾巩和苏轼这时候,就哀、诔不分了。明代吴讷在其《文章辨体序说》中说:"迨宋南丰、东坡诸志所作,则总谓之哀辞焉。"

3. 吊文。这是凭吊性的文章。刘勰《文心雕龙·哀吊》云："吊，至也。《诗》云'神之吊矣'，言神至也。君子令终定谥，事极理哀，故宾之慰主，以至到为言也。"人死了，要治丧定谥，事情非常哀伤。客前来慰问，他们的到来，就是吊的意思。吊文的对象不像诔辞和哀辞那样狭隘，虽然《礼记》规定有三不吊（畏罪自杀者不吊，压死者不吊，溺死者不吊），但人们并未认真遵从。屈原是溺死的，贾谊就写了《吊屈原文》。刘勰认为这篇文章"体同而事核，辞清而理哀，盖首出之作也"。多数吊文充满着对死者的颂扬，也有批评揭露的，如司马相如的《吊秦二世赋》。吊不但可以吊人，还可以吊物，如唐代李华的《吊古战场文》。吊的写作要求，刘勰是这样概括的："夫吊虽古义，而华辞末造；华过韵缓，则化而为赋。固宜正义以绳理，昭德而塞违，割析褒贬，哀而有正，则无夺伦矣。"他要求文辞不要过分华丽，内容上要申张正义，纠正事理，彰明美德，防止错误，要有分析的褒贬，正确表达哀情。

4. 祭文。在古代用于祭祀天地、鬼神、死者。随着社会的发展，到了唐宋之际，祭文发生明显的变化。一是逐渐趋向祭人为主；二是感情成分更浓。徐师曾《文体明辨序说》指出："按祭文者祭奠亲友之辞也。古文祭祀，止于告飨而已。中世以还，兼赞言行，以寓哀伤之意，盖祝文之变也。"很明显，他是突出了祭人和达情。韩愈的《祭十二郎文》、欧阳修的《祭石曼卿文》，直到现在还被视为哀祭文的名篇。

哀祭类文章，从诔辞开始，经过哀辞、吊文、祭文，直到今天的悼词、祭文，可以看出这样一个明显的发展轨迹：从祭天地、鬼神、山川，发展到纯粹祭人；从一般礼仪性质，到表达真情实感。写作上的要求，也是大同小异的，都应该是文辞朴素，情深意浓，以褒为主，褒贬适当。

(四)碑志。

碑文是刻在石碑上的文辞。所谓碑,本是古人置于宫室、宗庙前的石桩、石柱之类。其作用也各不相同。置于宫室的碑,用于识日影,即通过观察日影的移动来判断时间。置于宗庙前的是为了拴祭祀用的牲畜。还有一种丰碑,是墓上的碑,原是木头柱子,凿有窟窿,以便穿绳装辘轳,下棺木时绞动辘轳,使棺椁落入墓室。这种丰碑后来又以石代木,也叫"窆石"。

殷周时代,统治者为了记功、记事,曾铸鼎勒铭,藏于宗庙,风气一开,效法的人多了,铜铁比较贵重,铸刻又很困难,于是又慢慢地刻文于石。由于社会的发展和以石代金,文体也发生了变化,不再只是简奥的铭文,一般是前有散文记事,后有韵语颂赞。前面的散文部分称志、称序,后面的韵语部分称铭。

古代的碑文,按其用途和内容的差异,大体上可分三类:纪功碑文;宫室、庙宇碑文;墓碑文。

1. 纪功碑文。据说周穆王弇山刻石是最早的纪功碑,但碑文不传。现存最早的刻石碑文,是秦相李斯为秦始皇歌功颂德的碑文,如《会稽刻石》、《泰山刻石》等。这些最早的刻石碑文,由于它还是刚刚脱出钟鼎铭文的窠臼,仍然是简短古奥的。汉碑则有了很大的发展,铭文前面加有长序,形成前有序后有铭的体制。散体部分虽名为序,实际上是碑文的主体,主要内容容纳在序里,铭文部分反倒是次要的了。

2. 宫室庙宇碑文。古代凡有重大的兴建,往往也勒石立碑,记述兴建的缘由、经过(直到现在也多是如此)。也有一些则是为神灵而立。从《诗经·緜》中有"作庙翼翼"可以看出,周初就有宗庙了,但年代辽远,当时碑文的面貌难考。汉朝庙碑的情况却十分清楚。汉碑仍存古朴之风。南北朝的庙碑多是骈文,绮靡浮华,佳作不多。只有一些重在写景的寺碑,较为清新有味,但已不是典型意义上的碑文了。对后世影响较大的,还是唐宋时期出自一些大家之手的庙碑碑文。如韩愈的《柳州罗池庙碑》,苏轼的《潮州韩文公庙碑》等。

3.墓碑文。古代的墓碑,分埋在地下的和立在地上的。埋在地下的叫墓志铭,立在地上的叫墓碑文或墓表文。墓志铭前一部分是用散文写的序,用来记述死者的生平,像一篇简单的传记,包括死者的世系、名字、爵位、行治、寿年、卒葬日月,儿孙的简单情况等。后一部分是用韵文写的铭文,用于对死者的颂赞,是对序文主要内容的概括。墓志铭有时也称葬志、埋铭、圹志、圹铭等。墓志铭也有一些变体,南北朝时,有的墓志铭有序无铭,有的有铭无序,也有铭文用散文体的。

在各种碑文中,以墓志铭中的名篇最多。南北朝和初唐时期的墓志铭,绝大多数是骈体,一些精彩之作,用典精当,词采华赡,富于情韵。唐宋古文家中,韩愈等更是墓志铭的大手笔。韩愈写的墓志铭虽多,却能"相题设施",极富变化。特别是他能了了几笔就勾画出死者的性格特征。如《试大理评事王君墓志铭》、《柳子厚墓志铭》,都像是一篇极精粹的传记文学。

墓表文有的称神道碑铭,有的称墓碣文。所谓墓表,是叙其学行德履,以表彰于外的意思。有官位和无官位的人都可以用,它是墓前碑文的总称。达官贵人墓前的道路叫"神道"。《后汉书》李贤注:"墓前开道,建石柱以为标,谓之神道。"这种立于神道的碑叫神道碑。墓碑中也有不少名篇,如汉代蔡邕的《郭有道林宗碑》,宋代欧阳修的《泷冈阡表》。

墓碑文的写法,因时代不同,作者不同,会有种种差异。但其基本要求应该是象刘勰在《文心雕龙·诔碑篇》中概括的那样:

"夫属碑之体,资乎史才。其序则传,其文则铭。标序盛德,必见清风之华,昭纪鸿懿,必见峻伟之烈。"意思是,内容要有求实精神。序文部分主要用来叙述死者事迹;铭文部分则主要用于颂赞。突出死者的盛德,必须显示其美好的清风,记述死者的优点,必须表现其宏伟的功绩。

四、公牍文

所谓公牍文,是指中国古代用于管理国家公务的各种文体。公牍文种类繁杂,且有些文体朝代不同名称也不断变化。我们这里只论及属于下行文的"诏令"和属于上行文的"奏议"。

(一)诏令。

诏令是帝王下达的一种文告。在夏、商、周时代,这类文字称做"诰"、"誓"、"命"。"诰"是用来实施政治;"誓"是用来教训军旅的;"命"表示来自上天,所以用来授予官爵,赐给姓氏。到了战国时期,通称曰"令"。令,就是使的意思。秦统一天下之后,则改名为"制"。汉朝初年制定法度,又废掉"制",改用"诏",并分为四类:第一类叫策书,主要用来封赠王侯;第二类叫制书,主要用来发布减免刑罚的;第三类是诏书,主要用来教训各种官吏;第四类叫戒敕,主要用来警戒州、郡长官。汉代以后,历代相因,只是随着整个散文文体的发展而有所变化。明代徐师曾在其《文体明辨序说》中说:"古之诏词,皆用散文,故能深厚尔雅,感动于人。六朝而下,文尚偶俪,而诏亦用之,然非独用诏也。后代渐复古文,而专以四六施诸诏、诰、制、敕、表、笺、简、启等类,则失之矣。然亦有用散文者,不可谓古法尽废矣。"

诏令的作者虽然是少数,却关系重大。所以历代帝王都非常重视这类文告的起草。汉武帝要把自己起草的文稿请当时的大文豪司马相如审查。历代更多的帝王的文告,则直接由文人起草。

关于诏令的写作,刘勰在《文心雕龙·诏策篇》中提出这样的要求:"故授官选贤,则义炳重离之辉;优文封策,则气含风雨之润;敕戒恒诰,则笔吐星汉之华;治戎燮伐,则声有洊雷之威。眚灾肆赦,则文有春露之滋;明罚敕法,则辞有秋霜之烈。此诏策之大略也。"用今天的话说,授官选贤的应如日月之光那么明亮;褒奖和策封的就要有和风雨露般的润泽;敕正教戒的则要像灿胜群星吐出的光华;关于治理军事的,就要表现出滚滚雷声那样的声威;用于宽赦的就要像春天的雨露那样滋润,对于明赏罚正法纪的就要像秋天的严霜那样刚烈。同是诏策一类文告,不同内容不同作用,则风格有所不同。这一点是非常可取的。

(二)奏议。

奏议是一种"下告上者"的公文,主要用于臣子对皇帝陈述意见。

奏议这种公文很早就产生了。姚鼐在《古文辞类纂》中说:"奏议类者,盖唐虞三代圣贤陈说其君之辞。《尚书》具之矣。"不过那时还没有"奏议"这种名称,那时不论上行文还是下行文,统称为"书"。刘勰在《文心雕龙·章表篇》中说:"降及七国,未变古式,言事于王,皆称上书。秦初定制,改书曰奏。汉定礼仪,则有四品:一曰章,二曰奏,三曰表,四曰议。"可见,"奏议"这一名称,到了秦汉时才出现的。同时也可看出,随着上书内容的日益多样化,它的作用也就渐渐有了分工。刘勰说:"章以谢恩,奏以按劾,表以陈情,议以执异。"意思是说"章"是用来谢恩的;"奏"是用来弹劾的,即揭发批评别人的;"表"是用来陈述衷情的;"议"是用来表示不同意见的。

奏议属于议论文的范围。作者在自己的奏议里总要提出某一观点，并要加以阐发，证明其正确性，希望得到皇帝的采纳施行。所以刘勰在《文心雕龙·章表》等篇中谈到它们的写作要求时说，章表"要而非略，明而不浅"；奏启"理既切至，辞亦通畅"；议对"文以辨洁为能，不以繁缛为巧；事以明核为美，不以深隐为奇；此纲领之大要也"。可见奏议的写作，重在论据的充实、确凿，分析得鞭辟入里，意见的切实可行，至于词句，只要明白晓畅就可以了。若舍本逐末，不重内容，而只追求词句的华美，一味舞文弄墨，就偏离了奏议的写作要求了。刘勰认为："若不达政体而舞笔弄文、支离构辞、穿凿会巧、空骋其华，固为事实所摈；设得其理，亦为游辞所埋矣。"

在我国古代文献中保留了大量的奏议，都是针对各种具体政事而写的。有的是对当时政治形势的分析，有的是对当时的行政和建设提出重要的倡议，有的是推荐人才，有的是提出文化学术方面的观点。从这些奏议中，我们可以看到我国古代的一个优良传统，即有许多政治家，他们具有高度的责任感，不避政治风险，敢于直抒己见，抨击当时的昏暴政治，有的甚至献出了生命。其中有不少奏议，写的内容充实，语言简洁、明快，感情真挚、深沉，成为我国古代散文的名篇。

第六章 风格论

第一节 风格学的产生与形成

现代写作理论意义上的风格概念,包孕着情趣识度、格调韵味、风采色泽等诸种要素,它是作家在作品中所表现出来的"物"、"我"交融,"主"、"客"结合,内容形式统一的一种个性,具有鲜明的独特性和一贯性。研究文学风格,就必然涉及种种因素,如作家的创作个性,作品的格调风度,还会涉及民族、地域、阶级、流派以及文体本身诸方面的问题。

"风格"(style)一词,本源于希腊文,由希腊文传入拉丁文以及其他语种。希腊文的本义可训为"木堆"、"石柱"和"雕刻刀"。拉丁文(stylus)主要限用"雕刻刀"之义,原指古代在蜡板上书写的一种象牙或骨制的尖笔,渐渐又用来指书法,又渐渐转化为修辞学、文学和艺术上的一个术语,并把它引申为比喻的意义,表示组成文字的一种特定方法,或者以文字装饰思想的一种特定方式。这种用法,最早见于古罗马作家的著作中。十八世纪中叶,法国人布封在他的演讲《论风格》中提出"风格就是人本身"的论断。之后,三百多年来一直被尊为名论。

一种理论的形成和发展,会受到多种因素的影响,会遇到多种偶然性。中国古代写作理论中,"风格"概念的形成,经过了一个漫长的曲折的发展过程。

一、风格理念的初期形态

风格一词,在我国最早出现于汉魏,但不是用来品文,而是用来品人,评价人的体貌、德性和行为特点的,颇类似于当时品藻人物的"风采"、"风骨"等概念。《抱朴子·疾谬篇》云:"以倾倚屈申者为妖妍标秀,以风格端严者为田舍朴骏。"在这里,"风格"一词指的是人的风度品格。《晋书·虞亮传》称虞"美姿容,善谈论,性好庄老,风格峻整,动由礼节,闺门之内,不肃而成"。《世说新语·德行上》亦称李元礼"风格秀整,高自标持"。这两处的风格均侧重指人的风采、风貌。《魏书·穆子弼传》称穆"有风格,善自位置,涉猎经史,与长孙稚、陆希道等齐名于世"。《晋书·和峤传》谓"峤少有风格,慕舅夏侯玄之为人,厚自崇重,有盛名于世",这里的风格又侧重指人的品德。《世说新语·品藻篇》注引檀道济《续晋阳秋》,谓王坦之"雅贵有识量,风格峻整",又《赏誉篇》注引张鹭《文士传》称陆机"清厉有风格",这里的风格似兼指人物的风度。可见,晋宋以来的士大夫阶级品评人物的时候,"风格"一词是常用的。但都不是指文学,都不是用于文学批评的。

二、"风格"概念形成的脉络

魏晋时期的曹丕、陆机,应该算是最早涉及文学风格的人。曹丕在其《典论·论文》中指出:"文以气为主,气之清浊有体,不可力强而至","徐幹时有齐气","孔融体气高妙"。联系我们在前面"养气"部分,对各种"气"的梳理、分析,曹丕的"气",应该是指作家的个性和气质特点。他认为"文以气为主",这就说明曹丕已经认定作家的个性气质特点决定其作品的风格面貌。陆机《文赋》中的一段话也很有价值。他指出："夸目者尚奢，惬心者贵当，言穷者无隘，论达者唯旷。"这四个小短句，就十分明确地揭示了作家的个性，同其作品风貌的必然联系。刘勰的《文心雕龙》是最先将风格概念引进写作理论的。《文心雕龙·议对篇》在论及应劭、傅咸、陆机三人的作品时指出："仲瑗博古，而诠贯有叙，长虞识洽，而属辞枝繁。及陆机断议，亦有锋颖，而腴辞弗剪，颇累文骨。"说三位作家"亦各有美，风格存焉。"《夸饰篇》说："虽诗书雅言，风格训世；事必宜广，文亦过焉。"这里都提到了"风格"，当然并未展开论述。《文心雕龙·体性篇》，则是一篇精彩的"风格"专论。刘勰认为，由于作家的才情、学养、个性不同，形成文坛上"笔区云谲，文苑波诡"风格多样化的局面。他把文章风格概括为八种："一曰典雅，二曰远奥，三曰精约，四曰显附，五曰繁缛，六曰壮丽，七曰新奇，八曰轻靡。"他以十二位诗赋大家为例，具体阐述了作家个性与风格的关系。他还告诫人们，风格也会变化，为了保持一种优良的风格一定要"学慎始习"。刘勰之后的钟嵘也是一位不可忽视的诗论大家。他著有《诗品》，是一部品味诗作的著作。既然是"品味"，那就必然涉及诗作的风格。他在品评不同作家时，用了多种概念，但最主要的是"体"和"气"。如评谢灵运诗："其源出于陈思，杂有景阳之体。"评曹丕诗："其源出于李陵，颇有仲宣之体。"评陶渊明诗："文体省静，殆无长语。"评沈约诗："详其文体，察其余论，固知宪章鲍明远也。"以上都是用的"体"。《诗品序》评"刘越石仗清刚之气，赞成厥美"，《诗品上》评曹植诗"骨气奇高，词采华茂"，评刘桢诗"仗气爱奇，动多振绝。真骨凌霜，高风跨俗。但气过其文，雕润恨少"。这又用的是"气"。能否这样认为，"气"是继承曹丕，"体"是继承刘勰。

隋唐以后，随着文学艺术的繁荣和写作理论的发展，关于风格问题，除了继续使用"体"以外，又以"格"、"品"、"格调"、"家数"、"性情面目"等概念论风格，出现了较为纷繁的局面。初唐李峤《评诗格》将诗的风格分为十"体"；中唐皎然《诗式》又分为十九"体"；杜甫《戏为六绝句》使用"伪体"、"当时体"。司空图《二十四诗品》则用"品"。司空图把诗的风格概括为二十四种，每一种以一首五言十二句小诗释之，让读者从诗的意境中体味每一种风格的内涵。对风格的阐释集中而深透。唐代杜牧使用"格"的概念，其《李长吉歌诗序》云："（长吉）秋之明洁者，不足为其格也。"宋代严羽使用"家数"的概念，其《沧浪诗话》云："辨家数如辨苍白，方可言诗。"明代李东阳使用"格调"的概念，其《怀麓堂诗话》云："试取所未见诗，即能识其时代格调，十不失一，乃为有得。"清代沈德潜则又用性情面目言风格，其《说诗晬语》卷二云："性情面目，人人各具。"如明人陆时雍《诗镜总论》云："人道谓之廉隅，诗道谓之风格。"清人袁枚《小仓山房诗集》卷二十六《自题》："不矜风格守唐风，不和人诗斗韵工。随意闲吟没家数，被人强派乐天翁。"从以上叙述，是否看出这么两点：一是，古代诗论、文论家们对"风格"理论的认识较肤浅，表述较纷乱，且多是片言只语。二是，真正值得我们重视的一是刘勰，二是司空图。刘勰对于"风格"的认识很清晰、准确，阐释很全面、深透。司空图的独特贡献在于他梳理出了二十四种风格，且表述新颖，很能给人以启发，这是前无古人的。清代袁枚著有《续诗话》，是言作诗而不是言品诗。

第二节 "文如其人"：作家风格

黑格尔和马克思，都曾引用过法国自然科学家布封《论风格》

里的一句名言:"风格就是人本身。"黑格尔说:"风格一般指的是个别艺术家在表现方式和笔调曲折等方面完全见出他的个性的一些特点。"(《美学》第一卷)中国古代的"风格"理论,就是在品人的"才性论"的基础上发展起来的。

一、"文如其人"

要研究作家的风格,首先可从"文如其人"这一论断谈起。

汉代扬雄在其《法言·问神》中这样说:"故言,心声也;书,心画也。声画形,君子小人见矣。声画者,君子小人之所以动情乎?"意思是言为心声,书为心画,从诗文中可以看出人格的高低。这是最早的"文如其人"的思想。宋代苏轼在评价他弟弟苏辙时,亦用了这个词:"其为人深不愿人知之,其文如其为人,故汪洋澹泊,有一唱三叹之声,而秀杰之气终不可没。"(《东坡集·答张文潜》)这是讲苏辙的文章深沉恬静不易为人赏识,和他的不愿人知的性格一样。

文学作品的风格与作家个性的关系,历来为作家、文论家、诗论家所重视。明人冯时可《雨航杂录》卷上有云:

> 九奏无细响,三江无浅源,以谓文,岂率尔哉! 永叔侃然而文温穆,子固介然而文典则,苏长公达而文道畅,次公恬而文澄蓄,介甫矫厉而文简劲,文如其人哉! 人如其文哉!

这就是著名的、"文如其人"论断的出处。为了佐证这一点,冯氏还曾以汉、唐、宋三代的国情世风来阐发其论断,他说:"汉文雄而士亦雄,宋文弱而兵亦弱,唐文在胜衰之间,其国亦在强弱之际。"而在这之前,唐代殷璠在《河岳英灵集》卷中云:"据为人骨鲠有气魄,其文亦尔。"白居易在《读张籍古乐府》中云:"言者志之苗,行者文之根,所以读君诗,亦知君为人。"五代时徐铉《成氏诗集序》中云:"观其诗如所闻,接其人如其诗。"这些,其实也都说的是"文如其人"的道理。

二、风格与作家个性

最早在理论上论及风格与个性关系的是东汉王充,其《论衡·超奇篇》云:"实诚在胸臆,文墨著竹帛,外内表里,自相副称,意奋而笔纵,故文见而实露也。"王充强调文章的"外"、"表",要符合作家的"内"、"里",这样才能"文见而实露"。曹丕以"气"论文,认为有什么样的气质个性就有什么样的风格。

在这个问题上,刘勰的见解更加丰富和深入。《文心雕龙·体性》云:

> 夫情动而言形,理发而文见;盖沿隐以至显,因内而符外者也。然才有庸俊,气有刚柔,学有浅深,习有雅郑;并情性所铄,陶染所凝,是以笔区云谲,文苑波诡者矣。故辞理庸俊,莫能翻其才;风趣刚柔,宁或改其气;事义浅深,未闻乖其学;体式雅郑,鲜有反其习;各师成心,其异如面。

文学创作活动,是人的思想情感活动的外化过程。内心的思想情感活动是"隐"的、不可见的,但是表现在语言文字上,却是"显"的、可见的。有什么样的思想情感,就会写出什么样的文学作品,作家的作品和他的情感活动是内外相符的。因此,通过作品就可以认识作家的心理,辨析作家的思想情感。

刘勰从"情"与"言"、"理"与"文"的关系上论证了作家个性对作品风格的制约和影响,并且分析了作家个性形成的原因。他认为风格来自"才"、"气"、"学"、"习"。其中的"才"、"气"是从魏晋以来的"才性论"来的,所以说是"情性所铄";而"学"、"习"两个因素的提出,并把它归之后天的"陶染所凝",则是刘勰本人的创见。

风格的差异的形成,既与先天禀赋有关,又与后天的"学"、"习"有关。风格形成的重要因素,一是"情性所铄",二是"陶染所凝"。在这里"情性"乃先天禀赋,"陶染"为后天所获。不同的禀赋,不同的学习,形成了人个性的差异。作家的个性不同,也就必然形成其作品风格的差异。正如刘勰说的"各师成心,其异如面"。

刘勰在论及风格类型的时候,如前所述,他把不同作家作品的风格划分成八种基本类型。刘勰进一步以十二名诗赋大家为例,阐释作家个性同其作品风格的对应联系。《体性篇》云:"是以贾生俊发,故文洁而体清;长卿傲诞,故理侈而辞溢;子云沉寂,故志隐而味深;子政简易,故趣昭而事博;孟坚雅懿,故裁密而思靡;平子淹通,故虑周而藻密;仲宣躁锐,故颖出而才果;公幹气褊,故言壮而情骇;嗣宗俶傥,故响逸而调远;叔夜隽侠,故兴高而采烈;安仁轻敏,故锋发而韵流;士衡矜重,故情繁而辞隐。"

唐宋以来颇有一些写作理论家承继王充、刘勰的观点,发表过很多可取的见解,丰富了文学创作的风格理论。明人方孝孺非常重视文章的个性特征,在《张彦辉文集序》中提出了文章"实与其人类"、"自古至今,文之不同,类乎人"的精辟见解。唐顺之《与洪云洲书》也认为"诗文一事只是直写胸臆,如谚语所谓开口见喉咙者,使人读之如见其面,瑜瑕俱不容掩",这才是"所谓本色","上乘文字"。清人梅曾亮在《太乙舟山房文集叙》中也提到了"人真"与"文真"一致的重要命题,认为:"见其人而知其心,人之真者也;见其文而知其人,文之真者也。人有缓急刚柔之性,而其文有阴阳动静之殊。"如果做人而"失其真,则人接膝而不相知";如果"得其真,虽百世上,其性情刚柔缓急,见于言语行事者,可以坐而得之"。所以他说"文之真伪,其轻重于人也,固如此"。明人李贽在《焚书·读律肤说》中提出了"声色之来,发于情性,由于自然"

的风格理论,丰富和发展了刘勰"各师成心,其异如面"的论点。他说:"故性情清彻者,音调自然宣畅,性情舒徐者,音调自然疏缓,旷达者自然浩荡,雄迈者自然壮烈,沉郁者自然悲酸,古怪者自然奇绝。有是格,便有是调,皆性情自然之谓也。"酷似刘勰对十二位诗赋大家的分析。阮阅《诗话总龟》中也论及这一点:"秦少游谪雷州有诗曰:'南土四时都热,愁人日夜俱长;安得此心如石,一时忘了家乡。'黄鲁直谪宜州作诗曰:'老色日上面,欢情日去心。今既不如昔,后当不如今。轻纱一幅巾,短簟六尺床。无客日自静,有风终夕凉。'少游钟情,故诗酸楚;鲁直学道,故诗闲暇。至东坡《南中诗》曰'平生万事足,所欠唯一死',英雄之气不受折磨。"文中所提到的秦少游、黄鲁直和苏东坡三人遭际相似,而其作品风格之所以相异,乃是因各人性格、思想各有差异所致。

三、"文如其人"辨

"文如其人"、"诗中有人"、"人外无诗",这些说法都有一定的道理,都在一定程度上道出了诗文与作者思想情感、性格特征的一致性。但是这种一致性不是绝对的,而是相对的、有条件的。还有进一步分析的必要。

(一)所言之物可以饰伪。

"所言之物"指诗文的内容。人们日常交往常有言不由衷,写诗作文也会有言不由衷。刘勰就曾经尖锐批评过这种言不由衷的现象。他在《文心雕龙·情采篇》里指出:

> 故志深轩冕,而泛咏皋壤;心缠几务,而虚述人外;真宰弗存,翻其反矣。夫桃李不言而成蹊,有实存也;男子树兰而不芳,无其情也。夫以草木之微,依情待实;况乎文章,述志为本,言志与反,文岂足征?

这种"言与志反"的典型,莫过于明代的严嵩和阮大铖。严嵩有诗云:"晚节冰霜恒自保。"(《钤山堂集》)这般"清峻"的诗句,居然出自滥施淫威、贪赃枉法的奸相之手;阮大铖著有《燕子笺》等剧作,著有风格修洁、闲雅的《咏怀堂集》,却是一个恶名远扬的奸佞小人。

正因为这种"人"、"文"相悖,"大奸似忠"、"小人犹慧"的情形并非偶见,才引起文坛有识者的喟叹。金代著名诗人、诗论家元好问指出:"心画心声总失真,文章宁复见为人。高情千古《闲居赋》,争信安仁拜路尘。"(《论诗绝句》)写心言志,亦本诸己,遥拜路尘,亦本诸身,赋作、人格相去何止天壤。宋人吴处厚《青箱杂记》卷八亦云:"文章纯古,不害为邪。文章艳丽,不害为正。世或见人文章铺张仁义道德,便谓之君子,及花草月露,便谓之邪人,兹亦不尽也。"他还举韩魏公和司马温公所作的带有艳丽色彩的词赋来证实这一点。当然,这是事实,但不属于"饰伪"一类,而是同文体特色有关。清代的魏叔子《日录论文》谓文章"自魏晋迄于今,不与世运递降。古人能事已备,有格可肖,有法可学,忠孝仁义有其文,智能勇功有其文。日夕揣摩,大奸能为大忠之文,至拙能袭至巧之语,虽孟子知言,亦不能以文章观人"。这里说明文体本身特点与风格的关系密切,文学形式有其自身的规律,肖其格,学其法,揣摩娴熟于心,可以写出与其人品不一致的作品来的。吴处厚说正人能作邪文,魏叔子及元好问说邪人能作正文,正好说明:文不一定如其人,观文也不一定能识其人。

(二)言之格调,往往流露本相。

钱钟书先生有一段名言:

"心声心画",本为成事之说,实鲜先见之明。然所言之物,可以饰伪:臣奸为忧国语,热中人作冰雪文,是也。其言之格调，则往往流露本相；狷急人之作风，不能尽变为澄澹，豪迈人之笔性，不能尽变为谨严。文如其人，在此不在彼也。

钱先生认为，所谓"文如其人"，是指人的个性特征同作品的艺术风格的一致性，并不是指同文章所写内容的一致性。这种看法是深刻而准确的。

谈到风格与人的关系就不能不再次提到法国作家布封"风格就是本人"的说法。他认为风格必须是本人所独具的，只有那些别人无可取代的，属于自己独有的东西才叫"风格"。马克思还在《评普鲁士最近的书报检查令》中引用布封的话，去驳斥普鲁士当局要求世界上最丰富的东西——精神只能有一种存在的形式："我只有构成我的精神个体性的形式，'风格就是人'。"这"人"或"本人"就是由主客观因素即先天禀赋和后天陶染结合而成的"这一个"。因此，"风格就是本人"、"风格就是精神个体性的形式"的实质，就是说的作品风格与作家本体个性、精神的相互依存关系。而这里所说的作家个性、精神就是指的艺术个性或创作个性。这样一来，"风格就是本人"，就等于说风格就是作家的艺术个性。这是对于文学风格的"精神个体性"的最好归结，是对风格的独特性、不可移易性的有力强调。这与"文如其人"的传统说法不完全相同，但与刘勰的"各师成心，其异如面"和叶燮所云"作诗有性情，必有面目'等颇有异曲同工之处。

在作品风格和作家个性关系上，英国19世纪文学批评家约翰·罗斯金也有类似的意思。他在《论作品即作者》中论道："伟大的艺术是一个伟大的人物底心灵的表现。"他同《文心雕龙·体性篇》中的见解有类似之处，但不如刘勰的分析细致。

福楼拜也说过"风格就是生命"，作家只有形成了"风格"，才能获得生命。否则，"千人一面。千部一腔"，虽"千"犹"一"，多等于无。

第三节 "文变染乎世情"：时代风格

文学风格虽然主要是指作家作品的风格，但一定的作家作品总是产生于一定的时代、民族、地域之中。作家的创作个性和具体话语情境，总是受一定时代的社会生活的制约和影响，作家作品的风格就不可避免地带有一定时代的特点。一个时代的作家作品，在风格上有许多相同或相近的地方，这就是时代风格。可以说，风格是特定历史时代的修辞表达。所谓时代风格都是相对的，因为同一时代的作家作品，在风格方面不可能完全一致，因而人们谈到某一时代的时代风格时，并不能包括这一时代文艺创作的全部特点，而只是指明这一时代文艺创作的主要特点。

一、不同时代的社会生活状况与人们的思想情绪是不同的，反映在文学作品中也会呈现出不同的风格特点

《礼记·乐记》论述了音乐与时世的关系："治世之音安以乐，其政和；乱世之音怨以怒，其政乖；亡国之音哀以思，其民困。声音之道，与政通矣。"音乐是如此，文学也是这样。这一观点在汉代的《毛诗序》里又被用来说明时世与文学创作的密切关系，所谓"王道衰，礼义废，政教失，国异政，家殊俗，而变风、变雅作矣"。刘勰在《文心雕龙·时序篇》中提出了"文变染乎世情"的重要命题，把每一朝代的文学特点与当代的政治和社会生活联系起来，并对历代文学的史的发展作了系统的阐述。文章一开始就提出："时运交移，质文代变，古今情理，如可言乎。"他认为时世在不断地交替迁移，文章的内容形式及其风格也会随之发生变化；由于

时代风气的不同,有的朝代文章尚"质",即推崇朴素,有的朝代尚"文",即讲究藻饰。他列举了陶唐以至周代诗歌创作的情形,从而作出结论:"故知歌谣文理,与世推移,风动于上,而波震于下者。"明确指出社会政治、时世的发展,是与文章的风格密切相关的。他还以"建安文学"为例,指出社会习俗和社会心理对文学风格的形成有极大关系:"观其时文,雅好慷慨,良由世积乱离,风衰俗怨,并志深而笔长,故梗概而多气也。"建安时代的诗人们,继承了汉乐府的现实主义传统,从不同侧面描述了当时动荡不安的社会现实,有比较一致的题材和主题,有强烈的批判精神,表现了悲愤慷慨的情调。其艺术上也有着共同的特点:"慷慨以任气,磊落以使才;造怀指事,不求纤密之巧;驱辞逐貌,唯取昭晰之能。"这就是人们所称赞的"建安风骨",即建安时代文学创作的总体风格。

刘勰的分析研究是系统而全面的,他概括齐梁以前两千多年的文学发展演变的情况是"蔚映十代,辞采九变",并得出了"文变染乎世情,兴废系乎时序;原始以要终,虽百世可知也"的结论,第一次提出了一个合乎历史唯物主义精神的风格理论和文学发展史观。质文代变,总是与世推移,这是文学史上的客观规律。

二、时代风格的形成,当然也离不开诗人的有意创造

唐初王勃,看到当时文风流弊,纤微雕刻,浮华绮靡,于是通过创作带动一批作家,涌现出了为后世所乐道的"初唐四杰",建立了一种刚健宏博而音节流美的风格。这种刚健流美的诗风一直发展到白居易,形成一个时代的审美趋向。有的作家不愿走前人走过的路,要另辟新径,因而形成另一种风尚。宋诗就是如此。钱钟书《宋诗选注序》曰:"瞧不起宋诗的明人说它学唐诗而不像唐诗,这句话并不错,只是他们不懂这一点不像之处恰恰就是宋诗的创造性和价值。"唐诗和宋诗之不像,实际是各为一代诗风。亦如缪钺《论宋诗》所述:"唐诗以韵胜,故浑雅而贵酝藉空灵,宋诗以意胜,故精能而贵深析透辟。唐诗之美在情辞,故丰腴;宋诗之美在气骨,故瘦劲。"可见,唐宋两代的诗是各具风格的。

周代末年的孟子已从阅读的角度涉及了文学作品与历史时代的关系:"颂其诗,读其书,不知其人,可乎?是以论其世也,是尚友也。"东汉王充从"为世用"的观点出发,指出《春秋》、《孟子》、韩非之书,陆贾之语、桓谭之论都是适应时世政治思想斗争的需要而产生的,认为"贤圣之兴文也,起事不空为,因因不妄作;作有益于化,化有补于正"(《论衡·对作篇》)。晋代葛洪《抱朴子·钧世篇》又发展了王充的观点,提出了"古者事事醇素,今则莫不雕饰,时移世改,理自然也"的精辟见解。稍前于刘勰的沈约在《宋书·谢灵运传论》中对历代诗赋的继承关系,以及"有晋中兴"以后,玄风对文学创作的影响也有所论述。

正因为"文变染乎世情,兴废系乎时序"的论断正确地指出了文学风格与时代的密切关系,齐梁以后的作家、学者都从不同角度来阐述、丰富和发展了这一观点。《周书·王褒庾信传论》就提到"时运推移,质文屡变"。韩愈提倡"复古",实质是要"革新"。"惟陈言之务去"就是一个要随时变化前进的口号。所以在《答刘正夫书》中又强调不要"因循",指出:"能者非他,能自树立,不因循者是也。"其《送孟东野序》列举上古以至隋唐的政治家、文学家,都能顺应时代,因时代而鸣,为时代而鸣,"择其善鸣者而假其鸣"。白居易《与元九书》从诗文与时事的关系着眼,提出了"文章合为时而著,歌诗合为事而作"的著名论断。宋人宋祁在《新唐书·文艺传序》中总结说"唐有天下三百年,文章无虑三变",一是高宗、太宗的时候，"大难始夷，沿江左余风，缔句绘章……王（勃）杨（炯）为之伯"；二是"唐兴百年，诸儒争自名家"，"玄宗好经术，群臣稍厌雕琢，则燕许擅宗"；三是大历、贞元年间，"美才辈出，……韩愈倡之，柳宗元、李翱、皇甫湜和之"。这也说明有唐一代，文章风格也莫不与世推移，系乎时序。

宋代欧阳修《唐书·艺文志序》云："历代盛衰，文章与时高下，然其变态百出，不可穷极，何其多也。"他继承唐代古文革新传统，极力反对离开时代要求一味模拟古人的作法："今之学者莫不慕古圣贤之不朽，而勤一世以尽心于文学间者，皆可悲也。"（《送徐无党南归序》）他的散文创作曾以韩愈为宗，认为"学者当至于是而止尔"（《六一诗话》），但也不主张处处模拟韩愈。这就与当时一味推崇韩愈，只知默守成规而不知变革创新者有别。元人在《宋史·文苑传序》中，总结有宋一代文学风格与君臣的好尚、时世的迁易的关系说："自古创业垂统之君，即其一时之好尚，而一代之规模可以豫知矣。……太宗、真宗，其在藩邸已有好学之名作，其即位，弥文日增。自时厥后，子孙相承，上之为人君者，无不典学；下之为人臣者，自宰相以至令录，无不擢科。海内文士，彬彬出焉。国初杨亿、刘筠，犹袭唐人声律之体；柳开、穆修，志欲变古而力弗逮；庐陵欧阳修出，以古文倡；临川王安石、眉山苏轼、南丰曾巩起而和之，宋文日趋于古矣。南渡文气，不及东都，岂不足以观世变欤？"明代文坛的前后七子，其"文必秦汉，诗必盛唐"的口号虽有矫正"台阁体"之功劳，但他们的盲目模拟前人，已给文坛带来深刻危机。思想家李贽则揭起了批判的旗帜。其《童心说》云："诗何必古选，文何必先秦，变而为近体，又变而为传奇，变而为院本，为杂剧，为《西厢记》，为《水浒传》，为今之举子业，大贤言圣人之道，皆古今至文，不可得而时势先后论也。"这里，强调变革创新,立论于时势有异的意旨何等鲜明!李贽之后,批判复古主义最力的是公安、竟陵、唐宋三派诸公,公安派首领袁宏道《与友人论时文书》云:"且公所谓古文者,至今日而弊极矣何也?优于汉谓之文,不文矣!好于唐谓之诗,不诗矣;取宋元诸公之余沫而润色之,谓之词曲诸家,不词曲诸家矣,大约愈古愈远,愈似愈赝,天地间真文澌灭殆尽。独博士家言,犹有可取。其体无沿袭,其词必极才之至,其调年变而月不同,手眼各出,机轴亦异,……嗟夫!彼不知有时也,安知有文!"这正是弃古求新,据时以变的卓识之论。"其体无沿袭,其词必极才之至,其调年变而月不同",这是对风格时代特征的最好说明。如果说,风格的形成,是一个作家走向成熟的标志,那么,多种风格的出现与发展,则是一个时代文艺走向繁荣的标记。

第四节 "文善醒,诗善醉":文体风格

文体的不同,自然带来文体风格的千差万别。《文心雕龙》研究了三十几种文体,应该说每一种文体的风格都有所不同。明代徐师曾在《文体明辨序说》中将文体划分为一百多种。如对其加以细致辨识、体味,它们风格上的区别也是存在的。因为文体的功用不同,必然影响到其结构、体式、语体风格的不同,最后凝聚为文体风格的不同。曹丕《典论·论文》说:"盖奏议宜雅,书论宜理,铭诔尚实,诗赋欲丽。"陆机《文赋》也指出:"诗缘情而绮靡,赋体物而浏亮,碑披文以相质,诔缠绵而凄怆,铭博约而温润,箴顿挫而清壮,颂优游以彬蔚,论精微而朗畅,奏平彻以闲雅,说炜晔而谲诳。"这都是对文体风格的简要评点。刘勰《文心雕龙》文体论部分,对每种文体的风格特征也都有极好的概括。我们在文体

论一章,对几种主要文体的写作特点、要求乃至风格,都作了相当详细的分析论述。本节的重点是想对诗和文的总体风格予以评说。

清代刘熙载在《艺概·诗概》中指出:"大抵文善醒,诗善醉。"吴乔在《答万季野诗问》中也有一段精彩问答:

又问:诗与文之辨?

答曰:二者意岂有异?唯是体制辞语不同耳。意喻之米,文喻之炊而为饭,诗喻之酿而为酒。饭不变米形,酒形质尽变。啖饭则饱,可以养生,可以尽年,为人事之正道;饮则醉,忧者以乐,喜者以悲,有不知其所以然者。

吴乔这段话,内容更丰富,但其基本含义仍然是刘熙载的"文善醒、诗善醉"。清代这两位诗论大家用"醉"和"醒"来概括诗和文的文体风格,具有很高的理论层次,实在是精彩之至。

一、文善醒

在古代文论中,也有论及文要含蓄者。但这毕竟不是文的主要语言特征。如果一篇文章句句都像诗那样含蓄、严谨,便不成体统。对实用性文体诸如章、表、奏、议等,更是不堪设想。东汉王充就特别强调文章的鲜明性。他在《论衡·自纪》中用大量篇幅说明这一点。王充主张"文贵约而指通,言尚省而趋明","口则务在明言,笔则务在露文。高士之文雅,言无不可晓,指无不可睹。观读之者,晓然若盲之开目,聆然若聋之通耳"。

刘勰《文心雕龙》文体论部分,对文的明晰、准确的特点,有充分论述。刘在对三十几种文体的分析中,论及文的明晰、准确的有十处之多。

《文心雕龙·颂赞》云:"然本其为义,事生奖叹,所以古来篇体,促而不广,必结言于四字之句,盘桓乎数韵之辞;约举以尽情,昭灼以送文,此其体也。"

《文心雕龙·铭箴》云:"箴全御过,故文资确切;铭兼褒赞,故体贵弘润。其取事也必核以辨,其摘文也必简而深,此其大要也。"

《文心雕龙·杂文》云:"夫文小易周,思闲可赡。足使义明而词净,事圆而音泽,磊磊自转,可称'珠'耳。"

《文心雕龙·诸子》云:"博明万事为子,适辨一理为论。"

从上面的引文可以看出"颂赞"要写得清楚明白;"铭箴"要准确切实;"连珠"要达意明显而文词简净;"诸子"重在论辨,阐明事理。几篇当中,或讲文词的明净,或讲事理的明晰,不外乎一个"明"字。其他如《祝盟》、《史传》、《论说》、《昭策》、《檄移》、《封禅》等篇也都有较好分析。

好的文章为什么要"醒",主要原因在于其功用和文体特征与诗不同。诗词重在传情;文章重在叙事明理。情感朦胧,难以直遂;事理实在,不可虚指。正如清代刘熙载所说,"论事叙事,皆以穷尽事理为先,事理尽后,斯可再讲笔法","文无论奇正,皆取明理"(《艺概·文概》)。我们想以刘熙载对三位大作家的分析来更加具体地说明"文善醒"的"醒"字。

唐代柳宗元曾有"明如贾谊"的说法。刘熙载认为:"一'明'字体用俱见"(《艺概·文概》)。"明"字,可释为明晰、明快。所谓"体用俱见",是指贾谊的文章,对事理的阐发和语言表达,都具有明晰、明快的特点。刘勰《文心雕龙·体性》也认为:"是以贾生俊发,故文洁而体清。"刘勰的"洁"和"清"同柳宗元的"明"内涵大致相同。贾谊是西汉年轻的政治家、文学家。贾谊的散文有战国纵横家的风格,文章气势充沛,富于说服力和感染力。贾谊抱有改革政治的热情,但其政治抱负始终不得施展因而笔端常带感情,议论说理毫不顾忌,行文畅达而不浮浅,语言犀利激切,富于文采。如《陈政事疏》的开头:

> 臣窃惟事势,可为痛哭者一,可为流涕者二,可为长太息者六,若其它背理而伤道者,难遍以疏举。进言者皆曰天下已安已治矣,臣独以为未也。曰安且治者,非愚则谀,皆非事实知治乱之体者也。夫抱火厝之积薪之下而寝其上,火未及燃,因谓之安,方今之势,何以异此!

这样的议论,可谓议论大胆,观点明确,语言畅达,比喻生动,一言以蔽之曰"明"。当然,我们应该看到"明"的表现的背后则是一个作家的人格。除了贾谊的作品之外,我们还可以举出一些作家的作品,如李斯的《谏逐客书》、苏洵的《六国论》等。

刘熙载将苏轼的文章特点概括为"昭晰无疑",具体化为"快"、"达"、"了",认为"非此不足以发微阐妙也"(《艺概·文概》)。苏轼在《答谢民师推官书》中有一段精辟议论,其文曰:

> 所示书教及诗赋杂文,观之熟矣。大略如行云流水,初无定质,但常行于所当行,常止于不可不止,文理自然,姿态横生。孔子曰:"言之不文,行之不远。"又曰:"辞达而已矣。"夫言止于达意,即疑若不文,是大不然。求物之妙,如系风扑影,能使是物了然于心者,盖千万人而不一遇也,而况能使了然于口与手者乎?

这段文字,看起来是评论别人的诗文,实际上是最恰当不过的自评文。刘熙载的"快"、"达"、"了",就是从其中抽取出来的。苏轼是诗、词、文都有很高成就的大家。单就散体文而论,他的议论性文章,雄辩滔滔,笔势纵横,善于腾挪变化,体现出《孟子》、《战国策》的影响。苏轼的叙事纪游散文,往往是夹叙夹议,议论风生,气势充沛,文意翻澜。苏轼的书札一类作品也大都随意挥洒,不假雕饰,使人洞见肺腑。似乎可以这样说:在中国古代所有作家中,只有苏轼的文章最能配得上"快"、"达"、"了"三个大字。

刘熙载认为"半山文善用揭过法。只下一二语,便可扫却他人数大段,是何简贵"(《艺概·文概》)。王安石的文章,早年学孟子和韩愈,后经欧阳修指点之后,更兼取韩非、荀卿、扬雄众家之长。形成峭刻幽远、雄健刚直、简丽自然的独特风格。刘熙载所说的王安石的"揭"和"扫",是指其极强的概括力。九十个字就做了一篇《读孟尝君传》,而且议论斩钉截铁,分析丝丝入扣,语言明朗、简约。王安石的另一篇散文名作《答司马谏议书》也是一篇痛快淋漓之作。以"醒"评之,同样当之无愧。

二、诗善醉

所谓"醉"是指古代诗词中深醇而朦胧的艺术感染力。从总体上讲它产生于两个方面:深微的情感;造语的朦胧。当然,在作家的实际创作过程中,两者很难截然分开,我们这里所要展开讲的,则是侧重于语言形式方面的问题。

诗中的"醉"意,是中国古代诗词中最突出的特点之一,也是诗论家们最为关注、论及最早的一点。古诗中朦胧的醉意,最早体现在《诗经》中的"兴"上。这种看法,似乎不见经传。我们认为,这样理解准确无误。前面刚刚提到,诗中的朦胧醉意来自深微的情感和朦胧的造语。我们对"兴"的理解,也正好如此。从内涵上看,"兴"是作者即景即物产生的一种情感,有了这种情才手之舞之足之蹈之,反复咏叹之。从构造形式的角度看,是先言他物,以引起所咏之词。这同诗论家们对"隐"、"含蓄"、"意在言外"的阐释是完全一致的。刘勰等古代诗论、文论家们有"比显而兴隐"(《文心雕龙·比兴》)的看法,正是指的兴词与所咏内容并不是完全对应,两者之间具有一种微妙关系的特点。

刘勰的《文心雕龙》与我们讨论的问题有紧密关系的有两篇,即《隐秀》、《比兴》。《比兴》是以儒家诗教阐释赋比兴手法,作为创作美学看,新意不多。刘勰在《隐秀篇》提出了"隐"和"秀"两个很重要的创作美学概念。"秀也者,篇中之独拔者也",犹如后来诗论、文论家们所乐道的"诗眼"、"文眼"之类。这里不予详论。什么是隐?刘勰认为"隐也者,文外之重旨者也","隐以复意为工"。所谓"复意"至少是两重意。"隐",所强调的是"文外之重旨",即字面意之外的意。字面意只是对"文外之重旨"的一种提示。钟嵘在《诗品》中提出"文已尽而意有余,兴也"的说法。这种看法与刘勰对"兴"的阐释大相径庭,却与刘勰对"隐"的理解一致。唐代司空图提出了"象外之象"、"韵外之致"和"含蓄"的概念。宋代的欧阳修提出"含不尽之意,见于言外"的命题。以上几家的言论,可以从不同角度理解,或风格,或意,或表现手法,都与我们论述的语言形式的不确指状态有密切联系。一旦能指与所指的关系完全一致和坐实,"象外之象"、"韵外之致"、"不尽之意"便会立即消失。明代的诗论家们,有的继续用上述说法,认识上没有深入;有的则提出了相当深刻的看法,对诗的美学特征有了更深入的理解。谢榛在《四溟诗话》中提出"妙在含糊,方见作手"。叶燮在《原诗》中提出"泯端倪而离形象,绝议论而穷思维"的名论。以上种种说法,字面不同,内容所指也会有些许差异。但这些理论家都看到了诗的朦胧性。

我们认为,最重要的,真正构成诗的"醉"意的有下两个方面:

(一)情味曲包。

大家都很熟悉的一个说法叫"含蓄"。这是人们谈论诗歌时出现最多的一个理论命题。何谓含蓄？文论、诗论家们有种种不同的理解。白居易认为，含蓄就是"说见不得言见"、"说闻不得言闻"，言什么，他没有讲。这种说法，只是触及含蓄的语言形式的部分特征，是一种浅薄之见。宋代词论家沈义父认为，含蓄就是不可说破，说桃须用"红雨"、"刘郎"等字；如咏柳，不可直说破柳，须用"章台"、"灞岸"等字。这似乎只是一种修辞手法，离含蓄的实质更远。这种手法运用得好，对增强诗歌语言的陌生化有一定作用，运用不好，容易落套。更普遍、似乎稍微深入一点的说法是"意在言外"之类。司马光认为含蓄是"贵于意在言外，使人思而得之"，他以杜甫的《春望》为例，分析说："山河在，明无余物矣；草木深，明无人矣；花鸟，平时可娱之物，见之而泣，向之而悲，则时可知矣。"（《温公续诗话》）杜诗的内涵，的确是意在言外，需要思而得之的。我们认为杜诗艺术魅力的关键在于，读者思而得之的是深深的"情"，而不是一般的"知"。葛立方在《韵语阳秋》中称赞过韩愈的"竹影金琐碎"和杜甫的"踏尽黄榆绿槐影"，认为这两句诗含"日"字，"亦何必用日字，作诗正欲如此"。我们认为，不管是韩的联句还是杜甫的诗句，都不能算是好诗，只能算是运用语言的一种小技巧。看不出作家情感的涌动，体现不出作家情感的浓醇程度。清代许昂霄在评论北宋林逋的小词《点绛唇·草》时，认为这首词好在"言短意长"感情深厚，认为"徒称其终篇不出一草字，此是儿童之见也"（《词综偶评》）。这种看法，才算真正抓住了含蓄的本质。

清代马位在《秋窗随笔》中对一些诗句的分析，更能说明问题。马位说：

> 李太白"但见泪痕湿，不知心恨谁"，及张祜"一声何满子，双泪落君前"，又李峤"山川满目泪沾衣"，得言外之旨，诸

人用"泪"字,莫及也。义山"湘江竹上痕无限,岘首碑前洒几多"反无深意。

马位对这些诗句的评价是准确的。但是,为什么李白、张祜、李峤的诗句"得言外之旨",李义山的诗句"反无深意"呢？关键是诗句中情味的浓度。前三个人的诗,语言素朴,但他们所表达出来的情感非常深沉、微妙。尤其妙的是"不知心恨谁"。见到君王时,先是歌声,随之洒泪,歌者心中思绪万千,谁能说得清楚。这样的诗句能够激发起读者的无限联想。李义山的诗句用了典,隐括了湘妃和羊祜的故事。两句诗,从表面上看,符合借物言情的特点,可惜巧妙的文字建筑下,包含的情感非常单薄。

(二)造语朦胧。

诗意的基本特征是朦胧、难解。诗意同它的语言形式,应该是完全对应,相互渗透,难以分解的。内容脱离形式和形式脱离内容,其诗意都将化为乌有。因此朦胧的诗意必然要溶解在朦胧的形式之内。叶燮在《原诗·内篇下》中指出:

> 诗之至处,妙在含蓄无垠,思致微妙,其寄托在可言不可言之间,其指归在可解不可解之会,言在此而意在彼,泯端倪而离形象,绝议论而穷思维,引人于冥漠恍惚之境,所以为至也。

对诗歌创作中一些重要问题,讲得如此深刻,这在古人诗论中是很少有的。它至少讲到了三个方面的问题:其一,叶燮认为,诗歌独特的艺术品格是"含蓄无垠,思致微妙",具有一种蕴藉朦胧的模糊美;其二,诗歌形象具有难于把握和超越性特点。所谓"泯端倪",大致与赵执信引王士祯"诗如神龙,见其首不见其尾"(《谈龙论》)的意思相近。所谓"离形象",即指形象的超越性,同司空图"意外之象"的含义大体相同。其三,讲诗的形式的多义性、模糊性。所谓"穷思维",是强调语言的具体化、情景化,摈弃语言的抽象性、概括性。

我们简略引述一下叶燮对杜甫的几个名句的分析。

"碧瓦初寒外"(《冬日谒玄元皇帝庙》)。叶燮认为,按一般的事理逻辑分析,人们就会提出一系列疑问:初寒能分内外吗?碧瓦之外无初寒吗?寒气充塞宇宙之中,碧瓦独居其外,寒气能独盘踞碧瓦之内吗?初寒如此,严寒就不如此吗?表面看起来,事物之间的关系是混乱的,诗句也难以索解,"然设身而处当时之境会,当此五字之情景,恍如天造地设,呈于象,感于目,会于心"。

"月傍九霄多"(《春宿左省》)。叶燮说,月从来只言圆缺、明暗、升沉、高下,未有言多少的。诗中曰多,不知月本来就多,还是因傍九霄而始多;不知是月多,还是所照之境多,实在说不清楚。"试想当时之情景,非言明、言高、言升可得,而惟此'多'字可以尽括此夜宫殿当前之景象"。

"晨钟云外湿"(《船下夔州郭宿,雨湿不得上岸,别五十二判官》)。叶燮解释说,云外之物,何止万亿;即使寺观之中,钟之外物亦无法计算,只能辨其声,安能辨其湿?有云然后有雨,钟为雨湿,则钟在云内,不应曰云外。这样写,不知是写其耳闻,写其目见,还是写其意揣?只有"妙悟天开,从至理实事中领悟,乃得此境界也"。

从叶燮的分析看,这三句诗不合事理,不合逻辑、不合语法。恰恰是这"三不合"构成了中国古代诗歌的艺术特征。如果这三句诗的能指和所指是一种完全准确的对应关系,诗味会立即由朦胧变清晰,由浓厚变单薄,那就等于作者用实情、实物、实事、实景,塞满读者想象的空间。读者的美感是通过想象在审美体验中获得的,修剪掉语言的朦胧、模糊的枝杈,完全坐实地描写,难以调动读者的想象力。谢榛在《四溟诗话》中讲得很好:"凡作诗不宜逼真,如朝行远望,青山佳色,隐然可爱,其烟霞变幻,难以名状;及登临非复奇观,惟片石数树而已。远近所见不同,妙在含糊,方见作手。"这说明诗的语言不应强化其客观准确性,而应强化其同表现对象的相似性。中国古代诗歌与散文相比,其语法因素至少已消解掉一半。正是这种语言特点,才形成了诗的语言形式同描写对象之间不即不离、若即若离的一种弹性关系。美国加州大学教授、华裔学者叶维廉在《中国文学批评方法略论》中指出:

> 在我们进入一个境界之前,事物与事物之间是无所谓"关系"的。在真实世界里,一所茅屋,一个月亮,如果你从远处平地看,月可以在茅屋的旁边;如果你从高山看下去,月可以在茅屋下方;如果从山谷看上去,月可以在茅屋顶上……但在我们进入景物定位观看之前,这些"上"、"下"、"旁边"的空间关系是不存在的;事实上,景物的关系会因着我们的移动而变化。文言文常常可以保留未定位、未定关系的情况,英文不可以;白话文也可以,但倾向于定位与定关系的活动。"鸡声茅店月,人迹板桥霜"就是没有决定"茅店"与"月"的空间关系;"板桥"与"霜"也绝不只是"板桥上的霜"。没有定位,作者仿佛站在一边,任读者直观事物之间,进出和参与完成该一瞬间的印象。

叶维廉先生谈了一个事物之间联系无定位的道理。无定位,必然有无数个定位,有无数个艺术想象的空间。诗歌艺术的魅力就隐藏在这无数空间中。

三、一味含蓄有何妙境

文善醒,诗善醉,是就其总的艺术特征而言的,并非诗在任何情况下都醉,文在任何情况下都醒。就诗而言,短诗比长诗更含蓄。元稹的《行宫》同白居易的《长恨歌》主题相近,前者四句后者一百二十句。前者是高度概括,大中取小、因小见大,后者是展开铺叙、洋洋洒洒。四句诗要完成一百二十句才能完成的任务,只能是以少胜多,重在调动读者的想象力。长诗中,也是有些诗句含蓄,有些诗句明晰。短诗中也不是句句都是同样程度的含蓄。请看宋代陈与义的《牡丹》,诗云:"一自胡尘入汉关,十年伊洛路漫漫。青墩溪畔龙钟客,独立东风看牡丹。"这首诗向来以含蓄著称。四句诗中,前三句较明晰,作为全诗核心的第四句较含蓄。就此《牡丹》诗来看,明晰者、含蓄者,组成一个完整篇章之后,其总体艺术效果是朦胧而强烈的。诗的或醉或醒,还同诗的题材有关,同诗人在某一时期的思想状况、艺术追求有关。杜甫的《北征》《自京赴奉先县咏怀五百字》重在写一路见闻,就必须重在具体、直观和洋洋洒洒。杜甫的名篇"三吏"、"三别",写在战乱和流亡中,是诗人倍尝流离之苦、深感民生之艰的时期,其诗必然更多的是沉着痛快。激愤之情和残酷的现实不容许诗人再去熔炼含蓄蕴藉的篇章。清代黄子云认为:"诗贵于温柔,亦有不嫌切直。""温柔者诗之经,切直者诗之权也。"(《野鸿诗的》)这种看法是有一定道理的。

所谓文善醒,也应具体分析。文善醒,也并不绝对排斥醉。有些有形象描绘的散文,往往带有一定的含蓄性。《左传》上有一段"晋败于邲,军士争舟,舟中之指可掬"的文字。唐代刘知几称赞这段文字是:文虽缺略,理甚昭著,不言攀舟以刀断指,而读者自见其事。有些篇幅短小的记叙性和抒情性散文,也写得很含蓄,明代归有光的《寒花葬志》,是给夫人魏氏的婢女寒花做的一篇葬志。全文重点写了寒花的两个细节:一个是,有一天天很冷,小丫鬟煮了一碗荸荠，等待魏氏食用。归有光从外面回来，想拿起来吃，"婢持去，不与"。就是赶快端走，不让归有光吃。第二个细节是，魏氏每次都让寒花在几旁吃饭，"即饭，目眶冉冉动"。全文的核心是这两个细节，两个细节反映了寒花微妙的心理活动，但寒花想的什么，谁也说不清楚，可意会不可言传。还有的文章，出于某种特殊的需要，不能不写得含蓄些，如晋代向秀的《思旧赋》。向秀同嵇康、吕安是好朋友，嵇康、吕安被司马昭杀害后，向秀很怀念他们，就写了这篇《思旧赋》。由于当时司马氏的残酷统治，向秀的这篇文章不得不写得很短，很含蓄。鲁迅在《记念刘和珍君》中曾说："年青时读向子期《思旧赋》，很怪他为什么只寥寥几行，刚开头却又煞了尾，然而，现在我懂得了。"

关于诗文的"醉"、"醒"问题，清代郑燮有非常精辟的看法。他在《潍县署中与舍弟墨第五书》中指出：

> 文章以沉着痛快为最，《左》、《史》、《庄》、《骚》、杜诗、韩文是也。间有一二不尽之言，言外之意，以少少许胜多多许者，是他一枝一节好处，非六君子本色。而世间妮妮纤小之夫，专以此为能，谓文章不可说破，不宜道尽，遂皆人为刺刺不休。夫所谓刺刺不休，无益之言，道三不着两耳。至若敷陈帝王之业，歌咏百姓之勤苦，剖析圣贤之精义，描摹英杰之风猷，岂一言两语所能了事？岂言外有言，味外取味者，所能秉笔而快书乎？

郑的分析，今天看来，仍然很有启发。

(《古代写作学概论》，青岛海洋大学出版社，1995年7月版)

第二编 古代名篇赏析

贾谊《吊屈原文》简析

贾谊十八岁就以文才出名。二十岁被汉文帝召为博士。一年后,升为太中大夫。他对当时的政治提出了不少改革建议,终因周勃等元老派的反对,未能实施,自己也被贬为长沙王的太傅。贾谊因为自己的政治抱负不能实现,很不得意,在赴长沙过湘水时写了这篇《吊屈原文》。借悼惜屈原的不幸遭遇,抒发自己怀才不遇的感慨。因为这篇文章是用赋体写的,有的也称《吊屈原赋》。

赋是汉代最繁荣的一种文体。汉赋应推司马相如的《子虚赋》、《上林赋》;扬雄的《甘泉赋》、《羽猎赋》、《长杨赋》;班固的《西都赋》、《东都赋》为代表。汉赋讲究铺采摛文,押韵对仗,运用对话的形式,是介乎诗与散文之间的文体。《吊屈原文》虽有赋的特点,但同汉代的大赋不同,是汉赋初期的作品。它虽然用韵,用了赋体文常用的语气词"兮"字,虽然也有点铺采摛文的倾向,但从总体上看,文字还相当疏散、格调也比较清新,散文化的倾向比较明显。汉代大赋,抒情成分很少,《吊屈原文》却是一篇典型的抒情作品。它对六朝抒情小赋有很大影响。

赋体文章有的有序,如上面提到的司马相如等人的那些代表作。有的没有序,如西汉枚乘的《七发》。本文的第一自然段是序,贾谊在序中说明了自己被贬的情况,以及写这篇文章的缘由。

并特地引用屈原《离骚》结尾中的"已矣哉,国无人兮,莫我知也"。这是贾谊写这篇文章时思想感情的核心。在第三自然段一开始就写道:"已矣!国其莫我知兮,独壹郁其谁语。"前后照应,重新申述这种思想感情。第二自然段是正文,是贾谊从自己的角度写对屈原遭遇的所闻所感。贾谊有满腹的愤懑不能直写,还得说"恭承嘉惠"。但完全可以借别人的酒杯,浇自己的块垒。明写屈原,暗写自己。写的是屈原所处环境的昏暗,影射的却是自己的处境。第三自然段的"讯曰"是尾声,相当屈原《离骚》的"乱曰"。如果说前一段是写屈原,那么这一段就是紧承前两段的抒发来写自己了,写自己的愤世嫉俗和准备高举远引的感情。因此,名曰尾声,实际上是文章的结穴,文章的着力点。在这里作者感情得到了最充分的抒发。

　　赋体文的特点是铺采摛文,一个意思可从多方面述写;运比喻连类而及,形象鲜明,发人深思。读者所熟悉的屈原的《离骚》和枚乘的《七发》都是很典型的例子。《吊屈原文》也明显地具有这种特点。短短五百字左右的文章,竟用了二十多个比喻。同时,在比喻当中还形成一种鲜明的对比:圣贤与小人对比;圣洁与龌龊对比,俊逸与丑陋对比。这样,表达手段就更加丰富有力了。

颜延之《陶征士诔》简析

古代的高官显爵死后，由朝廷赐谥，称"官谥"；一些名人贤士或官职低微，没有获得"官谥"的，往往由他的亲朋故旧为其作诔定谥。据何法盛《晋中兴书》记载："延之为始安郡，道经寻阳，常饮渊明舍，自晨达昏。及渊明卒，延之为诔，极其思致。"可见《陶征士诔》是颜延之等为他的朋友陶渊明定谥的诔文。

本文分序文和诔辞两部分。前三自然段是序文。"其辞曰"以后诸段是诔辞。第一自然段是一大段议论文字。文章赞美"璿玉致美"、"桂椒信芳"，强调其本性的高洁。以物喻人，以香草美玉比喻君子贤士这是古人惯用的写作手法。文章赞美"巢高之抗行，夷皓之峻节"并与今之"作者"对比，说明"菁华隐没，芳流歇绝"的可惜。这一切，又都是为了导引和衬托陶渊明的生平、品格服务。第二自然段全面、概括地叙述陶渊明的生平和品格。这一部分涉及陶渊明一生的许多方面，但主要是突出了他的超脱、旷达和恬淡。这是序文中的核心部分。第三自然段是说明为陶渊明定谥的情况。它具有一种说明和过度的作用。

如果说序文是叙议结合以叙为主，那么诔辞部分则是议中有叙，以议为主。这八节诔辞主要是就陶渊明的行为和品格展开议论。在这一部分，我们应该看到亮点：其一，是议论中间有生动的叙述和描写。例如：

>亦既超旷，无适非心。汲流旧巘，葺宇家林。晨烟暮霭，春煦秋阴。陈书辍卷，置酒弦琴。居备勤俭，躬兼贫病。人否其忧，子然其命。

这完全是记陶诗的意境，写陶渊明的胸怀。从中足可以体味到《归去来辞》、《归园田居》等诗的意境和情趣。这样就会使文章显得更活、更有情趣些。其二，文章越写越带感情。最后四段诔辞都是以"呜呼哀哉"结尾，突出了作者悲哀戚楚的感情。特别是作者写陶渊明对他的谆谆教诲，情景更是宛然在目，感情是深沉而哀婉的。刘勰在《文心雕龙·诔碑篇》中指出："盖选言录行，传体而颂文，荣始而哀终。论其人也，暧乎若可觌；道其哀也，凄焉如可伤。"意思是写作诔文，大致是要选录死者的言论，记叙死者的德行；以记传的体制而用颂扬的文辞，开始是称赞死者的功德，最后表达哀伤的情意。讲到个人，就要使人隐隐约约看得见；叙述悲哀，就要使其凄怆之情令人感到伤痛。本文特别是最后的几段诔辞，就充分体现了这些特点。

颜延之是著名诗人，他的诗"体裁绮密，情喻渊深。动无虚散，一句一字，皆致意焉"（见《诗品》卷中）。他又是骈文能手。他的骈文的特点是：铺锦列绣，文辞绮丽；用典很多，征古繁博。颜延之的这篇《陶征士诔》也是序诔具骈。序文多用四、六句，如"璔玉致美，不为池隍之宝；桂椒信芳，而非园林之实"等。诔辞全是四言，但多为对偶。如："物尚孤生，人固介立。岂伊时遘，曷云世及？"本文用典也比较多，这就使文章显得更加典雅。

韩愈《祭十二郎文》简析

韩愈的《祭十二郎文》是哀祭文中的佳作,也是中国文学史上的抒情名篇,直到今天仍不失其感染力。

《祭十二郎文》之所以能写得如此沉痛感人,当然首先是作者情真、意挚。作者写幼年时与侄子的情同手足,写不能相守以居的遗憾,写对老成死讯的将信将疑,写与老成生不能相养以共居、殁不得抚汝以尽哀,等等,无不系之以情。清代王珦说:"无情之人,未有能工于文也。"《古文观止》的编选者也说:"情之至者,自然流为至文。读此等文,须想其一面哭,一面写,字字是血,字字是泪。"那么本文除此之外,还有什么别的奥妙所在吗?

首先是内容和形式上的革新。一般的哀祭文,内容多是褒扬死者的功业、德行,个别的褒赞失当,满篇的大话、空话,使人感到虚假,当然这种文章不可能感人。哀祭文的形式,或四言韵文,或四六骈体,比较板滞,不宜淋漓尽致地抒情。《祭十二郎文》则完全突破了这种传统格调的束缚。内容方面全写日常琐事,写两人的聚散别离,相依为命的骨肉之亲等等。这些是一般人共有的感情,情景的相似容易达到感情上的沟通。读着韩愈的文章,联想到自己的某些遭遇,读者往往会潸然泪下。李密的《陈情表》,归有光的《项脊轩志》,现代文学史上朱自清的《给亡妇》都是因此而感人的。《祭十二郎文》的语言形式全用口语,更好地为起伏跌宕的感情服务。如"吾年未四十,而视茫茫,而发苍苍,而齿牙动摇",连用三个转折连词"而"字;从"呜呼!其信然邪?其梦也?其传之非其真邪?"以下几句,先是连用三个"邪"字,接着又连用三个"乎"字,三个"也"字,五个"矣"字。语言的局限性似乎完全消失了,达到了极度自由灵活的程度,作者的感情真像声泪俱下那样一气贯注。同时,这一段文字,读者乍读似乎感到有点拖沓,经过细心体味,就会感到,它完全与作者起伏跌宕、回环往复的感情相一致。作者先是怀疑十二郎的死讯不确,因为他相信他的大哥德行很好,不会"夭其嗣"。可是转念一想,是梦吗?又不是。"东野之书,耿兰之报"明明又在身旁,片刻的希望和宽慰又随之变成绝望,作者不得不用五个排句坐实了这种不幸。人的感情是复杂而微妙的。作者仍然企图从绝望中寻求新的宽慰,从身体情况来看,作者认为自己死期不远,"死而有知,其几何离?其无知,悲不几时,而不悲者无穷期矣"。本来明明是一种不幸,可他偏偏感到欣慰,真正到了沉痛已极,悲不自禁的地步!像这样一种起伏跌宕、回环往复、恍忽迷离的感情,不管是四言韵文、四六骈体,还是其他严谨、整饬的文字,都难以表达得这么充分。

其次,内容的取舍为更好地抒情服务。大家作文,看似无法,却法在其中。文章内容虽然都是肺腑之言,系从胸中自然流露,然而不能没有恰当的选择和处理。从这方面看,本文至少有三点值得我们学习和探讨:一是写孤苦相依,抒写骨肉之情。韩愈三岁而孤,由他的兄嫂即十二郎父母抚养成人,他同十二郎虽是叔侄,却情同兄弟,一起长大,"零丁孤苦,未尝一日相离",自然感情特别深厚。韩氏家族人丁不旺,"两世一身,形单影只",叔侄二人共担着维系韩氏家族繁延的重任。韩愈的嫂嫂说"韩氏两世,惟此而已",这更是充满着无限的忧虑和担心。可是现在却一个康强而早世,一个体衰而多病,朝不保夕。作者写到这里,读者读到这里,都会很自然地涌起无限的悲戚之感。二是注重写憾事。韩愈叔侄,年幼时"未尝一日相离";年长后,为了求得斗斛之禄,各奔东西。相见日少,分离日多。有几次可以长期相守以居的机会,也都屡屡错过。面对着叔侄永诀的情景,作者说"诚知其如此,虽万乘之公相,吾不以一日辍汝而就也!"这不能不使作者抱恨终生。在第七自然段中,作者又写道:"汝病吾不知时。汝殁吾不知日,生不能相养以共居,殁不得抚汝而尽哀,敛不凭其棺,窆不临其穴……"这是一个很长的句子,一直倾诉下去,真是呼天抢地,悲不欲生。从"当求数顷之田于伊、颍之上"到本段的末尾,是作者对自己的宽解和对死者的告慰。这就活画出了一个恍惚迷惘、颓然若失的形象。三是着力述写作者的意外之感。在十二郎死的前一年,韩愈曾托诗人孟郊捎给十二郎一封信,在信里韩愈倾诉了自己年老体衰,将不能久存的感慨,"吾不可去,汝不肯来,恐旦暮死,而汝抱天涯之戚也"。实际情况却出人意料,谁会想到"少者殁而长者存,强者夭而病者全乎?"下面紧接着是"其信然邪?其梦邪……",用很长一大段文字,反复抒写作者对十二郎的死不能相信,而又不得不信的感情。意外的不幸,对人的打击是最为沉重的!

欧阳修《祭石曼卿文》简析

韩愈写过《柳子厚墓志铭》、《祭柳子厚文》;欧阳修写过《尹师鲁墓志铭》、《祭尹师鲁文》。将两篇墓志铭和两篇祭文相比较,墓志铭写得比较具体,以叙事为主,而祭文则比较概括,主议论和抒情。这或许有点规律性。

欧阳修的《石曼卿墓表》和本篇的《祭石曼卿文》相比也是前者重叙事,后者主抒情。墓表写到石曼卿的籍贯,他的先世为幽州人,当时幽州属契丹。到他的祖父石自成"始以其族闲走南归"。写到了他的性格,"幽燕俗劲武,而曼卿少亦以气自豪。读书不治章句,独慕古人奇节、伟行、非常之功"。写到了他的官阶,"曼卿少举进士不第,真宗推恩,三举进士皆补奉职"。写了他的事迹和韬略,"曼卿上书言十事,不报;已而元昊反,西方用兵,始思其言,召见。稍用其说,籍河北、河东、陕西之民,得乡兵数十万"。"其视世事,蔑若不足为,及听其设施之方,虽精思深虑也不能过也"。要而言之,墓表叙事间抒情,寓情于事。《祭石曼卿文》,是欧阳修的亡友石延年死后二十六年的祭墓之作,当然用不着再具体忆写他的生平,纯用抒情的笔墨。这虽是一篇韵文,但句式灵活,富于变化,一唱三叹,用三呼曼卿的方法,将自己对亡友的崇敬和悲悼的感情抒发得淋漓尽致。

一呼曼卿,颂扬亡友"生而为英,死而为灵"。这里是死生并提，但意在"死而为灵"。虽然人死后是复归于无物，但其英名却卓然不朽。"此自古圣贤"四句，引圣贤以为证，暗含有将亡友与圣贤相比的意思，本段既是作者对亡友的颂扬，也是对自己的安慰。

二呼曼卿，是由亡友的不凡气度写起，抒发自己的悲戚之情。"吾不见子久矣，犹能仿佛子之平生。"这一句是写对亡友的忆念，感情自然真挚，语调沉稳舒缓。"其轩昂磊落"七句是作者的联想。是说石曼卿轩昂磊落气度不凡，埋藏于地下之后，不会化为腐壤，想必化为金玉之精，长松千尺，九茎灵芝。调子由舒缓哀婉转入激昂。"奈何荒烟野蔓"句，又由联想转入现实，那里有什么长松千尺，金玉之精，九茎灵芝，面前却是一片悲凉景象，千百年后，就更加不堪想象了。感情悲戚之极。"自古圣贤"两句，感情似乎更加深沉。在短短二十几句的一个段落里，作者的感情竟有如此的起伏和跌宕。

三呼曼卿，以不能忘情作结。作者说，盛衰、生死的道理我是知道的，但想到过去的交往和友情，那种悲凉凄楚之情，总是难以排解，无论如何也不能像圣人那样忘情（指庄子妻死鼓盆而歌的故事）。语调是极深沉的。这种收束比呼天抢地更加含蓄，耐人思索。

文章开头从"维治平四年七月日"到"而吊之以文曰"和结尾的"尚飨"，都是祭文的一般格式。

王守仁《瘗旅文》简析

本文是明武宗正德四年，王守仁谪居贵州龙场驿时写的。文章题材是悲悼客死者的，其实通篇寄寓着一种自我悲悼，抒发了作者被贬"异域"的凄苦，并流露出对阉党的不满。

初读《瘗旅文》，读者可能会有这样的想法：王守仁祭的是一位不知姓名的客死者，他们非亲非故，素昧平生，既不了解死者的身世，更无旧情可以忆念，为什么能写出如此动人的文章？可以从两方面来看。

从作者主观因素看，正德二年，王守仁以兵部主事疏救戴铣，下狱廷杖，谪贵州龙场驿丞，心情极为愤懑。王守仁同死者虽素不相识，但两个人一个被贬，一个客死，遭遇有相似之处，这就很容易产生对死者的怜悯之情。作者本来就愤懑满腔，一旦亲眼看到了吏目主仆三人惨死的情景，感情的潮水总算找到了喷涌的契机。从客观条件来看，王守仁同客死者素昧平生的关系，似乎是写抒情散文的不利条件，但在王守仁被贬的这种特定情况下，却又转化成有利条件。不了解客死者的身世，可以不受其限制，为作者抒情提供了更多方便。如文章中有不少猜测之词，毫无事实根据，然而这是作者平时感情积蓄最深厚的地方，作者的感情也往往是顺着这样的渠道奔流、倾泄。

全文共分四段。头两个自然段为第一段。这一段交代事情的由来，重在叙事。但在叙事中已隐隐流露出作者的感情。他见有从北来的吏目，便"欲就问北来事"，想打听一下北面的情况。只有久居他乡的人，才能体味出这句话的意蕴。由于"阴雨昏黑"不便打扰过路者，没好去问，第二天一早，又"遣人觇之"。到了天近中午，有人来报"一老人死坡下，旁两人哭之哀"，他于是想到"此必吏目死矣"。从头一天傍晚，到第二天的早晨、中午，作者一直没有忘却这件事，没有忘却这个北来的吏目。可见北来的吏目深深牵动了作者的流离之感。这种叙述非常精炼、含蓄。写三人的死，也很有表现力，作者没有用概括交代的办法，而是按照实际情况详细叙写。先是"一老人死坡下，旁两人哭之哀"，接着是"坡下死者二人，旁一人坐叹。询其状，则其子又死矣"，最后是"见坡下积尸三焉。则其仆又死矣"。这种写法，一方面极力渲染了三人相继死去的惨状，同时也说明作者一直在关注着这件事。这就为后面的抒情作好了铺垫。

　　第三、四、五、六自然段是第二大段。第三自然段是写掩埋和祭奠死者的情况。吏目三人客死，为什么唯独作者那么伤情，并亲自去掩埋、祭奠，原因就在他向仆人讲的那句话："吾与尔犹彼也。"本来两个仆人不愿意去掩埋、祭奠死者，作者这样一说，"二童闵然涕下，请往"。可见这句话是很能触动人的情感的。"吾与尔犹彼也"是理解全文的着眼点。文章所有感情的抒发都是以此为出发点的。四、五、六自然段，是本文抒情的主体部分，也是本文最精彩的部分，读者如能细心体味，至少可以看出这三点：其一，在段落的联系上，运用了类似诗歌中顶真的办法，即前段的结尾和下一段的开头，文字大体相同。这种办法，可以使段落的连接更加紧密，也有助于内容的生发和深化。比如第四自然段是围绕着吏目的来展开抒情，第五、第六自然段分别写吏目的死和对死者的埋。可以明显地看出,内容的生发和感情的流动是顺理成章、步步深化的。其二,情感的流动与文字的节奏非常默契。根据文艺心理学的理论,作者的心理状态决定着情感流动的快慢,情感的流动又直接影响着行文的节奏。大家所熟悉的李白的"两岸猿声啼不住,轻舟已过万重山"和杜甫的"即从巴峡穿巫峡,便下襄阳向洛阳"诗句,向以情感流动快、节奏变化快著称。《瘗旅文》所抒发的是得罪贬官者的愁苦、哀怨、愤懑的感情,因此情感的流动,不像顺水的轻舟,而是顿挫盘桓、呜咽跌宕。第四自然段这段抒情,从作者的呼告和表白开始,大体有五至六个层次,感情的发展流动有的是底层推进,有的是反转逆折,这就给人一种回肠荡气之感。其三,有关吏目的情况,并无事实根据,全是猜测之词。这种种猜测全是由作者日积月累的亲身感受,生发出来的。这就很难分清,哪是为吏目而痛惜,哪是为自己而伤情。读者所感受到的是一片声泪俱下的沉痛倾诉。

  结尾的两段歌词,是第三大段。这两段歌词,从形式上看,像是碑铭文的铭词。所不同的是,碑铭文的铭词全用四言韵语,两段歌词用的却是赋体。从内容上看,是对文章主体部分的收束和深化。这里有对死者的安慰,有对自己的宽解,有对自己命运的预卜。归结为一点就是作者要死者和自己都要"达观随寓"。然而,读者所感受到却是作者的不能"达观随寓"。最后两句告诫死者:你应该安安稳稳的住在这里,可千万不能为非作歹。这是一种含沙射影,是作者向他的敌对者最后投出的一只匕首。

袁枚《祭妹文》简析

这是袁枚为祭奠亡妹素文而写的一篇祭文。

袁素文是袁枚的三妹,她自幼酷爱诗书,受封建节烈观的毒害很深。素文出生前,袁家与如皋姓高的一家指腹为婚。后来高家因其子品行恶劣,曾主动提出解除婚约,但素文执意不允。婚后素文备受虐待,竟至"手掐足踆,烧灼之毒毕具",直到要被卖掉偿还赌债,她才回到娘家,与高家脱离关系。自离婚后,长斋,衣不纯采,不闻乐,有病不治,遇风辰花朝,辄背人哭。在泪水中熬到生命的尽头,才四十七岁便死去了。袁枚怀着深沉的悲痛写了这篇祭文。

全文共分五段。第一、二、三自然段为第一段,主要是写亡妹坚贞致死以及死葬异地的悲哀。第一自然段是祭文的一般格式。文章主体部分应从第二自然段开始。从文章结尾的"纸灰飞扬,朔风野大,阿兄归矣。犹屡屡回头望汝也"可以看出,本文是篇墓祭的祭文。文章开头运用倒叙方法,一开头就由素文的死和葬写起,这是很自然的。人生的不幸莫过于死,而素文竟生于浙葬于斯,作者连做梦也想不到,这就更加平添了无限凄凉和悲伤。第三自然段是由前面的死和葬自然过渡到素文的死因。这里有两层意思,一是一念之贞而致孤危托落,是素文自己之过。而作者认为素文是因封建礼教的毒害而致死的,也有自己的过错。素文的死,作者不仅感到痛惜,而且感到深深的内疚,心情的沉重和哀伤是无可名状的。这里应该特别指出的是,作者能把妹妹的死,归咎于诗书的毒害,作为一个封建文人,这种想法的确是很大胆的。

第四自然段为第二段。文章从这里开始按时间顺序叙述。这一段主要写了作者兄妹幼年时期的三个生活片断:一是兄妹同捉蟋蟀、吊蟋蟀的乐趣,二是兄妹同读诗书的情景,三是作者进士及第归来素文喜出望外的场面。这一部分在整篇文章中是相当精彩的部分。这一段的叙述描写非常简洁传神,三件事没写一句话,只是勾画人物的动作情状,却非常生动、逼真。如"余捉蟋蟀,汝奋臂出其间",只用"奋臂"二字,就活画了当时小素文捕捉蟋蟀的情态。通过三件事的描述,也初步揭示了素文性格的基点:她聪明智慧,酷爱诗书,关心兄长。这就为下面的叙述、描写、抒情埋下了伏线。正为其酷爱诗书,才种下了不幸的种子;正为其关心兄长,作者的感情才会那么深沉和笃厚。抒情一般有两种方式:一是直接抒情,即直抒胸臆,很少叙述、描写,如前面读到的欧阳修的《祭石曼卿文》就是这类文章。二是间接抒情,即寓情于事、寓情于景。直接抒情,言易尽,且篇幅长了容易流于空泛。间接抒情,把握不好则容易造成拖沓。本段的抒情,是每段饱含深情的描述后,都有几句简洁的直接抒情,作为痛楚的呼告和倾诉。最后又用"凡此琐琐"把三件往事绾在一起,放开笔墨,直抒胸臆,抒情效果很好。像"如影历历,逼取便逝"可为有情有景,八个字便勾画了一个人悲痛欲绝时的那种恍惚迷惘,幻觉满眼的情态。

第五、六自然段是第三大段。这一段写兄妹相依之情。如果单从时间顺序上看,这一段该是写素文在高家的遭遇。作者却没有涉及这些内容,而是跳过了这个生活阶段,重点叙述素文义决高氏回家之后的一些片段。例如素文的扶持阿奶,刺探兄病等。之所以这样处理,作者在构思上恐怕是有所权衡的:素文在高家的一段,是备受屈辱的一段,作者提笔为文时,恐怕不忍提及这些往事。同时这样的内容,对表现素文的人格、品行、才学并无帮助。这是写祭文,不是写传记,作者应该选择那些自己亲身经历而又永远不能忘怀的事例来写。这是写抒情文非常重要的一点。古今中外的优秀抒情文都莫不如此。由此可以看出,尽管本文是一种哭诉文章,但情感的流动和处理并不是散漫无着的,仍然需要经过细心斟酌。

第七自然段是第四大段。从文章开篇以来,且叙且诉,节节情深,步步意浓,到此抒情才算推到顶峰。素文病重,作者不该轻信医言,远吊扬州。素文自己也不该阻人走报,"及至绵惙已极,阿奶问望兄归否,强应曰'诺'"。可是终生的大憾已经酿成,"果予以未时还家,而汝以辰时气绝。四支犹温,一目未瞑,盖犹忍死待予也"。这真是声断气绝,一字一泪。叙事之后,紧接着是一大段抒情。这段抒情,不仅极有层次,而且是紧紧围绕一个"憾"字。永诀的悲伤和无涯之憾,使作者的伤痛达到了无法排解的地步。"天乎,人乎,而竟已乎!"简直是痛不欲生了。

从"汝之诗,吾已付梓"以后的几个自然段是最后的一大段。这是写对死者后事的处理。作者企图以此来告慰亡妹的在天之灵,自己也好从中得到一点宽慰。可是作者一提及自己身世的时候,自然想到了"汝死我葬,我死谁埋"这种伤痛无疑是更深沉的。结尾处的"纸灰飞扬,朔风野大,阿兄归矣,犹屡屡回头望汝也"多像是一段精彩的影视片段:旷野中的坟头,一缕缕飞扬的纸灰,呼啸的北风,一个脚步踉跄且不断回望的祭奠者。读者从这种画面中感受到的,是无限的依恋、悲伤和凄凉。这是绝妙的寓情于景的写法。

今天看来,袁素文是个典型的封建礼教的殉葬者,她的思想、品格没有多少值得我们推崇的地方。我们欣赏的是袁枚之文,而非袁素文之人。

蔡邕《郭有道林宗碑》简析

为私人树碑,东汉时代已很盛行。但碑文作者,无名氏居多。蔡邕则是当时著名的碑文作者,也是汉代碑文的集大成者。刘勰在《文心雕龙·诔碑篇》中指出:"自后汉以来,碑碣云起,才锋所断,莫高蔡邕。""其叙事也该而要,其缀采也雅而泽。清辞转而不穷,巧义出而卓立。"刘勰对蔡邕的碑文评价很高,但也不无溢美,真正当之无愧的,恐怕只有他的代表作《郭有道林宗碑》。

一般碑文都分两大部分,前面是序文,后面是铭文。《文心雕龙·诔碑篇》云:"其序则传,其文则铭。"序文是传体,主要用来记述死者的生平事迹;正文则是铭体,主要用于对序文的概括和对死者的称颂。本文就是很典型的一篇。

本文序文部分共三个自然段。第一自然段介绍其姓氏,考稽其祖先。这是古代碑文常见的格式。第二自然段是称颂郭泰不凡的气度和渊博的知识,他既有才德,又有声望,"贞固足以干事,隐括足以矫时",堪当国家重任。第三自然段重点写他的隐逸高蹈之风。他虽有才德和声望,但他宁愿隐居衡门,教朋诲友。当权者的征聘和荐举,"皆以疾辞"。用这么三个段落把他的家世、生平和品格概括出来。

最后一个自然段是铭词,是一段诗体文字。最后用颂赞的形式,集中突出郭泰的品格。

仔细体味这篇碑文,大体上可以看出这么几点:

第一,这篇碑文的内容,基本上体现了实录的精神。碑文是属于历史范畴的作品,内容体现实录精神,是其最重要的品格,刘勰对碑文写作的要求首先提到的是"资乎史才"。可是实际上撰写碑铭文字,最容易产生溢美现象。原因大体上有这么两点:一、碑铭文多数是应死者的家属或亲朋之请而写,难免好话说得多些。二、不是应请,那么死者就很可能是作者的亲朋故旧,这就更难把握感情的分寸了。《郭有道林宗碑》,在这方面是比较好的。其内容同《后汉书·郭泰传》相比较,主要精神和事实大体一致,只是碑文更集中概括些。《后汉书·郭泰传》称郭泰死时"四方之士千余人,皆来会葬,同志者乃共刻石立碑,蔡邕为文。既而谓涿郡卢植曰:'吾为碑铭多矣,皆有惭德,唯郭有道无愧色耳。'"可见本文在内容上是比较实在的。古人写碑文很重视死者的门第、族望。《后汉书·郭泰传》说郭泰"家世贫贱。早孤,母欲使给事县廷"。看来郭泰的祖辈父辈,都不是什么显赫人物,没有什么可称道的。于是作者便考稽其姓氏,在这上面做点文章。说周朝的虢叔,德行很高,郭姓就是他的后代,郭泰自然也是。作者如此遥远攀援,这既是为后面称赞郭泰的懿德设伏,更重要的是为郭泰的门第增光添彩。今天看来,未免显得牵强。

第二,相题设施,重点突出。相题设施,这是宋代李淦在其《文章精义》中称赞韩愈碑铭文字的话。李淦认为韩愈的碑铭文字虽多,但篇篇不同,能根据死者的情况不同,突出不同的内容,措置不同的结构。《郭有道林宗碑》也体现了这一特点。郭泰这个人,在当时看来,德行很好,声望也很高,是当时"清议派"的领袖人物之一。可是他一生没有做官,因此没有什么政绩。他的交游也并不广泛。针对这种情况,蔡邕在碑文中突出了他的德行、学识和高雅，没有涉及他的游踪和事迹。内容单纯突出，文字不枝不蔓。

第三，语言朴实，简洁、明快。就总体来看，西汉文古朴雅正，六朝文浮华绮靡，而东汉则是过渡阶段，没有完全失掉西汉文的特点，却开了六朝文的端绪。当然，具体到每个作者又并非如此简单。本文不用典，不堆垛，带有古朴纯正的特色；同时又骈散杂揉，比较富于节奏感和明快感。因此刘勰称赞是"雅而泽"。

韩愈《柳子厚墓志铭》简析

韩愈、柳宗元是唐代古文运动中的双峰。两位文学家政治见解和哲学观点颇多分歧,但私交很好,感情笃厚。柳宗元于元和十四年十一月八日卒于柳州。柳宗元死后,韩愈连续写了《祭柳子厚文》、《柳州罗池庙碑》和《柳子厚墓志铭》,以此寄托他的悼念和敬慕之情。其中《柳子厚墓志铭》是最好的一篇。

当韩愈提笔写这篇文章时,他面临着种种矛盾:柳宗元是永贞革新参加者而且是革新失败后的获罪者,韩愈则是永贞革新的反对派,此其一。韩柳的私交很好,特别是韩愈对柳宗元的文学成就倍加赞赏,此其二。如既不回避事实,又能充分抒发至友之情,这确实是需苦心经营的。

全文共七个自然段。第一自然段,主要是褒扬柳宗元先辈的荣显和节操,目的是为柳宗元增光添彩。同时也有作者艺术构思上的考虑。清代文学家吴汝纶认为"叙祖德亦与其生平相发,盖文章义例,每篇中不得有一冗词滥语与主者无涉者"。所谓相发,即相发明印证。即作者用柳宗元先世的"不媚权贵","号为刚直","所与游皆当世之名人"与柳宗元的生平相对照。这是一种极含蓄的、不露声色的批评。这倒有点像是以叙事寓褒贬的春秋笔法。

第二自然段,是写柳宗元青少年时期的才华和声誉。一篇墓志铭，篇幅有限，很难全面记述一个人一生中的经历和作为。因此，墓志铭对柳宗元参政以前的情况，是可写可不写的。这篇墓志铭不仅写了这方面的内容，而且写得相当充分，整整用了一大段文字。细心寻绎作者构思的思路，至少可以看到这么几点：一是作者对柳宗元才华的赞赏。两人政见不同，但私交很好，恐怕与相互倾慕其文学才能有关。二是为后面称颂柳宗元的文学成就作些铺垫。三是为柳宗元的政治过失作些开脱。既然柳宗元"俊杰廉悍，议论证据今古，出入经史百子，踔厉风发，率常屈其座人，名声大振，一时皆慕与之交，诸公要人争欲令出我门下"，一些权势人物都争相罗致，那么柳宗元的政治过失，自然也就在所难免，并非柳宗元有意攀附权贵，这应该是韩愈对柳宗元的基本评价；否则韩愈也不会先后为柳宗元撰写了几篇碑铭文字。

第三自然段，是简括叙述柳宗元两次被贬的情况，重点是写柳宗元被贬永州和柳州时的建树。柳宗元在永州任上，主要精力是从事文学创作，他的散文杰作《永州八记》等，就是这一时期的成果。政治方面的作为不见记载。柳宗元在柳州任上的政治建树比较突出。韩愈在《柳州罗池庙碑》中介绍比较充分。写足写够死者各方面的功绩，不管古代的碑铭文还是现在通行的悼词，都应该是文章中的重要内容。这一段集中写了两方面的内容，一是柳宗元在永州的文学成就；二是在柳州的政治建树。写文学成就，文字不多，但评价很高，如说"泛滥停蓄"、"深博无涯涘"。写政治建树，没有重述《柳州罗池庙碑》中的内容，只记述了对柳宗元来说是最典型的，人民群众最感激的解决"以男女质钱"的问题。韩愈根据柳宗元参政活动的情况，同时照顾其他碑铭文中的内容，这里只写这一典型事例，以一当十，也就足够了。

第四自然段，是对第三自然段的补写。第三自然段曾提到

"元和中，尝例召至京师，又偕出为刺史，而子厚得柳州"。在这段时间，曾发生过柳宗元甘愿代刘禹锡出任播州，而让刘禹锡到条件较好的柳州去的事。韩愈对此深为感动，他专门安排一大段文字，来展开叙述和议论。其中，议论部分特别精彩。从"今夫平居里巷相慕悦"到"真若可信"，先是生动形象地勾画出世俗小人的虚情假意。随之笔锋一转，"一旦临小利害，仅如毛发比，反目若不相识，落陷阱，不一引手救，反挤之，又下石焉者，皆是也"。层层剥离，世俗小人的灵魂被揭露无遗。这种揭露，真称得上是入木三分，淋漓尽致。这一段的最后，又以"闻子厚之风，亦可以少愧矣"作结，作者的感情推到了顶点。细心的读者可以感到，在前三自然段中，文章偏于叙事，又由于作者同柳宗元的微妙关系，总像是没有找到一个抒发感情的适当时机，文笔躲闪、摇曳而来，写到这里总算找到了喷发感情的口子。因此，感情激荡，一发而不可收拾。这种激情既来自韩愈对世俗小人的憎恶，更是来自对柳宗元的敬佩。

　　从文章中可以看到，韩愈对柳宗元最敬佩的有两点：一是柳宗元以柳易播的精神，二是柳宗元的文学才能。第四自然段是以"以柳易播"为题展开的议论和抒情。第五自然段又以柳宗元的文学成就为题展开议论和抒情。但在写法上很有层次和变化。开始先由柳宗元的政治遭遇写起。这一部分写得极富顿挫，古人评价谓之四顿。从本段的开头到"故坐废退"写柳宗元的被贬，是第一层，谓之一顿；从"既退"到"道不行于时也"写柳宗元遭贬已是不幸，贬后得不到有力人物的推挽更不幸，这是第二层，可谓之二顿；从"子厚原在台省"到"亦自不斥"，这是作者的假设和推想，是第三层，可谓之三顿；"斥自"两句，仍是一种假设和推想，是第四层，可谓之四顿。通过如此四顿，作者把自己的痛惜之情，作了充分抒发。"然子厚"以下数句,文章又推出了一个新的层次。作者将柳宗元从事文学创作和参与政治活动进行比较,在比较中权衡得失和轻重,又高度赞扬了柳宗元的文学成就,作者又从中得到了一种宽慰。清代的林纾曾评论说:"行文至此,其下不一翻腾,便到水尽山穷地方。乃说成斥不久,穷不极,亦断断无文学辞章之传后,此在无可转逆中打挺而起,真善于翻腾矣。"这么几经"翻腾",作者的感情才更显得复杂而深挚。

以下的部分是最后一段,叙述柳宗元的卒年、家族、丧葬事宜。这一段突出了裴行立、卢遵二人与柳宗元交谊之厚,这同第四自然段关于世俗小人的议论相照应、对比。作者的构思是非常细密的。

最后,拿清代吴汝纶的一段话作结吧:"韩柳至交,此文以全力发明子厚文学风义,其酣姿淋漓、顿挫盘郁之处,乃韩公真实本领。而视所为墓铭以雕琢奇诡胜者,反为别调。盖至性至情之所发,而文字之变格也。"

陆龟蒙《野庙碑》简析

鲁迅在《小品文的危机》中指出:"唐末诗风衰落,而小品文放了光辉。但罗隐的《谗书》,几乎全部是抗争和愤激之谈;皮日休和陆龟蒙自以为隐士,别人也称之为隐士,而看他们在《皮子文薮》和《笠泽丛书》中的小品文,并没有忘记天下,正是一塌胡涂的泥塘里的光彩和锋铓。"陆龟蒙的《野庙碑》就是历来被传颂的,颇具代表性的一篇。

我国古代的碑铭文字,也在随着时代的发展,不断地发生着变化。前面读到的蔡邕的《郭有道林宗碑》,那是比较典型的、正统的碑文。到了六朝,碑铭文逐渐骈俪化。唐初沿袭六朝文风。直到韩愈,碑铭文才得到了很大发展,写法变化多端,有的一篇碑文就是一篇生动的小故事。晚唐陆龟蒙的这篇《野庙碑》则完全杂文(或小品文)化了。这该是典型的碑铭文的变体了。

说它变,主要是从形式和内容两方面看的。

从形式上看,它不再是典型的、严格意义上碑文的写法了,而纯粹运用杂文的手法。从题目看,不是孔庙碑,不是孟庙碑,也不是其他什么圣君贤相的碑,而是为无名野庙作碑。丝毫没有那种堂堂正正、庄严肃穆、诚惶诚恐的味道。从行文上看,碑文的开头,从考订碑的含义及其演变写起,逐渐引出碑野庙的正题,顺手写来,毫无矜持之态。一般碑文的序文末,或称"其铭曰",或称

"其辞曰"。本文则是"以乱其末",借用《楚辞》结尾的说法,也有别开生面之感。

从内容上看,一般碑文不管是为神而作,还是为人而作,多是以颂扬为主,本篇则以揭露为主。当然不是揭露鬼神,而是由议论鬼神出发,将揭露的锋芒指向当时的社会黑暗。本文的价值也正在于此。现在请看具体文章。

第一自然段,前面曾经提到过,不再过多重述,需要指出的是,本段曾两次提到碑文应该是碑"有功德政事者",这一点很重要,它与后面几段的意思遥相呼应,成为维系全篇的筋骨,对人神功过的比较、议论,都是以此来衡量的。这一段的最后两句说:"直悲夫甿竭其力,以奉无名之土木而矣。"这是点题之处,这里的"无名土木"表面上是指那些"甿作之,甿怖之"的无名土木;实际上是影射那些"缨弁言语之土木耳"。这样写比较含蓄,不至于文章一开头就剑拔弩张。

第二自然段,是一段叙述和描写,又可分两层。作者首先描绘了各种各样的土木偶像的形象,文字简洁而形象,如"黝而硕"、"温而愿"、"哲而少"、"媪而尊"、"妇而容艳",用四五个字就能准确、富有特点地勾画出种种形象。紧接着是叙述百姓迷信、祭祀鬼神的情况。例如"大者椎牛,次者击豕,小不下鸡犬鱼菽之荐,牲酒之奠",百姓们食不果腹,供奉这些无名土木却勤苦若此。作者在这一段里,表达了两点基本意思:一是土木偶像之多;二是正是这些土木偶像迷惑、祸乱着百姓。这就为下一段的议论提供了根据,或者说下一段的一些基本思想都以凝缩的形式孕育在这里了。

第三自然段,是承上文展开议论,是全文的重点段。其实前面所有的文字都是为本段做铺垫和衬托的。作者没有直露地拿土木偶像与当时的权贵们相比较,而是采用似乎更加有力、更加合理的古今对比的方法。开头用"若以古言之……"加以综括、提顿,是本文的纲目,包容着下面所有的议论。下面分两个大层次展开。首先说,古代有些人能为百姓御大灾、捍大患,他们死后应该血食于生人。而当今的这些无名土木享受着百姓的供奉,与古代相比确实是不合情理、受之有愧。这是一段陪衬文字。下面便一针见血地将揭露的锋芒指向当今的权贵们。这里又分三层来写。从"今之雄毅而硕者有之"到"皆是也"是第一层。这里用了两个"有之"一个"皆是也",一口气写尽了当今官吏之多,享受之厚的情形。文字很带感情。从"解民之悬"到"孰为轻重哉"是第二层,揭露当权者不仅不能为百姓"御大灾"、"解民之悬"、"清民之渴",反而压榨、摧残百姓。"较神祸福,孰为轻重哉!"用反诘方式肯定了土木偶像为祸百姓尚轻,贪官污吏为祸于百姓实重。感情十分激愤。从"平居无事"到"则庶几神之不足过也"为第三层,是勾画、揭露这些窃君之禄的当权者,在危难面前那种"佝挠脆怯,颠踬窜踏,乞为囚虏之不暇"的丑恶嘴脸。三层意思,层层深入,感情步步激昂。这种揭露是深刻而大胆的。

文章最后一个自然段,是铭文的形式,用来概括、总结全文,突出全文的重点。"视吾之碑,知斯文之孔悲",与文章的开头相呼应,并突出笼罩全文的悲愤之情。

欧阳修《泷冈阡表》简析

欧阳修文章的特点是什么？一般是平易自然，但又不仅是平易自然，于平易自然中又显示出委婉曲折。《泷冈阡表》就是一篇相当典型的作品。

清代文学家吴汝纶在评论韩愈的《柳子厚墓志铭》时说："金石文字当以严重简奥为宜，此文偶出变格，欧公作墓铭，乃专用其平日条畅之体以就己性之所近，而文体遂为所坏。"今天看来吴汝纶所指责的正是欧阳修墓铭作品的长处。如果《泷冈阡表》真的拘泥于金石文字严重简奥的特点，肯定不会至今仍脍炙人口。清代另一位文学家林纾倒是颇有见解，他说"此至文也"，"盖不能以文字目之，当以一团血性说话目之"。欧阳修是个感情丰富、极易动情的作家，古人说他写文章善于慨叹，无论是议论还是叙事，都莫不如此。吴汝纶说的"就己性之近"就指的这一点。那么作者究竟采用了一些什么具体方法，使得本文竟如此凄婉动人呢？

首先，是选了一个很好的角度。欧阳修写此阡表时，他的父亲已去世六十年，母亲已去世十八年，文章中写到的一些具体事实，作者不是采用直接叙述的方法，而是让故去的母亲说。这并不是因为作者的父亲去世早，对父亲的作为不堪了了非由母亲述说不可。而是让已故的母亲述说，把对父母双亲的思念、崇敬之情糅在一起来写，作者更容易产生一种凄婉之情，读者也自然更容易动情。

其次,是作者突破金石文字传统体裁的束缚,以富有典型性的实例传情。从"修不幸"到"修泣而志之,不敢忘"是文章的重点段落,抒情性最浓。本段作者写了父亲的仁和孝。从"吾之始归也"到"至其终身未尝不然"是写孝。作者以抑扬顿挫的文字,突出渲染了自己内疚、遗憾的心情。欧阳修四岁而丧父,虽然父亲对自己抱有殷切的希望,自己却没有尽到孝道。母亲虽然跟随自己多年,费尽心血,以长以教,生活也极为俭朴,现在官做大了,俸禄高了,可是"祭而丰,不如养之薄",这又有什么用呢?"祭而丰,不如养之薄"最通俗、朴实,也最能打动人心。这是很多读者都曾有过的心境,因此极易产生强烈的共鸣。从"汝父为吏"到"后当以吾语告之",写父亲的仁。重点是写父亲为死狱求生。人之不幸,莫过于死,能使人免于一死,这该是功德无量。能为死囚求生路,仁人之心莫过于此。这里采用一问一答的方法,这样就可以把叙述的速度放慢,便于写得更加细腻和充分。这一段在感情的处理上极有顿挫和波澜。求而有得,是一折;不求而死有恨,是一折;世常求其死,又一折。如此三折,就把为死狱求生的必要性写足,一颗仁人之心也就豁然可见。"回顾乳者"几句,写得很深沉凄楚。如此仁者,却"岁行在戌将死",不得不使人感到凄然。林纾说:"至乳者抱儿数言,则绘形绘声,自是欧公长技。"

再次,巧用"也"字,使文字显得舒缓而有情致。欧阳修是个善用虚词的专家。相传他为人所请写了篇《昼锦堂记》,稿子写完,索稿人已走远,他猛然想起开头两句"仕宦至将相,富贵归故乡"还得修改,于是快马追回。两句话各增"而"字,成为"仕宦而至将相,富贵而归故乡",就更加舒缓、流畅了。他的《醉翁亭记》全篇用了二十一个"也"字,回环往复,语气舒缓,别有一种情韵。

《泷冈阡表》也用了十八个"也"字。其中就有十四个集中用到了文章的主体部分,增强了文章的抒情性。

最后,本文的章法也颇具匠心。全文共分五段。头一个自然段为第一段,说明父亲已故六十年,才写此阡表,不是自己的怠慢,而是有所等待。从"修不幸"到"修泣志之,不敢忘"为第二段,重点写父亲的仁和孝。从"先公少孤力学"到"我亦安矣"是第三段,写父亲事迹和母亲的简况,这是阡表文不可缺少的内容。从"自先公亡二十年"到"太夫人进号魏国"是第四段,写父母所得到的赠封。从"于是小子修泣而言曰"到结尾为第五段,重点在揭示父亲赐爵受封,荣显褒大,是"其来有自"。第一段提出"待"字,是全篇文章的筋骨。第二段是"待"字之根。第三段是"待"字之果。这一段例数封赠非常详尽,乍看起来是有些繁冗,实际上是与"待"字相照应。第四段再次提出"待"字,并以此作结。全篇的叙事与抒情紧紧围绕一个"待"字,结构上非常贯通、完整。

《泷冈阡表》内容方面的局限性比较明显,流露出一种因果报应和光宗耀祖的思想。读者能清楚地看到这一点就可以了。

苏轼《潮州韩文公庙碑》简析

韩愈因谏迎佛骨，触怒唐宪宗，几乎被杀，遂被贬潮州。在潮州不到一年，又改派袁州。韩愈被贬潮州期间，颇有政迹。韩愈去世后，潮州人立庙以志怀念和崇敬。但因庙在刺史办公的厅堂后面，百姓出入不便，宋哲宗元祐五年，王涤来潮州任职，组织百姓重修韩庙。庙成之后，就请当时的大文豪苏轼写了这篇碑文。

清代文学家刘熙载曾用"远想出宏域，高步超常伦"来评价苏轼的文章(《艺概·文概》)。《潮州韩文公庙碑》正是这样的文章。宋人洪迈在其《容斋随笔》中指出："刘梦得、李习之、皇甫持正、李汉，皆称颂韩公之文，各极其势。……及东坡之碑一出，而后众说尽废。"韩愈是文章大家，写碑志文的圣手，他能相题设施，篇篇各有气象，历来受到人们的高度评价。洪迈的评价，虽然不无失当，但他确实看到了《潮州韩文公庙碑》的超常之处。今天我们读此文，仍然感到气象阔大，神完气足，有一种浩大的气势和魄力。这种感觉从何而来呢？

首先，是以议代叙，气势宏阔。碑志文本来是一种记事体裁的文章，韩愈的碑志文有些就写得相当具体、生动。如《试大理评事王君墓铭》，人物形象鲜明，个性突出，像是一篇精巧的人物特写。他的《柳子厚墓铭志》夹叙夹议，议叙互补。宋代欧阳修的《泷冈阡表》主体部分都是具体、切实的叙事，感情深挚、委婉曲折。《潮州韩文公庙碑》却完全是另一种面貌，以磅礴的议论代替了记叙。中国古代散文，唐文主情韵，宋文主议论。苏轼是位议论能手，当他提笔为文的时候，当然容易以议论出之。写成这样一篇议论性颇强的文章，也与他写的对象有关。《泷冈阡表》是欧阳修写他的父亲，以自然、亲切、深挚为贵；《柳子厚墓铭志》是写诤友，以严谨、切实为宜；苏轼的这篇文章是写一位先贤，应该写出作者的景仰、崇拜的感情。这就需要一种宏阔的议论，对韩愈作出高度评价，尽情抒发自己的景仰之情。文章的开头，"匹夫而为百世师，一言而为天下法"，凌空突起，议论极为精彩。文章的基调定得很高，陡然激起读者对韩愈的崇敬。在这样的开头下面，文章的主体部分，再出之一般的议论，则会感到软弱无力，无法撑的起来，就如一片狂涛，凌空而来，却又陡然变成了涓涓细流。因此，第二、三、四、五、六自然段，即文章的主体部分，或纯是议论，或夹叙夹议。例如第三自然段，主要写韩愈的事迹，然而仍然没有用叙述笔墨，而是用"文起八代之衰，道济天下之溺，忠犯人主之怒，而勇夺三军之帅"四句作了高度概括，很有气势。第五自然段，多是叙述文字。这一段主要是说明重修韩庙的情况。文章写到这里，似乎没有什么可写的了，然而不然，作者又用设问的方式兜起一层议论，运用泉和水这种巧妙的比喻，进一步阐述了韩愈影响的深广。刘熙载在《艺概·文概》中指出，东坡论文曰"快"、曰"达"、曰"了"。《潮州韩文公庙碑》这种一泻千里的议论，正好体现了这种"达"、"快"、"了"的风貌。

其次，立意高远，以虚带实。清代吴楚材、吴调侯在《古文观止》评点中介绍："东坡作此碑，不能得一起头，起行数十遭，忽得此两句，是从古来圣贤远远想入。"苏轼是大家，常认为写文章是天下第一等乐事，不会因为遣词造句而踌躇再三，而是说明他一时找不到文章的主调。开头两句,是从《孟子》和《礼记》中化用来的。这本来是对圣人的评价,这里用作文章的开头,这是实写圣人,而虚写韩愈,出发点是古代圣贤,落脚点却是韩愈。在封建社会,上天是至高无上的,其次是帝王,再次是圣人。把韩愈与圣人相比,这可以说是至高无上的了。清代一位文章学家指出:"章子厚谓领句似孔孟庙记,褒之太过。然全篇写得浩然凌空,锵然有声,不如此振起,便不相称,未可过疵也。"且不说这种评论是否妥当,这至少说明这位文章学家他看到了这篇文章的立意不凡。

文章写了第一自然段之后,作者仍感到气不足意不盛,便又以孟子善养浩然之气作起,进一步展开议论,将读者引得更深更远。气是古代哲学的一个重要范畴,其内容很复杂,孟子说的浩然之气是志气和意气的意思,是指一个人的高尚的思想感情和道德风貌。苏轼说这种气"寓于寻常之中,而塞乎天地之间,卒然遇之,则王公失其贵,晋楚失其富,良平失其智,贲育失其勇,仪秦失其辩"。苏轼的这种议论,只是一种借题发挥,目的是要将韩愈的气度渲染得更深远,更加神圣化。

第四自然段是写韩愈的遭际,但作者没有采用正面叙述具体事实的办法,而是以虚带实,把事实加以高度概括,纳入关于天人之辩的议论。这种写法,既例数了韩愈的事迹,又很自然的把韩愈的作为概括为"盖公之所能者天也,所不能者人也"。这也同时紧紧扣合了第一、二自然段的议论。这种虚实相补的议论,很自然地给读者造成一种高山仰止的感觉。

最后一段诗,是铭文部分。铭文有的写得较长,有的较短。《柳子厚墓志铭》的铭文,只有三句。《潮州韩文公庙碑》的铭文,写得长而潇洒。在序文气势宏伟议论的基础上,铭文部分又用鲜明的艺术形象生动的诗的意境,作进一步的加强和渲染,给人一种飘飘欲仙的感觉。

其三,巧用排比,加强气势。本文的序文部分,多半是议论,而议论又多半是骈散结合,以骈为主。仅就前四自然段看,具有骈偶性质的句子有十组,具有排比性质的句子有四组。而这些骈偶和排比,又富有变化。这样,不仅使文章具有节奏感,而且显得气势磅礴。

当然文章的局限性也是很明显的。韩愈在历史上主要功绩是在文学方面。苏轼对韩愈的评价,也确实有点褒之太过。这一点,前人也曾指出过。文章中关于天人之辩的说法也带有一些唯心主义色彩。

归有光《寒花葬志》简析

归有光的作品很少涉及重大题材，也没有多少豪言壮语；行文没有华丽的词藻和生僻的典故，平淡而有味，亲切而有感情。他善于从亲人和朋友的日常生活和身边琐事中选取素材，用平易、朴素和淡雅的笔，稍事点染，勾勒出人物的音容笑貌，抒发出自己对这些人物的深挚感情。他的名篇《项脊轩志》、《先妣事略》是这样，《寒花葬志》虽只寥寥数语，同样如此。黄秋耘先生说："宋代词人中可以分为豪放派和婉约派，那么在散文创作中，归有光似乎可以归入婉约一派了。"这种看法颇有道理。

明代王锡爵认为归有光的散文"无意于感人，而欢愉惨恻之思，溢于言语之外"。我想这主要是作者首先是个有情人，他是怀着深挚的感情来写人叙事的。他所写的人和事是饱含感情果汁的苹果。《寒花葬志》一开始写明寒花的身份，死的年月，埋葬的地方。接着写道："事我而不卒，命也夫！"可以看出，作者一提此事就感到深深的痛惜。随后写寒花的音容服饰，心理活动。这是一段回忆性的文字，写往日情景，历历在目。这里表面上是写当时欢快的情景，实际上是以欢快写悲伤。王夫之在他的《姜斋诗话》中说："以乐景写哀，以哀景写乐，一倍增其哀乐。"最后，"回思是时，奄忽便已十年。吁！可悲也已！"这里有深切的追思，真挚感情的流露。文章由抒情开头，又以抒情收束。显得精粹而完整。

　　本文在写人叙事时，成功地运用了白描的手法。"垂双鬟，曳深绿布裳"，用八个字写出了寒花的肖像，文字淡雅而逼真。从"一日，天寒"到"魏孺人笑之"，写她煮的荸荠只让魏孺人吃，却不让归有光吃。小姑娘单纯幼稚却又十分可爱！她还不十分了解几个人之间的亲疏关系，还不懂得如何处理这些关系。"孺人每令婢倚几旁饭，即饭，目眶冉冉动。"吃饭了，小姑娘还在观察这些人、这些事。这些文字，只写动作、神态，没有话语，而且是人们不易察觉的"目眶冉冉动"，却极为精彩，传神写照都在阿堵之中。"孺人又指予以为笑"更使得当时的情形生动真切，烘托出一种亲切而温馨的家庭氛围。

　　最后我还想说，两个细节之所以富有魅力，就是作者没有直接告诉读者他在表达什么；而是为读者提供两段简单的语言符号，让读者运用自己的智慧和审美经验去"猜测"、阐释他要表达的内容。这就是艺术。

张溥《五人墓碑记》简析

明代末年,统治阶级内部斗争十分激烈。万历时吏部郎中顾宪成与明神宗朱翊钧发生矛盾,被革除职务,返回故乡,同原任行人高攀龙、御史钱本一、太仆少卿史孟麟等,讲学于无锡东林书院,评论朝政、抨击权奸,逐渐形成一个很有影响的政治集团,就是东林党。东林党代表中下级官员、中小地主阶级及其知识分子的利益和要求。天启六年,在苏州的东林党人周顺昌,因反对权奸魏忠贤而被捕,激起了苏州市民的义愤,打死了两名差吏。随后,在这一事件中英勇斗争的颜佩韦等五人,挺身自投,从容就义。崇祯皇帝朱由检即位后,阉党失势,魏忠贤畏罪自缢,周顺昌被平反昭雪。苏州的人民群众毁掉建在苏州城外虎丘山塘河堤上的魏忠贤的祠堂,在这里重新安葬了五人,并立碑纪念。张溥是"复社"的领袖人物,在政治上与东林党一致,因此他就写了这篇碑记。文章写得慷慨激昂,精神饱满,很能给人以鼓舞。这里仅从写作方面作些分析。

清代学者刘熙载说,"文章贵从所以然处入手"。这是指写文章应根据不同的情况,不同内容,确定不同的体势和不同的表现方法。《五人墓碑记》就很能体现这一点。颜佩韦等五人,都不是高官显爵,颜佩韦是商人,杨念如是估衣商,马杰是市民,沈扬是经纪人,周文元是周顺昌的轿夫。他们都是"生于编伍之间"的普通群众,除了本文所记叙的这一壮举外,恐怕再也没有什么特别突出的事迹。如果本文拟以叙事为主,内容势必显得单薄。作者同东林党人的政治观点一致,憎恨魏阉,同情周顺昌的被逮,仰慕颜佩韦等人的义举,这也决定了他不能采用冷静的叙事的方法。可以是叙事,可以是描写,也可以是议论。颜佩韦等人的壮举,是一场政治斗争,这样的内容也最适合用议论的方式来表达。因此,从总的体制上来看,本文是夹叙夹议,以议为主的。

　　文章一开头,先点明"五人"的来历和说明立碑的缘由。文章刚刚开篇,作者的敬仰之情却已按捺不住,先是"呜呼,亦盛矣哉!"的赞叹,接着便是一段激昂慷慨的议论,揭示出五人激于义而死,死得其所,其死皦皦的意义。第二自然段,是由第一自然段的议论引出的一段叙述。文章形象、生动地追述了五人激于义而死的经过,及其从容就义的表现。要为五人立碑,以旌其所为,这是非写不可的内容。这是全文所有生发和议论之本。

　　从"嗟夫"开始以后的三个自然段,是本文的后半部分,是作者写作本文的着力点,是从第二自然段引发出来的精彩议论。细心的读者会发现,在行文当中,作者非常注意抓取时机引申和生发自己的议论,使自己的思想感情表达得更充分、丰富。例如在"由此观之"这一自然段中,当写到"是以蓼洲周公忠义暴于朝廷,赠谥美显,荣于身后;而五人亦得以加其土封,列其名于大堤之上"时,按一般写文章的思路,完全可以紧接着写"故予与同社诸君子,哀斯墓之徒有其石也而为记",作者却又在此作了两层引申和生发:"凡四方之士,无有不过而拜且泣者,斯固万世之遇也。"这是第一层,是对五人"荣于身后"的推崇。"不然,今五人者保其首领,以老于户牖之下,则尽其天年,人皆得以隶使之,安能屈豪杰之流,扼腕墓道,发其志士之悲哉!"这是第二层,是承接前面的议论，又从反面评述，这样五人死的价值和意义就揭示得更充分了。清代李扶九在评解本文时指出："凡作文不著痛痒，又死抱题目，题外无余情，不足取也。故选此篇，以开心胸。"他指的题外余情，恐怕就是恰当的生发和议论。

清代的林西仲也曾指出："拿定激于义而死一意，说得有赖于社稷，有益于人心，何等关系。"文章开头一句"五人者，盖蓼洲周公之被逮，激于义而死焉者也"，开宗明义，点出"义"字。"义"字是全文的主脑。为了突出和阐发主脑，把对五人的歌颂写得更加淋漓尽致，正如前面所指出过的，作者除了采用夹叙夹议，以议为主的方法外，还采用了对比、衬托的方法。这种对比、衬托大体上有四处。在第一自然段中，从"夫十有一月之中"到"独五人之皦皦，何也"是拿富贵之子、慷慨得志之徒、草野无闻者的死，同五人的义举相比。这还是一种较浅层次上的对比。在第三自然段中，从"嗟夫"到"亦曷故哉"，是拿缙绅攀附权奸，失节易志者的无耻行径与五人的义举相对比，这是较深层次上的对比。在第四自然段中，从"由是观之"到"固重何如哉"，这是拿五人的蹈死精神同高爵显位者的"辱人贱行"相对比。一个是高爵显位，一个是身在编伍；前者是一旦抵罪，便狼狈保命；后者是慷慨就义，视死如归。这种对比就更有力量。最后，从"不然，令五人者"开始，到"发其志士之悲哉"，作者又用一种假设之词，将五人自己与自己比，说明五人死得其所。如此层层对比，就把"义"字这个主脑，阐发得更加充分了。

扬雄《酒箴》简析

扬雄出身于"世世以农桑为业"的家庭,后来至于"家产不过千金,乏无儋(担)石之储",他曾经"身服百役,手足胼胝,或耘或耔,霑体露肌",因此他比较接近人民,对人民的饥苦还是比较同情的。他的三篇有名的赋作《羽猎赋》、《甘泉赋》、《长杨赋》虽然从总体上看是对统治阶级歌功颂德,但其中的讽谏之意也是相当明显的。《汉书·扬雄传》还说他"不汲汲于富贵,不戚戚于贫贱",虽历仕成、哀、平三世,但始终是个黄门郎。他曾写过一篇《解嘲》,是一篇表现他仕途失意发牢骚的文章。文章反映了当时社会的一些政治黑暗,风气败坏,小人当道,贤人难用的现实。

《酒箴》也是一篇牢骚文字。历来的诗文,写物多是为了写人。晋人刘伶写过一篇《酒德颂》,从题目上看是颂酒,实则是写人,描绘出一个狂放不羁、蔑视礼法的人物形象。扬雄的《酒箴》看题目,同时根据这种文体的作用,应该是写以酒为戒。实则不然,而是以酒为线索,将汲水之瓶与盛酒的滑稽鸱鹉作对比,偏有颂酒之意。汲水之瓶,虽然"酒醪不入"是用来装水,可是它的处境和下场并不美妙。它经常被放在井边上,上有高台,下有深井,动辄就有危险。它盛水之后极不灵活,还被绳索拴着,汲水时一旦碰着井壁,便身葬黄泉,骨肉为泥。鸱鹉滑稽以酒为务,尽日盛酒,它非常灵活,旋转自如,它得到的却是"人复借酤,常为国器,托于属车,出入两宫,经营公家",荣耀得很,显赫得很。最后两句"由是言之,酒何过乎?"这是说酒无过,而有功。《酒箴》本应写以酒为戒,为什么偏偏颂酒?只要仔细体味,便可发现:文章中虽然酒是贯穿全篇的线索,但却采用虚写的办法,只是由酒引出瓶与鸱夷滑稽的对比。文章旨在通过两种器具的对比,影射两种不同性格不同遭遇的人,从而发泄自己对世道的不平。

在当时的封建社会,发牢骚、批评社会,关系重大,弄不好是要掉脑袋的,得非常讲究方式。《解嘲》虽然写的较有锋芒,但在适当的地方还得说几句好话。《酒箴》则完全运用比喻的方式,将清廉正直之士比作瓶,将圆滑阿谀之徒比作滑稽鸱夷,这样既具体形象,又不至锋芒太露,使统治者感到刺激太甚。这是本篇的一大特点。

韩愈《五箴》简析

韩愈自幼好学,精通六经百家之学。他25岁中进士,却久不得官,先是在京城奔走伺侯于公卿之间,无所取资日求于人,后又为董晋的幕僚、张建封的推官,过着"伏门下而默默","情怊怅以自失"的生活。直到贞元十八年春,他才就任一个位置卑微的学官——四门博士。贞元十九年,升任为监察御史,却因得罪权幸,被贬为阳山(今广东省阳山县)令。后因平定淮西藩镇有功,升为刑部侍郎,又因谏迎佛骨,触怒宪宗皇帝,几乎被杀,贬为潮州(今广东潮阳)刺史。穆宗时期,任兵部侍郎。由此看来,韩愈一生的仕途生活并不得意,因此他的不少文章经常流露出牢骚和不满。

清代林纾认为韩愈的《五箴》是"悟道之言"。其实大谬不然。《五箴》的真正目的,是作者借自警自戒之名,发泄自己对世俗的不满。文章不是针贬自己而是针贬现实。《序言》部分,申明写《五箴》的缘由。其中的"道德日负于初心","其不至于君子而卒为小人也",显然是反话,是激愤之词,也是全文的主调。《游箴》表面是谴责自己的饱食终日,无所作为,实则是抒发自己怀才不遇,无法施展才能的愤懑。何以"余少之时,将求多能,蚤夜以孜孜。余今之时,既饱而嬉,蚤夜以无为"?答案正在不言中。《言箴》的结论是不必"言",不要去"言","言"会招祸。当权者钳制言论,不辨是非,不要跟他们去说话。"汝不惩邪?而呶呶以害其生邪!"这种强烈的自我警告,是发人深思的。《悔箴》分析一个人立身行事当悔与不当悔的界限。结论是:有过错就应该悔恨;坚持了道义,就应该至死不悔。有过错不悔恨,就没法改正错误;无错而悔恨,就不能褒扬善行。这种议论,又自有一种刚强寓于其中。《好恶箴》是讨论交友之道的。文章认为,与人交友要"观其道"、"详其故"。所谓"道"和"故"也就是韩愈的政治主张和道德标准。《知名箴》的中心是"勿病无闻,病其晔晔"。一个人不能强取其名,强自为师。否则,必然招祸。这既是韩愈自己生活经验的总结,也含蓄地倾吐了对于公侯显贵妒贤忌能的不平。《五箴》涉及的方面很广,多侧面地阐述了对当时社会现实的分析和认识。文章中的议论,尽管不那么锋芒毕露,然而作者的愤懑不平却也十分明显。

箴是一种很古老的文体,清代姚鼐说:"三代以来,有其体矣,圣贤所以自戒警之义,其辞尤质,而意尤深。"箴是一种韵文,一般是四言。如汉代扬雄的《酒箴》纯是四言,《十二州箴》多数是四言,只有个别篇章间有五言、六言。唐代李习之的《行己箴》也纯是四言。这种四言韵文的风格是凝重、古朴。韩愈是个富有创造性的古文大家,善于熔铸和发展各种文体。《五箴》在形式上的一个明显特点,是古朴而不古奥,整饬中而又透着疏散。它以四言为主,间有五言、六言、八言,这是在古箴中很少见的。句式的措置也参差错落,具有顿挫之美。遣词造句,明白如话,全篇没有一处用典。《五箴》是议论性文章,重在阐述人生哲理,只有这种比较疏散的文章才容易展开议论。

多侧面,多层次,议论透辟是本文的另一特点。如《游箴》,前四句是第一层,是说言行有过错,当悔则悔。第五句至第八句是第二个层次,是说没有过错,应该至死不悔。第九、十句是第三个层次,是说当悔而不悔,如何改正错误。第十一、十二句是第四个层次,是说不当悔则悔,怎能发扬善行。第十三、第十四句是第五个层次,是说悔与不悔要紧的是坚持道义。最后两句是第六个层次,是自我谴责,是对全段的小结。全文共十六句话,却有六个层次,而在每个层次中却又往往运用对比的方法。一位古人评点说:"七八句曲折尽意,今读之忘其为韵文。"《好恶箴》、《知名箴》都有很精辟、透彻的分析。有人认为"其析理之精,亦不让宋贤也。"

最后一点,是段与段之间的布局又讲求变化,单是起头和结尾几乎每段都不尽相同。《游箴》以叙述开头,慨叹结尾。《言箴》以反诘开头,反诘结尾。《悔箴》以对偶句开头,陈述句结尾。《好恶箴》陈述句开头,反诘结尾。《知名箴》陈述句开头,陈述句结尾。这都值得细细体会。

张载《剑阁铭》简析

张载的父亲张收曾为蜀郡太守。张载随父入蜀,作《剑阁铭》。益州刺吏看到,大为赞赏,上表推荐给晋武帝司马炎,于是晋武帝便派人把铭文刻在山石上。

刘勰在《文心雕龙·铭箴篇》中批评了很多人的铭文作品,有的是"繁略违中",有的"赞多戒少",有的"义俭辞碎",唯有对张载的《剑阁铭》评价很高。他说:"唯张载《剑阁》,其才清采。迅足骎骎(qīn 马行疾),后发前至,勒铭岷、汉,得其宜矣。"

前三个自然段为第一大段,作者运用多种手法从各个侧面描写剑阁的险峻和重要。剑阁大概是处于梁州的群山之中,因此第一自然段是从梁州的群山写起。"岩岩梁山,积石峨峨"是正面描写。"岩岩"、"峨峨"四个字就把梁山群峰积石垒垒、高耸入云的形象勾画出来。文字古雅而简洁。其他六句是间接描写,用岷嶓、邛僰、褒斜、彭碣、嵩华来为梁山作衬托和铺垫。赋体作品描写山河、建筑等,往往是其左、其右、其南、其北、其上、其下作多维描写。这六句描写,似乎有点赋家的笔法。第二自然段像是作者将镜头拉近,在梁山群峰中给剑阁以特写。前六句是实写,直写剑阁的险峻和重要,特别是突出了剑阁是通蜀的门户。后四句是虚写,集中在门户这个角度上作文章,将自然形势同世事的治乱联系起来,征引历史事实说明剑阁的险要。这就向文章的主题接近了一步。第三自然段仍是写剑阁的险要。不过在写法上有所变化。前四句先是隐括田肯同汉高祖的对话,叙述齐地和秦地的险要。读者的视线被引到更开阔的视角上去。其作用是为后面的文章作衬托和铺垫。"矧"字一转,就又进入一个更高的层次,说明秦地、齐地与剑阁相比,论其"狭隘",那就相形见绌了。"形盛之地,匪亲勿居"又变换角度,从理论上对本段作综合和小结。

前三个自然段,文章全用顺笔,层层深入,步步推进,可以说把剑阁险要的特点写足写尽,真够得上是"穷地之险,极路之峻"了。如果文章就此搁笔,充其量是篇清浅的文章,还够不上是佳作。本文的可贵之处在于,先是顺流直下,忽作盘旋逆折,翻出了第二大段(第四自然段)内容几乎全是隐括历史事实,内容比较丰富深刻,写作手法上也有不少值得借鉴的地方。首先,它是全篇文章的着力点和着眼点。前面三个自然段都是为表现本段的意思而设。文章的价值主要取决于本段所突出的"兴实在德,险亦难恃"的中心。其次,从结构层次上看,前面是顺势,本段是逆折,造成一种腾挪跌宕之势。再次,从表现手法上看,对剑阁的描述,前三自然段是扬,本段是抑。就像作者一手将剑阁的险要按得低低;一手又将"兴实在德"托得高高。最后,适当用典,文字简洁,但内容比较充实,可以引导读者从更加开阔的历史背景上去思考问题。"兴实在德"的思想,虽是张载针对魏晋之后社会极为动乱的局面讲的,其意义却远远超出这个历史阶段。可以说任何时代、任何民族和国家都应该记住"兴实在德"这句名言。

唐代刘禹锡的《陋室铭》纯用骈体,宋代苏轼的《三槐堂铭》全用散体。而本文全是四言韵语,更具有古代铭文的古朴的特点。

刘禹锡《陋室铭》简析

《陋室铭》像一株精巧的盆景,虽无参天的枝叶,峥嵘的气势,但其立意布局、章法却很有特点。精巧得令人赞叹。

　　山不在高,有仙则名,水不在深,有龙则灵。斯是陋室,惟吾德馨。

这是第一段。其中的"惟吾德馨",是本段的中心,也是全文的中心。从整篇文章的布局来看,可算是开篇就点明主旨。这种开头的方法,历来为人们所称道。如果是篇篇如此,毫无变化,那就又成了八股。特别是这种短篇,如果篇篇一律,就变成直露,读之索然无味了。本段的妙处,就在于既是开门见山,又以新巧的比喻作衬托和铺垫。山虽然不高,因为有仙它就有名;水虽然不深,因为有龙它就富有灵气。屋子虽然简陋,但是我的道德是芳香的。前四句是虚,后面两句才是实。前面的精美的排句、新巧的比喻,都是为"惟吾德馨"而设置的。这样揭示文章主旨,既鲜明又巧妙。

　　苔痕上阶绿,草色入帘青。谈笑有鸿儒,往来无白丁。可以调素琴、阅金经。无丝竹之乱耳,无案牍之劳形。

这是第二段。这一段紧承第一段进一步写陋室之景,陋室之人,陋室之事,把"惟吾德馨"更具体化。"苔痕上阶绿,草色入帘青",用工整的对偶句写陋室之景:苔痕满阶,青草满院,环境十分清幽。这种环境描写有两种作用：一是说明这里的主人心境十分高雅、恬淡；二是说明绝无世俗之人来此造访、结交。"谈笑有鸿儒，往来无白丁"，仍然是工整的对偶句。这是陋室的人物。来此交游的，绝无凡夫俗子，都是高雅之士。可见陋室主人的超凡脱俗。"可以调素琴、阅金经。无丝竹之乱耳，无案牍之劳形。"弹的是古朴的弦琴，读的是佛家的经典。既无丝竹繁弦的噪耳，又无官书文牍的牵心，陋室的主人是何等的清心寡欲、闲适自得。陋室的景、陋室的人、陋室的事，三者绾合在一起，就更加具体形象地说明了"惟吾德馨"。

清代学者刘熙载在其《艺概·文概》中说："长篇宜横铺，不然则力单；短篇宜纡折，不然则味薄。"历来名家的短篇都以多纡折、多层次而著称。《陋室铭》也是如此。本文写完第二段，意思似乎已基本写尽，然而不然，作者又作了新的生发。

南阳诸葛庐，西蜀子云亭。

这是第三段。诸葛庐，是指诸葛亮在南阳的茅庐；子云亭，是指扬子云（雄）在成都的草玄堂。这两句看起来是客观叙述，实际上是作者采用类比的手法，拿两位先贤的居处同自己的陋室作比，目的是拿古代名人先贤来衬托自己的品德。

孔子云："何陋之有？"

这是最后一段。孔子想到九夷去住，有人说：那地方非常简陋，为何要去那里？孔子说：有君子去住，那有什么简陋呢？历来认为孔子的德行是至高无上的，孔子的言论是金科玉律。这里用孔子的话来结束自己的文章，从布局上看又作了新的生发；从表现主题上看，又升华到一个更高的层次。虽然作者不一定敢自比孔子，至少说明他要向孔子学习，这样"惟吾德馨"就显得更有分量了。

苏轼《三槐堂铭》简析

宋初的王祜，有功德于国家，但因直道不容于时，未得拜相，因植三槐于庭，取《周礼》"三公面三槐"之义，以示其子孙后代必有为三公者。后来，其子王旦、孙王素果然相继大拜。曾孙王巩与苏轼友善，便请苏轼写了这篇《三槐堂铭》。

这种文章最容易写，也最难写好。说最容易，是因为前人和苏轼同时代的人写过的这类颂扬性的文章很多，凭着苏轼的才能写起来可以说驾轻就熟。说最难写好，是指不容易写出新意，甚至写得俗滥不堪。苏轼毕竟是位文章高手，他的这篇《三槐堂铭》受到了不少古代文章学家的赞扬。清代著名评论家金圣叹说："此等题，最难是脱俗。今先生，世世皆与极力表彰称叹，却无一句一字不脱俗。我尝细细察之，只为起手时，写得'天可必'、'天不可必'二端，便更无有俗气得到其笔尖也。"金圣叹的评价不无过誉，不过就写法上的"脱俗"这一点，他说的还是对的。

首先，是起手不凡。就一般写作路数考虑，本文可以开篇就从三槐写起，作简洁的景物描写，如后面铭文中写到的"槐荫满庭""郁郁三槐"，先使人触景生情，然后再展开叙述或议论，也可以从"三公面三槐"的古训写起，开门见山突出题旨，还可以由王祜手植三槐写起。然而苏轼的写法却是别开生面的。

天可必乎？贤者不必贵，仁者不必寿。天不可必乎？仁者必有后。二者将安取衷哉?"

这样的开头,实在令人耳目一新。开头就两设疑局,提出问题令人思考,从而紧紧抓住读者不放。同时也造成一种气势,使人感到如蛟龙出水,腾挪跌宕,气魄宏大。

其次,善于概括和提炼。本文的内容无非是为王氏家族颂扬功德。如果文章是正面的、一般的叙述,不但显得非常直露,也可能会造成溢美、阿谀之嫌。苏轼的高明之处,就在于他避开了正面叙述,采用避实就虚、以虚带实的方法,把着眼点放在"天"字和"必"字上。所谓"天"和"必",其实都是指的一种必然性。这样,苏轼就把王氏家族的功德和荣显纳入关于天道的讨论中去。通过讨论,既完成了对王氏家族功德、勋业的称扬,又有力地说明了王祐后代终获荣显,乃是天理天道的体现。在封建社会里,顺天理、应人事,是人们立身行事的最高准则。这样就把文章写得堂而皇之,不觉其俗气了。

最后一点是褒中含讽。铭文从形式上看,是对全文的概括和收束;从内容上看,又有新意生发出来。前面的序文侧重阐述"天"有意兴王,铭文则侧重阐述王氏之德足以致兴于"天"。铭文的结尾写得意味深长:"王城之东,晋公所庐,郁郁三槐,惟德之符。"槐是德的象征,种槐即种德。在铭文中,苏轼很巧妙地用自责的口气,暗讽王氏子孙要慎修其德。清代李扶九在其《古文笔法百篇》中对本文作了这样一段评解:"凡铭多有叙于前,是文叙中以'天'字为骨,铭中以'德'字为骨。叙中铺扬功德、世系及其盛矣,铭中'吾侪小人'六句,有规勉其子孙意,乃为得体。若其一味夸张,纵然切合,非名笔也。"

最后应该指出的是,苏轼对"天"的理解不可能完全是唯物主义的,因此本文也就不能不流露出一点宿命论的倾向。

刘伶《酒德颂》简析

竹林七贤的文章流传至今的,以阮籍和嵇康为最多和最好。其他几个人的文章都很少。山涛、王戎入晋后都做了大官。王戎没有文章传世,山涛只存一些片断"启事",没有多少价值可言。阮咸的《律议》残存不过百言。只有刘伶比较特殊,传世的文章虽只有《酒德颂》一篇,却因其短小精粹、别具特色而博得历代读者的赞赏。

刘伶的生平事迹比较简单。据《晋书·刘伶传》记载:"尝为建威参军。泰始初对策,盛言无为之化。时辈皆以高第得调,伶独以无用罢。"他"放情肆志,常以细宇宙齐万物为心。澹默少言,不妄交游,与阮籍、嵇康相遇,欣然神解,携手入林。初不以家产有无介意。常乘鹿车,携一壶酒,使人荷锸而随之,谓曰'死便埋我',其遗形骸如此"。他的《酒德颂》就是以更加具体、形象、生动的形式表达了这个基本意思。

本文共三个自然段。第一自然段的前九句勾画出了一个与宇宙共生共存的超人的形象。这是作者的自我画像,是他"细宇宙齐万物"的道家思想的具体化、形象化。这同阮籍的《大人先生传》、嵇康的《与山巨源绝交书》具有同一意趣。《大人先生传》也说,"莫知其生年之数","以万里为一步,以千岁为一朝。行不赴而居不处,求乎大道而无所寓"。本段的最后四句是写他的"惟酒是务,焉知其余",点出"酒"字。"卮"、"觚"、"榼"、"壶"都是酒器,在这里不惜重复,既是出于骈体文句式的需要,同时也更好地突出了"惟酒是务"。

第二自然段是写公子、处士对"大人先生"的指责。作者突出了两点:一是"奋袂攘襟,怒目切齿",极言指责者的激烈,二是"陈说礼法,是非锋起",极言指责者的众多。作者之所以这样安排,当然首先是决定于当时的现实情况。在当时社会极端黑暗、虚伪礼法密布的情况下,"大人先生"不可能不遭到非议和攻击。《晋书·刘伶传》就有这样的记载:"尝醉与俗人相忤,其人攘袂奋拳而往。伶徐曰:'鸡肋不足以安尊拳。'其人笑而止。"可见确有"奋袂攘襟,怒目切齿"的情况发生。从文章构思角度看,既是为了振起下一段,又是为下一段"大人先生"泰然自若的气度作陪衬。

第三自然段是写"大人先生"针对指责作出的反应。这是全文中最重要,写得最传神的一段。先是"捧罂承槽,衔杯漱醪"大饮特饮,接着奋髯展足而坐,枕麹藉糟而卧。随之便进入了无思无虑、无智无识、无知无觉与宇宙同存共化的境界。世间的一切搅扰和约束都不存在了。从"俯察万物"开始到文章结束,是写"大人先生"的大彻大悟。大千世界的纷纷扰扰、争名夺利,在"大人先生"的眼里是那么的渺小和毫无价值。"大人先生"的形象,表面上像是无智无识,骨子里却是大彻大悟。这一段在写法上也处理得非常巧妙。文章没有写"大人先生"与公子处士们如何正面质辩,而是极为生动具体地写出他的举动和情态。热心于是非的质辩,那仍是没有超脱利害得失的世俗之人的作为。只有这种无思无虑、目空一切、我行我素,才是超凡脱俗的"大人先生"的胸襟。

"大人先生"的形象,放在今天的社会里,不仅毫无价值,而且十分有害。放到魏晋之际那种社会环境里考察却有一定的价值。《晋书·阮籍传》指出:"本有济世志,属魏之际,天下多故,名士少有全者,籍由是不与世事,遂酣饮为常。"这种说法,颇能代表竹林名士的情况。他们嗜酒,实际上是以酒为护身、自全的法宝,以酒排遣自己的愤懑,并不真正认为这样做是非常高尚的。例如阮籍的儿子阮浑也要效仿他时,阮籍就说:"仲容(阮咸)已豫吾此流,汝不得复尔!"不愿意让儿子再像自己一样。他们狂放不羁,实际上是对当时虚伪礼教的冲击。有的人说竹林名士们是"沉湎其貌而不沉湎其心",这是很有道理的。

韩愈《子产不毁乡校颂》简析

唐德宗时,太学生薛约因直言谏事而得罪。贞元十五年,薛约被贬连州(今广东连县)。国子司业阳城也因为薛约饯行贬为道州刺史。太学生王鲁卿、李傥等二百七十人来到朝门请愿,要求留下阳城。由于一些官吏的阻拦,太学生的奏疏未能呈上。这件事引起了许多正直之士的强烈不满。韩愈也出于义愤写了这篇文章。

子产不毁乡校是《左传》上的一则故事。《左传》襄公三十一年记载:"郑人游于乡校,以论执政。然明谓子产曰:'毁乡校如何?'子产曰:'何为?夫人朝夕退而游焉,以议执政之善否。其所善者,我则行之;其所恶者,吾则改之。是吾师也,若之何毁之?我闻忠善以损怨,不闻作威以防怨。岂不遽止?然犹防川,大决所犯,伤人必多,吾不克救也;不如小决使导,不如吾闻而药之也。'"故事表现了郑国子产政治家的风范。韩愈基于对现实的不满,引用这个故事,并由此展开议论,讽刺当政者害怕人民、闭塞言路的政策,表现了他儒家思想的进步的方面。

苏洵曾说:"韩子之文,如长江大河,浑浩流转,鱼鼋蛟龙,万怪惶惑,而抑遏蔽掩,不使自露;而人望见其渊然之光,苍然之色,亦自畏避免,不敢迫视。"这种创作特色在韩愈的一些代表作中表现得尤为突出、明显。如《原道》诸篇,的确是纵横开合、议论宏阔，变化莫测，气象万千。《子产不毁乡校颂》内容单纯、篇幅短小，虽然没有那么大的气势和变化，但同样纵横开合、说理透僻，是短札中的精品。文章以"我思古人，伊郑之侨"起笔，赞颂之情溢于言表，定下了文章的主调。接着是叙述子产不毁乡校的事实和议论。这是一段改写，在表述上不是用一般叙述的方式，而是用一问一答的对话形式。这就使文章显得活脱而有生气。"既乡校不毁，而郑国以理"是第一大段的最后两句。从形式上看，是对本段的一个小的收束；从内容上看，它是用确凿的事实来证实子产议论的正确。从"在周之兴，养老乞言"到文章的结尾，是本文的第二段，上一段重点是转述子产不毁乡校的事实和言论，内容具有单一性和完整性。本段是作者自己的议论，这就有可能多层次地展开分析。"在周之兴"等句为第一层，前四句将周朝兴盛时期和衰败时期"养老乞言"和"谤者使监"的情况作对比。五、六两句是对前四句的小结。这个层次，是用事实论证广开言路的重要性和闭塞言路的危害性。"维是子产"四句是第二层，是说可惜子产的政治主张未能得到周天子的重视，没有在郑国以外的其他诸侯国发挥作用，是惋惜之词，文意上也略带转折。"诚率是道"四句是第三层，是假设和想象之词，也是一种合理的逻辑推理，古人把它称作纵笔。这是从更高一个层次上论述广开言路的必要。"於乎"五句，是第四层，是以感慨作结。既有对现实的不满，又有对古人的思念和颂扬，有理有情，情理交融。同时也同文章的开头相照应和扣合，结构上显得非常严谨而完整。

　　凝重中透着疏宕和晓畅是本文的另一特点。韩愈主张写文章要"文从字顺各识职"，他还说："人声之精者为言，文辞之于言，又其精也。"这就是说，文词是精炼的语言。在韩愈的散文创作中，除少数文章写得奇倔古奥外，多数文章都明白晓畅，如《师说》、《杂说》、《祭十二郎文》等。颂一般都是韵文,并且多是四言。四言韵文,一方面具有凝重、古朴的特色,这算是它的长处。同时也容易失之板滞枯涩。过于凝重,会使文章失掉活力,过于疏散又可能削弱颂体的特色。本文基本上是四言,间有五言,读之错落有致,凝重中透出疏宕。文章第一大段改写《左传》襄公三十一年子产不毁乡校的传文,文字只用原文的一半,非常简洁、概括,但又明白如话,基本上是唐代的活的语言,这是很有功力的。

司马迁《屈原贾生列传赞》简析

本文是《史记·屈原贾生列传》的最后一段。人们一般称这一部分为正文的赞语。《文心雕龙·颂赞篇》说："及迁《史》固《书》,托赞褒贬;约文以总录,颂体以论辞。"刘勰把司马迁的《史记》、班固的《汉书》中的这类文字看作赞,其作用是用简约的文字总结全文,或褒或贬进行评论。

赞文一般都很简短,司马迁《史记》中的赞文同样是很简要的。本文只有七十四个字。《文心雕龙·颂赞篇》指出："然本其为义,事生奖叹,所以古来篇体,促而不广,必结言于四字之句,盘桓于数韵之辞;约举以尽情,昭灼以送文,此其体也。"刘勰认为赞这种文体是用来对事物赞美感叹的,这就决定了它不可能写得很长。同时,他还提到赞都是"四字之句",并且有韵。这不能一概而论。《屈原贾生列传赞》,既不是四言,又不押韵,纯是散体。大概这算是赞的变体吧。

本文写得短而有致、曲折尽意。从"余读《离骚》"到"悲其志"是第一层,是说读了屈原的一系列作品为他远大的志向、抱负不得实现而悲伤。从"适长沙"到"想见其为人"是痛悼其遭遇、倾慕其为人。从"及见贾生吊之"到"而自若是"是叹诧其执拗。贾谊《吊屈原文》中有"历九州而相其君兮,何必怀此都也。凤凰翔于千仞兮,览德辉而下之。见细德之险征兮,遥曾击而去之"的话,因此司马迁便由此引出议论说，凭自己的才能到其他诸侯国去游说，哪里不能容身呢？为什么偏要自寻这种结果呢？前两层意思表达了司马迁对屈原的高度崇敬，这一层又突然转向抱怨，似乎有两点说不通：其一，主张屈原应该择君而相，这显然不符合司马迁的思想和品格；其二，从《屈原贾生列传》全文来看，司马迁对屈原的思想、文章评价很高，这显然又不符合司马迁对屈原总的认识和评价。通过仔细体味，就会感到这只不过是司马迁的一种激愤之词，仍然体现着司马迁对屈原的同情和敬仰。从"读《鵩鸟赋》"到文章结束，是第四层。它的意思是说，读贾谊的《鵩鸟赋》看到其中"同死生，轻去就"的内容，便心中茫然无主了。贾谊是个有才能有抱负的文学家、政治家。由于他的政治才能不得施展，年仅33岁便忧郁而死。《鵩鸟赋》中"同死生，轻去就"的内容，并不是他的真实思想，只不过是用老庄道家思想排遣自己的忧愤罢了。司马迁写到这里感到怅然若失，虽然未明确表露心迹，却充分体现了他思潮起伏、思绪万千的心理状态。这样写，不但增强了文章的形象性，而且更加深沉、含蓄。金圣叹对此评点说："此则不知史公乃直说到何处矣！想已立地大悟也。"金氏确实看到了这一段在表达上的含蓄性和内容上的不确定性。但说到史公立地大悟恐大谬不然。

大概因为屈原和贾谊都是文学家，两个人的遭遇有相似处，贾谊又作过《吊屈原文》，所以司马迁就把屈、贾合写一传。既然二人合传，赞文就必须兼顾二者，而又主次分明，轻重得体。本文在这方面的确组织安排得相当出色。赞文以屈原为主线，贾谊为衬托，屈原是实写，贾谊是虚写，二者相辅相成，在内容和文字上都毫无凑合和组接的痕迹，整篇文章是浑然一体的。难怪金圣叹说："所谓化他二人生平，作为一片眼泪，更不分何句是赞屈，何句是赞贾。"只有这样，才能条贯、顺畅、自然地表达作者起伏、跌宕的思想感情。

苏轼《韩幹画马赞》简析

苏轼是个多才多艺的文学家、艺术家,他不仅文章、诗词、书法成就很高,而且还是一个杰出的画家。他不仅作画,而且经常论画。韩幹是唐玄宗时的著名画家,特别以画马著称。苏轼赞论韩幹画马的诗文,除《韩幹画马赞》外,还有诗《书韩幹〈牧马图〉》、《次韵子由书李伯时所藏韩幹马》。

文人墨客,写诗、作文、作画、评画,都不可能是纯客观的,必然寄托一定的美学理想。苏轼在《次韵子由书李伯时所藏韩幹马》诗中赞扬韩幹所画马"龙膺豹股头八尺,奋迅不受人间羁","意在万里谁知之"。这既是写马,又是写自己。在《书韩幹〈牧马图〉》中,他感慨有奇姿逸德的良马,被掩藏在驽马、劣马之中。他认为画厩马"鞭箠刻烙伤天全,不如此图近自然"。诗的最后两句则更加鲜明:"王良挟策飞上天,何必俯首服短辕。"苏轼在乌台诗案中曾说:"不合作诗云'王良挟策飞上天,何必俯首服短辕',意以麒麟自比,讥讽执政大臣无能尽我才,如王良之能御者,何必干求进用也。"这虽是苏轼的辨白,也的确流露出他的政治倾向和美学倾向。《韩幹画马赞》所反映的是一种意欲高举远引、超然物外的思想情绪,与诗里反映的大体一致。

本文分两段。第一段摩写画的形象。作者以生动的笔触,再现四匹马的不同姿态、精神,形象逼真、栩栩如生。苏轼论画,注重神似。他在《书鄢陵王主薄所画折枝二首》中说:"论画以形似,见与儿童邻。赋诗必此诗,定非知诗人。"韩幹的马固然栩栩如生、形神兼备,是传神之作。苏轼用语言文字传达画的形象时,明显的将自己的美学理念,想象和联想的成分渗透其中。例如第一匹马的"骧首奋鬣,若有所望,顿足而长鸣";第二匹马的"择所由济,蹢躅而未成";第三、四匹马的"前者反顾,若以鼻语,后者不应,欲饮而留行"。这些形象,不正是作者怀才不遇、满腔不平、是行是藏蹢躅不定的心理状态的形象写照吗?这显然体现着作者的一种特定的审美评价。

第二段是承接第一段,由马展开的联想和议论。这是全文的重点。首先是两重猜度:说它是厩马吧,可是前无羁络,后无箠策,不像是厩马;说它是野马吧,它又"隅目耸耳,丰臆细尾,皆中度程",不仅没有丝毫野气,而且英姿潇洒,显然也不是野马。到底是什么马?作者并没有给读者以正面回答,然而读者却从这种比较和猜度中看到了一种形象、德行既高于厩马又高于野马的潇洒、洒脱的英姿。接着作者便升腾联想,由马想到人,以贤大夫、贵公子自况,抒发了自己意欲高举远引而不可得,只好优哉游哉、聊以卒岁的心境。这是文章的旨归和结穴。

"优哉游哉,聊以卒岁"的思想情绪,在苏轼的其他诗文中也时有表现。他在一首题为《沁园春》的词中这样写道:"用舍由时,行藏在我,袖手何妨闲处看。身长健,但优游卒岁,且斗樽前。"其他如《记承天寺夜游》、《超然台记》,情调大体一致。这种情绪,当然是一种封建士大夫的思想,有其消极的方面,但在封建社会一个正直之士,当他怀才不遇或屡遭挫折后,不可避免地会产生这种情绪。

本文大体押韵;四言、五言、六言参差错落,既体现了赞体文形式上的特点,又较自由活脱。用语也很概括、准确,一两句话就可勾画出一个鲜明形象。

汉武帝《下州郡求贤诏》简析

　　古代用人多拘常格，被荐用者或贤良方正，或力田孝弟。这样的人，平居谈王道、说诗书，从容朝庙，得持纲纪犹可。至于排难解纷，仓卒应变则不能。汉武帝，是我国历史上一个有作为的皇帝，他在位五十年，使西汉王朝的政治、经济、军事、文化、外交等各方面都得到很大发展。《下州郡求贤诏》，就表现了汉武帝在用人方面不拘常格，重视任用非常之人的远大的政治眼光。

　　诏书开头两句，是为全文立论，紧紧抓住"非常"二字作文章。第一句从非常之功落笔，体现了武帝远大的政治抱负。第二句强调要建非常之功，必待非常之人。这是全文的核心。第三、四句，是对开头两句的阐发，具体说明什么样的人是非常之人。先说踢人的马能致千里，再说有负俗之累的人能立大功。这两句着眼于"致千里"和"立大功"上。在写法上运用正喻夹写法，增强了文章的形象性和说服力。第五、六、七句，承接上文的写马和士人，又深入一层，指出踢人的马和不守法度的人，不是任何情况下都能"致千里"和建大功。关键是要有一个有能力的驾驭者。在封建社会，帝王的权威是至高无上的。"亦在御者而已"，这一句就鲜明地突出了汉武帝在使用人材方面的自信和威严。前面的七句是理论上的分析，最后两句才是这篇诏书的意图。在简洁、扼要的理论分析的基础上，用命令式的口气提出选拔人材的意图，内容上水到渠成,表达上斩钉截铁。

　　这篇诏书,文字简洁、朴实、明快。没有繁冗的叙述和议论,使人一读就懂,就能得其要领。这就体现了诏书这种文体的要求,也体现了西汉文风的特点。刘勰在《文心雕龙·诏策篇》中引用曹操的话说,作敕诫"当指事而造语,勿得依违"。就是强调诏书一类文字要写的明快、果断,不要依违不决。宋代司马光文词深醇,有西汉风。据说神宗即位,要他做翰林学士,他力辞不受。神宗问他为何不受？他说:"臣不能为四六。"神宗说:"如两汉制诏可也。"可见汉诏全用散体,简洁、朴实。而唐宋诏书多用四六骈体,风格是大不相同的。

曹操《让县自明本志令》简析

建安十五年,曹操56岁。这时,他南方消灭了袁术、刘表;北方打败了强大的袁绍,已握重兵,势力强大,官职也已位居丞相,用他自己的话说"人臣之贵已极"。在这种情况下,有人攻击他有篡汉野心,逼他交出兵权。面对这种形势,曹操作出一个让县的决定,他要让出朝廷封给他的四县中的三县。《让县自明本志令》,便是以让县为内容发布的一篇文告。

这篇文告比较特别,它不是用一般公文的形式下达命令,公布让县完事;而是结合让县,用大量事实表明自己的心迹,用更加充分的事实,争取一些人,回击一些人。这样一篇文告,如何取舍和安排内容,是需要精心斟酌的。作为文学家和政治家的曹操,确实安排、措置得十分得体。

整篇文告,作者牢牢把握住了两点:一是用大量事实说明自己本志有限;二是突出他对汉室的忠心。前四自然段为第一大段,用相当多的篇幅叙述自己早年的经历,表明自己本来没有太大的志向,而且对仕途也不特别热心。开始只想做个郡守,只希望不为"海内人之所见愚"。后来形势将自己推了出来,但仍不过是想当个征西将军。话是讲得情真意切的。五、六两个自然段为第二大段,主要写自己的功绩,目的在于表明,虽然自己功绩卓著,但内心并无奢望,现已"身为宰相,人臣之贵已极,意望已过矣"。七、八、九、十自然段为第三大段,这是全文最重要的一段,其中心是表明自己对汉室的忠心不二。作者不惜大量篇幅,引证《论语》中孔子赞美周朝帝王的话,引证齐桓、晋文、乐毅、蒙恬这些先贤以自况。他还表明自己不仅向外人讲这些话,并时常谆谆教诲自己的妻妾,以便将来"传道我心,使他人皆知之"。他坦率地指出,拒不交出兵权,不仅是为了自己,更重要的是怕国家倾危。最后一个自然段,是紧扣题目,具体说明让县的情况,同时也仍是在继续表明自己的忠心和志向。曹操十分清楚,要想弥谤,就要以诚恳的态度表明自己的心迹,以诚感人,显示其政治家的坦荡胸怀;要想弥谤,更必须表明自己对汉室的忠心。在封建社会,统治阶层的绝大多数人物都是以忠作为立身行事的标准的。因此,忠心和诚心无疑是最有说服力和号召力的。

　　曹操的精明之处在于他十分清楚一份旨在说服人、争取人的文告,光讲实话和软话是不行的。那会被人理解成是一种软弱的表现。必须有软有硬,软硬兼施。建安十五年的时候,三国鼎峙的局面刚刚稳定,北方尚在不断用兵,自己虽有相当的实力,却也并非踌躇满志,正当用人之际,所以应该推心置腹,坦诚相见,文章写得实实在在,委婉动情。然而在叙述中,也时见锋芒。第三自然段叙述自己的功绩,就酣畅淋漓,相当具体,显示出自己的英雄气概和英雄形象。这无疑是在告诉人们,我的功绩和力量是盖世无双的。"设若国家无有孤,不知有几人称帝,几人称王",口气更大。这既是一种实话,也同时是一种威慑和警告。第九自然段中"然欲孤便尔委捐所典兵众,以还执事,归就武平侯国,实不可也"则又非常强硬,非常坚决。曹操这个满腹谋略的形象跃然纸上。

　　鲁迅先生指出,汉末魏初文章的特色是"清峻"、"通脱"。清峻是指文章简约严明的意思；通脱是指文章不受传统思想和形式体制的束缚，下笔旨在表情达意，别无顾忌。曹操的散文，特别是他的这篇《让县自明本志令》，就最具有这种特色。从这篇文告中可以看出这么三点：其一是曹操勇于革新文体。政令文字，一般是概括、严谨的，由于它是上情下达的，是一种命令，更显示出一种威严。《让县自明本志令》熔叙述、议论、抒情于一炉，委婉动情，曲折尽意，具有一种新面貌。其二是能讲真话。这篇文告不管是表露心曲还是历数功绩，能做到有什么讲什么，毫无装腔作势之感。鲁迅说过："曹操曾自己说过'倘无我，不知有多少人称王称帝'，这句话他并没有说谎。"曹操不仅这句话没有说谎，他在文章的后面还说"既为子孙计，又已败则国家倾危，是以不得慕虚名而处实祸"也是没有说谎。像曹操这样一个官位高、权势大的人物，能这样坦露胸怀是很不容易的。这既是曹操的个人风格，也体现了魏晋的时代风格的特点。其三是文字朴实、活脱，毫无板滞、艰涩之感。

李斯《谏逐客书》简析

本文是李斯在秦国做客卿时,写给秦王反对秦王"逐客"的一份奏章。秦王看后,采纳了李斯的意见,取消了逐客令。这份奏章之所以能产生这么大的影响,原因是多方面的。从秦王那方面看,说明了秦王善于听取不同意见,勇于改正自己的失误,能够任人唯贤;从李斯这方面看,说明了李斯不避风险,敢于而又善于犯颜直谏,突现出一个"忠"字;从这份奏章本身看,确实在写作上有一些值得学习的特点。

第一,立意高。秦国当时之所以决定"逐客",是由韩国的郑国(人名)引起的。郑国到秦国做客,劝说秦王修筑了一条水渠。这条水渠对秦国的农业灌溉虽然有利,但同时也给秦国进兵韩国造成了不便。正好这时秦国内部新、旧势力斗争很激烈,而客卿在秦,又影响到秦国旧贵族的权势。于是秦国的宗室大臣便借郑国修渠的事大做文章,认为一切外国来秦国做事的人,都是为了他们本国的利益,信不过,纷纷要求秦王下令把所有客卿一齐赶走。秦王接受了他们的意见,下了逐客令,李斯身为客卿,当然也在被逐之列。可是李斯在被逐途中写的这份《谏逐客书》里,却只字未提直接引起逐客的"郑国事件",也就是说,没有就事论事,而是从大处着眼,紧紧围绕"跨海内"、"制诸侯"的战略角度,深刻地分析"逐客"的错误和危害,并提出一条广开贤路成就帝业的主张,这怎么能不打动秦王呢?

第二,论证方法好。文章开门见山提出总论点之后,并没有从正面讲多少抽象的大道理,主要是靠摆事实、运用比喻和类比推理的方法说理。如开始列举了大量的秦国历史事实,说明客卿曾经在秦国的发展史上所做出的不可磨灭的贡献,并明确指出"由此观之,客何负于秦哉",接着又列举了大量的秦王的生活事实,说明秦王对于珍宝、器物、坐骑、音乐等无不是非外来者不喜。两相对比之后,进而指出:"今取人则不然,不问可否,不论曲直,非秦者去,为客者逐,然则是所重者在乎色、乐、珠、玉,而所轻者在乎民人也。此非所以跨海内、制诸侯之术也。"下文又进一步运用比喻和类比的推理方法,从理论上说明"王者不却众庶"的道理,分析逐客必将造成的可怕后果,从而全面地有力地论证了逐客之"过"。由于事实确凿,客卿对秦国的贡献有史可查,秦王的生活爱好有目共睹,毋庸置疑;由于推理自然得当,符合逻辑,无法置辩;因此,全文具有很强的说服力。

此外,作者在本文中运用了不少排比句式和铺张笔法,这对于加强文章的雄辩气势也起了不小的作用。

诸葛亮《出师表》简析

《出师表》是出兵打仗前，带兵的主帅写给君主的奏章。诸葛亮前后两次向后主刘禅上过两道这样的表文，即有名的《前出师表》和《后出师表》。这里选的是《前出师表》。

蜀汉后主建兴五年（227），诸葛亮准备北驻汉中，出师伐魏。当时，蜀国经过几年的努力，在政治、经济、军事等方面都有较充分的准备；吴、蜀两国也重新和好，魏国则由于明帝曹叡刚继位，正忙于稳定内部。诸葛亮认为这是北上攻魏，实现统一的有利时机。但是，后主刘禅却胸无大志，苟且偷安，又亲信宦官，远离贤能，责罚不明，使诸葛亮感到担心。因此诸葛亮在率兵北伐之前，写了这道《出师表》。

从写作上来说，本文有两个明显的特点。

一是内容切实，有极强的现实针对性。诸葛亮给后主刘禅上这道《出师表》决不是例行公事，而是有所为而发。因此，他打破了《出师表》通常的写法，即或表明精忠报国之心，或呈献攻城掠地之策，却先用了几乎一半的篇幅向后主提出了三项具体建议：广开言路，执法公平，亲贤远佞。又从道理上进行了利害分析，并不厌其详地指出了具体措施。诸葛亮之所以要写这些，无非是要开启后主刘禅昏庸的心扉，希望他能够改弦易辙，修明政治，目的性是非常明确的。他在写完这些之后，才追言托孤之事，交代这次出师的有利条件,即"受命以来,夙夜忧叹,恐托付不效,以伤先帝之明",说明自己有充分的思想基础;"五月渡泸,深入不毛。今南方已定,兵甲已足",指出物质上有较好的准备。在此基础上,再提出"当奖率三军,北定中原,庶竭驽钝,攘除奸凶,兴复汉室,还于旧都",表示此行夺胜的决心,切入《出师表》的本题。即是这些内容,也都写得切实具体,没有哗众取宠的誓言或空洞无物的说教,目的仍在于振奋刘禅的精神,鼓舞刘禅的信心,激励刘禅把统一大业坚持到底。

　　二是提法巧妙,口气得体。诸葛亮既是先帝刘备的托孤对象,属后主刘禅的父辈;又是后主刘禅的丞相,与刘禅的关系属于臣下与君主的关系。诸葛亮处于这种特殊地位,他给后主刘禅上表文,进忠言,表忠心,并且希望被刘禅所接受,得到刘禅的理解,就不得不在问题的提法和说话的口气上费心斟酌。换句话说,他既不宜用耳提面命的训斥口吻,又不便用哀怜乞求的卑下声气,要写得不卑不亢,方为得体。应该说,诸葛亮在这方面是做得十分成功的。比如,诸葛亮在向刘禅进谏时,既做到了循循善诱的开导,又不失臣下尊上的分寸。他巧妙地以"形势"使对方震动,明白指出已临"危急存亡之秋",应该赶快励精图治,否则必将国破身亡;以"感情"打动对方,连呼先帝,声泪俱下,其业系先帝开创之业,其臣为先帝简拔之臣,其将为先帝称能之将,怎能不光先帝之遗德,竟先帝之遗业;以"措施"教之,告知治国理政的具体办法,并以历史来证明,示之行必有效。凡此种种,都写得情真意切,语重心长,而又委婉得体,感人至深。又如,表文在结束之前,诸葛亮一方面提出"愿陛下托臣以讨贼兴复之效,不效则治臣之罪,以告先帝之灵",表示自己的忠心和决心;一方面又提出"陛下亦宜自谋,以谘诹善道,察纳雅言,深追先帝遗诏",寄予刘禅以很大希望。真是忠心耿耿，苦口婆心，而在口气上，却口口声声不忘"先帝"，情词显得非常恳切，又十分符合老臣的身份。

由于诸葛亮的《出师表》在写作上具有上述特点，因此，千百年来人们一直把它视为"至文"，始终灿然于文苑之中。宋代的文天祥在敌人的狱中高唱道："或为出师表，鬼神泣壮烈。"（《正气歌》）陆游的诗篇曾多次提到《出师表》，他在《书愤》中说："《出师》一表真名世，千载谁堪伯仲间。"足见《出师表》对后人影响之大，及后人对《出师表》评价之高。

李密《陈情表》简析

　　这篇文章,是李密请求晋武帝允许他终养祖母,暂时不能应召为官所上的表章。据说晋武帝看了作者的这份《陈情表》,深受感动,不但同意了作者的请求,而且赏给他两名奴婢,又责令郡县供养他的祖母。这份表章之所以能产生如此巨大的作用,从写作上来说,以下几点很值得注意:

　　第一,感情真挚、朴实。这篇文章的主旨,是向皇帝陈述自己同祖母刘氏相依为命的情况,申诉自己暂时不能应召为官的苦衷。"陈述"或"申诉"时所摆的都是事实,没有一点藻饰、做作或夸张,行文更是渗透着祖孙之间真挚深厚的感情。这种于朴实之中显真情的写法,越发使人感到婉转凄恻,更易引起感情上的共鸣。所以后人称赞本文"沛然从肺腑中流出,殊不见斧凿痕",绝非溢美之词。

　　第二,笔调委婉恳切。这一点在文章的第三段表现得特别明显。文章的第一段,作者主要叙述了"臣无祖母,无以至今日,祖母无臣,无以终余年"的具体情况。文章的第二段,作者主要叙述了州、郡长官推荐、朝廷征召自己为官,自己因祖母供养无主,且病情日笃,因而辞不赴命,但未能获得允许的狼狈处境。文章的第三段,作者申诉了暂时不能应召为官的苦衷,这是本文的重点。在这段里,作者先抬出"孝"字来,恭维"圣朝以孝治天下",其目的在于说明自己之所以不能应召为官,正是为了供养祖母,以尽孝道,这完全符合当时的治国方针,理应得到同情和支持。接着又谈到当初在蜀汉做官的情况,强调"本图宦达,不矜名节";谈到如今以"亡国贱俘"的身份,得到"过蒙拔擢"的待遇,强调"岂敢盘桓,有所希冀",只是由于祖母刘氏重病在身,"朝不虑夕",才"不敢废远"。意在表明自己暂时不能应召为官,是确有困难,而不是为了"矜守名节",以免引起晋武帝的误会。最后,作者才正面提出自己的愿望,表示自己的忠诚,希望能得到晋武帝的谅解。总之,这整段文字笔调十分委婉,语意十分恳切,读来感人至深。

第三,语言形式,骈散交用,错落有致,简洁生动,富有表现力。如用"茕茕孑立,形影相吊"形容孤苦,用"日薄西山,气息奄奄,人命危浅,朝不虑夕"形容病危垂死状态,不但生动形象,能够准确地表达情意,而且读来朗朗上口,易记易诵。文中有一些语句,至今仍活在人们的口头上和文章里,足见其强大的生命力。

刘勰在《文心雕龙·章表篇》中指出:"表体多包,情伪屡迁,必雅义以扇其风,清文以驰其丽。然恳恻者辞为心使,浮侈者情为文使。"表这种文体,会因人因事不同,形成多种风格。由于李密是"雅义"、"清文"、"恳恻",才写出了这篇情信词巧、情文并茂的佳作。

魏征《谏太宗十思疏》简析

本文是魏征写给唐太宗李世民的一篇奏议。

唐太宗李世民在隋末跟随父亲李渊打天下时,转战南北,奋发有为,艰苦创业,生活很俭朴,但在奠定了唐王朝政权,特别是即帝位以后,却逐渐滋长了骄傲情绪,生活也日益奢靡。对此,作为唐太宗重要辅臣的魏征深以为忧,曾多次上疏劝谏。本文就是其中的一篇,写于贞观十一年(637)。文中主要提醒唐太宗要"居安思危,戒奢以俭",并十分具体地提出十个要经常考虑的问题,其中含有许多辩证的观点。

全文共有三段。

第一段以树木、河流作比,明确指出:"人君当神器之重,居域中之大,不念居安思危,戒奢以俭……斯亦伐根以求木茂,塞源而欲流长也。"开门见山,揭出全文的中心,言近旨远,将抽象的道理具体化、通俗化,颇能发人深思。

第二段深入一步,紧紧围绕"凡百元首,承天景命,善始者实繁,克终者盖寡"这一带有普遍性的现象展开分析议论。从正反两方面分析对比,总结出一个颠扑不破的规律:成败的关键在于对待百姓的态度。这一段词锋犀利,观点深刻,对于唐太宗来说,无疑能起到振聋发聩的作用。特别是"载舟覆舟,所宜深慎"两句,犹如警钟,唐太宗权衡利害,不得不三思而行。

第三段从正面向唐太宗提出"十思"的建议。这十条,我给他概括为五个方面:作为人君,要约束自己;要善待百姓;要赏罚分明;要广开言路;要任用贤能。这样就会:"智者尽其谋,勇者竭其力,仁者播其惠,信者效其忠,文武并用,垂拱而治。"国家就会繁荣昌盛,天下太平。

据说唐太宗看到此文深有感悟,亲自写了诏书答复魏征,表示承认自己的过失,赞赏魏征敢于直谏的精神,并把这个奏章放在案头上,经常对照反省。足见这个奏章当时所起的作用。当然,魏征写这个奏章的根本目的,是为了使唐王朝的统治能长治久安,但他总结的却是有史以来治国理政的纲领。这不只是历史,对现在和将来,都有十分重要的指导意义。

文章之所以能千古流传,不在于其词采和技巧。而主要在于以下三个方面:其一,佩服魏征政治家的风采和胆量。唐太宗是盛世之君,正值趾高气扬之际,虽有危机自己并不一定察觉。敢于给盛世之君提这么大的"醒",不能不让后人佩服。其二,赞许其政治智慧。在历史上,作为一个大臣,能提出这么完整、鲜明,而又十分经典的奏章,实为罕见。其三,重视其宝贵的历史价值。

苏轼《教战守策》简析

本文是苏轼于宋仁宗嘉祐六年(1061),应制科考试所奏《进策》二十五篇中的一篇。原题为《教战守》,后人在总题目上增一"策"字。策,是古代臣子向皇帝陈述政见,或制科应试者谈经论政的一种政论性文体。《教战守策》的意思是:教人们战守的策论。

本文在写作上有两点很值得学习。

一是问题抓得准,切中时弊。

苏轼的这篇文章是针对现实而发的。北宋王朝自从接受屈辱的"澶渊之盟"以来,一直奉行妥协苟安的对外政策,对北方的辽国、西北方的西夏,每年都要贡献几十万两白银、几十万匹绢帛。苏轼文中称"今国家所以奉西北之虏者,岁以百万计",即是指此。苏轼认为这种无止境的奉献,只能换来暂时的太平,因为"奉之者有限,而求之者无厌",其结果不是北宋王朝枯竭而亡,也会是北宋王朝在战争中苟延残喘。"战者,必然之势也。不先于我,则先于彼,不出于西,则出于北。所不可知者,有迟速远近,而要以不能免也。"这就是当时的形势。

然而,北宋王朝上自皇帝,下至一般的士大夫,却苟安偷生,麻木不仁,"绝不言兵",不思战守。在这种情况下,苏轼抓住关系到北宋王朝的生死存亡的战守问题大做文章,实在是切中时弊的。不仅如此,而且文章一开头,就直截了当地指出问题的严重性:"夫当今生民之患果安在哉?在于知安而不知危,能逸而不能劳。此其患不见于今,而将见于他日。今不为之计,其后将有所不可救者。"这段居安思危,具有远见卓识的话,犹如警钟,对于昏聩的统治者来说,必将起到振聋发聩的作用。

二是道理说得透,令人信服。

作者写此文的目的,在于说明教民战守的重要性,但文章不是从正面论述问题,而是从反面入手,着重阐明不教民战守,致使人民"知安而不知危,能逸而不能劳"的危害性,并以此为本文的中心论点。

细细品味,我们可以发现"知安而不知危"和"能逸而不能劳",在本文里实际上是一个意思,可是作者为什么要把两者分开来呢?原来作者为了把道理说得更深透,把问题分析得更有条理才特意这样分的。作者先以史实论证"知安而不知危"的危害。所运用的史实有二:一是古圣先王不敢忘战的作法和成效,二是后世用迂儒"去兵"之议,使"人民日以安于佚乐",以致天宝末年发生了安禄山之乱。两个史实,一正一反,有力地证明了"知安而不知危"的极端危害性。接着又以比喻论证的方法,说明了"能逸而不能劳"的危害性。作者以人体对气候环境的适应能力,比喻人民对战争、盗贼等意外之患的抵御能力,是十分妥帖的。在论述过程中,作者先提出一个发人深思的问题:为什么王公贵人养尊处优而多病,农夫小民日夜劳作而少病呢?接着根据"风雨霜露寒暑之变,此疾之所由生"的道理,作出了明确的解释,并归结出"善养生者,使之能逸而能劳"的养身之道;接着又以"夫民亦然"点明这种养身之道,也就是教民之道。最后用当时人心骄情,害怕战争的事实,证明治平日久、去兵忘战,"畏之太甚而养之太过"的社会弊端,从而形象而有力地论证了"能逸而不能劳"的极端危害性。作者在着重从道理上说明了"知安而不知危,能逸而不能劳"的危害性之后,再进一步结合当时的形势进行分析,指出战争终不可免,而人民无法应战,"其为患必有不测",后果将不堪设想,自然导出如下结论:"天下之民知安而不知危,能逸而不能劳,此臣所谓大患也。"这个结论不仅回应了文章的开头,而且将问题提到北宋王朝生死存亡的高度来认识,作为最高统治者的皇帝将不得不予考虑。文章至此,本可结束,因为忘战去兵的危害性和教民战守的重要性已说得十分清楚,中心论点的论证已经完成。但作者意犹未尽,又提出了教民战守的具体措施,这就使文章不仅具有理论性,而且具有了实践性。末了又针对当时"屯聚之兵"恃"知战者惟我",因而欺压百姓、要挟上级的"骄气",指出全民习兵之利,进一步加强和扩大了中心论点的说服力,这实在是针砭时弊的"良药",治国安邦的"良策"。

隗嚣《移檄告郡国》简析

新莽王朝末年，反抗力量风起云涌。陇西人隗崔、隗义也举兵讨伐王莽。他们的侄子隗嚣，素有名，好经书，被推为上将军，统帅全军。隗嚣既立，便遣使聘平陵人方望为军师。方望建议，要承天顺民，辅汉而起，号欲以汉为名，其实无所受命，于是立庙称臣奉祠。祭祀完毕，便发布了这篇《移檄告郡国》的檄文。

刘勰在其《文心雕龙·檄移篇》中认为，在他所读到的檄文当中，隗嚣的这篇檄文写得最好。他说："观隗嚣《檄亡新》，布其三逆，文不雕饰，而辞切事明，陇右文士，得檄之体矣。"

何以见得本文最得檄文之体呢？

首先是本文的表达方式最得体。檄文第一句是郑重宣布自己于七月初一建号。开宗明义，先向敌、我、友宣布这件大事。"己巳"是发布文告的时间。"上将军隗嚣"等，是文告发布者，并同时公布他们的职衔。"告州牧"是文告下达的对象。从"故新都侯王莽"到"以喻吏民"，文章开头部分先概括揭露王莽的倒行逆施。这种行文方式，充分体现了文告的特点。到今天，我们的许多文件、文告仍然具有类似的格式和特点。本文的语言，既不华丽也不古奥，没有引证古人古事来装潢，也没有运用典实来炫耀。隗嚣是陇右文士，素有名，好经书，完全有能力写出一篇华美典雅的文字，但斗争需要的是指事造语，辞切意明，便于晓喻吏民，又因为檄文"或述此休明,或叙彼苛虐,指天时,审人事,算强弱,角权势",所以一定要写得很有气势,"使声如冲风所击,气似欃枪所扫"(《文心雕龙·檄移》)。本文主体部分,写了三个排比段,每段的最后,都是用同一形式的肯定句来绾合,使人感到一意贯注,气势如虹。第五自然段,是进行双方形势和力量的对比,指明己方必然胜利。其中"今山东之兵二百余万,已平齐楚,下蜀汉,定宛洛,据仓敖,守函谷,威命四布,宣风中岳",有九字句,有四字句、三字句,参差错落,"平"字、"下"字、"定"字、"据"字、"守"字几个动词用得特别好,有力地表现出讨莽之师所向披靡的胜利形势。

其次,内容的安排、措置也很得体。内容真实是檄文的重要品格之一。本文所历数的王莽的种种倒行逆施,大体与《汉书·王莽传》的记载相符。檄文是露布于外,晓喻吏民的文字,明显的不真实,会造成自己道义上的失败。刘勰在概括檄文写作特点时,虽然也谈到"实参兵诈",但兵诈当指檄文体现出的军事谋略,不应该是内容上的明显的失实。本文内容概括得很好。文章涉及的王莽的罪行事实有内政、外交、军事、文化以及个人品质等诸多方面。作者把这众多事实,用"三逆"加以概括,给人一种完整感、明晰感。同时也说明王莽的罪行无所不包,至大至恶,真是罪不容诛了。本文内容的安排也是顺理成章的。檄文的主体部分揭露王莽的罪行。最后一段是写王莽败势已成,自己胜利在握。中间用"上帝哀矜,降罪于莽"来连接,揭露其因果关系。作为檄文,尽管具体写法有多种多样,总脱不出这样的思路。

骆宾王《为徐敬业讨武曌檄》简析

徐敬业是唐朝元勋徐勣的孙子。他少年时有勇名,屡从其祖父徐勣征讨。后贬柳州司马。武后废中宗,徐敬业与唐之奇、杨求仁、骆宾王等举兵扬州,讨伐武后。骆宾王当时在徐敬业手下任艺文令,于睿宗光宅元年为徐敬业写了这篇檄文。

本文是历来传颂的名篇。在封建社会里人们欣赏它,恐怕首先是称许它的内容。武则天是个颇为复杂的人物,他既有一定的执掌政权的政治才能,又有非常残酷毒辣的手段。她称帝后采取了一些符合历史发展的政治措施。但任用酷吏、严刑峻法,弊政也不少。在历史上,由于传统的正统观念作祟,女人称帝,有悖于天理。因此,武则天历来是个被否定的人物。人们读徐敬业这篇檄文,首先感到骂得痛快。用今天的观点看,武则天有功也有过,我们并不完全赞赏檄文的内容,欣赏的重点应该放在文章的技巧方面。

首先,是本文写得气势磅礴,层次鲜明。檄文是用于斗争中声讨敌方的文章。主要是揭露敌方的倒行逆施,阐明己方的正义立场,瓦解敌方的士气,争取众人的支持。本文第一自然段,从武则天的出身寒微、"秽乱春宫"、阴险毒辣,到其"窥窃神器",把武则天勾画成了一个十恶不赦的形象。特别是"燕啄皇孙"以后四句,运用典故以古证今,指出李唐大业将毁于一旦。从文字形式上看，这是为本段作结；从效果上看，是要引起人们更大的关注。整段文字，形象具体，揭露深刻，憎恶之情溢于言表。第二自然段是写己方的威势。作者安排了这么四层意思：从本段的开头到"岂徒然哉"，说自己是"公侯冢子"，"荷本朝之厚恩"，应该忠于李唐和报效社稷。这是表明忠心。从"是用气愤风云"到"以清妖孽"，是说自己出师有名，阐明自己的正义立场。从"南连百越"到"叱咤则风云变色"，是渲染自己部队的声威和气势。最后四句，是表现自己的必胜信心。第三自然段，中心是做争取和瓦解工作。这一段又分三个层次，首先是规劝和开导，写得语重心长，既晓之以理，又动之以情，如"或膺重寄于爪牙，或受顾命于宣室。言犹在耳，忠岂忘心？一抔之土未干，六尺之孤何托？"这种抒情是深沉而真挚的。从"若其眷恋穷城"到"必贻后至之诛"，这便是一种警告了。前面的规劝同这里的警告相比，当然以规劝为主，这也是一种斗争策略。最后两句是全文的结尾。这是两句传颂不衰的名句，有不少作者曾将其改头换面用在自己的文章中。整篇文章，作者用三大段文字把自己的思想感情抒发俱足之后，用这么两句来结尾，极富概括力和感召力。其中有对敌方的憎恶、蔑视，有对自己必胜信心的表露，也是对那些徘徊不定者的忠告和震慑。从上述分析可以看出，不管是文章的整体，还是每一个段落，层次是非常清晰、条贯的。感情的表达也很充分，议论、抒情，或深沉、真挚，或气势逼人。

其次，是文辞华美、典雅。我国的文章，从东汉开始逐渐骈俪化，到六朝已蔚成风气。唐代初年，仍沿袭六朝文风。骈体文大体上有三个特点：语句方面讲究对偶，有工稳的对仗，整齐的节奏；音律方面讲究平仄，有时押韵，文章具有音韵美；行文方面讲究用典和藻饰，使文章委婉、典雅、精炼和华美。本文就是一篇很典型的骈文。它用典比较多,有些地方甚至句句用典。其长处是引古证今,不必用大量的篇幅叙述事实,一个典实便可概括,内容丰富,文字又很简约。短处是一般读者不易读懂,写作时束缚也比较大。柳宗元在《乞巧文》中说骈体文是"骈四、俪六,锦心绣口",像本文中的"入门见嫉,蛾眉不肯让人;掩袖工谗,狐媚偏能惑主"等,许多处都是这样的四六句。这样的句子富于节奏感和音韵美,有诗词的韵味,有助于表达抑扬顿挫的感情。它的缺点是不容易写,写一篇文章要把主要精力放在推敲词句上,刻意追求,容易导致形式主义和唯美主义。传说武则天很欣赏这篇文章,抱怨她的宰相没有得到骆宾王这样的才子。武则天欣赏的恐怕不会是本文的内容,很可能是为文章的文体美所感染了。

(以上31篇短文,均载张绍骞、张廉新著《古代应用文名篇鉴赏》,吉林文史出版社1991年8月版)

第三编　朝花与夕秀

青出于蓝

凡是学生的学问超过老师，徒弟的本领高出了师傅，人们就说这是"青出于蓝"。这句话最早见于荀子的文章，他说："青，取之于蓝，而青于蓝。"这话说得很有道理，它反映了事物发展的必然趋向，未来总要胜于现在。不然，"一代不如一代"，历史何以能从荀子的时代发展到今天。

大凡学生，都想而且应该超过自己的老师，在学术上做出更大成就，将来更好地为社会主义建设服务。然而，也有些人想得颇为天真，认为"青出于蓝而胜于蓝"既然是事物发展的客观趋向，那就无须经过刻苦学习便可以超过自己的老师了。他们忽视了主观努力和虚心向前辈学习的必要。其实，要想"胜于蓝"，必先"出于蓝"。必须把前人积累起来的一切有用的东西都接受过来，作为自己创造发展的基础。古今中外一切科学上的伟大成就，都是在前人积累的资料的基础上产生的。割断历史，在空架子上是做不出学问来的。恩格斯说得好："每一时代的哲学作为一个特殊的分工部门，都具有由它那些先驱者传授给它，而它便由以出发的一定思想资料作为前提。"不唯哲学，任何科学都是如此。毛泽东同志也说过："从孔夫子到孙中山，我们应当给以总结，承继这一份珍贵的遗产。"

要想通晓人类所积累起来的一切知识，必须从向老师学习做起。在学习上必须一步一滴汗水,一步一个脚印,刻苦努力,发愤忘食;然后才能由不如老师,直到赶上和超过老师。据说,有些人认为,老师的学问中往往带有糟粕成分,怕受了毒。这种说法如果是为了对老师的学问抱审慎态度,不一味迷信,那是无可厚非的。如果仅仅因为怕受毒而战栗于老师的知识仓库之外,那就大错而特错。我们要勇于批判糟粕,也要勇于接受珍品。黑格尔的哲学是彻头彻尾的唯心主义,但马克思却发现了它们"合理内核"。问题不在于能不能向前人学习,而在于学习时是"彼来俘我"呢,还是"我来俘彼"。

要想"青出于蓝而胜于蓝",另一方面,就是在学生勤勤恳恳、恭恭敬敬向老师学习的同时,老师也要有让学生超过自己的愿望,尽量把自己的好东西都掏给学生,让他们快些学好掌握好。俗话说"没有状元老师,只有状元徒弟"。毫无疑问,"状元"是老师栽培出来的。好的教育家没有不希望他的徒弟是"状元"的。要使徒弟成为"状元",老师就要像辛勤的园丁一样,诲人不倦。

近来,全国各大中学校的学生积极响应党的号召,发愤读书,虚心向老师学习。许多老师也把自己的知识仓库打开,无保留地把知识拿出来,传授给学生,提高了学生的学习质量,并指导学生进行科学研究。因此,教学质量显著提高,师生关系进一步密切。这是我国社会主义教育事业的一种良好学风。

我们的时代是史无前例的伟大,我们的前途是史无前例的光明,我们需要千千万万个新时代的"状元",更好地建设我们幸福美好的社会主义祖国。那就让我们的老师和同学一起,共同努力,多出现一些"青出于蓝"的新时代的"状元"吧!

(原载 1961 年 11 月 19 日《河南日报》副刊)

不可阻挡的历史车轮

——影片《红日》观后

根据同名小说改编的电影《红日》,是一部优秀的反映军事斗争的影片。它始终以一种革命必胜的坚强信心,斗志昂扬的革命激情,激动着观众。

影片反映的战争过程,从1946年秋末冬初的涟水战役开始,经过莱芜战役,到第二年五月孟良崮战役胜利结束。这是一个我军不断壮大,从劣势转为优势,直至彻底胜利,敌人不断削弱,从优势转为劣势直至彻底失败的过程;也是毛主席"在战略上藐视敌人,在战术上重视敌人"、"敢于斗争,敢于胜利"的军事思想在华东战场上具体体现的过程。涟水一战敌人一时占了上风。敌七十四师师长张灵甫耀武扬威,不可一世,他在涟水城塔下留影,作为胜利的纪念碑,仿佛消灭我军已指日可待。在涟水战役中,敌营长张小甫即便被我军俘虏,仍然骄傲蛮横目中无人。当我军军长沈振新审问他时,他还说:"就凭你们这几杆破枪,想战胜我们七十四师?……做梦!"这些,一方面说明了敌人的狂妄、顽固、不识大局;另方面也说明了当时我军的军事力量确实不如敌人。我们能否战胜敌人,凭什么战胜敌人?整个莱芜战役,孟良崮战役做出了肯定的回答:我们凭英明的军事思想指导,凭我军高度的阶级觉悟和英勇顽强的战斗作风,凭华东乃至全国人民的积极支援。涟水战役失利后,我军主动北撤,集中优势兵力,消灭了莱芜一带李仙州部六万余人,使张灵甫失去援助,再反回头对待张灵甫,这就在战略上保证了我军的胜利。军长沈振新在审问张小甫时说:"你们以为有美帝国主义给你们出主意,给你们飞机大炮,就打不败,就可以一辈子骑在人民头上?你们才是做梦。告诉你,我们一定要消灭七十四师,一定要把蒋介石四百万军队全部彻底消灭干净!你们等着看吧!"这是全体指战员的声音,也是全国人民的愿望和决心。刘胜、石东根等在涟水撤退时不与张灵甫见个高低,像是蒙受了耻辱,后来一听说要打张灵甫,则又是摩拳擦掌,恨不能将敌人一口吞下;民兵王茂生坚决要求参军;苏北人民依依送别解放军的心情;阿菊怀着深仇大恨从遥远的苏北到了山东加入了医务队;山东人民对于解放军的歌舞相迎。这些,是一股多么伟大的革命力量呵!不管敌人多么顽固,表面上多么强大,终将被历史的车轮碾碎!事实也正是如此。莱芜战役三天,全歼敌人六万余人,就连敌人自己也说:"三天六万,赶鸭子也没那么快。"顽固的张小甫也在事实面前低下了头,看到大势已去,情愿去劝降张灵甫。莱芜战役李仙州部全军覆没后,张灵甫却自恃是蒋军王牌,想与我军在孟良崮决战,挽回灭亡的命运。但这只是妄想,只能是以全军覆没而告终。革命的战争终会胜利,反革命的战争必然失败,这是历史的逻辑,是任何人也改变不了的。

  影片对沈振新、刘胜、石东根等几个正面人物的塑造,都有一定的深度。他们有共同的特点,也有鲜明的个性。军长沈振新深谋远虑,指挥若定,就是在战斗暂时失利的情况下,他仍是充满着革命战争必定胜利的坚强信念,审问张小甫时的那一席话就充分显示了这一点。孟良崮战役中与张灵甫斗勇斗智那一场,把这个对无产阶级革命事业坚毅、忠诚，久经考验，有胆有识的高级指挥员的形象最后塑造完成了。连长石东根的形象比之沈振新更加丰满些，他的性格特点是嫉恶如仇，勇敢顽强。他是在涟水战役撤退时出场的，一出场就紧紧吸引住观众。他看到很多好同志牺牲了，要与张灵甫见个高低，消灭张灵甫给同志们报仇，所以对撤退想不通。当战士们为了撤退的事吵嚷时，他向战士们大发脾气："不要吵了，你们当我愿意？"内心的激愤、矛盾、痛苦充分显现出来。莱芜战役轻信敌人的投降造成伤亡，战役结束后酒醉纵马等，这一方面表现了他英勇无畏，另一方面也表现了他粗疏大意，有时也会产生点骄傲情绪。当排长杨军出院后二人相见时他那种又高兴又自疚的心情，战斗总结时那种憨厚朴实劲，都使人非常喜爱。在他身上充分体现了一个劳动人民出身的军人的特质。团长刘胜的性格与石东根有相同之处，但也有不同之点。他英勇顽强，性情爽快，也多少带一点农民的狭隘观点。他的性格特征主要是在与政委陈坚的小小纠葛，以及孟良崮战役壮烈牺牲这两个方面突现出来的。影片对反面人物张灵甫的塑造也是相当成功的，并没有把敌人简单化。涟水战役暂时得利则在塔下留影大庆其功，多么傲慢狂妄；孟良崮战役想用声东击西的办法突围出去，多么阴险！当我军的炮火已经轰到洞口将要被擒时，还想用假谈判为缓兵之计，是多么狡猾！计不得逞最后枪杀了曾经救过他的命的张小甫，又是多么凶残！

不足的是：政委丁元善的形象不够鲜明突出，他的戏很少，且少精彩之笔，这也许是作者强调了沈振新，而忽略了对丁元善的刻画吧。

红日，已高高升起。今天来重温革命斗争历史，重新接触那些在革命战争出生入死的英雄人物，会给我们极大的教育与鼓舞。同时也使我们深刻地认识到,革命事业必定胜利,任凭敌人多么顽强,历史的车轮是阻挡不住的,他们终将被碾为齑粉。

(原载 1963 年 11 月 21 日《河南日报》副刊)

花儿红似火

（外一章）

正是麦收时节。

我从张庄到公社去。一路上，到处是一片丰收的景象。起伏动荡的麦海里人影浮动，割的割，运的运。村里大大小小的麦垛，真像重叠起伏的山峦。

路上，偶尔可以看到几个大概是搬运时丢掉的麦穗。有时我就一脚踩过；有时，拾起来搓几把，随即撒在道旁。说真的，这样的丰收年景，看看村里山一样的麦垛，几穗麦子我实在是看不到眼里。

太阳偏西了，我加快脚步赶路。忽然发现前头有个小姑娘。她不时弯腰拾起点什么放在书包里。我猜想，一定是拾到的圆滑的石子儿，或是人们随手丢掉的桃、杏核。

我正要从这个小姑娘身边掠过的时候，一只灵巧的小手牵住我的衣角："叔叔，看你踩碎了，——麦穗！"

小姑娘两只眼睛忽悠悠地望着我，满有神气；两条细长的小辫上插着两朵火红的石榴花。

"你要吗，小姑娘？"我怀疑地望着她。

"嗯。"她随即把那麦穗和几颗脱落的麦粒捡起来轻轻地装到那已经塞得满凸凸的书包里。这时我才恍然大悟，小姑娘的书包里根本不是什么石子和桃、杏核,全是麦穗和麦粒。

小姑娘拾麦穗的姿势和那专注的神情多么熟悉啊!小时候,我也拾过麦子,也是这么一穗穗、一粒粒地拾。拾得多了,回到家里妈妈就夸奖几句,或者许下过年时给添几件花衣裳;拾得少了,说不定回去还得挨骂呢?这个小姑娘想些什么呢?是妈妈的夸奖和责骂呢,还是那件花衣裳呢?

"小花儿,拾的麦穗可要拿到大场里来呀!"

喊声打断了我的沉思。我抬头一看,村边的麦场上人们正在忙着垛麦子,那个招呼小姑娘的是个中年妇女,她站在高高的垛尖上。

"妈妈,我知——道——"小姑娘拉长声音回答道。好像是说,这用不着妈妈操心。

不知为什么,一时我心如潮涌,想起了我那心酸的童年,想到了今天这些孩子们的幸福,甚至还由此联想到了我们祖国的将来。再回头看时,那小姑娘的身影已经看不清了,但在晚霞映照中,恍惚小姑娘辫梢上的石榴花分外鲜艳,像是跳动的火苗,十分可爱!

我们的队长

瞧,看见那队人了吗?那个挺着腰板走在前头的小伙子,就是我们的生产队长。

那可是个苦孩子！爸爸打日本鬼子牺牲了，妈妈被地主逼得上吊死了！他呀，他是在泪水和饥饿中熬出来的。你看他的劲多大，走起路来山响……

他左边的那只袖子不是向后飘动着吗，胳膊是在抗美援朝战争中失掉的。劳动时社员们常说："队长你一条胳膊不得劲，干点别的去吧。反正你是闲不住的。"他总是说："我怎么能离开大伙儿，我不是还有一只右胳膊吗？"

说来也有点怪，五冬六夏，风里雨里，他总是穿着这身已洗得发了白的军服。他爱唱，好像只会两小段歌。你听吧，干什么他都是这么轻轻地哼着："社会主义好……""向前！向前！向前！我们的队伍向太阳！……"

昨天我们开了个回忆对比会，大伙都说，队长你受的苦最深，又常讲话，心里的话能说得出来，你就先说说吧。他一句话一把泪地讲了过去受的苦。大伙都哭了，一些老年人哭得最厉害，旧社会的苦，他们也都亲身经受过。最后他说："过去的苦是永远都说不完的。大家不是都说我只会唱两段歌吗，不错，我只知道爱今天，恨过去，永远跟着毛主席走，向前！向前！向前！我们的队伍向太阳……"说着他又唱起来。你是没见，他当时就是这样：两眼望着我们，脸红通通的，紧紧地握着拳头，就像当年握着枪杆子一样。

你看，他来了。咱们谈的这些，可不能向他泄露，他不愿意别人老夸他。

（原载1963年7月14日《河南日报》副刊）

夜静思

窗外一片漆黑,满天的繁星在眨眼,夜空显得深邃而宁静。

灯下,我回味着一天的见闻和感触。

在公共汽车站上,有位老太太背着行李,上不去车,一位解放军同志从车上跳下来,帮助老太太上了车,并把位子让给老太太坐,自己站在旁边。当这位解放军同志掏钱买车票的时候,我无意中发现他的钱包里有张雷锋的照片,像是从报纸上剪下来的。

星期日,人们都休假了,看电影的人特别多。在电影院门口,我看到有几位人民警察在收票,不用说,这几位同志是自愿放弃了自己的假日。我仔细地打量着他们,觉得他们谦逊、和蔼、耐心,都像雷锋。

看完电影出来,还想去百货公司走走。我刚走到售货台前,售货员就走过来,面带笑容地问我:"同志,想买点什么,拿来你挑挑吧?"因为我并不想买什么,所以连忙说:"不,不……我只是看看。""看看也好,我给你介绍一下,这种布是新产品,价钱便宜、美观、耐用……"他认真介绍着,我只好"噢"、"噢"回答。当我扭头要走的时候,忽然看到售货台的后墙上贴着一张鲜红的标语:"向雷锋同志学习。"

回家的路上,我的脑子里一直翻腾着这样一个问题:我从很多人的身上看到了雷锋的影子,然而别人又从我身上看到些什么呢？

　　我重新翻阅着雷锋的日记，月亮已经升起来，月光透过窗子，倾泻在书本上，仿佛雷锋日记的每一个字都在闪闪发光。好一个静谧而美丽的夜晚！

　　　　　　　　（原载 1963 年 5 月 19 日《河南日报》副刊）

谈捧场

有些对现代戏抱有成见的人，看了赞扬现代戏的文章后说："这是捧场。"

他们说对了，我们是要为现代戏"捧场"。但首先需要说明，这里指的"捧场"是诚心诚意，没有半点虚假的，热情支持现代戏、拥护现代戏。绝不是资产阶级那种阳奉阴违的两面派手法的"捧场"。

有些优秀的传统剧目，虽然也是不少观众所喜爱的，在今天不是毫无用处了。但是，这些剧目毕竟不能直接为社会主义革命和社会主义建设服务。让张生、崔莺莺表现我们社会主义的时代精神，会犯反历史主义的错误。我们的时代一日千里，社会主义的英雄人物层出不穷，他们等待着我们的革命戏剧去反映。广大人民群众也渴望从戏剧舞台上，生动、真切地了解我们的时代、我们的英雄，找到学习的榜样，借以尽快地提高自己的思想觉悟。

大演现代戏是时代的需要，革命的需要，广大群众的需要。

为革命的戏剧"捧场"又有什么不对呢？

这些人，表面上是反对捧场，实质上也是在"捧场"，尽管自己没有意识到或者不愿意承认，他们是在为旧事物"捧场"。不是有些人看了现代戏后，说是不够味，有点怀念张生、崔莺莺等吗？这难道不是为旧戏"捧场"吗？

"捧场"本身没有什么不对,要看站在什么立场,为谁"捧场"。一个人不为革命的、新生的事物"捧场",必然为陈旧的、落后的事物"捧场",绝对的客观的态度是没有的。

当然,我们为现代戏"捧场",不是毫无原则的乱加吹捧。必须以实事求是的态度,首先是歌颂、保护,然后再对它提出严格的要求,使它发展得更好,更完美。我们欢迎言之有理的赞扬和言之有理的批评,反对无边无际的夸奖和恶意的抹煞。

让我们都来为革命的现代戏"捧场"。

(原载1964年《郑州晚报·夜话》)

我国古代文学的一枝奇葩

赋在中国文学的百花园中,是一枝颇为奇特的花朵。它不是诗,但句式整齐,注重音韵;它不同于一般的散文,但又洋洋洒洒,尽情抒写。它是介于诗和散文之间的一种文体。

赋在中国文学发展史上占有重要地位,在汉代发展成为最重要的一种文学样式。因此,文学史家们把汉赋同先秦散文、唐诗、宋词、元曲、明清小说并提。赋在文学发展史上的影响也是深远的,从战国后期以来它不但一直延绵发展了两千多年,而且直到现在还有些散文家仍在以"赋"名篇。

然而,两千多年来,由于儒家文学观点的束缚和赋本身所具有的复杂性,致使赋特别是汉代的大赋,被一些评论家和文学史家贬为文字游戏、宫廷文学。这未免失之简单和片面。我们是辩证唯物主义和历史唯物主义者,必须有比一切前人更锐利的眼光、更科学的标准、更公允的态度;我们应该从建设和繁荣社会主义新文化的立场出发,摆脱一切腐议旧说,实事求是地给被冷落了两千多年的赋体文学以恰当的地位。我们在编选《中国历代赋选》中,更深深地感到这一点。鉴于此,就更有必要向今天的广大文学爱好者作一点推荐和介绍。

赋这种文学样式真是源远流长。东汉史学家班固在他的《两都赋·序》中说:"赋者,古诗之流也。"班固的这句话,既阐述了赋是介于诗文之间的一种文体的特点,又提出了自己对赋的产生和渊源的一种看法。他认为赋产生于古诗,是古诗的一种变体。齐梁时代的文学批评家刘勰在其《文心雕龙·诠赋篇》中说:"赋自诗出,分歧异派。"他们的这些看法,应该是可信的。《毛诗·大序》说:"诗有六义:一曰风、二曰赋、三曰比、四曰兴、五曰雅、六曰颂。"唐人孔颖达认为,风、雅、颂是诗的分类;赋、比、兴是作诗的三种手法。东汉的刘熙在《释名·释书契》中说:"敷布其义谓之赋。"他指出了赋作为诗的一种表现手法有敷布其义的特点。《周礼·春官·宗伯》:"太师掌六律……教六诗:曰风、曰赋、曰比、曰兴、曰雅、曰颂。"清代章太炎的《六诗说》则更明确地指出,六诗都是诗,赋也是诗的一种。仅从以上的见解就可以看出,赋与古诗确实有着某些方面的密切的关系。不过,近几年来,也有一些文学研究工作者发表文章指出:赋的产生与诗毫无关系,赋是由楚民间文学发展而来。我们认为,这种说法有某些道理,但失之片面。一种文体的产生,它应该有一个长期的孕育和演变过程,它也必然受到文学乃至其他领域的多种因素的影响。在先秦,古诗统治文坛,乃至影响到政治、外交、礼仪、生活等各个方面;孔子之后,特别是到汉代的董仲舒,更尊之为"经",成为一种神圣的精神力量。赋作为一种具有明显的诗的特点的文体,不可能同当时的古诗这种强大的影响毫无关系。从另一方面看,古诗在描摹事物这一点上,确实还比较简单,多是白描和勾勒。而赋在辞藻的富赡,想象的丰富、描摹的细致以及注重夸饰等方面,确实也很明显地受到了楚辞的影响。

刘勰认为:"然则赋也者,受命于诗人,而拓宇于楚辞也。于是荀况《礼》、《智》,宋玉《风》、《钓》,爰锡名号,与诗画境,六义附庸,蔚为大国。"(《文心雕龙·诠赋》)刘勰这段话的意思是:赋源于诗,开拓境界于楚辞,直到战国时代荀况《赋》篇中的"礼"、"智"诸赋,宋玉的《风赋》、《钓赋》,才开始以赋名篇,才成为一种与诗不同的独立的文学样式,后来逐渐蔚为大国。这种看法,应该说是相当准确而公允的。

汉代,是赋体文学的黄金时代。汉代前期,采取经济恢复政策,扶助农业,减轻赋税,从而使社会经济相对繁荣,甚至于还产生了"京师之钱累巨万,贯朽而不可校"的现象。这种经济的繁荣和人民生活的相对稳定,奠定了汉帝国的稳固的基础。武帝是一个雄才大略的人物,他对内"罢黜百家,独尊儒术",极力促成学术思想的统一,对外大举征伐,开拓疆域,获得了空前的军事胜利,国威大振。在经济繁荣、政权巩固和军事胜利的基础上,封建统治阶级特别是帝王的享乐生活,也随之高度发展起来。《西京杂记》记载:"未央宫周围二十二里九十五步五尺,街道周围七十里,台殿四十三,其三十二在外,其十一在后宫,池十三,山六。池一山一在后宫,门闼凡九十五。"这种宏伟奢丽的建筑,即使现代人看起来,也不能不为之惊叹。武帝的穷奢极欲与其前辈相比,更是有过之无不及。据《三辅黄图》记载,那种宫室建筑的穷极巧丽,帝王生活奢侈淫逸,更是令人难以想象。这种空前繁荣、强盛的局面,尽管其内部埋伏着种种尖锐、复杂的矛盾,但仍然对人们具有相当大的振奋和刺激作用。加之武帝之后的几个帝王也附庸风雅,招纳文人才士,提倡辞赋的写作,这就给汉代赋体文学的繁荣准备了充分的物质和精神条件。于是,赋这种既像颂诗又适宜铺陈,可以充分挥洒的新的文学样式,便应运繁荣起来。汉初著名的文学家,多数都是辞赋家,如贾谊、淮南小山、枚乘、孔臧等人。由于这个时期的赋,正处在蓬勃发展的时期,因此从内容到形式,都具有较强的生命力,如贾谊的《吊屈原赋》、《鹏鸟赋》,枚乘的《七发》，孔臧的《谏格虎赋》，都是一时的名作。这些作品，从思想内容上看，都较充分地抒发了个人的感慨，揭露了现实的弊端；从形式上看，虽然在篇章结构的基本格局、基本面貌上已大体定形，但表现手法还较为灵活，语言较为活脱，能给人耳目一新的感觉。

从西汉武帝到东汉安帝，是汉赋的鼎盛和成熟期。这个时期的赋与汉初的赋相比，发生了一些很显著的变化。一是篇幅的扩展。当然在汉初的赋作中，也有一些如枚乘《七发》那样的长篇巨制，但为数有限，而以抒情性的小赋居多。到了这个时期，长篇巨制显著增加，如司马相如等人的代表作，都是洋洋洒洒，尽情铺陈，动辄数千言。二是抒情成分相对减少。赋的发展有这样一个明显的趋势：由楚辞至汉赋是抒情成分减少，散文的成分增加。由汉初的短赋到这个时期的大赋，很少再有抒发个人感慨和心灵的作品了，多数是夸赞统治阶级生活之豪华、宫室之富丽、田猎之壮观、国势之强大。三是铺采摛文达到了顶峰，谋篇布局趋于程式化。这个时期的代表作家有司马相如、扬雄、班固等，其中以司马相如的影响最大。当时和以后的赋家都极力模仿司马相如的《子虚赋》《上林赋》。扬雄曾说："司马相如作赋，甚弘丽温雅，雄心壮之，每作赋，常拟之以为式。"《子虚赋》、《上林赋》是由子虚、乌有先生、亡是公三人的问答展开铺陈的；班固的《两都赋》则是西都宾问于东都主人。一直到唐宋时期的许多文赋，像大家熟知的欧阳修的《秋声赋》，苏轼的《赤壁赋》、《黠鼠赋》等，都还没有脱尽问答体的影响。对事物的铺陈、描述，也都是东西南北，上下左右，依次展开。直到李白的《剑阁赋》、还不脱弃"前有……"、"上则……"、"旁则……"的套式。通常所说的汉代的大赋就是指司马相如等人的这类作品。

文学作品是时代的风雨表，也是时代的产儿。自东汉中叶以后，国力日衰，政治日趋腐败。像西汉初期、中期的那种经济繁荣、社会安定的景象消逝了，人们那种振奋的精神不见了，连封建统治者们自己也不再是那么颐指气使、庄重自信了。这时展现在人们面前的再也不是什么繁荣、强盛、生气勃勃的帝国，而是一个极端腐朽、即将解体的没落社会。然而汉赋却在这个腐朽的母体上摄取了营养，获得新的生命。在这个转机中，卓有成就的是张衡、赵壹和蔡邕等。张衡是个大科学家，也是一个大赋家。他既写了号称汉赋之"极轨"的长篇巨制《两京赋》，也写了《归田》、《髑髅》等抒情短赋。这些赋，字句清浅，潇洒自如，内容充实而亲切。应该说，这些作品开了汉赋转变的端绪。张衡之后的赵壹写了《刺世嫉邪赋》，蔡邕写了《述行赋》，祢衡写了《鹦鹉赋》等，这都是一些敢于嬉笑怒骂，大胆揭露社会黑暗的优秀之作。如果说东汉中叶之后是汉代大赋向抒情小赋转变的开始，那么魏晋才算是抒情小赋的真正繁荣时期。魏晋时期内乱继作，外患不已，民不聊生，是中国历史上政治极端混乱、社会极端动荡的时期。在这种大动乱中，哲学、文学都在冲决那种传统观念的束缚，向着新的方向发展。自汉以来在意识形态领域内占统治地位的经学、谶纬神学开始崩溃，人们感到以前所宣传和相信的那种伦理道德、神鬼迷信、谶纬宿命、烦琐经术等，都是虚假的，都是应于怀疑的。人们开始重新认识社会、人生、自我；开始注重人的生命价值。这种崭新的思潮，必然要反映到文学领域中来，从而促使文学也出现了一种崭新的面貌。在诗歌则出现了自诗经以来的第二次繁荣，形成了所谓"建安风骨"。建安诗人们虽然其创作风格各异，但多慷慨悲凉之气则是他们的一个共同特色。在赋的方面，则抒情小赋大量产生，出现了抒情小赋的繁荣。曹植的《洛神赋》，王粲的

《登楼赋》，陶渊明的《闲情赋》、《感士不遇赋》等，都堪称这个时期抒情小赋的典范。这些抒情小赋与汉代大赋相比，呈现出一些新的特点。其一，在结构上，摆脱了汉代大赋的程式，不再是问答式，不再是东南西北中依次展开铺陈；而是根据感情发展的线索来安排结构，组合材料。在这一点上倒很接近楚辞，同后来的抒情散文没有多大区别了。其二，抒情小赋，虽然还有明显的铺采摛文的特点，但其语言却清新、活脱、自然的多了。其三，抒情小赋虽然还有些夸饰的特点，但比之大赋，却是切实的多了。著名文学史家刘大杰先生认为："汉代大赋，是糅合着楚辞的辞藻，荀赋的形体，以及纵横家的风气。"(《中国文学发展史》)所谓纵横家的风气，主要指汉赋夸张的特点。说"上林苑"之大，是日出于其中，日落于其中；说鱼鸟之盛，作者就要把自己能搜罗到的鱼类、鸟类的名称都搜罗来；说宫室之高，上可以摘星斗、攀日月；写帝王威势，神鬼来骖乘，星宿来护卫。魏晋时代的作家们，对现实和人生思考得更切实而具体了，他们所需要的是深沉、执着，而不是那种狂热和夸张了。因此，这个时期的抒情小赋，不再是上天入地、登泰山跨九嶷了，而是切切实实地抒写心灵了。其四，抒情小赋同汉代大赋的一个主要区别是前者重抒情，后者重体物。这个区别，是抒情小赋在文学价值上超过汉代大赋的一个极为重要的原因。抒情小赋，也并非拒绝"体物"只是不是为"体物"而"体物"，而是通过"体物"来抒情。如陶渊明的《闲情赋》就涉及很多物，仅"十愿"中就写到了十种物；"十愿"之后，又写到了"木兰"、"青松"、"夕阳"、"孤归之鸟"、"索偶之兽"、"素阶之霜"、"清哀之笛"等等。但作者并不是以"体物"为重点，并没有专对哪件物展开铺陈、描摹，而是通过写物来抒情。

由魏晋进入南北朝，诗文出现了形式主义和唯美主义倾向。

由于骈文和诗歌的影响,赋也逐渐骈俪化。如梁元帝的《采莲赋》、《鸳鸯赋》,庾信的《春赋》、《荡子赋》简直就是诗与赋的融合。就连庾信的《哀江南赋》那样的长篇,也有明显的诗赋融合的倾向。这类赋,文学史家们称之为骈赋。这种骈赋与魏晋时期的抒情小赋相比,词句更加工巧细密,音韵更加调和铿锵,然而内容却苍白得多了。孙松友在《述赋篇》中说:"左、陆以下,渐趋整炼,齐梁而降,益事研华。古赋一变而为骈赋。江、鲍虎步于前,金声玉润,徐、庾鸿骞于后,绣错绮交。固非古音之洋洋,亦未如律体之靡靡。"这种概括是相当准确的。赋似乎总是与诗结伴而行,受着诗的极大影响。唐宋时期,律诗勃兴,骈赋也随之变为律赋,有价值有影响的篇章确实很少。宋代的范仲淹、欧阳修、王安石、苏轼,他们都以诗名垂于后世,但他们的律赋却令人不能卒读。事物的发展,往往会绝处逢生,可喜的是,赋经由古赋、骈赋到律赋走进了死胡同,却又在古文运动中得到了新生。当时的许多古文家在运用散文写景、抒情时,吸收了赋长于铺陈,具有音韵美、节奏美的优点,创造了一种新的赋体——文赋。如杜牧的《阿房宫赋》,欧阳修的《秋声赋》,苏轼的前后《赤壁赋》,都是传颂不衰的名篇。这种几经演变的赋体,它的主体已经是文了,赋的遗传的"基因",已逐渐消匿,宋代之后的赋作,基本上是仿制品好的不多。但是,赋作为一种文学样式,毕竟仍然活在文人的笔下。

纵观以上赋体文学产生、发展、演变的轮廓之后,我们认为,汉代大赋确实存在着明显的缺陷。例如,它题材狭窄,多是述写宫观、苑囿、田猎;它形式呆板,谋篇布局程式化,不宜于自由抒发感情;它堆积辞藻,爱用一些生僻的词语等等。然而这些并不能包括了汉代大赋的一切。它仍然在许许多多方面是值得我们肯定和借鉴的。

一、汉代大赋在一定程度上反映了当时空前发展的物质文明和蓬勃向上的民族精神

班固在他的《西都赋》中,对西都长安市场的繁荣、农业的发达都作了十分细致的描述。班固的《两都赋》,扬雄的《甘泉赋》,张衡的《两京赋》对帝王宫观台榭的穷巧极丽的摹写,即从今天的眼光看,也不能不感到惊叹。扬雄的《长杨赋》、《羽猎赋》对高祖、文帝、武帝创建、巩固和壮大汉帝国的奋发向上的精神反映的相当充分。这些描写,当然难免有过分的夸张和吹捧,但从精神实质上看,还是符合实际的。我们仍然可以从中窥见一个强盛、繁荣、统一的大汉帝国的面貌。在这些作品中,那种威震遐迩、勒令鬼神、驱使日月、履山跨海的浪漫主义精神,是和当时的时代精神合拍的。我们不能不加分析地视之为大话空话。李泽厚在评论汉赋和汉代艺术时说:

> 壮丽山川、巍峨宫殿、辽阔土地、万千生民,都可置于笔下,汉赋正是这样。……尽管呆板堆砌,它在描述领域、范围、对象的广度上,却确乎为后代文艺所再未达到。他表明中华民族进入文明社会后,对世界的直接征服和胜利,这种胜利使文学和艺术也不断要求全面的肯定、歌颂和玩味自己存在的自然环境、山岳江川、宫殿房屋、百土百物以至各种动物对象。所有这些对象都是作为人的生活直接或间接的对象化而存在于艺术中。人这时不是在其自身的精神世界中,而完全溶化在外在生活和环境世界中,在这种琳琅满目的对象化的世界中,汉代艺术尽管粗重、拙笨,然而却如此心胸开阔,气魄雄沉,其根本道理就在这里。汉代造型艺术应从这个角度去欣赏。汉赋也应从这个角度去理解,才能正确估计它作为一代文学正宗的意

义和价值所在。(见《美的历程》)

二、汉代大赋的作者们并没有丢掉批判的武器

汉帝国既有其繁荣、强盛、统一的一面,同时也存在着尖锐的其自身不能解决的矛盾。汉代大赋一些具有代表性的作品,多数都明显地反映了这些矛盾,反映了作者对这些矛盾的基本态度。司马相如在他的《子虚赋》、《上林赋》中安排:齐国欲以田猎之盛向楚使子虚夸耀;子虚又以楚国的"云梦之事"来相压。最后亡是公出场对齐楚之事统统加以批判,认为齐楚双方的争奇斗胜,都是"荒淫相越",贬君自损。很明显,司马相如对齐楚之事这种荒淫无度不是颂扬而是取尖锐的批判态度的。"从此观之,齐楚之事,岂不哀哉;地方不过千里,而囿居九百,是草木不得垦辟,而民无所食也……仆恐百姓被其忧也。"这种褒贬和揭露是相当大胆的。至于对待天子的态度,当然要更加谨慎一点,作者便采用让天子淫乐之后恍然醒悟的手法,进一步阐述自己的观点。"于是酒中乐酣,天子茫然而思,似若有亡,曰:'嗟乎,此太奢。'……"于是天子认识到自己的过错,便赶紧令人推墙填壑,让百姓得以樵薪、耕种。这种批评手段是灵活而婉转的,也是煞费苦心的。

如果说司马相如还只是假托齐楚之事,借古讽今的话,那么扬雄在他的《长杨赋》、《羽猎赋》、《甘泉赋》中则敢于对汉代乃至当时的天子作直接的褒贬了。扬雄在《长杨赋》的序中说:"明年上将大夸胡人以多禽兽,秋,命右扶风发民入南山……是时农民不得收敛,雄从至射熊馆。还,上《长杨赋》。"赋的开头也以子墨客卿以发问的方式提出:"此天下之穷览极观也。虽然,亦颇扰于农人。三旬有余,其廑至矣。而功不图,恐不识者外之则以为娱乐之游,内之则不以为干豆之事,岂为民乎哉?"尽管赋的主体像是在回答乃至驳斥了客卿的发问,这只看作是一种讽刺艺术,赋的序文和客卿的发问,才是作者真正的意图所在。《甘泉赋》以成帝的祭祀为题材,以对甘泉宫的描绘为重点。当作者驰骋想象,笔酣墨饱地描摹甘泉宫壮观、神丽的景象,使人有点恍惚迷离的时候,突然点出"袭璇室与倾宫兮,若登高妙远,肃虖临渊"极有分量的几句。他从甘泉宫联想到桀作的璇室,纣建的倾宫,联想到他们都是奢侈无度而亡国亡身。这不能不是一种振聋发聩的力量。一个御用文人,敢于直接向帝王提出这样尖锐的问题,这种胆识是可嘉的。

张衡是东汉中叶的一位大赋家。在他的代表作《二京赋》里,不仅对两京的宫室建筑作了详尽的摹写,而且对西京天子荒淫奢侈的生活也作了淋漓尽致的暴露。他借安处先生对凭虚公的批判,对统治者们提出了严重警告:"今公子苟好剿民以偷乐,忘民怨之为仇也;好殚物以穷宠,忽下叛而生忧也!夫水所以载舟,亦所以覆舟!"这种揭露既尖锐而深刻。当然班固的《两都赋》其规讽和针砭的力量是稍逊色一些,但也仍然没有忘掉规劝帝王戒奢、尚质素这个题中应有之义。

过去的许多评论家,往往以"劝百而讽一"一笔抹杀汉代大赋的批判价值。这不是辩证的、科学的态度。我们认为,对汉代大赋的评价应该和对其他文学作品的评价一样,既看到它的缺陷,又要看到它有价值的方面。"劝百而讽一",这是扬雄对写赋的反悔之词,这确实是评价认识汉代大赋的一种重要材料。对这样一些材料,既不可以简单、武断地不信,也不可以盲目地全信,需要作具体分析。对"劝百讽一"问题,我们有以下三点看法:

其一,汉代大赋的作者如司马相如、扬雄等,有不少人是帝王的文学侍从,他们的赋作又是写给帝王看的,这些在虎口里讨生活的人们，当然没有街谈巷议和在野文人那样自由和放肆。他们既想吐露一些思想真谛，又不得不煞费苦心地采取曲折、委婉的方式。我们不应该无视他们那些经过折射的思想光芒。何况有的作品确实又是相当尖锐和大胆的。

其二，我国古代文学史上，许多早有定评的优秀之作，也不篇篇都是怒目金刚式的，完美无瑕的。即使被称为诗圣的伟大的现实主义诗人杜甫的作品，同样充满着歌颂与批判、希望与失望的复杂矛盾。如果因为汉大赋产生于宫廷，是写给帝王看的，有颂扬成分，便全盘抹杀其思想价值，岂不失之武断？

其三，扬雄等人的反悔言论以及刘勰等人的评论，这都是儒家文学思想保守的一面的反映。施昌东在《汉代美学思想述评》一书中说："扬雄对赋的看法所以有这样的改变，其原因何在？这与他子云'少不得学'，而后才入孔子之'户'而'自比之于孟子'，形成稳固的整个世界观有关，尤其是与他后期形成稳固的整个美学思想有关。"这种看法是颇有见地的。刘勰在他的《文心雕龙》中，尽管借用了不少释家的用语，其思想体系仍然是以儒家思想为核心。他认为只有经书才是正宗，写作要"原道"、"宗经"、"征圣"，否则便入歧途。刘勰很重要的一个观点是"辞尚体要，不惟好异"。赋体文学这种专事铺陈，极重辞藻的作品，就自然被认为"然逐末之俦，蔑弃其本，虽读千赋，愈惑体要，遂使繁华损枝，膏腴害骨，无贵风规，莫宜劝戒"了。今天我们就不应该再继续因袭那种实非科学的观点了。

三、汉代大赋对文学发展有一定影响

《诗经》是我国文学史上第一部诗歌总集。《诗经》虽然具有相当高的艺术成就，但其表现手段毕竟还比较简单。描写多是白

描，叙事也较简括。从《诗经》、《楚辞》到建安诗歌的再度繁荣，在这个时期中，一些文人、作家们的主要精力都投到了赋的写作上。由于时代的需要和作家们的努力，其表现手段是较前丰富得多了。主要表现在铺采摘文、铺张扬厉这些方面。即对一种事物能作多角度的摹写，色彩浓艳、凝重。赋的这种表现手法，对后世文人们的创作，有相当大的影响，给他们提供了更加丰富的艺术借鉴材料。且不说离汉代较近的陆机、潘岳、谢灵运、江淹等人的诗歌创作受到赋的明显的影响，即如唐代的杜甫、韩愈等人的一些诗文也仍然带有赋的明显的痕迹。如杜甫的《三川观水涨二十韵》、《火》、《铁堂峡》、《青阳峡》，韩愈的《南山》、《陆浑山火》等，都每述一事，必极其情状，形像飞动，雕镂刻深，极尽体物之妙。韩愈的散文《进学解》也自称从司马相如、扬雄那里学到作文的技巧。当然后世这些诗文大家们在这方面的技巧更成熟，因而也具有更大的艺术价值。

不揣浅陋，略述上面几点看法，旨在抛砖引玉，供读者思考分辨，求方家指导批评。

注：本文原署名"司汉平"，发表于《柳泉》1983年第3期，原作为四人合编的《历代赋选》的"序言"，选本因故未出。此文完全由本人撰写。

张光年：昨天我阅读了新出的第三期，也只看了两篇文章。一篇是司汉平的《我国古代文学的一枝奇葩——赋》，是山大老师写的吧？我觉得是很有见解的一篇文章。从两汉的大赋谈到唐宋抒情小赋的变迁与演化，有中肯扼要的分析。(《文学刊物的特色与社会主义文学的独创性》)

(原载《柳泉》1983年第6期)

灵感的实质及培养

由于灵感本身的特殊性和复杂性,使自己罩上了一件神秘的外衣,致使数千年来许多哲学家、美学家作了种种探索和猜测。在西方,古希腊时期的柏拉图等唯心主义哲学家们把灵感看成是神赐天启的神秘物,说它是一种灵气,是神的"诏语","诗人只是神的代言人,由神凭附着"。直到19世纪的康德还把灵感看作是天才,是不能靠后天勤奋获得的创造力。中国古代,没有灵感这种名称,一些文学家、理论家一般称为"应感"、"兴会"等。中国的理论没有把灵感同神联系起来,而着重把它看成是先天的才能。曹丕把诗人的才气看作是"虽在父兄,不能以移子弟"的天赋条件。陆机对灵感的解释也感到无能为力,说"虽兹物之在我,非余力之所戮,故时抚空而自惋,吾未识夫开塞之所由也"(《文赋》)。总之,上述东西方的古代理论家对灵感的认识和解释不可能不陷入唯心主义和不可知论的泥潭。

现代科学告诉我们,灵感是人类的一种特殊的思维状态。在这种思维状态中人们情绪激奋、思路畅通,对问题的解决很快取得突破性进展。朱光潜先生指出:"灵感就是在潜意识中酝酿成的情思猛然涌于意识。"(《读书破万卷,下笔如有神》)朱先生的分析很简括,但的确抓住了问题的实质。现在越来越多的学者将灵感的探讨集中到潜意识和显意识的相互渗透、相互贯通的方向上。所谓意识，就是在人类发展过程中和人的个体发展过程中，外界信息输入大脑经过无数次加工、提炼的产物。按照精神学派弗洛伊德、荣格等人的理论，意识又分显意识和潜意识。能被人的意志驱使、调遣的是显意识，这是一种浅层的意识，是人类整体意识的一小部分；除此之外，还有一种潜在的、非自觉的、不随意的潜意识。这是人的更丰富的信息层。有些学者把意识比作海中冰山，显意识是露于海面之上的那一小部分；潜意识则是海面下隐藏的那一大部分。灵感主要是孕育隐藏的潜意识层，它的迸发，又必须在一定的外界信息的刺激下，两个意识层的相互渗透和贯通。钱学森同志指出："假如一个很难的问题，在这些潜意识里加工来加工去，得到结果了，这时可能与我们的显意识沟通了，一下得到了答案。整个的加工过程，我们可能不知道。这就是所谓的灵感。从前我也讲过，灵感不是什么神灵的感受，而是人类的感受，还是人，所以并不是很神秘的事。不过在人的中枢神经系统里是有层次的，而灵感可能是多个自我，是脑子里的不同部分在起作用，忽然接通，问题就解决了。"可以看出，灵感闪现的强度和频率，虽然与天赋条件不无关系，但更重要的是决定于个人通过观察、体验、感受所获得的信息的多少和两个意识层相互作用的机制。

  灵感不为天才人物所独占。人人都可能产生灵感，只是程度不同。美国著名心理学家阿瑞提在《创造的秘密》一书中，把人的创造力分为普通的创造力和伟大的创造力。他认为莎士比亚、牛顿的创造力是伟大的创造力，而一般人的创造力为普通的创造力，"即普通在变动和改造旧事物时稍微放弃一些通常方式所表现出来的创造力"。这种创造力是人人都有的。他还说："从一种社会的观点来看，这种普通的创造力极为重要。他能使人获得一种满足感,消除受挫感,因此给一个人提供了一种对于自己以及对于生活的积极态度。"阿瑞提讲的创造力就包括我们讲的灵感。

由此可见,我们要从事创造性的写作,只要经过艰苦的思维活动,在外界信息的刺激下,思维活动的成果由量的积累达到质的飞跃,就有可能爆发出一种新的思想;构成一种新颖的艺术形象。大作家突然产生了一部鸿篇巨制的奇妙构思;我们初学写作者能从一些平常的材料中悟出一个新的主题,本质上都是一样的。把灵感看成纯是天赋才能,高不可攀,既不符合实际,也有害于自己的学习和创造。日本学者高桥浩在《怎样进行创造性思维》一书中指出:"从事发明的人,建立了创造业绩的人,基本上也是自信家。一开始就认定自己'脑袋既不好,也没有韧劲的无用之人'的人是拿不出好办法的。"

既然我们已基本弄清了灵感并非纯属天赋,也不为天才人物所独占,这就有必要研究灵感的激发和培养的问题了。

一、要充实信息库

没有信息,就不可能有人类的思想和思维,更不可能产生进行创造活动的想象、联想和灵感等高级思维活动。灵感活动虽然来去无踪,神秘飘渺,但他仍是孕育产生在大脑这个信息库中。人的大脑是个容量极大的信息库。有的学者认为,一个人的大脑信息储存量相当于美国会图书馆(藏书1000万册)的五十倍;可同时掌握六门外语;可同时上两所大学;可熟记大百科全书十万条目的全部内容。我以为信息的多少同灵感的迸发大体上是成正比的。杜甫说:"读书破万卷,下笔如有神。"前一句是指广收信息,后一句是指灵感迸发。"神"就是指今天讲的灵感。我常想,大脑里装满了知识就像天空中滚滚的乌云带满了正负电荷，一旦接触、碰撞就会电闪雷鸣，释放出巨大的能量。有个外国学者也曾这样比喻：知识丰富了，就像一个房间里安满灯泡，只要一通电就会满屋生辉。

首先，是接受书本知识。阅读图书，旨在接受前人已经凝聚成精神成果的信息。刘心武就曾给访问者开过一张对他影响最大的书单，有中国古代文学、现代文学和外国文学作品，涉猎相当广泛。小说家张扬从小喜欢文学，从十二岁又注意学习自然科学，读了大量的自然科学家的传记。冯骥才兴趣广泛，绘画、音乐、历史、哲学、体育无所不爱。王蒙在《一个值得探讨的问题》一文中，提出作家学者化的问题。他认为当代作家们的知识不够丰厚，认为"光凭经验只能写出直接反映自己切身经验的东西。只有有了学问，用学问来熔冶、提炼、生发自己的经验，才能触类旁通、举一反三、融会贯通生活与艺术、现实与历史、经验与想象、思想与形体……从而不断开拓扩展，不断与时代同步前进，从而获得一个较长久、较旺盛、较开阔的艺术生命"。

其次，要读好读透社会这本更丰厚的大书。它更能不断充实更新作者的信息库。有人根据对《外国名作家传》的统计指出，最容易出作家的职业是当兵和记者。如狄更斯、马克·吐温、德莱塞、爱伦堡、柯切夫都当过记者。列夫·托尔斯泰、司汤达、塞万提斯、法捷耶夫都亲身参加过战争。中国当代作家中当过兵打过仗的就更多。美国著名作家海明威，开始当记者，后来又打过仗。有一次，一颗炮弹使他的双腿中了二百三十七块弹片。有人这样评论海明威：一个以保卫西班牙共和国为己任的战士，一个跟随一支秘密队伍走遍法兰西各地的战地记者，一个老练的渔夫，一个漂亮的拳击家，一个能打飞鸟的的优秀射手，一个活着阅读过自己的讣文和唁电的人。看来，记者和士兵对社会生活这本大书是读得最深透、体验最深切、理解最透彻的人。好像是高尔基说过：一个作家应该是一个无所不知无所不晓的人。

二、要培养良好的心理素质

胡学海在其《创造力的自我开发》一书中指出："一个人想有所创造，必须具有这样的心理素质：雄心、童心、痴心、潜心、恒心、松心、虚心。所谓雄心，就是立大目标，准备走艰难坎坷的路。大生物学家巴斯德说的好：'立志、工作、成功，是人类活动的三大要素。立志是事业的大门，工作是登堂入室的旅程，这旅程的尽头就有成功在等待着，来庆祝你努力的结果。'"作家郑义认为："一个人给自己定下的目标越高，那么达到的高度才会越高，如果一开始就给自己定下一个较低的目标，那么他一生中也就很难达到怎样的高度。"张暧忻说得更有气魄："要自信，不怕名家，不迷信大人物，相信自己的才能和天赋，反对谦而卑，卑而弃，自己泯灭自己。"德国伟大诗人歌德也说："自强不息，终能自救。"明代李贽在创作上提倡过"童心"说，他说："夫童心者，真心也，若以童心为不可，是以真心为不可也。夫童心者，绝假纯真，最初一念之本心也。"（《焚书·童心说》）我们讲的童心不完全同于李贽的"童心"说，指的是对世界上的万事万物要像小孩子那样充满好奇心，事事感兴趣，乐探究，在一般人看来微不足道的事，也能引起其思索、探究之心。爱因斯坦曾感叹地说："对一切来说，只有兴趣才是最好的老师。"孔子也说过："知之者不如好之者，好之者不如乐之者。"由于兴趣是"和一定情感联系着的"，所以他会转化成不竭的动力和顽强的毅力。"痴心"、"潜心"、"恒心"都是一种契而不舍的韧劲和热情。剧作家沙叶新说："如果一个作家对创作的热情没有超过对世界上任何事物的热爱,那他就成不了一个好的作家。一般性的热爱不行,要狂热的爱,爱的如痴如狂。"所谓"松心"就是要会工作,会娱乐休息。因为灵感往往是在经过非常艰苦的研究、殚精竭虑的思考之后,大脑重新得到放松的情况下迸发的。宋代大文豪欧阳修曾说他的灵感往往来自"三上"即马上、厕上、枕上,就是这个道理。

从心理学的角度讲,上述几"心"都是带有浓厚的情感性和强烈的目的指向性,都是对大脑皮层刺激的加强,或者说都是显意识对潜意识发出的一种"指令性的信息"。这样的"指令"和反馈经过多次反复,一旦合乎目的推论的结果涌向显意识,便豁然开朗,柳暗花明,灵感出现了。

三、建立最佳知识结构

知识贫乏固然与创造无缘,满腹经纶也不一定具有很大的创造力。重要的是建立一个最佳的知识结构。知识结构也就是一个人的知识系统。根据系统论的观点,组成系统的成分不同,系统的功能就大不一样,即使成分相同,组接形式不同,系统的功能也会不同。柯南·道尔笔下的福尔摩斯在侦探方面具有惊人的创造力,但他也不是一个无所不晓的人。作者给他设计的知识结构是,"文学知识:无。哲学知识:无。天文知识:无。政治知识:浅薄。植物知识:不全面,仅对毒剂知识有一定了解。地质学知识,偏重实用,但有限。化学知识:精深。解剖学知识:准确,但不系统。惊险文学知识:很广博。"这样的知识结构,对一个大侦探就能发挥出最佳的功能。前面提到的刘心武等人的书单,也可以看作是作为一个小说家的知识系统。没有一个对所有人都具有最佳功能的知识系统。不同时代、不同职业以及作家的个性不同,甚至包括他擅长的文学体裁不同,都会有所差异。同是小说家刘心武同冯骥才也有不同。大学生应该在学习过程中,逐渐地发现自己的特长,确定自己的创造目标,然后,再据此来逐渐构架起自己的最佳知识结构。这就必须经历一个自我发现,自我设计的过程。高尔基开始很想当演员,也想当马戏演员,都没有成功,后来流浪中在生活的底层熟读了社会这本大书,终于成了举世闻名的小说家。别林斯基写了许多年诗,一度也想当演员,也都无所建树,后来他发现自己有发现天才的才能,他开始评论普希金,终于成为俄国伟大的文艺批评家。看来,刻苦学习、实践重要,清醒地发现自己,正确地设计自己更重要。

四、要善于越轨思维

人们在实践中逐渐形成一套套经验,凡经验都具有相对的稳定性、习惯性和封闭性。它能很有效地认识、解决常见的问题。但在许多新问题面前,则往往失去效能,缺乏应有的创造力,甚至寸步难行。由此可见,要自觉地运用灵感激发规律,重要的办法是要善于利用各种反常信息和反常办法,去迅速果断地突破和超越常规思路。美国当代著名趣味数学家马丁·加德纳说得好:有些问题,如用传统的方法解决确实很困难,"但放开思路,打破常规,灵机一动,问题顷刻迎刃而解"。如蜈蚣、蝎子有剧毒,按传统思维谁敢用这些东西治病,但有些高明的中医师突破常规思路经过试验,发现它们有清热散风、镇痉挛的效用,便用来主治惊风抽搐,口歪眼斜。人人都知道癌细胞能致人死命,可是谁能想到它有救死扶伤的一面。从癌细胞中提取一种 TPA 的蛋白质,能有效地医治心肌梗死。在文艺创作中超越常规思路的例子也比比皆是。人们的头发长不过数尺,李白却在诗中写道,"白发三千丈,缘愁似个长";自然界的雪花大不过铜钱,李白却在诗中写成"燕山雪花大如席"。这种夸张就是基于超常规的思考。唐代柳宗元的朋友家中失火,所有财产全部化为灰烬,按常规柳宗元必当写信表示安慰,柳宗元竟然写了《贺进士王参元失火书》,真是出奇制胜,被历代认为是篇立意新颖的文章。凡此种种,都有力地说明灵感是可以培养的。

(原载《山东师范大学学报》社会科学版1988年第6期)

与诗友谈诗

今天下午的信,意犹未尽。我感到,诗不能写得太实在,太老实。诗要含蓄、朦胧、说不明白。诗要合情不合理。西方有一位理论家曾说:艺术中唯一有价值的东西,就是那些说不清楚的东西。清代刘熙载在其《艺概·诗概》中说:"文善醒,诗善醉。"好文章,要清晰、明白;好诗,要醉熏熏,要不清醒,要不明白。这里的不明白,不是糊涂。是它丰富得让你说不明白,含蓄得让你说不明白。《红楼梦》是中国古典小说的顶峰,自其问世以来,评论者何止万千,仁者见仁智者见智,直到现在仍纷纷评说,并且要一直说下去。这样可以在一个广阔的领域内来阐释《红楼梦》的内容。诗也是如此,唐代张若虚的《春江花月夜》,被闻一多誉为唐诗第一,读者只感到美和妙,而诗人所表达的思想感情,很难说得清楚明白。音乐中有《春江花月夜》的曲子,绘画中有《春江花月夜》的诗意图,就说明其魅力无穷。南宋诗人陈与义的《牡丹》就是一首很典型的作品,诗是这样的:"一自胡尘入汉关,十年伊洛路漫漫。青墩溪畔龙钟客,独立东风看牡丹。"诗的前两句是叙述,说从靖康二年(1127)金兵攻陷汴京到绍兴六年(1136)诗人流浪到浙江青墩溪已整整十年。第三句是勾画诗人的形象,第四句是诗眼,即诗的核心。诗人是独立,非常孤独。东风是点明春天,照应牡丹。看牡丹是与牡丹相对无语。这就激发起读者的联想。洛阳盛产牡丹,诗人默默与牡丹相对会使我们联想起很多很多,想起了沦陷的故土,想起了那里的百姓,想起了恢复中原等等。这些都是我们通过富有张力的诗句,合理地想象出来的。我之所以感到您这首新作比较好,就是它含蓄、有味儿;有一种朦胧感,有一种说不清楚的丰富。

(原载 2007 年 11 月 7 日百灵网)

与诗友谈诗文鉴赏(之一)

同志:今天我想谈点诗词的鉴赏问题。鉴赏这个词我们很熟悉,但又说不很清楚。理论界解释很多,我们拣最重要的看看。

我国齐梁之际的刘勰在其《文心雕龙·知音篇》中指出:"夫缀文者情动而辞发,观文者披文以入情。沿波讨源,虽幽必显。世远莫见其面,觇文辄见其心。"他的意思是说,作者情感勃发就要拿起笔来写文章,而读者通过阅读作品去体验作者所表达的感情思想。通过探本求源,就可以把握到作者所表达的很幽微的情感。年代久了,不能见到作者的面孔,读了他的文章可以体会到他的情感。这里所说的"文"也包括诗,古代理论家经常把诗和文混在一起谈。一千五百年前的人讲得如此明白。

现代教育家夏丏尊、叶圣陶在其《鉴赏座谈会》中说"鉴赏二字,粗略的解释起来只是一个看字。真的,除音乐外,离不掉看的动作。看文章,看绘画,看风景,都是'看'。鉴赏的'鉴'字就是'看'的同意语。不过同是看的动作,有种种不同的程度,和'看'相似的字,从来有'见'、'视'、'观'三个,这三个字如果查起字典来,都是看的意思,其实程度各各不同。'见'只是见到,看见,并无别的复杂的心理作用可言,'视'就比较复杂了,'视'不但见到,看见,还含有查察的分子。医生看病叫'诊视',调查某方面的情况叫'视察',凡是与'视'字合成的词,差不多都有查察的意义。

'观'字更复杂,与'观'合成的词,意义都不简单,如'观念'、'观感'、'宇宙观'之类,都是难以简单的注解的。同是一个看,有'见'、'视'、'观'三个阶段,我们看到别人的一篇文章或是一幅画是'见',这时只知道某人曾作过这么一篇文章或一幅画,其中曾写着什么而已。对这篇文章或一幅画去辨别它的结构、主旨等等,是'视',比见进了一步了。再进一步,身入其境的用整个的心去和它相对是'观'。'见'是感觉器官上的事,'视'是知识思辨上的事,'观'是整个的心理活动。不论看文章或看绘画,要到了'观'的境界才够的上鉴赏。"二位先生如此不厌其烦,如此细微的解析鉴赏,旨在说明:鉴赏绝非一般阅读,而是用整个心去反复体味解读作品。

　　日本的一位学者也指出,在某种意义上可以说,欣赏是反向创作,是规定方向上的创作,作者为了引导读者而设置路标,但连接路标向前迈进的正是读者。如果说夏、叶二位先生所表述的是一种阅读学理论,那么这位日本学者表述的则是一种西方接受美学理论。所谓设置路标,是指作家创造作品。如果是诗,即诗中所组合的意象,用最通俗的话说,即诗人写到诗中的具体形象。读者阅读作品必然先从这些意象入手。如果读者鉴赏唐代张继的《枫桥夜泊》,就必须从作者所描绘的"落月"、"啼乌"、"满天飞霜"、"江边的枫树"、"江中的渔火"、"寒山寺"、寺里的"钟声"这些特定意象入手解读。这就是给读者设置的路标,这就是具体意象所形成的约束性。特别重要的是,这位学者所提出的"反向创作"的概念。西方的接受美学认为,鉴赏并非简单的解读,而是一种创造。西方有一句名言:"有一千个读者,就有一千个哈姆雷特。"每一个读者都是用自己的全部"积蓄"去解读作品。修养高的读者,阅读作品的收获就丰富;反之则相反。一个小学生读《枫桥夜泊》,他会觉着不知所云;一个知识稍微丰富点的人,读了诗他会在自己的脑子里描绘出一种情景;一个饱经风霜、尽览名山大川的人他所编织的景象,会更加多彩而深沉。清代的张潮曾说:"少年读书如隙中窥月;中年读书如庭中望月;老年读书如台上玩月。"何谓"反向创作"? 也就是说,诗人创作是搭建,是藏宝,读者阅读是拆解,是寻宝。刘勰《文心雕龙·知音篇》也说得很明白,他说:"夫缀文者情动而辞发,观文者披文以入情。"作者是由情到辞,读者是由辞到情。缀文,就是连缀文辞,就是写作;披文,就是阅读。刘勰虽然没有也不可能构建接受美学的理论,但他凭自己丰富的阅读经验,总结和阐述了一些接受美学的重要元素。

以上算是对鉴赏概念的解说,要想真正了解鉴赏,还需要研究其特点,我们下次再谈。

(原载 2007 年 11 月 27 日百灵网)

与诗友谈诗文鉴赏(之二)

同志：现在我们谈鉴赏的特点。

首先，鉴赏具有情感性。文学艺术是情感的结晶。前苏联美学家鲍列夫说过：艺术品是艺术家将自己的情感密写在符号中。他是说，艺术的本体是感情，艺术作品是艺术家情感的符号化。符号是什么？依我的理解，符号就是形式。何谓密写？就是说，艺术家表达情感同演说家不同。演说家是直接表白，而艺术家是将自己的情感寄托在具体感人的形象中。杜甫晚年居住在成都，日子颇为闲适。他没有直白地告诉别人他很悠闲自在，而是用艺术家的方式描绘了一幅"两个黄鹂鸣翠柳，一行白鹭上青天。窗含西岭千秋雪，门泊东吴万里船"的优美图画。不言闲适而闲适之情自现。用一句时髦的话讲，艺术家必须将自己的情感进行包装。老托尔斯泰说，艺术是这样一项人类活动：一种人用某种外在的标志有意识地把自己体验过的感情传达给别人，而别人为这些感情所感染。他还说，艺术品感染力的大小决定于三条：其一，所传达的感情具有多大的独特性；其二，这种感情的传达有多清晰；其三，艺术家的真挚程度如何。托翁这么多话，只讲了一个情字。

艺术家创作和读者鉴赏，是一种情感互动活动。鉴赏在接触作品的初始，会立即产生一种期待，期待从作品中得到一种美的享受和情感上的满足。一旦阅读作品之后,作者就会逐渐地按到作者情感的脉搏,如果是一部优秀作品,读者就会被牵着鼻子走,很快进入作者所创造的规定情景之中,以至会忘掉自我。据记载,宋代诗人苏舜钦有一段时间居住在岳父家里,每晚要饮酒一斗。岳父感到奇怪,注意窥探。见舜钦津津有味地朗读《汉书·张子房传》,读到张良狙击秦始皇误中副车时,拍案叫道:惜乎击之不中!满饮一大杯。读到张良对汉高祖说:此天以臣授陛下,不禁拍案叫道:君臣相遇其难如此,又满饮一大杯。《庸闲斋笔记》记载,杭州某女子读《红楼梦》入迷,自己也患有同林黛玉同样的肺病。当她病危将绝的时候,其父母认定是《红楼梦》害了女儿,要烧掉《红楼梦》,女子见状大哭,并挣扎呼喊:奈何烧煞我宝玉也。再讲一段西方的佳话。鲍列夫在其《美学》中记载,有一次一个演出单位演出莎士比亚的《奥赛罗》,一个成年观众表现出了孩子的天真,竟然跳上台去,杀死了"雅各",也就是杀死了扮演雅各的演员。当他醒悟过来时,他自杀了。传说后来把这两个人葬在了一起,墓碑上写道:最好的演员和最好的观众。我想用清代刘熙载的两句话作结:"作者情生文,斯读者文生情。"(《艺概·诗概》)

其次,鉴赏具有创造性。艺术家的创作,不是照搬生活。高明的艺术家在组接生活、编织情节、塑造形象、创造意境时,总是给读者留下再创造的余地。"象外之象"、"味外之味"、"神龙见首不见尾"等,就是我国古代艺术家总结出来的别具特色的理论范畴。第一个"象"是指文学艺术作品中的具体意象。第二个"象",是读者在阅读鉴赏过程中创造的象;神龙能见的"首",是能直观感受的到的内容,见不到的"尾"是需要读者内去创造的。晚唐的温庭筠有一首很有名的小词《梦江南》,词是这样写的:"梳洗罢,独倚望江楼。过尽千帆皆不是,斜晖脉脉水悠悠,肠断白蘋州。"

从思妇梳洗登楼,到斜晖脉脉天色将晚,整整一天的时间里,只写了一句"过尽千帆皆不是",其间思妇的极为复杂的心理和行为,全靠读者以自己的经验去诠释。因此,文学艺术家的作品,究竟能在何种程度上实现其价值,这就取决于读者再创造的能力了。我举两个例子。在俄罗斯文坛上传诵着一段佳话,说"奥勃罗摩夫"这个艺术形象是作者冈察洛夫和批评家杜勃罗留波夫共同创造的。因为人物形象的意义,通过批评家的诠释之后倍增,轰动当时文坛。这是连作家都始料不及的。几十年来,对李清照《声声慢》开头十四个字的诠释,仁智互见,众说纷纭,或以为公孙大娘舞剑,或以为有大珠小珠落玉盘之妙,或以为造句新警,绝世奇文。只有傅庚生先生的分析被尊为经典。傅先生说:"此十四字之妙:妙在叠字,一也,妙在有层次,二也,妙在曲尽思妇之情,三也。良人既已行矣,而心似有未信其即去者,用以'寻寻'。寻寻之未见也,而心似仍有未信其便去者,又用'觅觅';觅者,寻而又细察之也。觅觅之终未有得,是良人真个去矣,闺闼之内,渐以'冷冷';冷冷,外也,非内也。继而'清清',清清,内也,非复外矣。又继之以'凄凄',冷清渐蹙而凝于心。又继之以'惨惨',凝于心而不堪任。故终之以'戚戚'也,则肠痛心碎,伏枕而泣矣。似此步步写来,自疑而信,由浅入深,何等层次,几多细腻!不然将求叠字之巧,必贻堆砌之讥,一涉堆砌,则叠字不足云巧矣。故觅觅不可改在寻寻之上,冷冷不可移植清清之下,而戚戚又必居最末也。且也,此等心情唯女儿能有之,此等笔墨,唯女儿能出之。"(《中国文学欣赏举隅》)傅庚生先生善于辨析词义,善于发现蕴含在具有个性化词语中的微妙感情,善于发掘层层深入的情感的变化。傅先生的解读,堪称创造性的。

其三,鉴赏的主观性。由于文学艺术鉴赏是读者以自己的全部"积蓄"去诠释作品,不同的读者其所得不同。鲁迅谈到阅读《红楼梦》时说:"经学家看见《易》,道学家看见淫,才子看见缠绵,革命家看见排满,流言家看见宫闱密事。"

　　同时,民族、时代、年龄不同,其所得也不同。据说外国留学生,很不理解《红楼梦》中林黛玉和贾宝玉的爱情。当代中国大学生对《红楼梦》的理解,也有所偏离传统,据说不少人喜欢薛宝钗而不喜欢林黛玉。有一首古诗不记得是谁的了,诗说:"客行只念路,相争渡京口。谁知堤上人,拭泪空摇手。"不少人读来可能觉得很平淡,我读了就很震撼,心中阵阵酸楚。我会回忆起许多令我非常伤感的事情。有一年,快过春节了,为了赶回学校,在一个大雪的傍晚一个人背着行李出村,不小心滑到雪窝里,半天爬不上来。赶到车站,天色很晚,大雪茫茫,一个孤零零的小站,两三个狼狈候车的人。当时想,这是为什么,舍家撇业的,说不定妻子正在家流泪呢。有时,背着行李挣扎着挤车,汗流浃背地找座位时,又想起家,想起了父母妻子,又在心里流泪。因此,我第一次看到这首诗,我就特别感动,似乎永远忘不掉它。对这种阅读时的心理状态,王夫之的解释很好,他说:"作者用一致之思,读者各以其情而自得。"读者在作品中只能看到他自己,看到他心灵里已经库存的东西。

　　特点就说这些,下次再谈方法。

与诗友谈诗文鉴赏(之三)

现在我们谈鉴赏的方法。

鉴赏文学艺术作品,当然首先从阅读作品开始。对于某些作品,我们不打算认真研究,可以浏览,可以走马观花地读。对于经典作品,优秀作品,进行鉴赏的作品,必须认真研读,要达到叶圣陶先生讲的"观"的深度。现代作家茅盾先生主张对好的作品至少要读三遍:第一遍,鸟瞰式;第二遍,精读式;第三遍,消化式。最终要消化,只有消化才能作较为准确的评说。据说茅盾先生就能背诵《红楼梦》。清代学者冯镇峦提出一个"耐"字。他说:贪游名山者,须耐仄路;贪食熊掌者,须耐慢火;贪看月华者,须耐深夜;贪看美人者,须耐梳头。看书也有宜耐之时。我也打个比方,鉴赏就像吃肉,要慢炖、细嚼、用心品。清代的哈斯宝说他对《红楼梦》中薛宝钗的认识,是乍看全好;再看好坏参半;又看好处不及坏处多;反复看全是坏,压根没有什么好。我再讲一个画家的故事。唐代画家阎立本,是著名的人物画家,师承南朝梁代画家张僧繇。有一次,他到荆州去看张僧繇的旧迹。初看认为徒有虚名;明日再看,觉得是近代佳手;三次去看,感觉名下无虚士,乃至十余日不能去。上述见解和佳话,说明一点,鉴赏文学艺术作品,必须深研细读才能感受到作品的真谛。

其次,需要展开联想和想象的翅膀。作家的工作,是将思想、感情、意象变成文字符号;读者的工作,是通过解读文字符号,在脑子里创造性地复原形象。其间,联想想象是桥梁。18世纪英国湖畔诗人柯勒律治说过:想象是写诗才能与鉴赏诗的才能这二者的根源。必须借助想象进入作品创造的境界。绘画、雕塑具有较强的直观性,比较容易进入作品。文学作品是用文字写成的,没有任何形象性。但文字具有一种很强的激活功能,它能激活读者大脑中相应的储存。我们都有这样一个习惯,读过作品以后闭上眼睛想一想。这个"想一想",就是复原形象和组接画面的过程。读小说,你在编织故事;读游记,你在描绘山川景色;读诗歌,你在创造意境。《诗经·芣苢》是一篇描写农家妇女田野劳动生活的诗篇。诗的原文是:"采采芣苢,薄言采之。采采芣苢,薄言有之。采采芣苢,薄言掇之。采采芣苢,薄言捋之。采采芣苢,薄言袺之。采采芣苢,薄言襭之。"清代诗论家方玉润在《诗经原始》中对这首诗有一段非常精彩的鉴赏性的描绘:"读者试平心静气,涵泳此诗,恍听田家妇女,三三五五,于平原绣野,风和日丽中,群歌互答,余音袅袅,若远若近,忽断忽续,不知其情之何以移,而神之何以旷,则此诗可不必细绎而自得其妙焉。"这完全是一幅想象中的图画。想象还可以充实艺术形象。由于鉴赏能力植根于读者的生活经验、艺术修养和想象能力,因此在鉴赏过程中对艺术形象的复原,大体上有三种情况:一种是只了解作品的字面意义,只能说好或不好。何以好,何以不好,说不清楚。著名学者吴世昌先生讲,他读书时的一位先生讲李商隐的《锦瑟》,念一句诗说个好字,反复数遍终是一个好字。同是一首李清照的《声声慢》,傅庚生先生的阐释被学术界尊为经典,而不少鉴赏则被斥之为浅薄。例如"起头连叠七字,以妇人,乃能创意出奇如此","真像大珠小珠落玉盘也"。第二种是复原的形象较丰满。杜甫的《春望》大家都很熟悉,司马光在《迂叟诗话》中这样阐释前四句:"山河在,明无余物矣。草木深,明无人矣。花鸟平时可娱之物,见之而泣,闻之而恐,则时可知矣。"这种分析所揭示的内容虽然算不上丰富,但是他至少通过对字面的分析,让读者把握的了某些东西。第三类就是高明的鉴赏。我们前面已经讲过的傅庚生先生的鉴赏应该属于这一类。傅先生大段的赏析文字,不仅复原了形象,而且创造性地丰富了形象。傅先生的赏析,当然要首先了解词语的含义,要善于辨析许多近义词的区别,更重要的是展开丰富的联想和想象。用我的一句话说,就是能在字面上飞起来。歌德曾经划分出欣赏中的三种态度:1.不假思索的享受美;2.只作判断不享受;3.在享受的同时作判断,在判断的同时进行享受。鲍列夫认为,按照歌德的意见,正是那些持最后一种欣赏态度的人才能把握作品的精髓。也就是说,对文学艺术作品的鉴赏必须是理论的判断和心灵上的享受相辅相成,缺一不可,分离也不可。

其三,从解剖形象入手。离开形象没有艺术,离开对形象的感受,也就取消了文学艺术的鉴赏。文学艺术鉴赏的对象很多,我们这里只涉及诗歌和小说。

我们先说诗歌。诗人写诗,他的所有努力都在于一种意境,鉴赏者的目标则力图把握、体味、阐释这种意境。

怎样进入这种意境?这是个非常复杂的问题。

西方现代文艺家,很重视艺术直觉。所谓艺术直觉,就是排除理性的分析的直接的艺术感受。这种理论对不对?我个人认为:首先,它包含了一定的艺术鉴赏经验,有一定道理,但不能强调过分。前面刚刚提到,歌德曾谈到艺术鉴赏的三种态度,鲍列夫认为第三种态度才是正确的。其次,它适用于艺术经验比较丰富的鉴赏家和评论家,不太适合我们初学者。对我们来说既不排斥我们已经具备的那点艺术直觉能力，更重要的是靠理性加想象的扎扎实实的分析。基于此，我想把著名诗学专家袁行霈的一些看法结合自己的理解介绍给大家。袁行霈先生认为要把握诗歌的意境，主要从诗歌的多义性入手。就像四面围城向一个重点突进。袁先生认为诗歌所表达出来的意思分两个大的层次：宣示义和启示义。所谓宣示义，即一读就明白的、比较直露的表层义；所谓启示义，即作者运用了一些特殊的修辞手法和表达手法，所表达的比较含蓄的意思。宣示义无需多讲，重点在启示义。启示义可从五个层面去理解。

双关义。即平常说的一语双关，既指此又可指彼。如贺知章的《咏柳》："碧玉妆成一树高，万条垂下绿丝绦。不知细叶谁裁出，二月春风似剪刀。"这里的"碧玉"当然首先是指柳树的绿色，那么能否指"小家碧玉"呢？如果这样展开想象视野就会更开阔，形象有可能更丰富。其他如以"丝"喻"思"（春蚕到死丝方尽），以"晴"喻"情"（东边日出西边雨，道是无晴却有晴）。

情韵义。在诗歌中某些惯用词语往往具有某种特殊的感情色彩，这种感情色彩往往同作品的基调或主题是一致的。比如，"南浦"。大水与小水相通处谓之"浦"。南浦无非是南边的一个小浦口。屈原在《九歌·河伯》里写道："子交手兮东行，送美人兮南浦。"很明显"南浦"是屈原写的送别的地方。后来的诗人都效仿屈原沿用这种说法，一写到水边送别往往就用南浦，其他方向上的浦都不用了，慢慢的南浦就成了送别的代名词了。同样送别的还有"折柳"。再如"凭栏"（独自莫凭栏，春意阑珊）、"倚栏"（怅佳人倚栏凝望，误几回天际识归舟）。诗词中这些固定的惯用的词语都是用来表达送别、相思的，都流露出一种伤感、凄楚的情味。情调和主题是紧密相连的，情调是主题渗透和弥漫的结果，顺着情调很容易摸到主题。

象征义。这在古典诗歌里更是多见。如屈原作品中的美人、香草，如杜甫诗中的枯楠、枯棕、病橘、鹰、马等。在这些物象中往往都有诗人的寄托。杜甫好写马，但他青年时期的《房兵曹胡马》和中年以后的《病马》所表达的思想和精神截然不同。《杜诗镜铨》引赵滂对《房兵曹胡马》的评论说："此诗矫健豪纵，飞行万里之势如在目前，区区摹写体贴以为咏物者，何足语此？"如何理解《病马》的主题，《杜诗镜铨》引蒋弱六说法："贫贱患难中，只不我弃者，便生感激，写的真挚。"前者是风华正茂时的豪纵，后者是穷困潦倒者的感恩。这里需要声明的是，我对象征的理解与许多人不同。包括袁行霈先生在内的许多人，认为只是作品中的某些具体的意象，如香草、美人等。我则认为像杜甫的《房兵曹胡马》等一类咏物作品，也应当看作是象征。这类作品写马不在马，写鹰不在鹰，而是通过马和鹰写人。诗的内含是寄托，诗中的物象是媒介，寄托与媒介的关系就叫寄托。清代诗学家仇兆鳌在评析杜甫《画鹰》的时候说，杜甫"每咏一物，必以全副精神入之，故老笔苍劲中时见灵气飞舞"（《杜诗详注》）。他还认为咏物诗无寄托，便是儿童猜谜。

深层义。这是隐藏在诗词字句表面下的含义。李白的《早发白帝城》，字面是写行舟之快，这是我们一眼就看清的。更重要的是，要看到隐藏在诗句的节奏中的情感和情绪。李白被流放夜郎，到三峡遇赦，这时的心情可想而知。当时的船不一定一日千里，诗的节奏感是一日千里的，李白返回的极其喜悦、兴奋的心情是一日千里的。我们看杜甫的《闻官军收河南河北》，诗是这样的："剑外忽传收蓟北，初闻涕泪满衣裳。却看妻子愁何在，漫卷诗书喜欲狂。白日放歌须纵酒，青春作伴好还乡。即从巴峡穿巫峡,便下襄阳向洛阳。"有人认为这是杜甫平生第一快诗。唐代宗广德元年(763)史朝义兵败自杀,延续七年零三个月的安史之乱宣告结束。这时流亡四川的杜甫闻讯兴奋之极,写了这首千古名篇。首先是诗用韵响亮,极富音乐感;其次是遣词造句精巧,"忽传"、"初闻"、"却看"、"漫卷"、"即从"、"便下",真可谓一气呵成,一日千里。我们只有这样,才能准确深入地把握作者的思想感情和心理状态,再由此生发开去。

言外义。上一点我们是从诗的形式方面,主要从节奏入手解诗。这一点,主要是由字面入手去寻找字面以外的含义。中国传统的文学艺术理论中有"味外味"、"象外象"等范畴。第一个"味",是能直接感觉到的"味",第二个味,是由第一个"味"通过联想和想象才能品味到的"味"。第一个"象",是作品中直接描述的物象,读者一看便知;第二个"象"是由作品中直接描写的物象生发开去,从联想、想象中得到的"象"。读者在阅读过程中的创造性主要体现在这里。你大脑中知识和艺术感受的储存越丰富,你的创造成果则越丰厚。可以举几个具体的作品看,先看唐代元稹的《行宫》:"寥落古行宫,宫花寂寞红。白头宫女在,闲坐说玄宗。"皇帝的行宫是古的,而且已经寥落;宫花照常年年开放,但已无人再来观赏;当年年轻貌美的宫女,如今都已成了老太太;她们已无事可干,只是无聊地回忆玄宗和玄宗时代的情形。这是作品给读者提供的进行创造的媒介或者说是空间。读者的本领就是要获取这些东西以外的内容。我在一篇文章中曾提到过的南宋陈与义的《牡丹》也是一篇很典型的作品。

如果,能从这五个方面去解诗,大概离诗的真谛不远了。

他画出了济南的神韵

——读解维础《大明湖胜境》等以济南为题材的作品

我的朋友解维础,虽祖籍牟平,但生长都在济南,是地道的老济南。童年时代,大明湖、趵突泉,是他的乐园。从事艺术创作之后,先后有七八年的时间在大明湖、趵突泉、五龙潭搞美术创作。创作之余,当他豪情勃发时,还可以横渡大明湖,畅游五龙潭,尽显浪里白条的风采。可以说这些秀美的景色,已经成了他生命的一部分。自然也就成了他进行艺术创作的首选题材,因此也就取得了巨大成功。《趵突观澜》分别在山东会堂贵宾厅和济南机场贵宾厅陈列。《大明湖胜境》在天安门城楼长期陈列和收藏。

《大明湖胜境》、《大明湖风光》、《趵突观澜》、《趵突泉洑源堂观澜》等四幅作品的最成功之处,是画出了济南的神韵。一个人有魅力,在于他的神采;一幅画水平高,在于其神韵。艺术作品贵有神韵,是艺坛上的金科玉律。南齐谢赫提出著名的六法理论,第一点就是"气韵生动"。他认为气韵生动,是绘画的最高境界。苏轼在《书鄢陵王主簿所画折枝二首》有云:"论画以形似,见与儿童邻。赋诗必此诗,定非知诗人。"这四句诗的核心也是强调神韵。我读这四幅作品,就仿佛置身于景色氤氲、烟柳如云的胜境之中,全身都有一种湿润感。就像唐王维在《山中》一诗写的:"山路元无雨,空翠湿人衣。"其奥妙在哪里?

先看构图。普通人到大名湖或趵突泉,满眼都是景色和美丽。作为画家的解维础,别的景色似乎都没看到,他只扑捉主调和特色。经过精心的艺术剪裁,他突出了两点:一是泉水;二是柳树。济南号称泉城,最能突出泉城特色的就是泉水和柳树。古人有"四面荷花三面柳"的诗句,如今,荷花变少了,垂柳仍依依。山上多松;水边多柳。济南的水不仅流在泉里,而且流在柳上。水在柳上,济南的韵也在柳上。《趵突观澜》、《大明湖盛境》等作品,柳树足足占了画面的一半。这就使画面简洁、明朗,有力地突出了济南的韵。

再看技法。津津于枝枝叶叶的画家,应该叫画匠。他们不懂得形与神的关系。比如,他们画柳树,规规于干、枝、条、叶,都画得很精细很逼真,但谨毛而失貌,却表现不出神韵。中国画和西方画的表现方法不同,中国画讲究含蓄。什么是含蓄,我举四句唐诗来说明。"寥落古行宫,宫花寂寞红。白首宫女在,闲坐说玄宗。"诗的核心,是说几个白了头的宫女在闲话,说什么?说玄宗。说玄宗的什么?诗人没有写,让读者自己去阐释和补充。诗人或画家写一首诗、画一幅画,他能用自己的笔墨去激活读者的联想,让读者进行再创造,用自己的经验去阐释作品。维础教授,在这几幅作品中所显示的技法,是丰富多彩的,但最能引起我兴趣的,是他的柳树画的特别美。古人说:画人难画手,画树难画柳。为什么?因为柳树画干求苍老,画条贵柔婉;干要上挺,条要下垂。要处理好这两对矛盾,使其形成一个浑然一体的艺术结构,需要艺术家的功力。维础先生,在这一点上处理得很好,这里不再多说。我想多说几句的是,维础先生在画柳树的枝叶方面的高超的技法。维础先生,把柳枝画得很精细,却看不见柳叶,他先是颜色平铺,后是层层罩染,浓淡分明,极有层次。读者看到的不是枝枝叶叶，而是一片柳云、柳浪。读者会感到柳阴下的凉爽，又好像能听到柳枝上黄莺的鸣唱。

我问维础教授，绘画艺术有没有诀窍，他说没有。他说他的经验，有两点极为重要：一是继承传统，二是热爱生活、拥抱生活。乍一看来，是老生常谈，正因为重要才常谈，正因为难以做到才常谈。在继承传统方面，一是拜名师，二是临经典。早年即拜关友声、黑白龙等名家为师，得其悉心指导，领进了一条正确的创作道路。维础教授摹习古代经典肯下苦工。他的临作，能够乱真，竟能让前辈名家"展卷惊呼"。临摹古人的作品，浅者得其技法，深者得其精髓。精髓是什么，就是传神。维础就是得其精髓的人。维础是个豁达、豪爽，热爱生活的人。继承传统是根基；热爱生活、拥抱生活得源泉。他画过黄河和海河，甚至画过样板戏、济南战役，现实需要的他都愿意画。他尽览了祖国的名山大川，仅泰山就去过四十多次。真正做到了"搜尽奇峰打草稿"。正是现实生活给了他创作的动力、灵感、和题材。现在，可以不出户知天下事，但搞美术创作必须要深入生活。

（原载2007年9月25日《城市信报·城市书画周刊》）

我与诗

1936年4月21日,我出生在齐河县晏城乡大瓜张村的一个典型的农民家庭里。爷爷和父亲都是半文盲,叔父念过几年私塾,算是能写会算,村里有个红白喜事儿的还经常有人请他记记账,写写帖,算是我们家的文化人。

我开始接触诗歌,是一部《五七言千家诗》,大概是叔父的读本。这部书,虽旧但印制相当不错,是什么版本至今我说不清楚,诗的每个字旁都标有平仄符号,这算是我的第一本启蒙读物。当时我最喜欢并且一直没有忘掉的一首诗就是"云淡风轻近午天,傍花随柳过前川。时人不识余心乐,将谓偷闲学少年"(程颢《春日偶成》)。家庭给我的诗的滋养,大概就是这么多。

小学的初小阶段,是断断续续念的,老师有洋书先生,有私塾先生。这些老师对我的写诗读诗似乎没有什么影响。1949年我考上了我们县刚刚成立的第一所高级小学桑园赵高小。语文老师叫赵旭东,他让我们背诵了不少报纸上的好文章,不记得教我们读诗和写诗。然而特别重要的是,在这里我写了上学读书以来的第一首诗。题目早就记不清了,内容大概是我的心变成了一只和平鸽,飞到世界的好多地方,旨在呼唤和平。初中阶段,似乎与诗无缘。

1954年,我考到济南二中念高中。一、二年级,教我们语文的是张秋泉先生。在一次语文课上,老师让我们描写一下雪后的千佛山。我写的一段是说雪后的千佛山,到处都像春天里盛开的梨花。老师大加赞扬,说唐朝有一个诗人的名句就是"忽如一夜春风来,千树万树梨花开"。当时,老师没有告诉我们是唐朝哪个诗人的诗。大概到了二年级下或三年级上的时候,语文老师换成了王兰馥先生,课本也换成了汉语和文学分家的新课本。文学课本上有《诗经》、《楚辞》、唐诗、宋词等。到这时候才知道秋泉老师说的是唐朝著名边塞诗人岑参的名篇《白雪歌送武判官归京》。当时能有那段描写,并非我的天分高,更不是"所见略同",是因为我们家有梨园,对春天里梨花盛开的印象非常深。每年春天梨花盛开的时候,真像下了雪一样,好看得很。还有一件事不得不提。大概是在二年级的时候,我写了我的第二首诗。记得头两句是:"弟弟搭家回来了,带来大堆好消息。"意思是歌颂农村的好形势,我还发给了北京的一家报纸。结果当然是可想而知了。

　　1957年,我考上了华东师范大学中文系。古典文学是最重要的一门课程,诗词又是其中最重要的部分。华东师大中文系的师资条件不错。程俊英先生教《诗经》,徐震堮先生教六朝小说,万云骏先生教唐宋词,都是当时的名教授。教唐诗的是马兴荣老师,后来也是唐诗研究方面颇有影响的学者。然而,由于建国只有八年,物资匮乏,设备条件较差。我们的教材,多数都是手刻蜡版的油印品。只有史存直先生编的《现代汉语》语音部分,是铅印本。更糟糕的是政治环境特别差。1957年一入学,正是反"右"高潮,经常参加批斗会,学生无心也无时间学习。1958年大跃进,更是荒唐得很,下乡下厂接连不断。1958年夏秋,光在嘉定县一待就是四个半月。即使不下乡,学校里也是辩论会接连不断。在那荒唐的岁月里,只有一件事对我的学诗、写诗颇有影响。当时,要求学生大搞科研。记得一年级的学生,贴出大字报,要编一本《文言虚词》,水平要超过吕叔湘。文言虚词什么模样都不知道,要编书超过学术权威的经典著作,岂不笑话。可是当时谁认为是笑话呢！我参加了年级的唐诗小组,就是在这个小组里我研读了不少唐诗,一篇篇的读,一篇篇的分析,比课堂上收获要大得多,使我真正品到了唐诗的滋味。晚唐有一位很有名的讽刺作家叫罗隐,他的讽刺诗和讽刺小品很有特色。记得毕业前我曾写过一篇论罗隐讽刺诗的论文。虽然水平很低,未得发表,但对我却是一个很大的锻炼,是一次很好的写论文的尝试。至今对罗隐的印象较深,和那点功夫有关。

1961年大学毕业后,我被分到郑州大学中文系。系里王碧岑副主任,找我谈话,把我分到写作教研室。从此开始了我并不喜欢,也无特长,硬着头皮干了半辈子的写作课教学。从开始工作到"文化大革命",一边努力教学,一边尝试写点文章。在《河南日报》、《郑州晚报》、《奔流》(文学刊物)等报刊上先后发表了散文《花儿红似火》、《静夜思》、《青出于蓝》、《论捧场》,文学评论《不可阻挡的历史车轮》(评影片《红日》)、《前进中的轻骑兵》(合写)等,就是没写过诗。"文化大革命"开始不久,我被从系里调到学校"工人解放军毛泽东思想宣传队"搞宣传工作。将近十年的时间,吃了不少苦,出了不少力,写了不少官样文章,结果是劳而有过。当然,也不能没有一点收获,至少提高了文字表达能力。"文化大革命"后期,复课闹革命,我开始认真读书,准备重操旧业回去教书。我重点读了两部书,一部是恩格斯的《反杜林论》,一部是文学研究所编的分上下两册的《唐诗选》。两部书我都是字斟句酌研读的,写下了不少的批注和点评。前者,使我学到了一点唯物辩证法;后者,使我更加体会到唐诗的妙处,因而更加喜欢唐诗。

许多诗的意境和语汇都深深的印在脑子里。1980年在调往山东师范大学之前,我在郑州大学外语系讲课时,竟然讲过唐诗专题,特别是重点讲了杜甫的《秋兴八首》。虽然是半生不熟,毕竟是一次很好的尝试。仿写古体诗,是在1981年将要调回山东之前。我二十五岁到郑大,四十五岁离开,整整二十年,我人生的黄金时代是在那里度过的,那里有我相处二十年的年轻的同事,那里有我的喜乐和悲欢,我已经成了半个河南人了。尽管二十年来,我每时每刻都在牵挂着我的父母、妻儿,然而一旦要离开,感情上还是沉甸甸的。这是我写诗的开始。写给谁的,写的什么,大都不记得了。只记得写给樊俊智的一首。诗是这样的:"天赋独厚汝,浑厚兼质素。世人常嗷嗷,人间要好书。"樊是郑州市的农民作家,当时已调到郑州大学中文系任教,几次交往之后,颇为投机,故有此赠诗。

1981年7月18日,我正式到当时的山东师范学院中文系报道。1982年,全家六口人的户口都迁到学校。全家团圆了,几十年的愿望实现了。尽管教课紧张,生活清苦,全家七口人啃我这每月六十元的工资,然而心里却十分平静,没有能震起写诗的波澜。在山师的第一首诗是在高密写的。1990年中文系在高密师范办委培班,我去讲课。一天,我到师范学校西边的一片槐树林散步,忽然看到许多坟头上都压着烧纸,立刻意识到莫非清明到了,随即脑子里跳出了一句"忽见坟头纸钱新",在回住所的路上写成了《清明》(苦为生计过密水,孤灯冷屋自苦吟。客里不觉杨柳绿,忽见坟头纸钱新)。此诗得到了不少同事的好评,甚至认为很有唐诗的韵味。1997年,是我生活境遇的巨大转变。全家团聚后,虽然生活极为艰难,但却充满温馨,享受着天伦之乐。老伴曾感激地说:谁说邓小平不好,咱不能说。没有邓小平,咱们一家团圆不了。我也安慰她：二十多年来，在农村不管吃多少苦，受多少委屈，现在好了，咱身体好好的就是胜利。无奈天不随人愿，老伴4月18日晚，突发脑梗塞，26日离开了我们。立时，我的天塌了，我的家没了。以往，从外面回来，老伴总是做着家务，现在再回来，只有门口的一双拖鞋，卧室里空空的床铺和满桌子上厚厚的灰尘。我终日陷入一种迷茫和痛苦之中，感情脆弱得就要崩溃了。我唯一的排解方式就是写诗，白天写晚上写，晚上开灯又关灯，躺下又起来，这么折腾着。孩子们都劝我，老这样不行，会把身体搞坏的。可是没有用，无时不痛苦，无事不是诗。在马路上听到雷响，就想到天要下雨了，山上老伴的坟头要被淋了，回家就写了《闻雷》（雷声阵阵夜深沉，疑是老妻叩家门。应是东山松盖小，不得为渠蔽雨淋）。一天，我忽然发现写字台上的台历还是4月26日，就写了《行路难》（你已成终古，日历不再翻。我尚存一息，苦吟行路难）。有一次，我从女儿那里回来，看到满屋的灰尘，死一般的静寂，就写了《独徘徊》（四壁何寂寥，我自独徘徊。鱼悲似恋旧，花瘦故迟开。坐卧时洒泪，翻书徒衔哀。风吹帘帷动，疑是故人来）。即使因公外出，仍然摆脱不掉痛苦，放不下写诗。大概在当年的7月份，在张店长城宾馆为自学考试配题。一天早晨，去附近的一个小公园散步，看到别人都是三三两两，欢欢乐乐，我却感到分外的孤独，就写了《不寐》（碧空凉如水，灯光闪烁红。夜深人不寐，孤雁时哀鸣）。就这样，一直在痛苦中熬煎，蘸着泪水写诗。

此后大概三年的时内，我写的几十首诗几乎全是悼亡诗。这些诗最大的特点有三点：一是感人，在课堂上讲课举例，感动过我的学生；平日闲谈，感动过我的同事。因为都是蘸着泪水写出来的。二是题材和情调比较单一。因为当时痛苦包围了自己，泪水蒙住了自己的眼睛,除了痛苦别的什么都看不见听不到。三是诗的形式有些粗糙。因为当时写诗,在形式方面只考虑是四句还是八句,是五言还是七言,用韵对不对,没有心情也没有可能去修饰词句,只考虑怎样把感情表达得最充分。当时的诗,就像是一个劣等瓶子,装的却是上等酒浆。当然劣等瓶子毕竟没有精美的瓶子好。

我在一首诗中写道"自医心疾终非计,时间老人是先生"。随着时间的流逝,我的情绪逐渐平稳下来,诗的创作也随之发生了很大变化。2001年写的《感怀二首》就是两首标志性的作品。此后所写的一百多首作品,大概也有三个特点:一、写诗不再仅仅为了诉说痛苦,逐渐地成了一种正常的表情达意的手段,正像我给自己拟的一副联语说的"无聊写字,有感赋诗"。在这方面我要感谢诗友魏小宸先生。大约是2003年的一个周六的上午,我到五龙潭公园去玩,看到一些老先生以摆地摊的形式展示自己的书画作品,相互交流切磋。我感到满有意思,随后也去掺和。慢慢地结识了只写诗而不写字的小宸先生。小宸先生写诗很讲究格律,他认为我的诗有些不合格律,不过遣词造句不错,诗的味道也好,建议我参加"松竹梅诗社"。从此我就成了"松竹梅"的一员。后来小宸先生又介绍我参加了明湖诗词学会和省诗词学会。"松竹梅"每月集中一次,并把每个人的作品汇集起来出一集诗刊。这样,写诗就成了我生活当中的一个重要内容,稍有感触就要赶快动笔,把它记录下来。二、题材的拓展和情调的提升。眼泪擦干了,心上的阴霾消散了,于是看到和感受到了更广泛的诗的题材。尤其是把注意力转移到了国家的大发展上。自《感怀二首》以来我的诗大概可分三类:一、颂赞类。政治生活的宽松,人民生活的提高,生产和科技的大发展,使我从心眼里感动,于是产生了《贺神舟六号胜利飞天》、《贺青藏铁路胜利通车》、《自度曲》、《中国风》、《唱大风》、《胡书记剪窗花》、《喜闻京沪高铁今年开工》、《战冰雪》等这一大类诗。这一类,也可以称之为政治诗。诗歌评论家,山东师范大学文学院吕家乡教授对我这类政治诗有非常中肯的评点(见《为写心志成佳篇》)即使一些纪游诗也多数以颂赞点题。这样写,不是别有企图,而是情动于中而形于外。因为像我这样的年纪,一不可能升官,二不可能发财,有何阿谀作假、言不由衷的必要。的的确确,我们的党中央,我们建设事业的各项辉煌成就,值得大加赞扬。二、纪游类。这是作品比较多的一类。最近几年来,年纪大了,经济上也比较宽裕了,随着每年的校友聚会也去了几个有名的地方。我是一个比较重感情,比较敏感,喜欢采撷美的人,所以每到一处必然动笔。《雨中游漓江》、《游金山寺》、《游瘦西湖》、《游红叶谷二首》、《游药乡森林公园》、《在飞机上》、《访枫桥旧迹和寒山古寺》等就是其中较好的几篇。在这类作品的写作中,我注意了三点:一是,要刻画好景色。例如《雪霁游千佛山》、《雨中游漓江》、《千佛山雨后》、《春日踏青》等。二是,突出情趣。例如《千佛山雨后》、《游红叶谷二首》之一等。三是,以褒赞盛世点睛。例如《在飞机上二首》、《游红叶谷二首》、《咏趵突泉》等。我认为纪游诗,要靠景色醒目,靠情趣提神,靠点睛升华。我最看不起那种无情、无景、无趣、无理的纪游诗。三、杂咏类。其中包括酬唱、偶感、题画等。酬唱诗多数新意不多,题画又似乎是依样画葫芦。偶感虽然多半是四句的小诗,却往往颇富情趣,例如《咏小雨雪》、《观梨花有感》、《千佛山雾凇》、《泰山南天门》等。

啰啰唆唆地叙述了六十多年的事,出于两种考虑:一是,让子女们知道我这个人有这么一些经历;二是,它至少可以说明我是一个诗歌爱好者,对诗歌不是一个毫无所知的人。因此,最后我还是要谈谈对诗歌的一些看法。当前的诗歌,应该是有两大阵地。一是所谓的主流阵地上的诗,是部分年轻人喜欢写喜欢读的诗。这类诗我看不懂。记得十五年前我买过一本《纯抒情诗精华》,其中的大部分看不懂。只有老诗人卞之琳的一首诗中的"我在桥上看风景,看风景的人在楼上看我"这两句看懂了一半,我把它看成是讲了一个观察点的转换的问题。从此以后再不看此类诗。著名诗人臧克家先生都看不懂的诗,我就更别费那种劲了。听诗友们说,有一位当代红的发紫的"诗人"写过一首红的发紫的诗,诗云:"我做的馅儿饼,是天下最好吃的馅儿饼。"如果这也是诗,中国就会有十三亿诗人,结果是没有一首诗,没有一个诗人。另一块是我较为熟悉的阵地,就是一部分年龄稍长的特别是部分离退休的文化人所乐于耕耘的地盘。他们的作品都是仿古体。说是仿古,就是说不是真正的古,内容是现代生活,诗不可能完全"古"起来,其实也完全没有必要完全"古"起来。在这块园地里,我不赞成的是政治口号式的诗,例如"金秋十月望酒泉,神舟六号飞上天"云云。这种诗的作者大概认为凑成四句、八句,安排上五言七言就是诗。这样的作者,离诗人还有十万八千里。这样的作品,离诗还有十万九千里。这一类诗的致命弱点是,缺乏诗的特质和灵魂。我不是说诗不能写政治题材,而是主张要把重大的、主旋律的题材写成诗,要赋于它诗的灵魂。有人反对写颂赞诗,我说这大错特错。我们的国家,各方面都在蓬勃发展,百姓由衷高兴,有颂赞之情为什么不能写颂赞之诗?2008年1月12日开始我国南方大半个中国遭受特大冰冻灾害;5月12日14点28分我国四川汶川遭受里氏8级特大地震灾害。在两场动员全国的抗灾斗争中,从领袖到百姓那种全国的大捐助大救援,可以说是我国历史上从未有过的,真可谓感天地动鬼神。作为一个有良心的中国人你能不感动吗?作为一个还能编两句诗的人你能不拿起笔来歌颂吗?我认为颂赞、揭露都应该,但必须真;什么题材都可以写,但都必须是诗。我从网上看到,我们要修京沪高铁的消息后非常高兴,马上拿起笔写了四句:"京华沪上路三千,天堑阻隔亘两川。古时驿路跑死马,今筑高铁日往还。"这是颂赞,这是重大题材,这有什么不好?不能心存偏见,认为诗文的天职是批评,专门用放大镜去看黑点,红彤彤的大地却视而不见。文学是文化的一部分,他的天职是推动社会发展,应该颂赞和批评两手形成合力,去努力推动社会发展。还有一种是严守格律的作品。这类诗的作者们不仅要求格律精严,更加要求用古声古韵。古声韵我不懂,我也不赞成今天写诗仍然用古声韵。我不赞成并非完全是因为我不懂,是因为没有必要,是因为不符合诗的发展规律。诗本来是反映生活表达思想的,是写给当代人看的,为什么要变成绝对的古董?用普通话的声韵,人人都听着顺耳,为什么要用古声古韵,让多数人感到别扭呢?唐诗好,它是唐代诗人用当时的群众所熟悉的语言写给当代人看的。宋词也是如此。明代的复古派诗人,强调诗必盛唐,他们的仿制品被称作瞎唐诗,以致在诗歌史上不占地位。时至今天,仍然用仿制、复古的思想引领诗坛,这是多么的不和谐。再看看许多诗词刊物,他们的清规戒律似乎比古人还要严,刊登的作品几乎全是律绝,能够放得开、收得拢,充分抒发感情的古风,几乎绝迹。当然格律精严的作品是一部分宝贵的文化遗产,需要有部分人传承。那些有能力有兴趣的人可以继续制作,使我们的文化遗产宝库更加丰富多彩。但不应是主流,主流应该是创造,是在吸收古代文化遗产精华的基础上,创造一种新的既有一定约束又自由灵活,又区别于自由体的新格律诗。在二十一世纪的今天，我们的时代呈现出前所未有的改革开放的新面貌，诗人的眼光应该更高远，气魄更宏大。"请君莫奏前朝曲，听唱新翻杨柳枝。"一部文学艺术史充分证明，每一种文学艺术样式当它还能和多数人有着密切联系的时候，它还有生命力，一旦变成少数人把玩的小玩意儿，其生命力即将终止。为诗歌开出一条生路，与时俱进。我的意见是：五言、七言的大框架不变；押平声韵不能变；律体中间两联大体对仗不能变；以普通话的声韵为标准；平仄要求不必过严，只要朗朗上口即可，我把它叫作对格律的暗合。2005年我写过一首《梁山感怀》其中三、四句原稿是"朝廷不寐惊水浒，义士云集上梁山"，就因为平仄问题，把"上梁山"改成了"啸聚山"，结果诗味大减。我们应该把主要精力用在意境的创造、意象的组合和情趣的探求上。我的看法并不是说可以忽略形式，而是不要泥古不化。古人和我们自己的创作经验证明，过分雕琢形式，往往会以词害意，会损害诗的鲜活性和生命力。杜甫号称诗圣，他的口号是"语不惊人死不休"（《江上值水如海势聊短述》），他的诗的确是我们民族文化遗产中的一份瑰宝。然而也有雕琢过头的时候，例如"香稻啄余鹦鹉粒，碧梧栖老凤凰枝"（《秋兴八首》之八），在文学史上引起过很大的争论，总的来看是赞赏的少批评的多。苏轼是中国文学艺术史上少有的全才，他的诗和词都开了宋代文学的新生面，是中国文学宝库中的瑰宝。然而他的十几首回文诗却是玩弄文字技巧的产物，毫无价值。其中《题金山寺回文体》算是最好的一首（潮随暗浪雪山倾，远浦渔舟钓月明。桥对寺门松径小，槛当泉眼石波清。迢迢绿树江天晓，蔼蔼红霞晚日晴。遥望四边云接水，碧峰千点数鸥轻），也不过是供读者玩玩而已。六朝有一位颇有名的诗人叫何逊，他有一首诗题目是《咏春风》，请看诗的原文："可闻不可见，能重复能轻。

镜前飘落粉,弦上有琴声。"这不是典型的谜语吗?清代仇兆鳌讲的好:"咏物诗无寄托,便是儿童猜谜。"清代大诗人、大诗论家袁枚在其《随园诗话》就不赞成形式的过分约束,他说"既约束,则不得不凑泊,既凑泊,安得有性情哉"。我们不能连袁枚都不如。

我认为好的诗,必须具备这样几个方面的素质:情、景、趣、理、味。不管其形式离规范的要求有多远,只要这部作品,包含着浓厚的或情,或景,或趣,或理,或味,它就具有诗的本质。有一位诗友的诗,在形式上极其自由,词语也非常质朴,但往往情趣盎然,充满幽默和情趣,这样的作品要比那些精雕细刻的语言堆砌强的多。

写诗要情字打头。首先是作者有情,然后是作品含情。情是所有艺术的生命,也是诗的生命。首先,情是创作的动力。晋代陆机在其《文赋》中指出"诗缘情而绮靡,赋体物而浏亮",诗是缘情而发,有情才会有诗的创作。刘勰在《文心雕龙·情采篇》中要求要"为情而造文",不能"为文而造情"。唐代白居易在《与元九书》中,阐述诗的诸种元素的关系时指出"诗者,根情、苗言、华声、实义",他认为"情"是根,是诗生长的基本点。明代诗人、诗论家谢榛在其《四溟诗话》中指出"情是诗之胚,景是诗之媒"。情是诗的生命力之所在,景只不过是诗歌生发构成的媒介。清代的一位学者认为"无情之人未有能工于文也"。我所有的悼亡诗,都是在情感的折磨下产生的。它感动了我的不少同事和学生。具体情境前面已有叙述。当然,只有创作动力还不一定能写出好诗,诗人的本领就是能够将自己的感动巧妙地安排在恰当的艺术形式当中。所有的艺术家,他的全部工作就是给"情"寻找、构建得以表现的最佳形式,让读者读了你的作品之后,忘掉形式只获取那份感动。中国文学史上从屈原开始,他们的作品之所以感动我们，就是它们包含着深沉、浓烈的情。《离骚》感动我们是其爱国之情；李煜的词感动我们是其亡国之情；杜甫的诗感动我们是其爱社稷、忧黎民之情；陆游、辛弃疾的诗词感动我们是其渴望恢复中原之情。再说景。景是诗歌不可或缺的元素。人们常说诗歌要"情景交融"，要传情必离不开景。清代刘熙载在《艺概·诗概》中指出："'昔我往矣，杨柳依依。今我来思，雨雪霏霏。'雅人深致，正在借景言情。若舍景不言，不过是春往冬来，有何意味？"或者是整首诗全是写景，或者是部分写景，或者是前景后情，或者是前情后景，或者是情景相间，都离不开景。杜甫的《登高》就是前四句写景后四句抒情。唐人钱起的《湘灵鼓瑟》（曲终人不见，江上数峰青）、王昌龄的《从军行其二》（缭乱边愁听不尽，高高秋月挂长城）就是以景结情。我写过一首《千佛山雪霁》，虽然远远不能忝列名作之间，却也能说明些问题。诗曰："玉树身边合，珊瑚塞苍穹。游人敛声气，老僧不撞钟。唯恋琼瑶界，怕惹昆山崩。日出风乍起，满山玉碎声。"则是首尾写景。有些诗，并没有深刻的思想、深邃的意境、耐人寻味的哲理，它只给我们描绘出了一幅图画如杜甫的《绝句》（两个黄鹂鸣翠柳，一行白鹭上青天。窗含西岭千秋雪，门泊东吴万里船）。也能使人赏心悦目，感到意味无穷。所谓趣，指的是诗趣。有些诗，论情论景都较弱，但诗趣很浓。钱钟书先生在比较放翁和诚斋诗时说："放翁善写景，而诚斋擅写生。放翁如画工之工笔；诚斋则如摄影之快镜。"所谓诚斋的快镜，也就是以写意的手法瞬间扑捉有意味的镜头，像是一幅写意画。例如他的《晓行看云山》："霁天欲晓未明间，满目奇峰总可观。中有一峰忽然长，方知不动是真山。"诗的后两句勾画了一种很微妙的自然现象和豁然开朗的心理过程，真是趣味无穷！可谓得之慧眼，发自慧心。再看他的《过新开湖》："渔郎艇子入重湖，老眼殷勤看着渠。看去看来成怪事,化为独雁立横芦。"渔人和他的小船越来越远,远远望去就像一只大雁立在一根芦草上一样,又像是一幅写意画。我写的《戏邀阿扁》最后两句:"和风劲吹阿扁乱,不搞台独你也来。"有一种调侃之趣。所谓理,不是一般的道理,而是充满诗情的哲理。苏轼的《题西林壁》尽人皆知,我们看一下他的《琴诗》:"若言琴上有琴声,放在匣中何不鸣。若言声在指头上,何不于君指上听。"清代纪昀对别人的诗向来是褒贬的多赞赏的少,他认为这首诗是"随手写四句,本不是诗,蒐辑者强收入集,千古诗集有此体否?"这是一种典型的重体制、轻诗意的迂腐判断。多数文学史家都认为这是一首想象奇特而又发他人之未发好诗。最后一点是味。味对于任何文学艺术品都是非常重要的,对诗尤其如此。诗中的情、景、趣、理最后都要落实到味上。一个味,可以包容许多美的素质。形式再精巧,没有味就不是诗。我写诗,倾全力追求诗的味道。如何去酿造诗味,高明的诗人会有很丰富的经验和手法。我并非诗人更不高明,只能说有几点浅薄的体会。我一般采取三种做法:首先是给诗创造一种动势,要把画面激活。例如《雨后千佛山》,诗曰:"霏霏连数日,平明雨脚收。花重枝拂地,风轻叶坠珠。草高齐振臂,山低墨云稠。宿鸟喜迁树,长蚓出洞游。垂垂衣衫重,曲曲时绕流。老夫寻童趣,撼树自浇头。山友时相问,明日还雨否?"前十句全是描写,是写景状物,是诗的主体;后四句是叙述,是渲染情趣,是酿造味道。只有前十句则失之板,只有后四句则流于空。两种手法糅在一起,才有情有景有味。《山乡即景》之一,全诗共四句,前两句写景,"山间四望菜畦绿,阳春三月桃杏青",后两句就把镜头拉近写青年男女对话的情景,"村姑停锄问小伙,大哥明日可进城"。这样既有了可视的形象又有了可闻的声音,又有了可窥的心理活动。其次,是注意凝聚诗的眼点。诗眼、词眼是古代诗人、词人讲的最多的一个概念。所谓诗眼、词眼,就是把诗的情感和意境凝聚到诗词中的一个词、一句诗、一个画面中,和绘画中的画龙点睛差不多。《山乡即景》之二,也是四句,前两句写景"山绕平畴麦青青,溪匝水榭桥飞空",第三句写店女笑脸揽客,第四句笔墨完全宕开,写出"屋角盛开蔷薇红"。店女和蔷薇红的关系读者一看便知,诗给读者开拓了想象的余地。其三,是注意选择和安排细节。细节对于艺术至关重要,艺术家的慧心往往表现在对细节的发现和表现上,艺术作品的特有的魅力也往往由于一个细节而大增。春天来了,千佛山公园里到处是海一样的鲜花和浓浓的花香,放在几句诗里如何去表现?我的《山中赏花三首》之一,也是四句,一二两句"寻芳不顾老腿软,才穿雪海又入红"是叙述,是写寻花之勤。第三句"繁花如海山欲浮"是写花事之盛。第四句写花香,没有做一般的叙述和描写,而是安排了一个细节"落英簪发惹蝶蜂",有香就有蝶蜂,连游客的头上都能惹来蝶蜂,花香可想而知。《林中野花》共十二句,是写野花的安闲、恬淡和个人的遐思。在前面叙述描写的基础上,最后两句是"虫蚁上身因坐久,红日如跳已上山"。虫蚁上身是细节,说明我沉思很久,连虫蚁上身都没感觉到,这要比说我坐了很久,想了很多要强百倍,这就是诗和散文的区别。

讲了这么多个人的例子,并不是我的诗的水平有多高,而是个人积累的点滴体会。同时,用自己的例子便于说明问题,也能够说得比较准确。至于是否浅薄,就让别人去评说吧。可以肯定的是,就这二百六七十首(副)诗和联来看,水平确实还很低,有待继续努力,希望今后能写得更好一点。以上讲了些个人的观点,有多少合理之处,有什么不妥或谬误,敬请方家指教。

诗、联集成小册子以后，取了个尚含雅意的名字叫《鸿爪留踪》。有朋友问此名何解，我告诉他是源于东坡先生的诗《和子由渑池怀旧》："人生到处知何似？应似飞鸿踏雪泥。泥上偶然留指爪，鸿飞那复计东西。老僧已死成新塔，坏壁无由见旧题。往日崎岖还记否，路长人困蹇驴嘶。"究其不过是人生一些片段的轨迹，古稀之年，正可谓路长人困了，便饶作一种回味，也顺便一飨诗友而已。

（2008年3月1日写毕刊于诗集《鸿爪留踪》）

读爱敏先生的诗

爱敏先生要出诗集,诗稿让我先读。但不能白读,要求读过之后得写篇感想,作为诗集的序。一开始,我感到压力很大。理由很简单,为人作序得是名人或行家里手,这样的人说话影响大。本人既非名人也非行家,说什么也没人看,看了也没人信。爱敏说行家名家我不找,我就是找你。再就是,年龄大了,耳不聪、目不明、心不慧,恐怕写不好。爱敏又说,不限时间,慢慢来,孬好我不嫌。我算没辙了,只好从命。

我先说对爱敏这个人的印象。爱敏是一位高中语文老师,在讲台上耕耘几十年,桃李满天下。我在大学里也算是个语文老师,我们是同行,共同语言比较多,因此感到格外亲近,比较容易相互了解。学校是个半封闭的单位,它让人少学了一点社会学智慧。从学校里出来的人,往往做事很执着,说话拐弯少,有么说么。我是这样,我看爱敏也是这样。心里弯弯套套少的人容易激动,事有不平拍案而起,慷慨陈词、掷地有声。胸有城府的人,可以努力去争取做政治家;心中无藏掖易动感情的人,适合做诗人。爱敏善于写诗,也某种程度上源于他这种个性。爱敏的诗,就是他的人格的外化,艺术化。他的诗也就是感情和语言符号结构成的刘爱敏,这就是诗坛上常讲的"诗如其人"。

爱敏的诗,现实性很强。他的诗紧贴现实,题材广泛,政治、经济、文化、军事、看书、读报、街谈、巷议、交新、怀旧、探亲、访友、山川、湖海、花鸟、虫鱼等等，似乎其足迹到哪里，诗就跟到哪里。卖菜小贩的缺斤短两、商家写错对联，都让他写成诗。当前的诗坛，或者无病呻吟，或者不知所云，爱敏的这种品格，显得尤为可贵。对此，我想说几个意思：其一，执笔为文的人能够高度关注现实，是一种非常可贵的品格。我以为，诗文最主要的价值有两种：社会价值和艺术价值，社会价值尤为可贵。杜甫被称为诗圣，主要是因为他写下了"三吏"、"三别"、《茅屋为秋风所破歌》等，紧密反映现实、关注百姓疾苦的作品。读了爱敏的诗我不禁想起了白居易《新乐府序》中的一些阐述。他说他的五十首新乐府诗"系于意，不系于文……其辞直而径，欲见之者易喻也。其言直而切，欲闻之者深诫也。其事核而实，使采之者传信也。……总而言之，为君、为臣、为物、为事而作，不为文而作也"。读到这里，我想读者自然就可以掂量出爱敏那些出自现实而又慷慨激昂的诗句的价值。其二，不是作者找诗而是诗找作者。文学史上有江郎才尽的说法，我们自己以及周围的许多人也常说，写不出来，没啥可写。仔细想想这是不对的。写不出来的主要原因有两个：或者是你离开了现实，或者是你缺乏激情。社会上的林林总总，是写作的源头活水，像爱敏一样看到眼里就是诗。西方的一个很有名的文艺理论家说"太阳每天都是新的"。我们的社会，我们的现实生活，每时每刻都在变化，我们永远写不完。白居易在他的《与元九书》中指出："诗者，根情、苗言、华声、实义。"情是文学作品的根，是文学创作的巨大动力。这一点，我有很深的体会。十几年前，我老伴因病去世，我似乎坠入了痛苦的深渊，神经极度敏感、脆弱。门响、帘动、远处天空的雷声，门厅里的一双拖鞋，都会勾起我对往事的回忆，都得写成诗。写不完，吃不下饭，睡不着觉。诗情把我折腾苦了。爱敏身上有一种豪侠之气,很多事情落到他的身上就会迸出诗的火花。许多事情被他看到了,好的事情使他高兴得不能自已,坏的事情又把他气得不行,不写成诗他就不得安宁。其三,颂赞批评都是爱。我们这些人,都是生在旧社会长在红旗下,脑子里对新旧社会有一个鲜明而深刻的对比。因此,对新社会、对国家、对党,有着深深的爱。社会的新的变化,国家建设的各项成就,人民生活的提高,都会激发出我们的热情,我们就会情不自禁地拿起笔来讴歌。像《充实的光辉》、《百年回眸》等颂赞类的诗,在爱敏的诗集中占有相当大的篇幅。当然,我们也看到在爱敏的诗集中,对社会上的某些弊端、不良现象、坏人坏事进行批评揭露的作品也不少。在这些作品中有不少写的相当精彩,情绪饱满,笔锋辛辣而犀利。这里也体现一种爱。不是爱敏爱这些不好的东西,而是爱我们的社会,爱我们的人民,爱我们的党。这就像因爱自己的身体,却恨我们的身上长出了疮。由爱而生恨,恨植根于爱。

爱敏的诗质朴自然。三百多首诗,从形式上看有五言四句、五言八句的;有七言四句、七言八句的;有古体长诗;有自由体;有词(仿);有歌词;有联语。不管哪种形式,都是那么朴素自然。写景诗经常是作者展示才华的地方,而爱敏的多数写景诗,仍然是从朴素中透出浓浓的诗味。请看他的《春郊》:"车轮滚滚路迢迢,开窗凝神沿路瞧。远眺近盼无绿色,麦苗皆为黄羊毛。"最后一句应该属于描绘,但这个描绘很奇特,他把枯黄、稀疏的麦苗比喻成黄羊毛。这样的比喻没有人看不懂,却也没有人不称奇。可以毫不夸张地说,仅这一句就可以充分反映出爱敏说话和写诗作文的特色。再看《雾漫泉城》:"似有似无似城郭,若隐若现若山阿。北极庙浸云海里,疑觉身处蓬莱阁。"这四句应该全属描绘,朴素的描绘中又展现出词语组合上的技巧。第一句中三个"似"字的重叠与第二句中三个"若"字重叠的对应,产生一种节奏和韵律美。一般说,词要比诗更注重辞藻的华美,爱敏的词作照样质朴无华。《清平乐·辛弃疾纪念堂》曰:"路僻巷陋,墙壁水浸透。雕梁画栋木朽露,堂前花木枯瘦。厅内史料不足,战袍厚积尘土。英雄瞩目盛世,难见神鸦社鼓。"整首词(仿)凝练如洗,明白如话。末句的"神鸦社鼓",是辛词《永遇乐·京口北固亭怀古》中的成句,中等文化水平的读者都能读懂。从理论上讲,朴素自然并非是作者无能的表现。恰恰相反,是文学艺术作品炉火纯青的表现。大文豪苏轼认为,初学创作要追求峥嵘,既已峥嵘要复归平淡,这种平淡是绚烂之极。《文心雕龙·情采篇》指出:"夫铅黛所以饰容,而盼倩生于淑姿;文彩所以饰言,而辨丽本于情性。"意思是说,粉黛能够美化容貌,而传神的盼倩之美,来自人的美的资质。文彩可以美化语言,而作品的魅力来自作者的情感。真正的美人总喜欢淡妆。杜甫有一首诗,题目是《虢国夫人》,诗云:"虢国夫人承主恩,平明骑马入宫门。却嫌脂粉污颜色,淡扫蛾眉朝至尊。"李白的《静夜思》、孟浩然的《春晓》,妇孺皆知、流传千古,明白如话是其重要原因。只有这样才能俘虏更多的传播载体。杜甫是诗圣,他的有些作品由于语言上过于雕琢,只有专家才能读懂。我们前面的分析,不是说爱敏的作品已经是大师级水平了,当然还差得很远。我是从爱敏作品的特点生发开来,阐发了一种创作道理。不管爱敏的诗达到了什么水准,其朴素自然的艺术风貌是可贵的。

爱敏的诗之所以具有朴素自然的风貌,是否有这么两点值得我们研究:一是题材现实性的制约。现实题材的真实性、具体性、生动性,不允许作者过多的夸张、形容、粉饰。过头了,就会使现实变样。二是作者的个性所致。爱敏是个有么说么不拐弯抹角的人,不愿意绵软、细腻的抒发感情,而习惯慷慨陈词。他愿意高歌大江东去,不愿意执红牙板唱女郎诗。法国布封认为"风格即人"。中国古代诗论家们提出"文如其人"、"诗如其人"的说法,这也可以在爱敏的诗作中得到印证。

爱敏还是个多面手,对多种形式进行了尝试和探索。在这本诗集中,句式多变,文体多变。五七言诗是这本诗集的主体,前面谈的一些看法,主要是针对这一部分诗作讲的。除此以外的几种作品形式,也大都写的不错。歌词《泉城之秋》共有两段,与上海春对比来赞美泉城秋。请听作者的吟唱:"北园鱼,遥墙藕,渔舟唱晚鱼米收。三川草肥牛羊壮,四峪水美瓜果稠。山珍用不尽,再品秀川酒。引吭高歌唱不够,同享泉城秋。"音调铿锵,富有音乐感,多么美,多么深情。《明湖秋月》也是两段歌词,第一段写明湖月夜之美;第二段由明湖月夜宕开,回想六十年前济南战役英雄们的慷慨献身。最后以"光照忠魂,明湖月圆"这样有情有景的画面结穴,引人遐思,余味无穷。有些长诗经常被称做长篇叙事诗,也就是说它有情节,有人物,有故事。像古诗中的《孔雀东南飞》、《琵琶行》等;现代诗中的《王贵与李香香》、《马兰花》等。爱敏辑结在这个集子中的长诗共十四首。有几首写得也相当好。《雪夜幸遇赵恩伯》,突出了叙事性,注意选择情节、描绘细节、刻画人物。这首诗的大概路数是这样:三十年前,因公出发到济南山区,被风雪所困。恩伯赵宝善把他留在自己家中,一住就是几天。每顿饭都是白面、菜肴。赵家一家吃什么呢?请看:"这日忽到灶火前,一幅画面入眼帘。老幼皆围锅台边,人人双手捧菜团。菜团内无粮食影,伸着脖子往下咽。"就这一段,就使读者看到了恩伯赵宝善的仁厚、朴实的特点,给人印象非常深刻。

爱敏的诗有不足没有？当然有。比较明显的是，有的诗语言上还有点粗放，还应该更凝练些。前面，我用较多的篇幅，谈到了现实性和质朴自然的问题。然而，这些长处稍过一点，就会成为不足。就说这些吧。可能有把爱敏的诗说歪了的地方。希望得到各位诗友和更多读者的批评指点。

(本文系刘爱敏诗集《闲云游丝》序)

几件难以忘怀的事

20世纪90年代左右,参加自学考试的学习浪潮蓬蓬勃勃。我先后在朱恩彬、朱本轩两位副主任的麾下参加自考的命题、辅导、阅卷、答辩等一系列活动。非常忙碌,非常愉快,也非常多彩。二十多年过去了,时间把鲜活的印象挤干了,只留下了一片朦胧。然而,有几件事让我永远不能忘怀。

一、写在高密的一首诗

1990年,中文系在高密县开办了一个委培班,要派一部分教师去任课,我第一个报名参加。倒不是我特别积极,是因为家里人口多,生活困难,靠我每月60元的工资生活,自然烦心的事就比较多,躲出去心里清净些;再者,去那里任课报酬也稍高点。在高密的那段时间,除了上课没有任何集体活动,清闲里透着一种无聊。去时,带了一部《文心雕龙》,有时胡乱翻翻。有一天,我出了高密师范的大门往西走了不是很远,眼前出现一片很大的槐树林。树林里是一大片墓地,而且坟头上都压着一叠烧纸。我脑子里突然一闪,莫非清明到了吗?心头一阵酸楚,往年每逢清明都是回老家给父母扫墓,今年只能在异地看着别人的坟头过清明了。酸楚之后,脑子里随之迸出了一种诗一样思绪:忽见坟头纸钱新。这的确是一句诗啊!我就边走边构思、推敲,回到学校诗也成了。诗的题目是《清明》,诗文只有四句:"苦为生计过密水,孤灯冷屋自苦吟。客里不觉杨柳绿,忽见坟头纸钱新。"

第二天,我在课堂上给学生介绍了这四句诗,并结合这四句诗扼要地讲述了我对诗和写诗的一些看法。第一,诗是什么;第二,诗与情感的关系;第三,诗与潜意识的关系。我特别强调,诗是情感的外化,没有被赋予一定的语言形式时,它是躁动在作者心中一股无法按捺的情感。情动才能写诗,无情请莫动笔。就像刘勰在《文心雕龙·情采篇》中讲的:要为情而造文,不要为文而造情。当天出去只是为了散步、消遣,没有任何写诗的念头,四句诗同我不期而遇,是多年情感的积累和当时的具体情景相碰撞而产生的火花。父母相继去世后,我总觉得这一辈子欠他二老的,心中十分愧疚。在每年的生日或节庆宴席上,我经常告诫我的儿孙辈,你们不要忘了今天的幸福生活是哪里来的。今天的这桌子菜你们的爷爷奶奶连见都没见过。我曾在《感念双亲》的最后两句苦吟道:"魂兮常归来,时馐倘能尝。"脑子里这根弦经常绷得紧紧的,一遇到风吹草动,就会发出强烈的共振。写作上的不期而遇,就是我们常说的灵感。灵感不止天才人物才有,普通人同样有。学生听后一片唏嘘。两天之后,学生给我送来他们写的诗,学生的积极性被调动了起来。

回校后,一位主管教学的副主任见到我就问:"在高密写诗来?"我说:"瞎写。"一共才四句,我就背给他听。他说:"的确不错,朴素而情深,很有唐诗的味道。"我说:"是瞎唐诗。"什么是"瞎唐诗",我想补充几句。明代的诗人,有著名的前后七子,他们最尊崇唐诗而不齿宋诗。他们的诗刻意模仿,缺乏自己的面貌,没有唐诗的魂魄,后人称他们的诗为"瞎唐诗"。

当然,我也是随便瞎说,其实我的诗连瞎唐诗也不如。"瞎唐诗"在形式上是无可挑剔的,而我的诗形式上较粗率,只求达意而已。

二、学员为我改诗

自学考试学习的最后一个环节是论文答辩。学校、老师、考生们都很重视,并且要求考生答辩必须从四面八方到山师大校内来进行。有一次正好是枣庄那一片的考生来答辩,答辩是安排在上午进行的。上午的答辩结束时,有几个考生要我的住址,说下午到我家拜访。下午他们真的来了,开始聊起了辅导、考试等好多问题。话题很宽泛,也很随便。因为我在辅导授课时经常结合自己的诗讲解一些理论概念,考生都知道我好写诗,自然也就聊起诗来了。我先向他们介绍了前一段写的《闻雷》,因我老伴是当年的上半年去世的,这对我的打击非常大,日夜被一种悲戚情绪所困扰。一天下午我走在路上,忽然听到天边一声雷响,天要下雨了。我立时想到东山上我老伴的坟头要被雨淋了,晚饭后就把这种情感的波动写了出来:"雷声阵阵夜深沉,疑是老妻叩家门。为是东山松盖小,不得为渠避雨淋。"

他们给我的评价:朴素、情深、感人。其中有一个考生说,这首诗的确很好,有一个字能不能改一下,把"为"字,改成"应"字,这样更符合古人写诗遣词造句的习惯。我觉得这位考生不可小觑。我说,孔子说三人行必有我师,你们正好是三人,看来真有我师。我就向他们背诵了最近写成的第二首诗《独徘徊》:"四壁何寂寥,我自独徘徊。鱼悲似恋旧,花瘦故迟开。坐卧时洒泪,翻书徒衔哀。风吹帘帷动,疑是玉人来。"

三位听后沉默不语,似有微微叹息。还是那位小伙子,微微地点点头:感人感人,把悲情表达得那么充分,把花和鱼都情感化了。学生建议把"玉人"改成"故人"或"旧人"更好,少一点模仿感,多一点真实感。我说,这样改也很好。这时,我也很激动就又讲起了诗的产生。有一次巡回辅导回来,开开门家里一片死寂,一切都是前几天我出门时的样子,到处都盖上了一层薄薄的尘土。我坐在沙发上发着呆。突然,不知哪里传来一声动静,是风吹的门窗吗?我的心为之一动,就写成了这首诗。

这位两提建议的考生,是一名小学老师,后来给我来过几封信,讲述他的工作和学习情况,还寄过他写的诗。他的诗写得相当不错,遗憾的是没有保存下那些诗稿。现在连他的名字也记不起来了,只记得他很憨厚,很壮实。

三、一只老板杯

今年的4月25日我随旅行团去欧洲旅游。临走前想选个好用的杯子带着。在我的一大堆各式各样杯子中,发现一个既熟悉又陌生的老旧的杯子。这可是20世纪八九十年代非常时髦也是我非常喜欢的物件,那时叫老板杯。八九十年代,老板这个名号开始走红,随即不少东西一旦同老板绑在一起,就名声大振。什么老板杯、老板椅、老板写字台,都被人高看一眼。我这个旧杯子就是那个年代的一只老板杯。在校内校外的课堂上我几乎都带着它。因为这只杯子不仅是我的一种用具,更重要的是它装着我的荣耀。

记得有一次在潍坊上辅导课,几个片的学员聚拢到一块听课,大厅里坐的满满的。当教师的都有这个经验,听课的人少了压力小,但主讲人往往提不起精神。学员多了压力大,恐怕讲不好对不起这么多学员,但好处是容易提振精神,值得甩开膀子喊。记得我这次的精神就比较好,从学员的神态和表情就可以看出来,效果很不错。讲课的效果,下课后也可以很好地反映出来。讲课效果不好,下课后没人理你。讲得好了,就会有很多学员凑上来跟你聊这聊那的,许多学习中的问题请你解答,他们觉得你有学问,愿意同你亲近。记得这次课后先是和一些学员闲聊了一阵子,之后有几个学员代表走到我跟前,捧着一个带有包装的东西递到我的手里说:老师你讲得很好,也很辛苦。我们一些人兑钱买了一只杯子,不成敬意,但是我们的一片心意。课堂上你可以喝口水润润嗓子,几年后看见这只杯子,你还会想起这些"不懂事"的年轻人。听了这些话我心里涌起一股热流。我说:"谢谢!是一只老板杯吧?只有有身份的人才配用这种杯子,你们把我的身价抬高了。"

今天,这只杯子已经很旧,塑料底座也已裂开,不能用了,我端详许久,又重新安放到原来的位置。这只杯子曾经为我立过汗马功劳,它装着那么多学员的深情厚谊,装着一段令人难以忘怀的往事,就让它继续陪着我吧。

(本文载《筑梦之路——六十载成教往事》
山东人民出版社2016年版)

第四编　鸿爪留踪续集

写在前面的几句话

本书所选的这一组诗,我名之曰"鸿爪留踪续集"。所谓"鸿爪留踪续集"是相对于"鸿爪留踪"而言的。2008年7月,我出版了自己的第一本诗集《鸿爪留踪》。时间已经过去十多年了,我在闲暇之际,依然把生活中的感悟诗絮记录下来,这便是我"鸿爪留踪续集"的这一组诗。也许,这一组诗算是我自己从事古代写作理论研究的外化形式吧。

鸿爪留踪续集

寂　寞
（2008年8月）

　　上山晨练回来,走到山师东路的人行道上,蓦然发现一壁大约三米多高的水泥墙顶上,挂出一束鲜艳的花朵,这就是生命的渴望。
　　　　天生一副俏容颜,谁教面壁高墙边。
　　　　墙外终日人语响,辨声常思美少年。
　　　　世间万物都成对,芳心无托苦熬煎。
　　　　青春虽过情难耐,舍命攀援寻俊男。

圣火醉泉城
（2008年8月）

　　2008年7月21、22日,北京奥运圣火先后在青岛、临沂、泰安传递,23日在济南传递。传递路线从省体育中心起,沿经十路至济南高新区齐鲁软件园,全程13.5公里。火炬手243名,约120万人涌上街头欢庆。
　　　　人涌通衢观圣火,遍插小巷五环红。
　　　　有情暴雨绕城过,无酒何以醉泉城。

佛山祈福经声远,趵突加油欲腾空。
冠军发誓重夺金,劳模谋划新征程。
四百余日寒暑夜,五体长卷寄深情。
老将凝望行军礼,学童为父奏笛声。
姑娘贴画喜上脸,小伙驮儿跟全程。
衰朽无多奔波力,回家餐桌小酒倾。
遥祝北京八月八,中华健儿唱大风。

注:①"有情"句,天气预报23日济南有大雨,可能影响到火炬传递,结果是送来阵阵清风。
②"趵突"句,趵突泉"观澜亭"联:"三尺不消平地雪,四时常吼半天雷。"(元·张养浩撰)
③"五体长卷"句,胜利油田高级培训中心党校教师五十一岁的曹伟才,用一年零三个月的时间写成真、草、篆、隶、行五体,长2008米的长卷书作,用以迎接泉城奥运圣火的传递,并献给2008北京奥运会。
④老将,指济南军区副司令员002号火炬手叶爱群中将。
⑤奏笛声,火炬手张晓冰的儿子无法现场观看爸爸传递火炬的情景,就在自家的电视机前用笛子为爸爸吹奏《达坂城的姑娘》。
⑥唱大风,显扬威风意。汉高祖刘邦《大风歌》:"大风起兮云飞扬,威加海内兮归故乡,安得猛士兮守四方!"

乳燕冲天

（2008年8月13日）

2008年8月12日上午中国跳水队员刚满十六岁的王鑫、陈若琳在二十九届北京奥运会上，轻取十米台双人组合冠军。

乳燕才离巢，乍飞竟冲天。
纤手摘金牌，艺冠群芳间。
腾空云托月，高坠舞蹁跹。
入水箭穿镜，轻波只微澜。
观者声如雷，神情愈安闲。
国旗映笑脸，两朵小牡丹。

雪耻之战

（2008年8月13日）

2008年8月12日下午，中国男子体操队杨威、李小鹏、陈一冰、邹凯、黄旭、肖钦在二十九届北京奥运会上，经过六番苦战，夺得男子体操冠军。

雅典失利铭左右，含羞磨剑整四年。
血汗铸成斩金术，寸土必争闯重关。
鞍马盘旋珠走荷，单杠抛掷箭脱弦。
跳马腾空鹤展翅，吊环跌宕鹞飞翻。
夺金缘何相拥泣，观者谁知鏖战难。
万人山呼心沉重，祖国托付重如山。

六个小姑娘

（2008 年 8 月 15 日）

2008 年 8 月 13 日中国六个小姑娘，程菲、江钰源、杨伊琳、何可欣、邓琳琳、李珊珊，在二十九届北京奥运会上获女子体操团体冠军。

六个小姑娘，乳臭未全干。
奥运夺金手，全球瞠目观。
腾空纤纤月，落地巍巍山。
凌空弄技巧，腾挪白云边。
呼声如雷震，姑娘似飞天。
我心惊欲破，姑娘笑嫣然。

和兰亭先生《赠友人》

前日，赠兰亭先生《鸿爪留踪》，兰亭先生回赠长诗一首，诗写得好，但其中的夸赞实不敢当。

贤达过誉汗漫篇，一曲道尽六十年。
诗坛珠峰称李杜，胸中滴墨聚海难。
老拙诚知宽慰语，衰朽应是再加鞭。
自幼仰慕王逸少，老逢兰亭在山间。

注：兰亭，指山东省水利研究院张兰亭先生。

翟志刚如是说

（2008年9月）

我国神舟七号飞船，搭载航天员翟志刚、刘伯明、景海鹏于2008年9月25日21时10分胜利飞天。27日16时41分翟志刚胜利出仓，做太空行走，17时00分完成预定任务返回舱内。

一

天尊唯敢问，屈子不英雄。
先贤飞天梦，我辈来完成。
中华正崛起，探密来太空。
日后常来往，信步若闲庭。
安家欲常住，相伴日月星。

二

同胞莫揪心，我自正从容。
国旗高举起，浩气弥太空。
妻儿应骄傲，我是中国兵。
出舱飞万里，谁有我光荣。
待到喜着陆，亲吻莫脸红。

注：①"唯敢问"句，屈原有《天问》篇。

②"出舱"句，翟志刚出舱后，太空行走近万里。

游九如山二首

（2008 年 9 月 26 日）

2008 年 9 月 26 日，众山友随旅行团游南部山区的九如山，大家都认为不虚此行。边游边构思此诗。

一

树密掩映绿，无雨凉意浓。
潭多星罗布，水清山路明。
峰回路转处，常是瀑布迎。
老妻唤不闻，充耳瀑布声。
身在齐鲁地，疑是江南行。

二

崖上挂浅黄，叶下缀深红。
山花多未见，野果不知名。
垂垂如吊蛇，百年半枯藤。
俯仰多栈道，忽忆楚汉争。
错落亭翼然，如待欧阳公。
乍攀华山路，又入山阴行。
何必去江南，齐鲁山水灵。

注：①"俯仰"两句，九如山的环山路多是木制栈道。楚汉相争时，刘邦将从汉中出兵攻项羽时，故意明修栈道迷惑对方，暗中绕道奔袭陈仓。

②"错落"两句，宋代欧阳修《醉翁亭记》："峰回路转，有亭翼然临于泉上者，醉翁亭也。"欧阳公，指欧阳修。

③山阴,指浙江绍兴一带,此地山明水秀,风景优美。《世说新语》记录王子敬的话说"从山阴道行,山川自然相发,使人应接不暇"。

题王耀先先生画
(2008年10月4日)

亭亭碧梧好,应是凤来早。
一对小精灵,相依相偎好。
名之为鹌鹑,尾羽恨不小。
呼之为鸳鸯,只在岸边跑。
问遍提笼客,不知是么鸟。
奉劝多事者,莫把闲舌绕。
画家唯写意,何须黄荃考。

注:黄荃,北宋著名画家,尤其擅长花鸟。

读画有感
(2008年10月4日)

山茶一丛梅两株,枝头灵舌意踟蹰。
殷殷情切如有待,频报喜事长送福。
人间祸福无定数,福中常有祸相伏。
风和日丽啭喉乐,安知头上无箭簇。

难见心中那片山

（2008年10月16日）

2008年10月，华东师大五七级中文系校友济南聚会，游泰山。因坐缆车上山，未看清二十年前游泰山时，为之惊叹的对松山的景象

难忘昔日瞠目观，二十年后赋诗篇。
而今重访垂垂老，白发毵毵步蹒跚。
借力缆车两秃鹫，群峰过眼一瞬间。
遥望天边峰一簇，应是心中那片山。
松柏寿永亦有老，命托朝露何以堪。

注：①毵毵，头发、树条细长貌。

②秃鹫，一种似鹰的大猛禽，这里比喻老者。

③命托朝露，比喻人的生命的短暂和脆弱。《汉书·苏武传》："人生如朝露，何久自苦如此。"曹操《短歌行》："对酒当歌，人生几何。譬如朝露，去日苦多。"

游曲阜二首

（2008年10月17日）

2008年10月9日，来山东聚会的蔺常志、钱国良、奚永照、吕传龙等20几位校友游三孔。

一

古柏枯不倒，碑碣立亭亭。

千年沐风雨,夫子人间龙。

二

七日无米困陈蔡,惶惶犹如丧家狗。
千年哪料身后事,而今夫子列国留。

注:①困陈蔡,《吕氏春秋》记载:"孔子穷乎陈蔡之间,藜羹不斟,七日不尝粒。"
②丧家犬,《史记·孔子世家》记载:"孔子适郑,与弟子相失,孔子独立东郭门。郑人或问子贡曰:'东门有人,其颡似尧,其项类皋陶,其肩类子产,然自腰以下不及禹三寸,累累若丧家之狗。'子贡以实告孔子,孔子欣然笑曰:'形状末也。而谓丧家之狗,然哉!然哉!'"
③列国留,专家披露:现在世界上不少国家要求建立孔子学院。儒家学说,在东南亚特别受到尊崇。

游蓬莱三首

（2008年10月）

2008年10月12日,我陪老同学钱国良、张静刚、唐祥初等,在老同学鲁东大学教授易朝志陪同下游蓬莱阁。

一

九老来造访,八仙未出门。
瀛洲日月苦,羞见故乡人。

二

九老尽古稀,鹤发仍童颜。
还是人间好,何必去三山。

注：三山，《山海经》记载：东海中有瀛洲、蓬莱、方丈三仙山，山上有长生不老药。

三

　　海天茫茫何处边，多少痴人梦三山。
　　风静时有鸥鸟乐，浪翻连日难见天。
　　服药无异吞苦水，进食始觉果蔬甘。
　　韩湘难得凡尘趣，文公修德人间仙。

注：①韩湘，指八仙中的韩湘子。韩湘是唐代文学家韩愈的侄孙。传说韩湘自幼聪慧，但不好学，喜欢云水之道，后被吕洞宾化为仙人。
　　②"文公"句，文公指韩愈。苏轼在《潮州韩文公庙碑》一文中说："潮之人事公也，饮食必祭，水旱疾疫，凡有求必祷焉。"

相见欢

（2008年10月18日）

2008年10月12日几位老同学欢聚在易朝志家中。

　　半生坎坷路，古稀相见欢。
　　起坐常换位，果蔬频加添。
　　过眼云烟多，倾诉如河悬。
　　白驹忽过隙，谈兴犹未阑。
　　不言相思苦，犹恐隔山川。

注：①"白驹"句，比喻时间过得快。白驹，原指骏马，后来比

喻日影。整句是说,时间就像一匹骏马在一空隙前飞驰而过一样。《庄子·知北游》:"人生天地间,若白驹之过却,忽然而已。"

②阑,将尽。

③隔山川,唐代诗人司空曙《云阳馆与韩绅宿别》:"故人江海别,几度隔山川。"

风雨华彩路

(2008年10月19日)

纪念松竹梅诗社成立二十周年。

一

绽蕾飘香二十年,诗情未落夕阳山。
不恋昔日悲苦调,乐为盛世奏和弦。

二

凌风冒雨色愈鲜,心虚节固志弥坚。
疏影横斜香四溢,共谱人间和谐篇。

注:"疏影"句,北宋诗人林逋《山园小梅》有句:"疏影横斜水清浅,暗香浮动月黄昏。"

题画诗

(2008年10月22日)

耀先先生请题画,先于10月4日题了"山茶花鸟",踌躇数日才于今天上午凑成四句。

淡冶窈窕农家女,妙笔点染面生香。
横笛不吹想何事,嫁向谁家做新娘。

闻成立尼山圣源书院有感
（2008 年 10 月）

2008 年 10 月 20 日《光明日报》报道,尼山圣源书院在泗水河畔成立。有来自清华大学、中央民族大学、美国哈佛大学、夏威夷大学等 20 多所高等学校的 60 多位学者参加。

杏坛重筑泗水滨,尼山又多拜谒人。
千载犹笑陈蔡事,七日无米衣食贫。
历史尘埃一旦扫,贤圣哲思四海亲。
学而时习开新面,老树新花又逢春。
与人为善时时礼,一篇和谐句句仁。
天下归心尼山下,人间或许无战云。

题远山红叶照
（2008 年 10 月）

红叶如烧正宜观,叶隙眉黛有无间。
若教画图无遮碍,全无红叶全无山。

注:眉黛,用黛色画成的眉,这是古人形容眉的一种常用语。北宋王诜《烛影摇红》:"香脸轻匀,黛眉巧画宫妆浅。"这里用来形容远山。《西京杂记》卷二:"文君姣好,眉色如望远山。"

风暴骤起美利坚

（2008年11月27日）

　　自2007年以来美国次贷危机引发的全球性的金融大海啸，给世界各国经济都带来严重后果。我国政府在这次金融风暴中，不仅积极做好国内的各种应对工作，而且尽最大能力参与美国以及世界范围内的救市行动，表现出一个负责任大国的形象，受到世界的瞩目。

　　　　风暴骤起美利坚，总统搔首民喊冤。
　　　　本应隔岸观火旺，反伸援手救危颠。
　　　　以德报怨真君子，不图小人偷汗颜。
　　　　天下自有公道在，共仰中华这座山。

山中将曙

（2008年11月28日）

　　今天早晨上山较早，山头、山路到处是黑漆漆的。我同芳美时而倒行，时而爬坡，似乎抬头的功夫天色已透亮，远处的山头早已是明晃晃的了。

　　　　山中将放曙，远岫已知晓。
　　　　才闻人语响，眉黛早画好。

偶　感

（2008年12月3日）

构思于上山晨练的路上。

老来常恋旧，夜深忆双亲。
萧萧疑是雨，推窗叶纷纷。

注：三、四两句用唐人诗意。无可上人《寄从兄贾岛》云："听雨寒更尽，开门落叶深。"

无　题
（2008年12月15日）

近日，每天下午书古人梅花诗。昨日下午书完高启《梅花诗九首》，脑子里突然冒出一句"一日书尽梅花诗"。今天早晨在千佛山上完成此诗。

西子湖畔林和靖，心淡如仙是我师。
疏影常教花下卧，暗香每使月下迷。
尽食斋素饥肠怨，坐穿蒲团意难持。
晚情栖心唯何物，一日书尽梅花诗。

注：林和靖，即北宋诗人林逋。此人隐居西湖边上的孤山下，终生不娶，植梅养鹤，人称梅妻鹤子。

一对红帽子
（2008年12月29日）

今天早晨，在上山回来的路上，又看见了那老两口。

一对红帽子，潇洒享天年。
高唱浪打浪，手牵玲珑犬。

相亲依偎坐，甜蜜共盘餐。
路人指点笑，报之以嫣然。
人生当如此，梦蝶翼几翻。
天地自营造，悠哉乐其间。

乡村秋晚

（2008年12月16日）

一

秋风吹落日，村村黄叶翻。
夕阳烧旷野，归鸦噪暮天。
飞蓬如转轮，家在何处边。
路人喊京调，戏词信口编。
更闻村野曲，咿呀山坳间。

二

村村辘轳响，家家起炊烟。
牛羊归蹄疾，牧童甩空鞭。
顽童烧瓜豆，篝火明灭间。
老妇唤儿久，倚门望秋山。
窗外寒螀泣，星河已满天。
庭中梨枣落，邻家断续犬。
灯花小如豆，慈母抽针线。

颁给布什的大奖

（2009年1月8日）

2008年12月14日，美国总统布什突访伊拉克并与伊拉克总理马利基签署了美国驻军协议和两国间战略框架协议。就在布什讲完话时，一名伊拉克记者将两只鞋子向布什掷去，布什弯腰躲过袭击。

一

记者胆气壮，掷鞋如飞镖。
布什本领大，敏捷愧煞猫。

二

投之以炸弹，报之以皮鞋。
书生徒豪壮，强盗还会来。

三

胆气令我敬，本事不敢夸。
回家加紧练，迎接奥巴马。

四

布什合该垂青史，威名臭鞋联璧题。
八年风尘终有报，勋业尽见一掷时。

完　美

（2009年1月）

纪念周恩来总理逝世三十三周年。

人格巍巍跨河岳，勋业灿灿映星辰。

莫道黄金无足赤,古今完美第一人。
万古流芳帝王计,形迹不留平常心。
代代仰首见日月,天下谁人不念君。

注:"人格"、"勋业"两句,化用文天祥《正气歌》:"天地有正气,杂然赋流形。下则为河岳,上则为日星。"

购物有感

(2009年1月20日)

摩肩接踵声如潮,如山年货半日销。
大洋彼岸正垂涎,恨煞中国不萧条。

腊　梅

(2009年1月23日)

几年以来,每当腊梅绽放时节,我几乎每天早晨都要路过腊梅园,或驻足观赏或快镜拍照。

寒风弄巧裁梅瓣,琼姿天借蜡做成。
耻向青春争媚客,独照白雪扮俏容。
无峰无蝶自清远,有情有意酬衰翁。
年年绽放天天赏,管它东西南北风。

中国老年乐

(2009年3月10日)

梁山脚下偶遇郑州老年骑车旅游队,自言准备一个月游遍山东,有感赋诗一首。

千里走单骑,大美在山水。
海天心胸阔,高山状崔巍。
拾贝忆童年,采花簪头归。
情共波涛涌,思逐白云飞。
人与天地化,全忘喜与悲。
心闲路不远,车飞如神推。
笑脸迎朝霞,歌声送落晖。
中国老年乐,共享夕阳美。

注:①单骑,指单车,广东人把自行车称作单车。
②簪头,即插在头上。簪,过去妇女绾发的一种用具。杜甫《春望》有句"白首搔更短,浑欲不胜簪"。

送西湖居士

(2009年3月14日)

水浒碑林有一通"西湖居士"题写的碑,碑文是四句诗,其中一句是"浩气冲天贯鬥牛"。我赋打油一首送"居士"。

居士斯文留此羞,敢把斗牛作鬥牛。
押司颇通文墨事,见状岂肯让碑留。

注:①斗牛,指斗宿和牛宿,皆为天上的二十八宿。鬥牛的"鬥"字,简化以后为"斗"。斗宿的"斗"字,应是"升斗"的"斗",此字并无简化。
②押司,宋江起事前,官为郓城县押司。

梁山春日

（2009年3月20日）

连日南风劲，繁花压杏林。
林鸟时穿树，鸣增昨日频。
一夜杏花雨，落英树下深。
泥渍尚未染，犹余枝头馨。
老汉停锄歇，少妇挖菜勤。
游客驻足问，此物可健身。
或云都市乐，何如此地春。

注：落英，落花。陶渊明《桃花源记》有"落英缤纷"句。

偶　感

（2009年3月20日）

水泊风云起苍黄，闪电霹雳宋廷慌。
英雄失足千古恨，落得史家说短长。

注：英雄失足，指宋江被招安。

东平湖

（2009年3月22日）

古时曾与水泊连，而今剩作水一团。

船家莫嫌风浪恶,百年或许是桑田。

无 题

（2009 年 3 月 23 日）

一夜纷纷雨,杏开三日残。
我已过古稀,不应叹苦短。

赠施耐庵

（2009 年 3 月 24 日）

在梁山寨施耐庵雕像前的沉思。

钱塘为官常犯上,姑苏闭门奇书成。
慧心巧传风云色,妙笔点染侠义风。
好汉威名满天下,妇孺皆能说姓名。
若非先生巧结撰,永锁片言匣笥中。

注：①"钱塘"、"姑苏"二句,据史料记载施耐庵于元明宗至顺二年(1331 年)中进士后曾到钱塘做官,因与当权者不和弃官回苏州,闭门写小说。
②"永锁"句,即永远是历史著作中的片言只语被锁在书匣中,不为多数人所解。

果园中的老人

（2009 年 3 月 25 日）

春日花满树,夏秋果压山。

虽无梅与鹤,却似桃花源。
拳脚迎旭日,修枝攀树巅。
自言不服老,健不输壮年。
老来亲朋少,终日鸡狗喧。
老友偶问讯,拱手送往还。

注：①梅与鹤,北宋处士林逋隐居杭州孤山,不娶无子,植梅养鹤,人称"梅妻鹤子",传为佳话。
②桃花源,诗人陶渊明在《桃花源记》中创造的一种理想境界。

梁山小住

（2009年3月25日）

半亩小院一片天,铁门虽设终日关。
虽无黄花东篱绽,却见香椿芽日添。
披星拾级梁山道,老妻挖菜我提篮。
三餐自限荤腥少,盘中日荐山菜鲜。
日暖必向檐下坐,闭目曝背似修仙。
门前冷落无车马,唯有诗思时腾翻。
公明早生八百载,不得与我共安闲。

宛子城一瞥

（2009年3月27日）

闻说宛子城,当年是关卡。

乍惊红杏艳,转眼又桃花。

注:关卡,现在称二关,是当年进入梁山腹地的第二道关卡。据载当年武松和鲁智深在此把守。

东平湖上

（2009 年 3 月 28 日）

2009 年 3 月 28 日,芳美、庆玲、杨松我们一行四人游东平湖。先乘游艇到聚义岛,返回岸后在大安山全鱼宴用餐,一百元享全鱼大餐。

忆昔古战场,水泊蓼儿洼。
蛟龙腾旭日,血花溅落霞。
而今承平乐,游客烹鱼虾。
借问打渔人,三雄何处家。
欲邀英雄后,湖上醉浮槎。

注:①蓼儿洼,即今天的东平湖,是宋代八百里水泊的一部分。《水浒传》开篇诗曰:"宛子城中藏虎豹,蓼儿洼内聚蛟龙。"
②三雄,指水浒英雄中的水军头领阮氏三兄弟,人称阮氏三雄。
③槎,木筏,这里代指船。

无 题

（2009 年 3 月 30 日）

梁山脚下的榆树,被捋榆钱的人,攀折得枝断叶残,目不忍睹。

明年春风动,或少榆荚飞。
缘多馋嘴客,枝杈半折摧。

游园有感二首

（2009年4月6日）

芳美赴长清探亲,今天下午独自去百花公园。

一

去年来时花已残,今日重访花正繁。
欲留花下衰朽样,欲说还休求人难。

二

红白枝头媚日光,蜂蝶误落衣衫香。
无风无雨晴和好,有灵有性扮艳装。

游五峰山忆老照片

（2009年4月16日）

2009年4月16日山师大组织离退休职工游五峰山。
十五年前游此山,风吹发乱喜并肩。
而今重游添惆怅,我在人间她在天。

注：记得当时的一张照片,老伴的头发被风吹得很乱,但情绪很好,笑得非常开心。

悼仲武先生

（2009年4月17日）

魏小宸先生来电话告知,著名书法家、松竹梅诗社诗友王仲武先生逝世。仲武先生2009年1月9日突发脑梗塞。14日我同陈允宪、恒基公司庞总到省立医院西院探视,正在抢救。4月上旬我从梁山回来后,与魏小宸通电话得知仲武先生转省中医治疗。11日我同左建华先生买上鲜花去到省中医,护士说出院了,我俩便立即乘公交车赶到先生家,邻居说现在荣军医院做康复治疗。本准备最近几天再去荣军医院看看,没想到先生走得那么快。

　　社庆二十年,先生仍童颜。
　　三清融楷隶,笔力冠时贤。
　　颂诗声钟磬,情悦捋长髯。
　　后学邀小酌,京调响席间。
　　举杯桃上颊,发论豪气添。
　　野鹤筋骨壮,谁信遽升天。
　　不见长髯飘,园林看碑匾。
　　点画龙蛇走,韵致永无减。

注:①三清,仲武先生为诗社成立二十周年题写的"三清吟坛"等几个大字。
②后学,指诗友朱仲宽。诗社成立二十周年纪念会后,仲宽先生邀仲武先生等人在东西顺饭馆小酌。席间仲武先生神采飞扬的唱起了京剧。
③"园林"句,济南的一些主要旅游景点,都有仲武先生题写的匾额、楹联、碑记等。

春　雨

（2009年4月19日）

连日南风才停歇,一夜春雨尽敲窗。

造化应是忙彻夜，日出草木索绿妆。

观黄山画图

（2009年5月4日）

云起波涛急，峰断樯橹轻。
未睹云吐日，早见天都红。

中华之兴

（2009年5月）

万森先生发短信告我，《当代小说》为纪念建国六十周年要出诗刊，要我赋诗。诗成于云贵川旅游途中。

风雨六十载，北斗指路灯。
剑辟螳臂路，脚踏关万重。
贫弱掷东海，巨人挺腰行。
世界当刮目，北京唱大风。
更闻隆隆鼓，中华又起程。

云游诗草

2009年5月6日至30日，随同李嘉兴、接元才等一行二十九人赴云贵川渝旅游，途经重庆、贵州、云南、四川，行程万里。走马观花式的游了重庆武隆县的天坑、地缝、芙蓉洞、芙蓉江；贵州的黄果树瀑布、龙宫；云南的石林、滇池、大观楼、世博园、官渡古镇、西双版纳、大理、丽江、香格里拉；成都的武侯祠、杜甫草堂、锦里、都江堰、青城山等。一帮垂老之人,二十多天的时间风卷残云式的"扫荡"了祖国大西南的主要风景名胜区。

剑门关

(2009年5月,改定于旅游途中)

　　剑门关,位于四川省广元县城北三十公里处,乃大剑山中断处。因其绝崖断离,两壁相对其状似门,故称"剑门"。是古代由旱路入川的必经之路。
　　此诗乃行前的想象之词,并非此次出行的实际路线。既然写成又不忍割爱。好在诗乃抒情之物,不必较真。

一

　　千里入蜀为销魂,衣上无雨只征尘。
　　半日吟哦一字稳,山友齐呼到剑门。

注:"千里"两句,陆游《剑门道中遇微雨》,"衣上征尘杂酒痕,远游无处不销魂。此身合是诗人未,细雨骑驴入剑门。"

二

　　眼前依旧万重山,不差太白毫厘间。
　　车如惊蛇出洞穴,弹指穿越剑门关。

乍入巴蜀

(2009年5月,作于旅游途中)

　　造化心有私,巴蜀独灵秀。
　　白云峰作帽,素练泻涧幽。

车过川陕

（2009年5月，作于旅游途中）

轻车一缕线，川陕飞针过。
穿山如贯珠，过隧云吐月。
临窗览翠屏，侧听清泉泻。
山色撩我心，雀跃难安座。

武隆山水

（2009年5月，作于旅游途中）

武隆乃重庆市武隆县，此处山水绝佳，以天坑、地缝、芙蓉洞、芙蓉江为最佳。

翠峰竞比高，清江抱山流。
无雨峰戴帽，有情劝客留。

天坑印象

（2009年5月，作于旅游途中）

天坑、地缝都是重庆市武隆县的旅游景点，属于世界自然遗产。两处的落差都是三百到五百米，景色奇绝。

一

未到花果山，已入水帘洞。
天上只微云，崖路翻盆倾。

二

天坑深千尺，仰视如坐井。

绝壁翠屏暗,悬瀑挂树明。
峰头卧白日,林表飞彩虹。
身在巴蜀地,何似到龙宫。

卖花童

(2009年5月作于旅游途中)

地缝谁家小学童,售花不闻叫卖声。
握笔抚额寻答案,偶看游客小脸红。

芙蓉江上

(2009年5月,作于旅游途中)

芙蓉江又名盘古河,是千里乌江的最大支流,发源于大娄山麓,从贵州进入武隆。两岸风景幽美,2002年5月被评为国家级风景名胜区。有"不似桂林,胜似桂林"之说。
翠屏千折障江流,素练一匹印白鸥。
似猿悬崖时隐现,有瀑绝壁效雷吼。
船行江面玻璃碎,游客指点山色幽。
未闻船家喊到岸,已悲垂老难重游。

黄果树瀑布

(2009年5月,作于旅游途中)

黄果树瀑布是中国最大的瀑布,位于贵州省安顺市镇宁布依族、苗族自治县境内的白水河上。白水河流经当地时河床断落成九级大瀑布,黄果树为其中最大一级。瀑布宽为 81 米,高 74 米,是世界最大瀑布之一。它是以当地常见的植物"黄果树"得名。

一

巍巍大山半铲平,谁教天河到此倾。
图貌大李恨笔拙,欲赋难煞老枚乘。

注:①大李,指唐代杰出山水画家李思训,曾任武卫大将军,人称大李将军,其子李昭道为小李将军。
②枚乘,西汉著名辞赋作家,其代表作《七发》中有一段非常有名的对江涛的精彩描写。

二

奔腾咆哮如推山,缘何千载流不干。
庐山瀑布从天落,此水疑与东海连。

注:千载,言其多,并非实指。

三

千军万马赴阙门,跃下悬崖碎玉粉。
收拾形骸旋即走,世间何处能安身。

注:旋即,立即。

到普洱

(2009 年 5 月,作于旅游途中)

车到云之南,云生车之前。

青山缠翠带，人称是茶源。

注：茶源，普洱人称是天下茶之源。

远眺玉龙雪山

（2009年5月作于旅游途中）

玉龙雪山，位于云南省丽江、宁蒗、中甸三县境内，由四个景区组成，总面积有七百七十多平方公里。玉龙雪山有终年积雪的雪峰十三座，南端主峰扇子陡海拔五千五百多公尺，是国家级风景名胜区。唐代南诏国主异牟寻封玉龙雪山为北岳，元代忽必烈封玉龙雪山为"大圣雪石北岳安邦景帝"。

天造银甲为伊穿，只见玉龙不见山。
有朝一日风雷动，腾挪飞跃东海间。

云南石林

（2009年5月，作于旅游途中）

云南石林，世界喀斯特的精华，阿诗玛的故乡。石林位于昆明市石林彝族自治县境内，在三百五十平方公里的范围内分布着八大景区：石林、黑松岩、大叠水、长湖、月湖、芝云洞、奇风洞、仙女湖等景区。

太古造化雨，遍地起篝龙。
地不名箟箸，移向滇边生。
参差攒箭簇，峥嵘玉帝惊。
难煞馋嘴客，何以入厨烹。

只图游客笑,凌云志将空。
当作斩妖剑,誓扫寰宇清。

注:①箨龙,竹笋。此处以此形容石林。
②筼筜,苏轼《文与可画筼筜谷偃竹记》:"筼筜谷在洋州。"洋州在汉水上游,此地以产竹出名。

滇川山路

（2009年5月,作于旅游途中）

一

谷底铺绿毯,周遭尽青山。
房舍星罗布,朵朵似白莲。

二

车爬绝壁间,蛇行圈套圈。
仰视天咫尺,俯瞰千丈渊。
石巨险欲堕,涧深急湍翻。
车跳骨将散,回望心胆寒。
造化浑多事,造此无数山。
景色虽壮丽,百姓生计难。

虎跳峡

（2009年5月,作于旅游途中）

虎跳峡位于金沙江上游,离丽江纳西族自治县县城六十公里,全长十八公里,是世界上著名的大峡谷之一。相传猛虎下山纵身一跃可以跳过。

狭处虎可跳,峭壁贯云团。
鸟飞胆将破,鱼龙居不安。
清流化白沫,咆哮欲推山。
呼喊万千载,谁能解其冤。

小溪

(2009年5月,作于旅游途中)

小溪不没足,山间放高声。
有何冤枉事,作此不平鸣。
岸边龙钟客,一介穷书生。
手无缚鸡力,徒为抱不平。
车行日将暮,小溪仍随行。

注:①不平鸣,唐代文学家韩愈在其《送孟东野序》中说:"大凡物不得其平则鸣。"
②龙钟,形容人的老态。

谒武侯祠

(2009年5月,作于旅游途中)

武侯祠位于成都市南门武侯祠大街,是中国唯一的君臣合祀的祠庙。由刘备、诸葛亮合祀祠及惠陵组成。千余年来几经毁损,屡有变迁,2008年被评为国家一级博物馆。景区分文物区、园林区和锦里民俗区。

一

鞠躬尽瘁开继功,赢得生前身后名。
愚钝已觉谒拜晚,悔不早来仰高风。

二

尽瘁缘何终无功,精尽流水力尽风。
樯倾楫摧折戟怨,壮歌一曲唱路穷。

注:"樯倾"句。范仲淹《岳阳楼记》:"商旅不行,樯倾楫摧。"杜牧《赤壁》:"折戟沉沙铁未销,自将磨洗认前朝。"

谒杜甫草堂

(2009年5月,作于旅游途中)

杜甫草堂,位于成都西门外浣花溪畔,是杜甫流寓成都时的故居。公元759年杜甫为避安史之乱,携家由陇右入蜀,营建茅屋而居,称为成都草堂。杜甫在此先后居住近四年,创作诗歌流传至今的有240余首。五代时人韦庄寻得草堂遗址重结茅屋,使之得以保存。宋元明清都有修葺扩建。1985年成立杜甫草堂博物馆。是杜甫行迹中规模最大、保存最完好、最有特色的一处。

一

似僧云游三十天,日日穿行云水间。
吟成小诗十数首,含羞带至草堂前。

二

一月遍游云贵川,疲惫弃尽褴褛衫。
诗心更比凡心重,独背诗史草堂前。

注：诗史，杜甫的诗在文学史上被称为"诗史"。这次出行只带一本书，即浦起龙的《读杜心解》下册。

三

来也匆匆去匆匆，诗圣无暇诲后生。
祈得余年天假我，重拜草堂认诗宗。

四

先生避乱巴蜀间，山高水深路三千。
长安北望不见日，浣花苟得一片天。
草庐虽无三别苦，生计仍念百姓艰。
一生骑驴寒酸相，后世仰望巍巍山。

注：①浣花，指浣花溪，即杜甫草堂所在地。
②三别，杜甫有著名的"三吏"、"三别"六首诗。
③"生计"句，杜甫有名的《茅屋为秋风所破歌》即作于此。诗中云"安得广厦千万间，大庇天下寒士俱欢颜。"
④骑驴，古代达官贵人骑马坐轿，穷苦士人骑驴。杜甫《奉赠韦左丞丈二十二韵》有云："骑驴十三载，旅食京华春。"

偶感

（2009年6月10日）

一月天天似大餐，无奈只采数片山。
上苍多赐三十岁，看遍好景才心甘。

游野象谷

（2009年6月11日）

野象谷，座落于云南省景洪市勐养镇以北一个叫三岔河的地方，距景洪市五十公里，因有野象出没而得名。1990年开始投资兴建以观赏野象和游赏热带雨林为内容的森林公园，1996年正式向国内外游客开放。园内河谷纵横，森林茂密，一片热带雨林风光。

> 仲夏五月半，北国尚微寒。
> 版纳处南州，已似盛夏天。
> 举步汗淋漓，知了怕热喊。
> 不雨山似洗，有路攀援难。
> 树高过百丈，藤古挂千年。
> 柔枝如吊蛇，虬根蟒盘山。
> 叶密筛日影，桥多跨深渊。
> 朽木纵横卧，不忍仔细看。
> 何处寻野象，游客终日喧。

到香格里拉

（2009年6月12日）

香格里拉市，位于云南省西北部，是滇、川、西藏三省区交汇处，也是三江并流风景区腹地。此地，历史文化悠久，风景绚丽优美。

> 平野铺绿毯，远岫饰银尖。
> 白日少温热，清风多微寒。
> 云低峰头湿，天高角声干。
> 闻嘶眺牧马，望雪想天山。
> 惜花恨来迟，坡上杜鹃残。

注："惜花"两句,香格里拉满山遍野的高原杜鹃,五月下旬已全部凋谢。

游都江堰有感

（2009年6月14日）

都江堰在四川都江堰市城西,是全世界至今为止年代最久、唯一留存以无坝引水为特征的宏大水利工程,乃公元前256年秦蜀郡守李冰父子率众修建的。工程主要有鱼嘴分水堤、飞沙堰溢洪道、宝瓶口进水口三大部分构成。使川西平原成为"水旱从人"的天府之国。此处山清水秀,岷江滔滔,风景秀美,2000年11月被批准为世界文化遗产。

鱼嘴设计巧,宝瓶穿山过。
天府饮甘露,玉垒常春色。
二王治有道,百姓福祉多。
自树碑易倒,百姓握称砣。
青史写未足,滔滔江流说。

注:①二王,指李冰父子。宋代以后,历代封李冰父子为王。
②玉垒,指岷江畔的玉垒山,宝瓶口穿玉垒山而过。杜甫在成都时写的《登高》:"锦江春色来天地,玉垒浮云变古今。"

稼轩祠前

（2009年6月18日）

久闻大明湖南岸正在拓宽,前几天去看了一次。看到了当年轻时就听说,但一直不知道座落何处的稼轩祠。废祠也同其他古建筑一样正在修葺中。

废祠终年没蒿莱,无缘盼得游客来。
闲花林下自开落,蛇鼠庭中任徘徊。
政通人和重兴废,花木亭台费安排。
得睹万字平戎策,不枉先贤文武才。

注:①没蒿莱,鲁迅《无题》:"万家墨面没蒿莱,敢有歌吟动地哀。"
②平戎策,指辛弃疾向南宋统治者上的《美芹十论》、《九议》等条陈。辛弃疾《鹧鸪天》:"却将万字平戎策,换得东家种树书。"

五龙魂

(2009年6月23日)

昨天诗社活动,魏小宸先生拿着他刚写的一首赞秦叔宝的诗,让我给他用书法形式写出来。故而我也信笔附和了一首。

叱咤风云起海右,魂系宅边潜五龙。
双锏起落敌丧胆,凌烟显赫兴替功。
勾栏威武说书扇,瓦舍豪壮铠甲风。
百姓更喜侠义事,两肋插刀千古名。

注:"勾栏"、"瓦舍"两句,宋代说书、唱戏的娱乐区称瓦舍;演艺场所称勾栏。勾栏在唐代已与歌舞有关。李商隐在《娼家诗》中说"帘轻幕重金勾栏",明代以后又称妓院为勾栏。

不服老

（2009年6月29日）

赞晨练者。

旭日才露脸,齐集高塔前。
严若待将令,息屏欲出拳。
仰面摘星月,俯首如探渊。
拉弓射虎巧,躬身拔麦难。
右揽采芙蓉,左拨撷牡丹。
挺比青松秀,矗赛磐石坚。
呼吸重吐纳,充盈元气添。
持之日月久,个个扳倒山。
万岁不可期,百龄总可攀。
世无不老药,八锦胜仙丸。

天不容赦

（2009年7月10日）

  2009年7月5日晚20时左右,乌鲁木齐市发生了严重的打砸抢烧暴力犯罪事件,无辜百姓死亡197人,伤1680人。这一事件是国内外三股势力精心策划和组织的。它激起了国内各族人民群众的震怒,也受到了全世界有良知的人们的谴责。

一

妖风骤起日月昏,无辜街衢尸横陈。
朝拥儿孙天伦乐,暮为刀下冤死魂。

二

罪不容赦罪有报,天必震怒天网深。
衰朽何当跨洋去,擒得罪魁祭亡魂。

注:过洋,疆独头目热比娅,现居住美国。此人是这次及其他一系列暴力犯罪事件的策划者。

三

傀儡台前跳梁舞,令听幕后牵线人。
鸱鸮窃喜闻鼠味,豺狼难泯食人心。

注:鸱鸮,一般指猫头鹰,喜腐鼠。晚唐李商隐《安定城楼》:"不知腐鼠成滋味,猜意鹓雏竟未休。"

山林雨霁

(2009年7月13日)

山林雨初霁,天趣足可观。
蜗牛纷上树,知了声撼山。
长蚓纵横卧,新菇露脸鲜。
杂花掩面泣,珠泪正阑干。
细草难承露,碎珠缀衣衫。
宿鸟迁树乐,忽坠百重泉。
落叶湿将腐,臭比昨日添。
无名虫似蚁,何时已上肩。
路人谁驻足,痴汉独欣然。

注：①阑干，纵横貌。白居易《琵琶行》："夜深忽梦少年事，梦啼妆泪红阑干。"
②百重泉，唐王维诗《送梓州李使君》："山中一夜雨，树杪百重泉。"

旅友小聚

（2009 年 7 月 24 日）

2009 年 7 月 23 日上午，云贵川渝之行的旅友李嘉兴、接元才、高振声、黄浩然、池满金、杨林喜、高传权夫妇、老乔夫妇、李玉萍、王杨等，我们十三人在佛山街上好人家餐馆小聚，其乐融融，赋诗一首以志不忘。

归来才月余，心上似经年。
重见别情切，倾诉如河悬。
觚筹交错急，连杯一仰干。
小酒下肚热，春桃上颊鲜。
古稀不言老，席间豪气添。
明年去何处，痛饮在天山。

注：经年，一年以上。北宋柳永《雨霖铃》："此去经年，应是良辰好景虚设。"

山中九仙乐

（2009 年 8 月 12 日）

2009 年 8 月 11 日，我和芳美同众山友一行九人游泰山北麓的天井湾。午后两点在一家小店就餐,大家都说不虚此行,更是难得一聚。

　　　　无酒山色醉,野蔬农妇烹。
　　　　峰绕隔尘嚣,水复瀑布明。
　　　　小店九仙乐,肴核一扫空。
　　　　心中少牵挂,八面送凉风。
　　　　相约秋老日,来赏山里红。
　　　　人生当如此,能疯还得疯。

注:肴核,即酒肴。苏轼《前赤壁赋》:"肴核既尽,杯盘狼藉。"

秦始皇出海处

（2009年8月19日）

　　2009年8月16日至19日,我同芳美随众山友去北戴河旅游,在秦皇岛始皇出海处若有所思,凑成小诗三首。

　　　　　　　　一
　　　　自古帝王好求仙,欲煮黄粱到瀛山。
　　　　纵使仙丹能增寿,朝廷命短疗治难。

注:①"欲煮"句,即黄粱美梦的意思。黄粱即小米。黄粱梦的故事见唐代沈既济的小说《枕中记》。传说,东海中有方壶、蓬莱、瀛洲等山,乃神仙居处。
　　②朝廷命短,嬴政、胡亥、子婴三朝共支撑了十五年。

　　　　　　　　二
　　　　仙丹未闻找到无,朝廷命短如朝菇。

横扫六合千古帝,知天难及一匹夫。
三
只爱江山不爱民,四百儒生化冤魂。
刘项乘势破函谷,贾谊才高著过秦。

注:①四百儒生,秦始皇焚书坑儒,坑杀了侯生、卢生等460多人。
②破函谷,指刘项灭秦。函谷关以西是秦国京都所在。
③贾谊,西汉初年政治家、文学家,著有《过秦论》。文章颇准确地分析了秦王政策的得失及速亡的原因。

游清东陵

(2009年8月22日)

清东陵位于河北省遵化市昌瑞山南麓,是中国现存规模最为宏大,体系最为完整,布局最得体的清代皇家陵墓建筑群,至今已有300多年的历史。占地80平方公里的15座陵寝中长眠着161位皇帝、后妃及皇子公主们。清东陵的建筑恢宏、壮观、精美,2000年11月30日被正式列入世界文化遗产名录。

一
陵寝深深数百尺,宫壁精雕重重门。
而今唯供游客赏,难补枯骨一点温。
二
伟业煌煌李杜才,盖棺早是一尘埃。
真龙不及草丛蛇,难再乘云驾雨来。

注：李杜才，比喻乾隆皇帝的诗才。据说乾隆皇帝的诗作总数要超过《全唐诗》的五万首。

逮蝈蝈

（2009年9月5日）

酷暑蒸绿野，二三痴少年。
日灼不戴帽，汗流少衣衫。
侧耳豆叶底，细察谷穗尖。
神助葫芦小，天戏常空拳。
寻凉奔大树，解渴偷瓜餐。
归来睡如泥，不觉黄昏天。
心中无牵挂，不知世上烦。
而今垂垂老，念此心怅然。

注："神助"、"天戏"两句，运气好一会逮好几只；运气不好只好空手而归。

游大明湖新景区

（2009年9月24日）

连续两天两次游大明湖新景区，昨晚看夜景，今天上午又去漫游细看。

不是海市现，明湖新拓成。
明昌晨钟韵，七桥卧波明。
竹港清风爽，绿荫鸟争鸣。

超然遐思远,秋柳含烟轻。
　　辛祠思十论,长堤拜南丰。
　　亭台错落见,杂花挂树红。
　　古稀搀扶乐,妙龄搭背行。
　　病残坐轮椅,幼童骑父颈。
　　承平听昵语,和谐看笑容。
　　全球风暴虐,中华正飞腾。

注:①大明湖新景区分七桥风月、秋柳含烟、明昌晨钟、稼轩悠韵、竹港清风、超然致远、曾堤萦水、鸟鸣绿荫八大景区。
　②辛祠,即稼轩祠。稼轩即南宋爱国词人辛弃疾,济南人。十论,即辛弃疾的《美芹十论》。
　③南丰,北宋文学家曾巩,号南丰。曾巩曾于北宋神宗熙宁四年(1071)出任齐州知州,政声很好。
　④风暴,指全球性的经济危机。

看阅兵

(2009年10月2日)

2009年10月1日国庆大阅兵,盛况空前,彰显了大国风范,国人自豪,世界震撼,敌人恐惧。

一

　　风雨已伴甲子过,慷慨正奏壮歌行。
　　任是前路多艰险,主席放歌正从容。

二

　　动地铁甲隆隆过,穿云战机翩翩行。

特首雀跃底气壮,三百花絮快镜中。

注:①特首,指香港特首曾荫权。网上报道曾荫权拍了三百多张照片。
②快镜,指相机。钱钟书评陆游和杨万里诗说:"放翁善写景,而诚斋擅写生。放翁如画图之工笔;诚斋则如摄影之快镜。"

三

一百六九步未停,红旗猎猎引路行。
待到喜庆双甲子,盼儿唱诗告乃翁。

注:一百六九,升旗仪仗队从开始第一步到旗杆共169步。寓意从1842年到今年,共169年。

四

靓丽玫瑰映碧空,飒爽英姿想象中。
志在九霄拂云汉,战机任尔绘彩虹。

五

自古成败不唯兵,百姓自为筑长城。
中华必将无敌手,民心民气日蒸蒸。

六

缘何垂老泪纵横,思绪翻腾看阅兵。
烈士血肉铸铁甲,志士豪气化战鹰。
一百六十九步路,长夜漫漫盼黎明。
石破天惊巨人宣,中国站起第一声。

重游北京城

（2009 年 10 月）

"文革"进京串联后 43 年，于 2009 年 10 月因校友北京聚会，才平生第二次到北京，可怜，可笑。

一

堪笑四十三年前，晋京全为睹圣颜。
红旗灼天天欲堕，万岁撼地地将翻。
神坛高筑鬼蜮护，群氓愿足涕泪涟。
中华噩梦何时醒，长夜难明鸱鸮欢。

二

重到恍如隔世纪，目不暇接俏容颜。
拭目水晶洒喜泪，咂舌鸟巢叹奇观。
八达岭上游人醉，昆明湖畔客心闲。
灯火彻夜中南海，领袖谋划和谐篇。

注：水晶，指游泳馆水立方。

吃烤鸭有感

（2009 年 10 月 29 日）

忆昔四十三年前，鸭香难敌惹嘴馋。
至今羞提寒酸事，尝片烤鸭五角钱。

注："文革"时我正在郑州大学，我和同事串联到北京，到烤鸭

店每人吃了五角钱的烤鸭。

游避暑山庄

（2009年10月29日）

山庄塞外上林苑，笙歌日夜醉康乾。
野花灿灿想胭脂，鸟鸣悠悠思管弦。
湖波怒涌嫔妃泪，枯木扑地臣相冤。
游客无意问功过，快镜齐对棒槌山。

注：①上林苑，汉武帝刘彻于建元二年（公元前138年）在秦代的一个旧苑址上扩建而成的规模宏大的皇家林苑。
②康乾，指康熙、乾隆皇帝。
③棒槌山，磐槌峰，俗名棒槌山，承德的著名景点之一。

又到昆明湖

（2009年10月30日）

湖水无改往日波，石舫依然旧颜色。
得失何须问史册，游客笑脸诉说多。

偶　感

（2009年11月11日）

大河天上落，滔滔万里程。
遇山辄似让，难废永向东。

雪中校园

（2009 年 11 月 12 日）

今日，入冬来第一场雪，也是多年来一场罕见的大雪。下午头顶仍在飘落的雪花，脚踏几欲没腕的雪泥，在校园盘桓近两个小时，拍照百余张。

疑是琼楼堕，一夜落人间。
梧桐珊瑚枝，松柏银堆山。
寒雀争暖树，蹙踏松雪翻。
雪染衣衫湿，伞撑莲绽丹。
碎琼侵腕冷，乱玉饰发鲜。
学子频绕跳，教授步蹒跚。
乐煞撷美汉，岂顾涕泪涟。
腿脚几欲僵，手边快镜闪。
美从心内发，诗在大雪天。

注：①"莲绽"句，指学生们撑的各种各样的伞。
②"岂顾"句，指寒风刺激下的涕泪。

佛山雪景

（2009 年 11 月 21 日）

八方苍茫色，六合蚩尤封。
松柏佩银甲，阵列百万兵。
执戈誓赴死，衔枚悄无声。

佛顶仍昏茫,红日正敲冰。

注:①蚩尤,上古时代的一部落酋长。《龙鱼河图》曰:"蚩尤,能吹烟吐雾。"《述异记》:"蚩尤,能作云雾。"后来有的文学作品以蚩尤代指云雾。杜甫《自京赴奉先县咏怀五百字》有句"蚩尤塞寒空,蹴踏崖谷滑"。
②衔枚,古时军士行军为防止喧哗口中衔一筷子状的器具。欧阳修《秋声赋》:"又如赴敌之兵,衔枚疾走,不闻号令,但闻车马之行声。"
③"红日"句,意谓太阳正敲破冰层出来。

在北京东来顺

(2009年12月11日)

今年10月校友聚会北京,北京校友在东来顺举行丰盛的宴会,招待外地到京的同窗。

半生家仅隔夜米,嘴馋空想东来名。
难得同窗会京华,幸借盛宴叙旧情。
香气腾腾云雾里,白发毵毵微醺中。
肉酥入口随即化,味美难消三月萦。
相让佳肴常落地,碰杯美酒频倒倾。
早忘此生不胜酒,三杯桃花上脸红。
温文儒雅平居样,嬉笑无状杯下风。
酒酣兴浓齐盟誓,十年以后再来疯。

注:疯,比喻兴奋之极,言行无状。

无 题

（2010年1月1日）

1月9日要随团去日本旅游。近日在几部电视剧上看到日本兵的罪行，脑子里翻腾着一种声音：我为什么要去日本！

东瀛风光好，欲赞又无言。

淋淋同胞血，嗷嗷白下冤。

注：白下，旧时南京的别称。因沿江旧有白石陂，晋陶侃于此筑白石垒，后又筑白石城，故名。

旅日杂咏

2010年1月9日随山航彩虹旅行社赴日本旅游。9日至12日先后游览关西机场附近的奥特莱斯商场；奈良之"奈良公园"、"东大寺"；京都之"西阵织会馆"、"金阁寺"、"岚山公园"；大阪之"天守阁"、"心斋桥商业街"；神户之"南京町"、"地震遗址"等。总算走出了国门，到了此前未到之地，见到了此前未见过的东西，吟成几首小诗以志不忘。

偶 感

（2010年1月10日）

跨海三千里，恍如未离家。

幌招半汉字，根在海西涯。

注：海西涯，指中国。唐代文化对日本影响很大。

日本人

(2010年1月10日)

貌同我兄弟,迎客呜哩哇。
肤色虽曰黄,心栖美利加。

注:"心栖"句,现代日本人的生活和思维方式,同西方人非常接近。美利加,指美洲,此处代指西方。

在大阪湾上

(2010年1月13日)

一

漠漠大阪湾,船如箭脱弦。
心同海天化,目随群鸥翻。

二

娴静如处女,波明一清潭。
但愿大阪水,永无恶浪翻。

神户街头

(2010年1月14日)

时见妙龄女,妆艳似玉环。
若有急事催,细碎脚步添。
相见频问讯,嘤嘤鸟鸣繁。
心头有何物,如此沉甸甸。

注:"心头"两句,据导游介绍,日本人特别是日本女人有一种

明显的压抑感。日本女人讲话的声音尖、低、怯。

在周总理诗碑前

(2010年1月14日)

隆冬游岚山,心热不觉寒。
拂碑细辨字,读诗效先贤。
形骸虽泯迹,豪气弥觉鲜。
同胞留身影,诗魂不孤单。

注:"同胞"句,指我们旅游团的全体在周总理诗碑前合影。

又见鬼子

(2010年1月15日)

在神户街头见到日本右翼团体在宣传。

街头忽闻吼,鬼魅在哭天。
缠头浪人样,声嘶武士般。
凛冽换节令,凄切蝉号寒。
中华正崛起,冷眼看奇观。

注:①鬼魅,指日本右翼团体的鼓噪者。
②"凄切"句,柳永《雨霖铃》有"寒蝉凄切"句。

悼维和八烈士

(2010年1月20日)

北京时间2010年1月13日5点53分,海地发生里氏7.3级大地震,我国八名维和警察朱晓平、郭宝山、王树林、李晓明、赵化宇、李钦、钟荐勤、和志虹在地震中罹难。1月20日上午国家为八位烈士在八宝山革命公墓举行隆重葬礼,中央九常委为烈士送别。

维和八烈士,浩气薄云天。
大爱播海地,丰碑矗人间。
笑别妻儿去,魂披国旗还。
感天天洒雪,动地地生寒。
垂垂国旗降,戚戚重不翻。
领袖鞠躬送,百姓泣街前。
老泪难轻滴,缘何又潸然。
人生能再少,誓随重派遣。

注:①"魂披"句,指八位烈士遗体上覆盖国旗。
②"国旗"句,公安部下半旗致哀。
③不翻,此指不飘动。岑参《白雪歌送武判官归京》:"风掣红旗冻不翻。"
④重派遣,我国又派出四名维和警察去海地接续四位烈士的工作。21日报道,我国又派往海地40名医疗队员。

隆冬岚山行

(2010年1月30日)

跨海隆冬岚山行,江天寥落黛眉凝。
寒樱寂寞今未绽,丹枫萧疏昨日零。

渡月石栏向客冷,津川细波冻欲封。
但恨疏懒来时晚,恋花愿违意难平。
祈得上苍肯眷顾,老夫逞强掉头东。

注:①黛眉,用黛色画过的眉。黛,一种青黑色的颜料,古代女子用以画眉。古代诗人常以黛眉形容山色。
②寒樱,一种一月中旬左右可以开的樱花。
③渡月,桥名。在岚山脚下津川桥上。
④津川,岚山脚下的一条很有名的大川。
⑤掉头,义无反顾义。周恩来诗句:"大江歌罢掉头东,邃密群科济世穷。"梁启超在1898年戊戌变法失败后流亡日本时有诗句云:"前路蓬山一万重,掉头不顾我其东。"

庚寅元日

(2010年3月2日)

元日灯似海,直挂玉帝家。
老儿喜颠倒,四象一时发。
喜雨争润物,细霰碎银洒。
瑞雪应古谚,春雷乐喧哗。
天人合一庆,祝福我中华。

注:①"喜雨"句,杜甫《春夜喜雨》:"随风潜入夜,润物细无声。"
②古谚,八月十五云遮月,正月十五雪打灯。

③天人合一,中国哲学的重要范畴之一。我的理解,核心是要求天人和谐。

春日偶感

（2010年3月17日）

牛羊原上跳,园柳乐鸣禽。
池塘一夜绿,蜂蝶蕊上纷。
万物俱争发,快哉又是春。
墙角借日暖,三五暮年人。

注:二、三两句,稍改谢灵运名句。谢灵运《登池上楼》:"池塘生春草,园柳变鸣禽。"

乔迁之难（代老妻言）

（2010年4月5日）

小院半亩余,陋室三两间。
酷暑桑浴热,严冬透风寒。
庭中枣树老,果小味不甘。
春葱应时绿,畦韭四季鲜。
香椿高数丈,清谷掰芽餐。
相伴几十载,乐此一片天。
人言乔迁喜,我别老屋难。

注:清谷,指清明、谷雨。

从桐乡之黄山

(2010年4月20日)

2010年4月11日上午7:30分至10时游乌镇。10:30分在桐乡用餐后,大巴直奔黄山脚下的屯溪。途中景色很美。

绿水青山,
小溪盘桓。
雨中起伏的,
麦浪。
香气醉人的,
菜花。
错纵交织,
绚丽斑斓。
大地的马赛克,
农家的调色盘。
潇潇雨,
压低炊烟。
白墙灰瓦,
簇簇翠峰下,
有人家一片。
绿的雨衣,
红的雨伞。
村姑小伙,
在雨雾中隐现。

雨雾撒着甘霖,
菜花报着丰年。
若杜郎有知,
笔下,
应不再是,
四百八十寺,
正皴染这,
绵延千里,
人间仙境般的,
灿烂,
画卷。
我把我的心,
和美丽的江南春,
一起存到,
我的收藏夹里。
天天浏览。

注:杜郎,指晚唐著名诗人杜牧。其《江南春》云:"千里莺啼绿映红,水村山郭酒旗风。南朝四百八十寺,多少楼台烟雨中。"

梁山清明

(2010年4月5日)

桃杏落将尽,榆荚才端倪。
尘埃满路衢,恰似纷纷雨。

行人携金箔,山坡乌衔纸。
杜郎虽才俊,对此难下笔。

注:乌衔纸,用东坡语。《黄州寒食诗》:"那知是寒食,但见乌衔纸。"

雨中登黄山

(2010年4月22日)

2010年4月13日随济南时报摄友会旅行团的朋友们登黄山。

一

冷雨落苍穹,松顶冰花鲜。
衣衫淌小溪,脸颊汗阑干。
人似挂绝壁,脚下千丈渊。
乌云挟雨过,翠峰隐复现。
人间绝妙画,拭目隔雾观。
气喘胸欲爆,好景在天边。
造化砺人志,九霄造黄山。

二

缥缈似仙居,茫茫何处边。
峰顶无浮槎,却似到三山。

三

天工夺人巧,黄山尽其功。
峰俏斑斓状,松多迎客容。
晴日云海滚,雨天常作冰。
瞬间脸即变,美自变化生。

雨中游宏村

（2010年5月3—7日）

宏村，位于安徽省黄山西南麓，距黟县县城11公里，是古黟县桃花源里的一座奇特的牛形古村落。宏村始建于南宋绍兴年间（1131—1162）。据《汪氏宗谱》记载当时"扩而成太乙象，故而美曰弘村"。清乾隆年间改为宏村。

一

状似牛肚一鉴开，小桥飞架影徘徊。
伞撑采莲一时绽，冒雨游客四海来。

注：牛肚，村南的南湖状如牛肚。

二

牛肠九曲穿户过，雨洒深巷濛大宅。
不慕乌纱权术巧，但羡徽商善理财。

注：牛肠，村中的渠水穿巷过户，被誉为牛肠。

三

桥如飞虹雨如烟，桃杏才罢菜花鲜。
牛形巧运渠水绕，巷曲日夜唱清泉。

梦中成

（2010年5月7日）

不闻松风响，但觉山果下。

万物自代谢，无待外力加。

从介休到平山

（2010年6月）

一

山间暮色早，茫茫离阳泉。
心路平且亮，明灯在平山。

二

车轮滚梦断，正忆五台山。
翠峰吞落日，何处是乡关。

野三坡

（2010年6月）

野三坡，国家级风景名胜区，地处北京市西部、保定市涞水县境内。它以雄、险、奇、幽的自然景观享有"世外桃源"的美誉。

北国风沙大，何来此山青。
京畿悬翠幔，太行嵌珠琼。
壁立两千丈，天窄一线通。
鹰隼奋折翼，白日过隙轻。
飞瀑峰头落，山花崖角红。
溪流时断续，小桥隐复明。
蜿蜒近百里，游人似蚁行。

上北台

（2010 年 6 月）

北台，叫叶斗峰，是五台山五个峰顶中最北最高的一个，有华北屋脊之称。清康熙有诗曰"绝磴摩群峭，高寒逼斗宫。钟鸣千嶂外，人语九霄中。朔雪晴犹积，春冰暖未融。凭虚看陆海，此地即方蓬。"

车似蛇行绕，迤逦极顶来。
拔地一千丈，疑到九天外。
冷风切肤痛，涕泪凝颊腮。
颔颤齿频扣，身抖如摇筛。
荒寒无树木，有草似枯苔。
几座旧寺庙，瑟瑟几欲摧。
绝好修炼处，惜无诵经台。

游绵山有感

（2010 年 6 月 28 日）

绵山亦名绵上。因晋文公名臣介之推携母隐居于此，又称介山。绵山处于汾河之阴，距介休市区 20 公里。最高海拔 2566.6 米，山光水色、文物胜迹、佛寺神庙、革命遗址集于一体，是国家 4A 级旅游风景区，中国历史文化名山，中国清明（寒食）节发源地。

山火焚成烬，犹得保尸全。
患难是兄弟，功成脸即翻。

鞠躬尽瘁易，不触龙颜难。
刀斧架项上，徒为喊苍天。
功高淮阴死，隐波范蠡船。

注：①淮阴，指西汉开国功臣淮阴侯韩信。因功高权重，被吕后等谋杀。
②范蠡，春秋末越国重臣，功成身退泛舟五湖。传说后来在山东定陶一带经商，号陶朱公。

平遥古城

（2010年6月29日）

平遥古城位于山西省北部，是一座具有2700多年历史的历史文化名城，与四川阆中、云南丽江、安徽歙县并称保存最完好的四大古城，也是目前我国唯一以整座古城申报世界文化遗产获得成功的古县城。平遥旧称"古陶"，明朝初年为防御外族南扰始建城墙。洪武三年（1370）在旧城墙垣的基础上重筑扩修并全面包砖。

自古龙兴地，魏曰平遥城。
风雨数千载，鼎盛数明清。
银脉通四海，蓬勃如日升。
如今称国宝，太行一珠明。

游晋祠

（2010年6月29日）

晋祠位于太原市西南25公里处的悬瓮山麓，为古代晋王祠，是后人为纪念武王次子姬虞而建。姬虞封唐，称唐叔虞。虞子燮继父位，因临晋水改国号为晋，因称晋祠。北魏以后，历代都曾对晋祠重修扩建。晋祠是具几十座古建筑的中国古典园林游览胜地。

晋祠临晋水，悠悠几千年。
圣母殿崔嵬，难老水潺湲。
周柏卧不枯，奉圣寺凛然。
秦王书雄健，只祭右军坛。
不见晋祠铭，将去仍盘桓。

注：①秦王，指唐太宗李世民。李世民善书法，最推崇王羲之，著有《王羲之传论》。
②晋祠铭，即晋祠碑的铭与序文，传为王羲之撰书。

在西柏坡毛泽东同志办公室前

（2010年6月29日）

西柏坡镇位于太行山东麓的河北省平山县。1948年5月毛泽东率领中共中央、中国人民解放军总部移驻这里，成为中国人民解放军同国民党军进行战略大决战，创建新中国的指挥中心。

一

区区山村一院中，何须煮酒尽英雄。

运筹帷幄胜券握，蒋家王朝一夜倾。

二

夜尽草就史诗成，东方将晓旭日红。
放眼前程豪气壮，赶考决胜北京城。

三

半生戎马事，征袍洗硝烟。
枪林幸已过，谨防糖弹难。

买蒜有感

（2010年7月28日）

大蒜欲攀黄金价，十日不闻石臼响。
绿豆发疯怪悟本，蒜为何人发癫狂。
世间事理似转轮，盛极必衰阴复阳。
如今蒜农钱袋满，明年无人问金乡。

哀

（2010年8月15日）

2010年8月7日夜22点左右，甘肃舟曲县发生特大泥石流灾害，宽500米长5公里的区域夷为平地，到今天已有1248人遇难，496人失踪。国务院决定2010年8月15日举行全国哀悼活动，全国降半旗。

天不恤民滚石流，千七百姓转瞬休。
国示大哀旗半下，泪和秋雨撒神州。

憎　恶

（2010 年 8 月 15 日）

昨日衣食才温饱，一夜鼓腹称富豪。
不闻爷娘门前泣，怀中两只狗宝宝。

游云台山

（2010 年 8 月 21 日）

2010 年 8 月 17 日至 19 日，同老伴、大女儿、外孙随团游云台山。云台山，位于河南修武县境内，以独具特色的岩溶地貌被首批列入世界地质公园名录，国家 5A 级风景名胜区。

山石处处漏，十步九水帘。
鸟飞谷底影，云过崖上烟。
苍苔瀑边暗，杂花桥头鲜。
人绕绝壁过，石栈百千旋。
仰面峰眩目，窥渊照影寒。
溪清伴客乐，高低深浅潭。
混沌二十载，不闻云台山。

注：二十载，1961 年至 1981 年在郑州大学中文系任教。

在国门前

（2010 年 9 月 12 日）

2010 年 9 月 5 日至 11 日，随济南日报摄友会乘济南发往满洲里的旅游专列,游哈尔滨、海拉尔、满洲里。往返7天,在专列上度过了102个小时。

未睹呼伦俏颜容,喜得国门放豪情。
无觅高墙障牧马,一枪一卒一长城。

在四十一号界碑前

(2010年9月12日)

界碑才数尺,挺挺示尊严。
忆昔贫弱日,何异石与砖。

满洲里号机车

(2010年9月12日)

万里长风去,车中一伟人。
亚欧紧相连,握手定乾坤。

在呼伦湖上

(2010年9月12日)

一

滩水才可没马蹄,饥马低首饱马嘶。
落日巧作光影手,一抹剪影毛色齐。

二

波明马色暗,天高渺鸥鸟。
湖草杂黄绿,蚌壳大如瓢。

衰朽举快镜,追逐牧马跑。
此乐书斋无,湖上宜终老。

江南小景

(2010 年 10 月 29 日)

绿水绕青山,碧螺白玉盘。
疑是天在水,却是水映天。

凤凰城

(2010 年 10 月 29 日)

灿灿边陲凤凰城,悠悠沱江绕城明。
人杰地灵无虚语,凤凰勤育人中龙。
椽笔生花沈从文,理政俊才熊希龄。
彩绘江山黄永玉,千载忠烈杨门风。
我饮沱江一瓢水,混沌顿开诗心通。

注:①熊希龄,民国第一任内阁总理。
②杨门风,当地杨氏自称是北宋名将杨业的后代。

橘子洲

(2010 年 10 月 29 日)

今又寒秋到,我来橘子洲。
游人密如织,红叶染清流。

雕像高巍巍,长发飘悠悠。
目视南天外,肩横橘洲头。
思接千载远,胸怀过人谋。
英气冲霄汉,恰似当年游。

张家界

（2010年10月29日）

状如万顷石笋立,峰似刀剑破青天。
白日欲过轮轴折,飞鸟思攀心胆寒。
与可难绘含毫腐,干将俯首觉汗颜。
造化嗤笑人力小,我造此山弹指间。

注："与可"句,与可即北宋画竹名家文与可。含毫腐,《文心雕龙·神思篇》："相如含笔而腐毫,扬雄辍翰而惊梦。"指构思很苦,难以下笔。

游慈湖

（2011年1月3日）

慈湖风光美,波明山氤氲。
美恶常相依,湖滨藏罪魂。
生前嗜杀戮,身后扮善人。
清波明如镜,难掩血污痕。
强按快镜恨,怒向阎罗魂。
难秉董狐笔,为效史迁心。

注：①董狐，春秋时晋国史官，敢于秉笔直书闻名后世。
②史迁，指司马迁。

阿婆的茶鸡蛋

（2011年1月3日）

八十老阿婆，卖蛋日月潭。
只因配方绝，日售可数千。
阿婆劝游客，莫惜囊中钱。
最好买两枚，一只会蛋偏。
游客听后笑，奈何女婵娟。

赴台途中见闻

（2011年1月3日）

老太八十九，小脚快步扭。
口中齿不全，头似拨浪鼓。
无问常自答，钞票手中有。
身板还硬朗，台湾走一走。
只为看光景，不是探亲友。
别说老太狂，明年国外游。

叹老兵

（2011年1月3日）

在台湾太鲁阁大峡谷，听到一些去台国民党老兵的故事或情况。他们的晚年很苦,很凄惨。

东渡老兵苦,终生望海天。
海峡风浪恶,鸿雁阻云山。
落日徒垂泪,归梦一时间。
衣带水难渡,不闻儿孙唤。
夏日蚊虫扰,秋冬带露餐。
高山贯通衢,血泪早熬干。
一生凿岩壁,身后听涛喧。
荣民为何物,无暖也无甘。
历久谁相忆,萤火伴孤眠。
岁时伏腊节,坟头无纸钱。
故土莫轻离,异乡异客难。
人生一步错,无异坠深渊。

注:①荣民,昔日台湾国民党政府,赐给参加太鲁阁工程的国民党老兵的荣誉称号。
②岁时伏腊,指一年四季。杜甫《咏怀古迹五首》其四有"古庙杉松巢水鹤,岁时伏腊走村翁"句。

野柳地质公园

(2011年1月4日)

野柳无柳树,礁奇布星罗。
造化秀绝技,天巧费捉摸。
波滚万里碧,浪涌千堆雪。
近岸沙无滓,远海浮青螺。

游客张臂呼,衣飞逐洪波。

注:青螺,这里指海中小山或小岛。唐代刘禹锡《望洞庭》有句"遥望洞庭山水翠,白银盘里一青螺"。

千年桧根
（2011年1月4日）

一

台湾阿里山上多桧树,日本侵略者占领时期被伐走很多,留下的树墩慢慢地长成了许多奇奇怪怪的形状。

牵手共赴死,头断腰不弯。
抗倭志气在,不屈阿里山。

注:"携手"句,两树根相携状。

二

苔痕添绿色,新芽叶婆娑。
天工刻镂巧,人间神品多。

街头见闻
（2011年1月5日）

振聋发聩词,豁然门楣间。
归心向北京,两千三百万。

注:"振聋"句,指在台湾偶尔见到写在墙上的呼吁统一的口号。

泪悼朱谌之

（2011年1月5日）

朱谌之，即烈士朱枫。1949年11月朱枫接受党组织派遣，前往台湾执行秘密任务，1950年因叛徒出卖被捕后牺牲。

归来伤心事，泪悼朱谌之。
怒指东南骂，屠夫蒋介石。

注："归来"句，指自台湾旅游归来。

梦回养蚕里

（2011年3月2日）

是夜，先是夜不能寐，后又昏昏入梦，似乎又重访养蚕里。凌晨起床，写成这首小诗。

梦回养蚕里，垂泪旧楼空。
应化身多处，待予湖山中。
依旧摔碎步，仍是提水瓶。
白发多几缕，乡音与旧同。
相拥梦忽破，窗外落叶声。

注：①养蚕里，苏州市的一住宅小区，大学同窗、好友钱国良的家在此。2006年上海聚会后同老伴游苏州园林，受到国良夫妇的热情款待，终生难忘。国良兄于2010年11月病逝。

②"应化"句,效陆游《梅花绝句》:"何方可化身千亿,一树梅花一放翁。"

梁山杏花

(2011年3月28日至29日)

一

山畔灿如雪,南风催杏花。
落英扑人面,梦入放蜂娃。

二

梁山遗迹古,山下杏花繁。
殷红好汉血,粉白英魂幡。
游客指点赏,痴人独黯然。
二三轻薄子,翘足正折攀。

老杏树下

(2011年3月28至4月1日)

一

百年老杏树,灼灼胭脂堆。
巍巍高坡上,独招游客来。
游客爱且怜,不忍枝折摧。
世间事理同,何事徒伤悲。
自惭老且丑,门前满蒿莱。

二

南风不知歇,吹开杏花天。

山浮尖顶绿,花飘细澜翻。
当吟杏花赋,兴尽花下眠。
飞花拂面醉,过蜂落唇甜。
人间有此乐,何必去三山。

注:三山,传说中的海上三神山,即方壶、蓬莱、瀛壶。

偶感

(2011年4月15日)

春天来了,草木又绿了。
草木应时绿,一岁一枯荣。
无奈头上发,春风染不青。

游 园

(2011年4月16日)

老态龙钟步,蹒跚暮年天。
花香助我壮,老夫又撒欢。

所 见

(2011年4月16日)

姑娘心吮蜜,小伙温暖肩。
花朵孩儿面,夫妇写诗篇。

途 中

（2011 年 4 月 22 日）

去苏北兴化拍油菜花。

千里麦陇绿无涯,屋角乍见油菜花。

应是小二前路报,花海为客备好茶。

水杉·小溪

（2011 年 4 月 26 日）

水杉集箭簇,势贯白云穿。

树舞细叶密,溪乐绿波翻。

弯树搭桥奇,枯根献艺鲜。

天籁胜箫韶,林中百鸟喧。

蚱蜢穿梭过,白鹭翼垂天。

世尘塞心苦,洗耳唯此间。

注：①蚱蜢,一种小船。李清照《武陵春·春晚》有句"也拟泛轻舟,只恐双溪蚱蜢舟,载不动许多愁"。

②洗耳,古代许由听说尧要让位给他,觉得是玷污了他的耳朵,便临水洗耳。

菜花小曲

（2011 年 4 月 28 日）

百派水网密,万顷菜花黄。

九曲艄公野，泰州船娘香。
慢摇妹子橹，低唱小曲长。
蜂多随波舞，客乐快镜扬。
水杉天边立，护花竖长枪。
疑是到仙境，不再恋苏杭。

注：①"九曲"句，福建武夷山九曲溪上的艄公言行比较粗俗。
②长枪，指水杉状如刺天长枪。

参观梅兰芳纪念馆

（2011年4月29日）

梅兰芳纪念馆在泰州。

泰州出泰斗，梨园数梅兰。
唱红天下易，不失气节难。

京沪高铁通车

（2011年7月3日）

京沪高铁于2008年4月18日开工，2011年6月30日15时正式通车运营。全程1318公里只需4小时48分钟。乘高铁从南京到北京比乘飞机还要快25分钟。

一

京华沪上三千里，高铁掠飞半日程。
腾云破雾云中燕，过洞穿隧陆上龙。
中华又筑大动脉，巨人更添脚步声。

先辈九霄拭目看,后继潮头踏浪行。

二

高铁村头过,看傻路边娃。
才觉清风起,已似天边槎。
北京指点到,沪上半日达。
塞北游长城,江南看梅花。
日出乘车去,日落早回家。
昔日梦中无,今又像神话。
中国加速度,欧美噪暮鸦。

触景而发

（2011年7月5日）

老太八十多,爱哼流行歌。
调虽离谱远,乐满伊心窝。
路人指点笑,我替作解说。
心中无愁事,为啥不快活。
盛世天地宽,各得乐其所。

荣 归

（2011年7月15日）

媒体报道,朱枫烈士的骨灰昨日在其故里浙江镇海安葬。

曾为国家勇献身,大海扬波送英魂。
生为人杰死昂首,一片丹朱耀枫林。

济南夏日

(2011 年 7 月 17 日)

满目槐花黄,天催蜂蝶忙。
南山一夜雨,深巷泉水涨。

万仙山

(2011 年 8 月 1 日)

一

万仙山水美,越高水越丰。
攀到绝顶处,闲坐听涛声。

二

万仙山石堪称奇,石壁波纹层叠稠。
应是太古造山纪,满目石浪次第流。

三

避暑胜地万仙山,令在三伏盖被眠。
神仙确有过人处,闲居都来万仙山。

万仙山历险

(2011 年 8 月 2 日)

艰难拾级上,汗流浃背行。
上苍脸骤变,暴雨翻盆倾。
山洪如虎啸,巨浪欲排空。

清瀑换黄流,线水变宽屏。
山路转瞬没,势如决濆洞。
云吞高峰尽,风撼树狰狞。
游客星散尽,状似鸟惊弓。
衣衫裹身湿,脸黄唇涂青。
顿觉人脆弱,命比一毛轻。
我心提到喉,如何能逃生。
谁是救命者,合掌问苍穹。

注:濆洞,水势汹涌貌。杜甫《自京赴奉先县咏怀五百字》有句"忧端齐终南,濆洞不可掇"。

雨阻八里沟

(2011年8月2日)

暴雨势难住,晓看水漫坪。
雨脚密如织,云层浓断峰。
室内心如焚,门外涛似霆。
观峰盼雨断,掐指计归程。

雨中登鹳雀楼

(2011年9月9日)

2011年9月6日,山友自由组织的旅游团由延安抵永济,雨中登鹳雀楼。

一

天际昏黄色,应是浊流翻。
有心望千里,无力卷雨帘。

二

之涣有奇才,独传鹳雀楼。
诗不贵奇巧,道人心中有。

浦津渡铁牛

(2011年9月17日)

一

先民智慧大,铁牛建奇功。
滔滔黄河水,背驮一线通。

二

子厚号河东,终老蛮夷中。
煌煌大著里,可留铁牛影。

三

沧桑是杀手,久沉泥土中。
重见天日好,江山一奇景。

坝上风光

(2011年10月)

2011年9月26日至30日,随新华通摄影器材公司组织的摄影爱好者赴内蒙乌兰布统之坝上一游。

一

造化坝上显奇功,颠倒南来衰朽翁。
瞠目画卷心似颤,手握快镜抖不停。

二

丘壑有意献天巧,高低纵横貌不同。
细沙绵绵难擎蹄,秋草漠漠接天生。

三

水草丰茂牛羊壮,雨过原上马蹄轻。
落日熔金天际燃,几处萧萧归马鸣。

四

沟壑错落明晦殊,桦林远近秀峥嵘。
肚圆归马脚步慢,丘高牛羊背日行。

五

红日滚滚西下疾,谷底一线清溪明。
蒙包天际朦胧小,画图正入剪影中。

六

丘壑已蒙夜幕中,坡上人影仍憧憧。
是谁切切相告诫,夜景莫开闪光灯。

七

红橙黄绿青紫蓝,绚烂堪称色彩源。
造化倦极懵懂错,误绘大漠五彩山。

八

远观蛤蟆坝,神品大漠挂。
牧马韩幹笔,禽鸟黄荃法。
蒙包桦林外,牛羊夕阳下。
市廛尘迷眼,塞外来赏画。

庆祝华东师大建校六十周年

(2011年10月6日)

六秩年尚壮,发苍鬓未斑。
学术域内著,声名海外传。
栋材遍华夏,各撑一片天。
更有佼佼者,勋业殊斐然。
我乃庸碌辈,愧对众师贤。
壮哉后来者,续写绚丽篇。
灿兮我母校,朗如日中天。

毕业五十周年感怀

(2011年10月6日)

五十年前事,壮心正勃然。
建功闻鸡舞,扬名想联翩。
而今垂垂老,但觉空空拳。
虽亦效雕虫,愧无大诗篇。
天知心无愧,分秒未偷闲。

贺苏宝珍女士新书出版

(2011年10月23日)

斜阳尚灿烂,又飘飞鸿影。
诗如山溪澈,文比琴声清。

词彩无雕饰,意蕴有深情。
文心无关学,才女厚性灵。
盼更谱新曲,老夫洗耳听。

注:"斜阳"、"飞鸿",指苏宝珍女士先后出版的两本书名。

观李自健油画展

(2011年10月30日)

李自健,湖南邵阳人,1954年生,旅美油画家。代表作《南京大屠杀》被美国著名艺术评论家丹尼斯·怀伯曼誉为可与毕加索的《格尔尼卡》媲美的大作。

一

观此大师画,耳目顿聪明。
人比毕加索,毫厘无虚名。
百姓众生相,笔下化丹青。
幅幅是好诗,笔笔含真情。
艺海无奥秘,心师众苍生。
砚水濡即干,心灵与海通。

二

如今大师多,重金买虚名。
孱弱鬼画符,差强抱祖宗。
昼夜循规矩,终生在樊笼。
标签贴宋元,招牌挂道生。
扪之无温热,察之似亡灵。
先贤急顿足,艺道忌镂空。

莫夸雕虫技，大巧天籁中。

注：①道生，指唐代著名画家吴道子。
②镂空，这里指缺乏生活，凭空造作。陆游《题庐陵萧彦毓秀才诗卷后》有句"法不孤生自古同，痴人乃欲镂虚空"。

辛卯冬第一场雪
（2011年12月2日）

2011年11月29夜初冬第一场雪。
桐叶萧萧疑夜雨，晓霁皑皑雪压山。
近觑晶莹琼枝坠，远观腾挪银蛇翻。
松披素甲衔枚静，竹失黄叶滴泪圆。
天寒林寂鸟伏树，路滑蹒跚人曳竿。
天宇浩茫逸兴发，老夫忘形吟诗篇。

楹　联

上联：阳春送暖百姓增福寿
下联：光耀门庭千家聚财源
横批：阳光普照

注：2010年春节前应李强之托为省阳光人寿保险撰此楹联。此楹联在今年阳光保险集团举办的楹联大赛中获一等奖。

送外孙泽宇、行建赴美深造

（2011年12月10日）

一

胸怀宏愿乘浮槎，兄弟负笈美利加。
面壁寒窗图破壁，破壁之日早还家。

二

父母解囊终不易，更忍牵挂系天涯。
青青应恋故土草，灿灿莫迷异国花。

三

一生虚度无建树，寄望晚辈振中华。
来日洗尘情更欢，最是席间两白发。

四

是非曲直过耳风，怀揣明镜作哑聋。
举目无亲家万里，同心唯有两弟兄。

游荣成天鹅湖

（2011年12月30日）

2011年12月23日至25日，随新华通摄影论坛天鹅湖摄影团游荣成烟墩角和天鹅湖。

一

一夜三晴雪，咫尺成山头。
雪压寒烟渚，鸿鹄满汀州。

二

肩雪拂不去,转瞬满襟袖。
心热不觉冷,魂共天鹅游。

烟墩角

（2011年12月31日）

久闻烟墩角,状如池塘小。
渔船七八艘,鹅驯追人跑。
饵食撒即欢,争食也似吵。
腹饱曲颈憩,不怕伙伴扰。
昂首单腿立,对客秀技巧。
红喙理白羽,自觉梳妆好。
三五孤独者,卧波影缥缈。
天际声嘹亮,拍客云端找。
快镜追拍罢,鹅翼半截少。
大获全胜者,雀跃如获宝。

注：半截少,追拍不及鹅影未能拍全。

赞内贾德

（2012年1月6日）

2007年我写过一首《内贾德之言》,近5年来世界形势发生了很大变化,但老贾的骨气没变,仍然铮铮如铁,令人敬佩。

硬汉伊朗内贾德,万里抱拳尊声哥。

反美铮铮骨气壮,意志刚刚坚如铁。
软硬兼施美式筵,老贾偏不吃这桌。
英雄剑丛昂首立,懦夫刀下耻洒血。

在中越界碑前

（2012年3月12）

热土连无隙,江绕似串亲。
何来一柱石,情疏兄弟分。

游越南下龙湾

（2012年3月19日）

2012年3月6日,我同马春来等四人游越南下龙湾。

一

雾迷双眼波澜暗,船回一步画图新。
船家对答操鸟语,山影争妍似桂林。

注：似桂林,人称越南下龙湾为海上桂林。

二

瀛洲三山无由到,人间仙境下龙湾。
翠峰错落海波静,遐思缥缈我胜仙。

偶　感

（2012年3月20日）

今天上午是诗友集中的日子,大家七嘴八舌的议论当前诗坛文坛的凋敝。午觉没休息好,胡乱编了以下两首。近日,网上又有杜甫遭恶搞之事,实在令人发指。

一

商潮汹汹正无前,利海妇孺争泛船。
诗心尽插稻草卖,李杜还值几何钱。

二

千年诗圣遭恶搞,老朽发指怒问天。
不肖子孙重何物,私欲填胸拜金钱。

重游漓江

（2012年3月26日）

2003年校友曾聚会于桂林,游漓江、阳朔、芦笛岩等。2012年2月25日,我同马春来等三位山友启程去桂林,28日重游漓江、阳朔。

一

难忘昔日游漓江,恰似战士未佩枪。
满目绮丽看不够,惜哉不能衣袋装。

注：未配枪,指当时没有相机。

二

山光水色无存处,酿成小诗游漓江。
诗情难驻东逝水,匣中旧作仍琅琅。

注：匣中句,指2003年10月写的《雨中游漓江》。

三

长枪短炮装备齐,漓江船上似发狂。
江风割面全不顾,快镜连发机关枪。

广玉兰

(2012年5月25日)

在文科楼前拍广玉兰。

几株广玉兰,亭亭立窗前。
光泛叶加绿,香浓逗蜂喧。
干壮堪作栋,花硕状如盘。
学子笔不停,满纸广玉兰。

下龙湾沉思

(2012年5月29日)

下龙湾静雾沉沉,疑有仙踪无处寻。
船头频转山吻面,绿波时跳水亲人。
形容无别两兄弟,天连地接一片云。
来往关口名友谊,一样山水在桂林。

总无缘

(2012年5月30日)

前年去婺源,花残十天前。
今年登江岭,菜荚又斑斓。

两年篮汲水,奈何总无缘。
老夫飙气壮,明年还去看。

注:江岭,江西婺源一油菜花观赏景点。

公交车上一幕
(2012年7月9日)

少女腿快抢先坐,酷似占山小霸王。
不见身边慈母站,刚出襁褓先忘娘。
为人不懂伦常理,百岁也是一皮囊。
天下父母多溺爱,苦果最终自己尝。

江行三千里杂诗
(2012年9月9日—24日)

　　2012年9月3日,随宝中旅行社赴重庆,开始10天的沿江旅游。5日乘船,途经丰都、白帝城、宜昌、岳阳、武汉、九江、池州、南京,13日返回济南。沿途感触颇多,吟成小诗14首。

渣滓洞

一

人间地狱渣滓洞,无数壮士惨丧生。
镣铐似存斑斑血,皮鞭犹带嗷嗷声。

二

渣滓恶魔终喋血，壮士英魂得永生。
忠奸善恶终有报，人人头上悬警钟。

丰都城

船行首站丰都城，阎罗小鬼哈也哼。
莫把土偶当真看，全是善恶劝诫功。

白帝城

一

太白朝辞白帝城，乘兴御风大江行。
遇赦顿觉江天阔，诗酒不住到江陵。

二

捷报曾使少陵狂，心箭一日到洛阳。
小胜难补国运破，终含遗恨殁衡湘。

注："捷报"句，杜甫《闻官军收河南河北》有句"漫卷诗书喜欲狂"。

三

丛菊两开船难渡，前路未卜久盘桓。
登高唯见落木下，攀阁苦闻角声寒。
秋兴空悲国运破，白帝实洒血泪斑。
日边妖氛何时尽，孤雁重宿伊洛边。

注：丛菊，杜甫《秋兴八首》之一，有句"丛菊两开他日泪，孤舟一系故园心"。

船过三峡大坝

船进高胡同，水落五级通。
不怕滔天浪，一线平湖风。
衰朽今夜过，心潮实难平。
昂首吟诗罢，舷窗朝日红。

岳阳楼

一

一、二两首写在宝中旅发的旅游帽上。

老夫逞强顺江游，筋骨欲散乐心头。
船发渝州心如箭，几日能到岳阳楼。

二

偶罹小疾夜难寐，大把吞药骤添愁。
良机唯恐擦肩过，岳阳城下岳阳楼。

三

巨擘不屑雕虫技，一语惊世千秋名。
洞庭无涯思浩荡，岳阳楼上怀范公。

四

位卑未敢忘忧国，众里苦寻谁为畴。
嗡嗡多见蝇争血，仁义半随大江流。

念韶山

一

此诗写在宝中旅发的旅游帽上。

江上闪电惊梦破,船迎九月九日晨。
旅伴要去湘潭县,瞻仰故居忆伟人。

注:"九月九日",1976年9月9日,毛泽东同志逝世。

二

九月九日游船泊岳阳城陵矶码头。此诗写在在渣滓洞买的一把纸扇上。

九月九日到洞庭,鸥鸟咿呀带楚声。
翘首南望无限意,我心已到韶山冲。

庐山

未见葱茏似庐山,绿意尽染大江南。
太白赋诗赞香炉,东坡题壁西林间。
元戎含冤天难辨,民贼祸国地生寒。
人间何多风云色,仙境不应起祸端。

注:①元戎,指彭德怀元帅。
②民贼,指蒋介石,其人曾在此常住,并策划和指挥对工农红军的剿杀。

九华山

一

雨中九华山,上苍强遮脸。
不喜问佛事,空掷三百钱。

二

殿上慈面放坦言,拜者欲求权与钱。
若能安排人间事,谁陪青灯坐千年。

黄鹤楼搁笔亭

气凌高力士,俯首崔颢前。
胸怀何坦荡,此乃真诗仙。

中山陵

一

拾级翘首步步汗,回顾云绕郁郁松。
虎踞龙盘帝王气,伟哉千古仰高风。

二

历来朋党见不同,你方膜拜我方轰。
先生功高乾坤转,一轮明月众星拱。

撷美

悠悠江行路三千,快镜未敢一刻闲。
十日奔波不言苦,为画心中好江山。

为青岛阳光人寿保险撰联

(2012年9月15日)

　　2010年曾为二女婿李强所在的济南阳光人寿撰联,其词曰:阳春送暖百姓增福寿;光耀满门千家聚财源。2011年,此联在全国人保系统被评为一等奖。大概是今年八月份清涟告诉我李强调到青岛人保任主要领导,让我再拟一联。

　　上联:朝阳升海畔人人增福增寿
　　下联:祥光满岛城家家进宝进财
　　横批:天人合一

南宁通灵大峡谷

(2012年9月23日)

幽谷名通灵,彩带系南宁。
山高碍白日,谷深接地宫。
溪湍挟风奔,水清石狰狞。
草擎无名果,树密杂青红。
冷雨迷望眼,寒风似刀锋。
穿隧闻水响,出洞眼惧明。

忽闻游客喊,碰壁直叫痛。
奇趣世间无,胜过九曲行。

注:九曲行,2008年5月游福建武夷山,中有九曲漂流。

重游坝上

（2012年7月）

去年九月去坝上,今年七月又去坝上。季节不同感受迥异。
丘山不见去年面,野花斑斓草连天。
牛羊肚圆青草嫩,牧马饱足嘶水边。
云低欲雨草擎露,朝阳穿云霞斑斓。
蒙包隐隐晨雾重,小伙嘎嘎甩响鞭。
有闲四季去坝上,多种色彩一画盘。

游峰林峡

（2012年9月23日）

拄杖蹭蹬腿早酸,俯瞰何来下龙湾。
船行似划玻璃碎,峰倾幸浮水中天。
疑是造化安排错,误将一泓泄中原。
游客陶醉莫忘形,归路还是一千三。

注:①"俯瞰"句,乍看峰林峡有点像越南的下龙湾。
②一千三,指一千三百个台阶。

赠建华先生

（2012 年 9 月 24 日）

大腹便便行路难，诗心柔婉似义山。
粗手拈得绣针巧，一日能绣千百篇。
室内逞巧终觉窄，长吉诗囊久也干。
诗坛呼唤大才出，何时跨入寥廓天。

我国首艘航母近日服役

（2012 年 9 月 25 日）

今日我国首艘航母辽宁号正式服役。

苦梦悠悠八十四，巨舰巍巍梦成真。
洪波滔滔似祝贺，鸥鸟翩翩舞长云。
管带醉酒欲雪耻，提督拭泪盼恨申。
中国海军向深蓝，不惧祸端起四邻。
日倭挡车舞螳臂，中华挥剑斩祸根。
我欲随梦去舰上，赋诗赞我大海军。
自幼习文无大用，愧不从军保国门。

琅琊山前

（2012 年 11 月 19 日）

门票 50 元，因数人不愿意掏钱买票作罢。

幼读欧公醉翁篇，盼游琅琊六十年。

顺江日夜追逝水,逐浪心潮伴客船。
蔚然深秀西南望,翼然亭招扣心弦。
山下踟蹰误半日,只缘难掏五十钱。

天柱山

(2012年11月21日)

今生从无见此山,老僧脱帽立江边。
霞染扶桑先觉暖,日没汤谷后受寒。
飞鸟盘桓无栖树,山猿技穷困巉岩。
州人无须怀杞忧,赖有天柱拄其间。

注:汤谷,传说中日落之处。

有感无题

(2012年11月28日)

我只尊崇科技之星,罗阳是我心目中的科技之星。罗阳,沈阳人,歼15战机研制总负责人。2012年11月25日在辽宁舰上突发心肌梗死,12时48分逝世,年仅51岁。

天上星多月不明,地上星多国不宁。
歌王一曲钱百万,帝后几出利千城。
软歌无助强国计,嗲戏难御敌欺凌。
众星落尽不足惜,国失干城老泪倾。

注:干城,盾牌和城墙,比喻捍卫国家的将士。此处指罗阳。

悼罗阳

（2012 年 11 月 30 日）

为圆报国梦，献身何慷慨。
扬波大海送，洒泪举国哀。
安心疗病体，莫忘再回来。
人民想念你，国家离不开。

普吉岛印象

（2013 年 2 月 7 日）

  2013 年 1 月 26 日，我随大女儿清凤、二女儿清涟跟旅游团去泰国普吉岛旅游，与在本国旅游相比颇多新鲜感，写成以下小诗以志不忘。

一

故土冰封地，此地流火天。
冬装换尽热，大汗拭未干。
人皆古铜色，发多自然卷。
同在一大洲，语言沟通难。
地距万里遥，心隔千叠山。

二

疑是海蜃现，人言红树林。
遮峰仅露顶，拔根或数寻。
林中宿何鸟，可有兽逡巡。
涛滚声若啸，难辨鸟兽音。

三

造化亦逗巧，海中栽白菜。
高或数百尺，鸥鸟乐徘徊。
屹立千秋稳，无人敢来采。
大胆馋嘴客，犹恐牙咯歪。
时间是杀手，终会倒下来。

注：白菜，海中一石柱，状似白菜，泰国普吉岛标志性景点。

四

渚清沙白少陵句，今生未曾见白沙。
普吉沙滩白如雪，白到天边望无涯。
白沙无渍细如粉，西子如见脸上擦。
女儿好奇装一袋，塞给老爸带回家。
装入瓶中更似盐，严防老伴菜里撒。

五

普吉大海如彩缎，蓝白橙绿接天涯。
白沙巧镶银边饰，细浪翻雪锦上花。

六

峰挂翡翠绿，海铺宝石蓝。
民多肤色黑，滩奇白如盐。
一年无四季，终年似夏天。
遍地是佛像，树生莲花瓣。

注：莲花瓣，指莲花状的饰物。在当地到处都可以看到这种莲花状的饰物，体现一种佛国之风。

腊梅

（2013年2月17日）

叶茂众芳争妍日，蕾绽雪飞冰封天。
生性孤独幽香冷，处世傲骨不畏寒。
朵小似无争宠意，色淡不欲俗人观。
难得花中真隐士，只盼君子到门前。

春日偶感

（2013年3月9日）

春风特给力，一夜数枝开。
蜂蝶梦初破，喜惊暗香来。

为部分青年学子画像

（2013年6月10日）

  晨练结束，乘48路公交车回家，不知为啥车上全是一律的青年学子。车上的喇叭一再提醒为"老、幼、病、残"让座，却无一人理会。我心里不是味。倒不是为自己无座而不满，是为"国家的未来"不懂礼貌而悲哀。我只坐一站便下车转乘110路，情景仍然如此，仍然是一律的青年学子，仍然是无一个抬起屁股。为此作四句小诗，献给这些"未来"。

呱呱坠地始为君，尔来事事称至尊。
人人为我我为我，心中从不装他人。

莫尔道嘎晨雾

(2013年6月28日)

莫尔道嘎,内蒙古额尔古纳市所辖的一小镇。2013年6月23日清晨,我们摄影旅游团,登上一小山头拍摄。

层层叠叠絮,隐隐约约松。
红日似来迟,白水愈朦胧。
炎黄帝气减,蚩尤败留踪。
齐赏人间画,惜无苦瓜僧。

注:①"蚩尤"句,指山间仍有晨雾。蚩尤,代指大雾。
②苦瓜僧,指清代画家石涛,别号苦瓜和尚。

北极村

(2013年6月28日)

北极非北极,中华天到边。
木屋百十座,人口才数千。
白日常似火,晨昏彻骨寒。
龙江村边过,中俄一水牵。

雨天偶感

(2013年7月5日)

好雨连日落南山,潜行半日到济南。

泉城应谢南山雨,朵朵水花换金钱。

荷花

（2013年7月15日）

六月荷花临水红,阴晴雾雨绕塘行。
扭脸红颜似相识,俯首粉面更多情。
屡携快镜采万朵,深藏密夹避秋风。
待到腊月风雪日,一样翠盖一样红。

雨后荷塘

（2013年7月18日）

连日夏雨连夜风,荷塘不与前日同。
翠盖垂垂遭雨折,残红悠悠泣夏风。
一夜莲房添无数,满池落英似漂萍。
盛衰更替是正道,莫怪好花不常红。

注：正道,指客观规律。毛泽东《人民解放军占领南京》有句"人间正道是沧桑"。

黑龙江边

（2013年7月18日）

北极村坐落在黑龙江南岸。

龙江向我放悲声,似诉百年屈辱情。
隔岸山水看不够,只因对岸有弟兄。

注：弟兄，指生活在江的华人。

呼伦贝尔草原

（2013年7月18日）

芳草连天望无尽，丘壑层叠野花簪。
蓝天醉人似烈酒，白云挑情心浪翻。
小河盘曲缠落日，晨雾缭绕暗远山。
蒙包带水大师画，不似人间是人间。

广寒追梦

（2013年12月18日）

2013年12月2日凌晨1点30分嫦娥三号发射成功，12月14日晚21点11分软着陆成功，12月15日23点48分着陆器与探测器成功互拍。中国探月工程第二步胜利收官。

一

漫漫三十八万里，三妹抖擞一步间。
莫谓逞强使气秀，中华寻梦到广寒。

二

屈平疑多发百问，长吉才高赋梦天。
定是时贤胜先辈，月宫已在脚下边。

注：①百问，指屈原《天问》。
②梦天，指李贺诗《梦天》。李贺，晚唐诗人，字长吉。

三

三妹落月惊寰宇，中华崛起路愈宽。

大洋彼岸醋瓶倒，应是无甜全是酸。
四
小五深闺正妆束，吉日携郎去广寒。
万千才俊盼彩球，谁陪五妹共往还。

赞斯诺登和普京

（2013年12月23日）

一

斯诺登，曾任美国中情局技术分析员，后供职于国防项目承包商博思艾伦咨询公司。2013年六月，披露了美国的一些机密，受到美国通缉。事发时人在香港，随后到俄罗斯，普京收留了他。

一

伟大斗士斯诺登，面对谁敢称英雄。
秘密远未抖搂尽，美国早已现原形。

二

铮铮铁骨是普京，仁者无不赞高风。
志勇超群巧斡旋，力保英雄斯诺登。

为在美深造的外孙周泽宇李行健撰春联

（2013年12月28日）

一

立志成材乐吃寒窗苦
振兴中华来借他山石

二

借力金蛇从容泛舟学海

将乘骏马多捡他山之石

三

曙色东起整装书山探宝
夕阳西下凝望明月临窗

四

今客异域常闻鸡起舞
明归桑梓效愚公移山

2014（马年）春联

一

金蛇狂舞旧岁频传捷报
骏马驰骋新年常奏凯歌

二

蛇归大泽卷起灿烂画卷
马奔莽原奏响铿锵乐章

赞常溪萍对联

常溪萍，山东莱西人，曾任华东师范大学党委书记兼副校长，在任期间口碑很好。我于1957至1961年就读于华东师大中文系，经常见到他，人们喊他常校长。此人面色略黑，清瘦而精干，浓重的胶东口音。

转战齐鲁军中才俊无畏战士
育英申沪杏坛班头有口皆碑

恶鸟

(2014年2月7日)

日夜叫不停,恶鸟在扶桑。
莫骂声聒耳,教我紧握枪。

追花

(2014年4月1日)

才出雪海又踏红,每日追花不计程。
香满衣襟蝶留发,久觑粉蕊更盼蜂。
快镜频开抢春色,心花屡绽迎春风。
年近耄耋不言老,亦似痴呆亦似疯。

为朋友撰联

(2014年5月9日)

老胡同志在深圳购新房,装修时拟制木刻楹联,约我为其编撰。
南溟近常闻渔舟唱晚
北辰远无虑雁阵惊寒

注:"南溟"、"渔舟唱晚"、"北辰"、"雁阵惊寒",都是初唐诗人王勃《滕王阁序》中的词语。

霞浦采风

（2014 年 11 月 27 日）

2014 年 11 月 5 日至 10 日，随新华通摄影论坛赴福建霞浦采风。

乘兴南来路三千，几日遍涉霞浦滩。
朝起暮归得何物，老夫背回竹万竿。

注：竹万竿，滩涂养殖场，插满密密麻麻的竹竿。不少照片上多是满满的竹竿。

羊年春联

（2015 年 2 月 3 日）

驷马献瑞喜回首捷报飞雪
三羊开泰展前程战鼓催春

乙未二月腿患丹毒

（2015 年 4 月 10 日）

一

病榻久卧听东风，鸟跳窗前自在鸣。
一枝红杏烧远树，万朵碧桃来梦中。
何时腿如往时健，多少朝夕坐花丛。
壁上快镜悄无语，应是怨我老无能。

二

匆匆已是耄耋中,心拙眼花耳失聪。
莫叹人生如朝露,应知金石终无踪。
欣逢盛世多快事,难得老来岁月红。
病愈不改往日痴,山南海北还要疯。

迟暮的等待

（2015年4月18日）

暮春三月到,樱花尚未败。
争向白首落,唯怕空襟带。
诉说零落迟,等汝花痴来。
未忘去年约,感君苦等待。

八十岁感言

（2015年4月24日）

盛世人增寿,耄耋尚年轻。
喜见儿孙辈,高处赏云青。

八十岁生日孙女赠我松鹤图

（2015年4月26日）

雨菲传家风,娴静心灵通。
妙手绘松鹤,祝我追老彭。
天助我不老,等你大功成。
你绘山河壮,我题大江东。

隐藏的乡愁

（2015 年 5 月 4 日）

今日在泽宇的微信上读到：一轮巨月，但愿预示着最后一周的圆满。我觉得，既是希望圆满，又流露出淡淡的乡愁。

异国深造满三年，洪波难隔两情牵。

归心常似飞矢疾，窗前婵娟谁共看。

到达拉萨

（2015 年 5 月 30 日）

2015 年 5 月末我同阎中兴、李玉萍、庄岩等作西藏游。游踪：拉萨、林芝、日喀则、纳木错。

天造地设鬼门关，征人埋骨天路艰。

雪峰巍巍无飞鸟，戈壁茫茫只有寒。

一生谨慎三思动，八十长驱路八千。

上苍眷顾东鲁叟，圆梦留影圣宫前。

游纳木错

（2015 年 6 月）

绵绵群峰雪作帽，漾漾天湖波如蓝。

相和相融天抚水，似爱似恋水吻天。

头紧疑因唐僧咒，腿软忽如到邯郸。

心跳疾欲喉头出，身摇恰似一醉仙。

伸展双臂高声喊,身高我已过五千。

注:"身高"句,我们经过的那根拉山口海拔 5190 米。

美哉林芝
（2015 年 6 月 16 日）

林芝人称藏江南,江南难见这片天。
白云雪峰争上下,绿水青山共缠绵。
沙洲离离断还续,细柳毵毵荡秋千。
我爱林芝清凉地,六月观雪胜江南。

日喀则遐思
（2015 年 6 月 16 日）

扎什伦布映蓝天,楼台钟磬朦胧烟。
法轮悠悠祈祥瑞,长叩凿凿额血斑。
心性愚钝少佛慧,身在凡尘烟火间。
世间自有极乐境,潺潺流水皑皑山。

车过那曲
（2015 年 8 月 8 日）

车行如箭景如画,又进人间大洞天。
雪峰映日熔金溢,层冰舒卷银浪翻。
百折河水时明灭,万点牛羊缀雪山。

林芝俊美色彩嫩,羊湖夺人笔墨单。
画苑惜无此山水,诗坛何曾有佳篇。
天若假我时日久,策杖重来任盘桓。

长白山天池
（2015年8月13日）

亿万年前喷火焰,而今俨然一清潭。
岸奇嶙峋狼牙利,天高风疾刺骨寒。
人言十日九蒙面,从来难睹俏容颜。
恰逢天公兴致好,殷勤将伊盖头掀。

游巴音布鲁克
（2015年9月19日）

戈壁旷无垠,时见黑鸟翻。
河如巨蟒行,九曲十八弯。
白日悠悠下,彩带匝匝缠。
天边一日落,水中九日添。
新疆一枝秀,世上无此观。

注:"河中"句,因河道弯曲多,可以在河水中映出多个太阳。

那拉提草原

（2015年10月17日）

那拉提草原，在新疆伊犁新源县那拉提山北坡，是著名的旅游风景名胜区。

此等山水世间无，画坛巨擘赞不俗。
雪峰远近增寒意，云杉参差想箭簇。
草原绵延挂雪线，牧马徜徉饱相呼。
上苍知我来不易，慷慨抖出此画图。
八十探美无虑险，人送雅号老不服。

题图诗

（2015年11月22日）

一年一度又秋风，造化染翰美苍穹。
人间息心何处好，遥指佛山红叶中。

风雨天台山

（2017年4月）

2017年4月17日，我同山友亓文元等20多人游浙江天台山遇雨，经历了一场终生难忘的、与风雨搏斗的险情。

我游天台山，似闯生死关。
坡陡似天梯，径窄仅尺宽。
仰视摘星斗，俯瞰千丈渊。

风雨骤发作,山间卷巨澜。
雨大瑶池倾,风疾推到山。
身轻如鸿毛,频作陀螺旋。
衣湿裹身紧,心颤背透寒。
山友相告诫,抓紧铁栏杆。
八十不服老,我心磐石坚。
前面有好景,只隔一雨帘。
天发不忍心,转瞬风雨闲。
我心豁然亮,天边露片蓝。
片石如夫妻,向我展笑颜。
感君久等待,赠照久留念。

注:"赠照"句,指在夫妻石前留影。

共举杯

（2017年10月18日）

2017年10月18日,众山友到南部山区采购核桃、山楂等,中午在座落在半山腰的一家小馆用餐。席间众山友举杯共庆十九大胜利召开。

一

四野舞群山,老友举杯欢。
共庆十九大,国运开新篇。
脱贫当下事,小康岂终端。
窗外累累果,哪比日月甜。
我有心里话,不怕放狂言。

越活越年轻,再玩一百年。
携手奔大康,个个都得全。

二

造化也有意,群山作浪翻。
柿挂红灯笼,山楂点朱丹。
农家楼头畔,向阳紫鸡冠。
昔日穷山沟,当今桃花源。
老哥对我讲,日子真叫甜。
吃穿不愁啥,因为咱有钱。
谁都这么说,点赞这五年。
听罢心头热,拍拍老哥肩。

与校友程学超先生游大明湖

(2018.11.21)

程学超教授,安徽人。五十年代我们同在华东师大读书,我在中文系,程先生在教育系。八十年代起,我们又同在山东师范大学,我在中文系,他在教育系。

时令已是十月半,老友并肩绕湖行。
角枫秀妆胭脂色,剑杉似醉脸泛红。
一抹楼台争照水,四周垂柳摇曳风。
兴起欲歌青春曲,残荷卧波夕阳中。

诗二首

2019年3月22日,随红叶旅行社南行至深圳,游观港珠澳大桥,思绪终日似南海波涛,往往凌晨醒来再不能寐。26日和27日先后草成小诗两首:《伟哉,港珠澳大桥》、《零丁洋上》。

伟哉,港珠澳大桥

明珠三颗一线穿,焕彩南溟沧波翻。
海风微微波涌日,渔歌阵阵霞染天。
三岛再无天堑阻,往还但觉一瞬间。
此景世上何处有,寰球指看神州南。
十四亿人跨大步,串珠正谱追梦篇。

零丁洋上

遥想七百年前事,英雄末路放悲歌。
人命危浅绳缚手,国运蹉跎废评说。
人事苍黄似弹指,天地反覆风波多。
北国早是春意暖,南海已非旧时波。
明珠闪烁波澜静,大湾浩渺业蓬勃。
文山应在冥间喜,中华恰似扬鞭车。

注:文山,文天祥,号文山。文天祥被元军俘虏后,写《过零丁洋》一诗。

百花公园赏碧桃

（2019.03.03）

百花公园,碧桃开的正盛,真是赏心悦目。观后写此小诗,以志不忘。

此花应是天上有,人间难得几处栽。
黄荃搁笔苦瓜叹,西施脸颊贵妃腮。
造物有私泉城幸,赏花不必去瑶台。
耄耋无虑蹒跚步,朝夕常是拄杖来。

悼扑火英雄

（2019 年 4 月 6 日）

2019 年 3 月 30 日,四川凉山州木里县发生森林大火,三十名扑火人员牺牲。

一

金凤浴火逝长空,举国肃然仰高风。
衰朽遥望木里县,泪写小诗送英雄。

二

中华自古多英雄,心存社稷念苍生。
大鹏应笑斥鷃志,壮士献身犬吠声。

附 录

"为写心志"成佳篇*

——读张廉新的诗词

吕家乡

  自己不擅长而又羡慕的事情,总是特别敏感。我羡慕擅长书法、诗词的人,可是自己不会挥毫也不会吟咏。校内的宣传橱窗每有书法、诗词展览,我总是留连观赏。几年前在橱窗展览中看到张廉新先生的作品《感怀二首》,字体秀美,诗作幽婉,让我眼前为之一亮。最吸引我的是其第二首:"世事沧桑四十载,梦魂常系师大园。读诗论文夏雨岛,谈天说地丽娃船。少逐中原未获鹿,老归东岳愧时贤。夕阳欣闻重聚首,强掩汗颜过江南。"作者的思绪沿着现在——过去——现在的线索飘飞,表现在文字上,舒张有致,又委婉流畅。第三、四句写当年学习生活,紧扣母校华东师大校园的实景,既写出了作者所学专业特点,又写出了同学们无拘无束地指点江山的精神风貌。第五、六句写毕业后的行踪,以抒情带叙事。作者曾在郑州大学工作多年,后来调到山东师大。"少逐中原未获鹿",活用"逐鹿中原"的成语来写书生,寓反讽意

---

* 本文为吕家乡教授为著者《鸿爪留踪——张廉新诗集》撰写的序言。

味;"老归东岳愧时贤","时贤"的措辞暗示东岳齐鲁是历来出圣贤的地方。整篇看来,学生时代的意气风发和工作后的坎坷蹭蹬形成反差,让我读后心有戚戚。

以后不断地在校内外的报刊上读到他的诗词作品,原来他的题材范围很广阔,从风花雪月到风云变幻,从身边琐事到政治事件,都可以纳入他的灵感圈,写成富有个性特色的诗篇。

政治诗是很容易流于一般化甚至标语口号化的,张廉新的政治诗却能够自出机杼,写得诗意盎然。例如《贺神六飞天》:"神六劈云呼啸去,心潮起伏随飞船。屈子无奈唯能问,吾辈有为敢探天。坡翁曾怕琼楼冷,费聂遨游不觉寒。国人昔日腰难直,航天当今排行三。老妻本不胜酒力,满斟高举喊我干。酒醒应是归来日,接你我去大草原。"这里不是铺展神六飞天的重大意义,而是展示自己由神六飞天引起的"心潮起伏"的情感流程。屈原的《天问》和神六的"探天"相对,苏东坡吟出的"高处不胜寒"和航天英雄的"遨游不觉寒"相对,一幅幅古今对比的画面就是情感之流的体现。于是,政治热情化成了浮想联翩的、高度审美化的诗情。在纪念抗日战争胜利60周年的时候,他写了《七十发愤》:"八年抗战正儿曹,日见烽烟遍地烧。岁月无情七秩满,吾侪有志恨难消。正是华夏蒸蒸日,又见东瀛鬼铸刀。一旦国门燃战火,尚思效命系征袍。"纪念抗战,痛斥日本军国主义,如此重大的政治主题,却化成了作者的个人情怀。他不是从政治主题着笔,而是从个人情怀着笔;不是借诗的形式搞政治宣教,而是以抒情主人公的形象感染读者。这样的诗篇不可能和别人的同一主题的作品雷同。当然,"重大的政治主题化成作者的个人情怀"不是轻而易举的,这就是内在的诗情酝酿过程。去年连战、宋楚瑜接连由台湾到大陆访问,张廉新就此写了《戏邀阿扁》:"连战才歌携手曲,楚瑜接唱也离台。喜多笑脸同源血,乐弃前嫌共释怀。丽日和风追始祖,桨声灯影赏秦淮。和风日劲阿陈乱,不搞台独你也来。"把连战、宋楚瑜的来访说成接连高唱"携手曲",政治事件转化为丽日和风、其乐融融的画面,在这种轻松愉快的气氛中,对坚持搞台独的陈水扁,也由斥责转为婉讽、劝戒和召唤。在这首诗里洋溢着的情趣和风趣也是来自作者情思的内在酝酿和升华。

张廉新的那些抒写日常生活和自然景物的诗词,也能发人之所未发。如《峄山赞》:"峄山奇石甲天下,我辈见此惊若呆。天倾石流悬飞瀑,造化累卵劈云开。未曾填海终遗恨,无缘补天亦堪哀。东鲁寂寞应无悔,化育孔孟匡世才。"不仅把"倾石流悬"的景象写得栩栩如生,而且移情入景,在想象中展示了峄山奇石的内心世界,深化了诗意。又如《春日踏青》:"春日踏青离市廛,郊原闹市两重天。地铺绿浪望难尽,天挂黄流系树巅。菜嫩轻挖凉沁手,叶鲜慢捋不压肩。平沙细草妆才试,仰卧牧童枕柳鞭。"多么细微的感觉,其中渗透着多么沉醉、痴迷的情趣!正由于这种沉醉、痴迷的情趣,作者才有平沙细草刚刚"试妆"的体会,才构成了这一幅让各种感觉都活跃起来、以至心旷神怡的立体画面。鲁迅说得好:"从血管里流出的都是血。"在"心事浩茫连广宇"的张廉新笔下,儿女情肠和英雄气概往往是交融一体的。请看《望回归》:"汝虽村朴一妇人,心存国事望回归。黄泉路上闻鼓乐,定是含泪独举杯。"这是一首悼念亡妻的诗,也是从一个特殊角度表达了欢庆香港回归的感情,私人感情和政治感情怎能分开呢?

张廉新的诗词之所以动人,除了上面所说的他具有不同寻常的内在诗情外,还在于他善于驾驭语言和锤炼语言的功力。他力避沿袭新老套子话，总是言必己出，力求恰切地表现或含蓄地暗示自己特有的感受和体验。为此，他既善于吸收口语，又善于活用成语和传统意象，对诗词格律的遵守也宽严适度。这里只举几个例子。《雪霁游千佛山》："玉树身边合，珊瑚塞苍穹。游人敛声气，老僧不撞钟。为怜琼瑶界，怕惹昆山崩。日出风乍起，满山玉碎声。"以"玉树"、"琼瑶"等传统的视觉意象写雪后的山景，加以"满山玉碎声"的听觉点染，就有了感觉化的效果。当中两联大体对仗，又流畅自然。全诗从内容到语言、格式都给人亲切、妥帖之感。《唱左权》的尾联："东瀛鬼叫应无虑，华夏叮当锻铁拳。"一个"应"字轻巧地表达出了对于左权英魂内心的悬想。"鬼叫"、"叮当"的用语都是既口语化又有表现力的，融合在富有古典韵味的词语群中，显得别有风味。悼念亡妻的《云山万千》诗中有这样两句："相伴本图绳系日，分手才知鲁戈空。"化用鲁阳挥戈退日的神话故事，有意地大词小用，写出了夫妻长期相伴的愿望之切，衬托了妻子去世、愿望落空的悲痛之深，可以作为故事成语翻新的成功例子。

张廉新从来不是为写诗而写诗，他的写作态度是："诗书但为写心志，不图身后留姓名。"（《诗书自评》）写诗和做人一致，两者相互促进，相得益彰。如今他已年过古稀，仍有"一旦国门燃战火，尚思效命系征袍"的豪情。相信这位《七十发愤》的作者，在不断提高人生境界的同时，一定也能够在诗艺上攀登新的高峰。

2006 年 8 月 25 日

诗友评赏录

(一)高金诚先生致信

张教授:下午好!

邮件收悉。粗略欣赏了一遍,觉得诗论、诗词、楹联皆很精辟。诗论颇有见地,诗词声情并茂,楹联对仗工整得体,足见科班专家功底。值得我慢慢地学习。

(二)陈振汉先生致信

收件人:张教授

发件人:陈振汉

日期:2008-03-05

张教授,你好?

很高兴收到你发来的"鸿爪留踪",一口气读完首篇"我与诗",心情振奋,你写得太好了。

你诗写得好,人更好,对诗的理解深刻,有独到的见解,让我学到了很多知识。特别是关于诗的:

情、景、趣、理、味,可称为"五字箴言",入情入理,让人叹服。今后,我可以细细地研读,汲取营养,以期有所长进。文中有以下二处,是否有误?

(1)上二年级时写的诗句"弟弟搭家回来了,带来大堆好消息","搭家"何解?

（2）"闻雷"诗末句"不得为渠雨淋"似乎少一字。

（三）左建华先生致信

张老师：您好！

您太过自谦了。《访枫桥旧迹和寒山古寺》就很有新意,尤是结句,抓住了现在入寺游人乱敲钟的特点,鲜亮、风趣,把全篇点活了。"僧"、"住持",意重复。"压"字用得好。

最近有一个困惑,正楷写到如今,单字去看尤其放大了看,大多数都能说得过去,有的还很不错,但放在一起通篇去看,效果大打折扣,毛病百出,症结何在? 如何解决? 这也许正是楷书难写的原因之一。求您指点迷津。附件里是前几天写的,您给看看。

建华 08.02.23.

（四）赞廉新老

高金诚

文学教授出名校,鸿基根深叶自茂。
书继二王龙凤舞,诗承李杜领风骚。
杏坛三千桃李盛,诗友四百勤赐教。
道若东海容乃大,德似西岳峭壁高。

丁亥年初

（五）读诗赠张廉新教授三首

陈振汉

一

教授诗藏李杜韵,行草流美二王风。
师大苑里留芳菲,中原翘首二十冬。
归来何须添新怨,华发犹唱大江东。

欣逢佛山晚晴好,慕君才学愿与同。

二

赞君诗书好,人品如其名。
唯廉能养德,以新治学风。
冷眼望浮云,静心听涛声。
君莫太过谦,翰墨铸操情。

三

联语精辟情亦真,字字珠玑有学问。
鹡鸰一枝巧用典,种地完粮妙誉今。
信手拈来皆成趣,悦今怀古寓意新。
莫谓雨中黄叶老,诗翁本是性情人。

(2007—08—18)

(六)吕家乡先生的致信

一

廉新老师您好！日前在校报读到您歌颂老教师的诗歌受到教益。今天又读到您发来的40多篇新作给我的节日增添了欢乐。您的诗歌能够驾驭各种大小题材,写来总能情绪饱满,浮想联翩,而且意到笔随。您的确已进入某种境界了。我最受感动的是怀念母亲的那篇。祝您乘胜前进！

二

廉新老师:新作拜读了,写总理的诗歌很难有浓郁诗意。《赏花》及《雅集》都好,"寻芳不顾老腿软,才穿雪海又入红。繁花如海山欲浮,落英簪发惹蝶蜂"最好,句句有光。

(七)诗坛沉思
——读《我与诗》并赠张廉新教授

荆忠泰
梦中依稀闻叮咛,疑是李杜挚言声。
领军唯恋导旧路,艺苑何以绽新英。
骚坛多听老凤唱,诗海少见子腾龙。
枯木久盼逢春雨,天公难有惊雷鸣。

注:荆忠泰,军队专业干部,曾任百货大楼四海香公司书记、董事长,酷爱诗词,尤其擅长古典诗词。读了《我与诗》之后,很有同感(诗友段惠功介绍)。

(八)张兆旺先生致信

谢谢张老师赐诗!

"戊子端午"将吊汨罗忠魂、悼汶川既亡融合在一起,写得很棒!当好好学习。

张兆旺　2008—6—9

(九)回声和鞭策

魏小宸诗二首(松竹梅诗社·诗刊168期。2008.11.8出版)

读廉新兄《鸿爪留踪》感赋二首

一

雪泥鸿爪留踪远,历尽沧桑退杏坛。
逐鹿一生终有果,奇葩一曲满霞天。

二

笔耕不辍谱心音,佩实衔华意隽醇。
一曲华章生丽句,郢歌雅韵弄弦人。

注:郢歌,指高雅的作品。

刘爱敏诗一首(松竹梅诗社·诗刊168期。2008.11.8出版)

赏《鸿爪留踪》

诗内句中充满理，字里行间浸透情。
爪踪再赏景最美，醇醴愈品味愈浓。
景美园丁汗水注，味浓廉新热泪凝。
人心固然非草木，大作谁赏不动容。

李倩诗一首（松竹梅诗社·诗刊168期。2008.11.8出版）

读张廉新先生《鸿爪留踪》

先生妙笔类天成，句句联联处处精。
写景引人堪入画，抒情着意可输诚。
多年写作积累厚，经岁求新气势宏。
展诵华章多获益，更期而后有飞鸿。

赠友人

拜读张廉新教授的诗集《鸿爪留踪》后，爱不释卷，受益匪浅，夜不成寐，思绪万千，特赋拙诗一首，以示敬意，请笑纳斧正。

张兰亭

鸿爪留踪诗百篇，字字句句肺腑言。
情景交融韵味浓，明世哲理寓意涵。
疑是李白床前月，酷似杜甫茅塘边。
一生坎坷人间路，抚今追昔情绵绵。
东山亡妻寒舍泪，玉函山下得安然。
结草衔环父母恩，孝子忠夫众人赞。
五年寒窗会师友，江浙沪杭武夷山。
郑大山师育新苗，桃李芬芳红妍妍。
早春踏青黄河涯，遥看牧童枕柳鞭。
南山柿子东邻枣，泰山云雾托半山。
千佛山上会师友，挥毫翰墨五龙潭。

谈今论古赞盛世,彩笔丹青乐天年。
口念真经生活谣,桑榆未老艳阳天。
老骥伏枥自奋蹄,前程似锦夕阳艳。
明皇玉环华清池,廉新芳美共婵娟。
不慕高官和厚禄,留得清香在人间。

山友张兰亭、孙香英均系山东省水利科学研究院高级工程师研究员。1940年生。2008年写于济南和平路寓所。

(十)易朝志的致信(2008年10月26日)

信收悉,大作诗集也读了一过。总的感觉非常好!在我所读过的我们这一代人已出的诗集中,你的《鸿爪留踪》当是内容比较丰富、文字朴实、诗味较浓的一部,特别是对发妻的悼亡诗和一些纪游诗。悼亡诗属传统题材,潘安仁、元稹以后,染指的人多,难得写好。兄对发妻一往情深,感染力强,读后倍增亲切感。如《行路难》、《看牡丹忆声容》、《闻雷》、《奋蹄》等等,都是难得的好诗;至于纪交游诗也是如此,后人集中很烂,而到兄之笔下却珠玑满目,作为过来人、老同学读之更为亲切。这里就不一一例举了。人们常说诗如其人,兄为人朴挚无华,诗文墨宝亦如此。君云"诗书但为写心志,不图身后留姓名",在精神世界遭严重污染、人心浮躁的现代社会,君能抱朴守拙,十分难得,确是我辈中的皎皎者,人与诗都值得我们学习。

至于说到意见,个别诗中的词句,我觉得似乎还可以作进一步推敲,如《送别》"尘寰骤撒手,永作逍遥游",接下二句以"儿女啼血尽,归舟未暂留"反衬,似乎带点怨气,难以协调,或者爱之切故怨之也深矣;又如《行路难》中"我尚一息存,苦吟行路难"句,使人感到这类诗多少有点孟郊、贾岛的气息。

读得匆匆，信也写得匆匆。不当之处，一笑置之！

阖府安康！

朝志

朝志兄：晚上好！来件收到。我的诗，是想到哪里写到哪里，有好多不符合规范的地方。"我与诗"的后半部分，一些想法很粗浅。都请多多指教。您的诗是"巴山之鹰"，翱翔于蓝天，何等的气势。我的诗，是飞鸿的指爪在雪地上留下的踪迹冰消雪化，什么都没有了。我把《鸿爪留踪》之后的部分诗再发给您，敬请一并研究指导。晚安！

廉新　26日晚

读老兄近日的几首诗，感触良多。你信手写来，不事雕凿，而有诗味，此乃诗人进入最佳状态时之作也。我则不然，意兴阑珊，很难进入状态，大约人生真正进入了老境。希望能快一点拜读老兄的"小书"。

我的登蓬莱阁即兴，改了两处。仍不免觉得削足适履。

　　华师大部分老学友烟台聚会登蓬莱阁即兴
　　　　海隅邀约一杯酒，皤皤白发皆故人。
　　　　八仙联袂跨海去，九老相携更登临。
　　　　蓬瀛烟波通寰宇，神州意气撼四邻。
　　　　躬逢垂暮庆奥运，共话沧桑颂升平。

阖府安康

朝志　2008年10月19日

注：我与易朝志兄是华东师大五七级中文系二班同学，都爱古典诗词。今年二月十一日朝志兄逝世，我写有《忆朝志兄》一文。

2018年5月29日

(十一)丁尼先生致信

廉新先生大鉴:

　　蒙赠大作,谢谢。捧读之后,茅塞顿开。特别拜阅了《我与诗》,所论极是。反观拙作小儿科也不如也。因愚对诗词格律不懂,后经诗友指点,愚所写之诗,皆不敢标"律、绝"。

　　因在部队文艺团体,受命写些白话诗朗诵,大多宣传品是对英雄连队及英雄人物的称颂,可以说是押韵的大白话。久之成习惯,所以写些五七言的古体诗,在格律上就不够格了。

　　愚虽已九旬之年,仍想做个小学生,向诗友们学习。但由于腿脚不便,难以亲赴诗社集会,甚憾。幸每月有诗刊供愚观摩,亦得益匪浅。今后仍望多赐教。

　　时已入深秋,希望多多珍重。此颂
　　秋祺。

愚丁尼顿首
2008.10.19

　　注:参加诗社四年多,未能与丁尼先生谋面。诗友们讲,先生是位老诗人。

(十二)苏宝珍女士读《鸿爪留踪》后的信和诗信

张老前辈:您好!

　　用了一整天和一晚上的时间,拜读了这本诗集。读罢,我感动得像失魂落魄。那一首首飘逸着有情、有景、有趣、有理有味的诗句,活灵活现在我的眼前,更是深深地埋在我的心里。

　　特别是您写的《我与诗》细致入微的剖析,也叫我受益匪浅。从字里行间里看到了你的宽厚的人品和深厚的文化修养。这些都值得我好好品味和认真学习。

我酷爱写作几十年,总觉得自己的水平离文学太远。苦于求学无门,只能自己摸索。虽然自己才疏学浅,但是几十年来却一直是守着这块阵地。我想只有不断地开垦这块沃土才能结出金色的硕果。

最后,我有一事向您请教:向我这个既没学历,也没文化水平的人能否到你们的"松竹梅"诗社拜师。敬请回复。

　　晚辈虽有鸿图志,
　　不遇伯乐难成才。
　　低眉悄声问松竹,
　　问君此门可能开。

此致
敬礼

　　　　　　　　　　苏宝珍敬上
　　　　　　　　　　2008年9月28日

(十三)荆忠泰的诗与信
读《鸿爪留踪》有感二首
荆忠泰

一

张公精酿出杰作,质朴工整味淳甘。
新著诗集成锦绣,胜似史上几诗仙。
古稀仍有豪情在,抒情言志忆华年。
若是不把家门报,吾辈误认唐宋篇。
大江南北留足迹,名山大川化诗篇。
国事家事存心中,辛劳耕耘万顷田。
有趣有味谱华章,留下佳句后人赞。

二

一景雕玉成佳话,二情刻竹织绣篇。
三趣细读难入梦,四有理念不厌烦。
五闻雄鸡东方亮,六起更衣忘早餐。
七得此书如甘露,八遍方知诗味甜。
九逢良友三冬暖,十得此文不觉寒。
精雕细琢龙凤舞,笔下搜尽金牡丹。
老翁昔日育桃李,手留余香度晚年。

佳　宴
荆忠泰

鸿爪留踪宴,醉倒世人一片。
卧床赏佳宴,举觞狂饮魂变。
终生也无憾,问世奇才惊叹。

赏读张廉新教授诗词与书法

李魂王骨气浩然,疑是龙凤落白笺。
点犹人间西湖美,横若天上银河悬。
神韵雄奇撼山岳,仪态飘洒袅鸿鸢。
诗海尽书忠华志,砚田彰见孝心丹。

赠张廉新教授
荆忠泰

祝君阖家万事兴,张公诗书气恢弘。
廉德博学授桃李,新朋故知情谊浓。
福如东海长流水,寿比南山不老松。
齐鲁自古多才俊,天降大任育凤龙。

张老师:您好！读了您的诗,不但欣赏了未见的山水美景,更

从您的诗歌中得到了审美享受。祝贺您的新收获,感谢您给我分享! 以下是零碎的感觉,供您参考:

《乍入巴蜀》"造化心有私"的感慨多么大气!

《武隆山水》这样的写意画比工笔画更有诗意。

《天坑之瀑布》抓住了主要特点,铸成"水帘洞"的比喻。

《芙蓉江上》景色美,诗也美。

《滇川路上二》生动地写出了老人乘车游览的特有感受。

《虎跳峡》着笔于清流推山,别有会心。

《谒武侯祠二》莫非以为孔明是逆潮流而动吗?

后　记

在整理编排完这本书稿后,感到工作还没有完全结束,有些情况需要作点说明。

第一编的《古代写作学概论》,原是由青岛海洋大学出版社(1995年7月)出版的,山东师范大学中文系(现文学院)为专升本编写的整套教材中的一本。在读大学时,我最喜欢的课程是古代文学。工作之后,又逐渐喜欢上了《典论·论文》、《文赋》、《文心雕龙》等这些古代写作学的著作。尤其是《文心雕龙》,读得比较熟,课堂上用得比较多。就这样,边学边写,逐渐积累了一些片段的感想,待到系里谋划编写教材时,我的这本书的雏形也就基本成形了。随后,就被选为教材。这本书不管有多么不成熟,但是它是我一生中花费精力最多的一份东西。

第二编的《古代名篇赏析》31篇短稿,是从《古代应用文名篇鉴赏》一书中抽取来的。张绍骞先生是1960年中山大学毕业分配到华东师大中文系的,我当时还没毕业,他算是我的先生。后来,我们都来到山东师范大学中文系,我们又成了同事。大概是1991年初,他约我一起为吉林文史出版社编写《古代应用文名篇鉴赏》。他写前半部分,我写后半部分。此书1991年8月出版。此书的体例是:文体简介、作品原文、注释、赏析四部分。这次,编入这本书稿的只是31篇赏析短文,由于篇幅限制,其他三部分未能收入。绍骞先生已作古十多年,今天重提旧事,难抑悲戚之感。

　　第三编的文稿,是我的一些单篇文章。前面的五篇短文,是我华东师大中文系毕业,刚刚分配到郑州大学中文系不久写的。最早的《青出于蓝》于1961年11月19日发表在《河南日报》副刊上,才刚刚走上教师岗位两个月。这些短文,今天看来难免浅薄,但对我来说却非常重要,它们体现出了我青年时代热情而又单纯的特点。大概是1982年,山东文艺出版社约我们教研室编选一本《中国历代赋选》,《中国古代文学的一枝奇葩》一文,拟作为赋选的序言。几个人推我执笔。文章写成后发表在山东大型文艺刊物《柳泉》1983年第3期。署名"司汉平",意思是四个汉子的评论。文章从谋划、初稿到定稿,完全出自我一人之手。文章发表后,曾受到张光年先生的好评。我喜爱写诗,2008年我集结刊印了第一本诗集,书名是《鸿爪留踪》。《我与诗》是诗稿前面的一篇文章,意在介绍我这大半生与诗隐显、断续的关系和对诗歌创作的一些看法。其他几篇文章,无介绍必要。

　　最后一部分,是诗稿,是《鸿爪留踪》之后积累的,有300首左右。前面曾经提到在《我与诗》一文中,相当充分地讲述了我对诗和诗歌创作的理解。我的诗的面貌和特点,也基本上同我的看法相符,不再赘述。我喜欢旅游,国内国外到的地方比较多,感触也比较多,从诗的题材来看,旅游诗占相当大的比重。我生在旧社会,长在红旗下;我是一个有40多年党龄的老党员,如今过着衣食无虑的生活,我热爱我们的党、我们的国家、我们的社会主义制度。我由衷地歌颂我们的党、我们的国家、我们的制度。因此,抒发爱国情怀的诗作,也足有数十篇之多。在一次家宴上,我曾半开玩笑地对晚辈们说:将来在我的墓碑上刻上两句话就行:一个老实人,一个爱国者。我们不应避讳颂赞作品,每一个时代都有自己的颂歌,关键是歌颂谁。我们每一个人都可以比比自己的衣食住行,你不觉得我们应该高唱颂歌吗!

至于诗的水平、风格、特点,就让别人去评论吧。

我们这些人,大多进入耄耋之年。在课堂上耕耘几十年,积累了一定的学术成果。整理出版这些成果,可谓梦寐以求。文学院为此给予大力支持和不菲的经费资助,这对学科建设和我们本人,都是一件功德无量的事,我深表感谢。在这里,我还要特别提到为这本书稿整理出版付出大量辛劳的李宗刚同志。宗刚同志是文学院的博士生导师又兼任文科学报主编,工作十分繁忙。许多关键环节的沟通协调,整个书稿的编辑构想,甚至一些十分琐细的工作,他都替我一一完成。我还十分不忍地向他摊派了为书稿写序的任务。请宗刚同志写序我有两个考虑,一是我们曾经是同事,容易"求";二是这些年来他学术上突飞猛进,硕果累累,他能提出对我和读者都大有启发的学术判断。这项任务,他不仅欣然接受,而且漂亮完成。论年龄宗刚同志是晚辈;论学识和品格,宗刚同志是先生,我向他表示敬意和感谢!

2018 年 11 月 15 日